W0214996

HEYNE BÜCHER

Fantasy

Herausgegeben von Friedel Wahren

Von JENNIFER ROBERSON erschienen in der Reihe
HEYNE SCIENCE FICTION & FANTASY:

Der Schwerttänzer-Zyklus

Schwerttänzer · 06/5072
Schwertsänger · 06/5073
Schwertmeister · 06/5074
Schwertmagier · 06/5178

Der Cheysuli-Zyklus

Wolfsmagie · 06/5671
Das Lied von Homana · 06/5672
Das Vermächtnis des Schwerts · 06/5673
Die Fährte des weißen Wolfs · 06/5674
Die Ehre der Prinzen · 06/5675
Die Tochter des Löwen · 06/5876
Der Flug des Raben · 06/5877 (in Vorb.)
Ein Gobelin mit Löwen · 06/5878 (in Vorb.)
Löwenmagie · 06/5879 (in Vorb.)

Jennifer Roberson

Die Tochter des Löwen

Sechster Roman des Cheysuli-Zyklus

Deutsche Erstausgabe

WILHELM HEYNE VERLAG
MÜNCHEN

HEYNE SCIENCE FICTION & FANTASY
Band 06/5876

Titel der Originalausgabe
DAUGHTER OF THE LION
CHRONICLES OF THE CHEYSULI: BOOK SIX
Übersetzung aus dem Englischen von
Karin König

Das Umschlagbild malte Attila Boros
Die Karte auf Seite 6/7 zeichnete Erhard Ringer

Umwelthinweis:
Dieses Buch wurde auf
chlor- und säurefreiem Papier gedruckt.

Redaktion: Joern Rauser

Erstausgabe 1988 bei DAW BOOKS, INC., New York

Printed in Germany 1997
Umschlaggestaltung: Atelier Ingrid Schütz, München
Technische Betreuung: M. Spinola
Satz: Schaber Satz- und Datentechnik, Wels
Druck und Bindung: Presse-Druck, Augsburg

ISBN 3-453-12874-5

Für

SHILOH ›Buckethead‹
1976–1988

und

BIG BUBBA NO TRUBBA, C.D.
1986–1988

für die Vortrefflichkeit ihrer allzu kurzen Begleitung.

Und für die beiden neuen Welpen der Stadt:

BASKERVILLE
halb dänische Dogge, halb irischer Wolfshund,
ganz stolzer Tolpatsch

und

CHAR-DON SASSY SWORD-DANCER

möge sie länger herrschen.

Ozean von Thule
Valgaard
Atvia
Andemir
Rondule
Kilore
Homana
Mujhara
Erinn
Lestra
Idrianischer Ozean
Solinde
Hondarth
N
Kristallinsel

Bortall
Rheghed
Falia
Ellas
Die Einöden
Tessalay
Meer von
Septre
Nona
Caledon

Die Chroniken der Cheysuli

Ein Überblick

DIE PROPHEZEIUNG DER ERSTGEBORENEN:

»Eines Tages wird ein Mann allen Blutes vier kriegführende Reiche und zwei magische Völker in Frieden vereinen.«

Ursprünglich hatte ein Volk von Gestaltwandlern, das als die Cheysuli, Abkömmlinge der Erstgeborenen, Homanas Urrasse, bekannt war, den Löwenthron inne, aber die zunehmende Unruhe von seiten der Homaner, die die magischen Kräfte nicht besaßen und die Cheysuli daher fürchteten, drohte das Reich auseinanderzureißen. Das königliche Herrschergeschlecht der Cheysuli gab den Löwenthron freiwillig auf, damit die Homaner Homana regieren konnten, und vermied so einen letzten Vernichtungskrieg.

Die Stämme zogen sich bis auf eine verbliebene und bindende Überlieferung ganz aus der homanischen Gesellschaft zurück: nämlich die, daß jeder homanische König, Mujhar genannt, einen Cheysuli-Gefolgsmann als Leibwächter, Ratsmitglied und Begleiter zur Seite stehen haben muß, der dem Dienst am Thron und dem Schutz des Mujhar geweiht ist, bis die Prophezeiung erfüllt ist und die Erstgeborenen wieder regieren.

Diese Überlieferung wurde fast vier Jahrhunderte lang ohne Zwischenfall beibehalten, bis Lindir, die einzige Tochter Shaines des Mujhar, ihrem zukünftigen Bräutigam den Laufpaß gab, um mit Hale, dem Cheysuli-Gefolgsmann ihres Vaters, durchzubrennen. Da der sitzengelassene Bräutigam der Erbe eines benachbarten

Königs, Bellam von Solinde, war und die Heirat nach Jahren eines blutigen Krieges ein Bündnis besiegeln sollte, rief das Durchbrennen tragische Folgen hervor. Shaine sponn ein Netz aus Lügen, um seinen verbohrten Stolz zu behaupten, und legte somit den Grundstein für die Vernichtung eines Volkes. Als erklärte Magier und Dämonen, die dem Niedergang des homanischen Throns verschrieben waren, wurden die Cheysuli zu, kurz gesagt, Geächteten und damit zur sofortigen Tötung verurteilt, wenn sie innerhalb homanischer Grenzen aufgefunden wurden.

Der erste Band (*Wolfsmagie*) beginnt die ›Chroniken der Cheysuli‹ mit der Geschichte von Alix, der Tochter Lindirs, der einstigen Prinzessin von Homana, und von Hale, dem einstigen Cheysuli-Gefolgsmann Shaines. Alix ist von ungeahnter Wichtigkeit, da sie das Alte Blut der Erstgeborenen in sich trägt, welches ihr die Fähigkeit verleiht, mit allen *Lirs* in Verbindung zu treten und gezielt jede Tiergestalt anzunehmen. Aber Alix wird von einem Homaner aufgezogen und weiß nichts von ihren Fähigkeiten, bis sie von Finn, einem Cheysulikrieger, dem Sohn Hales und seiner Cheysulifrau – und daher Alix' Halbbruder – entführt wird. Mit ihr wird auch Carillon, Prinz von Homana, verschleppt. Alix erfährt von der wahren Macht ihrer Gaben und der Beschaffenheit der Prophezeiung, die alle Cheysuli beherrscht, und heiratet schließlich einen Krieger, Duncan, dem sie einen Sohn, Donal, gebärt und erheblich später auch eine Tochter, Bronwyn. Aber der innere Zwist Homanas schwächt ihre Abwehr. Bellam von Solinde erobert Homana mit seinem magischen Gehilfen, Tynstar dem Ihlini, und nimmt den Löwenthron ein.

In *Das Lied von Homana* kehrt Carillon aus einem fünfjährigen Exil zurück und wird mit der schwierigen Aufgabe betraut, ein Heer zu erheben, das Bellam überwältigen soll. Er wird von Finn begleitet, der die übliche

Rolle des Gefolgsmanns eingenommen hat. Mit Hilfe der Cheysulimagie und seiner eigenen Art persönlicher Macht kann Carillon sein Reich zurückgewinnen und die Cheysuli wieder in ihre Heimat eingliedern, indem er die von seinem Onkel Shaine, Alix' Großvater, begonnene Verfolgung beendet. Er heiratet Bellams Tochter, um den Frieden zwischen den Ländern zu besiegeln, aber Electra hat ihr Schicksal bereits mit Tynstar dem Ihlini verbunden und arbeitet gegen ihren homanischen Ehemann. Carillons Unfähigkeit, einen Sohn zu zeugen, zwingt ihn, seine einzige Tochter, Aislinn, mit Donal, Alix' Sohn, zu verloben, den er zum Prinzen von Homana ernennt. Diese öffentliche Billigung eines Cheysulikriegers ist der erste Schritt zur alleinigen Wiederinbesitznahme des Löwenthrons durch die Cheysuli, die von der Prophezeiung gefordert wird, und legt die Saat für Unruhen im Land.

Das Vermächtnis des Schwerts schildert Donals allmähliche Übernahme der Macht in Homana und die persönliche Annahme seiner Rolle in der Prophezeiung. Denn den Bräuchen der Stämme gemäß steht es einem Krieger frei, sowohl eine Ehefrau als auch eine Gespielin zu haben, und Donal hat eine Cheysulifamilie gegründet, obwohl er eines Tages Carillons Tochter heiraten muß, um sein Recht auf den Löwenthron festzuschreiben. Er hat zwei Kinder von seiner Cheysuligespielin, Ian und Isolde. Mit Aislinn, Carillons Tochter, zeugt er schließlich einen Sohn, der sein Erbe werden wird. Aber die Ehe steht von Anfang an unter keinem guten Stern. Zusätzlich zu den durch die zweite Familie verursachten Schwierigkeiten steht Donals Frau auch unter dem magischen Einfluß ihrer Mutter, Electra, die Tynstars Gespielin ist. Die Probleme werden durch den Sohn Tynstars und Electras, Strahan, noch verstärkt, der die Macht seines Vaters in vollem Umfang geerbt hat. Nach Carillons Tod erbt Donal den Löwenthron und ernennt seinen ehelichen Sohn, Niall, zu seinem Nachfolger. Um die Prophezeiung aber voranzutreiben, verheiratet er seine Schwester, Bronwyn, mit Alaric von Atvia, dem Herrn eines Inselkönigreichs. Bronwyn wird später versehentlich von Alaric getötet, während sie *Lir*gestalt angenommen hat, lebt aber noch lange genug, um einer Tochter, Gisella, das Leben zu schenken, die jedoch wahnsinnig ist.

In *Die Fährte des weißen Wolfs* ist Donals Sohn Niall als junger Mann zwischen zwei Welten gefangen. Die Homaner, die die Cheysulimacht und die Absichten der Cheysuli fürchten, bieten ihm nur Mißtrauen und wenden ihre Unzufriedenheit gegen ihn. Die Cheysuli betrachten ihn als ›Ungeweihten‹, weil sich Niall noch nicht mit seinem Tier verbindet, obwohl er das übliche Alter dazu weit überschritten hat. Daher ist er ein *lir*loser Mann, ein Krieger ohne Macht, und für einen solchen Mann ist bei den Stämmen kein Platz. Sein Gefolgsmann ist sein Cheysulihalbbruder, der vollständig ›geweiht‹ ist, und Ians Fähigkeiten tragen noch zu Nialls Unterlegenheitsgefühlen bei.

Niall soll seine halb atvianische Cousine Gisella heiraten, verliebt sich aber in die Prinzessin eines benachbarten Königreichs, Deirdre von Erinn. Durch seine *Lir*losigkeit, und weil Gisella unter dem Einfluß von Tynstars Ihlinitochter Lillith steht, wird Niall ein Opfer der Magie. Schließlich verbindet er sich mit seinem *Lir* und nimmt damit das ganze Spektrum der Cheysulimacht an, bezahlt aber mit einem Auge dafür. Seine Heirat mit Gisella ist unheilvoll, aber es werden zwei Zwillingspaare geboren – Brennan und Hart, Corin und Keely –, wodurch Niall die Gelegenheit bekommt, durch Verlobungen, die zu Bündnissen führen, seinen Einflußbereich auszudehnen. Er verbannt Gisella nach Atvia, nachdem er einen Ihliniplan vereiteln konnte, mit dem sie zu tun hatte, und richtet sich sein Leben dann mit seiner Gespielin, Deirdre von Erinn, ein, die bereits seine uneheliche Tochter Maeve geboren hat.

Die Ehre der Prinzen erzählt die Geschichte jedes der drei Söhne Nialls. Brennan, der Älteste, wird Homana erben und wurde mit Aileen, Deirdres Nichte, verlobt, um der Prophezeiung eine ihr bisher noch nicht zugängliche Blutlinie zuzuführen. Brennans Zwilling, Hart, ist Prinz von Solinde, ein zwanghafter Spieler, dessen Sucht zu einem tragischen Unfall führt, in den alle drei Söhne Nialls verwickelt sind. Hart wird daraufhin ein Jahr lang nach Solinde und der rebellische jüngste Sohn, Corin, nach Atvia verbannt. Brennan wird durch eine List dazu gebracht, ein Kind mit einer Ihlini-Cheysulifrau zu zeugen. Hart verliert durch einen solindischen Plan eine Hand und in der Folge fast sein Leben. Corin verliebt sich in Erinn in Brennans Braut, Aileen, bevor er nach Atvia geht. Ein Prinz nach dem anderen wird von Strahan, Tynstars Sohn, gefangengenommen, der Nialls Söhne in Marionettenkönige zu verwandeln beabsichtigt, damit er durch sie regieren kann. Allen dreien gelingt die Flucht, aber erst nachdem jeder von ihnen gezwungen wurde, seine besonderen Stärken und Schwächen zu erkennen.

Teil I

Kapitel Eins

Ich war mir bewußt, daß mich Augen beobachteten. Jeden Schritt, jede Finte, jeden Gegenstoß mit dem Schwert verfolgten. Deren Besitzer zweifellos glaubte, ich sei verrückt. Oder wünschte sie, an meiner Stelle zu sein?

Sie hatte mich schon früher bei meinen Übungen mit dem Waffenmeister beobachtet. Sie sagte nichts, saß nur still auf einer Bank, die schweren Röcke über die Beine gebreitet.

Vorher hatte es mich nicht berührt, weil ich taub und blind sein kann, wenn ich will, vollkommen von den Waffen abgelenkt. Aber dieses Mal berührte es mich. Es streckte sich aus und berührte mich und hielt mich mit einer neuen Stärke fest.

Ich sah Verzweiflung in den Augen.

Das genügte, um meine Abschirmung zu durchdringen. Es genügte, getötet zu werden, wenn es nicht nur Übung gewesen wäre. So glitt Griffons Klinge leicht an meiner Abwehr vorbei und verhakte sich, nur ein wenig, in meiner Gürtelschnalle.

»Tot«, sagte er ruhig. »Aufrecht, aber tot. Und dein ganzes königliches Blut ergießt sich aus den stolzen Cheysuliadern.«

Üblicherweise hätte ich ihn vielleicht herzhaft verflucht oder entsprechend geantwortet bzw. ihn erneut herausgefordert. Aber hier tat ich es nicht, wegen der Augen, die in solch stummer, deutlich spürbarer Verzweiflung beobachteten.

»Tot«, stimmte ich ihm zu, ließ ihn mit überrascht geöffnetem Mund stehen und ging an ihm vorbei zu der Frau.

Sie beobachtete schweigend, wie ich herankam, sagte nichts mit dem Mund, schrie mir aber mit den Augen zu. Grüne erinnische Augen, in einem sehr weit von meinem eigenen Königreich entfernten Inselkönigreich geboren. Aber in ähnliche Umstände hineingeboren und von ähnlichen Regeln bestimmt.

Obwohl wir Fremde waren, waren wir doch auch Verwandte. Sie hatte meinen Bruder geheiratet. Ich würde ihren Bruder heiraten.

Aileen von Erinn, jetzt Prinzessin von Homana, blickte zu mir auf, als ich stehenblieb. In aufrechter Haltung sind wir gleich groß. Cheysuli sind größer als andere Völker, aber sie entstammt dem Haus der Adler, in dem die Menschen oft großgewachsen sind. Sie ist rothaarig, während ich lohfarbenes Haar besitze, und hat grüne Augen, während meine blau sind. Und sie ist ebenso freimütig wie ich, aber ohne die Enttäuschung kennengelernt zu haben, die ich so häufig erfahren mußte, weil wir verschiedene Dinge wollten.

Aber jetzt stand sie nicht aufrecht. Sie saß einsam auf der Bank, als würde sie von einem Fels niedergedrückt, und hatte beide Hände über ihrem Leib verkrampft. Als ich sie ansah, begriff ich.

»Bei allen Göttern«, sagte ich. »Er hat dich *wieder* geschwängert!«

Ich hatte es nicht so offen sagen wollen, nicht Aileen gegenüber, die ich mochte und lieber nicht mit übereilten Worten verletzt hätte. Aber ich bin kein Mensch, der denkt, bevor er spricht, da ich von Temperament und Zunge beherrscht werde. Innerlich verfluchte ich mich, als ich das Zurückzucken in ihren Augen bemerkte.

Und dann reckte sie den Kopf empor. Ich sah, wie sich ihre Kinnlinie anspannte, dieses starke erinnische Kinn, und erkannte, daß sie, auch wenn sie die Frau des Prinzen von Homana war, eigentlich nicht von ihm beherrscht wurde.

Aber andererseits wußte ich, daß Brennan es auch gar nicht erst versuchen würde.

Aileen lächelte etwas verzerrt. »In Erinn sind Kinder *häufig* ein Ergebnis des Beischlafs. Ich glaube, in Homana ist es genauso.«

Ich schaute über die Schulter zu Griffon, der mehr Ehre verdient hätte, als ich ihm gewährte, aber ich dachte an Aileen und an Dinge, die besser vertraulich behandelt wurden. »Ihr könnt gehen«, sagte ich zu ihm. »Aber kommt morgen zur gleichen Zeit wieder.«

Kurz, so kurz, blitzte in ihren braunen Augen etwas auf, verbarg sich aber sofort wieder. Ich bedauerte meinen Ton, wußte aber nicht, was ich sagen konnte, um die Kränkung zu mildern, da sie bereits geschehen war. Er war in seiner Eigenschaft als der persönliche Waffenmeister meines Vaters – und daher im Dienste eines Königs – weitaus mehr als ein Diener. Und er schuldete mir keinen Dienst, da nur Männer in der Waffenkunst ausgebildet werden. Er hatte nur zugestimmt, mit der Tochter des Mujhar zu üben, weil er eine Wette verloren hatte. Ich hatte sie gewonnen und damit alles, was er lehren konnte.

Er reinigte sein Schwert, steckte es in die Scheide zurück, verneigte sich vor Aileen und ging. Damit erwies er ihr die Höflichkeit, die er vielleicht auch mir erwiesen hätte, hätte ich sie verdient. Aber im Augenblick war mir Aileens Wohlergehen wichtiger als Griffons Gefühle.

»Er hätte warten können«, sagte ich kurz angebunden. »Er hat bereits einen Sohn, und du wärst *daran* schon fast gestorben.« Ich nahm grimmig ein weiches Tuch auf, reinigte auch meine Klinge und steckte sie ebenfalls wieder in die Scheide. »Du bist erst achtzehn Monate verheiratet und hast bereits ein Kind geboren. Und jetzt wird noch eines kommen?« Ich schüttelte verbissen den Kopf. Es war ihre Angelegenheit, nicht meine, aber ich konnte nicht anders. Brennan und ich verstehen uns nicht immer gut. »Aileen, er läßt dir keine *Zeit* ...«

»Es war nicht allein seine Entscheidung«, belehrte sie mich scharf, womit sie im gleichen Tonfall, aber mit erinnischer Klangfärbung antwortete. »Glaubst du, ich hätte in dieser Sache nichts zu sagen? Glaubst du, ich würde zulassen, daß er mich gegen meinen Willen nimmt, oder daß er es auch nur versuchen würde?« Aileen erhob sich und schüttelte wie abwesend ihren zerknitterten Rock aus. »Hast du also vergessen, daß Frauen den Beischlaf manchmal auch wollen?«

Das brachte mich zum Schweigen – wie sie es beabsichtigt hatte. Aileen und ich stehen uns nahe, sind fast *Geistesverwandte*, und sie weiß, wie sehr ich mich darüber erzürne, wenn Frauen gezwungen werden, bestimmte Dinge zu tun, nur weil sie Frauen sind. Sie weiß auch, daß ich wenig Neigung zum Beischlaf habe, da ich mehr um Freiheit bemüht bin, sowohl um körperliche als auch um geistige Freiheit.

»Er hätte warten können«, wiederholte ich. »Und du hättest ihn warten lassen können.«

Sie lächelte. Aileens Lächeln kann einen Saal erhellen und erhellte jetzt auch den Raum. »Er hätte warten können«, stimmte sie mir zu, »und *ich* hätte ihn auch warten lassen können. Aber wir haben beide an nicht mehr als das Vergnügen des Augenblicks gedacht ... Und so wird es auch dir eines Tages ergehen, ganz gleich, wie du jetzt darüber denkst.«

Ich wandte mich von ihr ab, schritt zu einem Schwertständer und befreite mich von dem in der Scheide steckenden Schwert. Ich spürte die Anspannung in meinem Rücken. Ich versuchte sie zu lösen, wie ich auch versuchte, unbeteiligt zu klingen. »Wann wird es geboren?«

»In sechs Monaten«, sagte sie. »Und es wird kein ›es‹, sondern es werden ›sie‹.«

Ich fuhr herum und starrte sie an. »Zwei?«

»Ja, das sagen die Ärzte.« Aileen lächelte erneut und sprach leichthin weiter. »Ein Familienmerkmal, wurde mir gesagt. Zuerst Brennan und Hart, dann du und Corin. Und jetzt ...?« Sie zuckte die Achseln. »Wir werden sehen.«

Sie spielt ihre Rolle gut, dachte ich. Nur ihre Augen verrieten sie. »Zwei«, wiederholte ich. »Du bist bei Aidans Geburt schon fast gestorben, und er war allein.«

Aileen zuckte abermals die Achseln. »Ich bin durch Aidans Geburt inzwischen geweitet. Es sollte dieses Mal leichter sein, und die Ärzte haben mir gesagt, daß Zwillinge immer kleiner sind.«

Ich konnte nur mühsam einen Aufschrei unterdrükken. »Bei den Göttern, Aileen, du bist fast verblutet! Was sagen die Ärzte dazu?«

Das nahm ihrem Gesicht die erzwungene Fröhlichkeit. »Glaubst du, das wüßte ich nicht?« schrie sie. »Glaubst du, ich wäre *erfreut* gewesen, als sie es mir gesagt haben?« Solch blasse, bleiche Haut, von leuchtendrotem Haar umgeben. Solch grüne, verschreckte Augen, die jetzt dunkel und geweitet waren. »Ich konnte mich nur mühsam beherrschen, mich vor Angst nicht zu übergeben ... mich vor ihnen nicht zu entehren, besonders als ich den Ausdruck in ihren Augen bemerkte. Sie haben auch Angst ... Aber Erben sind das Risiko wert, und Aidan ist besonders klein und kränklich. Es müssen noch weitere Söhne geboren werden.« Ihre Finger verkrampften sich in den Falten ihrer Röcke. »Götter, Keely, was soll ich denn tun?«

»Verliere es«, sagte ich kurz. Und dann deutlicher: »Verliere *sie*.«

Aileen öffnete sprachlos den Mund. Dann schloß sie ihn wieder und befeuchtete ihre Lippen mit leicht zitternder Zunge. »Verliere sie«, wiederholte sie.

»Es gibt Kräuter«, erklärte ich ungeduldig. »Kräuter, die eine Fehlgeburt auslösen.«

Aileens Stimme klang wie betäubt. »Du willst, daß ich meine Kinder töte?«

»Besser sie als du.« Der Schweiß trocknete auf meinem Gesicht, meiner Kopfhaut, unter dem Leder, das ich trug: eine an den Knien ausgebeulte Hose, ein ärmelloses, eng gegürtetes Cheysuliwams und eine gesteppte, langärmelige Untertunika, deren Manschetten an den Handgelenken geschlossen waren. Ich brauchte dringend ein Bad, aber dies war wichtiger. »Brennan hat einen Erben. Er braucht auch eine Königin.«

»O *Keely.*« Sie schüttelte mit Anstrengung den Kopf. »O… Keely… nein. *Nein.* Meine Kinder töten? Wie könnte ich das tun? Wie konntest du das auch nur vorschlagen?«

»Leicht«, belehrte ich sie. »Wenn es eine Wahl gibt, dich zu verlieren oder zu behalten, würde ich lieber die Kinder verlieren wollen.«

»Wenn du Mutter wärst…«

Ich wandte die Hände mit den Handflächen nach oben. »Aber das bin ich nicht. Und ich werde es auch niemals sein, wenn ich die Wahl habe.«

Aileen setzte sich hastig hin. »Warum *nicht?*« fragte sie entsetzt. »Wie kannst du keine Kinder haben wollen?«

Ich strich verschwitzte Haare aus meinem Gesicht zurück und stopfte sie wieder in den geflochtenen Zopf. Da ich sie mit meinem Geruch nicht beleidigen wollte – und auch nicht in der Lage war, nahe bei ihr zu sitzen, während wir etwas so Persönliches besprachen –, ließ ich mich auf dem Steinboden nieder und lehnte mich an die Wand. Der Übungsraum war sehr einfach und schmucklos, nicht mehr als das, wozu er gedacht war: ein Raum, in dem für den Krieg geübt wurde.

»Kinder *fordern* Dinge«, sagte ich. »Dinge wie ständige Verantwortung. Sie rauben Zeit und Freiheit, berauben dich der Wahl. Sie sind Schmarotzer der Seele.«

»Keely!«

Ich seufzte, wohl wissend, wie gefühllos das klang, aber auch wohl wissend, daß ich es so meinte. »Ich habe mein ganzes Leben lang für meine Freiheit gekämpft. Ich kämpfe jeden Tag darum. Und ich werde in dem Augenblick, in dem ich empfangen habe, lieben, was ich mir erkämpfte.«

»Das stimmt nicht!« schrie sie. »Habe ich *meine* Freiheit verloren?«

»Hast du sie verloren?« erwiderte ich. »Bevor du Erinn verlassen hast und hierher nach Homana gekommen bist – bevor du dich in Corin verliebt hast –, bevor du Brennan geheiratet hast ... wie war dein Leben da?«

Aileen schwieg, denn wenn sie gesprochen hätte, wäre die Schlacht für sie verloren gewesen.

»An dem Tag, als du mit Brennan geschlafen hast, wurde Aidan empfangen«, sagte ich. »Und von dem Tage an wurde aus dir mehr als eine Frau, mehr als *du selbst*: du wurdest das Behältnis, das Homana beherbergt, weil dieses Kind eines Tages Mujhar sein würde. Dein Wert wurde einzig darauf begründet, nicht auf dich, nicht auf *Aileen* ..., sondern auf jenes Kind, weil in Königshäusern Neugeborene mehr als nur Kinder sind.« Ich zuckte die Achseln. »Sie sind Münzen, mit denen man Handel treiben kann, genau wie es sich bei uns schon vor unserer Geburt verhielt.« Ich zog meinen Zopf über eine Schulter nach vorn und spielte gedankenverloren mit den Enden unterhalb des Bandes. Das Haar mußte gewaschen werden, genau wie mein Körper. »Ich mag Kinder. Aber ich käme besser ohne sie zurecht.«

»Das wirst du nicht mehr sagen, wenn du erst mit Sean verheiratet bist.«

Sie klang so sicher. Tatsächlich *so* sicher, daß sich uneingestandener Groll in ihrer zu hastigen Redeweise niederschlug. »Und wie fühlt es sich also an, Aileen, im Bett eines Mannes zu liegen – diesem Mann seine Kinder zu gebären –, während man doch einen anderen liebt?«

Aileen sprang auf. »Du *Skilfin!*« schrie sie. »Willst du mir das vorwerfen? Willst du mit mir über Dinge sprechen, die du nicht verstehen kannst, da du nur halbwegs Frau bist ...« Und sie schlug sich über einem erstickten Entsetzensschrei die Hände vor den Mund. »O Keely ... o Keely, ich schwöre ... ich *schwöre* ...«

»... daß du es nicht so gemeint hast?« Ich zuckte gleichgültig die Achseln. »Ich habe diesen Satz auch früher schon gehört – mir selbst gegenüber und über mich gesagt.« Ich stemmte mich vom Boden hoch und strich die Sitzfalten aus meiner Lederkleidung. »Wenn ich nur als halbe Frau angesehen werde, nur weil ich lieber ich selbst und nicht ein Anhängsel eines Mannes – noch eine Mutter seiner Kinder – bin, dann soll es so sein. Ich bin Keely ... und das allein zählt.«

Ihr Gesicht hatte einen Teil seiner Farbe verloren. Sie war wieder blaß, zu blaß. »Wirst du auch Sean das alles sagen?«

»Genauso wie ich es dir gesagt habe, werde ich es auch deinem Bruder sagen.« Ich schritt zur Tür, die Griffon laut geschlossen hatte. »Ich bin keine Lügnerin, Aileen, und auch niemand, der Täuschung schätzt. Ich bin niemals gefragt worden, ob ich heiraten will, wurde aber schon vor meiner Geburt verlobt ... Ich bin niemals gefragt worden, ob ich, da ich eine Frau bin, Kinder gebären will. Es wurde einfach *angenommen* ... Und das ist es, meine Prinzessin, was ich daran am meisten hasse.« Ich hielt inne, die Hand schon auf der Türklinke, und wandte mich ihr dann noch einmal ganz zu. »Aber du weißt es.« Ich sprach jetzt ruhiger. Ich war nicht auf Aileen böse. »Du *solltest* es wissen, da du den ältesten von Nialls Söhnen heiraten mußtest, obwohl du lieber den jüngsten bekommen hättest. Du weißt, wie es sich anfühlt, wenn die Dinge *für* dich geregelt werden, einfach wegen deines Geschlechts.«

Gerade rote Augenbrauen wurden über einer ebenso geraden Nase gesenkt. Aileen ist keine Schönheit, aber jeder, der einigermaßen bei Verstand ist, erkennt die dahinterliegende Glut. »Ich bin keine Sklavin«, sagte sie düster, »und ich bin auch keine Närrin. Es gibt Dinge im Leben, zu denen wir nicht durch unseren eigenen Fehler gezwungen werden, sondern durch eine bestimmte Notwendigkeit unabhängig vom Geschlecht ... Und das solltest *du* wissen, da du eine Cheysuli bist.« Sie hielt inne und musterte mich. Ich fragte mich, wie so oft, ob der Bruder seiner Schwester irgendwie ähnlich war. »Oder bist du heute Homanerin? Ah, nein – vielleicht statt dessen Atvianerin.« Aileen stand groß und aufrecht vor mir, und ihr Stolz war greifbar. »Mir fällt auf, meine Prinzessin, daß *du* bist, was immer du willst, wann immer es dir in den Sinn kommt. Wann immer es *paßt*.«

Ich glaube, es sollte mich treffen. Statt dessen brachten mich ihre Worte zum Lachen. »Ja«, stimmte ich ihr zu, »was immer ich sein will. Frau, Krieger, *Tier* ... und ich danke den Göttern für diese Magie.«

»Magie«, wiederholte Aileen. »Ja, das hatte ich vergessen – aber du, glaube ich, auch. Denn mit der Magie, die dich zum Gestaltwandler macht, geht auch der Preis einher, den du wirst bezahlen müssen. Und eines Tages wirst du ihn bezahlen. Dein *Tahlmorra* wird dafür sorgen.«

Ich runzelte die Stirn. »Welchen Preis?«

»Die Ehe«, sagte sie knapp. »Die Ehe und die Mutterschaft. Wie sonst sollte das Bindeglied geschmiedet werden, das die Prophezeiung verlangt?«

Ich grinste sie an. »Ah, aber das hast *du* doch schon getan, du und mein ältester *Rujholli*. Aidan ist derjenige. Aidan ist das Bindeglied. Aidan wird Mujhar sein.«

Sie sagte gleichmütig: »Aidan könnte bei Einbruch der Nacht sterben.«

Das brachte mich jäh zum Schweigen, wie sie es auch beabsichtigt hatte. »*Aileen* ...«

Ihre Stimme klang ausdruckslos. Genau wie ich, verbarg auch sie ihr Innerstes eher, als daß sie die Sorge um wichtige Dinge gezeigt hätte. »Es geht ihm nicht gut, Keely. Aidan ist es seit seiner Geburt noch nie gutgegangen. Er könnte heute noch sterben. Er könnte nächstes Jahr sterben.« Sie legte die Hände auf ihren Bauch, der sich unter ihren Röcken leicht wölbte. »Verstehst du, und darum ist es unumgänglich, daß ich Brennan einen weiteren Sohn gebäre.« Sie hielt inne und hielt mich mit der Ausdruckskraft ihrer Augen und dem Wissen um ihre Pflicht, um ihren *Wert*, nach dem Männer Frauen – und besonders jene, die sie heiraten – oft beurteilen, fest. »Zwei wären sogar noch besser, denke ich, falls sie auch kränklich sind.«

Ich stellte mir Aileen vor, wie sie vielleicht dem Tod geweiht in den Wehen lag und zwei Kinder auf einmal gebar – für den Thron ihres Ehemannes. Ich erinnerte mich vom ersten Mal, von Aidans Geburt, an die Szene, wie sie geblutet und geblutet hatte, fast gestorben wäre und sich nur sehr langsam wieder erholte. Und jetzt stand sie dem wieder gegenüber, aber dieses Mal war die Bedrohung stärker.

Angst stieg aus meinem Inneren auf und fand den Weg zu meiner Zunge. »Aileen, du könntest *sterben*.«

Ihre Finger spannten sich fest an, umklammerten die ungeborenen Seelen. »Männer ziehen in den Krieg. Frauen gebären die Kinder.«

Ich entriegelte die Tür und öffnete sie. Aber ich ging nicht sofort. »Weißt du«, sagte ich zu ihr, »wenn ich könnte, würde ich mit dir tauschen.«

»Das würdest du tun?« fragte Aileen. »Glaubst du, du *könntest* es tun?«

Ich blieb auf der Schwelle stehen, eine Schulter an das Holz gelehnt. »Wenn du mich fragst, ob ich einen Menschen töten könnte, dann sage ich ja.«

Sie verzog kurz das Gesicht. »So leichtfertig«, sagte sie. »Ich glaube, *zu* leichtfertig. Ich denke, du weißt nicht, was du tun kannst – oder nicht tun kannst –, und das ärgert dich. Es *erschreckt* dich …«

Ich fiel ihr entschlossen ins Wort. »Ich werde tun, was ich tun muß.«

Aileen begann zögernd zu lächeln. Und dann lachte sie, während Tränen in ihre Augen stiegen. »So grimmig«, sagte sie, »so *stolz* … und so sehr, sehr hilflos. Nicht weniger als ich.«

Leugnen war sinnlos, dachte ich. Ich schloß die Tür vor ihren Worten.

Kapitel Zwei

Es juckte. Ich wollte in diesem Augenblick nichts mehr, als in eine glatte Halbwanne mit dampfend heißem Wasser steigen, um den getrockneten Schweiß, die angespannten Muskeln und die Verärgerung von der Wärme durchdringen zu lassen. Aber gerade als ich den Befehl gab, das Bad herzurichten, in meine Räume ging und meine schweißgetränkte Untertunika löste, wurde ich daran gehindert. Denn mein Vater kam hinter mir herein, schweigend und ohne Vorwarnung, und schloß die schwere Tür.

»Also hast du von Griffon die Schwertkunst gelernt«, sagte er.

Einen Augenblick, nur einen Augenblick, überlegte ich ernsthaft, meine Stiefel und meine restliche Kleidung auszuziehen, einfach um sein Gesicht zu sehen. Ich entschied mich dagegen, weil er sich, nach dem Ausdruck in seinen Augen zu urteilen, durch nichts ablenken lassen würde, nicht einmal durch die Nacktheit seiner Tochter, bis er gesagt hatte, was zu sagen war.

Ich stützte die Hände auf die Hüften. »Ja«, bestätigte ich, sagte aber nichts weiter über Griffons Treuebruch. Er war immerhin der Gefolgsmann meines Vaters, nicht meiner. »Ich habe kein Geheimnis daraus gemacht.«

»Aber du hast es mir auch nicht *erzählt*.«

Ich fand es offensichtlich, sagte es aber dennoch. »Ich wußte, daß du mir sagen würdest, ich sollte damit aufhören.«

»Und das solltest du auch tun.« Er kreuzte die Arme über der Brust. »Und daher tue ich es: *Hör auf damit*.«

Ich versuchte, bestimmt zu klingen. »Ich bin keine zerbrechliche, nutzlose Frau ... Ich *weiß*, wie man kämpft.

Alle meine *Rujholli* haben mich im Messer- und Bogenkampf unterwiesen ... Warum sollte ich dann nicht auch den Schwertkampf erlernen?«

Er lehnte sich gegen die Tür und nahm somit eine Haltung entspannter, ruhiger Würde an. Er konnte es mir befehlen, das wußte ich, und er würde es wahrscheinlich tun, aber wenn ich ihm ein gutes, nicht widerlegbares Argument lieferte, könnte ich dennoch siegen. Manchmal konnte ich es. Nicht oft. Nicht annähernd oft genug.

Ich betrachtete das Gesicht meines Vaters und sah, was auch andere sahen: durch Kummer und Sorgen entstandene Falten um die Augen und den Mund, das ergrauende Haar, das noch immer lohfarben-braun vermischt war, die lederne Augenklappe über der Leere, die einst sein rechtes Auge gewesen war.

Aber ich sah noch mehr als das. Ich sah Freundlichkeit und Leidenschaft. Geistige Kraft und Willensstärke. Verständnis und Liebe, Ehrlichkeit und Stolz und eine tiefe Hingabe an seine persönlichen Überzeugungen.

Dennoch konnte ich nicht so schnell aufgeben. Das hatte er mich gelehrt.

Er antwortete auf meine Frage mit einer Gegenfrage. »Warum *willst* du den Schwertkampf erlernen?«

Ich zuckte die Achseln. »Ich will es einfach. Ich will sie alle beherrschen können, alle Waffen, die Menschen im Krieg gebrauchen ... nicht weil ich *in den Krieg ziehen* will, sondern weil ich Waffen mag.« Ich balancierte wie ein Storch auf einem Bein, drehte das Knie aufwärts und zog an Spitze und Absatz meines linken Stiefels, um ihn auszuziehen. »Warum stellst du mir solche Fragen, *Jehan?* Du fragst Deirdre nie, warum sie diesen Löwenteppich webt ... Und du fragst auch Brennan nicht, warum er Freude am Üben und an den Rennen mit seinen Pferden hat. Du fragst nur mich, weil ich mich mit Dingen beschäftige, die du und andere

Männer für unschicklich für eine Frau halten.« Der Stiefel löste sich. Ich ließ ihn fallen und bewegte den Fuß, spürte den eiskalten Stein unter meiner jetzt bloßen Fußsohle. »Du bist ein solch unerschütterlicher Verfechter der Gerechtigkeit, *Jehan* – und doch bist du gegenüber Ungerechtigkeit unter deinem eigenen Dach blind.«

»Ich halte es kaum für gerecht, meine Tochter zu bitten, mit der *Schwert*übung aufzuhören«, sagte er tonlos. »Bei den Göttern, Keely, du hast mehr Freiheit erfahren als jede andere Frau, die während der letzten fünfzig oder sechzig Jahre geboren wurde ... Du hast die Gabe der *Lir*gestalt, und du sprichst ungehindert mit allen *Lirs*. All das – und doch bestehst du zusätzlich darauf, meinen Waffenmeister durch List dazu zu bringen, dich im Schwertkampf zu unterweisen.«

Ich ließ den anderen Stiefel auf den Boden fallen und hörte, wie der Absatz scharf auf dem rosenroten Stein auftraf. »Es war keine List«, erwiderte ich betroffen. »Hart hat mir beigebracht, wie man wettet ... Ich habe Griffons Dienste *rechtmäßig* gewonnen.«

Er seufzte und rieb sich müde die Stirn, wobei er das Lederband, das die Augenklappe an ihrem Platz hielt, zurechtrückte. »Hart hat dir beigebracht, wie man wettet, Corin, wie man rebelliert ... Es wäre wohl eine übertriebene Annahme zu glauben, daß Brennan dir Höflichkeit und Achtung beigebracht hätte ...«

Ich unterbrach ihn, während ich auf einen Teppich trat. »Willst du wissen, was Brennan mir beigebracht hat, *Jehan?* Er hat mich gelehrt, daß ein Mann, der keine Rücksicht auf seine *Cheysula* nimmt und nur an sich selbst denkt ... Bei den Göttern, *Jehan,* Aidans Geburt hat Aileen beinahe umgebracht! Und jetzt muß sie das Ganze erneut mit *zwei* Kindern durchmachen?« Ich schüttelte den Kopf. »Lehre Brennan Zurückhaltung, *Jehan,* dann werde ich ihm vielleicht erlauben, mich Höflichkeit und Achtung zu lehren.«

Seine durch Müdigkeit bedingte gute Stimmung schwand. »Dies ist eine Sache zwischen Brennan und Aileen, Keely. Deine Meinung dazu ist wohlbekannt. Ich glaube nicht, daß wir in diesem Punkt Ausgeglichenheit von dir erwarten können.«

Ich riß das geknotete Band aus meinen Haaren und begann, das geflochtene Haar wütend zu entflechten. »Oh, und du denkst vermutlich, daß ich, wenn du mich dazu bringst, den Schwertkampf aufzugeben, eine gehorsame, nachgiebige Frau werde. Vielleicht eine wie deine geliebte Maeve, die Teirnan nachgibt, obwohl sie es besser weiß ... Oder vielleicht sogar wie Deirdre, die zur Königin geboren und gezwungen wurde, Gespielin eines Königs zu werden, der die *Cheysula*, die seine Kinder zu entführen versucht hat, nicht aufgeben will.« Ich spürte im Zorn, wie mein schweißverkrustetes Haar ziepte. »Weißt du, wie man sie nennt, *Jehan?* Nicht Gespielin. Nicht einmal *Meijha*, was noch ehrenvoller wäre ... Nein, *Jehan*. Man nennt sie Hure. Deirdre von Erinn, die *Hure*.«

Sein Gesicht wurde sehr bleich. Es war mir zu gut gelungen, seine Gedanken von mir auf Deirdre zu lenken. Zum Teil bedauerte ich es – ich hatte nicht so weit gehen wollen –, aber ein Teil von mir war auch zu zornig, um klar denken zu können. Immer, *immer*, kommt jemand und sagt mir, was ich sein oder nicht sein soll ... Und Götter, das macht mich wahrhaftig zornig!

Ich sah ihn offen an und wartete ab. Ich wußte sehr wohl, daß er verletzt und schockiert und zornig war, mindestens genauso zornig wie ich, wenn auch aus anderen Gründen. Aber er sagte nichts davon, hatte sich besser unter Kontrolle. Er hatte gelernt, den Mund zu halten. Das konnte ich noch nicht und würde es wahrscheinlich auch niemals lernen. Obwohl ich mir manchmal wünschte, ich könnte es.

Gerade jetzt wünschte ich mir auch, ich hätte das gelernt. Ich haßte es, seine Verletztheit zu sehen. Gisella war weit jenseits der Aufsicht oder Kontrolle eines jeden von uns. Daß einige Homaner von ihr als der Königin Homanas sprachen und meinten, sie sollte an der Seite des Mujhar leben, anstatt nach Atvia verbannt zu sein, war für uns nichts anderes als Unwissen. Sie verstanden nicht. Sie *konnten* nicht verstehen. Obwohl sie als die Wahnsinnige Gisella bezeichnet wurde, war sie nach homanischem Recht doch auch die Ehefrau des Mujhar, *Cheysula* auf Cheysuli, und sie hatte der Erbfolge, und auch der Prophezeiung, drei Söhne geboren. Das war ein und dasselbe und für viele das einzige, was zählte.

Und so mußte Deirdre, die mein Vater mehr liebte als sein Leben, die Kränkungen erdulden, die besser meiner Mutter zugedacht worden wären, die ihre Kinder Strahans böser Macht hatte übergeben wollen.

Genauer gesagt: ihre *Söhne*. Ihre Tochter, nur ein Mädchen, war ohne Wert. Die Ihlini wollten nur Jungen.

Er atmete sehr tief durch. Und lächelte, wenn auch bitter. »Inzwischen hat meine Tochter den Schwertkampf erlernt, obwohl ich es vorgezogen hätte, sie hätte es nicht getan.«

»Zu spät«, erwiderte ich taktlos. »Willst du, daß ich es nur zur Hälfte lerne? Das ist gefährlich, *Jehan* … Griffon sollte jetzt besser beenden, was er begonnen hat.«

»Und wenn ich ihm einen gegensätzlichen Befehl erteile?«

Ich begegnete seinem Blick unbewegt. »Spielt das eine Rolle? Du wirst es ohnehin tun.« Ich löste den eng um meine Taille liegenden Gürtel, zusammen mit dem in der Scheide steckenden Messer, und warf beides aufs Bett. »Und ich werde jemand anderen finden, der mich unterweist.« Mit diesen letzten Worten trat ich von ihm fort und wollte in den Vorraum gehen, wo mein Bad wartete, aber er streckte die Hand aus, ergriff sehr unsanft meinen Arm und riß mich wieder zu sich herum.

Ich keuchte fast, so erschreckt war ich über sein Verhalten. Er war kalt, tödlich ernst, nicht mehr der halb belustigte, halb der Possen seiner rebellischen Tochter überdrüssige Vater. Er war jetzt weitaus mehr als ein Vater. Er war auch Mujhar.

Und auch Cheysulikrieger, mit dem an seinen Armen und in seinem Haar schimmernden *Lir*gold. Lohfarben-silbernes anstatt schwarzes Haar, blau- anstatt gelbäugig, war er dennoch Cheysuli. Genau wie alle anderen vergaß ich es häufig. Er scheint in seinen Gewohnheiten eher homanisch, bis er sich die Mühe macht, uns daran zu erinnern, daß in seinen Adern genauso heiß göttergeweihtes Blut fließt wie in meinen.

»Auch wenn du es nur zu gern mißachtest…«, er sprach sehr ruhig, für meinen Seelenfrieden zu ruhig, »… wenn ich dir etwas sage, habe ich im allgemeinen doch einen guten Grund dafür.«

Er hatte mein Handgelenk noch immer fest im Griff. »*Was* soll…«

»Sei still«, sagte er, »und hör zu… wenn es dir möglich ist.«

Ich antwortete nicht auf die Zurechtweisung, da ich beschlossen hatte, daß es im Augenblick besser war, seinen Wünschen zu folgen, wenn auch nur, um den Streit zu beenden. Mein Bad wurde kalt und meine Stimmung zunehmend schlechter.

Seine Stimme klang sehr ruhig. »Ich werde die Homaner nicht in Schutz nehmen, die von ihren Frauen kaum mehr erwarten als den von dir erwähnten Gehorsam und die Nachgiebigkeit, aber ich *werde* die Cheysuli in Schutz nehmen, die ihren Frauen mehr Ehre und Achtung erweisen.« Er ergriff mein Handgelenk fester. »Ist es dir niemals in den Sinn gekommen, daß Frauen den Schwertkampf nicht erlernen, weil ihnen die Kraft fehlt, das Schwert zu führen?«

Ich wartete nur einen Augenblick, um ihn in Sicherheit zu wiegen, und dann entriß ich seiner großen

Hand mein Handgelenk mit Leichtigkeit. Ich stand aufrecht, ausgewogen, breitbeinig da und hob prüfend beide Arme. Die Manschetten rutschten hoch und gaben sehnige Unterarme frei. Ich konnte nicht anders: Meine Hände ballten sich zu Fäusten. »Wirke ich auf dich schwach?«

Er wußte es besser. Ich bin groß, selbst für eine Cheysulifrau, und habe mein Leben nicht mit nichtigem Streben verbracht. Ich war zäh und hart und stark wie ein Krieger, wenn ich auch nicht die Gestalt eines Kriegers hatte. Als ›hager und tödlich‹ hatte Corin mich oft bezeichnet. In letzter Zeit hatte er es jedoch nicht mehr sagen können, da er jetzt in Atvia, Hunderte von Meilen entfernt, lebte, näher an Erinn als an Homana, aber weiter weg von Aileen, die er liebte oder geliebt hatte. Ich wußte nicht mehr, was er fühlte. Er schrieb in seinen Briefen nichts über sie. Und auch ich erzählte ihm in meinen Briefen nur wenig.

»Schwach, nein«, räumte er ein, »aber stark genug? Vielleicht. Vielleicht nicht. Du hast noch niemals im Kampf gestanden.« Er streckte beide Hände aus und umfaßte meine Handgelenke jetzt weitaus sanfter. »Ich weiß, Keely. Ich habe Männer im Kampf gesehen, die kleiner und leichter waren als du, und sie haben sich recht gut behauptet... üblicherweise. Aber wenn sie gegen einen größeren, stärkeren Gegner antreten müssen, sterben sie. Und selbst du mußt zugeben, daß die meisten Frauen erheblich kleiner und schwächer als Männer sind, besonders als abgehärtete Krieger.«

»Wenn man sie andere Dinge tun lassen würde, als Kleider zu flicken, Seife herzustellen, Kinder zu gebären...« Ich brach ab und zuckte die Achseln. »Wer weiß, *Jehan?* Und unsere Geschichte sagt uns, daß Cheysulifrauen einst an der Seite ihrer Krieger gekämpft haben.«

»Ja, in *Lir*gestalt«, stimmte er mir nüchtern zu. »Ich denke, es gibt einen Unterschied zwischen dieser Art

Kampf und den Kämpfen, die die ungeweihten Homaner ausfechten.«

Ich seufzte und entzog ihm meine Arme erneut. »Ich will nicht in den Krieg ziehen, *Jehan*, das verspreche ich dir ..., aber ich will lernen, wie man ein Schwert führt. Alle meine *Rujholli* haben es gelernt. Sollte es mir, nur wegen meines Geschlechts, verwehrt sein?«

»Bist du *so* unglücklich darüber, eine Frau zu sein?« Er hatte mir diese Frage, im Gegensatz zu meinen Brüdern, noch nie zuvor gestellt. Sogar Maeve hatte mich das einmal gefragt, meine sehr weibliche ältere Schwester, die dem Körper erlaubt, den Geist zu beherrschen. »Möchtest du so sehr ein Mann sein?«

Ich lächelte unendlich geduldig. »Nein«, belehrte ich ihn sanft. »Ich möchte nur ich *selbst* sein.«

Er verstand mich offensichtlich nicht. Allerdings hatte mich in diesem Punkt niemand jemals verstanden, nicht einmal mein Zwilling Corin, der mich besser kannte als jeder andere Mensch.

Er seufzte. »Ich schlage dir einen Handel vor. Tritt Griffon gegenüber, wie man ihm gegenübertreten sollte: als Gegner im Kampf, aber mit umwickelten Klingen. Und wenn der Kampf vorüber ist, *dann* entscheide, ob das Erlernen der Schwertkunst die Mühe und die Qual wert ist.«

Er meinte es gut. Aber ich konnte nur den Kopf schütteln. »Alles, was es wert ist, getan zu werden, ist Mühe und Qual wert. Ich bin beides gewohnt.« Ich grinste ihn schief an. »Und jetzt wird es wohl Zeit, daß ich mein Bad nehme. Du warst zu höflich, es zu erwähnen, aber ich stinke wie ein alter Kadaver.«

Der Mujhar von Homana schloß sein Auge. »Ich kann auch nicht annähernd voraussagen, wie Sean reagieren wird, wenn er dir begegnet.«

Ich lachte. »Wenn die Götter auf meiner Seite sind, wird er sagen, daß er mich nicht will.«

»Und dann wäre er ein Narr.« Er wandte sich zur Tür

um. »Wir haben dir Zeit gelassen, Keely, viel Zeit, und Sean ebenfalls ..., aber das wird nicht immer so sein. Eines Tages, vielleicht schon morgen, wird der Brief aus Erinn eintreffen, in dem ich gebeten werde, die Hochzeit vorzubereiten.«

Ich antwortete leichthin: »Dann laß uns um einen Sturm auf See beten.« Und damit ging ich in den Vorraum und rief nach weiterem heißen Wasser, während mein Vater etwas über Götter und rebellische Kinder vor sich hinmurmelte.

* * *

Ich bekam mein Bad nicht. Denn gerade als die Diener kamen, um heißes Wasser nachzugießen, während ich ungeduldig darauf wartete, mich ausziehen zu können, hörte ich außerhalb der Tür, auf dem Gang, Aufruhr. Mein Vater war gerade erst gegangen. Wahrscheinlich war es also etwas, was den Mujhar betraf.

Und dann hörte ich Deirdres erhobene Stimme und erkannte, daß es mehr als nur meinen Vater betraf.

Noch immer barfüßig, ging ich zur Tür des Vorraums und öffnete sie, so daß die Stimmen noch deutlicher hereindrangen. Ja, es war Deirdre, und sie sprach drängend. Angst klang in ihrer Stimme mit.

»... mit ihrer Geschichte könnte es ernst sein«, sagte sie gerade. »Sie blutet, und sie hat Schmerzen. Die Ärzte tun, was sie können, aber das genügt vielleicht nicht. Könntet du und Ian gemeinsam versuchen, sie zu heilen?«

Götter, es ging um Aileen. Und sie *blutete* ... Götter, sie würde die Kinder verlieren, die sie doch haben wollte, und würde vielleicht sogar selber sterben.

Sie waren sich zwar bewußt, daß ich zuhörte, waren aber zu sehr in ihre Unterhaltung verstrickt, um mich zu beachten. Deirdre wirkte aufgewühlt, wie nicht anders zu erwarten war. Aileen war ihre Verwandte, eine nahe Verwandte, die Tochter von Deirdres Bruder.

Mein Vater schüttelte zweimal den Kopf. »Nicht mit Ian. Tasha hat die Jungen. Bis sie sie aufgezogen hat, ist er an menschliche Maßstäbe gebunden. Keine *Lir*gestalt, keine Heilung … Ich werde es allein tun müssen.« Er runzelte die Stirn. »Brennan sollte benachrichtigt werden. Er wird es wissen wollen – bei ihr sein wollen …«

»Er ist nicht hier«, sagte ich knapp. »Er ist heute morgen ganz früh zum Stammeskeep gegangen, um eines seiner Fohlen zuzureiten.«

Jetzt hatte ich ihre volle Aufmerksamkeit. Deirdres Gesicht wurde noch bleicher als zuvor. Mein Vater fluchte kurz und kräftig. »Es ist zu weit, als daß Serri Sleeta durch die *Lir*verbindung erreichen könnte, um Brennan die Nachricht zukommen zu lassen … Es wird ohne ihn getan werden müssen.«

»Ich werde gehen.« Es schien mir notwendig und nicht der Erörterung wert. Ich trat vom Gang zurück, nahm meine Stiefel auf, zog sie wieder an und legte auch den Gürtel mit dem in der Scheide steckenden Messer erneut um. Es dauerte nur einen Augenblick länger, auch noch eine lederne Jagdkappe aus einer Truhe zu ergreifen, und ich war wieder bei ihnen. »Ich werde ihn sofort nach Hause schicken. Sagt Aileen, daß er bereits unterwegs ist. Vielleicht beruhigt es sie.« Ich schüttelte kurz den Kopf, setzte die Kappe auf und stopfte lose, ungeflochtene Haare darunter. Dann zog ich die spitz zulaufenden Ohrenklappen zurecht. »Obwohl ich nicht weiß, warum es sie beruhigen sollte zu wissen, daß der Mann, der ihr solche Schmerzen verursacht hat, unterwegs ist …«

»Geh einfach.« Ich hatte das Auge meines Vaters noch niemals so wild blicken sehen. »*Geh* einfach, Keely, ohne ein weiteres Wort. Du verschwendest Zeit und stellst unsere Geduld auf die Probe, und Aileen verdient weitaus Besseres als deine Häme.«

Ja, das stimmte. Aber die Häme hatte nicht Aileen

gegolten. »Sagt es ihr«, erwiderte ich nur und lief den Gang hinunter.

Ich hielt erst draußen auf den wuchtigen Marmorstufen Homana-Mujhars wieder inne, und dort streckte ich mich tief nach innen in mein Knochenmark, wo die Magie ruht, und wechselte meine Gestalt. Ich tauschte die menschliche Haut gegen die eines Raubvogels und die Frauenarme gegen Falkenschwingen ein.

Ich breitete die Flügel aus, streckte mich, nutzte einen Luftstrom …

… erhob mich.

Ich schrie vor Begeisterung laut, in reiner, ungezähmter, aus Körper und Geist geborener Verzückung.

… Götter, o Götter, welche Herrlichkeit …

… wie herrlich ist es zu fliegen …

Kapitel Drei

Brennan ist unserem Vater überhaupt nicht ähnlich, da er schwarze Haare, eine dunkle Haut und gelbe Augen hat. Er ist ganz Cheysuli und kann sich nicht hinter dem hellen Haar und der hellen Haut unserer homanischen Vorfahren verbergen. Aber das würde er auch niemals versuchen. Kein Cheysuli würde das tun, denn die Götter haben uns zu dem gemacht, was wir sind – und haben uns mit den *Lirs* und aller Magie gesegnet, die mit diesem Bund einhergeht.

Ich selbst teile diesen Bund eigentlich nicht. Ich habe keinen *Lir*, aber ich brauche auch keinen. Ich bin statt dessen überreich mit dem Alten Blut gesegnet, mit den Merkmalen der Stämme, die sich nicht mit anderen vermischten, als sie sich, von der Kristallinsel kommend, in Homana niederließen und die Gaben so festschrieben. Erst als andere Stämme nach außerhalb heirateten, wurde das Blut geschwächt und die wahren Gaben zufällig verteilt. Frauen verloren die Magie, und nur noch Krieger verbanden sich mit *Lirs*. Und doch *sollen* wir außerhalb der Stämme heiraten, unser Blut mit dem anderer vermischen, damit die Gaben wiedererlangt werden können. Ich verstehe wenig von solchen Dingen, und sie kümmern mich auch kaum. Ich weiß nur, daß alle diese geplanten Heiraten, wie die Prophezeiung sie fordert, die Erstgeborenen wiederbringen sollen, die Rasse, die die Cheysuli gezeugt hat. Und auch die Ihlini, wie einige behaupten.

Ich wußte, daß Brennan seine Zweifel daran hatte. Ehrgebunden und pflichtbewußt wie die meisten Cheysuli, diente er der Prophezeiung selbstlos und behielt seine Gedanken für sich, außer wenn er sie in häufigen Briefen nach Solinde Hart mitteilte. Aber manchmal, wenn ich sein überaus cheysulihaftes Gesicht betrachtete, fragte ich mich, ob tatsächlich auch einige Ihlinispuren darin wären. Oder in einem andersartigen, aber ähnlichen Gesicht jemals sein würden.

Er saß in seinem Zelt, vom kärglichen Sonnenschein beleuchtet, den ich durch das Öffnen des Eingangs hereingelassen hatte, und sah mich entsetzt an, als ich ihm von Aileen erzählte. Ich beobachtete ohne Mitgefühl, wie alle Farbe aus seinem Gesicht wich. Das wirkt bei einem Homaner schlimm, mehr aber noch bei einem Cheysuli.

Seine Hände zitterten. Ich beobachtete, wie sie zitterten, während er den Becher festhielt. Ich sah, wie sie Alkohol über den Rand vergossen und auf seine Hose spritzten. Brennan merkte es nicht, da er zu sehr damit beschäftigt war, mich anzustarren. Sleeta, sein Rotluchs, lag hinter ihm, die glänzend schwarze Sleeta mit dem Samtfell und dem messerscharfen Verstand. Obwohl ich mich mit ihr genauso leicht unterhalten konnte wie Brennan, taten wir es nicht. Dies war eine Sache zwischen *Rujholla* und *Rujholli.*

Und dann sprang Brennan auf, warf den Becher fort, strich ohne ein einziges Wort an mir vorbei, stieß mich fast zur Seite, riß mir den Zelteingang aus den Händen und rief nach seinem Pferd. Ich folgte ihm verärgert. Und Sleeta folgte wiederum mir.

Erst als das Pferd gebracht worden war, wandte er sich zu mir um, und ich sah etwas anderes als Entsetzen in seinen Augen. Ich erkannte Verzweiflung. »Zu weit«, sagte er. »Ich werde ihn töten, wenn ich ihn den ganzen Weg nach Homana-Mujhar galoppieren lasse, und erreiche Aileen zu spät.«

Das war, angesichts seines Erbes, eine höchst lächerliche Feststellung. Ich fragte trocken: »Warum willst du überhaupt reiten?«

Er starrte wie gebannt Sleeta an, als entdeckte er seinen *Lir* – und was er bedeutete – neu. »Ja«, sagte er überrascht und nickte dann zögernd. »O ja ... natürlich ...«

»Brennan.« Ich runzelte die Stirn und griff nach den Zügeln in seinen schlaffen Fingern, bevor er das Leder fallen ließ und das Pferd ganz verlor. Es war ein feuriges Hengstfüllen. »So wie du dich benimmst und aussiehst – willst du etwa sagen, du hast es nicht gewußt? Aileen hätte es dir nicht gesagt?«

»Aileen ist häufig – verschlossen.«

Das war eine sonderbare Art der Zusammenfassung, dachte ich. Achtzehn Monate verheiratet, und doch nur, weil es notwendig war und nicht aus freiem Willen. Eine geplante Heirat, genau wie meine. Aileen liebte meinen Zwillings*rujholli,* Corin, nicht den Mann, den sie geheiratet hatte. Und Brennan? Mein ältester *Rujholli* ist stolz und überzeugend ehrenhaft. Obwohl Aileens Unschuld bewahrt gewesen war, galt das für ihr Herz zweifellos nicht. Und er hatte nicht gewagt, es heilen zu wollen. Er hatte sie nur geheiratet, mit ihr geschlafen und einen Sohn mit ihr gezeugt, ein Kind für den Löwenthron und auch für die Prophezeiung.

Und jetzt zwei weitere, die ihre Geburt vielleicht nicht mehr erleben würden.

»So«, sagte ich, »verschlossen ist sie. Das paßt sehr gut, würde ich sagen. Du hast ihr seit dem Tag eurer Heirat nichts geboten. Aber *sie* bietet dir ihr Leben.« Ich deutete mit dem Kopf in Richtung Mujhara. »Geh, *Rujho*. Kümmere dich um deine *Cheysula*. Ich werde dein geliebtes Hengstfüllen mitbringen.«

Er wollte einiges sagen, aber er schwieg. Vielleicht ein anderes Mal. Brennan und ich sind nicht oft einer Meinung, was sich häufig in Heftigkeiten auswirkt. Jetzt wandte er sich nur auf dem Absatz um und ging entschlossen davon, wobei er mich gelassen übersah. Sleeta ging mit ihm.

Aber ich hatte sein Gesicht gesehen. Ich hatte seine Augen gesehen. Und erstaunt erkannt, daß mein Bruder seine Frau liebte.

Ich brach nicht sofort wieder nach Mujhara auf. Vielleicht hätte ich es tun sollen, aber Aileens Qual ängstigte mich. Wenn die Götter sie wollten, würden sie sie nehmen, gleichgültig, ob ich dabei war oder nicht. Ich glaubte nicht, daß ich es ertragen könnte, ihrem Sterben zuzusehen, oder die Geduld hätte, in einem anderen Raum ruhig darauf zu warten, daß jemand käme und mir sagte, sie sei tot. Ich würde durch das Warten verrückt werden, würde Dinge sagen, die ich nicht so meinte, Menschen verletzen, wahrscheinlich vor allem Brennan. Nachdem ich sein Gesicht gesehen hatte, dachte ich, daß ihm in diesem Augenblick mehr Mitgefühl gebührte, als ich ihm zu geben vorbereitet war.

Also ging ich nicht hin. Denn ich wußte, ganz gleich, was geschah und was ich tat, ich würde mich hassen.

Und dann gab Maeve mir die Gelegenheit, meine Gefühle auf jemand anderen als mich selbst zu bündeln, und mich wie immer dagegen zu wehren, daß eine Frau ihre Welt als leer empfindet, wenn kein Mann anwesend ist.

Wir sind Schwestern, *Rujholla,* durch drei Brüder getrennt – denn Maeve wurde als erste von uns allen geboren – und gleichermaßen durch unsere Überzeugungen. Uns trennt auch das Blut, da Nialls Tochter keinen Anteil am Alten Blut und auch nicht am neueren, dünneren Blut hat, das Krieger auf einen einzigen *Lir* und Frauen auf die *Lir*losigkeit beschränkt, und auch keine der Gaben besitzt. Deirdres einziges Kind spiegelt hauptsächlich den erinnischen Anteil ihres Erbes wider, wodurch das Cheysulihafte unter messingblondem Haar, grünen Augen und heller Haut verborgen blieb ... und auch das Streben der Cheysulifrauen nach Unabhängigkeit.

Jedoch *hatte* sie in letzter Zeit das Bestreben entwickelt, im Stammeskeep leben zu wollen, was uns alle verwirrte. Maeve paßte viel besser als ich selbst in den Palast und vervollständigte Deirdres eigentliche Herrschaft als Schloßherrin in Homana-Mujhar mühelos. Sie war die pflichtbewußte älteste Tochter des Mujhar und ihm – wie wohlbekannt war – das liebste seiner Kinder, obwohl sie seine Gesellschaft in letzter Zeit zunehmend gegen die der Stämme eingetauscht hatte.

Wir saßen außen vor einem schieferblauen Zelt auf einem dicken schwarzen Bärenfell und warfen die Wahrsageknochen. Es ging um keine Wette – Maeve mag Wetten nicht so sehr, die eher Harts Laster sind –, sondern um uns die Zeit zu vertreiben und leichter eine Unterhaltung beginnen zu können, weil wir üblicherweise so wenig gemeinsam haben, daß es genauso wenig zu besprechen gibt.

Maeve seufzte, nahm die Knochen auf und warf sie nachlässig wieder aus. »Vielleicht *sollte* ich gehen. Mutter wird sehr aufgewühlt sein... Ich könnte ihr helfen...«

»Indem du was tust?« fragte ich offen. »Deirdre wird wahrhaftig aufgewühlt sein und keine Zeit für dich haben. Du tätest besser daran, aus dem Weg zu bleiben, wie ich es auch tue.«

Sie kniff die Lippen zusammen. »Du bleibst nicht aus dem Weg, Keely – zumindest nicht, um zu helfen. Du bleibst hier, weil du Angst hast.« Sie legte ihre Hand flach auf die Knochen, als ich sie aufheben wollte. »Nein, hör mir zu – du *hast* Angst, Keely... Du hast Angst zu erleben, was eine Frau durchmacht, wenn sie ein Kind gebärt, weil du weißt, daß du dasselbe erleiden müssen wirst.« Maeve lachte leise und schüttelte den Kopf. »Du bist so widersprüchlich, Keely... Einerseits bereit, es im Kampf mit jedem Mann aufzunehmen, gleichgültig, ob mit dem Messer, mit dem Bogen oder mit dem Schwert, und andererseits hast du schreckliche Angst, mit einem Mann zu schlafen … dich dem Beischlaf hinzugeben, die Gewalt über dich selbst zu verlieren, die Möglichkeit zu bekommen, noch jemand anderen als dich selbst zu lieben …«

Ich übertönte sie. »Du weißt nichts darüber, Maeve. *Du* weißt nur, daß Teirnan bloß mit den Fingern schnippen mußte, und schon hast du die Beine für ihn gespreizt …«

Maeves Gesicht war leichenblaß. »Glaubst du, ich hätte den Schwur, seine *Meijha* zu sein, den ich geleistet habe, während dieses letzten Jahres nicht bereut?« Tränen stiegen ihr in die Augen, halb aus Zorn, dachte ich, und halb aus Erniedrigung. »Weißt du, wie es ist, jede Nacht allein dazuliegen und zu wissen, daß der Mann, den ich liebe, ein Verräter seiner Rasse ist? Eine Bedrohung für den Löwenthron selbst?«

Ein tiefempfundenes Schuldgefühl beschlich mich. Götter, warum müssen wir immer streiten? Warum zwingt sie mich stets, auf Messers Schneide entlangzubalancieren und mich dann mit solchem Gerede selbst hinunterzustoßen? »Maeve …«

Sie nahm die durchscheinenden, mit Runen versehenen Knochen auf und schleuderte sie heftig von uns beiden fort. »Hast du auch nur eine Ahnung, wie es ist, zu wissen, daß man *benutzt* worden ist, ohne Rücksicht auf deine eigenen Bedürfnisse und Wünsche oder deine Treuebindungen?« Sie sah mich zornig an, während die Tränen überliefen. »Nein. Du nicht. Niemals. *Keely* niemals. Nun, ich *weiß*, wie es ist … und ich muß damit leben. Jeden Tag, jede Nacht … und den Rest meines Lebens.«

Ihre Leidenschaftlichkeit, ihre Erniedrigung, die zu verbergen sie sich nicht die Mühe machte, da sie genauso stolz war wie wir alle, hatten mich zum Schweigen gebracht. Es ist leicht für mich, Maeve zu verachten, weil unsere Überzeugungen so verschieden und wir beide so selbstsicher sind. Aber auch wenn uns wenig verbindet, hält das, was vorhanden ist, allen äußeren Bedrohungen stand.

»Es wird vergehen«, sagte ich schließlich. »Eines Tages wirst du dich betrachten und erkennen, daß Teir überhaupt nichts gewonnen hat. Er hat verloren, Maeve. Er hat dich verloren, die Stämme, die Nachwelt. Er ist *seiner Verwandtschaft beraubt*, er hat nichts mehr, außer seinem *Lir* und dem Wissen, daß er ein Verräter an seinem Erbe ist.«

»Was ist mit seinem Kind?« fragte sie verbittert. »Was ist mit dem Mischling, den er mit der Tochter des Mujhar gezeugt hat?«

»Aber es *gibt* ...« Ich brach ab. »O Maeve ... *nein* ...«

»Ja«, antwortete sie nur kurz. »Warum bin ich wohl hier, anstatt in Homana-Mujhar?« Maeve riß an dem Bärenfell. Sie hatte den Kopf gesenkt. Das gelöste blonde Haar verbarg den größten Teil ihres Gesichts. »Warum kann ich es wohl nicht ertragen, meinen Vater zu sehen ...« Und dann schlug sie jäh beide Hände vors Gesicht und verbarg es ganz vor mir, während sie die Tränen zurückzuhalten versuchte. »O Götter, Keely ... was wird er sagen?« Ihre Worte erklangen durch ihre Hände gedämpft. »Ich habe den Schwur gebrochen, *wahrhaftig* ... und doch kam Teirnan später, nachdem er sich bereitwillig von der Verwandtschaft, dem Stamm, der Prophezeiung losgesagt hatte ... Er kam, und ich ging mit ihm ... Ich habe wieder mit ihm geschlafen, und jetzt ist ein Kind unterwegs!«

In der Stille nach ihrem Ausbruch hörte ich Aileens Worte: *»In Erinn entstehen durch den Beischlaf häufig Kinder. Ich glaube, in Homana ist es genauso.«*

Ich wollte geduldig sein. Ich wollte mitfühlend sein. Aber andere Empfindungen überwogen: Enttäuschung, Unglauben, eine seltsam jähe Feindseligkeit, weil sie *so* nachgiebig gewesen sein konnte, sich Teirnan hinzugeben, nachdem sie sich vor dem Stammeskonzil von ihm losgesagt hatte – weil sie unsere Bräuche so bereitwillig entehrt haben konnte. »Du *weißt,* was er war – ein *A'saii,* vom Stamm verbannt, *seiner Verwandtschaft beraubt* – und du bist mit ihm gegangen? Hast mit ihm geschlafen? Obwohl du *wußtest* …?«

»… daß ich ihn liebte.« Ihr Tonfall klang fest. Sie hatte die Hände vom Gesicht genommen. »Nenn mich Hure, wenn du willst – andere werden es tun, dessen bin ich sicher –, aber ich habe nicht für Geld mit ihm geschlafen, sondern aus Liebe, aus Vergnügen … und aus dem Schmerz heraus, zu wissen, daß es für immer das letzte Mal für uns sein würde, und auch, daß es das Wagnis wert war, wenn auch nur für den Augenblick, für die *Sache an sich* …« Sie schüttelte den Kopf. »Vielleicht bin ich Hart doch nicht so unähnlich, daß ich ein Risiko nur um den Reiz des Risikos willen eingehe … Ich weiß nur, daß nichts von dem geblieben ist, was wir hatten, jetzt überhaupt nichts mehr, außer – das hat er selbst gesagt und dabei *gelacht* – der Saat, die er gesät hat.«

Ich hielt mühsam Vorwürfe zurück und bekam mich schließlich wirklich in die Gewalt. Statt dessen fragte ich unbekümmert, ob Teirnan es wußte.

Maeve schüttelte den Kopf. »Das wenigstens gehört mir. Er weiß es nicht, und er *wird* es auch niemals erfahren. Ich glaube, er hat es getan, um mich zu demütigen und zu beweisen, daß er der Tochter des Mujhar die Führungsleine anlegen und sie zwingen konnte, seinen Wünschen zu folgen.« Selbsthaß verzerrte ihre Stimme. »Bei ihm war keine Liebe im Spiel – dazu ist er zu sehr Cheysuli, zu sehr *A'saii* –, sondern nur Macht, nur die Bestätigung meiner Schwäche, der Beweis, daß das Haus Homana nicht gegen Beeinflussung gefeit ist.« Verbitterung prägte ihre Züge. »Und so wird es ein Kind geben.«

Ich hielt meine Stimme unparteiisch. »So wird es sein«, stimmte ich ihr zu, »es sei denn, du unternimmst etwas, um es loszuwerden.«

Maeve starrte mich genauso an, wie Aileen es getan hatte. »Es loswerden …?«

Vorsichtig sagte ich: »Sicherlich kennst du die notwendigen Mittel.«

Der Gedanke war ihr neu. »Ich habe es niemandem gesagt«, stellte sie tonlos fest. »Überhaupt niemandem außer dir … der *Letzten,* der ich es erzählen würde, weil du kein Mitgefühl, kein Einfühlungsvermögen für jemand anderen außer Corin besitzt …« Maeve schüttelte den Kopf. »Aber jetzt *habe* ich es dir erzählt, und deine Antwort besteht darin zu sagen, ich sollte das Kind loswerden.«

Ich erhob mich stirnrunzelnd, trat ein paar Schritte von ihr fort und sammelte einen nach dem anderen die verstreuten Wahrsageknochen wieder auf. »Das wäre *eine* Lösung«, entgegnete ich ihr. »Habe ich gesagt, du müßtest es tun?«

»Ein Kind ist ein Kind«, sagte sie. »Die Saat ist gesät, aber die Ernte hat noch nicht begonnen … wer weiß, welche Art Junge oder Mädchen es sein wird?« Maeve sprach jetzt gleichmütig. Ich hatte sie ohne Zweifel entsetzt, genauso wie Aileen. »Sollte ich es am Vater messen? Sollte ich es für Teirnans Sünden büßen lassen, indem ich seine Bestrafung annehme?«

Ich hätte ihr die Knochen am liebsten an den Kopf geworfen. »Warum legst du mir Worte in den Mund, Maeve? Willst du mir Schuldgefühle einreden? Nun, das wird dir nicht gelingen … Ich bin nicht töricht genug zu sagen, es sei die einzige Lösung, und auch nicht, es sei die beste. Ich kenne unsere Geschichte gut, Maeve … Es ist nicht *so* viele Jahre her, seit Cheysulikrieger homanische Frauen entführten, um mit ihnen Kinder zu zeugen, weil die Stämme durch Shaines *Qu'mahlin* vernichtet wurden.« Ich seufzte, sammelte die Knochen zu Ende auf und sprach ruhig weiter. Ob sie nun eine Närrin war oder nicht – sie war meine Schwester und hätte unter anderen Umständen mehr als nur meinen Spott verdient. »Kinder werden innerhalb der Stämme hochgeschätzt, *Rujholla* ... gleichgültig, wer der *Jehan* ist – dein Kind wird willkommen sein.«

»Er wird mich hassen«, sagte sie hohl.

»Teir?« Ich starrte sie an. »Kümmert es dich wirklich ...?« Aber ich brach ab, als ich erkannte, daß sie sich nicht auf unseren Cousin bezog. »O Maeve – nein, nein ... er wird dich natürlich nicht hassen. Wie könnte er? Du bist sein Liebling. Du bist Deirdres Tochter.«

»Der Bastard, den er mit seiner Hure gezeugt hat«, sagte sie tonlos. »Die jetzt selbst einen Bastard gebären wird, von einem Cheysuli geschwängert, der sich von allem, was sein Volk betrifft, außer der Magie in seinen Adern, losgesagt hat.«

»O nein«, sagte ich trocken, »nicht von allem. Er tut es *für* sein Volk, Maeve. So behaupten sie alle, die *A'saii*, wenn sie sich von Verwandten und Stamm und König lossagen.« Ich seufzte, kniete mich erneut auf das Bärenfell und schüttete die Knochen von einer Hand in die andere. »Teir war seit seiner Geburt auf uns alle eifersüchtig – durch seinen *Jehan*, der ihn verbittert und habgierig und verlangend aufgezogen hat ... mit dem Verlangen nach Macht, dem Verlangen nach Herrschaft und sogar, wie ich glaube, nach dem Löwenthron. Teir und die *A'saii* versuchen im Namen der Cheysuli verzweifelt, das Rad der Zeit zurückzudrehen zu der Zeit, als die Cheysuli ohne äußere Einmischung herrschten.«

Maeve sah mich gespannt an. »Glaubst du das, Keely? Er sagt, die Erfüllung der Prophezeiung wird Homana den Ihlini zufallen lassen und alles vernichten, wofür die Cheysuli gelebt haben, seit die Götter sie hierher brachten. Er sagt, die einzige Art, wie die Cheysuli überleben können, sei, die Prophezeiung zu zerstören und sich dann der Vernichtung der Ihlini zuzuwenden.«

›Sie‹ und immer wieder ›sie‹. Nur selten spricht Maeve von den Cheysuli als von ›wir‹ und ›uns‹. Ich fragte mich, ob sie sich von uns anderen Kindern Nialls so abgesondert fühlte, daß sie sich als vollkommen erinnisch oder homanisch und, trotz ihres Vaters, überhaupt nicht als Cheysuli wahrnahm. Wenn dem so war, konnte es nicht überraschen, daß Teirnan solch großen Einfluß auf sie gehabt hatte.

»Die einzige Art, wie wir überleben können«, sagte ich deutlich, »ist sicherzustellen, daß die Prophezeiung überlebt, und ihr zu dienen. Das haben die Götter beabsichtigt, als sie sie schufen.«

»Ah«, sagte Maeve süß, »dann können wir also jeden Tag mit der Ankündigung deiner Heirat mit Sean von Erinn rechnen.«

Der Stoß traf genau, wie sie es beabsichtigt hatte. Als Antwort warf ich ihr die Knochen in den von Röcken verhüllten Schoß – Maeve würde niemals *Hosen* tragen! – und stand auf. »Was das betrifft, so bleibt es meine Entscheidung. In der Prophezeiung der Erstgeborenen steht nichts so Belangloses. Ich werde bezüglich meiner Heirat tun, was ich möchte.«

Maeve hob die Brauen. »Nichts so Belangloses? Das klingt seltsam, denn es ist allgemein bekannt, daß die beste Art, die Blutlinien zu vermischen, diejenige ist, Kinder zu zeugen, und die Prophezeiung äußert sich recht genau über das Vermischen jener Blutlinien. Jetzt bleibt nur noch Erinn, Keely … und Homana kann Erinn nur durch eine Heirat bekommen – durch deine und Seans Heirat. Ich glaube kaum, daß Liam oder Sean Homana Erinn einfach *geben* würden, nur um einer Cheysuliprophezeiung dienlich zu sein. Das wird deinem Sohn überlassen bleiben, wenn er geboren ist.« Sie hielt inne. »Dem Sohn, der alle notwendigen Blutlinien bis auf die der Ihlini in sich trägt.«

Ich nahm die Jagdkappe von meinem Gürtel, setzte sie auf und stopfte mein Haar darunter. »Wenn ich diesen

Sohn gebäre – *wenn* ich diesen Sohn jemals gebäre –, wird es meine eigene Entscheidung sein und keine Anweisung der Prophezeiung.«

Maeve schüttelte den Kopf. »Du kannst es nicht auf zwei Arten haben, Keely ... entweder dienst du der Prophezeiung, oder du tust es nicht. Entweder gehörst du zu den Getreuen wie unser Vater, unser Onkel und unsere Brüder, oder du gehörst zu den *A'saii*.« Sie blinzelte bei diesen Worten nicht einmal. »Genau wie Teirnan.«

Ich betrachtete Brennans unruhiges Hengstfüllen, das an einem nahe stehenden Baum angebunden war. Ich wollte fliegen, nicht reiten, aber ich hatte versprochen, das Pferd nach Homana-Mujhar zurückzubringen. »Also«, sagte ich schließlich, »soll ich glauben, daß dich die Prophezeiung an einer Führungsleine in Teirnans Bett gebracht hat? In die Arme eines *A'saii?*« Ich schüttelte den Kopf, bevor sie antworten konnte, und richtete meine Jagdkappe. »Nein, *Rujholla,* natürlich nicht. Es war deine Entscheidung, dein *Wunsch* ... und so fällt die Entscheidung jetzt auch mir zu, wie auch mein Wunsch, die Freiheit zu haben, meine eigene Wahl treffen zu können.«

Maeve sah mich mit ausdruckslosem Gesicht an. »Wir sind alle nicht frei«, belehrte sie mich. »Gleichgültig, wer wir sind.«

»Aber ich bin *Keely*«, sagte ich leichthin. »Eine freie Cheysulifrau mit ihrer eigenen Magie.«

Maeve seufzte und schüttelte den Kopf. »Du bist genauso schlimm wie Teir.«

»Nun, wir sind *Cousins*.« Ich band Brennans Hengstfüllen los, versuchte, es kurz einzuschätzen, und stieg dann vorsichtig auf. »Maeve, wenn du nach Hause kommen willst, dann komm nach Hause.« Das Pferd tänzelte ein wenig, beugte den Kopf und schlug mit dem Schweif. Ich verfluchte es leise, ergriff die Zügel fester und wandte dann den Kopf noch einmal zu

Maeve um. Sie sah mich blind an. Ihre Augen schwammen in Tränen. »Komm nach Hause«, drängte ich sanft. »*Jehan* könnte dich niemals hassen. Das verspreche ich dir.«

Meine Schwester nickte zögernd. »Morgen«, sagte sie. »Morgen.«

Kapitel Vier

Brennans Hengstfüllen war wirklich ein gutes Pferd, ein langbeiniger Kastanienbrauner mit breiter Brust, langgezogenen Schultern und mächtigen Hinterläufen. Ich konnte die ihm innewohnende Geschwindigkeit und einen strahlend lodernden Geist spüren, aber er lag noch brach, war noch unbeschnitten und ungestaltet. Er war jung, gerade erst drei Jahre alt – Brennan weigerte sich, Pferde schon mit zwei Jahren zu Rennen auszubilden, weil er der Meinung war, daß Beinknochen leichter brächen, die nicht vollständig ausgebildet seien –, und er war noch sehr unerfahren, hütete sich vor meiner Berührung. Er kannte mich überhaupt nicht, weshalb er sich verwirrt und unbeholfen verhielt und zu sehr auf seine Reiterin achtete als auf den Weg, der sich westwärts vor seiner Nase erstreckte.

Meine Aufgabe war es, ihn unbeschadet nach Homana-Mujhar zurückzubringen, aber er machte es mir schwer. Er wollte seitwärts springen, sich drehen, er wollte buckeln und davonrennen: alles gleichzeitig und doch auch nichts davon. Er war für alles das zu aufgewühlt und foppte mich nur mit seinen Mätzchen. Dadurch wurde meine Ausdauer beeinträchtigt, wie auch meine ohnehin schwach ausgebildete Geduld.

»Götter«, murmelte ich laut. »Wir werden erst *bei Anbruch der Nacht* zurücksein.«

Nach der tiefstehenden Sonne zu urteilen, war es bestenfalls später Nachmittag. Wenn ich ihn laufen ließe, wären wir zweifellos zu Hause, bevor sie unterging, aber ich wagte es nicht, auch wenn er darum bettelte. Ich wußte es besser. Und ich wußte auch, was Brennan sagen würde – und genau, wie er es sagen würde –, wenn ich die Kräfte seines Hengstfüllens überanstrengte.

Ich überlegte kurz, zum Stammeskeep zurückzukehren, über Nacht zu bleiben und am Morgen nach Hause zu reiten, aber ich befand mich bereits auf halbem Wege nach Mujhara. Ich wollte nur ein wenig Zeit, einen größeren Vorrat an Geduld …

»Halt«, sagte jemand.

Das erschreckte Hengstfüllen schoß heftig seitwärts und versuchte dann durchzugehen. Er tat es nicht, aber nur weil ich seinen Kopf nach links riß und seine Nase zu meinem Knie hochzog. So konnte er den Kopf nicht freibekommen, um davonzustürzen. Und ich hatte Zeit, die Gewalt zurückzuerlangen.

Ich bedachte das Hengstfüllen mit allen möglichen tröstenden, albernen Worten – meist irgendwelcher Unsinn –, aber durch den Tonfall wirkungsvoll. Als er schließlich zitternd stehenblieb, ließ ich seinen Kopf wieder frei, aber langsam und vorsichtig, damit er wußte, daß ich auf alle Tricks achten würde.

Ich schaute zu beiden Seiten des Weges, der von Bäumen mit dichtem Blätterwerk gesäumt war, sah aber niemanden, nur Schatten. Dennoch hielt mich das nicht davon ab zu sprechen. Mit erzwungener Gleichgültigkeit – da ich an das empfindliche Temperament des Füllens dachte – sprach ich zu niemandem im besonderen, wohl wissend, daß er es dennoch hören würde. »Wer auch immer du bist, du *Ku'reshtin*, achte auf mein Pferd, *wenn* dir dein Leben lieb ist.«

Ich hörte ein weiches Lachen, das Rascheln von Laub und das feine Geräusch von Stiefeln auf totem Laub. Ein Mann trat aus den Bäumen, aus den Schatten, ins schwindende Sonnenlicht, das Birke und Buche und Ulme vergoldete.

Das Hengstfüllen sah ihn, schnaubte geräuschvoll, legte die Ohren an und rollte mit den Augen. Ich beruhigte ihn mit sanften Worten und Händen und empfand es als seltsamen Gegensatz zu der schnell in mir aufkeimenden Feindseligkeit. Denn der Fremde war mehr als nur ein Mann – er war auch Cheysuli. Und sogar noch mehr als das: Er war mein *Verwandter*, mein Cousin Teirnan.

Ich betrachtete sein Gesicht, sah aber statt dessen Maeves, das von Qual und Selbstverachtung verzerrt und von Tränen der Erniedrigung überströmt war.

Ich betrachtete sein Gesicht und sah einen vollkommenen Cheysuli: stolz, unbeugsam, entschieden und auch wild entschlossen, geforderte, gegebene und festgeschriebene Treuebünde so zu verteidigen, wie es nur irgendein König fordern könnte, denn er war durch geheiligte Schwüre gebunden. Mein Cousin war uns anderen allen so ähnlich und doch auch nur so wenigen. Seine Schwüre galten ihm und den *A'saii* und forderten den Dienst in offenem Gegensatz zu, wie Maeve gesagt hatte, den von meinem Vater, meinem Onkel, meinen Brüdern freiwillig angebotenen Diensten.

Und was war mit meinen Schwüren?

Ich blickte von Brennans feurigem Hengstfüllen auf Teir hinab und dachte an meine Schwester und das noch ungeborene Kind. Dann beugte ich mich mit Nachdruck auf eine Seite und spie auf den Boden.

»Taktvoll wie immer ...« Er grinste spöttisch und verzog seinen ausdrucksvollen Mund. »Niall sollte dich zur Gesandten machen.«

»Ku'reshtin«, sagte ich erneut. »Was tust du hier? Was willst du von mir?« Ich hielt über ihn hinweg nach Kriegern Ausschau. »Wo ist der Rest deiner Rebellen, Teir? Oder sind sie deine Predigten und deine Kleinlichkeit leidgeworden und schließlich nach Hause zu ihren Stämmen zurückgekehrt?«

Mein Cousin zuckte die Achseln. »*Dies* ist das Zuhause«, sagte er, »jeder Zentimeter von Homana – jeder Kieselstein, jedes Blatt, jeder Regentropfen –, wie es schon immer gedacht war. Wir haben aus den alten

Stämmen einen neuen Stamm gebildet, mit Kriegern und Frauen, die sich der Beschaffenheit der Dinge, wie sie sein sollten und wieder sein werden, bewußter sind.« Er hob eine Schulter und ließ sie abwehrend wieder sinken. »Vielleicht wird dieser Stamm in der Prophezeiung nicht erwähnt, aber er nennt ein Übermaß an freiem Willen sein eigen.«

»Was willst du?« fragte ich erneut und barscher als zuvor. »Bist du gekommen, um Maeve Schwierigkeiten zu machen?«

Teirnan schüttelte den Kopf und kreuzte die gebräunten Arme über der Brust. Das *Lir*gold schimmerte. Das Muster, das die schweren Bänder wiederholt umlief, zeigte das Profil eines Keilers mit gebogenen Hauern, die gleichmäßig ineinander übergriffen. Teir war ganz Cheysuli, obwohl seine *Jehana* zur Hälfte Homanerin und die Schwester des Mujhar gewesen war. »Wenn ich Maeve Schwierigkeiten machen wollte, müßte ich zumindest wissen, wo ich sie finden könnte.« Jetzt lächelte er nicht mehr. »Nein. Ich suchte dich.«

»Ich habe dir nichts zu sagen.«

»Das ist mir gleich«, antwortete er gelassen. »Ich bin gekommen, um zu *sprechen*, nicht um zuzuhören... und du warst noch niemals für eine sanfte Zunge bekannt, Keely. Man könnte seine Zeit besser verbringen, als dir zuzuhören.«

Ich drängte die Antwort, die ich am liebsten gegeben hätte, zurück. Das Hengstfüllen war bereits sehr unruhig, und Geschrei hätte es zur Flucht veranlaßt. Daher bemerkte ich nur ruhig: »Dasselbe könnte ich von dir behaupten.«

»Und das wirst du auch tun, wenn man dir die Möglichkeit läßt.« Teirs Gesicht bestand, ähnlich wie Brennans, aus schärfer geschnittenen Knochen, die ganz dicht unter der charakteristisch dunklen Haut lagen. Das verlieh ihm mehr das Aussehen eines Raubvogels als jedem anderen Mitglied unseres Hauses, was ich eigenartigerweise passend fand. »Steig von diesem Pferd herab und hör dir an, was wir zu sagen haben.«

»Wir?« Ich sah mich um. »Ich sehe nur dich, Teir... und nein, ich übersehe andere Krieger nicht, denn ich bin selbst Cheysuli.« Schnelles Suchen in der Verbindung gab mir die Sicherheit, verächtlich lächeln zu können. »Und es sind außer deinem *Lir* auch keine weiteren *Lirs* in der Nähe, die sich in den Schatten verbergen. Also sag erneut *›wir‹*, und sieh, ob ich dumm genug bin, darauf hereinzufallen.«

Das löschte den belustigten Ausdruck von seinem Gesicht und den Spott aus seinem Tonfall. Teir und ich haben uns niemals nahegestanden, und er hatte zweifellos vergessen, daß ich mit seinem *Lir* und auch den *Lirs* aller anderen Krieger sprechen konnte. Das machte einen Unterschied. Ich konnte es deutlich erkennen. Er schätzte mich neu ein.

Die Maske wurde heruntergenommen und beiseite geworfen. Teirnan zeigte mir sein darunterliegendes, nacktes und wildes Gesicht mit der Überzeugung eines Eiferers. Er war ein *A'saii,* der von mir nur Zurückweisung verdiente. Und vielleicht noch mein Mitleid. Er hatte sich selbst von seiner Rasse ausgeschlossen.

Aber nicht von seinem Erbe. Im Augenblick war er kaum mehr als eine lästige Mücke, die am Löwenthron nagte, aber ich hatte das Gefühl, daß er beizeiten ein gefährlicher Gegner werden könnte.

»Keely.« Seine Stimme klang lustlos, aber doch auf ganz eigene Art zwingend, was seine veränderte Stimmung noch betonte. »Ich bin allein gekommen, weil ich dachte, das wäre dir vielleicht lieber, da du auf deine Art ehrenhaft bist – *und* ich auf meine.« Er blinzelte nicht einmal, während er so leichthin über verwirkte Ehre sprach. »Was ich zu sagen habe, könnte dein eigenes *Tahlmorra* betreffen, und so etwas sollte lieber unter Blutsverwandten und auch unter den Stämmen bleiben.«

Ich lachte ihn geradewegs aus. »Du, Teir, sprichst von meinem *Tahlmorra?* Ich dachte, du hast dich im vorigen Jahr von solchen Dingen losgesagt.«

Er trat einen Schritt vor und blieb stehen, als er sah, daß das Hengstfüllen auf seine Bewegung hin seitwärts ausbrach und schnaubte. Er war zornig, *zornig,* obwohl er den Zorn sorgfältig im Zaum hielt, wodurch er noch offensichtlicher wurde.

»Du«, sagte er kalt, »weißt nichts von dem, was mich zu diesem Handeln veranlaßt hat, *überhaupt nichts* ...« Teir brach ab, biß kurz die Zähne zusammen und focht irgendeinen inneren Kampf aus. Er dauerte nur einen Augenblick. Er war nicht die Art Eiferer, die von dummen Leidenschaften beherrscht wird, sondern von kalter Tüchtigkeit und persönlicher Überzeugung. »Und bis du verstehst – bis ich mir die Zeit genommen habe, es dir *deutlich* zu erklären –, schlage ich vor, daß du mir einfach die Höflichkeit erweist, deine Zunge im Zaum zu halten.« Er hielt inne, lächelte dann kühl und hatte sich wieder vollkommen in der Gewalt. Er zeigte nichts von dem Zorn, der so hell lodernd, wenn auch nur so kurz, aufgeflammt war. »Und tu dir selbst den Dienst, deine Unwissenheit nicht mit solch einfältiger Eindringlichkeit zu verraten.«

»Unwissend, bin ich das?« schleuderte ich zurück. »Und einfältig?« Ich schüttelte den Kopf. »Das glaube ich nicht, Teir ... Ich weiß sehr wohl, was du getan hast und warum du es getan hast. Du bist ein kleiner unbedeutender Mensch, der von seinem *Jehan* mit Bitterkeit aufgezogen wurde ...« Das Hengstfüllen tänzelte als Antwort auf meinen Tonfall erneut und schlug unruhig mit dem Schweif. »Du hast der Ehre wegen Cèinns Eifersucht und deinem selbstsüchtigen Ehrgeiz den Rükken gekehrt und versuchst, dir deine eigene Ehre zu schaffen.« Ich schüttelte den Kopf. »Du bist nicht anders als Strahan, der seinem verderbten Sucher dient. *Er* will Macht, *er* will Gewalt ... *er* will den Löwenthron ...« Ich kämpfte dabei gegen das Pferd an und wandte den Kopf hierhin und dorthin, während ich meinen Cousin anzusehen versuchte. »Sage dich von allem los, was du willst, Teir, aber wisse, daß es dir nicht einbringen wird, was du begehrst, und nichts, was du erwartest...« Ich beugte mich im Sattel vor, hielt das Hengstfüllen mit den Zügeln und Teir mit Willenskraft fest. »Wenn du die Prophezeiung wirklich vernichten willst, warum gehst du dann nicht zu den Ihlini? Geh zum Tor Asar-Sutis und handele deine Männlichkeit gegen Strahans Vergnügen ein!«

Er belegte mich in der deutlichen und beredten Alten Sprache mit einem Schimpfwort. Ich lachte zur Antwort. Aber dann sprang er vorwärts, um die Zügel zu nehmen, um meinen Arm zu ergreifen und mich aus dem Sattel zu ziehen. Jetzt war es keine lustige Angelegenheit mehr.

»Teir...«

Aber dem Hengstfüllen genügte das. Es riß sich los und rannte davon.

Und wie es rennen konnte, Brennans Pferd... wie es sich anspannen und strecken und in der eleganten, flüssigen Sprache eines Pferdes, das nur für Rennen gezüchtet war, *fliegen* konnte. Ich hütete mich, seine Flucht so bald zu bremsen. Der Weg war frei, eben, fest, wenn auch von altem Laub bedeckt. Es war das beste, es einfach ein wenig laufen und seine Angst sich ermüden zu lassen. Es tat, wofür es geboren war, obwohl es damit die menschlichen Wünsche überging. Und auch die Cheysuliwünsche.

Ich kauerte vornübergebeugt im Sattel und nahm langsam die Zügel wieder auf. Und dann spürte ich, wie sich meine Jagdkappe löste und davonzufliegen drohte. Ich hielt sie mit einer Hand fest, drückte sie auf meinen Kopf und zog eine nach der anderen die beiden Ohrenschutze wieder herunter.

Ich erkannte zu spät, daß ein Seil über den Weg gespannt war. Schwarz und fest, teilte es den Sonnenuntergang, jedes Ende an einen Baum gebunden. Eine unsichtbare, trügerische Falle. Und ich lief hinein.

Bei einem Mann wären nach dem Herausschleudern aus dem Sattel die Schultern verletzt worden. Bei mir war es der Hals.

Ich landete hart auf dem Kopf und den Schultern, halb verdreht wie eine Marionette, vollendete dann den Salto und blieb – auf dem Bauch ausgestreckt – auf dem Weg liegen.

Zuerst konnte ich nicht atmen. Und als es wieder möglich war, wobei ich krampfhaft keuchte und würgte, atmete ich Schmutz, Blätter und Blut ein.

O Götter, Brennans Hengstfüllen.

O *Götter*, mein Kopf.

... o Götter ... meine *Kehle* ...

Kapitel Fünf

Hände zogen mich vom Boden hoch. Ich wurde auf die Füße gestellt und auf beiden Seiten festgehalten – und angestarrt. Wie ein Clown auf einem Jahrmarkt.

Es waren drei Männer mit schmutzigen Zähnen, Haaren und Gewohnheiten. Und offensichtlich erstaunt über das, was die Falle ihnen eingebracht hatte. Aber nicht so überrascht, daß sie ihren Griff um meine Arme gelöst hätten. Innerlich fluchte ich. Äußerlich hustete ich. Götter, meine Kehle schmerzte!

Die Männer waren zweifellos Diebe und beabsichtigten, ihr Geschäft auszuüben, indem sie mir die Geldbörse vom Gürtel schneiden würden. Nur daß dort keine saß. Ich hatte sie vor der Waffenübung in meinen Räumen abgelegt und Homana-Mujhar zu schnell verlassen, um sie noch zu holen.

Zwei der Männer hielten mich leicht auf beiden Seiten fest. Der Dritte sah mir ins Gesicht, runzelte schreckenerregend die Stirn und kaute auf der Innenseite seiner Wange. Er hatte meine Größe, war pockennarbig, mit grauen Haaren und Augen.

»Eine *Frau*«, sagte der Mann zu meiner Rechten, der jung war, jünger als ich, und nach zu vielen mit Trunk und Hurerei verbrachten Tagen und Nächten ohne Bad oder Kleiderwechsel roch.

Der Mann zu meiner Linken schüttelte den Kopf. Er roch kaum besser. »Wir haben keinen Befehl bekommen, eine *Frau* zu berauben.«

Das klang vielversprechend, dachte ich, bis der dritte sprach. »Frau oder nicht, sie ist das Geld wert.« Er hielt inne. »*Oder* noch Besseres.«

Das klang *wenig* vielversprechend. Er würde wegen meines Geschlechts kaum seine Wachsamkeit aufgeben.

Statt dessen würde er seine Hose fallen lassen.

Die beiden, die mich festhielten, waren zweifellos unsicher, wie sie sich verhalten sollten, und das konnte vielleicht genügen.

Ich war halb blind vor Kopfschmerz und Schmerzen am Hals und in der Kehle. Aber ich habe körperliches Unbehagen noch niemals zugelassen, wenn keine Zeit dazu war, und im Augenblick war keine Zeit. Und so schwankte ich gegen die beiden Männer, die mich festhielten, täuschte Schwäche vor und spürte ihren Versuch, mich aufrecht zu halten. Vorsichtig änderte ich Haltung und Gleichgewicht – verlagerte die Hüften, spannte Bein- und Gesäßmuskeln an – und trat mit dem rechten Fuß nach dem Mann aus, der so einladend plattfüßig vor mir stand.

Ich streckte mich vollkommen aus, erwischte ihn am rechten Knie und knickte es nach hinten. Er schrie auf und ging in dem Augenblick zu Boden, als ich mich von seinen Begleitern losriß.

Genau wie ich, besaßen auch sie Messer. Aber, den Göttern sei Dank, keine Schwerter. Das verschaffte mir eine angemessene Chance. Und vielleicht sogar noch eine bessere, wenn sie nicht gut mit ihren Waffen umgehen konnten. Aber das glaubte ich nicht. Diebe sind selten unerfahren im Kämpfen und in der Waffenkunst.

Ich lief. Vom Weg fort und in den Wald, ins Zwielicht des frühen Sonnenuntergangs, wo die Schatten dicht und tief und ohne das sie umgebende Licht lagen. Die *Lir*gestalt, so wußte ich, würde eine schnellere Flucht ermöglichen, aber ich hatte von dem Sturz so starke Schmerzen, daß der Gestaltwandel mehr Anstrengung als gewöhnlich erfordern würde. Ich wußte es besser, als daß ich darauf gehofft hätte, und so würde mir der Gestaltwandel wahrscheinlich nicht gelingen. Ich hatte sie in einem unaufmerksamen Augenblick erwischt und einen von ihnen zu Boden gestreckt, aber mein Vorrat an Tricks war erschöpft. Wenn sie mich einholten, würde ich gegen sie kämpfen müssen.

Hinter mir hörte ich mit Schmerzensschreien vermischte Rufe. Und auch das verräterische Geräusch von Körpern, die durch das Gestrüpp brachen. Die Beute war aufgespürt worden. Jetzt wurde die Verfolgung begonnen.

Ich fluchte atemlos laut und wünschte dann, ich hätte es nicht getan. Meine Kehle brannte vor Schmerz, sowohl innen als auch außen. Das rauhe Seil hatte mir die Haut vom Fleisch geschürft und mich gleichzeitig fast erdrosselt. Ich hatte Glück, daß ich überhaupt noch atmen konnte. Es hätte mir den Hals brechen können.

Meine Jagdkappe verfing sich, fiel herunter, wurde zurückgelassen. Ich wagte deshalb nicht anzuhalten. Jetzt floß mein Haar herab, verfing sich in Zweigen und Beerensträuchern. Blätter und kleine Äste verhakten sich darin, und es wurde von den Beeren und ihrem Saft klebrig. Angstschweiß brannte in meinen Achselhöhlen, und die Brüste schmerzten von der Anspannung.

Die Schatten fielen tiefer, als der Tag zum Abend wurde. Ich sank, erhob mich wieder, stolperte, riß mir Ranken aus dem Weg. Ich wünschte mich, sinnlos, woandershin, oder daß ich zumindest ein Schwert in Händen hätte.

Aber am meisten wünschte ich mir die *Lir*gestalt und Flügel anstelle meiner Arme.

Wenn ich innehielte, konnte ich die Magie vielleicht heraufbeschwören. Aber *wenn* ich innehielte, um es zu versuchen, riskierte ich, vielleicht meinen Vorsprung zu verlieren. Und alle meine Verwandten hatten mich gelehrt, Vorteile zu wahren, gleichgültig, wie groß oder klein sie sind, sie niemals töricht zu vertun, noch sie jemals aufzugeben.

Ich drang durch das Unterholz auf eine Lichtung vor

und kam stolpernd zum Stehen. Vor mir waren Männer. Kniende, hockende, kauernde Männer, alle um ein frisches Feuer versammelt. Und alle hörten einem weiteren Mann zu, der ein Schwert in Händen hielt.

Der Feuerschein verschwamm vor meinen Augen, wurde von Messern und Augen und Rangabzeichen gespiegelt. Ich blinzelte, kämpfte gegen meine Schwäche an, klammerte mich an den nächsten Baum. Ich glaubte, daß es Männer des Königs waren. Sie wirkten so.

»Leijhana tu'sai!« keuchte ich. »Gebt mir dieses Schwert!«

Sie wandten sich wie ein Mann um und starrten mich an, zeigten mir Messer und Schwerter, erschreckte Augen und harte, fremde Gesichter. Einige Männer trugen Bärte, einige nicht. Und alle trugen fremde Kleidung.

Ich strecke eine Hand aus. »Das Schwert.« Aber es war mehr eine Frage als ein Befehl.

Der Mann mit der Waffe lächelte, obwohl ich in dem üppigen roten Bart, der in solch krassem Gegensatz zu seinem blonden Haar stand, nicht viel davon erkennen konnte. »Das Schwert, ja?« fragte er. »Und das für dich kleines Mädchen!«

Ich erkannte sofort, daß er Erinnisch mit Deirdres und Aileens Akzent sprach.

Hinter mir ertönte lautes Fluchen, begleitet von krachenden Geräuschen. Ich fuhr herum, zog mein Messer und stellte mich den Dieben entgegen. Sie brachen auf die Lichtung durch, sahen mich, sahen *sie,* blieben jäh stehen. Und zählten mit Unbehagen die Anzahl der Männer hinter mir. Selbst *Hart* hätte hier nicht gewettet. Ich entspannte mich.

Der rotbärtige Mann trat vor und stieß mich fast beiseite. »Wollt ihr was?« fragte er die Diebe. »Oder seid ihr zum Vergnügen hier?« Er machte mit dem linken Arm eine einladende Geste. Mit dem Ausklang der Bewegung berührte er mich an der Brust und schob mich einen Schritt zurück. »Ein knochendürres Mädchen, ja, aber sie wird zuerst uns dienlich sein. Ihr werdet warten müssen, bis ihr an der Reihe seid.« Er betrachtete sie abschätzend. »Es sei denn, natürlich, daß ihr selbst die Rolle des Mädchens übernehmen wollt ... Wir sind gerade aus Erinn angekommen, und es kümmert uns nicht besonders, wen wir berauben, denn es war eine lange Reise.«

Wie er es beabsichtigt hatte, wichen die Diebe zurück und rannten davon. Jetzt war es an mir zu fliehen, obwohl ich eine andere Richtung wählte.

Ich kam nur zwei Schritte weit. Er ergriff mein Haar. »Mädchen, Mädchen, geh nicht ... Erkennst du eine Lüge nicht am Klang?«

Ich schnitt mit meinem Messer in sein Handgelenk. »Ich erkenne den Klang einer Drohung ... Laß mich los, *Ku'reshtin*.«

Er folgte meiner Aufforderung bereitwillig. Ich sah Entsetzen in den langlidrigen Augen. *»Mädchen ...«*

Ich erklärte ihm in knappem, fließendem Erinnisch, er solle den Mund halten.

Er starrte mich an, folgte aber auch dieser Aufforderung. Und hob dann sein Schwert und schlug mir das Messer aus der Hand. »*Jetzt,* Mädchen«, sagte er, »glaubst du, du könntest uns jetzt vielleicht zuhören?«

»Nein«, antwortete ich prompt und berief die Magie zu mir.

Ich *versuchte,* die Magie heraufzubeschwören ... Der Erinnier umfaßte mit einer schweren Hand meinen rechten Arm, und der Schmerz brachte mich fast um den Verstand. Ich biß mir auf die Lippen, um einer Ohnmacht zu entgehen, und verfluchte innerlich meine Schwäche.

»Mädchen«, sagte er, »du bist verletzt. Überall an deinem Hals ist Blut ...« – er ließ mich jäh los, »und auch an deinem Arm. Mädchen ...«

Götter, ich hatte *Schmerzen.* »Laßt mich gehen«, krächzte ich.

Er hob ergeben seine schwertfreie Hand und trat einen Schritt zurück. »Dann geh«, sagte er deutlich, »obwohl ich glaube, daß du nicht weiter kommen wirst als einen oder zwei Schritte.«

Mein Lachen war eher ein Krächzen. »Wer sagt, daß ich *gehen* will?«

Aber die Magie wollte nicht kommen. Ich sah ihn verzweifelt an und blickte dann auf meinen Arm hinab. Die gefütterte Untertunika war von der Schulter bis zum Ellenbogen zerrissen, und darunter wurde die von dem Seil aufgeschürfte Haut sichtbar. Wäßriges Blut benetzte den Stoff. Der Schmerz nahm zu, nicht ab. Gleichgültig, wie sehr ich es versuchte, ich konnte mich nicht davon lösen.

Welche Art Cheysuli bist du, daß du dem Schmerz erlaubst, die Magie zu überwiegen? Du besitzt Altes Blut? Wohl eher uraltes *Blut und daher ganz verbraucht …*

Ich sah benommen zu ihm hoch. Er war ein großer Mann, sogar größer als mein Vater. Er hatte blondes Haar, einen roten Bart und freundliche braune Augen. Er streckte eine Hand aus und berührte mich, umfaßte meine linke Schulter und wandte mich zum Feuer um. »Mädchen«, sagte er sanft, »bei uns bist du sicher, das verspreche ich dir. Jede Frau, die unflätiges Erinnisch so flüssig wie du spricht, verdient nichts als unsere Achtung. Sie und unseren Alkohol. Willst du uns bei einem Becher Gesellschaft leisten?«

Er sagte nichts mehr von Hals oder Arm oder Blut, sondern führte mich einfach zum Feuer. Ich dachte daran, zu protestieren – er konnte sehr wohl noch lügen, was er auch immer behaupten mochte –, aber ich hatte zu große Schmerzen, um sprechen zu können. Die Wirkung machte sich bemerkbar. Ich konnte mich gerade noch aufrecht halten.

Er führte mich zu einem Baumstumpf, befahl vieren

seiner Männer kurz, im Wald gegen Diebe Wache zu halten, und trat dann zu einem fünften Mann. Mir wurde ein voller Becher in die Hand gegeben. Das Getränk roch bitter.

Er machte erneut eine Geste. Schnell wurden Becher unter dem Lederwams hervorgezogen oder von Gürteln gelöst. Ich hörte das Geräusch eingegossenen Alkohols und sah, wie die Becher herumgereicht wurden. Ich versuchte, erneut zu protestieren, stellte aber fest, daß ich nur imstande war zu zittern.

»Auf die *Cileann*«, sagte er, »und auf unser dürres Mädchen, obwohl ihre Sprache und ihre Erscheinung nicht zusammenpassen.«

»Ihr *Ku'reshtin* ...« Ich sprang auf, vergoß Alkohol und wurde dann wieder fest heruntergedrückt.

»Trink«, wies er mich an. »Es ist ein Kompliment, mein Mädchen. Sind wir soviel besser?«

Nein, das waren sie nicht. Sie waren vielleicht nicht so schmutzig wie ich, aber auch nicht soviel sauberer. Sie waren Männer mit harten Gesichtern und harten Augen, mit Zinn in ihren Händen und Stahl an ihren Gürteln, die mich aufmerksam beobachteten.

»Wer seid Ihr?« fragte ich

Er hob achselzuckend eine Schulter. »Was ich schon den anderen gesagt habe.«

Ich trank noch immer nicht, obwohl ich den Becher schon zum Mund geführt hatte. »Erinnier«, murmelte ich.

Er hob seine blonden Brauen. »Das weißt du bereits.«

Mißtrauen überwog kurzzeitig die Schmerzen. »Wer *seid* Ihr?« wiederholte ich. »Warum seid Ihr nach Homana gekommen? Was tut Ihr *hier?*«

Ich sah, wie Blicke gewechselt wurden, wie die Gesichter zu Masken erstarrten, wie Lippen zusammengepreßt wurden.

»Ihr seid Männer des Königs«, sagte ich tonlos. »Oder wurdet Ihr von Sean geschickt?«

Das erschütterte sie, jeden einzelnen von ihnen, sogar den rotbärtigen Mann, der mich mit glühenden Augen, einem wilden, hellen Licht, das mit dem Feuer und dem Schimmern des Schwertes in seinen Händen wetteiferte, starr ansah. Er hielt keinen Becher in Händen. Er trank mir nicht zu.

»Von Sean«, wiederholte er.

Ich erhob mich bedächtig. Dieses Mal blieb ich stehen. »Ja«, sagte ich deutlich. »Von Sean, dem Prinzen von Erinn. Liams ältestem Sohn. Aileens einzigem Bruder. Kennt Ihr den Mann, den ich meine?«

Mein Spott hatte ihn sofort getroffen. Aber er erwiderte nichts, sondern steckte nur das Schwert in die Scheide. Ließ es zischend hineingleiten, während er sich erhob und sich mir gegenüberstellte.

Ich öffnete den Mund, um erneut zu sprechen, aber er kam mir mit einer kurzen, Ruhe gebietenden Geste zuvor. »Kenne ich den Mann, den du meinst? Ja, Mädchen, ich kenne ihn – gibt es einen Erinnier, der ihn nicht kennt?«

»Nun, dann …«, begann ich.

»*Nun,* dann«, wiederholte er.

»Antwortet mir«, sagte ich. »Kommt Ihr von Sean? Ich habe einen Grund, danach zu fragen.«

»Einen Grund«, murmelte er. »Einen *Grund!* Ist es ein genauso triftiger Grund wie unserer, frage ich mich? Etwas genauso Zwingendes wie unsere Sache?« Er blickte an seiner kühnen Nase entlang genauso anmaßend wie meine Brüder zu mir herab. Stolz wie ein Cheysuli und mit zumindest einem kleinen Anteil unseres Ehrgefühls. »Und wer bist *du,* daß du danach fragst?«

Eine angemessene Frage, dachte ich. Aber ich wagte ihm nicht die Wahrheit zu sagen. »Mein Vater ist Griffon, der Waffenmeister des Mujhar.«

»Ich habe nicht nach *seinem* Namen gefragt, Mädchen.«

Ich schluckte vorsichtig. »Keely«, sagte ich kleinlaut. »Ich wurde nach der Tochter des Mujhar benannt.«

Die Männer regten sich. Niemand sagte ein Wort, aber ich sah sie trotzdem sprechen.

»Trink«, wurde ich aufgefordert. Und als ich der Aufforderung wieder nicht nachkam, streckte er die Hand aus, nahm mir den Becher ab, trank ihn halb leer und gab ihn mir zurück. »Da, Mädchen ... Es ist nicht vergiftet, das verspreche ich dir. Du wirst immer blasser, und ich glaube, das könnte dir ein wenig helfen.«

Ich zitterte. Blinzelte. Trank. Es trieb mir die Tränen in die Augen und ließ meinen Magen brennen. Nach einem zweiten großzügigen Schluck, der noch von einem dritten gefolgt wurde, schwand ein Teil der Schmerzen.

»So ist es besser«, sagte er sanft.

Ich sah ihn über den Rand des Bechers hinweg an. »Eure Antwort«, krächzte ich. »*Wurdet* Ihr von Sean geschickt?«

Er sah die anderen an. Dann erneut mich. »Ja«, sagte er schließlich, »aber nicht so, wie du denkst.«

»Nein? Woher wollt Ihr wissen, was ich denke?«

»Ich kann es in deinen Augen erkennen, Mädchen ... Und wenn du vom Schloß kommst, müßtest du das Mädchen kennen, nach dem du benannt wurdest. Und du müßtest auch wissen, wie sie sich fühlen würde.«

Ich brauchte einen Augenblick, seine Anspielungen zu entwirren. »Wenn Ihr die königliche Prinzessin meint, ja – wir sind uns schon begegnet. Aber wie sie sich fühlen würde ...?«

»Wenn sie wüßte, warum wir hier sind.«

Ich zog eine Schulter hoch. Die andere schmerzte zu sehr. »Sie würde glauben, daß Ihr von Sean geschickt wurdet, um sie zu ihrer Hochzeit zu holen.«

»Und würde ihr das gefallen?«

Ich mußte fast lachen. »Wahrscheinlich nicht.« Dann

änderte ich meinen Tonfall. »Sie ist ein stures Mädchen… Sie will mit Sean nichts zu tun haben.«

Er nickte. »Das habe ich auch gehört.«

»*Ihr* habt gehört…« Ich hielt inne. »Also *hat* er Euch geschickt!«

»Nicht so, wie du denkst.« Seine Stimme klang sehr fest. »Ich bin nicht als der Stellvertreter des Prinzen hier… Ich bin als sein Mörder hier.«

Kapitel Sechs

Ich ließ meinen Becher fallen. »Sean ist *tot?*« Er starrte mich, mit wieder aufgesetzter Maske, stumm und mit seinen, den Feuerschein spiegelnden Augen an. Ich sah Scham, Schuld und eine seltsame Verletzlichkeit, als wünschte er, er hätte, besonders mir gegenüber, etwas anderes sagen können.

Ich konnte ihn nur anstarren, an*glotzen*, wie jenen Clown auf dem Jahrmarkt, der etwas Unbekanntem begegnet. Ich hörte seine Worte erneut, als er sich als Mörder bezeichnete, und wunderte mich über die Leere in mir, darüber, daß ich keinen Kummer oder Schmerz empfand. Großes Entsetzen, ja, aber kaum mehr als das.

Er beobachtete mich genau, abschätzend, und wartete auf meine Antwort. Er erwartete zweifellos Mißbilligung oder einen anderen Ausdruck der Feindseligkeit, etwas, das ihm gezeigt hätte, was ich dachte.

Was ich dachte, war ungerecht: *Wenn Sean tot ist, bin ich frei.*

Scham überströmte mich heiß und ließ meine Nerven unter meiner Haut zitternd tanzen. Ich wandte mich unsicher ab und trat vom Feuer fort, von den Menschen fort, weil ich ihnen nicht zeigen konnte, was ich empfand. Ich ging zum Rand der Lichtung, wo der Wald wieder begann.

Ich dachte trotz allem erneut: *Wenn Sean tot ist, bin ich frei.*

Und dann dachte ich an Aileen, seine Schwester, an Liam, seinen Vater, und an die anderen, die ihn mehr liebten, als ich es konnte, da ich überhaupt nichts über den Mann wußte.

Ich brach meine Gedanken ab und wandte mich wieder zum Feuer um. Ich sah den Mörder und seine Männer Blicke wechseln, schweigend Geheimnisse austauschen, und mir kam die Frage in den Sinn, ob sie, ungeachtet dessen, was ich behauptet hatte, genau wußten, wer ich war.

Sean ist tot, sagt er. Er hat den Prinzen von Erinn getötet und sich selbst wahrscheinlich auch.

»Wie?« fragte ich kurz. »Und warum lebt Ihr noch?«

Er seufzte und strich sich das dichte, ungebändigte Haar aus dem bärtigen Gesicht. »Das ist eine lange Geschichte, Mädchen … Hast du die Geduld, sie dir anzuhören?« Unausgesprochen blieb die Frage: *»Und bist du wirklich neugierig darauf?«*

O ja, ich war es. Und meine Geduld schwand tatsächlich. Aber ich nahm mich mühsam zusammen und richtete den verschwommenen Blick auf den Mann. »Ihr habt gesagt, Ihr wärt ein Mörder …«

»Wir wissen es nicht *sicher*.«

Ich blinzelte. »Aber … Ihr sagtet gerade …«

»Es ist *möglich*«, sagte er tonlos. »Er war schwer verletzt, ja. Er hatte einen Schädelbruch, und er blutete …, aber ich bin gegangen, bevor die Wahrheit bekannt wurde.«

Mit anderen Worten: Er ist geflohen. Mein Gesicht spiegelte meine Gedanken wider.

Er wirkte nicht erfreut über sein Eingeständnis. Ein kurzer Seitenblick zu den anderen zeigte ihm Männer, die ihre Becher umklammert hielten, aber nicht tranken, keiner von ihnen, als schämten sie sich ihres Anteils an der Geschichte zu sehr. Sein Gesicht, soweit ich seine Wangen zwischen den Augen und dem oberen Rand des Bartes sehen konnte, war hochrot.

Er wirkte so, er hatte eine *Ausstrahlung* … »Ihr seid Königsgetreue«, sagte ich nur. »Und Ihr seid, glaube ich, der Befehlshaber.«

Die Haut um seine Augen zuckte. »Ja«, sagte er. »Wir *waren* Königsgetreue.«

Ich betrachtete seine Männer erneut. Ich habe ihresgleichen in Homana-Mujhar gesehen, auf den Höfen versammelt, in den Wachräumen herumlungernd, auf Urlaub in Mujhara. Jetzt waren es nur vier, und vier gingen in die Wälder, um sicherzustellen, daß die Diebe wirklich fort waren. Alle Gesichter blieben mir verschlossen, zeigten mir nur, was sie mir offenbaren wollten, und das war wenig genug. Sie waren alle junge Männer, fünfundzwanzig bis dreißig Jahre alt, aber jeder mit dieser selben Ausstrahlung, dieser ruhigen *Zuversicht*. Sie schienen alle alterslos, was die Erfahrung und das Wissen dessen anging, was sie erwartete.

Wenn er den Prinzen von Erinn getötet hatte, erwartete ihn der Tod. Und *sie* erwartete das Exil, wie ich glaubte.

Ich war müde, so sehr müde, und der Alkohol hatte meine Zunge verwirrt. Oft bin ich dann bestenfalls taktlos. Jetzt war ich kurz davor, grob zu werden, obwohl ich kaum wollte, daß es so offen hervorkam. »Also«, sagte ich schwerfällig, »seid Ihr und diese Männer, die bei Euch waren, nach Homana gesegelt, nur für den Fall, *daß* er stürbe, um der Verurteilung zu entgehen.« Ich hielt inne und atmete unter neu aufgebrochenen Schmerzen zischend ein. Ich hatte mich unabsichtlich an meinem aufgeschürften Hals gekratzt. »Liam würde Euch für den Mord an seinem einzigen Sohn, seinem *Erben*, hinrichten lassen...« Ich brach ab. Das mußte nicht weiter ausgeführt werden. Er wußte ja, was es bedeutete.

»Es war keine leichte Wahl.« Er strich sich den schweren Schnurrbart glatt, der in den Bart überging. Soviel Haar auf dem Kopf und im Gesicht des Mannes, hellblond und glühend rot. »Siehst du, Mädchen, das war keine große Sache, dieser Kampf zwischen mir und Sean... kaum ausreichend zum *Sterben*...« Er seufzte und wirkte unerwartet müde. »Es ging nur um ein Mädchen.«

Dumpfer Zorn flammte auf und erstarb wieder. ›Nur‹ um ein Mädchen. Ich sah ihn mit gerunzelter Stirn verschwommen an. »Mir scheint, daß Ihr ungewöhnlich vertraut mit dem *Namen* Eures Herrn umgeht, Erinnier, mehr als mit seinem Titel.«

Er grinste, aber es wirkte wenig humorvoll. »Och ja, Sean… *Prinz* Sean, wenn dir das lieber ist, aber dafür besteht kaum ein Grund… Wir wurden vom selben Vater gezeugt, wenn auch von verschiedenen Müttern geboren.«

Mein schwindender Geist wurde jäh wieder aufmerksam. »Liam ist Euer Vater?«

Er wölbte hochmütig eine Augenbraue unter dem Stirnhaar, das sich in der feuchten Nachtluft zu ringeln begann. »Ich könnte auch über *dich* etwas sagen, Mädchen, indem ich Namen statt Titel benutze… aber ja, es ist ganz richtig: Liam ist mein Vater.« Er hielt inne. »Der Herr von Erinn, wenn dir das lieber ist, *und* der Idrianischen Inseln.«

Letzteres gebührte teilweise Corin, der aber nicht um den Titel rang. Sein Titel war Herr von Atvia, und er hatte mir gesagt, das genüge.

Götter, ich bin so müde… Ich stand mühsam auf. »Wußte Sean, daß Ihr sein Bruder seid?«

Etwas flackerte in den braunen Augen auf. »Liam hat mich bei meiner Geburt bereitwillig anerkannt und kein Geheimnis daraus gemacht. Sean und ich waren in der Kindheit Spielgefährten – wir sind, was unser Alter betrifft, nur dreizehn Monate auseinander – und später, als Liam mich zum Befehlshaber seiner Wache machte, Zechbrüder.« Er wandte den Blick von mir ab. »Wir sind oft zusammen etwas trinken gegangen.«

Ich schwieg und sah den Mann nur an, der seinen Bruder vielleicht – oder vielleicht auch nicht – bei einer Wirtshausschlägerei wegen eines hübschen Schankmädchens getötet hatte. Ich wußte, daß solche Dinge nicht ungewöhnlich waren. Meine eigenen Brüder hatten diese Kämpfe an solchen Orten und wegen Frauen mit der gleichen Beschäftigung ausgefochten. Sie hatten sogar einen Kampf begonnen, aus dem weit mehr wurde und der letztlich für den Tod von zweiunddreißig Menschen verantwortlich war.

Aber das war eine andere, eine ältere Geschichte. Diese ging noch sehr tief. Ich erkannte, daß der Mann litt, auch wenn er es vielleicht selbst nicht wußte.

Andererseits wußte er es vielleicht aber doch. Er schritt jäh vom Feuer fort, wie auch ich es getan hatte, als könnte er es nicht ertragen, sich dem – oder auch sich selbst – zu stellen. Er blieb wenige Schritte von mir entfernt stehen, den Kopf gesenkt, die geballten Fäuste auf die von einem Schwertgürtel umgebenen Hüften gestützt, und starrte trübe zu Boden, runzelte dann die Stirn und beugte sich herab, um etwas aufzuheben. Mein Messer, wie ich erkannte, und ich zuckte angesichts meiner Vergeßlichkeit zusammen.

Dann erstarrte er. Es war mehr als nur ein Messer. Cheysulilangmesser werden besonders geschätzt, weil nur selten eines die Cheysulihand verläßt. Ein Lehrling der Waffenkunst erkennt die Aufmachung, die Art, den *Unterschied*, sogar, wie ich dachte, in Erinn.

Und wenn die Art einer Waffe ihre Herkunft nicht preisgibt – *und* die ihres Besitzers –, tut dies vielleicht die Aufmachung des Hefts. Der wilde Löwe mit den Rubinen als Augen. Wenn er ihn erkannte, erkannte er mich.

»Ihr habt gekämpft«, sagte ich leichthin in der Hoffnung, ihn abzulenken.

»Wir haben gekämpft«, stimmte er mir zu, »um festzustellen, wer das Mädchen gewinnen würde. Wir haben das auch schon zuvor getan, aber dieses Mal, *dieses* Mal...« Er wandte sich um und sah mich an. »Ich war betrunken. Und er auch. Ich wollte kaum mehr als das und ein hübsches Mädchen.« Er zuckte verlegen die Achseln. »Liam hat uns wahrhaftig gezeugt: Wir haben beide den gleichen Geschmack, wenn es um den Beischlaf mit Frauen geht.«

»Aber dieses Mal ging es zu weit.« Ich vermied es, die Waffe zu betrachten.

»Zu weit«, stimmte er mir erneut zu und wandte die Klinge in seinen Händen um. »Wir hatten keine Klingen, aber wir brauchten auch keine. Wir sind auch ohne sie zu allerlei imstande.«

Ja, das wären sie, wenn Sean dieselbe Statur hatte wie sein Bruder. Und Aileens Beschreibung des Prinzen von Erinn führte mich zu dem Glauben, daß er seinem Halbbruder in jeder Hinsicht gewachsen war.

Ich schüttelte still den Kopf, da ich es zu deutlich erkannte: Zwei junge Bullen, die um die ebenfalls anwesende junge Kuh kämpften und zuviel getrunken hatten. »Ihr wart beide Narren.«

Er schaute von dem Messer hoch zu mir. Die Klinge glitzerte in seinen Händen, solch großen, starken Händen. »Narren«, wiederholte er. »Ja. Und jetzt habe ich den Preis bezahlt.«

Das traf mich unerwartet. »*Tatsächlich?*« fragte ich. »Habt Ihr das getan, Ihr und Eure Männer, die Ihr jetzt in Homana lebt… während Euer ermordeter Prinz – und Verwandter – in den Hallen der *Cileann* einherschreitet?«

Er starrte mich an. Ich hatte es endlich geschafft, seine Aufmerksamkeit von dem Messer abzulenken. »Was weißt du von dem Alten Volk?« fragte er. »Ein homanisches Mädchen wie du, das nichts von der erinnischen Magie weiß.«

Vielleicht nicht von der erinnischen Magie, aber ich hatte meinen Anteil an der Cheysulimagie. Doch das konnte ich ihm nicht sagen. »Ein wenig«, antwortete ich ruhig. »Ich habe die Prinzessin von Homana von den *Cileann* sprechen hören, wie auch die *Meijha* des Mujhar.«

Er runzelte die Stirn. »Das ist ein seltsames Wort. Und ich glaube, es ist nicht Homanisch.«

Ich verfluchte mich für den Ausrutscher. Aber unter jenen von uns, die das Blut teilen, nennen wir Deirdre so. Es ist eine ehrenvolle Bezeichnung, die uns wichtig ist, da sie keinen homanischen Rang besitzt. »Es ist ein Wort der Alten Sprache«, erklärte ich ihm wahrheitsgemäß. »Habt Ihr vergessen, daß das Haus Homana ein Cheysulihaus ist?«

Er verzog das Gesicht. »Gestaltwandler.«

»Besser als Mörder.«

Er umfaßte mein Messer. »Ja, das sind sie.« Er überbrückte die drei Schritte Entfernung zwischen uns und gab mir mein Messer, ohne ein Wort über die List zu verlieren, zurück. »Nun, Mädchen, ich glaube, meine Manieren lassen zu wünschen übrig, da ich den größten Teil davon hinter mir gelassen habe. Willst du heute nacht bei uns bleiben? Unser Abendessen mit uns teilen? Und den Schnaps, den du bereits probiert hast.« Er grinste. »Oder vielleicht hat er auch *dich* probiert, nach dem glasigen Ausdruck deiner Augen zu urteilen.«

Ich ballte eine Faust über dem verräterischen Heft. »Warum Homana?« fragte ich. »Warum nicht Atvia oder Solinde?«

»Atvia ist unser Feind.«

»War«, sagte ich einfach. »Alaric ist seit zwei Jahren tot, und jetzt regiert Corin.«

Er zuckte die Achseln. »Corin ist noch ein junger Bursche und ungeschult in der Kunst des Regierens. Es wird einige Zeit dauern, und er hat vielleicht keine Zeit ... nicht mit der Ihlinihexe vor seiner Haustür und der wahnsinnigen Gisella in seinem Schloß.«

Es machte mich wütend, daß er meinen Bruder so leichtfertig herabsetzte. »Er ist der rechtmäßige Herr von Atvia ...«

»Recht hat damit nichts zu tun«, fauchte er. »Der Stärkste wird den Thron innehaben ... O ja, Corin meint es gut, daran zweifle ich nicht, aber es ist noch zu früh, um vorherzusagen, wer siegen wird. Es könnte wieder

Lillith sein, und Strahan mit ihr ... nein, nein, Liam sagt nichts dazu, und Sean auch nicht ...« Er brach ab, als erinnere er sich daran, daß Sean vielleicht niemals wieder etwas sagen würde.

»Und was ist mit Solinde?« fragte ich. »Solinde und Erinn waren niemals Feinde – das war Homanas Anteil –, warum seid Ihr also nicht dorthingegangen? Es ist näher an Eurer Heimat.«

Er sprach mit Mühe unbewegt, aber seine Augen verrieten ihn. »Wir haben keine Heimat, Mädchen. Und was Homana betrifft?« Er zuckte die Achseln. »Es gibt keinen besonderen Grund, glaube ich, nur ...« Aber er hielt inne. »Nein, Mädchen, ich bin ein Lügner. Es *gab* einen Grund, ja ..., aber mir fehlt der Mut zu tun, was ich vorhatte, was ich *erhoffte* ...« Er seufzte und gab es auf. »Um was Sean mich einst gebeten hat, falls ihm einmal etwas zustoßen sollte.«

Ich schluckte unter Schmerzen. »Und das wäre?«

Der Feuerschein zeichnete seine Umrisse nach. Er malte einen Strahlenkranz um seinen Kopf und die Ränder seines Bartes. Er sagte ruhig: »Selbst zu der Lady zu gehen und sie um Verzeihung und Verständnis zu bitten.«

Ich sah ihn an. »Bitten ...? Warum? Wozu ist Verzeihen *oder* Verstehen nötig?«

»Weil sie als Witwe zurückbleibt.«

Ich schüttelte langsam den Kopf. »Aber ... wie kann sie eine Witwe sein, wenn sie niemals verheiratet wurden?«

Er runzelte die Stirn. »In Erinn kommt eine Verlobung einer Heirat ziemlich gleich, und sie ist bindend. Nach erinnischem Ermessen wäre das Mädchen auch ohne Hochzeit Seans Witwe.« Er zuckte die Achseln. »So ist es üblich, Mädchen, besonders in Königshäusern, wenn die Erben noch winzig sind, einfach um sicherzustellen, daß die Verlobungen halten.«

Das machte Sinn, obwohl man es in Homana anders hält. Könige handeln ihre Kinder im Austausch für alle möglichen Verträge und Abkommen. Wenn der Verlobung kein Gewicht beigemessen wird, könnte dasselbe Kind wieder und wieder angeboten werden, ganz wie es dem König beliebt.

Aber mir gefiel diese Sitte nicht. Schon vor der Hochzeit Witwe sein? Ohne die erforderlichen Schwüre verheiratet sein? Ich empfand dies als äußerst beunruhigend. Es lieferte mich dem Käufer ohne eine Spur Höflichkeit oder Achtung vor Cheysulibräuchen aus.

Ich sagte durch zusammengebissene Zähne: »Ich bin sicher, daß sie verzeihen, wenn nicht sogar verstehen würde.«

Er betrachtete mein Messer, dessen Heft ich noch immer mit der Faust umklammert hielt. Und dann nahm er es wieder an sich, bevor ich etwas sagen konnte – und gab mir seines. »Also sind wir Freunde des Herdfeuers.«

Ich sah entsetzt hinter meinem Messer her. »Was?«

»Ein erinnischer Brauch für Reisende, die ein Feuer und einen Schlafplatz benötigen. Fremde werden am Herdfeuer zur Suppe und zum Schlafen im eigenen Bett des Gastgebers geladen.« Seine Zähne schimmerten, als er grinste. »Nein, Mädchen, ich verspreche dir – das Bett bleibt vom Gastgeber unbesucht.«

Ich hatte keine Angst vor ihm oder seinen entehrten Männern. Ich war hauptsächlich erschöpft und erstarrt, die durch das Seil entstandenen Schürfwunden brannten, und ich hatte Quetschungen von der unsanften Landung. Die *Lir*gestalt war sinnlos, wie ich wußte. Selbst, wenn ich sie erlangen könnte, würde die Gestalt nicht dauerhaft beizubehalten sein. Ich brauchte zunächst Nahrung und Ruhe.

Ich vermied es, mein Messer zu betrachten oder etwas darüber zu sagen, da ich ihn nicht neugierig machen wollte. Ich blickte mühsam in sein umschattetes Gesicht. »Königsgetreuer«, sagte ich, »habt Ihr auch einen richtigen Namen?«

Er zögerte einen Augenblick, als hätte er Angst, ihn mir zu nennen, weil ich ihn dann verraten könnte. »Rory«, sagte er schließlich, »aber auch als Rotbart bekannt.«

»Rory Rotbart«, murmelte ich, »erinnert Euch daran, daß ich ein Messer besitze.«

»Es ist *mein* Messer, Mädchen… und erinnere du dich daran, daß ich deines besitze.«

Ich betrachtete erneut die Klinge in seiner Hand, deren königliche Rubine schimmerten. Ich versagte mir eine Antwort und trat langsam ans Feuer.

Kapitel Sieben

Man könnte denken, die Cheysuli, als ein so von der Ehre durchdrungenes Volk, seien der Unehre anderer und Täuschung und Ausflüchten gegenüber blind und glaubten, daß alle Menschen wie sie selbst seien. Das war vielleicht einmal so, aber jetzt galt es nicht mehr – und zwar schon, solange ich denken konnte. Das Zusammentreffen mit den Ihlini, die einen Teil der Macht der Erstgeborenen teilen, aber nicht ihre Weisheit, hat die Cheysuli gelehrt, was maßlose Habsucht und Ehrgeiz einem Volk antun können.

Wie auch Shaines *Qu'mahlin* es getan hatte, der Krieg der Auslöschung, der von meinem Verwandten, meinem Ururgroßvater homanischerseits vor fast hundert Jahren gegen uns erhoben worden war.

Also vertrauen wir nicht mehr und sind auch nicht mehr blind gegenüber Verrat, Täuschung und Ausflüchten. Wir haben gelernt zu urteilen, abzuwägen, zu messen, wohl wissend, daß die Empfindungen und Überzeugungen anderer Rassen für ein Volk, das Ungeweihten gegenüber nur ungern Gefühle zeigt, oft lächerlich offensichtlich sind.

Männer sind leicht zu durchschauen. Sogar erinnische Flüchtlinge.

Rory Rotbart war auf seine eigene rauhe Art freundlich und um mein Wohlergehen besorgt. Am Morgen bewirtete er mich mit Brot und Thymian und mit wilden Zwiebeln gewürztem geschmorten Wild, so daß ich aß, was sie alle aßen – und goß mir einen Becher Wasser ein. Ich aß, trank und fühlte mich besser, aber ich wünschte, ich hätte mein Messer.

»Mädchen«, sagte er ruhig, »soll ich mich nicht um deine Verletzungen kümmern?«

»Keine Zeit«, sagte ich kurz angebunden und kaute auf dem letzten zähen Bissen Brot. »Ich muß zurück nach Homana-Mujhar.«

Seine Stimme klang sehr freundlich. »Sicherlich kannst du noch *so* lange warten, Mädchen ... Und ich sehe nach, wie sehr sie dich verletzt haben.«

Nun, das hatten sie tatsächlich. Die geschürfte Haut hatte Eiter und wäßriges Blut abgegeben und war dann während des Schlafs verkrustet. Die Bewegung hatte den frischen schwachen, krustigen Schorf wieder aufbrechen lassen. Ich konnte kaum den Kopf wenden und vermied es, meinen rechten Arm zu benutzen.

»Ich muß zurück«, wiederholte ich und dachte an Aileen. Aber mir sank vor Angst der Mut. Mir sank auch der Mut bei der Vorstellung, daß ich Brennan *etwas Bestimmtes* würde erzählen müssen. Ich hatte sein preisgekröntes Hengstfüllen verloren. Wie, bei den Göttern, *konnte* ich ihm das erzählen?

Und wie sollte ich zurückkommen? Die *Lir*gestalt stand außer Frage. Als Vogel würde mir ein Flügel fehlen. Als laufendes Tier würde mir ein Vorderbein fehlen, was die Geschwindigkeit sehr beeinträchtigt hätte. Ich würde schneller vorankommen, wenn ich zu Fuß ginge.

»Ich habe ein Pferd«, sagte Rory, und ich sah ihn so jäh an, daß es in meinem Hals knackte. Ich zuckte zusammen.

Ein Glitzern erschien in seinen Augen. Er schien bei Tageslicht ein anderer Mensch zu sein. Er hatte ein jüngeres Gesicht – soweit ich es trotz des Bartes sehen konnte –, obwohl es vom Seeklima Erinns wettergegerbt war. Und an der Kleidung und Ausrüstung war jetzt deutlicher zu erkennen, daß er seiner Heimat und dem ›Staat‹ des üblichen Lebens entsagt hatte. Wie die anderen, war auch er von der Reise schmutzig und schäbig, obwohl die Messer und Schwerter gut gepflegt waren.

Ja, das würden sie immer sein. Denn mit den Messern und Schwertern – und mit Verschlagenheit – würden neue Leben geschmiedet werden müssen.

Ich atmete tief ein. »Mein Vater ...« Ich brach betroffen ab und änderte den geplanten Satz dann eilig um. »Mein Vater, der Waffenmeister des Mujhar, würde Euch nicht willkommen heißen und auch sein Herr nicht, wenn sie Bescheid wüßten.«

Rory Rotbart lachte. Es war nur ein kurzer, bellender Laut. »Würde er das nicht tun? Und *warum* nicht, frage ich mich? Indem ich Sean getötet habe – wenn ich ihn getötet habe –, habe ich seinem Mädchen einen Ehemann genommen. Das ist eine ernste Angelegenheit und der Betrachtung durch Männer wert, die außer Mujhars auch noch einfach Väter sind.« Er strich sich abwesend den rötlichen Schnurrbart glatt, obwohl er insgesamt einer Reinigung bedurft hätte. »Niall und Liam sind sowohl Freunde als auch Verbündete. Der Herr deines Vaters wird mich nicht mehr lieben als Liam, wenn die Nachricht kommen sollte, daß Sean tot ist.«

Der Herr meines Vaters ... Ich stellte mich nur mühsam darauf ein. Ich wollte meine Ausrede unbedingt richtigstellen, damit ich wieder frei sprechen könnte. Ich hatte über mein Erbe noch nie in meinem Leben jemanden *belogen*. Es war nicht notwendig gewesen.

»Wenn der Mujhar erführe, daß Ihr hier seid ...«

»Aber er wird es nicht erfahren, nicht wahr?« Er hielt bedeutungsvoll inne. »Es sei denn, du würdest es ihm erzählen.« Nach außen hin war Rory ein freundlicher Mann, aber er schien auch nur zu bereit, Härte zu zeigen, wenn er das Gefühl hatte, daß es notwendig war.

Das ärgerte mich. »Was *wollt* Ihr, was ich ihm erzählen sollte?«

Rory zuckte die Achseln. »Lüge nicht, Mädchen, aber erzähle auch nichts über mein Erbe ... Sage ihm in allen

Punkten bis auf diesen die Wahrheit. Sage ihm, wenn du willst, daß es in Homana Straßenräuber gibt, obwohl ich bezweifle, daß er das nicht bereits weiß, nach den Männern zu urteilen, die dich an mein Feuer getrieben haben.« Er erhob sich, wandte sich ab, um einen Befehl zu erteilen, und drehte sich dann jäh wieder zu mir um. »Sage ihm, was du willst, Mädchen…, denn wenn der Mujhar Männer auf die Suche nach uns schickt, werden wir schon woanders sein.« Und dann beiläufig grausam: »Glaubst du, ich wäre so dumm, dir zu trauen?«

Das traf mich. Aber ich lächelte ihn an. »Noch bin ich so dumm, *Euch* zu trauen.«

Rory lächelte ebenfalls und lachte dann. »Also gut. Komm, Mädchen, wir werden mein Pferd satteln. Es ist ein langer Ritt nach Mujhara, wie mir gesagt wurde… Wir sollten uns lieber daranmachen.«

Ich erhob mich, biß die Zähne gegen den Schmerz und die Steifheit zusammen und folgte ihm vom Feuer zu einem Dickicht. »Woher solltet *Ihr* wissen, wie weit es nach Mujhara ist?«

Er lachte donnernd. »Wir sind aus einem Grund hier, Mädchen: die Straße. Man hat mir gesagt, sie führe von Mujhara aus genau nach Ellas.«

Ich nickte stirnrunzelnd.

»Dann also auch der Handel, Mädchen… ebenso wie reiche Händler!«

Ich blieb stehen. »Ein *Dieb!*«

Er hielt inne, wandte sich halb um, streckte die Hand nach Blattwerk aus, zögerte aber, es beiseite zu schieben. »Ich bin zum Dieb geworden«, stimmte er mir zu. »Kann ich vor den Mujhar treten und ihn um einen Platz in seinen Diensten bitten?« Seine Stimme klang kühl. »Ich glaube nicht, Mädchen… Nicht solange Aileen hier ist, die mich kennt. Ich glaube, die beste Möglichkeit, mich und diejenigen, die von meinem Kommando noch übriggeblieben sind, zu ernähren, ist, ein wenig des Reichtums an mich zu bringen, den andere im Übermaß besitzen.«

»Ein Dieb«, sagte ich erneut und dachte an die anderen, an den Mann, dessen Knie ich überstreckt – oder gebrochen – hatte und seine Begleiter, die mich, auf Rache und Beraubung sinnend, gejagt hatten.

»Ja«, sagte er tonlos und zog das Blattwerk beiseite.

Ich erstarrte. »Brennans *Hengstfüllen!*«

Blonde Brauen wölbten sich. »Also gehört er dir. Ich dachte es mir schon, als sie ihn mir letzte Nacht brachten, nachdem du eingeschlafen warst.« Er lächelte verzerrt. »Ich will ihn behalten, Mädchen.«

»Aber – nein ... nicht *ihn*.« Ich drängte an Rory vorbei, brach durch das Dickicht und trat zu dem kastanienbraunen Füllen. Es war kurz angebunden, konnte kaum den Kopf wenden. »Nicht ihn«, sagte ich erneut, umfaßte Kiefer und Nüstern des Hengstes und dachte an meinen Bruder. »Er gehört dem Prinzen von Homana.«

»Er gehört Rory Rotbart.«

Ich wandte mich verärgert zu ihm um. »Welches Recht habt Ihr zu *stehlen?* Dieses Hengstfüllen gehört ...«

»... mir.« Rory trat zu dem Füllen und schob mich heftig beiseite. »So *ist* Dieberei nun einmal, Mädchen ... Und das ›Recht‹, von dem du sprichst, ist das Recht der Eroberung.« Er sattelte den Kastanienbraunen blitzschnell. »Ich denke, der Prinz von Homana hat noch mehr Pferde als nur diesen wunderbaren Burschen in seinem Stall stehen.«

»Ja, natürlich, aber ...«

»Dann kommt er genauso gut ohne ihn zurecht. Es wird ihm die Zeit verschaffen, seine anderen Pferde zu reiten.« Er wandte das Hengstfüllen um, schwang sich in den Sattel und streckte dann die Hand nach mir aus. »Kommst du, Mädchen?«

»Ihr wart einst ein *Königs*getreuer ...«

»Einst«, sagte er ruhig. »Jetzt bin ich vielleicht die Ursache für den Tod meines Bruders... Glaubst du, daß mir das Stehlen etwas ausmacht? Oder – *von* wem ich etwas stehle?«

Das brachte mich augenblicklich zum Schweigen, wie er es auch beabsichtigt hatte. Ich wollte nichts mehr, als ihn rügen, aber es blieb nichts zu sagen. Nichts zu *tun*. Ich ergriff seine Hand, ließ mich von ihm hochziehen, schwang vorsichtig ein Bein über den schlanken Rumpf des Füllens und setzte mich langsam zurecht.

Während ich zornige Gedanken hegte.

Als wir die Außenbezirke Mujharas erreichten, war ich nahe daran, von Brennans feurigem Füllen herabzustürzen. Daß wir überhaupt so weit kamen, war fast ein Gottesgeschenk. Der Hengst war auf Geschwindigkeit trainiert und nicht darauf, einen Mann von der Größe Rorys, also noch das zusätzliche Gewicht eines zweiten Reiters zu tragen. Es hatte Rory alle Kraft und alles Können gekostet – und meine Entschlossenheit, nicht abgeworfen zu werden –, das Hengstfüllen von Widerspenstigkeit zu bereitwilliger Aufgabe zu zwingen. Es hatte uns nach Mujhara gebracht, aber nicht ganz unversehrt. Rory beklagte sich, daß der Sattel zu klein sei – für ihn war er es auch –, und der lange Ritt hatte meinem Kopf und Hals neuerlich Schmerzen verursacht und auch die dünnen Krusten an Armen und Hals wieder aufbrechen lassen.

Wir befanden uns schon fast an den Toren, als ich mit einem unterdrückten Fluch aus meiner Halberstarrung erwachte. »Nein!« sagte ich scharf. Und dann ruhiger: »Haltet hier an, Erinnier. Wir brauchen nicht weiter hineinzureiten.«

Nein, dazu bestand wirklich kein Grund. Die Wächter an den Stadttoren kannten mich zu gut. Ich war weniger bereit denn je, mich preiszugeben – wegen Rory Rotbarts Verbindung zum Haus der Adler. Er hatte als

Exilist jetzt keine Stellung und Handlungsvollmacht mehr, aber sollte sich erweisen, daß Sean doch noch lebte, wollte ich nicht, daß ein Bruder – Halbbruder oder nicht – dem Mann Geschichten über mich erzählte, der mich als seine Frau bezeichnen wollte, bevor wir überhaupt verheiratet waren.

»Haltet *hier* an«, sagte ich tonlos und machte mich bereit, vom Pferd zu gleiten, falls Rory keine Anstalten zeigte anzuhalten.

Aber er hielt an, zwanzig Schritte vor dem Osttor mit seinem verzierten Wachtturm. Die Mauern selbst sind grau und umschließen die Stadt ganz als riesiges Rechteck mit gerundeten Ecken. Aber Mujhara ist, wie alle Städte, gewachsen, zu schnell, zu weit, ohne Rücksicht auf die Zukunft. Jetzt hatte sich außerhalb der Mauern eine zweite Stadt gebildet, auch wenn sie aus weniger beständigem Material als Stein gebaut war – es waren zumeist zufällig und lose errichtete Holzbauten oder schmutzige Segeltuchzelte, die in keiner Weise an die edelsteinfarbenen und mit *Lirs* bemalten Zelte des Stammeskeeps erinnerten.

Innen schmiegt sich Homana selbst an die Mauern an, bewacht von einem Netzwerk aus engen, gewundenen Straßen und einer Zwischenmauer von der Dicke dreier Männer, die jeweils mit dem Kopf an den Füßen des anderen liegen, ragt gerade über Höfen und Wachgängen auf, trägt Banner als Gewand und Fackellicht als Schmuck. Im Tageslicht rosenrot, bei Nacht blutig grau. Der Ort, den ich als meine Heimat kannte.

Zwanzig Schritte sind keine allzu große Entfernung für das geübte Auge eines Torwächters, um einen Menschen deutlich zu sehen, selbst bei Nacht, sofern er Fackellicht zur Verfügung hat. Aber meine Lederkleidung war stark verschmutzt, und ein Ärmel meiner gefütterten Untertunika war fast vollständig zerrissen. Mein Haar war, ohne Jagdkappe und ungeflochten, eine Masse von aus Schmutz und Pflanzensaft gestalteten wirren Strähnen. Ich bezweifelte ernstlich, daß *mich* jemand erkennen würde.

Aber sie könnten das Hengstfüllen erkennen.

Ich glitt unter Schmerzen von dem Hengst herab, wobei ich Rorys Hand übersah. Die Landung erfolgte unbeholfen und erschütterte meinen Kopf. Ich biß die Zähne zusammen und wandte mich um, um den erinnischen Straßenräuber anzusehen, während ich dem Tor den Rücken zeigte. Die ungepflasterte und von dickem Staub bedeckte Straße war voller Menschen, die hierhin und dorthin strebten, sogar jetzt nach Sonnenuntergang noch. Es war möglich, wenn nicht wahrscheinlich, daß mich ein Vorübergehender erkannte, wenn ich mich nicht bald von Rory Rotbart verabschiedete.

»Danke für die Verpflegung«, sagte ich. »Und vielen Dank für Eure Hilfe gegen die Diebe ...« – ich hielt inne – »... die *anderen* Diebe ...«, ich überging das Glitzern in seinen Augen, »... aber ich danke Euch nicht dafür, daß Ihr Brennans Pferd gestohlen habt.«

Er schürzte nachdenklich die Lippen – und den Bart. Die dichten Brauen wurden gesenkt, trafen sich, wurden zusammengezogen und dann wieder nach oben gewölbt, während er den Kopf zu einer Seite neigte. »So ist das also, Mädchen?«

»Was?« Ich runzelte die Stirn. »*Was* ist so? Wovon sprecht Ihr?«

»Brennan«, sagte er, »und du.«

Ich konnte nur sprachlos blinzeln.

Er nickte gemächlich, entschieden. »Ja, das dachte ich mir schon. Es hieß dauernd Brennan dies, Brennan das ... niemals der Prinz von Homana, niemals ›mein Herr‹, obwohl du es von mir und meinem Bruder so hören wolltest.« Er zuckte leicht die Achseln. »Nun, ich verurteile dich nicht, Mädchen ... Ich bin selbst im Beischlaf zwischen einem Prinzen und einem hübschen Mädchen entstanden ...«

Ich war höchst verwundert. »Wollt Ihr damit sagen, Ihr denkt, daß Brennan und ich ...«

»Das ist keine Schande, Mädchen ... zumindest keine so große Schande, als wenn du dir deine Chancen verderben würdest.« Er grinste. »Als Prinz wird er dich reich zurücklassen ... Du könntest es schlimmer treffen, als den Erben des Throns von Homana so gut zu kennen.« Das Glitzern wurde jetzt deutlicher. »Wenn er dich erst fallengelassen hat, könnte sogar *ich* mir überlegen ...«

Ich lächelte ihn unaufrichtig an. »Nehmt Euer gestohlenes Pferd und geht, bevor ich die Wache auf Euch hetze.«

Er wandte das Hengstfüllen lachend um. »Oder deinen Cheysuliprinzen?« Und lachte noch lauter, als ich einige Flüche ausstieß. »Mädchen, Mädchen ... du wirst von *mir* nicht verurteilt werden. Hältst du mich für so dumm, mein eigenes Spiegelbild mit Dreck zu bewerfen?«

Ich verschluckte das Lachen, denn ich wollte Rory Rotbart meine Belustigung nicht zeigen, und legte schützend die Hand auf den Mund. Ich brachte mühsam ein Stirnrunzeln zustande. »Geht einfach«, würgte ich hervor.

Rory nickte, aber seine Belustigung schwand. Er zupfte nachdenklich an seinem Bart, während er das Hengstfüllen wie abwesend mit sanfter Hand beruhigte.

»Mädchen«, sagte er schließlich, »ich muß dich noch um etwas bitten.«

Ich runzelte wachsam die Stirn. »Mich?«

»Ja.« Sein Gesicht wirkte nachdenklich. »Sag Deirdre oder Aileen gegenüber nichts davon, von dieser Sache zwischen Sean und mir. Keiner von uns weiß, ob er noch lebt oder tot ist. Ich denke, es sollte besser Liam überlassen bleiben, ihnen die Wahrheit über diese Angelegenheit zu erzählen.« Er betrachtete mich mit Unbehagen. »Mädchen, willst du mir das versprechen? Es ist eine Angelegenheit des Hauses der Adler. Ich bin vielleicht nicht ehelich geboren, aber ich bin dennoch ein Verwandter... Ich glaube, es wäre besser, ihnen nichts zu erzählen, was vielleicht nicht stimmt, und ihnen einen Kummer zu bereiten, den sie vielleicht nicht erleiden müssen.«

»Oder vielleicht doch«, sagte ich leise.

Er betrachtete über meinen Kopf hinweg gedankenversunken das Tor mit dem Wachtturm. »Ja«, sagte er schließlich, »oder vielleicht doch.«

Ich schuldete ihm nichts... außer vielleicht mein Leben. Und sicherlich meine Unberührtheit.

Ich nickte nachdenklich schweigend. Das würde ich ihm zugestehen.

Rory Rotbart lehnte sich aus dem Sattel herab, legte mir eine Hand auf den Kopf und zauste mein schmutziges Haar. »*Das* ist mein gutes Mädchen«, sagte er.

Und ritt lachend davon, bevor ich mir eine Antwort ausdenken konnte.

Kapitel Acht

Ich ging sofort zu Aileens Zimmerflucht, zu ihrem Schlafraum. Die schwere Tür war geschlossen. Ich streckte die Hand aus, um sie zu öffnen, denn ich wußte, daß sie mich willkommen heißen würde, gleichgültig, wie ich aussah – und erstarrte in der Bewegung, noch während sich die Finger anspannten, um die Tür aufzustoßen.

Ich konnte es nicht ertragen, ich konnte es *nicht*. Ich würde es nicht riskieren, einen Raum zu betreten, der nach Tod und höchster Not roch, denn es war feige von mir gewesen, nicht sofort vom Stammeskeep zurückzukehren, fortzubleiben, um mich vor den Möglichkeiten zu drücken, vor der Verantwortung einer *Cheysula*.

O Götter, wie soll ich damit umgehen ...?

Ich wandte mich jäh um und lehnte mich schließlich gegen die Wand, die Zähne zusammengebissen, die Augen fest geschlossen, den Kopf ans Gestein gepreßt. Hilf- und Nutzlosigkeit verwandelten die Angst in noch mehr, in ein Übermaß verwirrter Empfindungen, die mir unbekannt und daher trügerisch waren, weil ich die Empfindungen nicht benennen, noch sie eindämmen konnte.

Ich fluchte leise und reihte alle Eigenschaften aneinander, die mir für mich angemessen erschienen, weil ich als Gefährtin, Verwandte, *Geistesverwandte* ein solcher Versager war ...

»Keely.«

Ich richtete mich ruckartig auf, wandte mich der Stimme steif zu und betete zu den Göttern, daß es jemand anders wäre, *irgend* jemand anders, nur nicht mein Vater, der mich zweifellos zur Rechenschaft ziehen würde, weil ich Aileen im Stich gelassen hatte, als sie mich am nötigsten brauchte, weil ich vor der Verantwortung davongelaufen war … wohl wissend, daß er, wenn er nichts *darüber* sagte, mir mitteilen *würde*, daß Aileen tot sei.

Aber er sagte nichts dergleichen, denn es war mein *Su'fali* anstatt meines *Jehan*. Onkel statt Vater.

»*Leijhana tu'sai*«, keuchte ich und entspannte mich, während sich Ian näherte.

»Was ist *passiert* … Keely, bist du krank? Bist du verletzt?« Seine Sorge war offensichtlich und verstärkte mein Schuldgefühl noch. Aileen war wichtiger. »Keely …«

Ich schob mein wirres Haar zurück. »Aileen«, sagte ich nur.

Das brachte ihn zum Schweigen, aber nur einen Augenblick. Ich suchte nach Anzeichen von Kummer, aber ich erkannte nur Besorgtheit und Verständnis. Aber andererseits ist mein *Su'fali* auch kein Mensch, der viel von seinen Gefühlen preisgibt, weil er einst schmerzlich darunter gelitten hatte, etwas preisgegeben zu haben, was ihm mehr wert gewesen war als alles andere: die Ehre, die Selbstkontrolle und eine Zeitlang sogar die geistige Gesundheit.

Er zeigte auch jetzt nichts, nicht einmal mir gegenüber. Niemandem gegenüber, dachte ich erneut. Lillith von den Ihlini hatte viel zuviel genommen.

»Sie lebt«, sagte er ruhig und ohne Zeit zu verschwenden. »Niall hat sie mit der Erdmagie gerettet, *leijhana tu'sai*, obwohl es für die Kinder noch viel zu früh war. Aber zumindest Aileen geht es gut.« Er deutete schnell eine Geste an, die ich so gut, *zu* gut, kannte: die gewölbte Hand mit der aufwärtsgerichteten Handfläche und den gespreizten Fingern.

Ich war dermaßen erleichtert, daß ich es mir leisten konnte, sarkastisch zu sein. Ich schalt den Bruder meines Vaters. »Aileen ist keine Cheysuli und hat deshalb kein *Tahlmorra*.« Aber meine rechte Hand zuckte, als wollte sie auch die Geste machen, die das Schicksal und die Götter meinte.

Ians Gesichtsausdruck änderte sich nicht. »Sie hat Brennan. Ich glaube, das genügt.«

Ja, natürlich: *Brennan*. Sie war wahrhaftig gesegnet.

Und dann dachte ich an das an Rory Rotbart verlorene Hengstfüllen und wand mich unbehaglich. »Sie wird sich also wieder erholen? Vollständig? Sie wird noch immer Aileen sein?«

Er runzelte die Stirn. »Natürlich. Was *möchtest* du denn, das sie wäre?«

»Alles andere als eine Zuchtstute.« Ich schob mir wieder müde eine Locke aus dem Gesicht. »*Su'fali*, wenn sie das noch einmal durchmacht… wenn sie noch einmal gezwungen wird, ein Kind – oder *zwei* – zu gebären, nur weil Brennan…«

»Keely.« Er umfaßte meinen Arm – den Göttern sei Dank den linken – mit festem Griff, wandte mich von der Tür ab und führte mich den Gang hinab, obwohl ich zu protestieren versuchte. »Nein… nicht jetzt, Keely… Aileen ruht sich aus. Später.« Er führte mich weiter. »Du brauchst dir keine Sorgen darüber zu machen, daß sie dies noch einmal durchstehen muß… Die Ärzte sagen, es sei unwahrscheinlich, daß sie noch ein Kind bekommen wird.« Seine Finger blieben fest um meinen Arm geschlossen. »Und was den *Zwang* betrifft…«

Es störte mich, geführt zu werden, aber ich war zu müde, zu ausgelaugt, um viel mehr zu tun, als die Festigkeit seines Griffs zu testen. »Sie *wurde* gezwungen. Sie ist bei Aidan schon fast gestorben, und doch wurde sie bereits innerhalb eines Jahres nach seiner Geburt gezwungen, es erneut zu versuchen, nur um Brennans Anspruch auf den Löwenthron zu unterstützen…«

Ian murmelte leise etwas in der Alten Sprache, führte mich unsanft zur nächsten Tür, stieß sie auf und stieß *mich* in den Raum hinein. Dann führte er mich, nachdem er die Tür geschlossen hatte, indem er sie mit dem

Fuß zuschlug, zu einem Sessel und ließ mich hineinplumpsen. Erst dann ließ er meinen Arm los.

Ohne große Vorreden nannte mein Onkel mich eine Närrin, in beiden Sprachen, damit ich es auch sicher verstände, was ich beide Male tat. Und er nannte mich – auch wieder zweimal – blind, was mir natürlich nicht sehr gefiel.

Ich erhob mich. Eine feste Hand auf meiner Schulter drückte mich wieder hinab. »Du *wirst* zuhören«, sagte er sanft.

Ich öffnete den Mund zum Protest, schloß ihn dann wieder, um kurz nachzudenken, und sah mich, Zeit schindend, um. Und runzelte die Stirn. Wir befanden uns in Ians Räumen, was ich ungewöhnlich fand. Mein Onkel lebt sehr zurückgezogen und hält sich teilweise vor anderen verschlossen, sogar vor Verwandten. Ich war seit Jahren nicht mehr in seinen Privatgemächern gewesen, nicht seit ich ein Kind war, das ihn gebeten hatte, mich zu lehren, wie man mit einem Cheysulikriegsbogen umgeht. Niemand sonst hätte das getan.

Es waren ungewöhnlich gemütliche Räume voller Gegenstände der Cheysuli. In den letzten Jahren hatte unser Volk begonnen, einige der Fertigkeiten zurückzuerobern, die das *Qu'mahlin* und das Exil ihm verwehrt hatten, da die drohende Ausrottung wenig Zeit für andere Dinge als nur die Verteidigung gelassen hatte. Ian hatte Steinzeugskulpturen verschiedener *Lirs* gesammelt – darunter vor allem Tasha, aber auch der Wolf seines Bruders –, sowie die knotigen, rundgerahmten Webereien, die viele Frauen herstellen. Über einen Eisenholztisch ergoß sich ein Strom von Wahrsageknochen, die aber aus Silber anstatt aus Elfenbein gefertigt waren. Ich wußte, daß sie ein Geschenk von Hart waren, der sie zum Wetten gedacht hatte. Unser Onkel gebrauchte sie statt dessen nur als Stütze beim Nachdenken, indem er müßig Muster ausstreute.

Etwas schrie laut auf. Ich wandte mich jäh zu dem

großen Bett um, dessen Vorhänge an den Bettpfosten zusammengenommen waren, und sah Tasha dort mit ihren Jungen ausgebreitet liegen, ganz in die Decken verstrickt wie Knoten in Deirdres Garnkorb. Drei junge Rotluchse, alle mit üppig lohfarbenem und bronzenem Fell.

Ich lächelte erfreut. *Wunderschön,* sandte ich über die Verbindung aus. *Sie werden großartige Lirs werden, wenn die Götter ihnen diese Ehre zuteil werden lassen.*

Tasha mit den bernsteinfarbenen Augen verschwendete keine Zeit damit, mir zuzustimmen, aber bevor ich noch etwas sagen konnte, unterbrach Ian mich.

»Nicht jetzt«, sagte er bestimmt. »In diesem besonderen Augenblick möchte ich ganz sichergehen, daß du etwas deutlich verstehst.«

»*Su'fali ...*«

»Nein«, sagte er fest. »Du bist hier, um zuzuhören, Keely, was du weitaus häufiger üben solltest – sicherlich häufiger als den Schwertkampf mit Griffon. *Den* beherrschst du vielleicht. Das Zuhören beherrschst du noch nicht.«

Die Mahlzeit, die ich mit Rory und seinen Männern geteilt hatte, erstarrte in meinem Magen. Zorn und Erstaunen schwanden, und ich empfand nur noch Erniedrigung. Ich sah ihn mit hochrotem Gesicht an, hätte gerne zu Boden geschaut, aber ich versagte mir diese Zuflucht selbst.

Er seufzte und kreuzte die Arme über der Brust. Er war nicht wie mein Vater, da er sowohl von der Hautfarbe als auch von seiner Beschaffenheit her durch und durch Cheysuli war, obwohl das schwarze Haar schon rauhreifsilbern wirkte. Und er war dem Mujhar auch vom Temperament her sehr unähnlich, da er erheblich entspannter schien und weniger dazu neigte, sich um Dinge zu sorgen. Es war manchmal schwer zu glauben, daß sie Brüder waren, wenn auch nur Halbbrüder. Ian wurde als Sohn Donals, meines Großvaters, und seiner halb homanischen *Meijha* unehelich geboren.

»Keely«, sagte er ruhig. Zu ruhig. Ich kenne seine Art. »Ist es dir niemals in den Sinn gekommen, daß Brennan und Aileen vielleicht zufrieden miteinander sind?«

Das war das Höchste, was *er* jemals über die Liebe sagen würde, da er so sehr Cheysuli war und sich daher wie üblich weigerte, solche Dinge mit anderen zu besprechen, auch nicht mit Verwandten. Ich habe solche Skrupel nicht. Das muß das Homanische in mir sein, was häufiger durchbricht, als es sollte.

»Zufrieden.« Ich drückte mich tiefer in den Sessel. »Du meinst, beim Beischlaf.«

»Ich meine es allgemein.«

Ich erinnerte mich an Brennans Verhalten, an seine *Augen*, als ich ihm von Aileens Zustand berichtet hatte. Er war eindeutig ›zufrieden‹. Aber ich erinnerte mich auch daran, wie es zwischen ihnen gewesen war, als Aileen zum ersten Mal nach Homana kam. »Aber ... *Corin* ...«

Ian sprach fest. Er wußte, wie ich meinem *Rujholli* gegenüber empfand. »Corin ist fort, *war* fast zwei Jahre lang fort.«

Ich zuckte die Achseln. »Was macht das? Du weißt genauso gut wie ich, daß Aileen Corin statt Brennan heiraten wollte ... Nur wegen der Verlobung mit Brennan – *und* wegen der Prophezeiung – mußte sie Corin aufgeben. Glaubst du, sie hätte es sonst getan? Glaubst du, Corin hätte es sonst zugelassen?« Ich setzte mich im Sessel aufrecht. »Brennan sorgt sich, ja – ich habe es gesehen –, aber was ist mit Aileen? Sie wurde gezwungen, *Su'fali*, ganz gleich,was du sagst. Zur Heirat gezwungen, ins Bett gezwungen ... gezwungen, Homana Erben zu gebären.« Meine Hände waren um die Armlehnen geklammert. »Genauso, wie *ich* eines Tages gezwungen werde, wenn auch statt dessen für Erinn.«

»Wir sprechen jetzt noch nicht über dich«, sagte er sanft. »Wir sprechen über Brennan und Aileen, die eine schwere Zeit hatten, in der sie alte und neue Empfindungen ohne die Hilfe ihrer scharfzüngigen *Rujholla* aufeinander abstimmen mußten.«

Es mißfiel mir sehr, in dem Sessel gefangen zu sein. Es ließ in mir den Wunsch entstehen, mich wie ein Kind zu winden. Es erweckte in mir den Wunsch, aufzuspringen und den Raum zu durchschreiten, um aus der Bewegung Trost zu ziehen. Aber ich vermied es, mich zu winden, und ich wollte nicht aufspringen. Ian würde mich nur wieder hinabdrücken.

»Aileen und ich haben miteinander gesprochen, das stimmt«, gab ich zu, »aber sie hat ihre eigenen Gedanken, *Su'fali*, das weißt du. Sie ist Erinnierin. Jene, die im Haus der Adler geboren werden, wissen sehr wohl zu fliegen.«

»Es sei denn, jemand legt ihnen Fußriemen an und sperrt sie in Käfige.«

Ich starrte ihn an. »Du glaubst, *ich* ...«

»Ich weiß.« Er stand auf, trat müßig hinter mich, hielt inne und legte dann die Hände auf meine Schultern. »Keely, du bist kein rachsüchtiger Mensch, auch nicht jemand, der Verwandten Böses wünscht. Aber du bist so stark in deinen Überzeugungen verwurzelt, so bestimmt in deinen Vorurteilen, daß du andere Menschen überfährst. Ja, Aileen hat ihre eigenen Gedanken – sie ist darin, wie Niall und Deirdre sagen, Nialls Tochter –, aber wie oft hörst du zu und wägst ab, was sie zu sagen hat? Hast du sie jemals gefragt, wie sie Brennan gegenüber empfindet?«

Nein. Weil ich wußte, wie sie Corin gegenüber empfand.

Ians Hände griffen fester zu. »Ich bitte dich nicht, deine Treue gegenüber Corin zu verraten. Er ist dein Zwillings*rujholli* – das ist eine Verbindung, die kein allein Geborener teilen oder auch nur *verstehen* kann... Aber du solltest auch nicht weiter eine Beziehung verteidigen, die vor fast zwei Jahren geendet hat.«

»Woher willst du wissen...«

Er unterbrach mich mit Leichtigkeit. »Weil *du* es vorziehst, nicht zu heiraten, bedeutet das nicht, daß du von jeder anderen unverheirateten Frau gleiche Gefühle erwarten solltest, noch von einer verheirateten Frau erwarten solltest, sich schuldig zu fühlen, wenn sie zufrieden ist.« Er hielt inne und drückte meine schmerzenden Schultern sehr sanft. »Und du solltest sie auch nicht verspotten, wenn sie nicht genauso empfinden wie du. Ihr Glaube ist ebenso wichtig wie deiner, und sie haben dasselbe Recht darauf.«

Zorn flammte auf. »*Du* sagst das. *Du* sagst das: ein Mann.« Ich saß starr im Sessel. »Was weißt du davon, gegen deinen Willen in eine Verbindung gezwungen zu werden, die du nicht willst?«

Die Hände gruben sich schmerzhaft in meine Schultern. Ich dachte, daß er es absichtlich tat, um mich zu bestrafen – bis ich begriff, was ich gefragt hatte und wen ich es gefragt hatte.

»O *Su'fali*, – o Götter, ich *schwöre* ...« Ich wollte aufspringen und mich umwenden, ihn ansehen, um mich zu entschuldigen, aber er hielt mich fest und versagte mir damit jede Möglichkeit, die grausame Frage zurückzunehmen und meine Schuld und seine Qual zu lindern.

»Oh, ich weiß es«, sagte er leise. »Ich weiß es sehr gut, *Harana*. Ich weiß, wie es ist, ein Sklave zu sein, nur benutzt zu werden, wie ein Hengst, der zur Stute geführt wird. Ich weiß sehr gut, wie es ist, nur wegen seiner Samen geschätzt zu werden, wegen des Kindes, das man zeugen kann ... und das ich gezeugt *habe*.« Er seufzte erschöpft. »Ich denke, das ist nicht wesentlich anders als das, was vielen Frauen widerfährt. Aber es muß nicht Aileens Schicksal sein, noch deines. Sie hat eine Chance, mit Brennan glücklich zu sein, wie du sie auch mit Sean hast, *wenn* du es zuläßt. Was mich betrifft, nun ... ich habe nach so vielen Jahren gelernt, damit umzugehen.«

Ich schluckte unter Schmerzen, um meine verengte Kehle zu lockern. »Wirklich, *Su'fali?*«

»O ja – natürlich.«

Sein Tonfall war so leicht, seine Hände so schwer. Zögernd glitt ich unter jenen Händen hervor, stand auf und wandte mich ihm ganz zu. Und sah in seine heimgesuchten Augen, so gelb, so *cheysuli*haft unter dem silbernen Stirnhaar.

»Übst du deshalb jedes Jahr am gleichen Tag *I'toshaa-ni* aus, um deine Seele von ihr zu befreien?« Ich hielt meine Stimme mühsam ruhig. »Sprichst du deshalb niemals über Rhiannon, die Tochter, die du mit ihr gezeugt hast?« Ich atmete tief ein. »Nimmst du deshalb keine Frau zur *Meijha* oder *Cheysula* – weil sie dich beschmutzt hat?«

»Ich bin nicht keusch«, sagte er angespannt.

Ich machte eine Geste mit der Hand. »Nein, nein, natürlich nicht – aber selbst mit einer Frau in deinem Bett empfindest du nur Leere.« Ich fühlte ein Unbehagen, mit ihm über solche Dinge zu sprechen, aber ich würde jetzt nicht aufhören. »Ich habe Deirdre einmal gehört, mit *Jehan,* als sie sagte, sie glaube, daß du viel zu hart mit dir selbst seist, aus Gründen, gegen die du nichts tun könntest. Und *Jehan* sagte ...« Ich hielt inne, als ich den Ausdruck in seinen Augen sah.

Er fragte sanft: »Was hat Niall gesagt?«

Ich atmete tief ein und posaunte es heraus. »Daß du glaubtest, du seist in Ungnade gefallen. Entehrt. Und daß ein entehrter Krieger nicht die Stammesrechte einer Frau erbittet.«

»Nein«, sagte er nur.

»Aber, *Su'fali ...*« Ich atmete erneut tief ein. »Sie hatte deinen *Lir*, dein *Leben* ... Was solltest du sonst tun?«

»Damals: nichts. Später ...« Er zuckte die Achseln. »Es gibt Möglichkeiten, Unehre abzubüßen. Es gibt das *I'toshaa-ni ...*«

»Nicht *jedes Jahr.*«

»... und es gibt das selbsterwählte Exil von den Stämmen ...«

»Nicht für *so* etwas!«

»... und es gibt das Todesritual.«

Ich sah ihn an. »Das würdest du *nicht* tun!«

Er schüttelte zögernd den Kopf. »Ich bin Gefolgsmann des Mujhar.«

Die Worte stürzten hervor. »Hast du deshalb ... Ist das der *einzige* ...? O *Su'fali,* nein ... Sag, daß du es nicht tun würdest ... sag *nein* – sage mir, daß es nur ein Scherz ist ... ein *sehr* schlechter Scherz ...«

»Keely, halt. Das genügt.« Ian ist fünf Jahre älter als mein Vater. In diesem Augenblick hätte ich ihn für zwanzig Jahre älter gehalten. »Ich schwöre dir, ich habe nicht die Absicht, mich *der Verwandtschaft zu berauben* oder mich dem Todesritual zu übergeben. Es ist für beides viel zu spät. Und was die Tatsache betrifft, daß ich nicht die Stammesrechte einer Frau erbitte – nun, das ist meine Sache, nicht deine ...«

»Aber *jede* Frau würde dich wollen!«

Schließlich lächelte mein Onkel. »Tatsächlich?« fragte er.

»O *ja,* natürlich! Du solltest hören, was sie über dich sagen, *Su'fali.*« Ich grinste. »Noch bevor Brennan heiratete oder Corin und Hart gingen, warst *du* es ...«

Nun lachte mein Onkel und hob die Hände. »Genug, *genug* ... in Ordnung, Keely, du kannst mit deinen unerschütterlichen Erklärungen über meine Anziehungskraft aufhören.« Er grinste und schaute zu Tasha, deren liebevolle Belustigung sich über die *Lir*verbindung zu uns beiden übertrug. »Nun zurück zum *ursprünglichen Grund* für unsere Unterhaltung ...«

»Ja, ja, ich weiß.« Ich winkte ab. »Ich sage anderen zu übereilt, wie sie sich verhalten sollen, und mißachte ihre eigene Meinung. Ich weiß. Aber manchmal ...« Ich unterbrach mich selbst. »Nein. Nicht mehr. Ich werde versuchen, meine Zunge im Zaum zu halten.«

»Aber ersticke nicht daran.«

Ich wandte mich entschlossen zur Tür. Dann fuhr ich jäh wieder herum. »Es *geht* ihr doch gut?« fragte ich.

»Aileen ist, ja …, aber was jetzt dich betrifft …«

»Nein«, sagte ich. »Nein. Ich muß mir ein Bad herrichten lassen.« Und ich verließ den Raum, bevor er erneut auf mich einreden konnte.

Ich ließ mich in einer Halbwanne einweichen, bis das Wasser fast kalt war, und stieg dann mühsam heraus. Die Hitze hatte einen Teil der Schmerzen vertrieben, aber auch fast meine ganze Kraft. Zitternd nahm ich das für mich neben der Wanne bereitgelegte Handtuch auf und wickelte es fest um meinen Körper. Ich habe es noch niemals gemocht, wenn sich Leibdiener in meiner Nähe aufhalten, mich trockenreiben und mein Haar trocknen wollen, und so hatte ich sie entlassen, bevor ich mich meiner schmutzigen Kleidung entledigte. Jetzt, da ich allein war, wie ich es vorzog, merkte ich, daß ich mich am liebsten einfach auf dem Boden ausgestreckt hätte. Der Weg in den Schlafraum war zu weit, und es würde zu schwer, ins Bett zu klettern.

Ich stand unentschlossen auf dem feuchten Boden und verlor mich in der Betrachtung meines Zustandes – des Geistes wie auch des Körpers. Ich mußte nachdenken, über verlorene Hengstfüllen und Cheysulilangmesser und den erinnischen Straßenräuber, der jetzt beides hatte.

Ich muß es zurückbekommen, beides. Ich kann sie ihm nicht lassen, keines von beidem …

»Keely?« Eine Gestalt geriet verschwommen in meinen Blick, die durch den Eingang zwischen Schlaf- und Vorraum trat. *»Keely«*, rief sie scharf. »O Götter, Ian sagte mir bereits, daß du schlecht aussähst …« Deirdre ergriff meine linke Hand und zog mich durch die Tür. »Komm mit, mein Mädchen, bevor du auf der Stelle umfällst. Ich glaube, das könnte schmerzhaft sein.«

Der erinnische Akzent war bei Deirdre weit weniger ausgeprägt als bei Aileen, die Erinn erst vor zwei Jahren verlassen hatte, und sicherlich noch weniger als bei Rory Rotbart, der erst so frisch hier eingetroffen war. Aber dieses ›mein Mädchen‹ erschütterte mich. Es berief sein bärtiges Gesicht, seine Stimme und die Geschichte von ermordeten Prinzen und Halbbrüdern herauf, die er erzählt hatte.

Und es erinnerte mich an das Versprechen, das ich ihm gegeben hatte.

Ich ließ mich wie benommen von Deirdre in den Schlafraum führen. »Nein… nein, es geht mir recht gut… ich bin nur müde.«

»Und hast du dir einmal dein Gesicht angesehen? Hast du deine Stimme gehört?« Deirdre deutete auf einen Sessel. »Dorthin, Keely – und keinen Widerspruch. Hier, zieh das an.« Sie nahm geschickt ein zusammengefaltetes Nachtgewand von meinem Bett und warf es mir zu.

Mit Deirdre kann man nicht streiten, wenn sie sich etwas in den Kopf gesetzt hat. Also zog ich gehorsam das Nachthemd an. Ich faßte mein nasses Haar zu einem dicken Strang zusammen und bat Deirdre dann um einen Kamm.

Sie brachte ihn mir von einem Tisch, aber als ich die Hand ausstreckte, um ihn entgegenzunehmen, entzog sie ihn meinem Zugriff. »Keely – was ist *geschehen*?« Sie schlug vorsichtig den Kragen des Nachthemds von meinem Hals zurück. »O *Götter*… das muß behandelt werden. Ich werde jemanden schicken…« Sie ging zur Tür, um einen Diener mit der Aufgabe zu betrauen, und kam dann mit dem dringend benötigten Kamm zurück. »Was noch?« fragte sie tonlos. »Lüg mich jetzt nicht an. Ich kenne dich, Keely… was hast du dir noch getan?«

Ich seufzte und zog den weiten Leinenärmel hoch. »Hier.« Ich zeigte ihr meinen Arm. »Nicht schlimmer als der Hals.«

Deirdre betrachtete die Verletzung stirnrunzelnd und sog dann mitfühlend die Luft ein. »Du hast Ian nichts davon gesagt … Du hast ihm keine Möglichkeit gelassen, auch nur zu *fragen.*«

Ich zuckte die Achseln und führte die rechte Hand an meinen Nacken, so daß die Unterseite meines Oberarms deutlich zu sehen war. Die gespannte Haut schmerzte. »Jemand hatte ein Seil über den Weg gespannt. Das Pferd lief im Galopp. Das Seil hat mich herabgeschleudert.«

Deirdre wollte noch mehr sagen, aber ein leises Klopfen an der Tür kam ihr zuvor. Sie ging hin und kam mit einem geschlossenen Topf und weichen Leinentüchern zurück. »Es wird ein wenig brennen«, warnte sie mich, »aber es wird helfen, daß sich die Haut ablöst.«

Ja, es brannte, und mehr als nur ein wenig. Ich biß die Zähne zusammen und saß ganz still, während sie die Salbe in die verkrusteten Wunden an Hals und Arm einrieb. Sie murmelte leise Sätze auf erinnisch, wie sie es manchmal tat, wenn sie angespannt oder verärgert war. Ich hatte sie die Peitsche ihrer beredten Zunge sogar schon ein- oder zweimal bei meinem Vater gebrauchen hören. Ihre gegenseitige Zuneigung war nach wie vor unerreicht, aber sie stritten auch. Sie stritten in etwa auf die Art verspielter Katzen: lärmend und mit fliegendem Fell, dabei aber mit eingezogenen Krallen. Und bei ihnen dauerte ein Streit immer nur kurz.

Sie waren jetzt zweiundzwanzig Jahre zusammen, obwohl es keinem von ihnen anzumerken war, weder an ihren Gewohnheiten noch an ihrer Erscheinung. Deirdres Haar war noch immer hellblond, ihre grünen Augen unverhüllt wie immer, ihr Körper schlank und aufrecht.

So *viele* Jahre in Homana … und davor – bevor sich Atvia und meine Mutter eingemischt hatten – ein Jahr in Erinn, im Adlerhorst, wo sie einander lieben gelernt hatten.

Ich fragte mich unbestimmt: *Könnte es auch für mich so sein?*

Bis ich mich erinnerte, daß es, höchstwahrscheinlich, nicht sein konnte. Denn Sean war vielleicht tot.

Ich spannte mich an, während Deirdre meinen Hals zu Ende behandelte und meinen Arm versorgte. Ich biß die Zähne zusammen, während die Folgen von Seans möglichem Tod offensichtlicher wurden.

Wenn Sean tot ist, wird Jehan jemand anderen finden. Er wird die Brautschau erneut eröffnen, für jeden Prinzen, den er kennt. Ich schüttelte leicht den Kopf. *Es waren nicht viele Reiche oder Prinzen übriggeblieben … zu viele Rujholli saßen auf fremden Thronen … Er wird sich Ellas oder Caledon oder sogar Falia zuwenden müssen …* Ich runzelte die Stirn. *Aber niemals den Steppen. Dort betreiben wir keinen Handel. Es gibt keinen Grund für ein Bündnis …*

»Keely.« Ich entnahm Deirdres Tonfall, daß sie etwas zu mir gesagt hatte, das eine Antwort verlangte, und ich hatte sie ihr nicht gewährt. »Keely, hast du Maeve gesehen?«

Maeve. O Götter, meine halb schwachsinnige Schwester, die wieder in Teirnans Bett gestiegen war. »Ja«, sagte ich kurz.

»Hat sie gesagt, wann sie nach Hause kommen wird?«

Ja, das hatte sie. Sie hatte ›morgen‹ gesagt, was jetzt heute war. Es sei denn, sie hätte ihre Meinung geändert, was, wie ich wußte, möglich war. Sie hatte solche Angst, unseren Vater zu verletzen, den sie über alles liebte.

Ich zuckte leicht die Achseln und hob die linke Schulter an, während Maeves Mutter Salbe in meinen Arm einrieb. »Wir haben nicht viel miteinander gesprochen.«

Deirdre seufzte, und zwischen ihren Augenbrauen bildeten sich Falten. »Ich mache mir Sorgen um sie … seit Teirnan sein wahres Gesicht gezeigt und sich von allem losgesagt hat, was den Cheysuli wichtig ist …«

»Sie kommt ausreichend gut zurecht.« Ich sprach schroffer als beabsichtigt, aber Maeve war kein Kind mehr. Sie war die älteste von uns allen, wenn auch, meiner Meinung nach, die einfältigste.

Etwas flackerte in Deirdres grünen Augen auf. Ich hatte sie mit meiner Schroffheit getroffen. »Eines Tages«, sagte sie fest, »wirst auch du ein Kind haben, um das du dir Sorgen machst. Vielleicht sogar eine Tochter. *Dann* verstehst du vielleicht.« Sie entließ meinen Arm aus seiner unbeholfenen Haltung und rollte den Leinenärmel wieder darüber. »So. Morgen früh muß noch mehr daran getan werden, aber bis mittags sollte es schon besser sein. Und was die Heiserkeit betrifft...«

»Sie wird vergehen.« Ich streckte meine Hand nach dem Kamm aus.

»Nein, das mache ich... bleib einfach hier sitzen und sei still. Gönne deiner armen Kehle eine Pause.« Sie setzte den Topf und die schmutzigen Tücher auf einem Tisch ab, stellte sich neben mich, teilte mein Haar und begann die nassen Verfilzungen zu lösen. »Du hast großes Glück gehabt, mein Mädchen... Hättest du nicht zur Abwehr den Arm gehoben, hätte dir das Seil vielleicht den Hals gebrochen.«

»Ja«, sagte ich abwesend und dachte erneut an Rory. Ich hätte gerne einiges über ihn gefragt, aber ich wußte nicht, wie ich es tun sollte, ohne das gegebene Versprechen zu brechen. Ich konnte Deirdre kaum ohne angemessene Erklärung erzählen, daß er hier in Homana war. Sie würde wissen wollen warum, und war beharrlich genug, es auf die eine oder andere Weise aus mir herauszubekommen. »Deirdre?«

»Ja?« Sie brachte mein Haar geschickt und geduldig wieder in Ordnung.

Ich dachte schnell nach und atmete dann tief durch. Schließlich sagte ich offen: »Ich habe vorhin mit *Su'fali* gesprochen.«

»Ja, ich weiß – er sagte, du wolltest Aileen sehen.«

»Er sagte mir, daß sie ruht, und nahm mich zu einem Gespräch beiseite.« Ich kaute einen Augenblick auf meinen Lippen. »Er spricht niemals über Rhiannon.«

Deirdre hielt nur einen Augenblick inne, nahm ihre Arbeit aber dann wieder auf. »Nein. Diese Zeit in Atvia mit Lillith – und das Ergebnis dieser Zeit – ist etwas, woran er nicht erinnert werden möchte.«

»Nein, aber sie *ist* seine Tochter ... und bei den Stämmen ist Unehelichkeit kein Makel. Er könnte sie anerkennen.«

»Es geht nicht darum, daß sie unehelich geboren wurde. Das ist nicht der Grund, warum er sie nicht anerkennen will. Es geht um ihre Mutter: um Rhiannons *Blut*.« Deirdre seufzte leise. »Sie ist mit den Ihlini, mit Strahan selbst – und sogar mit Tynstar – verwandt. Eine mächtige Mischung, Keely, und genauso trügerisch. Du weißt, was sie Brennan angetan hat – genau wie es Ian mit ihrer Mutter ergangen ist.«

Ja, das wußte ich. Was mich zu einer anderen Frage führte. »Aber *dieses* Kind ist jetzt fast zwei Jahre alt«, sagte ich beiläufig. »Noch ein Cheysuli-Ihlini-Mischling. Und noch ein nicht anerkanntes Kind.« Ich zuckte zusammen, als sie an einem Knoten zog. »Brennan sagt nichts von dem Kind – genau wie unser *Su'fali*.«

»Aus genau demselben Grund.«

»Nicht wegen der Unehelichkeit.«

»Nein, natürlich nicht. Glaubst du, Unehelichkeit wäre für einen Vater wichtig, der sein Kind liebt?« Sie löste den Knoten sanft. »Du brauchst dir nur deinen Vater anzusehen, um zu erkennen, wie es ist. Er liebt Maeve genauso wie seine ehelichen Kinder.«

Ich seufzte. »Könige und Prinzen und Mischlinge.« Ich wartete eine Weile. »Ist das bei jedem Herrscher so?«

Deirdres Stimme klang jetzt auf trockene Art belustigt. »Wenn das deine Art ist zu fragen, ob Sean uneheliche Kinder hat – woher soll *ich* das wissen? Ich habe Erinn verlassen, als er vier Jahre alt war – viel zu jung, um Kinder zu zeugen, ob eheliche oder uneheliche.« Jetzt lachte sie. »Die Adler sind vielleicht lüstern, aber nicht *so* früh!«

Ich brummte leicht. »Söhne ähneln häufig ihrem Vater – was ist mit Liams Gewohnheiten?«

Sie schwieg lange und kämmte wie abwesend weiter mein Haar. »Ja, nun ... Liam ist Ierne *überwiegend* treu ...«

»Aber nicht immer.« Ich mußte mich zusammennehmen, mich nicht umzuwenden und ihr in die Augen zu sehen. Aber das zu tun, hätte mich verraten, hätte den Grad meiner Neugier unterstrichen.

Deirdre klang besorgt. »Nein, nicht immer ... Keely, es gibt Zeiten, in denen sich Männer anderen Frauen zuwenden ... bei Krankheit, manchmal, oder während die eigene Frau schwanger ist ...«

»Ich weiß«, sagte ich leise, »ich stelle seine Moral nicht in Frage.« Obwohl ich es gerne getan hätte, da Liam seine Frau, nach allem, was man hörte, liebte. »Ich war nur neugierig. Ich *habe* einen Grund dafür, Deirdre ... Ich muß an Sean denken.« Ich würde es nutzen, soweit nötig, obwohl es mir kein Vergnügen bereitete. »Wie ich bereits sagte, bei den Stämmen ist Unehelichkeit kein Makel. Ich finde es besser, wenn ein Mischling anerkannt wird, wie *Jehan* Maeve anerkannt hat, als wenn er in die Vergessenheit verbannt wird.«

»Sean wäre nicht so grausam«, sagte sie, »genauso wenig wie Liam.«

Ich wartete erwartungsvoll.

Kurz darauf seufzte sie. »Ja, er hat einige. Alles Mädchen, bis auf einen Sohn ... einen Jungen, den er Rory genannt hat und der dreizehn Monate vor Sean geboren wurde.«

Also hatte er nicht gelogen.

O Götter, wenn Sean *tot* ist ...

Kapitel Neun

Mit übertriebener Höflichkeit – und mehr als nur einer Spur Widerwillen – wiesen mich drei von Aileens Damen am Morgen von ihrer Schlafraumtür ab und sagten, die Prinzessin von Homana schlafe noch und brauche ungestörte Ruhe. Ich kannte diese Damen gut genug– sie waren alle mit ihr von Erinn hierhergekommen –, und sie kannten *mich*. Sie hatten zweifellos Angst, daß sie meine scharfe Zunge zu spüren bekommen würden.

Was, wie ich dachte, bedeutete, daß ihnen jemand befohlen hatte, mich abzuweisen.

»Dann laßt mich Brennan sehen«, sagte ich tonlos, wobei ich seinen Titel außer acht ließ und es nicht sonderlich bedauerte. »Er *ist* doch hier, nicht wahr? Bei Aileen?«

Die drei Damen wechselten Blicke, auf denen sich Schreck, Bedauern, Zögern zeigten. Und schließlich Ablehnung.

»Lady, nein«, sagte eine von ihnen – Duana. »Er hat befohlen, von niemandem gestört zu werden.«

»*Er* hat das befohlen oder jemand anders?«

Wieder diese verstohlenen Blicke. Und Duana schüttelte erneut den Kopf. »Lady, wir können nur sagen, daß Ihr ein anderes Mal willkommen sein werdet.«

Etwas wie Verzweiflung wallte in mir auf und raubte meiner Sprache die Verbindlichkeit. »Bei den Göttern, sie ist meine *Verwandte!* Seid Ihr verrückt geworden? Welches Recht habt Ihr, mich abzuweisen?«

»Die üblichen Rechte, da wir im Dienste der Prinzessin – und somit des Prinzen – von Homana stehen.« Es war natürlich Brennan, der die Tür weit öffnete und die

Damen mit einem Kopfnicken entließ. Dann wandte er mir sein Gesicht zu, während er eine Hand an den Türrahmen legte. »Ja, es stimmt – ich habe ihnen *tatsächlich* gesagt, daß du nicht hereingelassen werden solltest. Du vor allem nicht.«

Das nahm mir den Atem. »*Warum?*«

»Weil Aileen Zeit braucht, um sich auszuruhen, um sich zu erholen, ohne deinem Gerede darüber zuhören zu müssen, zu was sie alles gezwungen und wie sie zu meiner Annehmlichkeit zur Zuchtstute gemacht wurde.« Tief eingegrabene Schatten lagen unter seinen Augen. Die Augenränder selbst waren rot. Er hatte ohne Zweifel die ganze Nacht bei Aileen gesessen und überhaupt nicht geschlafen. Müdigkeit und Sorge untergruben die gewohnte Höflichkeit seines Tonfalls und ließen seinen Klang und seine Worte barsch klingen. »Ich weiß, was du tun wirst, Keely – du wirst mit mitfühlenden Worten auf der Zunge hier hereinkommen, und dann wird sich dieselbe Zunge in ein Schwert verwandeln und Aileen *verletzen*, ob du es willst oder nicht.«

»O *Brennan* …«

Er bedeutete mir zu schweigen, obwohl die Geste nur halbherzig ausgeführt wurde. »Sie braucht Zeit zu begreifen, daß ihr Platz bei mir sicher ist, auch wenn *keine* weiteren Kinder geboren werden … Und die Zeit wird sie nicht haben, wenn du ihr die Ohren mit ihrer verlorenen Freiheit und ihrem mangelnden *Wert* vollquatschst …« Er brach ab, schloß kurz die Augen, fuhr sich mit gespreizten Fingern durch sein herabhängendes schwarzes Haar und strich es sich aus dem Gesicht. Er wirkte so erschöpft, so *ausgelaugt*. »Götter, Keely, verzeih mir meine Offenheit – aber du weißt, daß es die Wahrheit ist.«

Ich atmete tief durch. »Wenn ich nicht gewesen wäre, hättest du nicht einmal gewußt, daß sie in Gefahr war. Ich habe dich geholt …«

»Leijhana tu'sai«, sagte er tonlos. »Aber nicht *jetzt*, Keely ... ein anderes Mal.« Er wollte die Tür wieder schließen, zog sie dann aber noch einmal auf. Als sei es ihm nachträglich eingefallen, fragte er: »Hast du das Hengstfüllen mitgebracht?«

Götter, das Hengstfüllen. »Er steht in seinem Stall«, log ich.

Er nickte wie abwesend und schloß die Tür, während ich blind auf ein vom Alter und vom Öl fast schwarzes, verziertes Stück Holz starrte.

Ich wollte darauf einschlagen. Ich wollte darauf ein*treten*, wollte herausschreien, daß niemand, *überhaupt niemand*, nicht einmal Brennan, wußte, was ich dachte, was ich *empfand ...*, aber ich tat nichts von alledem, da ich zu verärgert und zu verletzt war, als daß ich es versucht hätte, aus Angst davor, Aileen aufzuwecken oder auch mich noch mehr zu verletzen, als es der Sturz von dem Hengstfüllen schon bewirkt hatte.

Brennans Hengstfüllen. *Götter*, ich begann es zu hassen!

Aber ich machte mich dennoch auf die Suche nach ihm, sofort, suchte körperliche Ablenkung. Brennan hatte mich wütend gemacht, ja, aber er war immer noch mein Bruder und brauchte allen Abstand von Sorgen, den ich ihm verschaffen konnte. Die Götter wußten, daß er mit Aileen mehr als nur einen Anteil daran hatte.

Dieses Mal nahm ich sowohl den Bogen als auch das Messer und eine vollständige Anzahl Pfeile mit, die in einem Köcher an meinem Sattel hingen. Den Bogen trug ich auf Cheysuliart über einer Schulter. Das Messer an meinem Gürtel gehörte Rory und würde ihm auch weiterhin gehören, wenn ich einen Handel erzwungen hatte. Ich wagte es nicht, ihm mein Cheysulilangmesser zu überlassen, und ich wollte es auch nicht. Es war ein Geschenk von Ian zu meinem zwanzigsten Geburtstag gewesen, und ich wollte es unbedingt zurückhaben, aus Sentimentalität – und anderen Gründen.

Ich ritt einen meiner eigenen Wallache, einen langbeinigen Fuchs mit hellem Kopf, der unter einem Sattel besonders gut aussah. Ich dachte daran, Rory Pferd und Zaumzeug im Austausch für Brennans Kastanienbraunen zu geben, obwohl der Unterschied im Ernstfall zu offensichtlich wäre. Aber der Fuchs war ein gutes Pferd, großherzig und bereitwillig. Rory würde mit ihm keinen Verlust machen, sondern *ich*. Aber ich hatte Brennans Hengstfüllen verloren, so daß es jetzt an mir war, jedes erforderliche Opfer zu bringen, um es zurückzuerlangen.

Die vorrangige Aufgabe war nun, den erinnischen Straßenräuber zu finden. Rory hatte gesagt, er und seine Männer würden nicht mehr dort sein, wo ich sie zuvor aufgefunden hatte, aus Sorge, ich könnte Wächter zu der Lichtung führen. Ich hatte mir nicht die Mühe gemacht, ihm zu sagen, daß es nicht schwierig für mich wäre, ihn zu finden – in der Verkleidung eines Vogels ist eine Suche lächerlich einfach –, denn wenn ich das getan hätte, hätte ich mein Volk verraten. Aber ich blieb wegen des Fuchses ohnehin auf die üblichen Mittel beschränkt, es sei denn, ich hätte ihn vorübergehend am Weg angebunden, während ich in Vogelgestalt suchte, aber ich wollte es nicht riskieren, noch ein königliches Reittier an Diebe zu verlieren. Also ritt ich wie ein ungeweihter Homaner und hoffte auf mein Glück.

Ich wußte, daß sie sich irgendwo an der Straße aufhalten und auf unaufmerksame Reisende warten würden. Ich sah nicht unbedingt wie ein Händler aus, und ich sah auch nicht wie eine Prinzessin aus, da ich Jagdkleidung in homanischem Stil trug, aber diese Männer kannten mich vom Sehen, und ich dachte, es wäre vielleicht nicht so schwierig, Rory aus seiner Deckung zu locken. Er war ein Mann, der einen guten Scherz genoß, und mich zu ›überraschen‹ wäre vielleicht einer.

Von den Wiesen ging es in den Wald und in dessen tiefere Gefilde. Der Wald zog sich von hier bis Ellas an einigen Stellen dicht, an anderen karg dahin, aber er war immer da und schloß die Welt aus, während er still eine andere schuf.

Hier im Wald hatten die Cheysuli sich einst niedergelassen, als Shaines *Qu'mahlin* und die daraus folgende Flucht vorüber waren, und hatten den ersten Keep seit dreißig Jahren gebaut. Mit der Zeit war er zum Stammeskeep geworden, zum größten von allen, und zur Heimat für so viele von uns. Mein eigener Großvater, Donal, war im Stammeskeep geboren und aufgewachsen. Dort hatte er mit seiner *Meijha* Ian und Isolde gezeugt, bevor er Aislinn, Carillons Tochter und meine homanische Großmutter, geheiratet hatte. Und dort war Isolde an der Seuche gestorben und hatte Teirnan nur mit seinem Vater zurückgelassen.

Ich verzog angewidert das Gesicht. Mein verschrobener, verbitterter Cousin, vom Ehrgeiz seines Vaters sorgsam geprägt. Es wäre das beste gewesen, wenn der Mujhar seinen Neffen nach Homana-Mujhar gebracht hätte, nachdem Isolde gestorben war, damit er zusammen mit den drei Prinzen hätte aufgezogen werden können, aber Ceinn lebte noch, und es ist ein Cheysulibrauch, daß Kinder, ungeachtet ihres Geschlechts, bei ihren Eltern bleiben. Es gibt unter den Stämmen keine Pflegekinder – außer wenn Kinder Waisen sind – wie bei vielen Königshäusern. Und so wurde Teir von einem ehrgeizigen, habsüchtigen Vater aufgezogen, der bestrebt war, einen *eigenen* Sohn statt einem von Nialls Söhnen auf den Löwenthron zu bringen.

Teirnan war mir nicht *geistesverwandt*, ein Feind meines Hauses. Aber er war mir noch immer blutsverwandt, mein eigener Cousin, und *von* jenem Haus, was bedeutete, daß er dadurch einen rechtmäßigen Anspruch auf den Löwenthron hatte – aber nur wenn Niall und alle seine Söhne stürben.

Und so fragte ich mich erneut, wie ich es schon in der Vergangenheit häufig genug getan hatte, ob Teirnan Maeve nur wegen ihrer Verbindung zum Mujhar verführt hatte. Wie könnte man seinen Feind gründlicher verärgern, als indem man den meistgeschätzten Besitz – oder das meistgeliebte Kind – jenes Feindes nimmt und zu seinem eigenen macht?

Er hätte, selbst wenn er es versucht hätte, keinen Erfolg damit gehabt, Maeves Meinungen seinen eigenen gemäß zu ändern. Er hatte sie jedoch erfolgreich von ihrem geliebten Vater getrennt, etwas, was Teir als besonders erfreulich empfinden würde. Seit er sich freiwillig von der Prophezeiung, seinen Stammesrechten und -privilegien und somit auch von seiner Seele losgesagt hatte, hatte er auch sein Bestes getan, die Stämme selbst zu spalten. Indem er jene Cheysuli, die mehr der alten Art verschrieben waren, gegen eine freiheitlicher denkende Gruppe ausgespielt hatte, war es ihm gelungen, das Stammeskonzil mehr als einmal zu teilen, wie auch Krieger für seine Sache zu gewinnen. Indem er alte Cheysulistreitigkeiten neu entfachte – oder neue begann –, lenkte er Nialls Aufmerksamkeit heimlich von Homana auf die Cheysuli. Im homanischen Konzil wurde bereits über die Unaufmerksamkeit des Mujhar gegenüber Angelegenheiten fast ausschließlich homanischer Natur gesprochen. Sie sagten, Homana brauche mehr. Für sie ist es kein Cheysulivolk, sondern ein homanisches, ungeachtet dessen, daß die Götter uns zuerst hierherbrachten.

Ich lachte bei diesem Gedanken laut. So leicht tat ich den homanischen Anteil meines Erbes ab, wie Aileen bemerkt hatte, *und* den atvianischen, weil es mir gefällt, mich als ausschließlich cheysuligeboren zu betrachten. Ich entstamme dem Alten Blut, dem *ältesten* Blut. Ich bin vielleicht ein Mischling oder Schlimmeres, aber ich habe noch immer mehr Macht als andere. Sogar mehr als *A'saii* wie Teirnan.

Das war schon etwas. Und vielleicht war es an der Zeit, daß ich sie gebrauchte, um ihn an seinen Platz zu verweisen.

Der Fuchs schnaubte und stellte die Ohren auf, während er den Kopf wandte, um zitternd und angespannt die linke Seite des Weges zu beobachten. Ich nahm den Bogen zur Hand, zog einen Pfeil aus dem Köcher, legte ihn ein und wartete ab, während der Fuchs stehenblieb.

Ich fühlte mich seltsamerweise entspannt. Die Vorgaben waren jetzt andere. Hart würde jetzt auf *mich* wetten.

Der Wald war still. *Zu* still. Wenn sie dachten, sie könnten mich zum Narren halten …

Ich lachte laut, wandte mich um, während ich den Bogen anhob, und zielte. In einfachem Erinnisch fluchend, zeigte sich der Mann. Was würde mit seinem Stolz geschehen, wenn er von einer Frau an einen Baum genagelt würde?

Dadurch entstünde offensichtlich ein zu großer Schaden. Er glitt aus dem schattigen Unterholz unter einer Ulme und blieb ungefähr zehn Schritte vor meinem Fuchs stehen, der beunruhigt schnaubte, aber, den Göttern sei Dank, stillhielt.

»Ja«, sagte ich zu dem Mann, »Ihr also. Aber ich habe eigentlich nicht auf Euch gezielt, sondern auf den anderen Mann dort *drüben* …« Ich löste den Pfeil aus und ließ ihn in einen Baumstamm prallen, wo er eine Kerbe hinterließ. »Nun, was *ihn* betrifft …«

Dieses Mal dauerte es gar nicht lange. Der zweite Mann kam um den Baum herum, betrachtete den Pfeil prüfend, grinste und zuckte die Achseln. Dann zog er den Pfeil unbeschädigt heraus und brachte ihn mir, bot ihn mir mit einem Strahlen an, wie ein Mann einer Frau vielleicht eine langstielige Blume darbringen würde.

»Leijhana tu'sai.« Ich nahm ihn entgegen, ließ ihn wieder in den Köcher gleiten und wartete ab, den zweiten Pfeil noch immer eingelegt.

Sie wechselten amüsierte und jämmerlich verblüffte Blicke.

»Rotbart«, sagte ich ruhig.

Und so führten sie mich zu ihm.

Liams Mischlingssohn saß an einen Baum gelehnt und reparierte ein beschädigtes Zaumzeug. Er wob geschickt Lederbänder durch einige mit einem Messer ausgestanzte Löcher und fügte die auseinandergerissenen Hälften eines Kinnriemens wieder zusammen. Er runzelte unter dem blonden Haar die Stirn und preßte den Mund zusammen, während er das Band verknotete und dabei darauf achtete, daß es halten würde. Er hielt ein Stück Leder zwischen den Zähnen, auf dem er wie abwesend herumkaute.

Andere waren um ihn versammelt, obwohl niemand ihm so nahe kam, daß er ihn hätte berühren können. Acht Männer insgesamt, die aus ihrer Heimat verbannt waren. Sie hatten den angespannten Gesichtsausdruck von Männern, die ein Geheimnis hüteten und zu stolz waren, ihren Schmerz zu zeigen. Einer von ihnen kümmerte sich um ein kärgliches Feuer, indem er Holz auf eine Handvoll rauchenden Zunder auflegte. Ein weiterer Mann pflegte sein Schwert, polierte die Klinge. Ein dritter döste müßig, während er an einem umgestürzten Baumstamm lehnte. Ein vierter wiederum warf nach einer erinnischen Auslegung Wahrsageknochen.

Rory schaute von seiner Arbeit auf, als ich den Fuchs auf die Lichtung führte, während je einer seiner Männer neben mir ging. Ich hatte Pfeil und Bogen abgelegt, da ich mein Anliegen bereits klargemacht hatte, und grüßte ihn mit leeren Händen.

Er hörte auf, auf dem Lederstück herumzukauen. Er grinste und nahm es dann aus dem Mund. »Jetzt siehst du, wie wir leben, Mädchen – darauf beschränkt, Leder statt Fleisch zu essen.« Er seufzte laut und schüttelte den Kopf. »Früher einmal ...«

»… habt Ihr am Tisch Eures Herrn persönlich gespeist.« Ich zuckte unbeeindruckt die Achseln. »Und das könntet Ihr wieder tun, nicht wahr – wenn Sean seinen Schädelbruch überlebte?«

Er betrachtete das angenagte Stück Leder, als begeistere es ihn. »Das bezweifle ich, Mädchen.«

»Warum? Ihr seid Liams Sohn und bereitwillig anerkannt … Wenn Ihr Sean nur Kopfschmerzen verursacht habt, gleichgültig, wie schlimm sie sind, glaube ich kaum, daß er Euch hinrichten wollte. Er könnte Euch sogar zurücknehmen.«

Rory sah seine Gefährten an. »Das hoffen wir«, sagte er, »aber wie sollen wir es wissen? Wir befinden uns in Homana, nicht in Erinn. Wer kümmert sich hier schon um das Haus der Adler?«

»Das kann *ich* tun.« Und dann erklärte ich es schnell. »Ich meine, ich lebe in Homana-Mujhar. Wenn Sean tot ist, wird Liam eine Nachricht schicken. Und ich kann sie an Euch weitergeben.«

Er senkte die Brauen. »Warum solltest du das tun? Was sind wir für dich?«

»Verbannte«, antwortete ich ruhig. »Die Cheysuli waren fünfundzwanzig Jahre lang aus Homana verbannt, um ihr Leben während Shaines Vertreibung zu retten. Ich habe die Geschichten gehört, da ich innerhalb der Mauern Homana-Mujhars mit vielen von ihnen befreundet bin.« Ich zuckte die Achseln, schaute kurz zu den anderen und hoffte, daß die Erklärung genügte. »Ich weiß, was das Exil den Cheysuli angetan hat, die so lange aus Homana verbannt waren. Ich möchte *Euch* lieber bald wieder zu Hause sehen, damit Ihr Euer weiteres Leben nicht hier verbringen müßt.«

Rory sah mich einen langen Augenblick mit Unbehagen an und prüfte mein Verhalten. Und dann wandte er den Blick um und betrachtete erneut das Stück angenagtes Leder. »Wir wären dir dankbar, Mädchen, wenn du die Wahrheit in dieser Sache herausfinden könntest.«

Ich schob die aufdringliche Nase meines Fuchses von meinem Ohr fort. »Wenn Sean tot ist, wird bald eine Nachricht kommen. Der Mujhar wird es erfahren müssen …«

»… wie auch Keely selbst.« Rory nickte. »Niall wird zweifellos woanders nach einem Ehemann suchen, um ein Bündnis schließen zu können.«

»Ja, obwohl er dringend erinnisches Blut braucht …« Ich brach ab, da ich nicht mehr sagen wollte, als die Tochter eines Waffenmeisters wissen sollte. Obwohl ich es mir leisten *konnte*, über Dinge zu sprechen, über die andere Leute nicht sprachen. Rory selbst hatte im Schatten der Königschaft gelebt und würde verstehen, wie solche Dinge jedermann bekannt wurden, der innerhalb der Palastmauern lebt.

Rory überprüfte erneut seine Knoten. »Erinnisches Blut, ja? Ja, nun, er bekam es durch Aileen und den Sohn, den sie dem Prinzen von Homana geboren hat. Keelys und Seans Heirat ist nicht mehr so notwendig … Ich glaube, sie wird kaum mehr als ein Zusatz sein.«

Ich dachte an die mit Brennan als Wachhund zurückgezogen in ihrem Schlafraum weilende Aileen und an Aidan, ihren kränklichen Sohn, der vielleicht kein Jahr mehr leben würde. Und daran, daß keine weiteren Söhne folgen würden.

Ich sagte hohl: »Ein Sohn genügt nicht.«

»Mehr besaß *Liam* auch nicht … außer mir natürlich.« Rory zuckte die Achseln. »Aber ich bin eben nicht für den Thron vorgesehen, selbst wenn Sean stürbe.«

Ich runzelte die Stirn und lauschte dem Klang von Rorys Stimme, auf Hinweise unterschwelligen Begehrens oder Ehrgeizes. »Und das macht Euch nichts aus?«

Um ihm Gerechtigkeit zuteil werden zu lassen, muß ich zugeben, daß er darüber nachdachte. Dann schüttelte er gemächlich den Kopf. »Ich bin der, zu dem die Götter mich gemacht haben.«

»Und Ihr seid nicht ehrgeizig und überhaupt nicht neugierig darauf, wie es wäre, zu herrschen?«

Er sah mich angespannt an. »Würdest *du* herrschen wollen, Mädchen?«

Aber das *werde* ich, antwortete ich stumm. Laut sagte ich: »Das käme darauf an.«

Augenbrauen schossen in die Höhe. »Worauf?«

»Auf die Erwartungen, die Hoffnungen... was die Leute von mir wollten.« Ich schob den Fuchs erneut zurück. »Für eine Frau sind die Dinge... anders. Schwierig. Keine Frau herrscht durch eigenes Recht, weder in Homana noch in Solinde und, soweit ich weiß, auch in keinem anderen Land.« Ich schüttelte den Kopf. »Es ist nicht gerecht, daß eine Frau – Prinzessin oder Königin – heiraten muß, um das Land zu regieren, in dem sie geboren wurde. Ein Mann braucht das nicht. Einem Mann steht es frei zu tun, was er will.«

»Aber ein Mann – Prinz oder König – muß heiraten, um Söhne zu bekommen, *eheliche* Söhne, die nach ihm erben können.« Rory seufzte und strich sich über den Schnurrbart. »Ich glaube, das ist nicht so viel anders, wenn er den Zeitpunkt *und* die Frau lieber selbst wählen würde.« Braune Augen glitzerten leicht. »Sean hatte keine Wahl, nicht wahr? Er erhielt den Befehl, Keely zu heiraten.«

»Ja«, stimmte ich ihm säuerlich zu, »sie wurden einander schon versprochen, bevor sie geboren war.«

Rory grinste und lachte dann. »Nun, Mädchen, siehst du? Es ist nicht so schlimm, diejenigen zu sein, die wir nach allem sind, nicht wahr? Es steht uns frei, zu heiraten oder nicht, wie wir wollen und *wen*... Niemand knebelt unseren Willen durch eine Laune oder eine Prophezeiung.« Und ruhiger sagte er dann: »Wir sind freie Menschen, mein Mädchen, durch nichts als uns selbst gebunden.«

Unser ganzes Leben lang haben Corin und ich Unterhaltungen über die Privilegien des Ranges, des Volkes, des Erbes geführt und waren uns unserer selbst so sicher. Wir haben die Erfordernisse jenes Ranges besprochen, die Gebote unserer eigenen *Tahlmorras* und was wir der Welt aufgrund unseres Erbes bieten konnten. Wir waren engstirnig, eingebildet und uns unserer Macht zu sicher gewesen, da wir geglaubt hatten, daß niemand außer einem Cheysuli verstehen könnte, was wir empfanden, weil die anderen *lir*los und daher ungeweiht waren, gefangen in einer Lebensspanne, der die Magie der *Lir*gabe und die Macht unseres Erbes fehlte.

Jetzt, als ich Rory zuhörte, erkannte ich, daß es nichts mit dem Stamm zu tun hatte. Menschen werden mit Augen und Ohren geboren. Aber nur wenige wissen sie auch zu gebrauchen.

Ich atmete tief durch und sprach über anderes. »Ich bin gekommen, um Euch einen Handel vorzuschlagen.«

Rory brummte und kaute müßig auf seinem Schnurrbart herum. »Dieses braune, kastrierte Tier im Austausch für meinen schnellfüßigen Burschen? So dumm bin ich nicht.«

»Er ist ein gutes Pferd ...«

»Zweifellos«, stimmte er mir zu, »aber ich mag das Pferd, das ich habe.«

Ich kaute auf meiner Unterlippe. »Und Euer Messer gegen meines.«

Er betrachtete das in der Scheide an meinem Gürtel steckende Messer und sah mir dann wieder ins Gesicht. »Nein, ich glaube nicht.«

Ich unterdrückte meine Enttäuschung. »Und diesen Kriegsbogen.«

Das ließ Neugier in seinen Augen aufleuchten. »Laß ihn mich ansehen, Mädchen.«

Ich löste den Bogen und reichte ihn ihm hinüber, während er aufstand. Rory nahm ihn, prüfte ihn, spürte die Glätte des Holzes, die Kraft, das Versprechen der

Genauigkeit. Dann bedeutete er mir grob, einen Pfeil bekommen zu wollen.

Ich reichte ihm auch diesen hinüber. Er sah sich rasch um, erspähte ein geeignetes Ziel, legte den Pfeil ein, zog die Sehne zurück, zielte und schoß. Der Pfeil zog summend seine Bahn und landete im Stamm einer Buche.

Rory nickte, wenn auch mehr zu sich selbst. Er nickte, streichelte das Holz und wandte sich dann wieder mir zu. »Ich habe so etwas noch niemals zuvor gesehen. Wir haben auch in Erinn Bögen, aber keine solchen.«

»Es ist ein Cheysulikriegsbogen«, sagte ich. »Gefertigt, um die Jagd zu erleichtern, aber durch Shaines *Qu'mahlin* zweckentfremdet.« Ich atmete beruhigend ein. »Ich gebe Euch den Fuchs und den Kriegsbogen für das Hengstfüllen und mein Messer.«

Er betrachtete den Bogen und den Fuchs und schürzte nachdenklich die Lippen. Falten entstanden zwischen seinen Augenbrauen. Dann schüttelte er den Kopf.

»Warum *nicht?*« rief ich. »Bei den Göttern, Erinnier, kein anderer als ein Cheysuli hat jemals einen Cheysulikriegsbogen sein eigen genannt, außer …« Ich hielt inne.

Rory grinste gemächlich. »Außer?«

Ich stürzte hartnäckig vorwärts. Es war zu spät umzukehren. »Carillon«, sagte ich zu ihm. »Der Mann, der Shaines Verfolgung beendet hat.«

Rorys Gesichtsausdruck wirkte einen Augenblick verständnislos. Dann nickte er kaum merklich. »O ja, ich glaube, ich erinnere mich an den Namen … die homanische Geschichte ist mir nicht sehr vertraut.« Er betrachtete erneut den Bogen. »Es tut mir leid, Mädchen, aber warum sollte ich mir die Mühe machen zu handeln, wenn ich einfach nehmen kann?«

»*Nehmen …*«

»Beide Pferde«, sagte er, »*und* den Kriegsbogen, Mädchen – hast du vergessen, daß ich ein Dieb bin?« Und er machte dem mir auf der anderen Seite des Fuchses am nächsten stehenden Mann ein Zeichen.

Dieser streckte die Hand nach den Zügeln aus, nahm sie aber nicht auf. Das erinnische Messer, das ich jetzt trug, war genauso scharf wie jedes andere. Der Straßenräuber prüfte genau, *wie* scharf es war.

Ich wandte mich um, schwang mich in den Sattel, zügelte das Pferd, um die beiden nächststehenden Männer abzuwehren, und führte es dann herum, so daß ich Rory ansehen konnte. Er grinste mich breit an und verfluchte den Mann, den ich verletzt hatte, müßig. »Einmal hat genügt«, belehrte ich ihn. »Ich lerne meine Lektionen schnell. Dieser bleibt bei mir.«

Und ich brach wieder zum Weg durch und ließ die Männer hinter mir.

Ich ritt nicht weit. Nur weit genug, um sie im Glauben zu lassen, ich sei *wirklich* davongeritten. Dann verlangsamte ich das Tempo des Fuchses, wandte mich wieder vom Weg ab und ritt durch Bäume und Laubwerk zu einem dichtgewachsenen Wäldchen buschiger Tannen. Ich sprang ab, band den Fuchs sicher an und ging zu Rorys Lager zurück. Dieses Mal zu Fuß, ohne die Absicht, sie vorzuwarnen oder mich zu verraten. Ich würde sie beobachten, geduldig auf meine Chance warten, hineinschlüpfen und das Hengstfüllen befreien, Brennans Pferd von den Dieben zurückstehlen …

Ein Arm schloß sich um meine Kehle. Eine Hand riß mein Messer aus der Scheide. Eine vertraute Stimme sagte ruhig: »Ich möchte mit dir reden.«

Kapitel Zehn

Ich erstarrte ungläubig. »Teir?«

Der Arm ließ nicht locker und zwang mein Kinn nach oben. Die durch das Seil verursachte Verletzung an meinem Hals schmerzte. Ich wußte es besser, als daß ich mich gewehrt oder versucht hätte, *Lir*gestalt anzunehmen. Er konnte mich zu leicht ersticken, bevor ich den Wandel vollziehen konnte.

»Ich möchte *reden*«, betonte er, »nicht mehr. Du bist meine Cousine, Keely – glaubst du, ich wollte dir etwas antun?«

Meine Stimme klang durch das Gewicht seines Arms auf meiner Kehle gepreßt. »Du *willst* mir vielleicht nichts antun, aber du würdest es nur zu bereitwillig tun, wenn du dächtest, daß es deiner Sache dienlich wäre.«

Sein Atem kitzelte mein Ohr. Teirs Stimme klang trocken. »Ich bin nicht so verzweifelt.«

Ich haßte meine Hilflosigkeit. Bei einem anderen Mann hätte ich vielleicht versucht, mich zu wehren, aber Teirnan war unberechenbar, während er *mich* leicht einschätzen konnte. »Was willst du, Teir?«

»Reden«, wiederholte er. »Das sagte ich dir bereits. Und ich sage es dir erneut. Aber dieses Mal habe ich Verbündete mitgebracht, damit du erkennst, daß es mir ernst ist. Dies ist kein Spiel, Keely … es geht um das Überleben unseres Volkes.«

So gefangen zu bleiben wie jetzt wäre nicht gut. Also fügte ich mich.

Teirnan ließ mich sofort los und trat beiseite. Ich fuhr herum, sah, wie viele Männer bei ihm waren, und rührte mich nicht mehr. Aber innerlich war ich betrübt.

So viele A'saii, so viele ihrer Verwandtschaft beraubte Cheysuli …

Ich machte mir nicht die Mühe, sie zu zählen. Ich wußte, daß ihre Anzahl noch größer war, da die Frauen und Kinder mit ihnen gegangen waren, auch wenn hier nur die Krieger und ihre *Lirs* zu sehen waren. In fast zwei Jahren hatte Teirnan einen eigenen Stamm versammelt, die Mitglieder von anderen Stämmen fortgelockt, die Cheysuli aufgrund einer Sache gespalten, die uns alle anging.

Ich war gefordert, den ersten Schlag zu führen, sonst würde Teir im Augenblick gewinnen. »Ist das den Verlust der Nachwelt wert?«

Das hatte niemand erwartet, nicht einmal Teir. Streiten, Zorn, sogar Fluchen hatten sie erwartet. Aber nicht eine einfache Frage. Nicht eine solche Frage.

Teirnan regte sich. Ich schlug erneut zu. »Ich weiß, daß du dein Handeln für richtig hältst. Aber denke einmal darüber nach, was es dich kosten wird.«

Fünfzig oder sechzig Männer und ihre *Lirs*, die mit dem Wald verschmolzen. So reglos, so still, so ruhig standen sie in den Schatten versammelt. Nach homanischen Maßstäben waren es vielleicht nicht so viele. Aber ein Krieger mit seinem *Lir* ist soviel wert wie mehrere gewöhnliche Homaner. Teirnan hatte ein Heer versammelt.

»Setz dich«, sagte mein Cousin. »Dann sage ich dir genau, *was* es uns kosten wird … wenn wir der Prophezeiung dienen.«

»Teirnan …«

»*Setz dich*, Keely. Bitte.«

Ich setzte mich. Lehnte den Rücken gegen einen Baum. Ließ meinen Verwandten reden.

Er war ruhig – für Teirs Verhältnisse. Und auch entschieden ernst. Ich hatte Heftigkeit erwartet. Aber er gab mir nur Glauben. Eine betonte, beharrliche Überzeugung, daß sein Weg der richtige war. Und daß wir stürben, wenn wir ihn mißachteten.

Zunächst schritt er vor mir auf und ab und überlegte sich seine Worte. Er hatte offensichtlich das Gefühl, daß nicht nur wichtig war, was er sagen wollte, sondern auch, wie er es sagen würde, und legte seine übliche Art daher ab. Er war ein anderer Mann. Seltsamerweise ängstigte mich das.

Er hielt inne, wandte sich mir zu, kniete sich hin und sah mich an. »Ich habe nichts von alledem aus Launenhaftigkeit getan«, sagte er. »Ich habe nichts von alledem aus bloßem Neid oder Eifersucht getan. Ich war ehrgeizig, ja, nur zu sehr ... Ich halte mich für geeigneter als Brennan ...«, er beugte sich angespannt vor, »... aber ich schwöre dir, Keely, ich *schwöre* dir, es ist weitaus mehr daran.«

Ich schüttelte zögernd den Kopf. »Wie kann das sein, Teir? Du hast den Löwenthron schon immer gewollt. Ceinn hat das sichergestellt.«

Teirnan nickte vollkommen zustimmend. »Ja, ja, *natürlich* hat er das getan. Kannst du ihm das vorwerfen? Seine *Cheysula* war die *Rujholla* des Mujhar, und Ceinn selbst entstammt einer reineren Abstammungslinie als sogar das Haus Homana. Der Löwenthron ist ein *Cheysuli*thron, kein homanischer – wer sollte ihn also eher beanspruchen als ein Krieger von Ceinns Abstammung?«

Ich wollte etwas sagen, aber er unterbrach mich mit erhobener Hand. »Aber jetzt hast du mich vom Weg abgebracht ... Keely, du mußt mir zuhören und mich verstehen. Es steht jetzt viel mehr auf dem Spiel als nur der Löwenthron, *weitaus* mehr ...«

»Wie kann das sein?« fauchte ich. »Den Löwenthron innezuhaben ist ein Teil der Prophezeiung.«

Teirnans Augen glühten. »Ja, *ja* – und es ist falsch. Die Prophezeiung selbst ist falsch. Du dienst einer falschen Überlieferung.« Ich hatte diesen Unsinn schon zuvor gehört. Und das versuchte ich ihm auch zu sagen, aber er überfuhr mich mit Leichtigkeit. »Keely, du hast stärkere Gaben als jede andere Frau der Stämme seit unserer Urgroßmutter Alix. Du weißt, was es heißt, die Freiheit zu haben, die *Macht* der *Lir*gestalt, wie es ist, am Himmel zu fliegen, wie es ist, in Katzengestalt dahinzugleiten oder in jeder anderen gewünschten Gestalt…« Er beugte sich erneut vor und hielt meinen Blick fest. »Du weißt besser, als jeder andere es wissen *kann*, wie es ist, mit den *Lirs* zu sprechen, persönliche Gedanken zu teilen, die Erdmagie zur Verfügung zu haben…«

Ich wurde ungeduldig. »Ja, Teir, das *weiß* ich…«

Er sprach leiser weiter. »Aber was wäre, wenn du es nicht wüßtest? Was wäre, wenn du all das nicht *könntest* – wenn dir die Macht genommen wäre?«

Ich schüttelte den Kopf. »Das ist nicht möglich, Teir. Die *Lir*gaben sind gottgegeben…«

Er war nahe daran, aus Enttäuschung über das, was er als mein Unwissen wahrnahm, zu lachen. »Und was wäre, wenn die *Götter* es täten? Was wäre, wenn sie dir jene Gaben nähmen und dich so werden ließen, wie alle anderen Menschen sind? Eine ungeweihte Homanerin mit weniger Freiheit als jemals zuvor.«

»Teir, du bist ein Narr…«

Er rutschte auf den Knien vor, ergriff meine Hände und hielt sie an seine Brust. »Ich schwöre dir bei allem, was ich bin, daß ich glaube, daß sie es tun *werden*. Wenn die Prophezeiung erfüllt ist, werden die Erstgeborenen wieder regieren und vier Reiche und zwei Völker vereinen, und für uns wird nichts bleiben.« Er ergriff meine Hände fester. »Ich *schwöre bei meinem Lir*, Keely, das ist kein Trick. Ich meine, was ich sage: Die Götter werden die Gaben zurücknehmen und sie den Erstgeborenen geben.«

Plötzlich schmerzte mich das Schlucken. »*Warum*, Teir? Warum sollten sie so etwas tun?«

»Denk nach«, sagte er ernst. »Erinnere dich an all die Geschichten, die die *Shar Tahls* uns gelehrt haben, als wir aufwuchsen. Denk an die Prophezeiung selbst und an die Geschichte, wie sie für uns gelebt wurde.«

»Teir ...«

»*Denk nach*, Keely! Denk zurück, erinnere dich, ruf dir den Kern dessen in Erinnerung, was wir gelehrt wurden: Die Erstgeborenen hatten alle Gaben, Männer und Frauen gleichermaßen ... aber die Inzucht nahm Überhand und schwächte das Blut und die Magie. Und so formten die Götter aus einem Volk zwei neue und verteilten die Gaben – einige an die Cheysuli, einige an die Ihlini.« Er hielt angespannt inne. »In der Hoffnung, daß sich die Cheysuli eines Tages mit den Ihlini vereinen und die Gaben wieder festschreiben würden.«

»Warum sollten die Götter wollen, daß ihre Kinder kämpfen?« fragte ich. »Wir sind Feinde, Teir ...«

»Ich bitte dich, erneut nachzudenken.« Seine Heftigkeit erstarb und wurde von ruhigem Bitten ersetzt. »Wir sind jetzt Feinde, ja, aber war das immer so? Wurden wir als Feinde *geboren*, oder ist etwas geschehen, das einen Riß, eine Spaltung verursacht hat – eine Blutfehde, die auch jetzt noch anhält?« Er hob Ruhe gebietend eine Hand. »Denk an die Ihlini und was wir von ihnen gelernt haben, was sogar der Mujhar behauptet: Nicht alle sind gegen uns eingestellt. Nicht alle dienen Asar-Suti, aber die alten solindischen Götter sind unseren gar nicht so unähnlich.« Er lächelte. »Vielleicht sind die Götter genau dieselben, ebenso wie die Ihlini und die Cheysuli.«

Ich entzog ihm meine Hände, sprachlos über seine Behauptungen. »Du willst sagen ...«

»... daß ein äußerer Einfluß nötig war, um die Ihlini und die Cheysuli in den Krieg zwischen den Völkern zu stürzen. Daß vielleicht einige wenige ehrgeizige Ihlini – oder vielleicht auch nur einer – beschloß, daß die natürlichen Gaben nicht ausreichten. Daß er mehr brauchte, um regieren zu können, und sich an den Sucher wandte.« Teirnan spreizte die Hände. »Und dadurch ein *drittes* Volk hervorbrachte: Strahan und andere wie er, mit entschieden vom Gott der Unterwelt verstärkter Macht.«

Ich leckte meine trockenen Lippen. »Dann ist die Prophezeiung, deiner Meinung nach, mehr als die Vereinigung von Völkern und Reichen, auch eine Vereinigung der Macht.«

Teirnan nickte gemächlich. »Und wenn diese Macht einst vereint ist, wird Schwächung unerwünscht. Warum nicht alles in ein Gefäß geben? Es ist gesammelt, *verstärkt* – es ist keine Schwächung nötig. Schwächung ist unerwünscht, und auch jene, die schwächen.«

Ich strich mir das Haar aus den Augen. »Aber warum wollen die Götter die Erstgeborenen neu erschaffen, wenn sie zunächst soviel Unzucht getrieben haben?«

»Weil sich jetzt noch anderes Blut im Kochtopf befindet.« Teirs Augen strahlten. »Fremde Gewürze, Keely, damit der Eintopf besser schmeckt... damit sein Kern gestärkt wird.«

»Götter«, sagte ich. »Wenn das wahr ist... wenn all dies zusätzliche Blut die Erstgeborenen *tatsächlich* stärkt – zu was werden sie dann?«

»Zu Kindern der Götter.«

»Aber... das ist es, was...«

»...Cheysuli bedeutet, ja.« Teir nickte. »Wir kamen zuerst, Keely: *Wir* waren die Erstgeborenen, bis sie uns trennten. Bis sie die Ihlini schufen.« Er setzte sich zurück. »Wofür werden wir noch gebraucht? Wofür werden die Ihlini noch gebraucht? Wir sind beide zum Tode verurteilt.«

Das erschütterte mich. »Götter, Teir, du klingst wie *Strahan*...«

»...weil er nicht so unrecht hat.«

Das war Gotteslästerung. Ich erschauderte und schüttelte nachdrücklich den Kopf. »Er will uns alle *tot* sehen!«

»Er will die Prophezeiung vernichten.« Teirnan seufzte. »Er setzt Gewalt ein, ja, die für unser Haus tödlich ist, aber ich verstehe seine Gründe. Wie sonst kann man eine Prophezeiung vernichten, als indem man jene vernichtet, die darin eingebunden sind.«

»Und wenn es *tatsächlich* ...«

»Dann werden wir von der Vernichtung verschont bleiben, Keely ... dann werden wir die Freiheit haben, wieder *frei* zu sein!«

Er war ausgesprochen überzeugend. »Du willst doch nicht sagen, daß du Strahan oder dem Sucher dienen willst ...«

Teir war unerbittlich. »Nein, nur *mir selbst*. Nicht Strahan und nicht seinem Gott. Und nicht einmal *unseren* Göttern, Keely ... Ich will nur mir selbst dienen. Um wieder einen freien Willen zu haben und von keinem *Tahlmorra* gebunden zu sein. Um von jenen belastenden Ritualen frei zu sein, die geschaffen wurden, um unsere zerbrechliche Ehre zu schützen ...«

»Teirnan, *nein!*« rief ich. »Es steht dir frei, deiner Ehre zu entsagen, aber ich bin nicht so schnell damit bei der Hand.«

»Nein, das war ich auch nicht.« Einen Augenblick schwächte Qual seine Überzeugung und dämpfte das Feuer in ihm. »Es war nicht – leicht. Keineswegs. Was wir sind, jeder von uns – und was wir werden –, wird von Geburt an daraufhin ausgebildet, dem vorgegebenen Verhalten zu entsprechen, das in Ehrenkodexe und Rituale im Namen der Cheysuligötter eingebunden ist. Es wird zur heiligen Pflicht, in das Geheimnis des Glaubens eingehüllt, aber als Druckmittel, als Mittel der *Beeinflussung* verwendet, denn würden wir wählen, die Prophezeiung zu erfüllen, wenn wir in unserer Wahl ganz frei wären? Oder würden wir ihr den Rücken kehren und die Götter ohne die Erstgeborenen zurücklassen?« Er sprach jetzt feierlich und war sich seiner Worte und der Meinung, die er damit vertrat, zweifellos bewußt. »Sogar die Nachwelt – gibt es wirklich eine Nachwelt? – wird uns von Geburt an versprochen.« Teirnan schüttelte den Kopf. »Aber wie sollen wir es *wissen*, Keely? Wie können wir sicher sein? Wir wissen nur, was uns gelehrt wird, wobei wir von anderen Cheysuli gelehrt werden, die dasselbe gelernt haben. Ist da Raum für Ehrlichkeit? Oder nur für Aberglauben?«

»Aber du hast dich von *allem* losgesagt.«

»Weil ich das Gefühl hatte, ich müßte es tun.« Teir atmete tief durch, als benötige er Kraft. »Keely, wenn Strahan eines Tages zu dir käme und alle deine *Lir*gaben forderte, würdest du sie dann kampflos aufgeben? Oder würdest du es als etwas Geheiligtes ansehen?«

Ich konnte das nur von mir weisen, da ich die Vieldeutigkeit seiner Frage und das, was sie umschloß, sehr wohl erkannte. Und ich erkannte auch, daß ein Sinn darin lag. Es enthielt eine gewisse Ausgeglichenheit.

Ich schaute an ihm vorbei zu den anderen. Ich betrachtete die Krieger und die *Lirs*, die in den Schatten versammelt waren, und fragte mich, wie jemand das hatte voraussehen können. Es war nicht in der Prophezeiung enthalten. So viele Dinge sind darin enthalten. Und so viele Dinge sind nicht darin enthalten, fast als wenn die Götter – oder die Erstgeborenen, die die Prophezeiung geschrieben hatten – nicht wollten, daß jemand die volle Wahrheit kannte. Weil man, wenn Teir recht hatte, die Freiheit hätte, die Prophezeiung zurückzuweisen, wenn man die volle Wahrheit kannte. Jetzt dienten wir ihr nur in gedankenlosem Gehorsam.

Ich schloß fest die Augen und legte meinen Kopf auf die hochgezogenen Knie. *O Götter, wenn Teir recht hat ...*

»Was ist der Unterschied?« fragte er. »Ihlini, Cheysuli, Gott. Sie werden uns unsere Gaben nehmen, um sie jemand anderem zu geben.«

Ich hob den Kopf und blickte in das Gesicht der Gewißheit, in die Augen eines Cheysuli. Und erkannte, während ich ihn ansah, daß er seine Ehre nicht verwirkt hatte. Er war der Erhaltung seines Volkes genauso verschrieben wie jeder andere, den ich kannte.

Aber Teirnan riskierte mehr. Darin war er allein.

Ich wußte, was er wollte. Und wie dringend er es brauchte. »Der Unterschied ...« Ich schluckte. »Der Unterschied *ist*, daß du zuviel willst.«

»Eine Kleinigkeit, Keely.«

»Die Vernichtung der Prophezeiung ist keine Kleinigkeit.«

»Aber du wirst es nicht erleben.« Er war jetzt sehr ruhig. »Solche Dinge brauchen Zeit, sicherlich mehr Zeit, als du und ich haben.«

Meine Brust verengte sich. »Teir ...«

Er sagte ruhig: »Ich frage dich, was du willst.«

Ich sah ihn ungläubig an.

Teirnan sprach sanft weiter: »Verweigere dich dem erinnischen Prinzen. Gebäre ihm keine Kinder, Keely. Das wird mehr als ausreichend sein.«

O Götter ...

Götter?

Kapitel Elf

Nachdem Teir und die anderen *A'saii* wieder im Wald verschwunden waren, saß ich eine Weile schweigend da. Allein mit meinen Gedanken, meinem Gewissen, umklammerte ich die hochgezogenen Knie und starrte ins Nichts. Ich sann über die Gewaltigkeit dessen, was Teirnan mir gesagt hatte, nach und überdachte die Vieldeutigkeit. Und erkannte, daß ich mich nicht darin zurechtfand.

Mein Magen wand sich. Ich fühlte mich *schmutzig*, als hätte Teir mich in ein Netz der Täuschung hineingezogen, obwohl er mir doch nur seine Gedanken mitgeteilt hatte, warum er sie hegte und wie sie uns beeinflussen könnten. Wie sie mich beeinflussen könnten.

Könnten. Er war nicht sicher – konnte nicht sicher *sein*. Wie auch? Er konnte nur der Sache der *A'saii* verschrieben sein: Er war in seiner neuen Welt Stammesführer, *Shar Tahl*, Prophet. Und in der alten Welt Ketzer, Verräter und *seiner Verwandten beraubt*. Gewichtige Worte, sie alle. Und gewichtig, was sie meinten.

Ich schloß die Augen und grub die Fingernägel in meine Knie. *Wenn es stimmt, was er sagt … wenn uns die Lirs verlassen …*

Ich hatte keinen besonderen *Lir*, aber der Verlust des Bundes zwischen den *Lirs* und den Cheysuli als Volk würde genügen, mich und jeden anderen der Magie zu berauben, die wir so gedankenlos anrührten. Und wenn ich mir vorstellte, ungeweiht zu sein wie die Homaner, ohne Magie, ohne die Fähigkeit zu fliegen, ohne *Freiheit …*

Götter, es war unmöglich.

Oder hatte Teir möglicherweise doch recht?

Ich fluchte, stemmte mich vom Boden hoch und ging zurück zu meinem Fuchs, den Rory nicht statt Brennans Hengstfüllen nehmen wollte. Nun, dafür war später noch Zeit. Ich hatte keine Lust mehr, mich in das erinnische Lager einzuschleichen und den Kastanienbraunen zurückzustehlen. Teirs Worte hatten mir alles genommen außer dem Wunsch, nach Homana-Mujhar zurückzukehren, wo ich über das nachdenken konnte, was er gesagt hatte.

Was er *vorgeschlagen* hatte, obwohl ich wußte, daß es vielleicht doch nicht meine Wahl war. Daß ich seiner Sache vielleicht auch gegen meinen Willen dienen würde. *Weil ich keinen toten Mann heiraten konnte.*

Ich band den Fuchs los, schwang mich hinauf und führte ihn zum Weg zurück. Ich ritt in einer Geschwindigkeit nach Hause, die Brennan verdammt hätte, da er die Umstände nicht kannte und nichts von dem Aufruhr in meinem Inneren wußte.

Brennan konnte nicht einmal verstehen, daß es eine Wahl gab.

Ich dachte flüchtig: *Es muß leicht für ihn sein, seinen Weg so genau zu kennen ... sich seines Tahlmorra so sicher zu sein.*

Und ich wünschte mir zum ersten Mal, daß auch ich sicher sein könnte.

Als ich dieses Mal an Aileens Tür klopfte, wurde ich sofort hineingelassen. Brennan war fort, der Raum voller erinnischer und homanischer Damen. Sie verließen den Raum auf Aileens leise Bitte hin und ließen uns beide allein.

Sie war in dem riesigen Bett mit dem Betthimmel vergraben und von Bettdecken niedergedrückt. Das glänzend rote Haar hing lose, floß an beiden Seiten ihres Gesichts hinab und bildete auf der Seide Stränge.

Unter den grünen Augen waren dunkle Ringe zu sehen, aber ansonsten sah sie nicht allzu schlecht aus. Sie würde ohne Zweifel überleben.

Ein Schuldgefühl machte sich in meinem Inneren breit. Ich mißachtete es und zog mich auf Nichtigkeiten zurück. »Wo ist Brennan?«

Aileen lächelte. »Ich habe ihn fortgeschickt, damit er ein wenig Schlaf bekommt. Er hat sich natürlich geweigert, aber ich sagte ihm, sein Gesicht genüge, mir böse Träume zu verursachen. Also ist er letztlich doch gegangen.«

Ich nickte und betrachtete alles andere außer Aislinn. Ich wanderte gemächlich im Raum umher, nahm Dinge auf und legte sie wieder hin, ordnete sie neu und trat wie zufällig ans Fenster. Draußen wurde es schon fast dunkel. Drinnen brannten Kerzen.

»Keely.« Ihre Stimme klang freundlich. »Es war nicht dein Fehler.«

Ich antwortete nicht, sondern starrte nur blind aus dem Fenster.

»Es hatte schon vorher begonnen. Ich hatte Angst, es ihnen zu sagen. Ich wollte es *dir* sagen ...« Aber sie brach ab.

Ich fuhr zu ihr herum. »Ja, du wolltest es mir sagen, aber ich habe mich geweigert zuzuhören.« Das Schuldgefühl meldete sich erneut. »Wie Ian bereits ausgeführt hat, ist das eine Angewohnheit von mir.«

»Ich schätze deine Ehrlichkeit mehr als ich sagen kann, Keely ... manchmal denke ich, daß es davon auf der Welt viel zu wenig gibt.« Sie regte sich ein wenig und zupfte die Bettdecken zurecht. »Wenn dir jemand Vorwürfe machen sollte, dann schicke ihn gleich zu mir. Ganz gleich, wer es ist.«

»Nun denn, ich bin hier.« Ich winkte ab, als sie protestieren wollte. »Nein, nein, genug davon ... Wie geht es dir, Aileen? Das ist wichtiger.«

»Wie es mir geht?« Die grünen Augen wurden ein

wenig trüber. »Körperlich gut genug – dafür hat der Mujhar gesorgt –, aber seelisch weniger.«

Ich sah mich nach einem Stuhl um, fand einen, zog ihn heran und setzte mich hin. Ich sagte leise: »Vielleicht war es so das beste.«

Ihre Stimme klang unbeugsam. »Kinder zu verlieren ist niemals das beste, Keely. Wie könnte es das sein?«

Ich unterdrückte die heftige Gemütsbewegung, die ich so gern herausgelassen hätte, denn ich wußte, daß jetzt nicht die richtige Zeit dafür war. »Zumindest bist nicht auch du gestorben.«

Aileen verzog das Gesicht. »Ja, das hat Brennan auch gesagt…, aber ich kann nicht anders, Keely. Ich denke an meinen armen kranken Aidan. Ich denke an Homana. Ich denke an eine unfruchtbare Frau, die eines Tages Königin sein wird.«

Ich versuchte, unbekümmert zu klingen. »Das ist nicht neu für Homana. Du bist kaum die erste. Unser Haus ist auf zerbrechlichen Grundfesten gebaut. Shaine selbst konnte keine Erben bekommen, auch nicht mit einer zweiten *Cheysula*. Carillon hat nur eine Tochter gezeugt…« Ich dachte plötzlich an Caro, den taubstummen Bastard, der in Solinde lebte, »… zumindest mit Electra.« Ich zuckte die Achseln. »Donal hat zwei Söhne hervorgebracht, aber nur einen ehelichen Sohn.« Ich lächelte verzerrt. »Bis zu meinem *Jehan* und seiner Nachkommenschaft war der Löwenthron arm an Söhnen.«

»Und jetzt braucht der Löwenthron sie mehr denn je.« Aileen wirkte nachdenklich. »Ich möchte nicht so klingen, als zerflösse ich in Selbstmitleid, und ich will auch den Göttern nicht vorwerfen, daß sie mir die Kinder genommen haben…« Sie seufzte. »Aber ich bin lange genug hier, um zu wissen, wie wichtig die Prophezeiung für die Cheysuli ist. Corin hat mir in Erinn viel darüber erzählt…« Hier brach sie fast augenblicklich ab und warf mir einen alles verratenden Blick zu.

Dann fuhr sie mit neuerlicher Festigkeit in der Stimme fort: »Auch Brennan und der Mujhar selbst haben mir erzählt, wie entscheidend es für dieses Haus ist, den Löwenthron zu halten. Sie würden mich beide nicht des Versagens beschuldigen, aber es muß wichtig sein. Ein Sohn für den Prinzen von Homana? Und noch dazu ein krankes Kind?« Aileen schüttelte den Kopf. »Ich weiß, wie Niall sich quälen muß, obwohl er niemals etwas darüber sagen würde. Und ich weiß, wie Brennan sich fühlt, obwohl er es zu verbergen versucht.« Sie verzog das Gesicht. »Er ist solch ein unerschütterlicher Verfechter der Prophezeiung, der Cheysuli, des euch alle so sehr bindenden *Tahlmorras*.«

»Was ist mit *dir?*« fragte ich. »Wie fühlt sich Aileen?«

Ihre Stimme erklang ganz leise. »Ich trauere um die Kinder. Sie haben gesagt, es wären beides Jungen gewesen. Und ich trauere wegen meiner Unfruchtbarkeit, weil ich weiß, daß ich keine Kinder mehr bekommen werde. Aber … ich glaube, ich trauere auch wegen dir.«

»Wegen mir!« Ich sah sie an. »Warum?«

Aileen hielt meinen Blick fest. »Weil es jetzt dir zufällt. Es wird jetzt notwendiger denn je, daß du Sean heiratest. Und das bald, vermute ich. Sie werden schnell Kinder von dir haben wollen, falls Aidan sterben sollte. Um die Blutlinien zu schützen, Keely … um die Prophezeiung zu erfüllen.«

Ich starrte Aileen blind an.

Sie sprach unendlich sacht. »Es tut mir so leid«, sagte sie. »Ich weiß, wie du dich fühlst, Keely. Aber ich verspreche dir noch einmal, wie ich es schon so viele Male getan habe, daß Sean ein Mann ist, der es wert ist, ihn zu heiraten.«

Und wenn er tot ist? fragte ich mich. *Was ist er dann wert*?

Oder wenn er lebte und ich mich aus Angst, die *Lirs* und alle Magie der Cheysuli zu verlieren, weigerte, ihn zu heiraten. War irgendein Mann das wert?

Ich erhob mich. »Dann erhole dich gut, Aileen. Und sei versichert, daß deine verlorenen Kinder in den Hallen der *Cileann* weilen.«

Einen winzigen Augenblick lang lächelte sie, und dann liefen ihr die Tränen über. Ich verließ den Raum und überließ sie ihrer Trauer.

Ich aß in meinen Gemächern zu Abend, da ich keine Lust hatte, mit anderen Familienmitgliedern zu sprechen, und vergeudete den größten Teil des frühen Abends, in Gedanken verloren, während ich wie ein eingesperrtes Tier hin und her lief. Ich wog Teirs Worte gegen das ab, was ich als Kind von den *Shar Tahls* gelernt hatte, wohl wissend, daß Teir es auch kannte. Es war ein ewiger Kreislauf, der nirgendwohin führte, sondern sich nur drehte und drehte und drehte und aus nutzloser Bewegung, verschwendeten Bemühungen und sinnlosen Gedanken bestand.

Ich kam immer wieder zum Anfang. Wenn ich Sean ablehnte, wie Teir es wollte – wie *ich* es wollte –, würde nur ein Kind die für die Prophezeiung so wichtige erinnische Blutlinie in sich tragen. Die letzte erforderliche Blutlinie, denn wir besaßen bereits alle anderen, außer der der Ihlini. Und sogar die der Ihlini, wenn man Brennans Bastard mit Rhiannon oder Rhiannon selbst dazuzählte.

Aidan. Der einzige Abkömmling der Verbindung zwischen einem homanisch-atvianisch-solindischen Cheysuliprinzen und einer erinnisch-atvianischen Prinzessin. Das notwendige Verbindungsglied. Das durchaus mögliche Verbindungsglied, wenn er überlebte, heiratete und eigene Kinder zeugte.

Wenn er aber nicht überlebte, blieb der Löwenthron ohne das richtige Blut. Dann wäre die Verbindung gebrochen und die Prophezeiung unvollständig… es sei denn, ich heiratete Sean und brachte die Kinder hervor, die Aileen und mein *Rujho* nicht zeugen konnten.

Der Kreislauf begann erneut und endete wieder bei mir.

Ich blieb mitten im Zimmer jäh stehen. Und verließ es dann schnell, um den Sohn meines Bruders aufzusuchen.

Das Kinderzimmer war bis auf Aidan leer. Üblicherweise kümmerte sich Tag und Nacht jemand um ihn, aber sein Kindermädchen hatte das Zimmer für einen Augenblick verlassen. Der Raum lag in Schatten, schweren, tiefen Schatten, die eine einzige Kerze warf. Das Licht kroch in die wuchtige Wiege, schimmerte von Silberfäden ab, liebkoste die cremefarbene Üppigkeit des alten Elfenbeins und glitzerte schwach auf dem glatten Eichenholz.

Die Wiege war sehr alt. Sie hatte viele, viele Jahre lang die dem Hause Homana geborenen Kinder beherbergt. Die Bettwäsche war aus edlem, weichem Leinen, die Decken aus blaugrauer Seide mit dem mit Silberfäden aufgestickten königlichen Zeichen des Löwen. Ich hielt sie insgesamt für zu prunkvoll für ein Kind, aber andererseits stand mir kein Urteil zu.

Unter der Seide der Bettdecke war im schwachen Kerzenschein zu helle Haut und dünnes, glattes rotes Haar zu sehen. Von blauen Adern durchzogene Lider verbargen gelbe Augen. Wenn Aidan wach war, zeigte er beide Seiten seines Erbes. Wenn er schlief, ähnelte er nur Aileen.

Er war klein für ein fast zehn Monate altes Kind. Er schrie ein wenig, ermüdete schnell und war die meiste Zeit verdrießlich. Niemand wußte, was ihm fehlte, und man nahm einfach an, daß seine Gesundheit durch seine verzögerte Geburt beeinträchtigt worden war. Er erkältete sich sogar bei mildem Wetter schnell und schien nicht in der Lage, die kleinen Unpäßlichkeiten zu bekämpfen, die die Kindheit oft mit sich bringt.

Ich schüttelte leicht den Kopf. Solch ein kleines Wesen unter der Decke. Solch ein großes Wesen innerhalb der Prophezeiung. Er würde eines Tages Homana regieren. Ich umfaßte den Elfenbeinrand der Wiege und beugte mich ein wenig hinab, damit er mich hörte. In seinen Träumen, wenn nicht sonst. Es war wichtig, daß er es erfuhr. »Es kommt auf dich an«, sagte ich ihm. »Nicht auf mich, auf *dich*. Der Löwenthron wird dir gehören.«

Aidans Antwort war Schweigen, bis auf das Geräusch seines unregelmäßigen Atems.

»Du bist der Sohn von Brennan, dem Prinzen von Homana ... der Enkel von Niall dem Mujhar ... der Urenkel von Donal, der der Sohn Duncans selbst war.« Meine Hände umfaßten das alte Elfenbein fester. »Und du wurdest von deiner *Jehana* aus dem Haus der Adler vom Horst in Erinn geboren, der auf den Klippen Kilores kauert. Liam ist in dir und Shea und alle die anderen Herren.« Ich atmete mühsam ein. »So viel Erbgut, kleiner Fuchs ... so viel Macht in deinem Blut ...«

»... und so viel Schwäche in seinem Körper?«

Ich zuckte zusammen, hielt die Luft an und starrte angestrengt in die Dunkelheit einer unbeleuchteten Ecke. Es war natürlich Brennan. Ich hätte wissen müssen, daß er da sein würde.

Ich atmete beruhigt ein und spürte, wie sich mein Herzschlag wieder verlangsamte. »Aileen hat gesagt, du schliefst.«

»Vorher, ja ... ein wenig.« Ich konnte von seinem Gesicht nicht mehr als den Umriß sehen, aber sein Tonfall machte es auch unnötig. Mein Bruder war erschöpft bis ins Mark und brauchte mehr als Schlaf. »Aber ich habe geträumt, mein Junge wäre tot und der Löwenthron in schrecklicher Gefahr.«

Angesichts der Lage überraschte mich diese Enthüllung nicht. »Kann ich noch eine Kerze anzünden?«

»Wenn du willst.«

Ich wollte. Ich entzündete eine zweite Kerze, stellte

sie in einen Ständer und betrachtete meinen Bruder genauer. Das Licht war nicht sehr hell, aber mehr als vorher. Jetzt konnte ich sein Gesicht sehen. Jetzt konnte ich seine Augen sehen.

Ich hielt jäh die Luft an. Und ließ sie dann langsam wieder ausströmen. »Du kannst es nicht wissen«, sagte ich.

»Daß er sterben wird?« Brennan war tief in einen Sessel hineingesunken und zuckte jetzt hilflos die Achseln. »Nein, natürlich nicht – aber ich kann es befürchten. Ich glaube, alle Eltern tun das. Aber ich habe mehr Grund als die meisten. Du brauchst ihn dir nur anzusehen, ihn nur zu *halten* ...« Er brach ab und preßte die Finger an seine Schläfen. »... Götter ... ich bin müde. Entschuldige meine schlechte Gesellschaft.«

»Rujho ...«

Wie immer wich er der Wahrheit nicht aus und versuchte sie auch nicht vor mir zu verbergen. »Es wird nichts mehr, Keely. Die Ärzte haben es bestätigt.«

Ich brauchte einen Augenblick, ehe ich antworten konnte. »Ich weiß. Aileen hat es mir gesagt.«

Er nahm die Hände herunter. »Aidan ist alles, was da ist ... alles, was jetzt noch *jemals* sein wird. Was wird, wenn er stirbt?«

Ich hatte eine solche Offenheit nicht von ihm erwartet, weder in seiner Lage noch in diesem Augenblick. Aber er hatte das Gespräch darauf gebracht, und so stand es mir frei, zu sagen, was ich wollte.

Oder zu fragen, was ich fragen wollte.

Ich wandte mich von der Wiege zu ihm um. »Was *wird* geschehen, Brennan? Es muß einen Prinzen von Homana geben. Es muß einen Erben für den Löwenthron geben.«

Er wirkte älter als dreiundzwanzig. Eher wie dreiund*vierzig*. »Es gibt ... Wahlmöglichkeiten.«

Ich öffnete den Mund, um ihn zu fragen, welche das wären, da ich nicht mit allen Verantwortlichkeiten der

Königschaft vertraut war, aber ich schloß ihn wieder. Ich wußte es. Als ich ihn ansah, wußte ich es. Nichts sonst würde ihn so verletzen. »Wie zum Beispiel eine unfruchtbare *Cheysula* zu verbannen und sich eine andere Frau zu nehmen.«

Seine Stimme klang tonlos und leer. »Das ist der einzige Fall, in dem man, nach homanischem Gesetz, seine Frau verbannen darf.«

Ich bemerkte vorsichtig: »Das haben Männer schon zuvor getan. Auch Prinzen und besonders Könige, wenn Söhne für die Thröne gebraucht wurden.«

Er zuckte nicht zusammen, da er eben Brennan war, der Wahrheiten mit gleicher Aufrichtigkeit entgegentrat. »Ja, das haben sie getan«, stimmte er mir zu, »aber *dieser* Prinz – oder König – wird nichts dergleichen tun.«

So. Das war es: Brennans Entscheidung war getroffen. Ich hatte keine andere Antwort erwartet, aber fragen kostete bekanntlich nichts. Man kann niemals sicher sein.

Ich beobachtete erneut Aidan, der sich im Schlaf regte. Der zarte, zerbrechliche Aidan, der für eine zu schwere Last bestimmt war. Sie könnte sein Tod sein. Ich sah Aidan unverwandt an und vermied es, Brennan anzusehen. Ich wollte den Schmerz nicht sehen. »Wenn er stirbt, hast du keinen Erben. Keinen aus dir erwachsenen Erben.«

Er antwortete gleichmütig. »Nein. Und es ist unwahrscheinlich, daß ich noch einen bekomme.«

Jetzt sah ich ihn doch an. »Nach dir ist Hart der nächste.«

Brennan schüttelte den Kopf. »Jetzt nicht mehr. *Jehan* hat es deutlich gesagt: Nach seinem Tod schulden Solinde und Atvia Homana keine Lehenstreue mehr. Sie werden eigenständig und unterliegen nur noch ihren eigenen Herren. Hart wird Solinde nach seinem Willen regieren können, genauso wie Corin Atvia nach seinem Willen regieren kann. Ich kann Solinde kaum den

König nehmen, nur um Homana einen Prinzen zu geben.« Er schüttelte zögerlich den Kopf. »*Jehan* hat recht, es so zu handhaben, aber es bringt die Erbfolgelinie durcheinander.«

»Nur weil ein Mann Mujhar sein muß.« Ich hob eine Schulter und eine Augenbraue an. »*Ich* bin immerhin noch übrig. Aber das würde das Konzil niemals gutheißen.«

Brennan seufzte müde: Er hatte dies schon früher von mir gehört. »Es gibt einen Grund, Keely, daß der Löwenthron einen Mann erfordert...«

»*Welchen* Grund?« fragte ich. »Eine Frau kann ein Land eher in Frieden halten als ein Mann.«

»Möglicherweise«, räumte er ein, »aber es gibt noch einen anderen Grund. Einen zwingenderen Grund...«

»Die Überlieferung«, sagte ich angewidert.

»Die Geburt«, konterte er knapp.

Ich sah ihn stirnrunzelnd an. »Was?«

Brennan stand langsam auf, stemmte sich aus seinem Sessel hoch. Er durchschritt den Raum zur Wiege, strich die Decke über Aidan glatt und verweilte noch länger, um über das seidige Haar seines Sohnes zu streichen. »Die Geburt«, wiederholte er. »Ein Regent muß Erben zeugen. So viele wie möglich, um die Erbfolge zu sichern.«

»Ja«, stimmte ich ihm zu, da ich das für offensichtlich hielt. Wir hatten es schon eindringlich besprochen.

»Eine Frau wagt jedes Mal ihr Leben, wenn sie ein Kind gebärt. Ein weiblicher Regent würde mehr als ihr Leben aufs Spiel setzen... Sie würde auch ihr Reich riskieren.« Seine Stimme klang sanft. »Ich weiß, daß du stark bist, Keely, und du würdest einen guten Mujhar abgeben..., aber wenn man jedes Jahr ein Kind gebärt, kann man Homana nicht regieren.«

Nein, das konnte man nicht. »Und daher verfrachtest du mich bereitwillig nach Erinn, damit ich *Sean* seine Erben schenken kann.«

»Vielleicht mehr als das.« Seine Finger strichen über rotes Haar. »Wenn Aidan stirbt, gibt es nur noch dich. Aus deiner Vereinigung mit Sean wird das nächste Verbindungsglied der Prophezeiung hervorgehen. Vielleicht das letzte Verbindungsglied.«

Ich dachte an Rory und Teir – der eine vielleicht ein Mörder, der andere tatsächlich ein Verräter. Und Sean war auf die eine oder andere Art zwischen ihnen gefangen.

Ich kreuzte die Arme und wandte mich ab. Ich ging drei Schritte, fuhr herum und sah Brennan an. »Menschen sterben«, sagte ich angespannt. »Was geschieht, wenn Sean stirbt?«

Brennan runzelte die Stirn. »Ich glaube kaum ...«

»Menschen *sterben*«, sagte ich erneut. »Er ist jung, ja, und gesund, aber Menschen sterben. Aus Krankheitsgründen, durch eine Verletzung ... durch Mord.« Ich atmete tief ein. »Was geschieht, wenn Sean *stirbt?*«

Brennan sah mich ebenfalls an. Zunächst glaubte ich, er würde nicht antworten, und dann erkannte ich, daß er es doch tun würde. Aber er haßte es. Brennan *haßte* es. Ich erkannte das an seinen Augen, an seiner Haltung und an der Angespanntheit seines Mundes.

Er antwortete mit Fragen. »Wer bleibt nach mir übrig? Welcher Krieger unseres Blutes? Welcher Krieger unseres *Hauses?*«

Brennan ist nur selten verbittert. Aber ich dachte, daß er jetzt allen Grund dazu hatte.

»Teirnan«, sagte ich. »Oh ... *Götter* ...«

Teil II

Kapitel Eins

Lio schloß ein helles Auge, während er sein Gesicht in grimmiger Betrachtung aufwärts richtete. Es war ein gutes Gesicht, jung und von lebhafter Beweglichkeit, obwohl ihm ein anderer Gesichtsausdruck zweifellos eher gerecht geworden wäre (zumindest hatten einige von Aileens erinnischen Damen mir das ein- oder zweimal gesagt), aber ihn kümmerte die Wirkung wenig. Ich hatte eine Frage gestellt – nein, eine *Einladung* ausgesprochen –, und er dachte darüber nach.

Schließlich seufzte er und schüttelte den Kopf. »Lady, das sollte ich nicht tun. Der Mujhar selbst hat es verboten.«

Ein Fortschritt. Lio hatte gesagt, er sollte es nicht tun, nicht, er *könnte* es nicht. Ich musterte ihn offen und nachdrücklich und schüttelte dann enttäuscht den Kopf. »Das ist vermutlich eine Möglichkeit, Euren Stolz zu schützen… ja, nun, es wäre vielleicht die eine oder andere Wette wert gewesen.« Ich zuckte die Achseln und lächelte herzlich. »Vielleicht ein anderes Mal.«

Helle Augenbrauen senkten sich jäh. Lio ist sehr blond und insgesamt hell – seine Augen haben die Farbe des Wassers. Er war homanisch geboren und aufgewachsen, aber einige behaupteten, es fließe auch solindisches Blut in ihm, wenn man nach seiner Hautfarbe urteilte. Carillons solindische Frau, Electra, hatte die gleichen Haare und Augen, und Harts Ilsa ist genauso hell. Soweit Lio oder jedermann sonst weiß, ist er rein homanisch, aber der Scherz wird oft wiederholt, um ihn aufzuziehen.

»Meinen Stolz schützen?« fragte er scharf. »Was meint Ihr damit?«

Ich hob vielsagend eine Schulter. »Nur daß eine Art, sicherzustellen, daß Ihr gegen mich – eine *Frau* – nicht verliert, diejenige ist, es gar nicht erst zu versuchen.«

Er runzelte die Stirn und kaute auf seiner Unterlippe. Lio und ich sind uns in Stolz und Temperament sehr ähnlich, was bedeutet, daß ich die Tricks kenne, seine Einwilligung zu bekommen, auch wenn er es nicht will. Im Augenblick willigte er noch nicht ein, und das aus gutem Grund. Der Mujhar *hatte* es verboten. Aber ich hatte nicht die Absicht, mich davon aufhalten zu lassen.

Jetzt mußte ich Lio nur noch davon überzeugen, auch sich *selbst* nicht davon aufhalten zu lassen.

Er seufzte und schüttelte den Kopf. »Es wäre kein wirklicher Wettbewerb«, belehrte er mich. »Ich bin größer, schwerer, stärker – und ich habe die Gunst der Lady beim sommerlichen Jahrmarkt zwei Jahre hintereinander errungen.«

Ich nickte ernst und zustimmend. Deirdres Gunst bestand aus einer Länge üppig goldverzierter, hell erinnischgrün gefärbter Seide. Das brachte ihm eine Woche lang jeden Abend ein Abendessen an der Hohen Tafel in Homana-Mujhar ein, welches eine Gunst ist, die alle jungen Männer der mujharischen Wache ersehnen. Es ist eine Art, die persönliche Aufmerksamkeit des Mujhar zu erwecken, so daß das Vorankommen innerhalb der Ränge in der Folge beschleunigt werden kann.

Lio hatte diese Gunst tatsächlich bereits zweimal errungen, und die Neugier meines Vaters war folglich geweckt worden. Lio wollte zweifellos nicht riskieren, die königliche Gunst zu verlieren, indem er den Befehlen des Mujhar zuwider handelte. Und er wollte auch *meine* Gunst nicht verlieren. Weil immerhin auch ich die persönliche Aufmerksamkeit des Mujhar wecken konnte. Sicherlich häufiger als einmal im Jahr während des Sommerjahrmarkts.

Manchmal *zu* häufig.

Ich hob die Hände kurz und ließ sie dann wieder herabfallen. »Also werden wir niemals erfahren, wer mit der Klinge besser ist... Und Ihr werdet Nächte damit verbringen, darüber nachzudenken.« Ich grinste und wölbte die Brauen. »Es sei denn, natürlich, wir treten gegeneinander an und prüfen, ob überhaupt ein ausgewogener Kampf stattfinden *könnte*.«

Lio runzelte die Stirn. »Was meint Ihr damit?«

Ich schaute mich im Hof um. Es waren kaum Menschen zu sehen, aber viele Möglichkeiten boten sich. Ich wandte mich wieder zu Lio um. »Ein Wettlauf«, schlug ich vor. »Bis zur Mauer und zurück.« Ich klopfte mit den Knöcheln leicht an die Tür des Wachraums. »Wer auch immer diese Tür zuerst berührt, siegt. Wenn Ihr es seid, ist Eure Pflicht dem Mujhar gegenüber erfüllt. Aber wenn *ich* siege, tretet Ihr mir mit dem Schwert gegenüber.«

Lio betrachtete die ferne Mauer. Dann wieder die Tür. Und dachte darüber nach.

»Ein einfacher Wettlauf«, sagte ich. »Nur zur Mauer und zurück.«

Er sah mich eine Weile abschätzend an, löste dann seinen Gürtel, schlüpfte aus dem Lederwams und ließ beides zusammen auf die Bank an der Tür fallen. Da er nicht im Dienst war, hatte er den karmesinroten Wappenrock mit dem auf die linke Brust gestickten schwarzen wilden Löwen nicht angelegt. Jetzt wandte er sich mit der leinenen Untertunika, der Lederhose und den Stiefeln zu mir um. Und mit Entschlossenheit.

Wir stellten uns nebeneinander auf, das rechte Bein vorgestreckt, die linke Ferse an der Tür. »Klopft«, schlug ich vor. »Wenn sich die Tür öffnet, laufen wir los.«

Lio klopfte. Kurz darauf öffnete sich die Tür, und wir rannten davon.

Der Hof ist gepflastert. Eine solche Oberfläche kann nicht vollkommen eben sein, und auch der Hof ist es kaum. Jahrhunderte Sommerregen und Winterschnee, Stiefel und eisenbeschlagene Hufe hatten Vertiefungen in die Pflastersteine gegraben, die Ränder zerbröckeln lassen und sogar den einen oder anderen Stein zerbrochen. Aber wir mißachteten das alles und liefen.

Er schlug mich bis zur Mauer, wie ich es erwartet hatte. Und er stieß sich vor mir ab, wie ich es auch erwartet hatte, und befand sich bereits vier Schritte vor mir, als ich an der Mauer anschlug und herumfuhr. Aber seine Führung war für mich bedeutungslos. Ich würde letztlich siegen.

Lio war auf halbem Wege zurück zur Tür. Er lachte. Er verschwendete seinen Atem. Er war sich sicher, daß er seine Pflicht dem Mujhar gegenüber nicht für die Tochter des Mujhar vernachlässigen würde.

Jeder meiner Brüder hätte es besser gewußt. Wir hatten dieses Spiel früher gespielt. Hart hatte es erfunden.

Fünf Schritte von der Mauer entfernt tauschte ich meine Haut gegen Federn ein. Und schlug ihn bis zur Tür mit Leichtigkeit.

Lio schlug am Holz an, während ich mich bereits wieder in einen Menschen zurückverwandelte. Ich kreuzte die Arme und lehnte mich gegen die Tür. Ich grinste. »Holt Euer Schwert, Soldat.«

Er war nur leicht außer Atem, und das hauptsächlich vor Schreck. »Ihr … Ihr habt gesagt …« Er hielt inne und versuchte es erneut. »Ihr sagtet, es würde ein *Wettlauf*, Lady!«

»Das war es. Zur Mauer und zurück.« Ich hob hinterlistig die Brauen. »Niemand hat gesagt, daß er zu Fuß stattfinden müßte.«

Er atmete ein, um erneut zu widersprechen, dachte dann noch einmal darüber nach, was wir ausgemacht hatten, und erkannte, daß ich ihn überlistet hatte. Nein, es hatte wahrhaftig niemand gesagt, daß es ein Wettlauf zu *Fuß* sein sollte. Es war nur von einem Wettlauf die Rede gewesen …

Lio seufzte und erkannte seine offensichtliche Niederlage. »Ich werde mein Schwert holen.« Und er betrat den Wachraum.

Meine eigene Klinge lag, von Lios Wams verborgen, in ihrer Scheide auf der Bank neben der Tür. Ich befreite sie, zog sie aus der Scheide, bewunderte die klare, schmale Linie der Klinge im Sonnenlicht. Sie war nur für mich angefertigt und nicht aus der Klinge eines Mannes gestaltet worden, was bedeutete, daß sie vollkommen ausgewogen war.

Dieses Schwert war eine großartige Waffe. Ich fragte mich wie schon unzählige Male zuvor, warum die Cheysuli es so geringschätzten und sich weigerten, seinen Gebrauch zu erlernen. Wieder die Überlieferung: Stammesgeborene Krieger sollten von Angesicht zu Angesicht und sehr nah kämpfen, anstatt auf die größere Entfernung, die ein Schwert voraussetzte. Es hatte etwas mit Stolz und Können zu tun– und mit dem Glauben, daß ein Mann die Kraft seines Gegners und sein Blut prüfen sollte, um den Kampf wahrhaft ehrenhaft zu machen. Aus demselben Grund war der Bogen ursprünglich für die Jagd und nicht für den Kampf gedacht gewesen, aber Shaines *Qu'mahlin* hatte seinen Gebrauch verändert.

Und sogar Überlieferungen änderten sich, wenn auch nur langsam. Jetzt lernten dem Hause Homana geborene Cheysuli die Schwertkunst und hatten dies schon getan, seit mein Großvater, Donal, Carillons Breitschwert mit seinem wuchtigen Rubinknauf geerbt hatte. Obwohl mein eigener Vater das Schwert nach Donals Tod dem Schoß der Erde übergeben hatte, hatte das Vermächtnis überlebt. Mein Vater und meine Brüder hatten die Schwertkunst erlernt und ihre Kraft erfahren. Und sicherlich auch ihre Schönheit, genau wie ich.

Und würden es, ungeachtet meines Vaters, weiterhin erlernen.

Lio kehrte mit dem Schwert zurück. Er sah mich mit meinem Schwert, seufzte und schloß erneut ein Auge. »Wenn er hiervon erfährt, werde ich meinen Rang verlieren.«

»Ihr habt keinen Rang«, erklärte ich.

Meine Worte ließen ihn erröten und seine Stimme unsicher werden. »Wenn ich *dieses* Jahr wieder die Gunst erringe, muß der Mujhar mich zum Offizier ernennen. Das ist allgemein bekannt. Der Mujhar belohnt vorzügliche Leistungen – bei der Pflichterfüllung *und* beim Schwertkampf.«

Ich betrachtete ihn verstimmt. »Dann seht dies als Übung für den Jahrmarkt an.«

»Beim Sommerjahrmarkt kämpfen wir gegen *Männer*.« Lio grinste, als ich ihn verwünschte. »Jetzt herrscht Gleichstand, Lady.«

Ich deutete von der Tür fort. »Dorthin.«

Wir nahmen die Haltung ein, legten die Klingen aneinander, bereiteten uns vor. Aber bevor wir richtig beginnen konnten, unterbrach Lio und blickte an meiner Schulter vorbei. Er wurde erst rot, dann weiß, schloß die Augen und murmelte leise etwas. Er hielt seine Klinge nicht mehr in Bereitschaft. Offensichtlich näherte sich uns jemand. Jemand, dessen bloße Gegenwart genügte, den Schwertgang zu beenden, bevor er überhaupt begonnen hatte.

O Götter … nicht Jehan …

Ich wandte mich um. Nein, es war nicht *Jehan*. Aber genauso schlimm: Brennan.

Er überquerte langsam und mit einem in seiner Beiläufigkeit sehr vielsagenden Schritt den Hof. Das Sonnenlicht warf Lichtblitze von den schweren *Lir*bändern um seine bloßen Arme zurück. Er trug, wie so oft, schwarz gefärbtes Cheysulileder. Brennan sagte, er zöge nur unauffällige Farben vor, aber *ich* glaubte, er wußte genau, welche Farben an ihm wirkten: schwarzes Leder, schwarzes Haar, dunkle Haut und gelbe Augen. Er war nicht auf homanische Art gutaussehend wie Corin oder unser Vater, bevor Strahans Falke ihm ein Auge genommen hatte, sondern er war ganz Cheysuli mit dem klassischen Cheysuliaussehen.

Einige konnten sein Aussehen als zu kühn, zu wild, zu eingebildet bezeichnen. Zu *ungezähmt* für ihren Geschmack.

Andere konnten an die Großartigkeit eines Rotluchses in seiner Bewegung erinnert werden, an das Niederstoßen eines Falken auf die Beute. Und wußten es besser.

Brennan lächelte. Ich runzelte die Stirn.

»Du mißachtest *Jehans* Befehle?« fragte er gutgelaunt. »Ja, nun, du wärst wohl kaum Keely, wenn du es nicht tätest.«

Lio murmelte erneut etwas. Ich befahl ihm barsch, er solle in den Wachraum zurückgehen, wenn er es nicht ertragen könne, dem Prinzen von Homana gegenüberzustehen, der eigentlich nicht sein Befehlshaber war, *noch* nicht, und auch nicht in der unmittelbaren Gefahr stand, es zu werden, da sich der Mujhar einer ausgesprochen vorzüglichen Gesundheit erfreute ... was bedeutete, wie ich erklärte, daß Brennan Lio wohl kaum für noch nicht begangene Überschreitungen tadeln konnte und er jetzt wahrscheinlich *nicht* bestraft würde, da er sein Schwert wieder in die Scheide stecken könnte.

Er tat es mit gemurmelten Bemerkungen.

Ich sah Brennan stirnrunzelnd an. »*Jehan* hat dich geschickt.«

Er lächelte. »Nein.«

Es kümmerte ihn himmelschreiend wenig, was unsere Familie über mein Verhalten denken könnte. Das sah ihm nicht ähnlich. Brennan war, solange ich mich erinnern konnte, der pflichtbewußte Erbe gewesen und sich schon als Kind der mit seinem Titel verbundenen Verantwortlichkeiten bewußt. Obwohl er in jüngeren Jahren, wie wir alle, elterlicher – und königlicher – Mißbilligung ausgesetzt gewesen war, geschah dies bei Brennan jedoch selten und war üblicherweise das Ergebnis von Handlungen, zu denen er durch Corin oder Hart angestiftet worden war. Obwohl er kein Klatschmaul war, wies Brennan doch gern auf Verhaltensfehler hin, wenn er es gerechtfertigt fand.

Lio war nicht in den Wachraum zurückgegangen. Wahrscheinlich, weil Brennan es ihm nicht erlaubt hatte, obwohl er das auch nicht mußte. Lio war ehrgeizig. Und auch wirklich ängstlich.

»Mylord.« Er neigte Brennan gegenüber den Kopf, der ihn unbestimmt anlächelte und dann die Hand ausstreckte, um mir mein Schwert abzunehmen.

»Darf ich?« fragte Brennan.

Ich gab das Schwert in seine Obhut und wartete mißtrauisch.

Brennan prüfte das Gewicht und die Ausgewogenheit und untersuchte die Klinge selbst. Er nickte nachdenklich und schaute dann an mir vorbei zu Lio. Und gab ihm mein Schwert. »Würdet Ihr es in die Scheide stecken und für die Lady aufbewahren? Wir reiten aus und brauchen keine Schwerter.«

»Ausreiten! Brennan, warte ...«

»Leijhana tu'sai«, sagte Brennan leichthin, als Lio Brennans Bitte schnell folgte. Dann legte er eine Hand um meinen Arm, zog mich vom Wachraum fort und führte mich über den Hof. »Aileen fühlt sich, den Göttern sei Dank, wesentlich besser. Ich bringe sie den Sommer über nach Joyenne.«

Das überraschte mich. »Du wirst so lange von Mujhara fortbleiben?«

Er schüttelte den Kopf. »Ich vielleicht nicht – *Jehan* wird Aufgaben für mich haben –, aber ich denke, daß Aileen die Zeit fernab von der Stadt genießen wird. Fernab von ... den Erinnerungen.«

Ich sah ihn von der Seite an. Während Aileen sich beständig erholte, belebten sich auch seine Lebensgeister neu, aber er war noch immer nicht wieder ganz er selbst. Noch nicht. Vielleicht würde ihm die Zeit in Joyenne genauso gut tun wie Aileen.

»Dann wirst du Aidan hierlassen?«

»Eine Weile ... Er ist im Augenblick nicht kräftig genug zu reisen. Aileen wird natürlich darauf drängen, daß er uns begleiten kann, aber Deirdre wird sich um ihn kümmern und um *Jehan* und alle Kindermädchen. Ich denke, es wird ihm gutgehen.« Brennan legte eine Hand auf meine Schulter. »Ich dachte, du könntest vielleicht eine Weile mit uns kommen, um Aileen Gesellschaft zu leisten, wenn ich nach Homana-Mujhar zurückgerufen werde.«

»Ja, natürlich ... ich liebe Joyenne ...« Ich blieb stehen. »Hast du *deshalb* den Kampf mit Lio aufgehalten? Um mich das zu fragen?« Ich seufzte und drängte eine heftigere Erwiderung zurück. »Das hätte warten können, Brennan ... oder hast du es statt *Jehan* getan?« Ich hielt bedeutungsvoll inne. »Wie du es so oft tust.«

Er zog mich weiter. »Ich habe den Kampf nicht aufgehalten, weil *Jehan* ihn verboten hat. Dein Verhalten ist deine Sache, nicht meine.« Mein Bruder lächelte mild. »Ich bin gekommen, um dich um deine Begleitung zu bitten, in Joyenne und jetzt. Ich dachte, wir könnten mein Hengstfüllen gegen das neue graue Füllen antreten lassen.«

Alle Alarmglocken schrillten. »Das Hengstfüllen«, wiederholte ich. »*Welches* Hengstfüllen?«

»Den Kastanienbraunen.« Er zuckte die Achseln. »Du hast ihn schon vor Tagen zurückgebracht, und ich muß ihn noch reiten. Er wird die Arbeit brauchen.«

O Götter, nicht das Hengstfüllen ... Ich blieb jäh stehen. »Brennan ...« Aber dann brach ich ab, weil ich es ihm nicht erzählen konnte. Nicht so offen. Nicht nach so langer Zeit. Ich hatte gelogen. Jetzt hatte mich die Lüge eingeholt, und ich stellte fest, daß ich sie nicht eingestehen konnte.

Er hob die Augenbrauen. »Ja?«

Ich öffnete den Mund. Schloß ihn wieder. Schüttelte dann den Kopf. »Nein … ich glaube, ein anderes Mal. Nicht jetzt. Ich …« Ich hielt erneut inne. »Ich habe etwas zu erledigen. Ein anderes Mal, *Rujho*.«

»Jetzt.« Eine Hand schloß sich um meinen Arm, hielt mich fest, und er lächelte ununterbrochen. »Keely, ich war bei den Ställen. Das Hengstfüllen fehlt.« Seine Stimme klang ruhig, *zu* ruhig. »Die Pferdeknechte sagen, du kamst vom Stammeskeep ohne es zurück.«

O Götter. Und ohne nachzudenken: »Ja.«

Brennan ließ meinen Arm los. Sein Gesicht war ohne Ausdruck, was es nur noch schlimmer machte. »Du hast mich angelogen, als ich nach ihm fragte, Keely … und jetzt, da ich dir die Chance zur Erklärung gebe, freimütig und ohne Vorurteil, läßt du die Gelegenheit verstreichen und erfindest eine hohle Entschuldigung, um gehen zu können.« Seine Stimme wurde härter, wie auch sein Gesichtsausdruck. »Ich möchte wissen warum. Was hast du getan, Keely? Was hast du *jetzt* getan?«

O Götter, ich hasse *das* … Ich atmete tief durch und sagte ihm die Wahrheit. »Weil ich mich geschämt habe.«

Brennan war erstaunt. »Geschämt! Warum? Was ist geschehen?«

Mein Magen rebellierte. Ich fühlte mich wegen des Verlusts des Hengstfüllens jetzt nicht besser als zu dem Zeitpunkt des Geschehens. »Ich wurde überlistet.« Ich erzählte es ihm kurz, obwohl der Ärger mir zuzuschreiben war, nicht Brennan, der das Recht hatte, es zu erfahren. »Ich bin wie ein Narr in die Falle getappt … zuerst in die der Diebe, die mein Geld wollten, und dann in die der Geächteten, die …« Ich hielt jäh inne. Ich wollte nichts von Rory Rotbart und seinen erinnischen Begleitern sagen. Noch nicht. Nicht solange alles ungeklärt war.

»Geächtete?« hakte Brennan nach. »Geächtete *und* Diebe? Sind es nicht dieselben?«

Ich schüttelte den Kopf. »Ich habe versucht, ihn zurückzubekommen, Brennan. Wirklich. Ich bin am nächsten Tag zurückgegangen, um ihn zu holen, aber Teir ...«

»Teir!« Brennan ergriff erneut meinen Arm. »Du hast Teirnan gesehen? Hast du mit ihm gesprochen? Wo? Wo ist er, Keely? Was hat er zu dir gesagt?«

Ich sah keinen Nutzen darin, mein Treffen mit Teirnan geheimzuhalten, da ich keine Versprechen abgegeben, noch er welche gefordert hatte. Und so erzählte ich Brennan freimütig davon. Er hörte mir angespannt zu, während ich ein wenig – aber nicht alles – von meinem Treffen mit Teirnan wiedergab. Ich konnte es Brennan gegenüber nicht. Er würde es nicht verstehen. Er hatte keine Zweifel an seinem Erbe, an seiner Pflicht, an seinem *Tahlmorra.* Er würde auch bei mir niemals Zweifel dulden. Sicherlich würde er nicht verstehen, wie ich jemals darüber nachdenken konnte, daß unsere *A'saii*verwandten einen stichhaltigen Grund haben könnten ... oder zwei oder sogar drei.

Womit wir wieder bei dem kastanienbraunen Hengstfüllen waren.

»Welche Diebe?« fragte er. »Wenn du zurückgegangen bist, weißt du also, wo sie sich aufhalten.«

»Wo sie sich aufgehalten *haben*«, erwiderte ich. »Ich bezweifle, daß sie jetzt noch da sein werden.«

Er schüttelte den Kopf und drängte mich wieder auf die Ställe zu. »Bring mich trotzdem dorthin ... Vielleicht finden wir eine Spur, etwas, das uns sagt, wohin sie gegangen sind.«

»Brennan ... nein.« Ich entzog ihm meinen Arm. »Nein. Laß es sein. Ich will mit jenen Männern nichts zu tun haben.«

»Wenn du Angst hast, können wir in *Lir*gestalt gehen ... sie werden es niemals auch nur erfahren.«

»Nein«, entgegnete ich ihm knapp. »Ich habe Geld zurückgelegt – ich werde dir ein anderes Pferd kaufen.«

Brennans kurzes, bellendes Lachen klang bitter. »Bist du verrückt? Dieses Hengstfüllen war der letzte Nachkomme eines Hengstes, der am Tag nach der Zeugung gestorben ist – es *gibt* keine weiteren, Keely! Und selbst wenn es noch welche geben könnte, hättest du nicht genug Geld, sie zu kaufen. *Ich* konnte es kaum ...«

Mein Temperament ging mit mir durch. »Ein *Pferd!*« schrie ich. »Keine Frau, kein Kind, kein *Lir* ... Götter, Brennan, du bringst mich zum Wahnsinn. Kannst du an nichts anderes als an deine Pferde denken? Was ist mit Aileen? Was ist mit Aidan? Was ist mit *mir?*«

»Du«, sann er. »Ja, laß mich über dich nachdenken, darüber, warum du hier stehst und solche Angst hast, mir zu zeigen, wo die Geächteten dir dein Geld und vielleicht auch deine Unschuld zu stehlen versuchten ...« Das brachte ihn jäh zum Schweigen. Er starrte mich an und wurde ganz bleich um den Mund. »Götter, Keely ... Sie haben doch *nicht* ...«

»Nein«, sagte ich kurz angebunden. »Nein, das haben sie nicht – dachtest du, ich hätte das zugelassen? Ich hatte ein Messer, *Rujho* ... und der Erinnier ...«

»*Erinnier!*« keuchte Brennan fast. »Es waren Erinnier? Keely ...«

Meine Hände waren zu Fäusten geballt. »Götter, Brennan, es reicht! *Es reicht!* Ich habe das Hengstfüllen zurückzubekommen versucht – ich habe es versucht –, aber es ist mir nicht gelungen. Ist denn wichtig, wer es gestohlen hat? Es ist fort, *fort* ...« Ich preßte die Hände an meinen Kopf. »Ich schwöre dir, du wirst mich zum Wahnsinn treiben – wenn du mir dauernd Fragen stellst!« Ich machte auf dem Absatz kehrt und ging davon.

»Keely. Keely!«

Ich achtete nicht auf ihn.

Brennan sagte etwas sehr Grobes in der Alten Sprache. Ich fuhr herum, erwiderte etwas, wollte mich wieder umwenden, aber da hatte er meinen Arm bereits erneut ergriffen. »Keely, *warte* ...«

Aber ich wartete nicht. Ich entwand mich ihm, rührte die Erdmagie an, spürte Luft unter meinen Schwingen…

…und die Pranke, die mich niederdrückte.

Ich lag auf dem Rücken, ausgebreitet auf harten Pflastersteinen, wieder ein Mensch, und sah verschwommen zu dem lohfarbenen Rotluchs hoch, der über mir stand, eine Pranke auf jeder Seite meines Halses. Brennan ist in *Lir*gestalt sehr groß und eindrucksvoll.

Der Schwanz zuckte. Schlug aus. Peitschte dann auf mein Schienbein. Ich biß die Zähne zusammen, als die Katze eine Pranke ausstreckte, eine Kralle ausfuhr und meine linke Wange tätschelte. Wie ein Mensch, der einen anderen zum Kampf herausfordert.

Oder wie ein Bruder, der eine Schwester warnt.

»Geh runter!« schrie ich ihn an und wich der Pranke mit dem Kopf aus. »Oder wollen wir dies als Katzen klären und die Geschichte dann in Homana herumgehen lassen, wo uns noch immer einige ›Dämonen‹ nennen?«

Der Schwanz schlug erneut gegen mein Schienbein, und dann regte sich die Katze, verwandelte sich, zerschmolz, damit das Fell wieder zur Haut eines Menschen werden konnte. Aber die Augen blieben die gleichen – und auch der Zorn.

»Ja«, stimmte er mir kalt zu, »wir sollten an die Homaner denken. Wir sollten dies so klären, wie sie es tun würden.« Er griff abwärts, umfaßte ein Handgelenk und riß mich hoch. Brachte mich zum Wachraum und hämmerte gegen die Tür.

Lio öffnete. »Mylord?«

»Schwerter«, sagte Brennan kurz. »Ihres und eines für mich. Eures wird genügen.«

Ich atmete hastig ein. *»Rujho…«*

»Jetzt«, befahl er Lio, der mein und sein Schwert bewundernswert schnell fand und beide Brennan übergab, der mir dann meines zuwarf und auf eine bestimmte Stelle deutete. »Dorthin. Laß uns genau ergründen, wie gut du bist.« Er hielt inne. »Oder nicht bist.«

»Brennan …«

Er zog Lios Klinge hervor und warf die Scheide auf die Bank. »*Jetzt*, Keely. Nicht in zehn Jahren – wenn deine Zunge und dein Temperament dich bis dahin nicht längst umgebracht haben. Und auch nicht morgen.«

»*Ku'reshtin*«, sagte ich ruhig und zog mein Schwert.

Kapitel Zwei

Ich war sonderbarerweise zufrieden. Die Verärgerung wurde zu Entschlossenheit, einer kalten, stillen Ruhe, die mir den erforderlichen Weitblick verschaffte. Brennan war kein sonderlich begabter Schwertkämpfer – ich bezweifelte, daß irgendein Cheysuli es sein konnte, da ihnen die nötige Unbedingtheit fehlte –, aber er war stark und schnell und hatte eine solide Grundausbildung in der Schwertkampftechnik erhalten. Das galt für mich in gleichem Maße, denn er hatte mir beigebracht, was er gelernt hatte, aber es waren fast zwei Jahre vergangen, seit wir einander gegenübergestanden hatten, und ich hatte erhebliche Fortschritte gemacht.

Ich grinste ihn über die Klinge hinweg an. »Gut getroffen, *Rujho* ...«

Aber Brennan verschwendete nichts. Er verschwendete nicht einmal für mich seinen Atem. Er griff an, bevor ich auch nur blinzeln konnte.

Wir übten nur, aber unterschwellig doch mit wirklichem Risiko. Klingen schlugen aneinander und lösten zischende Geräusche aus, erfüllten den Hof mit ihrem Gesang. Ich brummte, hielt den Atem an, stieß ihn geräuschvoll wieder aus, biß mir auf die Lippen, spie Blut aus und biß die Zähne zusammen, bis sie schmerzten.

Er trieb mich über die Pflastersteine bis zur Mauer, an der Lio und ich angeschlagen hatten. Und dann mußte ich mich umwenden, und er trieb mich zum Wachraum zurück.

Ich hielt ihn auf, hielt ihm stand, zwang wiederum ihn drei Schritte zurück. Dann griff er erneut an.

Ich war mir kaum der Menschen bewußt, die sich im Hof versammelt hatten. Wächter, Stallknechte, Pferdeburschen und sogar vorüberkommende Diener. Ich hörte Murmeln, Bemerkungen, die Wetten abschlossen. Sie wetteten hoffentlich nicht auf mich. Brennan war der Sieg ohne Zweifel sicher.

Das machte mich zornig. Ich hatte erwartet, daß er sich wegen meines Geschlechts zurückhalten würde. Nicht, daß ich das von einem Gegner *gewollt* hätte, aber mittlerweile erwartete ich es. Mittlerweile verließ ich mich darauf, denn es war ein Vorteil, den ich genoß. Aber dieses Mal, *dieses* Mal, gewährte Brennan mir diesen Vorteil nicht. Er wollte siegen, und er setzte alles daran, daß es ihm gelänge.

Wir waren dem Wachraum sehr nahe. Mein Stiefelabsatz verfing sich, ich landete auf dem Rücken, ließ die Klinge fallen und versuchte, sie wieder aufzunehmen, aber Brennan hielt sie mit seiner Schwertspitze fest und schleuderte sie von mir fort. Sie schlidderte klirrend über die Pflastersteine.

Ich rollte mich auf den Bauch und versuchte, mich auszustrecken und das Heft zu ergreifen, aber Brennans Schwertspitze lag auf meiner ausgestreckten Hand und stach in die Haut ein. Ich riß die Hand zurück, fluchte, versuchte es mit der anderen Hand erneut, erlitt einen weiteren Stich. Und dann lag die Schwertspitze an meiner Kehle, preßte mich auf den Rücken, führte mich sanft wieder auf die Pflastersteine. Ich lag ausgebreitet dort, mit hochrotem Gesicht, erniedrigt, und beschwor sein Können mit jedem mir bekannten Kraftausdruck.

Brennan hörte zu und lachte dann. Er hob die Klinge, hielt inne, ließ sie schließlich herabzischen.

Und hielt sie, genau wie beabsichtigt, kurz vor meiner Kehle an. Neigte meinen Kopf mit einer nur leichten Drehbewegung zurück. »So«, sagte er, »jetzt weißt du es.«

Daß ich verlieren konnte, ja. Ich hatte nicht zu siegen erwartet. Ich hatte nur erwartet, beweisen zu können, daß ich ausreichend gut war. Statt dessen war ich gescheitert. Ich lag, wie zuvor, ausgebreitet auf den Pflastersteinen, und Brennan stand über mir. Dieses Mal in menschlicher Gestalt, aber die Herabsetzung war die gleiche. Ob mit den Klauen oder mit dem Schwert, er hatte mir seinen Willen aufgezwungen.

Aber er war mein Bruder, nicht mein Feind. Wir hatten nicht wahrhaft gekämpft, sondern nur etwas klargestellt.

Ein anderes Mal, sagte ich mir. *Es wird ein anderes Mal geben*.

Ich schloß die Augen. Zwang die Verärgerung fort. Und kurz darauf wich auch das Schwert.

Brennan berührte meine Stiefelspitze mit der seinen. »Keely, steh auf. Hier – nimm meine Hand.«

Ich nahm sie. Er zog mich ruckartig hoch, ließ mich los, beugte sich herab und ergriff mein Schwert. Ich nahm es mit einem gemurmelten *›Leijhana tu'sai‹* entgegen.

Brennan versuchte, meine Stimmung einzuschätzen. Dann grinste er zögerlich. »Du warst besser, als ich erwartet habe.«

Ich verzog den Mund. »Du auch, *Rujho*.«

Er lachte. Klopfte mir schwungvoll den Staub vom Rücken. »Magst du mir jetzt von den Geächteten erzählen?« fragte er leichthin. »Erinnier, sagtest du, glaube ich?«

Ich schaute an ihm vorbei, sammelte mich jäh. Ich antwortete ihm nicht. Ich konnte es nicht. Ich konnte nur schauen.

Ian. Deirdre. *Jehan*. Zusammen mit allen anderen.

Brennan wandte sich stirnrunzelnd um und folgte meinem Blick. Und erstarrte genauso wie ich, obwohl er weniger Grund dazu hatte, da er Brennan war, der *stets* weniger Grund zu etwas hatte. Was bedeutete, daß ich diejenige war, die die Heftigkeit des väterlichen Mißvergnügens erdulden müßte.

Nun, das war auch schon zuvor geschehen.

Ich seufzte, sah Brennan an und schritt dann über die Pflastersteine zum Mujhar. »Ich habe angefangen.«

Er nickte ernst. »Das habe ich angenommen, als Lio kam und mir sagte, daß mein Sohn und meine Tochter miteinander kämpften.«

Ich runzelte die Stirn. Wieder Lio. Mit ihm würde ich später sprechen. Im Augenblick zeigte mein Vater keinerlei Anzeichen für Zorn. Keinerlei Anzeichen für eine drohende Bestrafung. Ich wartete einen Augenblick lang auf mehr. Aber als er anscheinend doch nicht mehr sagen wollte, runzelte ich leicht die Stirn. Schaute mich in der Menge um, die sich versammelt hatte, um zuzusehen, wie der Sohn und die Tochter des Mujhar starke Klingen und noch stärkere Willen maßen, und erkannte, daß er vor so vielen Leuten nichts sagen oder tun würde.

Ein schneller Blick zu Deirdre zeigte mir deren Erleichterung. Ein Blick zu Ian zeigte mir einen offen belustigten Mann, der nicht die geringsten Skrupel hatte, diese Belustigung auch vor seinem königlichen Bruder zu zeigen. Er nickte leicht und grinste mich an, weshalb ich mich augenblicklich besser fühlte.

»Aber ich habe verloren«, belehrte ich ihn.

Mein Vater schaute schnell zu Ian, um zu sehen, was meine Bemerkung hervorgerufen hatte. Und runzelte die Stirn, aber nur leicht. Er hatte es schätzen gelernt, in der Öffentlichkeit nichts preiszugeben.

Brennan trat neben mich. »Es war nicht allein ihre Schuld«, sagte er. »Ich habe den Kampf vorgeschlagen, *Jehan* … Ich dachte, es wäre an der Zeit, daß sie lernt, was es bedeutet, wenn eine Frau einen Mann bekämpft. Vor allem: einen Mann, der von ihrem Geschlecht unbeeindruckt bleibt und mehr als bereit ist, darüber hinwegzusehen, während er ein Schwert gegen sie führt.«

»Leijhana tu'sai«, sagte ich mißmutig.

Brennan lachte und berührte kurz meine Schulter. »Du hast es recht gut gemacht«, sagte er. »Griffon hat dich vorwärtsgebracht.«

»Aber nicht genug. Nicht *annähernd* genug. Wie viele Male hast du meine Abwehr durchbrochen?« fragte ich. »Wie viele Male hast du ...«

In diesem Augenblick unterbrach mich mein Vater. *»Das reicht«*, sagte er. »Es reicht von euch beiden.« Sein eines Auge blickte streng, obwohl seine Stimme angesichts der Zuschauer milde klang. »Ich bin ziemlich sicher, daß du jedermann mit deinem Können beeindruckt hast, Keely, und sicherlich auch mit deinem Mut, was bedeutet, daß du dich gut geschlagen hast. Was bedeutet, daß du dein Schwert wegstecken und an andere Dinge denken kannst.«

Ich grinste ihn gelassen an. Ian war mein Verbündeter. Und ich hatte *tatsächlich* etwas bewiesen, obwohl nicht so gut, wie ich es vielleicht gern getan hätte. »Andere Dinge, *Jehan?* Dinge, wie Hochzeiten und Kinder zu bekommen?«

Mein Vater seufzte. »Das wäre das beste, ja ... aber ich kenne dich besser, als daß ich das von dir erwarten würde.«

Ich nickte. »Gut. Ich würde es vorziehen, nicht durchschaubar zu sein. Das macht Menschen langweilig.« Ich schaute erneut zu Ian und sah das Lachen in seinen Augen. Ich grinste daraufhin zurück, mein Versagen wurde unwichtig, und dann wandte ich mich zu Brennan um. »Ein anderes Mal, *Rujho*.«

»Nein«, erklärte unser Vater.

Brennan antwortete nicht, was mich nicht im geringsten überraschte. Auch ich bewahrte Schweigen, was unser Vater als Zustimmung nahm, und beobachtete, wie er Deirdres Arm ergriff und sie zum Palasteingang zurückführte.

Ich sah Brennan an. »Versprich es mir, *Rujho*.«

Er seufzte geräuschvoll. »Keely, du hast gehört, was er gesagt hat.«

»Ja, ich habe es gehört. Aber versprich es mir, Brennan. Nur noch einmal. Ob ich gewinne oder verliere, ich werde dann zufrieden sein. Gib mir nur noch eine weitere Chance.«

»Was würde das schaden?« fragte Ian.

Brennan sah ihn überrascht an. »Du unterstützt diese Verrücktheit?«

Ian zuckte die Achseln. »Was ist Verrücktheit, *Harani?* Ihr wird die Chance nur aufgrund ihres Geschlechts verweigert. Wenn Keely ein Mann wäre, würde Niall nicht ablehnen. Nur weil er glaubt, daß Sean vielleicht keine schwertführende *Cheysula* will, verweigert er ihr, es zu lernen. Er hat Angst, das Bündnis aufs Spiel zu setzen.«

Brennans Stimme klang tonlos. »Wenn Aidan stirbt, braucht er unser Blut.«

»Ja«, stimmte Ian ihm zu und ersparte Brennan damit nichts. »Du solltest verstehen, was es bedeutet, soviel Wert auf ein Bündnis zu legen, daß andere Gefühle nicht mehr wichtig sind. Nicht einmal die Gefühle deiner Kinder. Du tust einfach, was getan werden muß. Und so, weil die Prophezeiung in Gefahr ist, wenn Aidan stirbt, wird Keelys Leben nur noch wertvoller.« Er sah mich an. »Das Bündnis ist notwendig. Und auch die Vorsicht des Mujhar.«

Ich runzelte die Stirn. »Aber *du* befürwortest, daß wir erneut kämpfen.«

»Weil du dich zermürben wirst, wenn du es nicht tust, genauso wie Niall es getan hat, als ihm befohlen wurde, etwas nicht zu tun, was er unbedingt tun wollte. Ich erinnere mich daran, auch wenn er es nicht tut.« Ian zuckte lächelnd die Achseln. »Noch einmal, sagtest du. Ich denke, das wird nichts schaden.«

Brennan seufzte erneut und deutete mit einer Geste an, daß er überredet war und aufgab. »Noch einmal also. Wann?«

Ich schüttelte den Kopf. »Noch nicht. Später. Wenn ich ein wenig mehr dazugelernt habe. Ich werde dir sagen, wann.« Und dann beeilte ich mich davonzukommen, weil ich an erinnische Straßenräuber und einen neugierigen älteren Bruder denken mußte. Ich nahm mein Schwert mit mir.

Später ging ich zu Ian, nicht zu meinem Vater. Ich wußte, was der Mujhar sagen würde, da er in elterliche Pflichten eingebunden war. Aber Ian trug diese Lasten nicht, weshalb keine Schranken gegeben waren und ich frei sprechen konnte.

Er öffnete auf mein Klopfen hin die Tür. Er wölbte die Augenbrauen, als er mich sah, trat aber beiseite, um mich hereinzulassen. Er schloß die Tür hinter mir und wartete dann ruhig, während ich wie blind im Raum umherblickte und mich fragte, ob ich gehen sollte, obwohl ich bleiben wollte.

»Du kannst dich setzen«, sagte er. »Oder auf und ab gehen, wenn es dir lieber ist.«

Ich sah ihn scharf an. »Du kennst mich zu gut, *Su'fali* – weißt du, warum ich gekommen bin?«

Er lächelte und setzte sich in einen Sessel. »Nein. Aber ich weiß, daß du eine Cheysuli bist, auch wenn du nicht die Hautfarbe hast... Und ich weiß, wie diese Mauern uns erdrücken können. Wie sie unsere Seelen zu sehr festhalten.«

»*Sind* es die Mauern?« fragte ich. »Oder ist es das Gefängnis unserer Pflichten?«

Ians Lächeln erstarb. »Beides«, belehrte er mich ruhig. »Bist du nur gekommen, um das zu erfahren?«

Ich sah ihn an. »Meinst du... *du*...? Du, *Su'fali?* Aber... ich dachte...«

»... daß ich die Pflichten als Gefolgsmann des Mujhar nur schätzen könnte?« Er schüttelte den Kopf. »Nein, Keely... Ich bin von der Last der ehrengebundenen

Schwüre und den Forderungen der Prophezeiung genauso beeinträchtigt wie du.«

»Hast du darum meine Bitte um einen weiteren Schwertkampf unterstützt?«

Er strich sich mit einem Zeigefinger nachlässig über die Lippen. »Oh, zum Teil. Und zum Teil auch, weil du eine zweite Chance verdient hast.« Er deutete auf einen weiteren Sessel. »Warum setzt du dich nicht, Keely? Wenn man ständig hin und her läuft, nutzen sich die Knie ab.«

Ich setzte mich hin. Streckte die Beine mit den gesunden Knien aus und sah ihn nachdenklich stirnrunzelnd an. *»Su'fali ...«*

Er unterbrach meine begonnene Frage ruhig. »Keely, ich habe dir dort draußen die Wahrheit gesagt. Das Bündnis ist notwendig, Nialls Vorsicht bleibt verständlich. Er möchte deinen Geist nicht beugen, aber er muß es tun. Du bist manchmal zu leidenschaftlich und ziehst damit Unheil auf dich. Heute hättest du, zum Beispiel, auch verletzt werden können. Du hättest getötet werden können.«

Ich schüttelte den Kopf. »Nicht bei einem Kampf mit Brennan, *Su'fali*. Noch bei Kämpfen mit irgend jemandem aus Mujhara. Sie wissen alle, wer ich bin. Und außerdem kann ich kämpfen.«

Ian seufzte. »Aus Unwissen geborene Einbildung ... ja, nun, Niall machte sich dessen in jungen Jahren genauso schuldig. Darum schätze ich es nicht, wenn die königlichen Grünschnäbel so nahe beim Nest gehalten werden.« Er lächelte ein wenig und regte sich. »Im Stammeskeep aufgezogene Kinder wissen es besser. Sie haben gelernt, so lange niemandem zu trauen, bis sich jemand dieses Vertrauen verdient hat. 'Solde und ich sind im Stammeskeep aufgewachsen, aber Niall nicht. Darum war er nicht auf die Welt vorbereitet.«

Ich sah ihn erschrocken an. »Mein *Jehan?* Aber er

ging allein nach Valgaard und ist Strahan allein gegenübergetreten.«

Ian zuckte kaum merklich die Achseln. »Nun, er ging mit mir dorthin, aber ich wurde krank … ja, letztlich ist er Strahan allein gegenübergetreten. Und das hat ihn geprägt, Keely … Strahan, Lillith, die Seuche, der Verlust eines *Jehan* – und auch ein Krieg mit Solinde.« Er sah mich angespannt an. »Mit deinen *Rujholli* war es sehr ähnlich. Bevor sie aus Valgaard zurückkamen, war keiner von ihnen ein Mann. Nur dem Namen nach Krieger, trotz aller Übung. Weil sie nur Klumpen ungeformten Tons waren, bevor sie sich den Anforderungen ihres *Tahlmorra* stellten. Strahan hat sie alle im Brennofen Asar-Sutis gebrannt.«

Mir wurde seltsam kalt, und das Prickeln auf meiner Kopfhaut mißfiel mir zutiefst. »Willst du damit sagen, daß ich Strahan auch gegenübertreten muß?«

»Bei den Göttern, ich hoffe *nicht!*« Er richtete sich im Sessel auf. »Ich würde mir wünschen, daß niemand Strahan begegnen muß, und niemals jemand aus unserem Hause. Hältst du mich für einen Narren?«

Seine Eindringlichkeit überraschte mich. »Aber … du hast gerade gesagt …«

Ian seufzte und sank wieder in seinem Sessel zusammen. »Es war ein Beispiel, Keely. Ich wollte erklären, wie Verluste und Härten eine Seele bilden können. Wie sie einen Jungen von der Kindheit in das Erwachsensein führen können.« Er winkte ab, als ich etwas fragen wollte. »Ich meine nur, daß du zu leichtfertig annimmst, daß dir keine Gefahren drohen. Du bist Keely von Homana, Cheysuli und Tochter des Mujhar. Du hast mehr Macht als die meisten anderen Menschen, was deinen Glauben noch stärkt, daß dir niemals etwas zustoßen könnte.« Er führte einen Finger zum Kopf. »Hier drinnen, oder außerhalb …«, er führte den Finger zum Herzen, »… und sicherlich niemals hier drinnen. Wo es am meisten weh tun kann.«

Ich atmete tief ein und ließ den Atem dann langsam wieder ausströmen. Furcht erfüllte mich. »Ich habe Angst, *Su'fali.*«

»Das kann ich gut verstehen.« Sein Blick zeigte eine Entfernung, die von persönlichen Dingen zeugte. Dinge, die er nicht in Worte kleiden würde, aber mit seiner Haltung und den beredten Augen dennoch preisgab.

»Aber du konntest damit umgehen«, sagte ich zu ihm.

»Konnte ich es? *Kann* ich es? Oder achte ich einfach nicht darauf?« Er schüttelte gemächlich den Kopf. »Ich habe mit Lillith ein Kind gezeugt. Ein Ihlini-Cheysulikind, das Asar-Suti dient. Ein *Scheusal,* Keely. Sie sollte nicht leben dürfen. Ich hätte sie töten sollen. Hätte mich ihres Todes versichern sollen. Aber ich habe es nicht getan, sondern habe es übergangen. Ich habe geglaubt, daß eine solche Handlungsweise etwas an ihr ändern würde ... Götter, ich war ein Narr ...«, er seufzte, »... und Brennan hat den Preis bezahlt. Jetzt gibt es *noch* ein solches Kind, zu Strahans Vergnügen gezeugt, für Strahans Zwecke.« Er schwieg eine Weile und schüttelte dann erneut den Kopf. »Das Rad des Lebens dreht sich weiter, und alles wiederholt sich zu häufig.«

Ich sah ihn fest an, von seinem Blick wie gebannt. »Ich könnte es aufhalten«, sagte ich. »Ich könnte das Rad aufhalten.«

»Wie?« fragte mein Onkel, als er erkannte, daß ich keinen Scherz machte.

»Indem ich Sean von Erinn nicht heirate.«

Er runzelte die Stirn. »Oh, ich glaube kaum ...«

»Aber *ich.* Wenn Aidan stirbt, und er könnte sterben, hängt alles von mir ab. Und was ist, wenn ich mich weigere?«

Er saß wie ein Stein in seinem Sessel und blinzelte nicht einmal. Und dann blinzelte er doch und lächelte. »Das wirst du nicht tun«, sagte er freundlich. »So selbstsüchtig bist du nicht.«

Bin ich das nicht? fragte ich mich. *Oh, ich glaube schon, daß ich das bin ... Götter, ich glaube schon, daß ich es sein* könnte.

Wenn man mir einen ausreichenden Grund gab.

Aber im Augenblick war ich nicht selbstsüchtig, während ich meinen Onkel ansah. »*Su'fali*«, sagte ich, »kann nichts dir Frieden bringen?«

Kurz darauf nickte er. »Ihr Tod«, sagte er, »oder meiner.«

»Rhiannon ist deine Tochter.«

»Sie ist eine Dienerin des Suchers.«

»Blut von deinem Blut, *Su'fali*.«

Sein Gesicht war angespannt. »Ich glaube nicht, Keely. Ich denke, es ist von den Ausscheidungen des Suchers ersetzt worden.«

Ich fuhr unnachsichtig fort. »Aber als Rhiannon unter einem Vorwand hierherkam, hast du sie willkommen geheißen. Ich erinnere mich deutlich daran, *Su'fali*. Es geschah in diesem Raum.«

»Ich habe sie unwissentlich willkommen geheißen. Ich kannte die Wahrheit nicht.«

»Und war sie gekommen, um deine Gnade zu betteln? Um dich um deinen Schutz zu bitten? Um sich dem Einfluß ihrer *Jehana* zu entziehen?« Ich hielt inne, spürte seinen Schmerz, die Qual nicht zugelassener Trauer. »Hättest du das gleiche empfunden?«

Seine Stimme strafte seine Qual Lügen. »Was willst du, Keely? Warum stellst du diese Fragen?«

»Blut«, entgegnete ich ihm einfach. »Wir schätzen es so sehr, das Blut unserer Vorfahren. Und doch sagst du, wenn es darum geht, Ihliniblut mit unserem – *dem Blut unserer Vorfahren* – zu vermischen, es sollte vergossen werden.«

»Und das sollte es auch«, antwortete er, »wenn die Ihlini unseres vergießen wollen.«

»Aber nicht alle Ihlini«, sagte ich. »Es gibt jene, die genauso Frieden wünschen wie wir – und Asar-Suti den Rücken kehren. Macht sie das zum Feind?«

»Keely …«

»Es gibt jene unter den Cheysuli, die der Prophezeiung nicht mehr dienen. Macht sie das zum Feind? Macht sie das zu Dienern Strahans oder auch nur ihrer selbst?«

Ian schloß die Augen und sank zusammen. Er sagte müde: »Teir hat dich also bekehrt.«

»Nicht *bekehrt* … Er hat mit mir gesprochen, ja, und mir erklärt, wie er empfindet, wie die *A'saii* empfinden, die ihre *Lirs* zu verlieren fürchten.«

Ian öffnete ruckartig die Augen. »Hat er dir das gesagt? Hat er das als Mittel benutzt?«

Ich spürte das Aufflackern von Groll und wartete, bis es verging. »Er kam zu mir und sagte mir, warum sie so empfinden, wie sie empfinden. Warum es ihnen unmöglich ist, auf ein Ende hinzuarbeiten, das *unser* Ende wäre.«

»Und er hat dir geraten, Sean nicht zu heiraten.« Die Eindringlichkeit seines Zorns kam genauso erschrekkend wie plötzlich. »Bei den Göttern, Mädchen, ich hätte dir mehr Verstand zugetraut … Wie kannst du so blind sein? Wie kannst du solch ein Dummkopf sein?« Er stand auf und stellte sich vor mich, nicht mehr als der nachgiebige Verwandte, sondern als der Gefolgsmann des Mujhar und der verärgerte Cheysulikrieger. »Teirnan will den Löwenthron. Teirnan hat den Löwenthron schon *immer* gewollt … und auf diese Art bekommt er ihn. Weil es von dir abhängt, wenn Aidan stirbt – wie du selbst gesagt hast.« Er atmete beruhigt ein. »Wenn du dich weigerst, Sean zu heiraten, wird es keinen angemessenen Erben geben … Es wird kein angemessenes Blut geben …«

»Ich weiß«, sagte ich. »Ich weiß sehr gut, was das bedeutet: Teir wird den Löwenthron erben.«

»Wenn du es also *weißt* …«

Ich erhob mich, sah ihn offen an und war so angespannt, daß ich fast zitterte. »Was, wenn er recht hat? Was, wenn die *Lirs* gehen? Was bleibt uns dann, *Su'fali?* Was macht das aus den Cheysuli?«

»Teirnan ist ein ehrgeiziger und habsüchtiger Narr.«

»Das weiß ich alles!« schrie ich. »Aber *was, wenn er recht hat?*«

Ian sah Tasha an, die sich mit ihren Jungen auf seinem Bett breitgemacht hatte. Sie erwiderte seinen Blick angespannt, aber es war auffallend, daß kein Wort und keine Empfindungen über die Verbindung ausgetauscht wurden.

Er sagte tonlos: »Ich habe sie schon früher einmal gefragt – sie gefragt, ob es wahr wäre –, ob die *Lirs* uns verlassen sollen ...«

Angst kam langsam in mir auf. »Was hat sie gesagt?«

»Nichts«, sagte er. »Genau wie jetzt. Tasha schweigt. Tasha bewahrt ihre Geheimnisse.«

In mir zerbrach etwas. »O Götter, *Su'fali* ... O *Götter* ... was geschieht, wenn Sean tot ist?«

Sein Kopf fuhr herum. *»Was?«*

»Was geschieht, wenn Sean tot ist? Endet es dann? Ist es vorbei? Siegte Teir dann nach allem? Oder siegen die Ihlini?«

Er schüttelte stirnrunzelnd den Kopf. »Keely, es gibt keinen Grund zu glauben ...«

»O doch«, sagte ich hohl. »Sean könnte tatsächlich tot sein.«

Er schwieg, stellte nicht sofort Fragen, forderte nichts von mir. Er legte mir nur die Hände auf die Schultern, führte mich zum Sessel und drückte mich wieder hinein. Dann kniete er sich ruhig vor mich und hielt meine Hände in seinen. »Ich glaube, du solltest es mir besser sagen.«

Ich erzählte ihm alles, was ich wußte. Von gestohlenen Hengstfüllen und Messern, von Liams unehelichem Sohn. Ich kannte den Wert der Möglichkeiten und das Versprechen der ungetanen Dinge jetzt besser.

Ich *konnte* das Rad aufhalten. Wenn Rory es nicht schon selbst getan hatte.

Kapitel Drei

Ian ließ meine Hände los und stand auf, während er mich gedankenverloren ansah. »Niall muß es erfahren.«

»Nein!« sagte ich scharf. Dann ruhiger: »Versprich mir, *Su'fali* … sage *Jehan* nichts davon.«

Er schüttelte den Kopf. »Das betrifft auch ihn, Keely. Es betrifft uns alle.«

Ich atmete tief ein und versuchte, ruhig zu bleiben, da ich wußte, daß zuviel Gefühl ihn von mir entfernen würde. »Aber wir können nicht sicher sein, daß Sean tot ist. Es ist nur eine Möglichkeit.« Ich saß sehr gerade auf der Sesselkante und hoffte, die Vernunft in meiner Stimme würde ihn besänftigen, wenn auch nur im Augenblick. Ich brauchte Zeit zum Nachdenken. »Wenn du *Jehan* erzählst, daß Sean tot ist, von seinem unehelichen *Rujholli* bei einer Wirtshausschlägerei ermordet, könntest du sehr wohl Ereignisse in Gang setzen, die uns schaden würden.«

Er schwieg offensichtlich unbeeindruckt. Er beobachtete mich und andere Dinge, entfernte Dinge. Dinge, die ich nicht sehen konnte.

Ich brauchte mehr. Einen anderen Grund, einen *besseren* Grund – und dann fiel er mir ein. Der Grund, den Rory selbst angeführt hatte, um mir mein Versprechen abzuringen. »Wie würde sich Aileen fühlen? Oder Deirdre, wenn sie die Nachricht hörte, die vielleicht wahr ist – oder auch nicht, ohne zu wissen, was stimmt?« Ich schüttelte den Kopf. »Es würde Aileen viel Kummer bereiten, und sie kann gerade jetzt keinen Kummer gebrauchen. Sie darf nichts erfahren, bevor die Wahrheit bekannt ist.«

Jetzt runzelte er zweifellos beunruhigt die Stirn. »Keely, wir dürfen keine Zeit verschwenden. Wenn wir hier sitzen bleiben und auf eine Nachricht aus Erinn warten, die vielleicht kommt oder auch nicht ...«

»Aber das müssen wir tun«, beharrte ich ruhig. »Wenn Sean tot ist, wird die Nachricht kommen. Und dann weißt du, was *Jehan* tun wird.« Ich verzog das Gesicht und setzte mich tiefer in den Sessel. »Dann wird er die Werbung um mich wieder freigeben.«

Ian wurde jetzt sehr ernst. »Bei dieser Sache geht es um viel mehr als nur um deine Vorlieben und Abneigungen.«

Schuldgefühle meldeten sich kurz. »Ja«, stimmte ich ihm zu. »Aber wenn du es ihm sagst und er es in seiner Mujharenweisheit für richtig hält, mich mit jemand anderem zu verloben, ohne die Wahrheit zu kennen – was geschieht dann, wenn Sean noch *lebt?*« Ich spreizte fragend die Hände. »Dann bin ich zwei Männern versprochen. Und du weißt genauso gut wie ich, was nicht eingehaltene Verlobungen bewirken können.«

Angesichts unserer Geschichte war das ein vielsagender Hinweis. Hätte Lindir Ellic von Solinde nicht zugunsten eines Cheysuli zurückgewiesen, hätte es kein *Qu'mahlin* gegeben. Und die Fäden der Prophezeiung wären weitaus früher geknüpft worden, wodurch Teirnan kein Mittel zum Aufstand geblieben wäre.

Ian wandte sich von mir ab und trat wie abwesend zu einem Tisch, während er angestrengt nachdachte. Er hielt inne, nahm die silbernen Wahrsageknochen auf und schüttete sie klingend von einer Hand in die andere. »Zeit«, sagte er leise. »Das ist der Schlüssel zur Wahrheit.«

Ich atmete tief ein. *»Su'fali ...«*

Er fuhr erneut herum und unterbrach mich angespannt. »Wie lange ist Rory Rotbart schon in Homana?«

Ich schüttelte den Kopf. »Das hat er mir nicht gesagt.

Nicht lange, glaube ich...« Ich zuckte die Achseln. »Aber ich weiß es nicht genau.«

»Und hat er dir erzählt, wann diese Wirtshausschlägerei stattgefunden hat? Vor drei Monaten? Vor sechs Monaten?«

Ich schüttelte erneut den Kopf. *»Su'fali...«*

»Zeit«, wiederholte er und rollte die Knochen immer wieder von einer Hand in die andere.

»Liam würde als erstes Niall benachrichtigen, sowie Aileen und Deirdre. Das bedeutet, daß Sean wahrscheinlich lebt, wenn diese Wirtshausschlägerei vor sechs Monaten stattgefunden hat. Wir würden es inzwischen wissen, wenn er getötet worden wäre.«

Ich sagte wie betäubt: »Boten verirren sich.«

Die Knochen klangen. »Ja, das tun sie. Was bedeutet, es wäre klug von uns, selbst bei Liam nachzufragen.«

Mein Bauch verkrampfte sich vor Anspannung. »Dann *wirst* du es *Jehan* erzählen...«

Ian schüttelte, noch immer leicht stirnrunzelnd, den Kopf. »Nein. Noch nicht. Ich denke, es wäre vielleicht besser, wenn dies unter uns bliebe, zumindest bis die Wahrheit aufgedeckt werden kann.« Er betrachtete die Knochen einen Augenblick und sah dann mich an. »Du hättest es mir früher sagen sollen, aber ich verstehe deine Ansicht. Nein, ich werde jetzt nichts sagen. Wenn Sean etwas zugestoßen ist, unmittelbar bevor dieser Rotbart davonsegelte, sollten wir wahrscheinlich sehr bald etwas darüber hören. Wenn nicht, müssen wir annehmen, daß Sean überlebt hat.«

Ich seufzte erschöpft. »Ich würde es lieber wissen.«

»Wir müssen es zur Sicherheit Homanas wissen.« Sein Gesichtsausdruck war unbeugsam. »Weißt du, wo er ist?«

Ich zuckte die Achseln. »Im Wald. Aber er ist nicht dumm. Er zieht mit seinem Lager umher.«

»Könntest du ihn finden?«

»Ich habe ihn schon einmal gefunden. Es sollte in

*Lir*gestalt eine einfache Aufgabe sein.« Ich betrachtete ihn scharf. »Aber ich muß Brennan und Aileen nach Joyenne begleiten, und du kannst keine *Lir*gestalt annehmen, solange Tasha ihre Jungen hat.«

Er war schnell entschlossen. »Geh nach Joyenne«, sagte er leise. »Ich werde eine Nachricht dorthinschikken und dich unter einem Vorwand bitten zurückzukommen. Das wird Brennan zufriedenstellen, der vielleicht Fragen stellen würde, wenn du von dir aus gehen wolltest. Niall wird glauben, du seist in Joyenne, und Brennan wird glauben, du seist hier. An beiden Orten wird niemand deine Abwesenheit in Frage stellen. Das verschafft dir die Gelegenheit, den erinnischen Geächteten zu finden.«

Mein *Su'fali* ist ein ehrenwerter Mann und durch einen Schwur an seinen Bruder gebunden. Und doch diente er jetzt einem anderen und entsagte dem bereits geleisteten Schwur. Ich atmete tief durch. »Das würdest du für mich tun?«

Er lächelte mit herabgezogenem Mundwinkel kaum merklich. »Für dich, Keely? Vielleicht. Aber auch für Homana ...«

»... und für das Schicksal der Prophezeiung.« Ich lächelte zurück. »O ja, natürlich.«

»Finde ihn«, sagte Ian. »Merk dir gut, was er sagt. Das wird uns die benötigte Antwort geben.« Er hielt einen Augenblick bedeutungsvoll inne. »Und dann wirst du diese Antwort sofort dem Mujhar bringen und ihm ausführlich alles erzählen, was du weißt. Und alles, was du *denkst*.«

Das war, schlicht und einfach, sein Preis. Ich konnte nur nicken.

Joyenne ist eigentlich nur einen halben Tagesritt von Mujhara entfernt und in *Lir*gestalt noch weniger. Aber die erinnische Aileen war kaum kräftig genug, so weit zu reiten, und die sperrige, von Pferden gezogene Sänfte, mit der sie bequem getragen wurde, machte die Reise zweimal so lang. Ich fuhr mit ihr, lehnte gleichgültig in den Polstern und verzichtete aufs Reiten, um ihr besser Gesellschaft leisten zu können.

Brennan ritt Bane, seinen schwarzen Hengst, begleitet von Lio und einer kleinen Abordnung der mujharischen Wache. Wir erwarteten zwischen Mujhara und Joyenne keine Schwierigkeiten, aber die Eskorte verlieh uns ebenso Ansehen wie Schutz. Vor uns allen ritt ein junger Mann mit dem Banner des Prinzen von Homana: dem schwarzen wilden Löwen auf scharlachrotem Feld, in seiner Art dem Zeichen unseres Vaters sehr ähnlich, aber kleiner und ohne die Krone, die die königliche Stellung des Mujhar anzeigte. Ich hatte Wappen und Banner für zu auffällig und völlig unnötig gehalten, bis Brennan mich darauf hinwies, daß sich solche Dinge kaum von den *Lir*bändern und dem Ohrring unterschieden, die jeder Krieger so stolz trug. Die Homaner, betonte er, zögerten nicht weniger, ihren Stolz auf ihr Erbe zu zeigen als wir. Also wurde das Banner durchs Land getragen, wann immer der Mujhar oder sein Erbe offiziell irgendwo hinreisten. Diese Fahrt nach Joyenne war eigentlich keine offizielle Angelegenheit, aber Brennan wollte Aileen soviel Ehre zuteil werden lassen wie möglich – und hoffte, ihre Zuversicht dadurch zu unterstützen.

Während ich mit ihr in der Sänfte fuhr, durch Gazevorhänge vor dem Straßenstaub geschützt, hielt ich es für unwahrscheinlich, daß ein königliches Banner viel dazu beitragen konnte, ihre Zuversicht zu stärken. Einerseits glaubte ich, daß diese unerschüttert blieb. Aileen war stark, eigensinnig und freimütig und brauchte keine Förmlichkeiten, um von ihrem Wert überzeugt zu werden. Sie war durch den Verlust der Kinder verständlicherweise bedrückt, aber nicht in Gefahr, einer beständigen Beeinträchtigung ihres Geistes zum Opfer zu fallen.

Wir verbrachten den größten Teil der Reise mit müßiger Unterhaltung. Die Sänfte bewegte sich unbarmherzig eintönig und ließ sogar mich in der späten Nachmittagssonne fast einnicken. Ich gähnte, streckte mich, setzte mich in den Polstern neu zurecht und betrachtete die Aussicht jenseits der grobgewebten Vorhänge. Ich lächelte träge, denn mir gefiel, was ich sah.

Es war später Frühling, fast Sommer: Das dichte Gras sah sehr saftig aus und bildete einen Teppich für verstreute Flecken leuchtender Blumen, während Bäume in der Ferne vor dem blendenden Blau des Himmels eine unregelmäßige Hecke aus Grün darstellten. Rund um uns befanden sich von wellenförmig angeordneten Hügeln umgebene Wiesen. Hecken bildeten die Einfassung für Kleinpächterhäuser. Hier und da standen in den Hügeltälern Steinhäuser mit Strohdächern – oder eine Ansammlung von zwei oder drei getünchten und gekalkten Häusern. Niedrige Felswände verliefen über das Land, trafen sich und trennten sich wieder – und boten Grenzen. Moos bedeckte die unbefestigten Steine und hielt einen jeden an seinem Platz. Efeu und anderer Bewuchs wurzelte in Rissen und Spalten. Einige blühten und verstreuten vereinzelte Edelsteine auf dem grünen Samtgewand.

Aileens Stimme klang träge, weich und nachdenklich. »Homana ist wunderschön. Weitaus sanfter als Erinn, das so von der See gebeutelt wird… Hier sind die Farben tiefer, lebhafter, wie frisch gefärbter Stoff. In Erinn wirken sie gedämpfter, durch Gischt und Nebel ausgewaschen… alles ist salzig, wie das Meer… es durchtränkt unsere Wälder, unsere Schafe, unsere Stoffe… und der Wind hat Zähne, scharfe Zähne, die das Land und die Menschen beißen…« Sie seufzte und strich sich eine Haarsträhne zurück. »Aber im Wind liegt Kraft, und Magie in der Seele des Landes… Das gibt uns unsere Kraft, unseren Stolz…« Dann brach sie lachend ab. »Götter, ich klinge wie eine um ihren gerade gestorbenen Mann trauernde Witwe!«

Ich schüttelte den Kopf. »Du klingst wie eine Frau, die ihre Heimat vermißt.«

Aileen seufzte. »Ja, nun, das tue ich, obwohl es unsinnig ist. Homana ist jetzt meine Heimat.«

»Es ist nicht unsinnig zu vermissen, was man vorzieht«, sagte ich. »Du entstammst dem Haus der Adler, Aileen, bist dem Horst von Erinn geboren. Tochter von Liam, von Ierne, von Wind und Meer und der Seele eines wilden Landes geprägt.« Ich hielt inne. »Und wir haben deine Schwingen beschnitten.«

»Du *Skilfin*«, sagte sie verärgert, »du hast nichts dergleichen getan. Du bist nur so in dein Cheysulisein und deine eigenen Sehnsüchte eingebunden, daß du nicht sehen kannst, was andere wollen.«

»Ich weiß, was du willst.« Ich hielt meine Stimme nüchtern. »Du willst Corin.«

Obwohl sie vollkommen stillsaß, zu still, regte sich doch etwas in ihren Augen. »Nein.«

Ich lachte fast. »Nein?«

Aileen schüttelte den Kopf. »Ich vermisse ihn, ja. Ich denke oft an ihn. Ich frage mich, wie er sich in Atvia fühlt, während er Lilliths Einfluß gegen seinen auszutauschen versucht und tagtäglich mit der wahnsinnigen Gisella zu tun hat, die seine – und deine – Mutter ist ... aber nein, ich *will* ihn nicht. Nicht mehr so wie früher.« Ihre Stimme klang seltsam mitfühlend, als sei ich diejenige, die Trost brauchte. »Die Dinge haben sich geändert, Keely. Ich habe Schwüre geleistet, Versprechen gegeben. Ich bin mit einem anderen Mann verheiratet – und ich habe diesem Mann ein Kind geboren.«

Ich runzelte die Stirn. »Bedeutet ein Kind einen solch großen Unterschied?«

Aileens Augen weiteten sich. »O *ja*, Keely! Jeden nur möglichen Unterschied.« Ich hatte sie offensichtlich überrascht. Sie bemühte sich, es mir in Worten zu erklären, die ich, die ich keine Kinder hatte und unverheiratet war, verstehen konnte. »Es ist eine Sache, mit einem Mann zu schlafen – es ist überhaupt keine Last, wenn beide Freude daran haben. Aber es ist eine vollkommen andere Sache, wenn du diesem Mann ein Kind gebärst. Wenn du *weißt*, wenn du den Mann ansiehst, daß er dir seinen Samen gegeben hat und dieser Samen gewachsen ist …« Sie brach stirnrunzelnd ab und schüttelte den Kopf. »Es ist schwer zu erklären, Keely … Ich kann nur sagen, ja, es macht einen solch großen Unterschied. Es ist das Rad des Lebens, das sich dreht, das Versprechen kommender Dinge.« Und schließlich sagte sie noch: »Es ist *Magie*, Keely … eine geheiligte, vollkommene Macht, die weitaus stärker ist als irgendeine andere.«

Etwas wand sich tief in mir. »Du hättest Corin ein Kind gebären können.«

Kurz darauf nickte sie. »Ja. Das wollte ich auch. Ich wollte ihm alles sein, was eine Frau für einen Mann sein sollte: Ehefrau, Bettgefährtin, Mutter.« Sie lächelte flüchtig. »Mir wurde gesagt, in der Alten Sprache lauten die Worte *Cheysula, Meijha* und *Jehana*.« Aileen zuckte nachdenklich die Achseln. »Aber es sollte nicht sein, Keely. Ich war für Brennan bestimmt, und mit Brennan wurde ich verheiratet.«

»Du hättest nein sagen können.«

»Das habe ich.« Aileen lachte über meinen Gesichtsausdruck. »Keely, du bist nicht die erste Frau, die einem Mann versprochen ist, den sie nicht will. Und auch kaum die erste, die nein sagen will, wenn es daran geht, die Schwüre zu leisten.« Sie berührte wie abwesend den Kragen ihres rostroten Gewandes. Unter dem Stoff befand sich der *Lir*halsreif, den Brennan ihr nach Cheysuliart zum Zeichen ihrer Eheschließung gegeben hatte. »Aber als ich nein sagte, sagte Corin ja. Er weigerte sich, seinem Bruder die Verlobte zu rauben.«

Einst hätte er es vielleicht doch getan. Aber Corin hatte sich geändert. Er war auf dem Weg nach Atvia nach Erinn gelangt, wo er der Verlobten seines Bruders begegnet war, die er genauso sehr für sich selbst begehrte wie den Löwenthron. Und dann war er nach Valgaard gegangen und sich selbst begegnet, seinem *wahren* Selbst, am Gate Asar-Sutis. Und der alte Corin war Vergangenheit.

Der Corin, den ich gekannt hatte, war Vergangenheit, und der Junge war ein Mann geworden.

Ich sagte ruhig: »Er wäre es jetzt eher wert.«

»Ja. Aber ich auch. Ich bin *Cheysula, Meijha, Jehana* – und ich wollte nichts daran ändern.«

Ich stellte die Frage plötzlich, obwohl ich wußte, daß ich es nicht hätte tun sollen. »Liebst du Brennan?«

»Nein«, antwortete sie fest. »Nicht so, wie ich ihn lieben sollte.«

Unerwartet schmerzte diese Antwort. »Aber er empfindet tief für dich. Ich weiß es jetzt – ich habe es gesehen.«

Kurz darauf nickte sie. »Das bekümmert mich am meisten.«

»Aber du hast es selbst gesagt: Du hast ihm ein Kind geboren!«

»Und ich würde es wieder tun, wenn ich könnte.« Aileen schloß die Augen und sank in die Polster. »Was willst du von mir hören? Daß ich ihn hasse? Nein. Daß ich ihn nicht mag. *Nein* – Brennan ist auf viele verschiedene Arten gut zu mir. Aber – es gibt einen Unterschied. Ich liebe ihn nicht so, wie ich ihn lieben sollte. Nicht so, wie ich ihn lieben möchte …« Sie hielt inne. Öffnete die Augen wieder und begegnete meinem Blick. Ihr Blick war hart und flammend und durchdringlich und ließ mir keine Fluchtmöglichkeit. »Nicht so sehr, wie du dir wünschst – nein, ich glaube, wie du es *brauchst*, meinen Bruder zu lieben.«

Das erschütterte mich zutiefst. *»Was?«*

»Du hast Angst«, sagte sie sanft. »Angst, den Teil von dir selbst aufzugeben, den niemand kennt. Mehr als nur die Jungfräulichkeit, die nur zu oft eine Last ist …«, Aileen lächelte verzerrt, »… sondern viel, viel mehr. Kein Mann kann das verstehen. Kein Mann kann jemals auch nur erahnen, daß eine Frau, die zum ersten Mal mit einem Mann schläft, mehr als nur ihre Unschuld aufgibt. Sie gibt auch sich *selbst* auf.«

Ich starrte sie nur wie betäubt an.

Aileen lächelte traurig. »Wie ich das wissen kann, fragst du dich. Nun, so verschieden sind wir nicht.«

»Aber wir sind verschieden«, sagte ich dumpf. »Du hast dein Schicksal angenommen, ungeachtet deiner Gründe. Während ich weiterhin gegen mein Schicksal ankämpfe.«

»Ja, darin bist du Corin sehr ähnlich. Er hat es gehaßt, den Erwartungen entsprechend zu leben, obwohl er sie jetzt noch weit übertraf.« Sie lächelte mit strahlenden Augen. »Es ist nicht so schlimm, wie du vielleicht denkst, Keely … Es ist keine Frage, daß man in der Ehe einen Teil seiner selbst verliert, aber der Mann tut das ebenfalls. Und wenn man klug ist, arbeitet man zusammen daran, ein neues Leben aufzubauen, eines, das aus beiden geboren wird.«

Ich schüttelte grimmig den Kopf. »Ich muß erst noch einem Mann begegnen, der bereit ist, mich ich selbst sein zu lassen … außer vielleicht Ian, und er würde mir meine Freiheit vielleicht nur geben, weil er nicht in der Stellung ist, sie mir zu nehmen.«

Aileen glättete die Decke über ihren Knien. Ihre Stimme klang ruhig, aber ein mitfühlender Unterton war herauszuhören. »Ich weiß, wie es für dich gewesen ist, Keely. Du hast dein Leben in beständigem Kampf verbracht. Du siegst, du verlierst, du schließt Vergleiche, du führst jeden Kampf, wie er kommt. Aber du glaubst, daß du bei einem Mann nicht siegen könntest. Daß er *nehmen* und nicht geben wird. Daß er dir die

Keely nehmen wird, für deren Ausbildung du so hart gekämpft hast.«

Götter, wie kann sie das wissen …? Und doch wußte sie es anscheinend. Sie hatte sich sehr sanft in mein Inneres ausgestreckt und am tiefsten Punkt meiner Angst meine Seele berührt.

Ich zog die Knie an und legte meine Stirn darauf. »Aileen, ich bin so müde … des Verlierens, des Siegens, der Vergleiche müde – und der Tatsache, daß ich überhaupt kämpfen muß.«

»Ich weiß«, sagte sie sacht. »Ich verstehe, Keely. Ich weiß, warum du ihn lieben mußt und warum du es nicht zu können glaubst.«

Ich hob den Kopf. »Wie kannst du das wissen?«

Das Licht umspielte sanft ihr Gesicht. Durch die Gaze zeichnete gedämpftes Sonnenlicht die Flächen ihres Gesichts weich und milderte die lebhafte Färbung ihres Haars. »Du hast keinen Grund zu glauben, daß bei einer vorausgeplanten Ehe Platz für Liebe ist, und warum solltest du auch? Du hast es niemals erlebt. Nicht bei Niall und Gisella, nicht bei Brennan und mir. Da ist Deirdre, ja …, aber sie ist Gespielin, nicht Ehefrau … Deiner Meinung nach lebt eine Frau nur, um Kinder zu gebären, um das richtige Blut weiterzugeben. Sie ist daher der Liebe des Mannes unwürdig, da sie nichts weiter als eine Zuchtstute ist, wie du so oft gesagt hast.«

Ich nickte stumm.

Aileens Stimme klang ruhig. »Deiner Meinung nach wird eine Frau aus einer Gußform herausgenommen und in eine andere hineingepreßt, nach den Vorstellungen des Mannes gestaltet.« Ihr Blick war wieder gelassen und voller Einfühlsamkeit. »Du bist eine stolze, starke Frau, die nichts von diesem Mann will, denn was immer er für dich tun kann, kannst du auch für dich selbst tun.«

Ich sah sie blind an. »Aber niemand will es mich tun lassen.«

»Und da ist noch mehr, Keely. Das letzte von allem, glaube ich, aber das weitaus Wichtigste.« Sie streckte die Hand aus und berührte meine Hand. »Für dich, der die Liebe fehlt, der das Verlangen fehlt, wird der Beischlaf mit einem Mann nur eine Vergewaltigung sein.«

Das war nicht die von mir ersehnte Antwort. Aber es war ihre einzige.

Kapitel Vier

Ich wartete in Joyenne zwei Tage lang und wurde immer unruhiger und aufgewühlter, bis der Bote schließlich kam. Ich wurde nach Homana-Mujhar zurückgerufen, obwohl kein Grund genannt wurde. Brennan wunderte sich, erwähnte dies aber lediglich. Aileen bedauerte offen, daß ich gehen mußte. Ich fühlte mich deshalb schuldig, aber ich konnte ihr kaum erzählen, daß der Ruf vorgetäuscht und nur dazu gedacht war, die Wahrheit über das Wohlergehen ihres Bruders herausfinden zu können.

Ich verabschiedete mich von Aileen, und dann brachte Brennan mich auf den Hof hinaus, wo er gegen die Mittagssonne anblinzeln mußte. Joyenne, aus ockerfarbenen Steinen erbaut, lag in Sonnenlicht gebadet. Die Steine zeigten eine warme, willkommen heißende Patina aus üppigem, altem Gold. Zu Shaines Zeit hatte Joyenne Fergus, seinem Bruder, gehört und war nach dessen Tod an Carillon übergegangen und der Landsitz des Prinzen von Homana geworden. So war es seit jenen Zeiten geblieben, obwohl Carillon – und auch Donal und mein Vater – hier wenig Zeit hatten verbringen können. Jetzt ging es an Brennan über, aber auch er war eng an Homana-Mujhar gebunden. Joyenne stand oft leer, bis auf die Diener, die es für die abwesenden Herren instand hielten.

Brennan bot mir ein Pferd an, aber ich lehnte ab und sagte, ich bevorzuge die rasche Freiheit der *Lir*gestalt. Er würde mir meine Sachen nachschicken, obwohl ich von Anfang an nur wenig mitgenommen hatte. Es drängte mich fort, aber ich zügelte meine Ungeduld, um Brennan nicht mißtrauisch zu machen.

»Seltsam«, sagte er leichthin, »aber vielleicht hat es etwas mit Sean zu tun.«

Ich sah ihn scharf an und spürte, wie sich mein Magen verkrampfte.

Aber Brennan zuckte nur die Achseln, als sei seine Neugier lediglich beiläufiger Natur. »Vielleicht hat Liam schließlich einen Boten mit der Nachricht gesandt, daß es Zeit für die Hochzeit zwischen dir und seinem Sohn sei.«

»Vielleicht«, stimmte ich tonlos zu. »Oder vielleicht geht es um Corin, der die Nachricht gesandt hat, daß er einen Besuch plant.«

Schwarze Brauen wölbten sich. »Ich würde erwarten, daß die Botschaft auch mich beträfe, wenn das wahr wäre.«

Groll flackerte kurz auf und erstarb dann wieder. Ich sagte leichthin: »Corin ist *mein* Zwilling, nicht deiner.«

Brennan, der verstand, wippte nur einen Augenblick auf den Fersen, grinste dann verzerrt und hakte die Daumen in den Gürtel. »O ja, natürlich ..., aber er und ich haben auch etwas geteilt, in Valgaard, beim Kampf gegen Strahan. Wir sind nicht mehr die Feinde, die wir mal waren.«

Erneut flackerte Groll auf. Corin hatte stets sozusagen mir gehört, durch Geburt und Temperament mit mir verbunden. Er und Brennan hatten sich niemals nahegestanden, weil Corin schon lange den homanischen Titel und das Versprechen des Löwenthrons gewollt hatte. Später hatte er sogar Brennans Braut begehrt. Brennan hatte Hart immer als seinen Lieblingsbruder bezeichnet, da er sein Zwilling war wie Corin meiner, wodurch die ehelichen Kinder des Mujhar durch Gewohnheit und durch die Geburt gleichmäßig aufgeteilt waren.

Aber Brennan sagte die Wahrheit: In Valgaard hatten er und Corin beim Kampf gegen Strahan tatsächlich etwas geteilt. Aus Groll und Eifersucht war eine neue Achtung voreinander entstanden.

Ich wartete einen Augenblick, anscheinend müßig, und zuckte dann die Achseln. »Ja, nun, vielleicht ist es etwas völlig anderes… Es könnte mit Sean zu tun haben oder auch nicht. Die beste Möglichkeit, es herauszufinden, ist zu gehen.«

Er legte mir eine Hand auf die Schulter und hielt mich zurück. »Keely…« Er brach ab, runzelte die Stirn, seufzte dann und fuhr fort, während ich wartete. »Du und ich haben fast genauso viele Mißverständnisse geteilt wie Corin und ich… Und ich bedauere diese Mißverständnisse. Zu viele Male streiten wir, nur um zu streiten, und versuchen durch Willenskraft die Meinungen, Überzeugungen und Vorstellungen des anderen zu ändern… Ich glaube, es wäre besser, wenn wir einfach übereinkämen, daß wir verschieden denken und einander tun ließen, was er – oder sie – tun will.«

Ich lachte ihn an. »Ich sehe, daß Aileen mit dir gesprochen hat.«

Er lächelte, aber eine Spur Ernst blieb in seinen Augen zurück. »Sie hat mir das eine oder andere gesagt, ja, aber das hat mich jetzt nicht zum Reden veranlaßt. Du und ich sind sehr verschieden, sowohl vom Temperament als auch, was die Wünsche und den Ehrgeiz betrifft, aber das bedeutet nicht, daß einer von uns im Irrtum sein muß.« Er seufzte und schüttelte den Kopf. »Ich glaube, es geschieht gar nicht so sehr aus Selbstsucht, wie ich so oft angenommen habe, wenn du dich darüber aufregst, daß Frauen zu diesem und jenem gezwungen werden. Ich beginne zu glauben, daß deine Sorgen berechtigt sind – zumindest einige davon – und daß Frauen *tatsächlich* zu diesem oder jenem gezwungen werden, sogar gegen ihre eigenen Wünsche.«

Ich war erstaunt, solche Dinge von ihm zu hören, sagte aber nichts dazu, aus Angst, er würde sie und sein Verständnis wieder zurücknehmen. Statt dessen wartete ich schweigend auf das Ende seiner Ausführungen und fragte mich, wie viele seiner neuen Ansichten von dem Zusammenleben mit Aileen herrührten.

Brennan berührte sein linkes Ohr und betastete wie abwesend die Überreste seines Ohrläppchens. Einst hatte es einen Ohrring aus massivem Gold geschmückt, nach Sleetas Bild gestaltet, wie auch seine *Lir*bänder. Aber er hatte den Ohrring samt Ohrläppchen an einen als Homaner verkleideten Solinder im Dienst des Ihlini verloren. Aber das war nicht so schlimm, dachte ich, denn er hätte dabei beinahe auch sein Leben verloren.

»Die Cheysuli treffen keine Entscheidungen für ihre Frauen«, sagte er angespannt. »Und doch erlebe ich nur zu oft, wie diese Entscheidungen für dich getroffen werden. Es ist ungerecht. Maeve kann tun, was sie will, und heiraten, wen sie will – obwohl die Götter wissen, daß ich dafür bete, diese Wünsche würden Teirnan nicht länger einschließen –, und doch mußt du nach Erinn einheiraten, nur um eine Prophezeiung zufriedenzustellen, an die *einige* Cheysuli bereits nicht mehr glauben und der sie nicht mehr dienen.«

»Es hängt mit der Geburt zusammen«, belehrte ich ihn tonlos. »Glaubst du auch nur einen Augenblick, daß Maeve diese Freiheit zugestanden würde, wenn sie ehelich wäre?« Ich schüttelte den Kopf. »Bestimmt nicht... Und ich könnte wetten, daß *sie* Sean an meiner Stelle heiraten müßte, so daß ich sein könnte, was immer ich wollte.«

»Und so wirst du ihr jetzt auch das übelnehmen.« Brennan sprach knapp und kühl und verriet somit, auf wessen Seite seine Gunst lag. Außer Hart stand er Maeve von uns allen am nächsten und teilte ihr Vertrauen – und doch fragte ich mich, wieviel sie letztlich zu teilen bereit war, sogar mit ihm. *Mir* hatte sie von dem Kind erzählt. Von Teirnans unehelichem Mischling.

»Nein«, antwortete ich ruhig. »Maeve hat ihr eigenes *Tahlmorra,* wenn auch ein selbstgestaltetes.«

Brennan seufzte erschöpft und gereizt und machte eine beschwichtigende Geste, die unsere kurz aufgeflammte Streitsucht wieder fortwischte. »Ja, nun, erinnern wir uns an unsere Vereinbarung, Keely.«

»Nicht übereinzustimmen?« Ich grinste und nahm dem Ganzen somit die Spitze. »Ist das deine Art, einen weiteren Schwertkampf zu vermeiden, Brennan? Der Frau zu sagen, was sie hören will, damit sie geht?« Ich schüttelte lächelnd den Kopf. »O nein, *Rujho*, ich komme darauf zurück.«

»Ja«, sagte er abwesend. »Natürlich, Keely – ich habe es versprochen.«

Er war offensichtlich besorgt. Und obwohl er viele Dinge sagte, die ich ihm selbst schon seit Jahren hatte sagen wollen, stellte ich fest, daß ich die bisherigen Taktiken weiterverfolgte, und sei es auch nur, damit er sich besser fühlte. »Nun, es ist in Königshäusern schon immer so gewesen ... Es ist wohl kaum eine Neuerung, Söhne und Töchter in fremde Länder zu verheiraten.« Ich zuckte die Achseln. »Und was die Cheysuli betrifft, wir haben den Löwenthron jetzt inne. Opfer müssen gebracht werden. Es sind nicht immer nur die Frauen die Leidtragenden, wenn auch üblicherweise – das Ganze hat auch eine andere Seite.« Ich lächelte ihn an. »Es ist leicht für mich, Aileen anzuschauen und eine Frau zu sehen, die gezwungen wurde, dich zu heiraten. Aber dasselbe wurde auch von dir gefordert, *Rujho* ... und was wäre, wenn du eine andere Frau begehrt hättest?«

Brennan schwieg. Meine Frage war unschuldig genug gestellt worden, aber zwischen uns erhob sich der Geist Rhiannons, der Tochter von Ian und Lillith und *Meijha* des Prinzen von Homana. Sie hatte erreicht, daß man ihre Anwesenheit in Homana-Mujhar und in Brennans Bett wahrnahm. Ich wußte, daß er sie nicht geliebt hatte, aber es war doch mehr daran gewesen als nur reine Begierde.

Etwas regte sich in mir. Etwas wie Angst und Unbehagen. *Bezauberung. Nur das. Brennan konnte wohl kaum jemals wirklich etwas für eine Ihlini empfinden.*

»Das Kind …«, begann er und hielt dann inne.

»Ja«, stimmte ich ihm zu. »Es gibt ein Kind, *Rujho*. Irgendwo. Wahrscheinlich in Valgaard, bei Strahan, am Gate Asar-Sutis.« Ich atmete tief durch. »Was, wenn es ein Junge ist? Dieses ganze Gerede von Aidans Hinfälligkeit, die Tatsache, daß ich Sean heiraten muß, um die angemessene Blutlinie zu sichern … Was, wenn das Kind, das du mit Rhiannon gezeugt hast, ein Junge ist? Ein unehelicher Ihlini – aber dennoch der Sohn des Prinzen von Homana und der Enkel des Mujhar. Die Götter wissen, daß die homanischen Aufständischen nachdrücklich genug versucht haben, Carillons unehelichen Sohn auf den Löwenthron zu bringen, und einige sagen sogar, Caro habe mehr Recht darauf als unser *Jehan* … Dem homanischen Gesetz entsprechend, könnte ein Sohn deiner Lenden um eine Anhörung über die Rechtmäßigkeit seines Anspruchs ersuchen. Auch ein mit einer Ihlinifrau gezeugter Sohn.«

Sein Gesicht war vollkommen starr. »Solch einem Ersuchen würde niemals stattgegeben.«

»Nein, natürlich nicht – aber der Anspruch könnte erhoben werden. Denk an den Aufruhr, als Elek Caros Namen aufbrachte … Es hätte das homanische Konzil fast gespalten. Es hätte unseren *Jehan* den Thron kosten können.«

»Teir ist schlimm genug«, sagte er angespannt. »Götter, er ist ein Narr – aber ich würde mich lieber mit ihm als mit Rhiannon auseinandersetzen.«

»Ian würde sich mit ihr streiten.« Ich schaute wieder von ihm fort zur Sonne und hob eine Hand, um meine Augen abzuschirmen. »Du weißt genauso gut wie ich, daß Strahan noch nicht fertig ist. Er wird einen Weg finden, uns Schwierigkeiten zu bereiten, um den Anspruch unseres Hauses auf den Löwenthron zunichte zu machen. Er wird das Kind benutzen, Brennan … Er wird benutzen, was immer – und *wen* immer – er kann.«

»Götter«, murmelte Brennan. »Ich verfluche diese Ihlinihexe.«

»Ihlini und Cheysuli.« Ich sah ihn besorgt an, da mir der Ausdruck seiner Augen nicht gefiel. Ich wußte nicht, was ich sagen sollte. »Ich muß gehen, *Rujho*. Kümmere dich gut um Aileen. Sie ist die Sorge wert.«

Ich verließ ihn, bevor er antworten konnte. Ich versank in der Erde, glitt durch alle Schichten, um die Macht anzurühren, die so ruhelos in den Tiefen der Seele Homanas lag, auf Befreiung wartete und sofort mit einem heranrauschenden Willkommen antwortete, das mich fast wieder ohne die erwünschten Schwingen herausgeschleudert hätte.

… aufwärts … aufwärts …

… Federn entfalteten sich, Schwingen streckten sich, Triumphschreie stiegen in den Himmel …

… frei …

Unter mir, so weit unter mir, stand mein Bruder in ockerfarbenem Stein gefangen, blickte aufwärts, schirmte die menschlichen Augen vor der Sonne ab. Beobachtete, wie der Falke in den Himmel aufstieg und flog, sich der Sonne entgegenstreckte. Und ich erfuhr die kurze Freude, schneidend und eindringlich, daß er nicht war wie ich. Cheysuli, ja, und daher geweiht. Fähig, die menschliche Haut gegen das Fell eines Rotluchses einzutauschen, um auf vier Pfoten durch die tiefen Schatten des Waldes zu laufen. Aber er konnte dennoch nicht *fliegen*.

Die Seele meines Bruders war erdgebunden.

Meine kannte keine Beschränkungen.

Ich flog sogleich zum Wald in der Nähe des Stammeskeeps und suchte ihn dann emsig ab, schwebte hierhin und dorthin, glitt aufwärts und kreiste, bis ich sie schließlich fand. So kleine Menschen, kaum mehr als seltsame Gestalten, bis ich näher heranschwebte, noch näher, und auf die Baumspitzen zu sank. Arme und Beine wurden zu mehr als Strichen, Gesichter wurden erkennbarer, unterscheidbarer. Die Erinnier riefen einander zu, ermutigten und beschimpften zwei kämpfende Männer.

Rory war einer davon. Ich konnte die leuchtende Farbe seines im Sonnenschein glühenden Bartes von hier aus sehen. Sie hatten sich auf einer von Zweigen und Blättern ungeschützten Lichtung versammelt: acht Männer des Königs und ihr Befehlshaber, alles Exilierte, von denen zwei ihre Kraft und Geschwindigkeit und ihr Können maßen. Sie hielten Schwerter in Händen.

Ich schwebte noch tiefer, bis ich mich schließlich auf einem tiefgewachsenen Ast eines Baumes in der Nähe der kleinen Lichtung niederließ. Ich hörte das Klingen von Stahl, das angestrengte Brummen – und roch den Geruch schweißbedeckter Haut und feuchten Leders. Und lachte in meiner Falkengestalt, weil ich sie beobachten konnte, ohne daß sie es bemerkten.

Es ist kaum ein neuer Trick. Als Kinder hatten Brennan, Hart und Corin häufig darum gewetteifert, wer zuerst einen *Lir* bekäme und welches Tier es sein würde. Letztlich war es keine Wette mehr gewesen: Brennan und Hart, die erstgeborenen Zwillinge, waren beide innerhalb einer Stunde *lir*krank geworden – und beide, mit dreizehn, in die Wälder gegangen, um einen *Lir* zu suchen. Brennan war mit Sleeta und Hart mit seinem Falken Rael nach Hause gekommen.

Corin hatte nicht so viel Glück gehabt. Es hatte drei weitere Jahre gedauert, bevor er sich mit der Füchsin Kiri verbunden hatte, und bis dahin hatten Brennan und Hart ihn oft gehänselt, indem sie vor ihm *Lir*gestalt angenommen hatten, ohne daß er darauf vorbereitet gewesen war. Es war nicht gerecht gewesen und hatte noch zu Corins Groll, besonders auf Brennan, beigetragen, aber es war ein Trick, den jedes neu verbundene Cheysulikind bei jenen anwandte, die noch keinen *Lir* hatten.

Es war ein Spiel, das auch *ich* häufig spielte, als ich meine Gaben erhielt. Ich hatte Hart und Brennan für die bei Corin angewandten Tricks bezahlen lassen. Und jetzt schien es, daß ich das Spiel erneut spielen konnte, dieses Mal mit Rory Rotbart als Opfer.

Er konnte sehr gut mit dem Schwert umgehen. Ich beobachtete schon bald nicht mehr aus persönlicher Belustigung, sondern aus Neugier seine Technik, merkte mir seine Züge, seine Muster, die Stellung seiner Füsse, die Verlagerung seines Gewichts. Ich beobachtete auch seinen Gegner, beurteilte ihn nach dem Geschick seiner Abwehr und erkannte, daß er Rory einen guten Kampf bot. Der Mann hielt nichts zurück, aber er gelangte auch nicht zu Rory hindurch.

Aber sie beendeten die Auseinandersetzung für mich zu schnell. Keiner von beiden hatte gesiegt. Sie hatten einfach aufgehört. Weil, wie Rory sagte, das Licht schwand. Es wäre gefährlich fortzufahren, aus Angst, eine Abwehrmaßnahme oder eine in einen echten Stoß verwandelte Finte zu übersehen. Und so hörten sie auf, schlugen einander auf die Schulter und bedachten sich mit nicht allzu ernstgemeinten Schimpfnamen. Sie befanden sich in meiner unmittelbaren Nähe. Ich brauchte nur loszulassen und herabzusinken, um sie zu erschrecken.

Ich lachte innerlich. Zeit für Wahrheiten, dachte ich, und stieß mich von dem Ast ab.

Auf halbem Weg abwärts verwandelte ich mich. Tauschte Schwingen gegen Arme, Federn gegen Haut, Krallen gegen meine in den Stiefeln steckende Füsse aus. Ich hörte Flüche, angehaltenen Atem, gemurmelte Bitten an die Götter Erinns. Aber dann stand ich am Boden unmittelbar vor Rory. Ich mußte über sie alle, am meisten aber über Rorys Gesichtsausdruck lachen.

»Fordert *mich* mit der Klinge heraus«, sagte ich. »Das schwindende Licht macht mir nichts aus. Ich kann im Dunkeln sehen.«

Hände lagen auf Schwertern und Messern, aber niemand zog die Klinge blank. Statt dessen schauten sie nur, murmelten leise vor sich hin und sahen einander verstohlen an, um den Grad des Erschreckens zu ermessen, den ein jeder zeigte. Rory aber tat nichts von alledem, sondern stand nur ruhig vor mir.

Dann kratzte er sich den Bart. »Mädchen«, sagte er leichthin, »so kühn hier hereinzuschneien ist eine armselige Art, ein Pferd zu stehlen.«

Ich grinste. »Ja, wenn ich das Pferd wollte. Und wenn ich es wollte, hätte ich es leicht stehlen können. Glaubt Ihr, ein Cheysuli verstünde nichts von Verstohlenheit?«

Er wölbte unter einem Gewirr messinghellen Haars eine Augenbraue. »Ich bin kaum der Richtige, um Fragen über Cheysuli zu beantworten. Ich bin niemals einem begegnet, Mädchen ... Es sei denn natürlich, dieser kleine Trick ist mehr als nur eine Täuschung.«

»O ja«, stimmte ich ihm zu, »ein kleines bißchen mehr als eine Täuschung. Möchtet Ihr es noch einmal sehen?« Ich spreizte die Hände. »Nennt mir ein Tier, Rotbart ... ich kann mich in sie alle verwandeln.«

Das Licht befand sich hinter ihm, so daß ich seinen Gesichtsausdruck nicht erkennen konnte. Aber sein Tonfall drückte Mißbilligung und Enttäuschung aus. Und eine neue Einschätzung meiner Person. »Mädchen, du hast mich angelogen.«

Das hatte ich nicht erwartet. In keiner Weise. Nicht von einem Mann wie ihm.

Ich starrte ihn an. Die Belustigung schwand. Etwas wand sich in mir. »Es mußte sein.«

»Mußte es?« Er steckte sein Schwert geräuschvoll in die Scheide. »*Mußte* es?«

Ich fühlte mich innerlich leer. »Ja. Unbedingt.«

Rory antwortete nicht. Er schritt an mir vorbei – aus der Lichtung in den Wald. Acht Männer folgten ihm und ließen mich allein.

Ich wandte mich um. Blickte angestrengt auf seinen Rücken, bevor er verschwand. Und dann wandte er sich jäh um. »Komm zum Feuer«, sagte er. »Die Wahrheit wird eines oder zwei Getränke wert sein. Wenn du sie mir dieses Mal erzählen willst.«

Ein Teil von mir war verärgert darüber, daß er, ein ehrloser Flüchtling, mich für meine Lüge zur Rechenschaft zog. Ein Teil von mir war verärgert, aber ein Teil schämte sich auch.

Ich ging mit ihm zum Feuer.

Er kauerte sich auf einen Baumstumpf, beförderte einen Weinschlauch zutage, entkorkte ihn und trank einen großen Schluck, während sich seine Männer ebenfalls niederließen und es ihm gleichtaten. Und dann verschloß er den Schlauch wieder und warf ihn mir zu. Ich fing ihn unbeholfen auf, drückte ihn an meinen Bauch und spürte, wie ich errötete.

»Trink«, wies er mich an. »Es ist leichter, eine Lüge zu erklären, wenn die Zunge entsprechend gelockert ist.«

Ich schürzte die Lippen und nickte. »Und war es auch für Euch leichter, Sean wegen eines Schankmädchens zu bekämpfen, weil Eure Zunge entsprechend gelockert war?«

Braune Augen verengten sich. Lider senkten sich für einen Augenblick. »Ja, nun, davon verstehst du nichts.« Er machte eine Geste. »Setz dich. Trink. Und sage, was zu sagen du hergekommen bist.«

»Ich frage, was zu fragen ich hergekommen bin.« Ich sah mich um, sah nichts, worauf ich mich hätte setzen können, und ließ mich auf dem blätterbedeckten Boden nieder. Und weil er mich dazu herausgefordert hatte, trank ich erinnischen Alkohol.

Rory saß mit gespreizten Beinen nachlässig auf dem Baumstumpf. Die Sonne war untergegangen, und der Feuerschein ersetzte ihr Licht und färbte seinen buschigen Bart rotbronze, was mit dem Blond des frei um seine breiten Schultern fließenden Haars verschmolz. Ein wahrer Straßenräuber, der Rotbart, mit recht zwingender, von Fähigkeiten zeugender Stärke. Ein Königsgetreuer, ja, und zweifellos genau solch ein königlicher Zögling wie meine Brüder oder Deirdre oder Aileen. Ein kühngesichtiger, strahlendäugiger junger Adler, Erinns Horst geboren, wenn auch unehelich.

Ist Sean tot? fragte ich. *Hast du deinen Bruder getötet, Rory*?

Aber ich stellte diese Frage nur mir selbst, denn ich fürchtete die Wahrheit.

»Dann frage«, sagte er kurz angebunden.

Einen Augenblick, nur einen Augenblick lang verstand ich nicht. Und dann erinnerte ich mich, warum ich gekommen war. »Wie lange?« fragte ich. »Wir müssen wissen, wie lange vor dem Zeitpunkt, als Ihr davongesegelt seid, es passiert ist, damit wir beurteilen können, ob Liam eine Nachricht über Seans Tod schon gesandt haben kann – oder senden *wird*.« Ich sah, wie sich seine Augen weiteten und sich seine Augenbrauen dann senkten und miteinander verbanden. »Versteht Ihr?« fragte ich. »Wenn Ihr schon ausreichend lange hier seid – wenn Ihr sofort von Erinn losgesegelt und schon lange genug hier seid –, stehen die Chancen gut, daß sich Sean erholt hat. Liam würde sofort eine Nachricht senden, wenn er stürbe ...« Ich zuckte die Achseln. »Eine Nachricht an den Mujhar oder an Deirdre oder Aileen ...«

»... und an dich?« Rorys Augen verengten sich, und er nickte. »Ja, ich erkenne dich, Mädchen, *jetzt*. Es ist nicht so schwer zu erkennen, daß du nicht die Tochter eines Waffenmeisters bist, nicht wenn du mit solchen Reden hierherkommst.« Er seufzte, blickte stirnrunzelnd zu Boden und zupfte an einem Harztropfen auf seiner Hose. »Es ist eine Zeitfrage, nicht wahr? Die Entscheidung, ob man ein Netz für einen anderen Fisch auswirft?« Er hob langsam den Kopf. Seine Augen waren schwarz vor Zorn. »So bald begräbst du Sean und hältst nach einem neuen Ehemann Ausschau?«

Ich ließ fast den Weinschlauch fallen. *»Nein.«*

»Nun, ich will nichts damit zu tun haben.« Er deutete mit dem Kopf gen Westen. »Schick selbst nach Liam, Mädchen ... Schau, was *er* zu sagen hat. Ich werde dir nichts darüber sagen, wann wir davongesegelt sind oder wie lange wir schon in Homana sind, wenn du es dazu benützt, meinen Bruder in deiner dummen Prophezeiung zu ersetzen.«

Ich sperrte erstaunt den Mund auf. Und dann lachte ich laut und überging den Ausdruck seiner Augen und den angespannten Zug um seinen Mund unter dem Bart. »*Ihr* seid derjenige, der ihn getötet hat. Ihr seid derjenige, der diese Fragen notwendig macht.« Ich warf den Weinschlauch zu ihm zurück. »Ihr seid ein Narr, Erinnier, zu glauben, daß ich deshalb hier bin, um mich seines Todes zu versichern, damit ich einen anderen Ehemann erwählen kann.« Ich schüttelte nachdenklich den Kopf. »Ihr wißt nichts über mich, überhaupt nichts ... sonst würdet Ihr sicherlich wissen, daß es das Allerletzte wäre, was ich tun würde.«

Rory entkorkte den Weinschlauch, trank und nickte dann müßig. »Ja, Mädchen, ich weiß nur wenig ... nur, daß du gelogen hast.«

Verbitterung und Anmaßung kämpften um meine Sprache. Beide siegten. »Ihr Narr«, sagte ich schneidend, »glaubt Ihr, es wäre so einfach, ihn zu ersetzen? Vergeßt Ihr die Erfordernisse der Prophezeiung?«

Rory spie aus. »Und vergißt *du*, daß ich fast nichts darüber weiß? Und glaubst du, ich wäre neugierig darauf?« Er erhob sich, den Weinschlauch noch immer in der Hand. »Komm mit. Ich muß dir etwas zeigen.«

Ich blieb mißtrauisch sitzen. »Ich bin kein Narr.«

»Nein, nur dickköpfig.« Rory beugte sich herab, ergriff mein Handgelenk und zog mich hoch. »Komm mit, Mädchen. Ich glaube, du könntest den strahlenden Burschen sehen und dich überzeugen wollen, daß man sich gut um ihn kümmert.«

Er führte mich durch Blätter, Zweige und Laub – und verschwamm mit den Schatten. Und zeigte mir Brennans Hengstfüllen, das schnaubte und seitwärts tänzelte, als wir auftauchten, sich aber dann beruhigte, als Rory besänftigend eine Hand auf seine Schulter legte und bedeutungslose Trostworte sprach. Auf erinnisch natürlich. Die Sprache war wie für Pferde gemacht.

Ich trat zu dem Hengstfüllen, umschloß die weichen Nüstern, spürte den heißen Atem auf Handfläche und Fingern und hörte das Wiehern tief in seiner Kehle. »Brennan will ihn zurück.«

»Ja, das würde ich auch wollen, wenn ich ihn verloren hätte.« Rory grinste. »Aber ich werde ihn behalten, Mädchen.«

Ich brummte. »Es sei denn, Brennan kommt ihn holen.«

»Laß ihn. Ich habe bessere Männer als den Prinzen von Homana bekämpft.« Und dann wurde sein Tonfall sinnend statt drohend. »Ich habe den Prinzen von Erinn bekämpft.«

Ich duckte mich unter dem seidigen Hals des Hengstfüllens hindurch und stellte mich auf die entgegengesetzte Seite, so daß ich ihn als Schranke benutzte. Das erleichterte mir die Worte. »Wie lange?« fragte ich erneut. »Wir müssen es wissen, Rory. Es hat nichts damit zu tun, Netze nach einem neuen Fisch auszuwerfen ...« Ich schüttelte den Kopf und streichelte den Rücken des Kastanienbraunen. »Wenn Sean tot ist, bleibt mir niemand. Überhaupt niemand. Sean oder keiner: Wir brauchen das erinnische Blut.«

»Aileen ist mit Brennan verheiratet. Und sie haben bereits einen Sohn.« Er verzog kurz den Mund. »Liam hat zur Geburt seines ersten Enkels ein Ehrenfest veranstaltet. Ich habe in einem Schwertkampf um das Recht gekämpft, der Fürsprecher des Kindes zu sein.«

»Wer hat gesiegt?«

»Ich habe gesiegt.«

Ich starrte die Schulter des Kastanienbraunen an und wußte nicht, wie ich es besser ausdrücken sollte. »Aidan ist kränklich. Er erlebt das Erwachsensein vielleicht nicht mehr.«

Rory schwieg zunächst. Und dann seufzte er, murmelte kurz etwas auf erinnisch und sprach dann müde. »Ja, nun, wenn die Götter ihn begehren, wird er die Hallen der *Cileann* durchschreiten ...« Er atmete tief ein. »Aileen ist jung und von gesunder Abstammung – das Haus der Adler bringt gute Zucht hervor ... Es wird weitere Kinder geben. Einen anderen Erben für Brennan.«

»Nein.«

Er wurde still.

»Nein«, wiederholte ich. »Aileen hat vor weniger als einem Monat eine Zwillingsfehlgeburt gehabt. Es wird keine weiteren Kinder geben.«

»Aileen«, sagte er scharf, und ich erinnerte mich, daß sie einander kannten. Aileen hatte es selbst gesagt.

»Nun«, antwortete ich sofort. »Sie erholt sich auf dem Lande. Ich verspreche Euch, daß es ihr gutgeht. Aber es wird keine weiteren Kinder geben. Wenn Aidan stirbt, hat Homana keinen Erben.«

Rorys Stimme klang angespannt. »Männer verbannen unfruchtbare Frauen.«

»Brennan hat gesagt, daß er das nicht tun wird.«

Die Haut unter seinen Augen zuckte. »Das spricht für ihn.«

Ich sagte nichts darüber, daß das homanische Recht es verbat. Denn Brennan hätte es auch nicht getan, wenn es erlaubt gewesen wäre. Das hatte er sehr deutlich gemacht.

»Also seht Ihr, wie es um mich steht«, sagte ich und atmete geräuschvoll aus. »Wir brauchen das erinnische Blut. Wenn Aidan stirbt, bleibt uns im Hause Homana niemand.« Ich wandte den Blick sofort ab, starrte ins Leere, um seinen Gesichtsausdruck nicht zu sehen. »Ihr müßt verstehen, Rory – es geht nicht nur darum, daß etwas fehlt. Es könnte die allgemeine Vernichtung bedeuten.«

Offensichtlich bezweifelte er meine Worte. »Wie?«

Ich ließ meine Hände, eine nach der anderen, das Rückgrat des Hengstfüllens entlanglaufen und strich das seidige Fell glatt. Dadurch hatte ich etwas zu tun, während ich den bindenden Dienst zu erklären versuchte, den Teirnan und zu viele andere nicht mehr ehren konnten. »Die Prophezeiung sagt, daß eines Tages ein Mann aller Völker vier kriegführende Reiche und zwei magische Rassen in Frieden vereinen wird. Die Erstgeborenen werden zurückkehren. Ein Mann, aus all der Macht, all den Gaben geboren, wird die Weltherrschaft übernehmen.« Ich zuckte die Achseln und verzog den Mund. »Ihr könnt es glauben oder nicht, wie Ihr wollt, aber dafür leben die Cheysuli. Es ist unsere geheiligte Pflicht.«

»Pflicht«, wiederholte er. »Ja, darüber weiß ich etwas.« Sein Gesicht war größtenteils überschattet. »Und ohne diese Pflicht bedeuten die Cheysuli nichts?«

»So wird es uns von Geburt an gelehrt.« Ich strich mir das Haar aus dem Gesicht und schob es hinter ein Ohr. »Anfang, Ende, Fortbestand … woher soll ich das wissen, Erinnier? Ich weiß nur, daß uns das Blut verwehrt ist, wenn Aidan stirbt.«

»Bis du Sean Kinder gebärst.«

Ich begegnete über den schmalen Rücken des Hengstfüllens hinweg seinem unbeugsamen Blick. »Es ist schwierig, einem toten Mann Kinder zu gebären.«

Etwas änderte sich in seinem Blick. Etwas *wich zurück*. Er wandte sich ruckartig ab.

Und wandte sich genauso ruckartig wieder um, schüttelte den Kopf und focht einen inneren Kampf aus. »Mädchen«, sagte er. »Mädchen ...« Er schüttelte erneut den Kopf und preßte die Lippen zusammen. »Wir sind sofort losgesegelt«, sagte er. »Bevor das Blut auf dem Boden getrocknet war. Wenn er starb, wenn er gestorben ist, wirst du es bald erfahren.«

»Aber noch nicht«, sagte ich wie betäubt.

»Bald«, wiederholte er. »Heute, heute abend, morgen. Oder vielleicht in einem Monat, je nachdem, wie das Wetter ist.« Sein Gesicht war im Mondlicht starr. »Wenn Sean tot ist, was wirst du dann tun? Was bleibt dir dann?«

»Beten«, sagte ich knapp. »Eine Bitte an die Götter richten, daß Aidan überlebt, um einen Sohn zu zeugen.«

Er prüfte meine Stimmung einen Augenblick lang und lächelte dann leicht. »Also keine Tochter?«

Ich sagte gereizt: »Der Löwenthron braucht einen männlichen Nachkommen.«

Rory Rotbart lachte. »Nur weil er *dir* noch nicht begegnet ist.«

Ich kannte den Mann kaum, und dennoch hatte ich das Gefühl, daß ich ihm vertrauen konnte. Manchmal geben Fremde einen besseren Rat als Freunde oder Verwandte, die nur schöntun wollen, sagen, was der andere hören will und die Ehrlichkeit hinter Diplomatie verbergen. Rory Rotbart, dachte ich, würde genau das sagen, was er dachte, gleichgültig, um welchen Preis. Gleichgültig, wer es hörte.

Ich sagte einem Fremden in der Hoffnung die Wahrheit, daß er verstehen würde. In der Hoffnung, daß es mir selbst nützen würde. »Ich will überhaupt nichts von Sean. Ich will ihn nicht heiraten, nicht mit ihm schlafen, ihm keine Kinder gebären.«

Das Hengstfüllen regte sich zwischen uns, stampfte und streckte den Hals nach Baumblättern aus. Rory stand ganz still, sagte nichts, tat nichts, in den sich bewegenden Schatten verborgen.

»Ich würde ihm niemals den *Tod* wünschen«, sagte ich und meinte es auch so. »Nicht einmal, um mich selbst zu retten. Aber ich will nicht heiraten. Ich will nichts mit Kindern zu tun haben.«

Rory dachte darüber nach und entkorkte derweil den Weinschlauch. »Trink etwas, mein Mädchen. Ich glaube, das hier braucht Zeit. Warum sie ohne guten Alkohol verbringen?«

Ich duckte mich erneut unter dem Hals des Hengstfüllens hinweg, nahm den Weinschlauch entgegen und beobachtete schweigend, wie Rory sich auf den Boden setzte und den Rücken an einen Baum lehnte. Jetzt konnte ich ihn kaum noch sehen, aber ich wußte, daß er da war.

Götter – wie soll ich anfangen?

Ich starrte blind auf den Weinschlauch, den ich gegen meinen Bauch gepreßt hielt. »Könnt Ihr das verstehen?«

»Ich muß es nicht verstehen, Mädchen. *Du* mußt es.«

Ich war also durchschaut. Ich trank, schluckte krampfhaft, würgte fast und schloß den Weinschlauch wieder. »Ich habe drei Brüder«, erzählte ich ihm. »Und jeder von ihnen hat mir auf seine Art erklärt, was Männer denken, wofür Frauen da seien.« Ich sah ihn skeptisch die Augen verengen. »Sogar *Ihr*«, erklärte ich, »habt mit Sean um ein Schankmädchen gekämpft, um zu entscheiden, wer sie ins Bett bekommen würde.«

Rory nickte seufzend. »Ja. Ja, das haben wir getan …, aber Mädchen, es gibt Frauen, und es gibt *Frauen* …«

Ich brachte ihn mit einer Geste zum Schweigen. »Frauen *sind* Frauen. Männer sollten uns nicht nur vom Beischlaf her beurteilen.«

Rory kaute auf den Lippen und seinem Schnurrbart. »Ich will nicht sagen, daß du unrecht hast, Mädchen …, aber du warst niemals ein Mann. Du weißt nicht, wie das ist.«

Ich lächelte bitter. »Wie ich bereits sagte: Ich habe drei Brüder. Einer davon ist mein Zwilling. Corin und ich haben immer offen über Männer und Frauen gesprochen.«

Rory schüttelte den Kopf. »Du kannst nicht wissen, wie es ist, ein Mann zu sein, es sei denn, du *warst* ein Mann. Du kannst nicht wissen, wie sehr eine Frau *gebraucht* wird.«

»Nein«, stimmte ich ihm zu. »Genausowenig, wie ein Ungeweihter wissen kann, wie es ist, gestaltzuwandeln.« Ich seufzte, trat zu ihm und reichte ihm den Weinschlauch. »Aileen hat es am besten ausgedrückt. Sie sagte, daß eine Frau auch sich *selbst* aufgibt, wenn sie ihre Unschuld aufgibt. Sie besitzt ihre eigenen Gedanken und Gefühle und kann alles verschlossen halten, aber sie kann niemals wieder vollständig sie selbst sein. Niemals wieder *neu* sein. Sie kann niemals wieder die Frau sein, die sie vor dem Zusammensein mit dem Mann war.« Ich machte eine nichtssagende Geste. »Ihr braucht Euch nur die Witze anzuhören, die über Frauen gemacht werden, deren Jungfräulichkeit bewahrt ist – die Verhöhnung, die Beleidigungen … Und doch fordert ein Mann Jungfräulichkeit, wenn er heiraten will. Und bestimmt fordert ein König sie … oder der Erbe, der König sein wird.«

»Sean«, sagte er schwermütig.

Ich trat Steine fort. »Vor einiger Zeit gab es einen Mann, ein erinnischer Kapitän, der Sean als einen Lüstling bezeichnete, der seine Gestaltwandlerprinzessin begehre. Sean würde sie, so sagte er, innerhalb eines Jahres heiraten, mit ihr schlafen und einen Erben zeugen.« Ich hielt jäh inne. »Das habe ich die ganze Zeit in Erinnerung behalten. Ich weiß, es war nur der unbeholfene Versuch zu schmeicheln – er sagte, Sean sei keine verwelkte Blume –, aber stellt Euch vor, wie mir dabei zumute war. Ein Versprechen, *benutzt* zu werden, Rory. Man schläft rechtmäßigerweise mit einer Frau, um ihr ihren angemessen Platz zu zeigen, und sie erweist ihrem Herrn den geforderten Dienst, einen Erben zu gebären.«

Rory blickte in die Dunkelheit. »Worte genügen nicht, Mädchen – Worte reichen niemals aus. Sie vermitteln Dinge, die wir nicht sagen wollen, und verdrehen die Wahrheit.« Er sah mich nicht an. »Ich glaube, wir sagen zu häufig Dinge, die man von uns erwartet, um zerbrechlichen Stolz zu unterstützen und die darunterliegenden Gefühle zu verbergen.«

Das traf mich tiefer als vermutet. »Ihr solltet ein Cheysuli sein.«

Rory klang verwirrt. »Was willst du damit sagen, Mädchen?«

»Daß es für uns schwerer ist.« Ich schüttelte den Kopf. »Es ist eine Überlieferung innerhalb der Stämme, daß wahre Gefühle, tiefe Gefühle, niemals gezeigt werden. Nicht in der Öffentlichkeit. Nicht dort, wo jemand es sehen kann, wo Feinde es mißbrauchen könnten. Wir wagen keine Schwächen zu zeigen, und starke Gefühle sind eine Schwäche.«

Rory war offensichtlich angewidert. »Und das schließt auch Zuneigung ein?«

»Cheysuli sprechen nicht von Liebe... zumindest jene nicht, die nach der alten Art leben.« Ich zuckte die Achseln, da ich sehr wohl wußte, wie das klang. »Nicht alle von uns handeln so strikt und sicherlich nicht mein Haus. Mein Vater macht kein Geheimnis daraus, daß er seine erinnische *Meijha* liebt. Jetzt liegen die Dinge anders, aber die alte Lebensart ist schwer zu ändern.«

»Mädchen«, sagte Rory. »Warum willst du keine Kinder haben?«

Ich wandte mich steif ab und biß die Zähne gegen das plötzlich aufkommende Bedauern zusammen. Wie sollte man einem Mann das erklären? Wie sollte man ihm erklären, daß das Kindbett Gefahren birgt? Sicherlich wußte er es. Ich hatte von Aileen erzählt.

Und dann strömten die Worte ungehindert aus mir heraus. Ich wandte mich um und sah ihn offen an. »Kinder verursachen mir Unbehagen. Ich hege keine Muttergefühle. Ich käme besser ohne Kinder zurecht.«

»Du bist nicht die erste, die so denkt, Mädchen ...«

»... aber ich werde meine Meinung sicher ändern? Wenn ich erst ein Kind geboren habe?« Ich seufzte müde. »Das sagt sich so leicht, Rory ... und so unwissend.«

»Tatsächlich?« Er stand auf und reichte mir den Weinschlauch. »Ich glaube nicht, Mädchen. Ich glaube, du hast nur Angst.«

Götter – wie kann er das wissen ...?

»Angst«, wiederholte er. »Vor allem. Ich glaube ... vor der Hochzeit, vor dem Beischlaf, vor Kindern ... vor dem, was Frauen bevorsteht, wenn sie die Mädchenzeit hinter sich lassen.« Seine Augen blickten im Mondlicht freundlich. Seine Wahrheit schien es weniger zu sein. »Das ist bei Männern nicht wesentlich anders, mein Mädchen. Es ist bei mir nicht wesentlich anders.«

»Aber Ihr seid ein *Mann*«, sagte ich.

Rory schüttelte den Kopf. »Kein Mann ist ohne Angst. Wer das behauptet, ist ein Lügner.«

Ich preßte den Weinschlauch an mich, suchte Antworten, Frieden, Sicherheit. Eine Möglichkeit, ohne Angst zu sein.

»Komm zum Feuer«, sagte er. »Ich glaube, es ist Zeit fürs Abendessen. Mein Magen rumort.«

Mein Magen war verkrampft. *Götter, ich* habe *Angst.*

Ich fragte mich, ob Sean auch Angst hatte.

Kapitel Fünf

Ich keuchte, lachte, war zu erledigt, um sprechen zu können, was ihm nur zu gut paßte. Es verschaffte ihm Zeit, mich zu beschimpfen, was er mit seinem erinnischen Akzent sehr gekonnt und freudig tat. Er sah mich grinsend an und nickte. Er war nicht so erledigt wie ich, aber er hatte auch mehr Erfahrung, mehr Grund, sich wohl zu fühlen.

»Götter ...«, sagte ich. »Ihr seid gut ... mindestens so gut wie Griffon und sicherlich besser als Brennan.« Ich hielt inne, atmete durch und stieß dann ungestüm einen zufriedenen Seufzer aus. »Ja, ich sollte es tun – ich werde ihm jetzt einen besseren Kampf bieten.«

Rory strich sich die Haare aus den Augen. »Willst du mir dann eines sagen?«

Ich nickte abwesend und betrachtete einen Kratzer an meinem Arm.

Er sah mich vollkommen fest an. »Ich würde gerne wissen, wie es für jemanden ist, der besser Bescheid wissen sollte, anstatt sich auf Geschichten zu verlassen.«

Wir standen einander auf der Lichtung in der Nähe des Lagers gegenüber, wo ich ihn vor einigen Tagen kurz vor Sonnenuntergang gefunden hatte. Wir hielten Schwerter in Händen. Rory hatte widerwillig zugestimmt, mir ein oder zwei Tricks zu zeigen, aber jetzt war der Widerwille vergangen. Er fand genauso viel Gefallen daran wie ich. Ich hatte mir ein Schwert geborgt, das für mich zu schwer und unausgewogen war, aber es mußte im Augenblick genügen.

Schweiß lief mein Gesicht herab. Ich wischte ihn mit einem lederumwickelten Handgelenk fort und atmete heftig. Der Kampf war vorüber, und Rory hatte wieder gesiegt. »Wie *was* ist?«

»Wie es ist, gestaltzuwandeln.«

Ich schwieg und hielt seinem allzu festen Blick stand. Dann wandte ich mich jäh ab, ging in den Wald und suchte die Scheide für das Schwert. Sein Besitzer nahm es mir ab, während ich ihm grimmig dankte, und dann kehrte ich zum Lager zurück. Hartgesichtig verschlossene Männer, die nur das Nötigste mit mir sprachen. Aber ich schätzte sie nicht als Feinde ein. Sie hatten nur Achtung vor meinem Rang. Ich war die Verlobte ihres Herrn.

Wenn ihr Herr noch lebt.

Rory befand sich hinter mir und steckte sein Schwert in die Scheide. Ich wandte mich jäh wieder zu ihm um. »Ihr solltet besser wissen, was Ihr fragt.«

Er war überrascht über meine Antwort. »Warum, Mädchen? Das ist doch keine große Sache. Ich glaube, es hat dir nur bisher noch niemand diese Frage gestellt.«

Nein, das war es nicht. Aber niemand hatte *mich* jemals gefragt.

Ich sagte mir, daß es eine vollkommen natürliche Frage war, besonders von einem Fremden, der kein Wissen aus erster Hand darüber besaß. Aber ich stellte fest, daß ich meine *Lir*gaben seltsamerweise verteidigen wollte und es mir eigenartig widerstrebte, ihm einfach einzugestehen, wie überaus andersartig ich war. Ich hatte niemals zuvor etwas anderes als Stolz auf mein Blut gekannt, aber jetzt empfand ich etwas Neues. Etwas einer Vorahnung sehr Ähnliches.

Wenn ich ihm die Wahrheit sage, ganz gleich, wie sehr er dagegen spricht, wird er mich für widernatürlich halten … selbst wenn er es leugnet, wird er denken, ich stamme von Bestien ab. Das denken die Ungeweihten stets, gleichgültig, was sie sagen … Ich habe es in ihren Augen gesehen, in den Masken, die sie als Gesichter tragen …

Ich brach mühsam ab. Die Erkenntnis schmerzte. Sie schmerzte mehr als erwartet, weil ich mir zuvor niemals Gedanken darüber gemacht hatte.

Ich antwortete entsprechend barsch. »Ich bezweifle, daß Ihr es verstehen könntet, Erinnier. Seid nicht beleidigt – aber Ihr seid ein ungeweihter Mann.«

»Ungeweiht! Ungeweiht?« Er schüttelte den Kopf. »Mädchen, ich *bin* Erinnier, dem Haus der Adler geboren … Das bedeutet mehr Weihung als vieles anderes, was ich kenne.«

»Nein, nein – das habe ich nicht gemeint.« Ich trat verärgert einen Stein fort, zielte auf die Lichtung. »Ja, Ihr habt das Recht zu fragen: Menschen haben diese Frage schon zuvor gestellt. Menschen werden sie immer stellen, fürchten die Antwort und sind doch auch von dieser Furcht angezogen.«

»Mädchen«, sagte er geduldig, »ich bin kein furchtsamer Mensch. Und ich bin kein Mensch, der andere verhöhnt. Aileen hat einen Rotluchs geheiratet, Deirdre lebt mit einem Wolf … und ich habe *dich* gestaltwandeln sehen.«

Ich sah ihn gleichmütig an. »Niemand kann das verstehen. Sie hören Geschichten, tauschen Erzählungen aus, nähren Unwahrheiten, während sie ständig Wachzeichen gegen uns ausführen.« Ich schüttelte grimmig den Kopf. »Natürlich nicht alle, aber ausreichend viele Leute. Es gibt noch immer jene, die lieber von der Kehrseite der Magie hören, weil sie bessere Geschichten hergibt.«

»Die Kehrseite«, wiederholte er.

Ich blickte angestrengt zur Lichtung, aber nicht zu ihm. »Es gibt eine Geschichte, die Erzählung über einen Mann, der die Gewalt über sich verloren hat … ein Krieger, der sich selbst verloren hat. Es besteht natürlich immer ein Risiko. Die *Lir*gestalt ist verlockend.« Ich beobachtete ihn jetzt genau. »Er verharrte zu lange in der Tiergestalt und verwirkte damit seine menschliche Gestalt. Er war für immer in der *Lir*gestalt gefangen, blieb aber jetzt ein Zwischenwesen. Er verlor den Sinn für beide Seiten und wurde ein wenig von beidem.«

Rory runzelte die Stirn. »Ich dachte, du hättest mir erzählt, es gäbe dieses Todesritual.«

»Er war kein Mensch mehr, kein Cheysuli mehr. Solche Dinge binden nur jene, die bereit sind, sich binden zu lassen. Er war nicht dazu bereit. Er war ein Tier, ein Scheusal ... Mensch und Wolf zugleich.«

»Wolf«, sagte er unfreiwillig und erinnerte sich der gewohnten Furcht.

Ich nickte. »Aber nicht durch das Verhalten eines Wolfs gebunden und auch nicht durch die Menschlichkeit eines Mannes. Er war ein Geschöpf aus einem Alptraum.« Ich schüttelte den Kopf und hob unbehaglich die Schultern. »Ich weiß nicht, ob die Geschichte stimmt, nur daß es sie gibt. Nur daß die Homaner sie benutzten – sie *benutzen* –, um ungezogene Kinder zu ängstigen.«

Er nickte gemächlich. »Und doch könnte sie wahr sein. Willst du mir das damit sagen?«

Ich atmete tief ein. »Ja, sie könnte wahr sein. Es besteht die Möglichkeit, das Gleichgewicht zu verlieren. Wie ich bereits sagte, die *Lir*gestalt ist verlockend.«

All seine Belustigung war verschwunden und von Ernsthaftigkeit ersetzt worden. »Erzähle es mir«, sagte er. »Laß mich die Wahrheit von jemandem hören, der weiß.«

Ich schüttelte entschieden den Kopf. »Worte genügen nicht. Die *Lir*gestalt wird aus Magie geboren, aus Macht gestaltet ... dafür gibt es keine Worte. Nur das Wissen um die *Empfindung*.«

»Erzähle es mir«, wiederholte er. »Laß es mich fühlen, Mädchen ... auch wenn es nur für einen Augenblick ist.«

Er meinte es vollkommen ernst und verdiente daher die Wahrheit, gleichgültig, wie verwirrend sie war, oder wie fremdartig.

Dann laß ihn die ganze Wahrheit hören. »Setzt Euch«, forderte ich ihn auf.

Rory setzte sich hin und legte das in der Scheide steckende Schwert neben sich auf den Boden. Er benutzte wie immer einen Baum als Rückenstütze.

Ich hockte mich vor ihn auf die Fersen. »Schließt Eure Augen«, sagte ich.

»Mädchen«, sagte er zweifelnd.

»Schließt Eure Augen, Erinnier. Ungeweihte Augen sind blind.«

Kurz darauf schloß er sie. »Geh sanft mit mir um, Mädchen. Ich habe nur eine Frage gestellt.«

»Und ich werde sie beantworten.« Ich atmete tief durch. »Denkt an nichts«, sagte ich. »Denkt an das *Nichts,* verliert Euch in der Leere, in der äußersten Abwesenheit des Selbst. Verbannt Rory völlig, lebt nur fürs *Sein.*«

Langsam entspannte sich die Haut um seine Augen. Die Falte auf seiner Stirn glättete sich. Sein Atem ging tief und gleichmäßig.

»Da ist Macht«, sagte ich, »viel Macht. Und wenn Ihr wißt wie, könnt Ihr sie anrühren … wenn Ihr ein Cheysuli seid. Wenn Ihr das Blut besitzt. Wenn die Macht Euch erkennt.« Ich berührte seine Hände und nahm sie in meine. *»Sul'harai«,* belehrte ich ihn, »die Vereinigung von Mann und Frau. Die Bindung eines Kriegers an die Erde … oder, in meinem Fall, einer Frau. Einst war es immer so.«

Schweiß lief sein Gesicht hinab. Rory schwieg.

»Macht«, wiederholte ich, »anders als jede andere Macht, die Ihr bisher kennengelernt habt. Und sie antwortet Eurem Ruf, bindet Haut, Blut und Knochen, gibt anderes zurück. Haut. Blut und Knochen. Aber anders gestaltet.«

Rorys Mund entspannte sich.

»Einen Augenblick«, erklärte ich weiter, »ist man keines von beidem. Weder Mensch noch Tier, nicht mehr als Gestaltlosigkeit, während man auf die Gestalt wartet. Aber sie kommt, sie kommt stets, und man ist frei, *befreit,* zu sein, was man, von den Göttern bestimmt, sein muß. Rotluchs, Fuchs, Falke, Wolf, Eule, Bär. Was immer man sein muß, vom Blut bestimmt.« Ich umfaßte seine Hände fester. »*Ihr* seid ein Adler, Rory – ein strahlend kühner Adler, Erinns Horst über den Klippen von Kilore geboren. Unter Euch der Drachenschwanz, der gegen die Küste prallt... unter Euch die Fischerboote, die mit der Flut hereinkommen... unter Euch das Haus der Adler, das auf weißen Kalkklippen kauert... Unter Euch, für immer unter Euch – *Ihr seid der Herr der Lüfte,* der Herrscher des Himmels... Magie ist in Eurem Blut und Macht in Euren Knochen – das klare, reine Wissen, daß Ihr Euch von den Menschen unterscheidet, daß Ihr *besser* seid als die Menschen: daß Ihr höher hinaufsteigen könnt als sie, da Ihr freier seid, als sie sein können, daß Ihr auf dem Wind reiten könnt, während sie auf die Erde, auf Schiffe, auf ihre Beine, auf Pferde angewiesen sind... Soviel Freiheit, Rory – so viele gesprengte Fesseln – soviel Macht, die freigesetzt wurde, um Euren Schwingen Wind zu gewähren... Und Ihr fliegt, *Ihr fliegt,* wohin niemand sonst gelangen kann... Ihr seid, was niemand sonst sein kann: aus der Erde geboren, aber nicht an sie gebunden, weil sie in Eurer Seele, Eurem Herzen, Eurer Haut lebt und in Euren Knochen eingeschlossen ist. In Eurem Blut brennt.« Ich atmete zitternd ein, genauso in den Augenblick verloren wie er. »*Sul'harai,* Rory: eine vollkommene und bindende Vereinigung.« Ich hielt inne. »Und sie endet wie sie alle.«

Er sprach nicht sofort. Und als er wieder sprechen konnte, klang seine Stimme rauh. »*Warum* muß es enden?«

»Es muß immer enden, sonst kann die wahre Gestalt verlorengehen. Das, was einen menschlich macht.«

»Und wenn ich feststellte, daß ich die andere Gestalt vorzöge?«

Ich ließ seine Hände los. »Dann wärt Ihr eine Bestie: ein Scheusal. Ein Wesen uralter Alpträume, wie in der Geschichte, die ich Euch von dem Krieger erzählt habe, der seine Seele an seine andere Gestalt verlor ... oder was immer davon übrig war.«

Rory öffnete die Augen. Er war auch verloren, von den Fernen vereinnahmt, von Dingen, die er niemals zuvor erfahren hatte. Von Dingen, die er niemals würde teilen können, auch wenn ich sie geteilt hatte. Er war ein Ungeweihter.

Ich hatte ihm ein Stück meiner Seele geliehen. Jetzt wollte ich es zurück.

»Mädchen ...«

Ich atmete sehr tief ein und vermittelte ihm meine innerste Wahrheit. Das, was mich von anderen Frauen unterschied, von anderen Cheysuli, weil mit meinen Gaben ein Opfer einherging, das ich bereits vor langer Zeit anerkannt hatte. »Versteht Ihr jetzt«, sagte ich deutlich, »warum ich keinen Mann brauche?«

Sein Blick verschärfte sich augenblicklich. Offensichtlich verstand er tatsächlich. »Oh ... Götter ... *Mädchen* ...«

»Welcher Mann kann mir das geben? Welcher Mann würde es auch nur *versuchen?*«

»Ich«, belehrte er mich heftig. »Warum, glaubst du, habe ich gefragt?«

... o Götter ... o nein ...

Ich erhob mich schwankend. »Ihr seid ein Narr«, sagte ich fest, »und ich bin eine Närrin, weil ich blieb. Es wird Zeit, daß ich nach Mujhara zurückkehre.«

Er nahm sein Schwert auf und erhob sich ebenfalls. »Willst du dies dann mit dir nehmen?«

Ich dachte, er meinte das Schwert. Dann sah ich das Messer. Mein silbernes Cheysulilangmesser, dessen königliche Rubine glitzerten. »Aber ... Ihr sagtet ... Ich dachte ...«

»Freunde des Herdfeuers, ja«, stimmte er mir zu, »und Messer kennzeichnen den Bund. Aber ich denke, jetzt verbindet uns mehr ... ob du es nun erkennst oder nicht.«

Hilflosigkeit wallte in mir auf. *»Ku'reshtin«*, murmelte ich.

»Und anderes, denke ich. Wie du auch, Mädchen.«

Ich nahm grimmig das Messer entgegen und gab ihm seines zurück. »Und auch das Hengstfüllen?«

Rory Rotbart lachte. »Das glaube ich nicht, mein Mädchen ... der hübsche Bursche bleibt bei mir.«

Ich steckte mein Messer wieder in die Scheide und nahm die Gestalt eines Adlers an. Um ihm zu zeigen, wie es aussah. Um ihm zu zeigen, was ihm entging.

Aber ich empfand keinen Triumph dabei. Ich empfand nur Leere.

In der Nähe Mujharas verlor ich die *Lir*gestalt. Plötzlich, unerwartet. Voller Entsetzen und Zorn stürzte ich zu Boden und benutzte die Schwingen, um meinen Fall abzufangen, während sich die Adlergestalt vom Innersten ins Äußerste kehrte.

Wartet ... o Götter ... wartet ... *was geschieht hier ... wie* kann *das geschehen*?

Es erfolgte keine Antwort, nur die Auflösung der *Lir*gestalt. Die Magie hatte sich von mir zurückgezogen wie ein Krug Wasser, der entleert wird.

Wie ...?

Es war einfach geschehen. In einem Augenblick war ich ein Adler, im nächsten ein Wesen zwischen Adler und Mensch. Und schließlich eine Frau, die Arme statt Schwingen besaß.

Als ich auftraf, war ich wieder vollkommen Mensch, und obwohl es unerfreulich und schmerzhaft war, schien es, den Göttern sei Dank, nicht so schlimm, daß ich mich ernsthaft verletzt hätte, da meine Schwingen lange genug bestanden hatten, um mich bis kurz vor den Weg zu tragen. Vor allem war mein Stolz angegriffen. Ich lag unbeholfen und unschicklich ausgebreitet da – den Göttern sei Dank, trug ich eine Hose statt eines Rocks! –, blickte hochrot den Mann auf dem Pferd an und stieß zornig und verlegen Flüche aus.

Für jemanden, der in einem Augenblick noch unbekümmert die Straße nach Mujhara entlanggeritten war und im nächsten fast von einem herabfallenden Adler getroffen wurde, der sich dann eiligst in eine Frau verwandelte, blieb er bemerkenswert gelassen. Das Pferd war aufgeregter. Er beruhigte es wie abwesend, mit Worten in einer fremden Sprache.

Die Erkenntnis traf mich plötzlich und unerfreulich. Ich stemmte mich hoch und griff nach meinem Messer. »Ein Ihlini«, fauchte ich ihn wütend an. »Was sonst hätte mich herabbringen können?«

Ich erwartete irgendeine Antwort, irgendeinen Ausdruck seiner Empfindungen, wenn auch vielleicht nur in der Haltung. Statt dessen neigte er höflich und mit schmerzlicher Verbindlichkeit den Kopf. »Verzeiht«, sagte er leise und beruhigte noch immer das gefleckte Pferd. »Als die Götter ihre Kinder schufen, hätten sie daran denken sollen. Es ist ein wenig verwirrend.«

Das hatte ich nun nicht erwartet. Ich begann verärgert: »Die Götter …«, ließ aber dann davon ab, da ich an andere Dinge denken mußte. »Woher kommt Ihr?« fragte ich. »Warum kommt Ihr nach Homana?«

»Um den Mujhar aufzusuchen«, belehrte er mich. »Ich habe eine Einladung.«

»*Kein* Ihlini …« Ich hielt inne. Betrachtete ihn genauer: Er war weißhaarig, blauäugig und ausnehmend hellhäutig. Seine Augen wirkten uralt, aber sein Auftreten jung. Der Zorn verrann und ging in Erkenntnis über. »Ihr seid Taliesin.« Ich errötete, während Scham in mir aufstieg. »O Götter, natürlich seid Ihr … Sie haben Euch mir beschrieben. Brennan, Hart, Corin … sogar unser *Jehan*.« Ich nahm verwirrt die Hand vom Messerheft. »Ich bin Keely, Nialls Tochter … Ich entschuldige mich für meine Grobheit.«

»Ich weiß sehr gut, wer Ihr seid, ungeachtet Eurer *Lir*gestalt – obwohl sie, wie ich einräume, ein beredter Beweis Eures Wesens war.« Taliesin lächelte. »Ihr seid Corin nicht nur von der Hautfarbe her sehr ähnlich... Er hat eine Zunge im Mund und genug Verstand, sie zu führen. Für Euch gilt das, wie ich erkennen kann, ebenfalls, wenn Ihr auch einen hübscheren Mund besitzt.«

Ich verzog meinen hübschen Mund. »Als Harfenist geboren und aufgewachsen und ungeachtet Eurer Abstammung, ist Eure Zunge ebenfalls viel zu schlagfertig.«

Er lachte. Einst war er der Harfenist Tynstars selbst, bis er sich anders entschied. Bis Strahan seine Hände zerstörte. »Ja, nun, ich habe wenig Gelegenheit, einer Frau zu schmeicheln, ob ehrlich gemeint oder nicht. In Eurem Falle meine ich es ehrlich. Ihr habt einen gewissen Ruf.« Sein Blick wirkte belustigt, obwohl sein Tonfall wohlwollend klang. »Und was diese unbedeutende Grobheit betrifft, so halte ich sie angesichts der Umstände für sicherlich entschuldbar. Der Sturz hätte Euch töten können. Dafür entschuldige *ich* mich.«

Ich winkte schnell ab. »Ihr seid uns willkommen«, sagte ich zu ihm und ahmte so die rituelle Begrüßung eines Stammesführers nach. »*Jehan* wird erfreut sein, Euch zu sehen. Er hat sich immer gewünscht, daß Ihr einmal kommen könntet.« Ich grinste. »Ihlini oder nicht, Ihr habt unserem Hause viele Dienste erwiesen. Sogar der Löwe ist dankbar.«

Erinnerungen drangen geballt auf ihn ein. Ich konnte es an seinen Augen erkennen. So viele Dienste, für so viele Angehörige meines Hauses. Zuerst für meinen Vater, der ein Auge an Strahans Falken verlor..., dann für Brennan, Hart und Corin, als sie aus Valgaard entkamen, vor Strahan selbst und seinem schändlichen Gott flohen. Asar-Suti nannten die Ihlini ihn: den Gott der Unterwelt. Der Sucher, der die Dunkelheit geschaffen hat und darin lebt.

Ich schluckte schmerzlich, denn ich erinnerte mich, wie jeder meiner Brüder von diesem Gott nach Hause gekommen war und was man getan hatte, um die Jungen, die ich gekannt hatte, in Männer zu verwandeln. Besonders Corin, der die Frau verlassen mußte, die er liebte, um nach Atvia zurückzugehen. Ich hatte ihn nicht wiedergesehen.

Taliesin seufzte. »Der Löwe«, sagte er düster, »kennt mich genauso gut wie Euch.« Und dann lächelte er, wenn auch traurig, und strich sich mit einer verkrümmten, knotigen Hand eine Haarsträhne aus den Augen. »Ich weiß, daß Hart und Corin fortgegangen sind, aber ich freue mich darauf, Brennan zu sehen. Die Nachricht, die ich bringe, betrifft ihn ebenso wie Niall. Und Euch ebenso wie sie: Sie betrifft alle Mitglieder des Hauses Homana.«

Ein Frösteln lief mein Rückgrat hinab. »Warum seid Ihr gekommen?« fragte ich. »Also nicht aus Vergnügen – es ist weitaus ernster.« Ich benetzte meine Lippen, als er nickte. »Welche Nachricht ist es, Taliesin, die Euch von Solinde hierher bringt? Die Euch allein hierher bringt, ohne Caro als Unterstützung?« Ich tat einen Schritt näher an das Pferd heran und ergriff einen der Zügel, um es festzuhalten. Die Erkenntnis ließ mein Rückgrat vereisen. »Ihr seid *allein*, Taliesin... aber Ihr seid niemals allein. Was ist aus Caro geworden?«

»Caro ist tot«, sagte er. »Strahan ist über das Land hereingebrochen.«

Kapitel Sechs

Mein Vater ist kein gefühlvoller Mann. Vielleicht war er es in seiner Jugend – Ian hatte das einmal behauptet –, aber dann hatte er sich verändert. Solange ich ihn kenne, hält er einen Großteil seiner Gedanken verborgen. Aus Gewohnheit, wenn nicht aus Vorliebe. Ein Mujhar kann nur wenig sagen, ohne gut darüber nachzudenken, sonst muß er die Folgen dafür in Kauf nehmen. Ich begann zu begreifen, daß sogar Könige durch Erwartungen gebunden sind, genauso wie die Menschen, die ihnen dienen.

Als ich Taliesin zu meinem Vater in Deirdres Sonnenraum brachte, erwartete ich ein gewisses Maß an Freude. Irgendein Zeichen von Begeisterung. Aber er wußte es. Er wußte es sofort. Und bat Taliesin leise, ihm alles zu erzählen.

Der Ihliniharfenist stand still in dem Sonnenraum und lehnte den von Deirdre angebotenen Wein und den von Ian angebotenen Platz ab. Seine verkrüppelten Hände hatte er in den Ärmeln seines mit einem Gürtel gebundenen, blauen Gewandes versenkt. Und doch verboten seine nun folgenden Worte jegliches Versteckspiel.

»Ich habe mich geirrt«, sagte er. »Ich dachte, er würde nicht so fieberhaft nach uns suchen, nicht überall. Wir waren in der Hütte jahrelang sicher. Gleich unter seiner Nase …« Taliesin seufzte und brach dann ab. »Er kam mit anderen in unsere Hütte … Er sagte, er sei meine Einmischung leid geworden, meines Dienstes für das Haus Homana statt für das Haus der Dunkelheit.« Aus irgendeinem Grund verzog sich sein Gesicht kurz. »So hat er es genannt: das Haus der Dunkelheit.

Von Asar-Suti regiert, mit Strahan als seinem Herrscher.«

»Oder seinem Erben?« Mein Vater rieb sich die Haut um die Augenklappe. »Mein Söhne glauben, daß Strahan mit Gewißheit erwartet, die Menschlichkeit gegen Göttlichkeit eintauschen zu können. Daß er nicht so sehr aus ehrlicher Überzeugung als aus Habsucht, aus Ehrgeiz dient … aus der verrückten Absicht heraus, einen eigenen Platz im Pantheon des Suchers einzunehmen.«

Taliesin sah ihn an. Langsam wich alle Farbe aus dem alterslosen Gesicht. »Er … würde das nicht … er *könnte* das nicht tun, es sei denn …« Er brach ab.

Ian wandte sich von einem Fenster mit niedrigem Sims um. »Es sei denn?«

Taliesin suchte unsicher einen Platz, den Platz, den er zuvor abgelehnt hatte, setzte sich hin, beugte sich vor und preßte die Hände auf die Brust. »Wenn er … wenn er …« Er schüttelte zögernd den Kopf.

Ich stand ihm so nahe, daß ich nur die Hand auszustrecken brauchte, um Taliesins Schulter berühren zu können. »Bitte seid ehrlich zu uns. Ihr seid den ganzen Weg gekommen, um es uns zu erzählen.«

»Nicht *das*«, sagte er. »Das hat sein Vater nicht gewollt. Tynstar beanspruchte Homana. Er sagte, es sei sein Geburtsort, der ihm aber von den Göttern verweigert wurde, die die Ihlini in ein anderes Land verbannten, während sie Homana für die Cheysuli bewahrten.« Seine Augen blickten starr. »Versteht Ihr. Tynstar wollte Rache. Und Macht, ja – wie sonst sollte er Rache üben? –, aber hauptsächlich wollte er Homana. Um den Göttern selbst zu trotzen.«

Die Stimme meines Vaters klang fest. »Aber Tynstars Sohn verlangt alles. Strahan will alles. Wie kann er den Göttern besser trotzen, als indem er sich zu einem von ihnen macht?«

»Belohnung«, sagte Taliesin. »Seine Belohnung für

die Vernichtung der Prophezeiung, dafür, daß er die Erstgeborenen von der Macht ferngehalten hat.«

»Göttlichkeit?« Deirdre atmete heftig ein. »Wie kann das geschehen? Daß ein Mensch zu einer *Gottheit* wird?«

»Durch Macht«, erklärte der Harfenist. »Es gibt zwei Arten von Macht, Lady: die Macht eines Königs – eine zeitlich streng begrenzte Angelegenheit – und die Erdenmacht. Vollkommene Macht, die jene anrühren, die die Fähigkeit dazu haben. Die Cheysuli haben sie, ein wenig … und die Ihlini ebenfalls. Aber Strahan besitzt mehr davon als die meisten, da er der Gefolgsmann des Suchers ist.« Er schüttelte stirnrunzelnd den Kopf. »Eine doppelte Bedrohung für uns alle, glaube ich … Wenn Strahan die Prophezeiung vernichtet, wird seine Belohnung die Göttlichkeit sein …, aber um sie vernichten zu *können*, braucht er die Göttlichkeit vielleicht schon jetzt.« Taliesin schloß die Augen. »Wer weiß, was geschehen wird? Wer weiß, was geschehen *kann?*«

»Aber Ihr sagt, es könnte geschehen.« Mein Vater saß sehr still, als würde eine Bewegung die Wahrheit zerschmettern und uns zusätzliche Möglichkeiten aufzeigen, denen niemand von uns gegenübertreten wollte. »Ihr sagt uns jetzt, daß es eine Möglichkeit gibt, ein Gott zu werden.«

Taliesin betrachtete seine Hände. »Ich bin ein Harfenist«, sagte er zögerlich, »und Harfenisten wissen um diese Dinge. Harfenisten hören diese Dinge. Alte Harfenisten hören alles.« Jetzt zitterten seine Hände. »Der Herr, dem ich in den Hallen Valgaards gedient habe, war Tynstar selbst. Wie konnte ich diese Dinge nicht hören? Wie konnte ich das Blut des Gottes trinken, ohne zu verstehen, was ich tat – und was blieb zu tun?« Er brachte seine Stimme mühsam wieder in die Gewalt. »Wie Corin habe ich es überwunden. Wie Corin habe ich darunter gelitten. Aber ich dachte niemals, daß es soweit kommen würde, daß Strahan so *viel* wollen würde.«

Der Blick meines Vaters blieb fest. »Alles kann mit dem Segen des Suchers vollbracht werden. Bin ich nicht der Beweis dafür?« Er seufzte. »Fast zweihundert Jahre.«

Mein Vater erhob sich. Er trat von uns fort zu einem der Fenster und blickte auf den Hof hinaus. Ich wußte nicht, was er sah. »Wie ist Caro gestorben?«

»Strahan hat Hand an ihn gelegt.«

Der Mujhar fuhr herum. »Mehr hat er nicht getan?«

»Es war nicht mehr nötig. Ein Mann wird alt, und er stirbt.«

Mein Vater war überrascht. »Ja, während einer Zeitspanne von *Jahren.*«

Taliesin zuckte die Achseln. »Als Strahan Hand an ihn legte, dauerte es nur einen Augenblick.«

Ich erschauderte im Sonnenschein. *Das hatte Strahan ihm angetan – was konnte er uns antun?*

Ian richtete sich angespannt auf. »Es gibt Geschichten darüber, daß Tynstar Carillon zwanzig Jahre seines Lebens gestohlen hat, indem er Hand an ihn legte.«

Taliesin nickte. »Es ist eine der dunkleren Gaben.«

»Und doch hat er Euch keine solche Gabe verliehen«, bemerkte mein Vater energisch. »Verzeiht, aber es scheint seltsam, daß er Caro töten und Euch am Leben lassen würde. Er wollte doch sicherlich Euch. Caro war unschuldig.«

»*Jehan*«, sagte ich scharf. »Du kannst nach allem, was er getan hat, nicht glauben, daß *Taliesin* ...«

»Nein«, sagte mein Vater, »nicht gern, niemals. Aber Strahan ist mächtig. Niemand kommt gegen ihn an.«

»*Drei* Menschen haben ihm getrotzt«, sagte ich. »Sogar vier, wenn du dich selbst mitrechnest.«

Die Haut um sein fehlendes Auge zuckte. »Die Frage war notwendig.«

Taliesin nickte. »Euer Vater hat recht, Keely – niemand gelangt unversehrt aus Strahans Gegenwart heraus, es sei denn, Strahan wollte es so. Keinem Eurer

Brüder ist das gelungen und auch Eurem Vater nicht. Also hat er, wie Ihr seht, das Recht, meine Ehrlichkeit in Frage zu stellen.«

»Das nicht«, sagte mein Vater schnell. »Bei Euch niemals – das wißt Ihr. Nach dem, was Ihr für mich und meine Söhne getan habt?« Er schüttelte gemächlich den Kopf und erinnerte sich persönlicher Dinge, persönlicher Empfindungen, von denen er uns kaum etwas zeigte. »Nein. Ich stelle nur Strahans Absicht in Frage.«

»Warum er mich am Leben gelassen hat?« Der Ihliniharfenist seufzte. »Mit dem Tode endet die Bestrafung ... Er hat mich am Leben gelassen, damit ich leide.« Er hob die verkrümmten, vertrockneten und zitternden Hände. »Er hat mich nicht getötet, als er es vor all jenen Jahren vielleicht hätte tun können – er tat mir statt dessen *dies* an. Und alle Tage der Ewigkeit das Leiden unter der Zerstörung meiner Seele. Nicht meines Talents, nein – die Musik lebt noch immer in mir –, aber meine wahre Begabung war das Harfespielen, und das hat er mir genommen.«

Niemand sagte etwas. Niemand wagte auch nur zu atmen.

Die Stimme des Harfenisten schwankte. »Jetzt nimmt er erneut, wenn auch nur, um mich für meine Dienste für Euch zu bestrafen. Der Tod ist zu leicht, zu schnell für mich ... Er will, daß ich ewig lebe und weiß, daß ich allein bin.« Er hielt seine Hände mühsam still. »Er hat Caro getötet«, sagte er. »Er hat den Menschen getötet, den ich geliebt habe.«

Deirdre trat zu ihm. Sie beugte sich zu ihm herab, drückte ihn an sich, damit niemand seine Qual sah. Sie tröstete ihn mit erinnischen Worten und erinnerte mich dabei an Rory. Sie erinnerte mich an Sean, um den ich trauern sollte, was ich aber nicht konnte, da ich nicht wußte, ob er tot war.

Und auch nicht wußte, ob es mich kümmerte.

Ian stieß einen Laut aus. Einen bestürzten Laut. Ich

sah ihn an, dachte, er wäre durch Taliesin und das Eingeständnis seiner Vorlieben beunruhigt, die innerhalb der Stämme unbekannt sind. Aber er sah nicht den Harfenisten an. Er blickte aus dem Fenster in den Hof.

»Niall«, sagte er, »ist er es? Bei den Göttern, ich glaube, er ist es!«

»Ist wer?« Ich runzelte die Stirn, trat zu Ian ans Fenster und sah hinaus. Unten herrschte ein Durcheinander von Pferden, einer Sänfte, Menschen, Rufen. »Wer ...?«

Und dann sah ich das zu mir aufwärts gewandte, grinsende Gesicht. Ein dunkles, von rabenschwarzem Haar umrahmtes Gesicht mit goldenem Glitzern an einem Ohr.

»Hart«, sagte mein Vater ungläubig. »Bei den Göttern, er *ist* es!«

Deirdre sah ihn über die Schulter an. »Hast du ihn erwartet?«

»Nein. Es ist keine Nachricht gekommen.«

»Bei den Göttern«, sagte ich mürrisch, »braucht er eine Einladung?«

Und dann hatte ich den Sonnenraum bereits verlassen und lief den Gang entlang. *Götter ... ich wünschte, es wäre Corin ...*

Aber Hart würde auch genügen.

* * *

Ich traf ihn auf der Treppe, bevor er hereinkommen konnte, und versetzte ihm einen harten Schlag auf den bloßen rechten Arm oberhalb des *Lir*bandes. *»Ku'reshtin«*, rief ich grinsend, »hast du deine Bezüge so schnell ausgegeben, daß du kommen und um mehr bitten mußt?«

Er rieb sich natürlich den Arm, sagte etwas darüber, daß ich mehr Kraft hätte als er, und tätschelte dann meinen Kopf. Ich hatte diese Angewohnheit mein ganzes Leben lang verabscheut, aber jetzt war sie mir willkommen.

»Nein, nein«, wandte er ein, »ich bin nicht wegen Geld gekommen – nicht aus der homanischen Schatzkammer.« Er grinste herzlich und breit, sowohl selbstironisch als auch einnehmend. Er konnte einer durch einen Schwur gebundenen Jungfrau die Unschuld abschwatzen, ohne daß sie es bedauern würde. »Warum sollte ich? Mir steht jetzt die solindische Schatzkammer und ebenso das solindische Juwel zur Verfügung.«

»Nun, du wirst sie zweifellos verwetten.« Ich grinste erneut, zutiefst erfreut, und sah ihn dann kopfschüttelnd an. »Hast du deinen Titel verwettet?«

»Ich habe mich gebessert«, erklärte er ernst, aber das Glitzern in seinen Augen war unübersehbar. Hart mit den himmelblauen Augen und der seidenglatten Zunge, nur Augenblicke nach Brennan geboren und doch so vollkommen unterschiedlich. »Jetzt verwette ich nur noch die Bezüge von Ilsa, was wenig genug ist, fürchte ich.« Er seufzte. »Sie ist ein Zankteufel.«

»Tatsächlich?« fragte die Lady. »Ich dachte, ich wäre etwas anderes. Das Juwel von Solinde, sagtest du?«

Hart wandte sich nur so weit um, daß er meinem unverhüllten Blick entging. Ich sah Ilsa aus der stoffverhangenen Sänfte steigen, während sie die lavendelfarbenen Röcke über die Spitzen ihrer weiß gefärbten Schuhe schob. Und wieder, wie schon vor über einem Jahr, traf mich ihre Erhabenheit. Ilsa mit den eisigen Augen und dem hellen Haar, deren Schönheit schon legendär war.

Hart und ich sind nicht Zwillinge wie Hart und Brennan, aber wir sind eng blutsverwandt und ebenso nah durch unsere Empfindungen miteinander verbunden. Ich schaute von Ilsa zu ihm und spürte unwillkürlich, daß er nicht mehr der Mensch war, den ich gekannt hatte. Es hatte nichts mit Rang oder Abstammung zu tun – er war der Prinz von Solinde, jetzt nicht mehr nur dem Titel nach, sondern auch tatsächlich –, und es hatte auch nichts mit der immer wiederkehrenden Erkenntnis zu tun, daß ihm seine linke Hand fehlte. Nein. Es war eine unmittelbar in Ilsas Richtung weisende, vereinnahmende Innigkeit.

Er hatte sie für Solinde geheiratet. Er hatte erheblich mehr bekommen. Viel mehr, dachte ich, als er wußte. Sicherlich mehr als erwartet.

Hart? fragte ich still. *Hat sich die Welt auf den Kopf gestellt?*

Und Rael tauchte mit seinem flüssigen, goldenen Tonfall in meinem Kopf auf. *Die richtige Seite ist noch oben,* sagte der Falke. *Was du spürst, ist Glück und die freudige Zufriedenheit mit dem, was aus seinem Leben geworden ist.*

Ich betrachtete den Himmel, blinzelte gegen die Sonne an und beobachtete seine müßig gezogenen Spiralen, während er auf den Hof zuschwebte. Er freute sich, wieder zu Hause zu sein. Ich konnte es in der Verbindung spüren.

Die Rede des Falken überraschte mich. Harts Leben war früher nicht so schlecht gewesen, obwohl es mit der Unbeständigkeit des Wettens und einem ohne jeden Zweifel gefaßten Widerwillen, persönliche Verantwortung für überhaupt irgend etwas zu übernehmen – am wenigsten für seinen Titel –, erfüllt gewesen war. Hart war immer besonders gutgelaunt gewesen, unberührt von Brennans Ernst oder Corins Launenhaftigkeit. Er war, so hatte ich geglaubt, der Zufriedenste von uns, auch wenn er sehr wenig besaß.

Jetzt besaß er in seiner außergewöhnlichen Klarheit mehr als jeder andere von uns.

Ilsa lächelte uns beide an, wandte sich dann wieder der Sänfte zu und nahm von jemandem ein in Stoff gehülltes Bündel entgegen. Aus den Falten stieg ein Wimmern auf.

»Naß«, sagte sie knapp, »und zu lange in der Hitze.

Aber zumindest hat sie Harts Hautfarbe ... mit meiner hätte sie einen Sonnenbrand davongetragen.«

Einen tief bestürzten Augenblick lang konnte ich nur starren. Und dann wandte ich mich zu Hart um. »Du hast keine Nachricht über ein *Kind* gesandt!«

Schwarze Brauen wölbten sich in gespielter Unschuld. »Habe ich nicht? Ich dachte, ich hätte es getan ...« Er tat es mit einem Achselzucken und scheinbar gelassen ab, und dann kehrte sein Grinsen zurück. »Ich wollte *Jehan* überraschen.«

»*Jehan,* mich und jedermann sonst«, stimmte ich ihm trocken zu. »Das ist vermutlich durchaus natürlich, aber ich denke, selbst du wirst zugeben müssen, daß dir eine Vaterschaft nicht ähnlich sieht.«

Ilsa lachte. »Er ist verrückt nach dem Mädchen, schlimmer als ich selbst. Man könnte denken, *er* hätte sie geboren, so wie er sie bemuttert.«

Sie sprach Homanisch noch immer mit Akzent, aber weniger stark als früher. Durch Hart, dachte ich – und wunderte mich über sein Solindisch. Bettgespräche, so hatte ich gehört, seien gut, um die Sprache zu verbessern. Sein Homanisch – und Erinnisch – waren immer ausgezeichnet gewesen.

»Ist Brennan ...?« wollte er fragen, aber dann trafen *Jehan* und die anderen ein, lachend, rufend, Fragen stellend, und ich wurde nicht mehr beachtet. Hart hatte andere, mit denen er sprechen konnte.

»Keely.« Das war Ilsa, die die Treppe heraufkam und sich neben mich stellte. »Ich habe die Amme mitgebracht – können wir irgendwo ungestört sein?«

»In Harts ehemaligen Zimmern vielleicht ...?« Und ich lachte, als ich sah, wie sich ihre Wangen röteten. »Ja, natürlich – das Kinderzimmer. Da ist nicht nur für Aidan Platz.«

Ich führte Ilsa und ihr Gefolge durch Gänge und über gewundene Treppen, mir der Veränderung bewußt, des *Unterschieds,* der Drehung des Rades. Vor zwei Jahren war Homana-Mujhar von den Kindern des Mujhar erfüllt gewesen, deren jedes auf seine eigene Art mit dem Vergehen der Zeit beschäftigt gewesen war. Unser Leben war so lange gleichförmig verlaufen, daß die Vorstellung, es könnte sich ändern, unmöglich war, auch wenn wir wußten, daß es so kommen würde. Und es kam so, unerwartet, als ein von den Söhnen des Mujhar verursachtes Unglück den Tod von zweiunddreißig Menschen bewirkte.

Die Strafe war schnell erfolgt: Hart wurde nach Solinde und Corin nach Atvia gesandt. Aileen wurde von Erinn herbeigerufen, damit sie und Brennan heiraten konnten.

Und dann hatte Strahan eingegriffen. Er hatte alle meine Brüder entführt und seine Künste bei ihnen angewandt. Daß sie alle mit unbeschadetem Geist und unbeschadeter Seele aus der Gefangenschaft entkommen waren, war einzig Corin zu verdanken, der in Strahans Festung erwachsen geworden war.

Sie hatten sich alle verändert oder waren gezwungen worden, sich auf Weisen zu verwandeln, über die keiner von ihnen jemals sprach. Einige waren jedoch offensichtlich: Hart hatte eine Hand verloren. Aber Hart hatte auch Ilsa und das Kind, das sie in den Armen hielt, gewonnen.

Nicht so viel anders als Brennan ... und doch ist nichts dasselbe.

»Hier hinein.« Ich stieß die Tür zum Kinderzimmer auf und ließ alle Solinder herein. Auch das hatte sich geändert. Einst waren sie Feinde gewesen, die Homana-Mujhar an sich gerissen hatten.

Der Raum füllte sich mit Frauen. Aidans Amme, seine Bediensteten und Ilsa und alle ihre Frauen. Ich stand nahe der Tür und schrak vor dem Lärm zurück, vor dem Geplapper über Frauenbelange. Kind dies, Kind das. Wer wollte es wickeln und füttern? Darüber hatte ich noch nie etwas gehört, da ich Aidans tägliche

Versorgung mied. Aileen hatte es besser gewußt, als daß sie mit mir über solche Dinge gesprochen hätte, da meine Neugier entschieden in andere Richtungen ging.

Sie zogen das Mädchen aus, säuberten es und beseitigten die schmutzigen Windeln. Dann wickelten sie es neu, aber erst, nachdem ich es gesehen hatte. Ich hatte noch niemals zuvor solch winzige Füße und Hände und einen so festen, runden Bauch gesehen. Solch rosige, weiche, noch nicht an die Wirklichkeit gewöhnte Hilflosigkeit. Ein Unterpfand der Welt.

Die Amme entblößte eine Brust. Ich sah pralle Haut, angeschwollene Brustwarzen und blaue Adern unter der hellen Haut. Aber ich sah auch das Gesicht der Frau, als sie das Kind an die Brust anlegte.

Götter – wie kann sie das mögen – wie kann sie sich an einen solch bindenden, vereinnahmenden Dienst fesseln …?

Aber ihr Gesicht drückte Frieden aus, nicht Groll. Eine beständige Zufriedenheit.

Es ist Ilsas Kind, nicht ihres – wie kann sie so erfüllt sein?

Aidan hatte auch eine Amme, aber ich hatte niemals zugesehen, wie er gefüttert wurde. Ich hatte niemals nach diesen Dingen gefragt, sondern sie lieber gemieden.

Ilsa sah mich an. »Keely – bist du in Ordnung?«

Die Götter wußten, was mein Gesicht widerspiegelte. »Ja … ja, natürlich.«

Sie lächelte und erhellte den Raum damit. »Wenn sie fertig ist, würdest du sie dann gern halten?«

Meine augenblickliche Antwort erfolgte unwillkürlich. »Bist du verrückt geworden?«

Ilsa lachte. »Wenn du Angst hast, du könntest sie fallen lassen, dann sei versichert, daß du das nicht tun wirst. Diese Angst haben wir alle. Du hättest Hart sehen sollen, als ich sie ihm das erste Mal in die Arme legte.«

Ich schüttelte den Kopf. »Ich möchte sie nicht halten. Es hat nichts mit Angst zu tun.«

Ilsa antwortete nicht sofort, da sie mehr mit dem Kind beschäftigt war. Sie zog eine verrutschte Stoffalte zurecht und fuhr dann mit dem Finger das flaumige schwarze Haar nach, während das Kleine gierig saugte. Die Amme murmelte ihm auf Solindisch beschwichtigend etwas zu.

»Wolltest du sie?« fragte ich jäh und ungeachtet der anderen.

Ilsa sah mich entsetzt an. »Ob ich…? Natürlich wollte ich sie! Wie könnte ich sie nicht gewollt haben?«

»*Wolltest* du sie?« wiederholte ich. »Nicht weil du auf einen Erben hofftest – darüber brauchst du mir nichts zu erzählen –, sondern weil du dir ein Kind gewünscht hast… für dich selbst genauso sehr wie für Hart, den Thron und den Titel… Oder hast du deinen Körper bereitwillig einfach benutzen lassen, um es zur Welt zu bringen?«

Ilsa stand sehr still. Dann wandte sie sich der Amme zu, sagte etwas auf solindisch und nahm ihr das gesättigte Kind ab. Jetzt kam sie durch den Raum schweigend auf mich zu.

»Du wirst dieses Kind halten«, befahl sie. »Du wirst dieses kleine Mädchen halten, das zum Fleisch und den Knochen und dem Geist aller unserer Vorfahren gehört, und dann wirst du mir sagen, daß in deinem Herzen kein Platz für Mitgefühl, für Liebe, für Einfühlsamkeit, für Ehrfurcht und für Zärtlichkeit ist… und, wie ich weiß, auch für Angst, weil jede Frau Angst empfindet.« Sie drückte mir das Kind in die Arme. »Du wirst sie halten«, sagte sie heftig, »und ich verspreche dir, daß du es *wissen* wirst.«

Ich zog mich so weit zurück, wie ich es nur wagte. »Ilsa… ich bitte dich…«

»*Halte* sie«, sagte sie. »Glaubst du, du wärst die einzige Frau auf der Welt, die denkt, sie könnte kein Kind haben wollen?«

Ich erschauderte, fror bis auf die Knochen. Ich hatte nicht gedacht, daß es so offensichtlich war.

Verzweiflung wallte in mir auf. »Aber es ist wahr«, belehrte ich sie unbeweglich und spürte, wie sich das Kind wand. »Nimm sie zurück… nimm sie *zurück*…«

Ilsa wandte sich von mir ab und betrachtete die anderen im Raum. Sie sagte nur ein Wort. Sie gingen alle gleichzeitig. Alle. Sogar Ilsa. Ließ mich zurück, Harts winzige Tochter umklammernd.

Und *wissend,* wie sie es versprochen hatte.

Alles, und mehr.

Kapitel Sieben

Ich suchte in der Dunkelheit allein den Löwenthron auf. Um das in Holz zu einem Thron gestaltete, mythische Tier zu sehen und es um Antworten zu bitten. Sicherlich würde es *eine* Antwort geben.

Ich entzündete eine Fackel und steckte sie in ihre Halterung. Sie reichte kaum aus, die Große Halle zu erhellen, aber sie genügte mir. Ich ließ sie in der Nähe der Silbertüren zurück und trat zum Podest.

Der Löwe beobachtete mich aus vergoldeten, uralten Augen, während ich auf ihn zuging. Solch ein riesiges Tier mit weit geöffnetem Rachen, das von dem Marmorpodest auf angespannten, hölzernen Pranken aufragte. Niemand wußte, wer ihn geschaffen hatte oder auch nur, wie alt er war. Jahrhundert auf Jahrhundert hatte er in Homana-Mujhar gehockt und die Große Halle beherrscht, wie der Mujhar Homana beherrschte. Ich glaubte, daß er von Cheysuli gefertigt war, wie auch der übrige Palast meines Vaters.

Ich blieb am Podest jäh stehen. Die Flamme weit unten in der Halle tanzte um ihren pechgetränkten Docht und verzerrte Licht zu Dunkelheit und Dunkelheit zu Licht. Der Löwe schien zu gähnen und zeigte elfenbeinfarbene Zähne. Die Goldverzierungen schimmerten und betonten die Kunst des Holzschnitzers. Verliehen dem Löwen Leben.

»Du«, sagte ich ruhig, »bist eine selbstsüchtige, fordernde Bestie, die zuviel von uns verlangt. Die uns unsere Freiheit stiehlt, uns den freien Willen verweigert… und uns im Namen eines vergangenen Volkes gemäß *deinem* Willen beugt.«

Der Rachen schwieg. Die Augen zeigten Leere.

Eine Woge der Enttäuschung schwappte über meine Anklagen und schwemmte sie ans Ufer des Löwen. »Wie viele Jahrzehnte lang – wie viele *Jahrhunderte* lang – hast du hier auf dem Podest gekauert, sicher in deiner Macht und deinem Stolz, deinem vollkommenen Hochmut, und gewußt, daß wir treue und pflichtbewußte Kinder sind, zu sehr an die Ehre gebunden, um auch nur daran zu denken, deinen Forderungen den Rücken zu kehren? Unseren Platz im Webwerk der selbstsüchtigen Götter zu überdenken, das uns hierhin und dorthin führt?«

Erneut keine Antwort. Aber das hatte ich auch nicht erwartet. Es war nur eine Holzbestie. Nur ein Bild, das unser Volk dennoch band. Fesseln um unsere Seelen legte.

Ich erklomm die Marmorstufen. Stellte mich dem Löwen unmittelbar gegenüber. Drehte mich dann, ohne nachzudenken, um und setzte mich auf das Polster. Legte die Hände auf die wie Pranken geformten Holzlehnen und lehnte mich zurück, zurück in die Tiefen des Löwenthrons, spürte den über mir aufragenden Kopf und erfühlte das Gewicht der Jahre, der Kraft, der *Macht*. Erkannte auch gegen meinen Willen, was er war.

Atmosphäre. Die Fallen des Erbes, die mein Herz, meinen Willen, meinen Glauben prägten. Ich konnte sie nicht mehr verleugnen als mich selbst.

Und ich fragte mich: *Hat Teir das getan? Sich in seinem Streben, unser Volk von göttergeschaffenem Eisen zu befreien, selbst aufgegeben?*

Weit unten in der Halle blitzte Silber auf. Die Türangeln waren geölt, so daß die Tür beim Öffnen kein Geräusch machte, aber das Glitzern des Fackellichts auf dem gehämmerten Silber verriet den Besucher dennoch.

Einen Augenblick lang war es Brennan. Die Größe,

das Gewicht, die Haltung … alles war Brennan, bis auf die fehlende Hand. Und dann ließ er die Tür zufallen und trat in das zuckende Fackellicht, und ich erkannte deutlich, daß es Hart war.

Vom Löwen umhüllt, wartete ich. Er kam langsam heran, als wäre er von unserem Vater zu einer Audienz gerufen worden, hielt inne, lächelte ein wenig, wohl wissend, was ich tat, und vielleicht sogar auch, warum ich es tat. Er blieb vor dem Podest stehen und neigte seinen schwarzhaarigen Kopf.

»Er steht dir«, sagte er, »der Löwe.«

Ich brummte kurz und ein wenig skeptisch.

Er grinste. »Aber das tut er. Du hast den Stolz dafür …«, leichthin, »… und den Hochmut.«

Ich seufzte, stützte einen Ellenbogen auf den Arm und mein Kinn auf die Hand. »Ja, ja, ich weiß … andere aus meiner Verwandtschaft haben sich bemüht, mir das gleiche zu sagen.« Ich regte mich und versuchte, eine bequeme Haltung zu finden. »Aber ich empfinde die Bestie als zu fordernd. Ich würde meine Freiheit vorziehen.«

Hart wandte sich scheinbar müßig von mir ab: den Kopf erhoben, die Lippen geschürzt, die Augenbrauen gewölbt, betrachtete er die Große Halle. Er war fast zwei Jahre lang nicht mehr hier gewesen. Das Leben hatte sich für ihn vollständig geändert.

Er wandte mir den Rücken zu, so daß seine Bemerkung an die Feuergrube gerichtet wurde, nicht an mich. Was, wie ich erkannte, genau seine Absicht war, um das Thema leichter anschneiden zu können. »Ilsa hat mir erzählt, was vorhin geschehen ist, mit Blythe.«

Blythe. Ich hatte nicht einmal danach gefragt. »Sie hätte es nicht tun sollen, Hart. Was, wenn etwas passiert wäre?«

Er zuckte die Achseln und sah sich noch immer in der Halle um. »Sie fand es notwendig. Ilsa handelt – gefühlsmäßig. Und auch ausgesprochen mitfühlend.« Er wandte sich jäh um, hatte die Neueinschätzung ordnungsgemäß abgeschlossen. »Vergißt du einen der wichtigsten Grundsätze der Stämme?« fragte er angespannt. »Etwas, was du von allen am besten wissen müßtest: ›*Wenn man Angst hat, kann man diese Angst nur loswerden, indem man sich dem stellt, was die Angst verursacht.*‹«

Ich preßte mich gegen den Löwen. »Und du glaubst, ich hätte Angst vor einem *Kind?*«

»Ich weiß es. Ich kenne dich, Keely: Du hast Angst.«

Ich atmete langsam ein, um meine Stimme unbekümmert zu halten. Er wollte, daß ich die Fassung verlor, damit er die Rolle des Friedensstifters spielen konnte, des mitfühlenden älteren Bruders. »Wenn ich sie fallen gelassen hätte ...«

Er unterbrach mich mit einer kurzen Handbewegung. »Nicht davor, sie fallen zu lassen. Das ist nur natürlich. Nein. Du hast Angst vor dem Kind selbst, vor *deinem* Kind und was es bedeutet.« Er erklomm die erste Stufe des Podests und blieb dann erneut stehen, die Arme hinter dem Rücken verborgen. So beiläufig, mein mittlerer Bruder. So heiter bestrebt. »Du hast Angst, den Mutterleib zu verlassen, Keely ... Angst, deine Gefühle freizusetzen, weil du dich selbst zu verlieren fürchtest.«

Ich wollte sofort widersprechen. »Ich glaube kaum, daß ein *Kind* ...«

»Ich *schon*. Du vergißt: Ich war der Unverantwortlichste von uns allen, derjenige, bei dem es am unwahrscheinlichsten schien, daß er von den Forderungen seines *Tahlmorra* eingenommen würde.« Er erklomm eine weitere Stufe. »Ich war der mittlere Sohn, der *minderwertige* Sohn, dessen einzige Sorge es war, wie er das Spiel gewinnen konnte, wie er etwas riskieren und siegen konnte, mich selbst riskieren, meinen *Lir*, meinen Titel, alles beim Wurf eines Runenstabes.« Er verzog spöttisch das Gesicht. »Ja, es war gleichgültig, was ich tat, *dachte ich,* was mir die Freiheit verschaffte, mich so zu benehmen, wie ich es entschied. Und ich entschied, Solinde, Ilsa ... meine Hand zu verwetten.«

Ich widersprach sofort. »O Hart ...«

Seine Stimme klang vollkommen ruhig. »Ich habe es verwettet, Keely. Und es war leicht, *leicht* ...« Er streckte seinen linken Arm aus, zwischen sich und mich. »So leicht, Keely, weil ich dachte, es wäre nicht wichtig. Weil ich dachte, ich könnte *siegen.*« Er erklomm die dritte und letzte Stufe. Jetzt stand er auf dem Podest, auf gleicher Höhe mit dem Löwen, und hielt mich mit seinem Blick, mit seiner Haltung, mit der Kraft seines Seins fest. »Ich hatte vor vielen Dingen Angst, und ich hatte vor nichts Angst. Keines von beidem ist angenehm, obwohl Unwissenheit ein besserer Bettgefährte ist.« Er schüttelte den Kopf. Sein Ohrring glitzerte. »Deine Angst ist nicht unangebracht, aber sie kann überhandnehmen. Die Götter wissen, daß du die Kraft und den Mut dazu hast, Keely ... Und ich weiß es auch. Wir wissen es alle ...« Er grinste. »Und das ist auch der Grund dafür, warum du uns mit der Heftigkeit deiner Leidenschaften halb verrückt machst.«

Ich fluchte halbherzig und sank in die hölzerne Umarmung zurück. »Du bist ein Narr«, sagte ich erschöpft. »Ihr seid alle Narren. Ihr unterschätzt meine Überzeugungen und denkt, meine Meinungen seien aus weiblicher Gegensätzlichkeit entstanden ...«

»Überhaupt nicht«, sagte er tonlos. »Götter, Keely, vergißt du die Macht in deinem Blut? Wir tun das nicht. Wir *können* es nicht. Du bist mit weit mehr Gaben ausgestattet als jeder andere von uns, und solche Macht hat ihren Preis. Ich weiß, was *ich* in *Lir*gestalt empfinde ... Ich kenne die überwältigende Verlockung, die Anziehung und die Gefahr der Verbindung. Und das nur mit einem *Lir,* Keely – glaubst du, keiner von uns wüßte, wie schwierig es für dich ist, die du Zugriff auf *jede* Gestalt hast? Wie stark du dein Gleichgewicht zu bewahren trachten mußt, wenn du von so vielen Möglichkeiten angelockt wirst?« Er schüttelte langsam und mitfühlend den Kopf. »Du hast Angst, *Rujholla*, das verspreche ich dir. Du hast Angst, die ›Keely‹ zu verlieren, die die Macht geprägt hat. Mit Sean verheiratet, bist du eine *Cheysula*. Mit einem Kind bist du eine *Jehana*.« Er hielt inne und sprach dann noch ruhiger, noch sanfter. »Aber was wird aus Keely? Was wird aus der Offenbarung unseres Volkes?«

Ich starrte blind in die vom Löwen beschützte Dunkelheit. »Sie ist begraben«, flüsterte ich belegt. »Von den Erwartungen, den Hoffnungen – den *Bedürfnissen* – aller anderen, *so vieler* anderer vereinnahmt.« Ich schluckte schmerzlich. »Verwandtschaft, Stamm, Ehemann.« Mein Mund war trocken. »Kind.«

»Wer könnte besser als du verkörpern, was wir sind.« Hart lächelte, als ich bestürzt und jäh den Kopf zu ihm wandte. »Ja. Hast du nicht daran gedacht? Dein Kind, deine *Kinder*, werden vielleicht aus noch stärkerem Eisen geschmiedet sein als sogar die *Jehana*. Und auch sie werden den richtigen Weg finden müssen. Gleichgültig, wie schwierig es werden wird.« Er war mir jetzt nahe, so nahe. Er streckte die Hand aus, seine einzige Hand, und berührte meinen Kopf, glättete das wirre Haar. »Du bist nicht allein, Keely ... nicht, solange noch jemand von uns lebt. Nicht, solange deine Kinder leben.«

Ich schloß fest die Augen. »Ich bin müde«, sagte ich, »so müde.«

»Ich weiß, Keely. Nichts ist für uns leicht, und am allerwenigsten für dich.« Er seufzte. »Es steht so viel – *zu* viel – auf dem Spiel.«

Ich dachte erneut an Teirnan. An Maeve und das Kind in ihrem Bauch.

»Geiseln«, entgegnete ich ihm. »Jedes einzelne von ihnen.«

Hart runzelte die Stirn. »Wer?«

»Die Kinder. Geboren oder ungeboren... Ist das wichtig? Geiseln der Götter. Gefangene der Überlieferung.« Ich zog mich aus dem Löwenthron hoch. »Sie ist ein reizendes Mädchen, *Rujho*... eine reizende kleine Cheysuli. Ich hoffe, die Götter sind ihr freundlich gesonnen.«

Ian fing mich ab, als ich den Gang zu meinen Räumen entlangging. Wir trafen uns in der Halle, wußten Dinge, die niemand sonst wußte, und standen der Wirklichkeit von Angesicht zu Angesicht gegenüber.

»Nun?« fragte er.

»Ich habe ihn gefunden«, sagte ich grimmig. »Ich habe ihn gefragt. Er ist unmittelbar nach der Wirtshausschlägerei davongesegelt und hat nicht abgewartet, ob Sean überlebt hat.«

Ians Gesichtsausdruck war ernst. »Wie lange ist das her?«

Ich atmete tief ein. »Er sagte, wir sollten bald etwas hören, wie er es ausdrückte. Heute, morgen oder übermorgen... oder vielleicht in einem Monat.« Ich zuckte die Achseln. »Wir bleiben unwissend, *Su'fali*, und haben keine Möglichkeit, es in Erfahrung zu bringen. Wir können nur warten.«

»Und Niall sagen, daß du das beschlossen hast.«

Ich erstarrte. »Jetzt? Sofort? Aber...«

»Nein, nicht sofort. Er berät sich mit Taliesin. Morgen, denke ich... oder vielleicht übermorgen.« Er schüttelte den Kopf. »Man muß über Strahan nachdenken, und jetzt, wo Hart gekommen ist...«

»... wird er mit Überlegungen über Seans Gesundheit nichts zu tun haben wollen.« Ich nickte. »Wir haben so lange gewartet... noch ein wenig länger wird nichts schaden.«

»Ein wenig länger, und du wirst eine alte Frau sein.« Er lächelte mit gewölbten Augenbrauen, während ich ihn ansah. »Nun? Du bist fast dreiundzwanzig, nicht wahr? Niall hatte in diesem Alter bereits fünf Kinder.«

»Und du, *Su'fali?*« fragte ich süßlich. »Du bist – fünfundvierzig? Sechsundvierzig? Und dein Haar beginnt bereits zu ergrauen ...« Ich grinste und wandte mich meinen Räumen zu. »Ich denke, du solltest lieber einen Blick in das polierte Silber werfen, bevor wir von Alter sprechen.«

Kapitel Acht

Hart stellte die Schale auf den Tisch und ließ eine Sammlung von flachen, knochenfarbenen Steinen hineinfallen. Stirnrunzelnd bemerkte ich, daß fast jeder von ihnen mit einer Art Zeichnung versehen war. Ich nahm einen Stein hoch, betrachtete ihn und sah das eingeritzte Muster.

»Eine Sense?«

Hart nickte. »Sie bedeutet eine großzügige Ernte. Ein guter Stein beim Bezat.« Er zeigte mir eine Handvoll weiterer Steine. »Jeder hat eine gewichtige Bedeutung, aber wenn sie mit anderen zusammen gezogen werden, kann sich alles ändern. Außer natürlich bei diesem Stein.« Er zeigte mir beide Seiten, die leer waren. »Der Todesstein«, sagte er. »Bezat. Wenn man diesen zieht, ist das Spiel vorüber.«

Ich brummte. »Ich kann verstehen, warum du dieses Spiel magst, Hart... Das Risiko ist größer als beim Glücksspiel.«

Die späte Nachmittagssonne fiel durch die Fenster und bildete im Zimmer ein Gitter aus Schatten und Licht. Wir saßen in Deirdres Sonnenraum, über einen niedrigen Tisch gebeugt, auf dem sich ein Krug Wein, eine Ansammlung von Bechern und das solindische Spiel befanden. Ilsa und Deirdre arbeiteten zusammen an dem wuchtigen Löwenteppich, den ich schon nicht mehr sehen konnte, und sprachen leise über Dinge wie das Gebären von Kindern, die Zubereitung bestimmter Speisen und die Notwendigkeit, alte Kleidung mit neuen Farben aufzufrischen. Ich fand, wie üblich, keinen Reiz daran und überhörte sie daher völlig.

Ian, mein Vater und Taliesin berieten mit dem Homanischen Konzil noch immer über Strahan und die Notwendigkeit, Streitkräfte an die nördlichen Grenzen zu schicken, um sie gegen jegliches Eindringen der Ihlini nach Homana zu schützen. Der Harfenist berichtete von Toten nahe der Grenze, wenn auch noch auf solindischer Seite, gegenüber des Molonpasses. Dennoch unterstrich das die Tatsache, daß unsere Grenzen gut bewacht werden mußten. Wenn Strahan Solinder tötete, die er für verräterisch hielt, bezweifelte ich, daß ihn etwas davon abhalten könnte, die Grenze zu überschreiten, um Homaner oder Cheysuli zu töten, die ältere Feinde waren.

Ich fragte mich, warum Hart nicht an der Besprechung teilnahm, sagte es auch und wurde vom Prinzen von Solinde belehrt, daß er bereits Patrouillen in den hohen Norden gesandt habe. Valgaard, erklärte er mir, befand sich in einer Nische Solindes, deren Bewohner Strahan fest die Treue hielten und schon immer gehalten hatten, wie zuvor auch Tynstar. Obwohl diese Gegend angeblich ein Teil von Harts Besitz war, hatte Strahan die wahre Macht inne. Und bis Hart die Treue der Solinder erringen konnte, die noch immer eine solindische Herrschaft vorzogen, konnte er kaum erwarten, daß sich das ganze Reich gegen den Ihlini auflehnen würde, der, wie er trocken bemerkte, mehr Recht darauf hatte als wir, da Solinde die Heimat der Ihlini war. Und sie waren nicht alle wie Strahan.

Und so saß Hart, nachdem er sich seiner Pflicht entledigt hatte, mit mir am Tisch, ließ Runensteine klappern und drängte mich, alles Geld zu verwetten, das ich besaß – bis auf den letzten Pfennig.

»Warum?« fragte ich mißtrauisch. »Hast du *tatsächlich* deine Bezüge verwettet? Und willst jetzt meine gewinnen?«

Er lächelte gemächlich, lieblich und mit arglosem Blick. Götter, aber er war gut! »Ohne Risiko hat das Spiel keinen Sinn.«

»Ohne Risiko kann man nichts verlieren.« Ich lächelte gleichermaßen lieblich zurück. Ich bin immerhin seine Schwester. »Ich dachte, Ilsa hätte dich gebessert.«

Die Lady selbst lachte. »Nur so weit, daß er zu Hause bleibt und nur noch bei solch unbedeutenden Spielen wie diesem wettet.«

Hart kaute auf seinem Daumen, dem einzigen, auf dem er kauen konnte. »Wirst du spielen?«

»Nur wenn *ich* die Einsätze festlege.« Ich dachte darüber nach. »Ich glaube …«

Aber was ich glaubte, blieb ungesagt, weil Hart überhaupt nicht auf mich achtete. »Brennan«, sagte er plötzlich angespannt. »Ja, es *ist* …«

Und er kam tatsächlich durch die Tür, aber Hart hatte es schon gesagt, bevor er zu sehen gewesen war, und Rael schwieg in der Verbindung. Hart hatte es einfach *gewußt*.

Ihr Grinsen glich sich vollkommen, wenn auch in verschiedenen Gesichtern. Sie waren beide schwarzhaarig und dunkelhäutig, mit sehr ähnlichem Knochenbau, aber nicht nur die Augen schienen anders. Auch ihre Gedanken arbeiteten unterschiedlich, obwohl sie in diesem Augenblick dasselbe dachten, wie für jedermann sichtbar war.

Hart hatte sich erhoben. Sleeta, die neben ihrem *Lir* hereinglitt, ging sofort zu Hart, drängte sich an seine Beine und stieß mit dem Kopf gegen sein Knie. Ich spürte ihre Zufriedenheit, ihre Begrüßung durch die Verbindung, obwohl Hart nichts außer dem Schnurren hörte, das fast ein Knurren war. Für ihn war es einfach eine katzenhafte Begrüßung. Brennan und ich erkannten, daß sie ihm auch Ehre erwies.

Brennan tat zwei große Schritte nach vorn und blieb dann stehen. Betrachtete Hart ernst. Öffnete den Mund zum Sprechen.

Aber Hart, der dasselbe getan hatte, kam ihm zuvor. »Du bist fett geworden«, verkündete er.

»Du *Ku'reshtin,* das bin ich nicht!«

»Weich«, fügte Hart hinzu und nickte. »Fett und weich. Und zweifellos auch träge... die Häuslichkeit verdirbt einen Mann wie dich.«

Brennan verengte die Augen. »Dann schlage ich vor, daß wir uns ein freundliches Wirtshaus suchen und meine Häuslichkeit – und verschiedene andere Unzulänglichkeiten – bei einem Krug Wein besprechen.«

»*Usca*«, sagte Hart prompt. »Und ein Glücksspiel.«

Ilsa hob den Kopf. Ich trat ruhig zwischen ihren Mann und ihren Bruder. »Ich werde auch mitkommen, um euch vor Schwierigkeiten zu bewahren. Ich erinnere mich, wie es letztes Mal war, als ihr in Mujhara zum Trinken und zu einem Spiel gingt.«

Sie erinnerten sich ohne Zweifel auch. Und genauso zweifellos wären sie lieber ohne mich gegangen. Aber sie sagten es nicht, Hart vielleicht aus Rücksicht auf Ilsa. Und Brennan, wie ich dachte, weil er klüger war, als daß er darüber streiten mußte. Wenn sie mich nicht mitnahmen, würde ich ihnen von mir aus folgen.

Das hatte Corin mich gelehrt.

Das Wirtshaus nannte sich Der wilde Löwe. Seine Mauern waren gekalkt, sein Schild in Löwenform frisch gemalt. Brennende Laternen hingen an den Pfosten. Es war insgesamt ein anziehender Ort, aber anstatt hineinzugehen, standen wir draußen auf der Straße und betrachteten es.

»Nun«, sagte Hart schließlich, »vermutlich haben sie die Bänke und Tische, die wir beim letzten Mal zerstörten, inzwischen ersetzt.«

»Zweifellos«, stimmte Brennan ihm zu, »und zweifellos haben sie auch den Besitzer und das Schankmädchen ersetzt.« Er berührte sein Ohr mit dem fehlenden Ohrläppchen und nahm die Hand dann mühsam wieder fort. »Laßt uns hineingehen.«

Hart und ich folgten Brennan, als er die Tür mit der

Schulter aufstieß. Das Innere war genauso sauber wie das Äußere, gut beleuchtet und mit einem harten Holzboden. Hart setzte sich an den ersten freien Tisch und rief nach *Usca*. Ich gesellte mich zu ihm, aber Brennan, der sich umsah, setzte sich nicht sofort. Er schien nach etwas zu suchen, und als das Schankmädchen mit dem Krug *Usca* und Bechern kam, betrachtete er sie genau. Sie war jung, blond, blauäugig. Er entspannte sich fast sofort und bezahlte. Dann drückte er ihr zusätzlich ein Trinkgeld in die Hand.

»Ein Silberroyal?« Ich war erstaunt. »Das genügt für zehn Mahlzeiten und allen *Usca*, den wir wollen, *Rujho* – und du gibst ihn einem Schankmädchen?«

»Meine Entscheidung«, sagte er ruhig und setzte sich neben mich.

Harts Gesicht war ungewohnt ausdruckslos. »Es gibt *I'toshaa-ni*«, bemerkte er mit sorgfältig dosierter Unparteilichkeit. »Wenn du dadurch wieder Frieden findest ...«

Brennan unterbrach ihn mit erhobenem Zeigefinger. »Ich weiß das, Hart. Aber ich habe nicht feststellen können, daß es unserem *Su'fali* gutgetan hätte.«

»Ah«, sagte ich, »Rhiannon. Ja, es war hier, nicht wahr, wo du ihr begegnet bist?« Wie Hart hielt auch ich meine Stimme frei von Vorwürfen. Brennan ist ein gerechter Mensch und unparteiisch, aber er ist hinter den homanischen Manieren ganz Cheysuli, und zwar mit heiklem Cheysulistolz. »Und habt Corin und du nicht auch hier gegen diesen prahlerischen Narren, Reynald von Caledon, gekämpft?« Ich grinste. »Ihr habt seine Eskorte fast vernichtet, wie auch das Wirtshaus selbst ...«

»Ja.« Brennans Stimme klang ernst. »Keely, wir sind nicht hierhergekommen, um über alte Zeiten zu sprechen.«

»Nein?« fragte ich betont überrascht. »Warum sind wir dann überhaupt hierhergekommen? Ein anderes Wirtshaus hätte genauso genügt.«

Brennan goß einen Becher mit *Usca* voll und schob ihn mir zu. »Trink«, sagte er knapp. »Du bist zum Trinken hergekommen, also trink... Meine Belange sind meine Sache, und ich würde die Zeit lieber damit verbringen, mit Hart zu reden als mit dir.«

Hart sah mich kurz mitfühlend an – er war mehr als einmal das Opfer von Brennans Verärgerung gewesen und wußte, wie ich mich jetzt gerade fühlte –, wandte sich dann um und rief nach einem Glücksspiel. Ich bemerkte, wie gut er sich angewöhnt hatte, seine rechte Hand für alles zu benutzen und den linken Stumpf vom Rand des Tisches fernzuhalten. Ich fragte mich, ob er noch schmerzte, wie es bei der leeren Augenhöhle unseres Vaters der Fall war, wenn er müde oder besorgt war. Ich fragte mich, wie er sich fühlte, wenn er daran dachte, wie er die Hand in Solinde an Dar, Ilsas solindischen Freier, der Strahan aus persönlichem Nutzen gedient hatte, verloren hatte.

Und der dafür hingerichtet worden war, wie ich wußte. Aber das brachte Harts Hand nicht zurück, die er selbst ins Tor Asar-Sutis geworfen hatte, um Strahan davon abzuhalten, seine Dienste mit dem einzigen zu erkaufen, womit es ihm vielleicht gelungen wäre: mit seiner Wiederherstellung als vollkommen anerkannter Krieger bei den Stämmen.

Der Verwandtschaft beraubt. Ein alter, aber noch gültiger Brauch. Brennan hatte ihn zu ändern versucht, aber es gab bei den Stämmen noch Widerstand dagegen. Die Alten sagten, wir hätten bereits Überlieferungen verloren, einschließlich der *Shar Tahls*, weil unsere Übernahme des Löwenthrons uns zu Homanern machte. Wenn wir alle Bindungen zu den alten Bräuchen brächen, wären wir keine Cheysuli mehr. Ein Cheysulikrieger brauchte alle seine Glieder, um vollständig zu sein – wie konnte er sonst seinen Stamm verteidigen?

Also wurde der Brauch vorerst beibehalten. Und Hart wurde, ungeachtet seines Titels, von seinem

Stamm ausgeschlossen und genoß keines der ihm durch Geburt, durch das Blut und durch die *Lir*verbindung mit Rael rechtmäßig zustehenden Privilegien mehr.

Der schwache, unverantwortliche Hart, der sich anscheinend am wenigsten von uns allen um den Verlust der Stammesrechte kümmern würde, da er die *Lir*gaben nicht beeinträchtigte und auch nicht seine Spielleidenschaft. Der aber, seltsam genug, den Verlust am stärksten zu empfinden schien.

Ja, Strahan hatte ihn verändert. Strahan hatte sie alle verändert.

Wir tranken, spielten, redeten. Hauptsächlich redeten *sie*, meine Brüder, frischten die Verbindung der gemeinsamen Geburt auf, bestätigten die Kraft ihres besonderen Bundes neu.

Diese Verbindung unterschied sich von der *Lir*verbindung. Und sie war auf vielerlei Arten mächtiger. Ich war mit Corin verbunden, wodurch ich verstand..., aber er war weit fort. Viel zu weit, so daß ich eigentlich ohne Verbindung blieb.

Ich trank *Usca* und verfluchte die Notwendigkeit der Verantwortung. Ich dachte, es sei ein Fluch, den Hart selbst oft ausgestoßen haben mußte, weil er war, was er war. Und doch hatte er sich verändert. Er hatte dazugelernt. Er hatte letztlich getan, was notwendig war, um das empfindliche Gleichgewicht aufrechtzuerhalten.

Ebenso Corin, der seinen Groll nur allzu zögernd aufgab. Mein zorniger, rebellischer *Rujholli*, der Brennan fast alles übelgenommen und übersehen hatte, was er selbst im Überfluß besaß. Sogar Corin war dem Ruf seines *Tahlmorra* gefolgt. Er lebte jetzt in Atvia und vertrat die Rechte seines Hauses. Er hatte sich hoffentlich Lilliths entledigt und unsere Mutter, die wahnsinnige Gisella, fest im Griff, die ihn anderenfalls zu Tode quälen würde.

Ich erschauderte kurz. Ich hatte keine Erinnerung an unsere Mutter, die nach Atvia ins Exil geschickt wurde, bevor ich sechs Monate alt war. Aber ich hörte die Geschichten, das Flüstern, die Bemerkungen. Ich spürte das Unbehagen meines Vaters, wann immer ihr Name genannt wurde, weil sie tatsächlich die Königin von Homana war, nach homanischem Gesetz seine Ehefrau, nach Cheysuligesetz seine *Cheysula.* Wenn sie nach Homana zurückkäme, würde sie angemessen empfangen werden müssen, bevor er sie wieder fortschickte. Sie hatte ihm Söhne geboren. Sie hatte ihm die Möglichkeit verschafft, den Löwenthron zu halten, die Möglichkeit, die Prophezeiung voranzubringen, einfach indem sie Jungen gebar.

Ansonsten war Deirdre in allem unsere Mutter. Aber Deirdre war ungeachtet ihres Blutes eine Hure, wie manche behaupteten.

Wenn Gisella jemals nach Homana zurückkäme und darum bäte, dauerhaft bleiben zu können, würde Deirdre gehen müssen. Es gab Anstandsregeln, Bräuche, Umgangsformen... Sie würde gehen, *fortgeschickt* werden und unseren Vater – des Glücks beraubt – zurücklassen.

Ich hatte ihn nur glücklich erlebt, als Kind und als Erwachsene. Wegen Deirdre. Weil sie zufrieden miteinander waren.

Ich trank große Schlucke brennenden *Usca* und ließ ihn meinen Zorn ausbrennen. Ließ ihn mir *selbst* Möglichkeiten eröffnen.

Wenn es mit Jehan und Deirdre nach so langer Zeit – zweiundzwanzig Jahre! – *so sein konnte... wenn es mit Hart und Ilsa so sein konnte...* ich biß die Zähne zusammen und schluckte den Alkohol hinunter... *warum dann nicht auch mit Sean und mir?*

Es war nicht unmöglich. Wenn ich meine Augen öffnete, konnte ich es sehen. Wenn ich meine eigene Dickköpfigkeit abschütteln könnte, meinen Stolz, meine

Enttäuschung unterdrücken, meine Feindseligkeit aufgeben …

Wenn.

Es war nicht unmöglich. Wenn Sean nur noch lebte.

Und was würde dann aus Rory?

… o Götter, was denke ich da …?

Kapitel Neun

»Keely.« Es dauerte sehr lange, bis ich das Wort einordnen konnte. Oder das, was es bedeutete. Oder bedeuten könnte.

»Keely.«

Ja, natürlich: mein Name. Aber wer …? O ja, Brennan. Natürlich Brennan, wer sonst? Es war immer Brennan, der mich zu Tode quälte … nein, nein, es war Corin, der gequält würde …

»*Keely!*«

Nein … doch nicht Brennan, zumindest nicht dieses Mal … vielleicht war er es das erste Mal gewesen oder das zweite Mal oder das erste Mal *und* das zweite Mal … aber wer war es jetzt …? O Götter, *Hart* – natürlich, ich hatte es vergessen. Hart war von Solinde hierhergekommen, mit Ilsa … Ilsa und einem Kind.

Ich sah zuerst Brennan an, dann Hart – und seufzte. »Ihr beide: Kinder … Kinder und *Cheysulas* … Götter, ich glaube, ich werde krank … ihr beide macht mich *krank* …«

»Wenn du krank bist«, bemerkte Brennan, »dann hat das nichts mit uns zu tun. Du hast zu tief in deinen Becher geschaut, Keely … und *Usca* ist stark.«

»*Jeder*mann hat Kinder.« Ich schüttelte verzweifelt den Kopf. »Du, Hart, Maeve – Götter, Corin wird der nächste sein, oder *ich* …«

Brennan wurde sehr still. »Was meinst du mit ›Maeve‹?«

»… solch eine Närrin, solch ein *Dummkopf!* Man sollte meinen, sie hätte ihre Lektion, nach dem, was Teirnan tat, gelernt … aber *nein*, er schnippt mit den Fingern, und sie rennt zu ihm wie ein Hund – wie eine *Hündin,* die sich dem Hund anbietet …«

Brennan legte seine Hand auf meine und hielt sie auf dem Tisch fest. »Keely, das genügt. Der *Usca* spricht aus dir, nicht du selbst – aber du weißt anscheinend alle Geheimnisse. Was ist das für eine Geschichte mit Maeve und Teirnan – und einem *Kind?*«

»Sie ging zu ihm«, sagte ich einfach über den *Usca*nebel in meinem Kopf hinweg. »Sie ging zu ihm, hat mit ihm geschlafen, und jetzt wird sie sein Kind gebären.«

Brennan blickte bestürzt drein. »Ist *das* der Grund, warum …«

Ich unterbrach ihn grob. »Ja, natürlich ist das der Grund … was hast du gedacht?« Ich sah ihn finster stirnrunzelnd an. »Das ist der Grund, warum sie sich an den Stammeskeep hält. Sie schämt sich. Sie hat Angst. Sie denkt, *Jehan* wird zornig sein.«

Hart schüttete stirnrunzelnd die Steine in die Schale und mischte sie. »Ist Teir noch immer bei den *A'saii?*«

Ich brummte. »Bei ihnen, ihr Anführer … Er hat einen neuen Stamm gegründet, und er ist der Stammesführer.«

Ich setzte mich aufrechter auf meinen Stuhl. Der *Usca*nebel blieb und verwirrte, zusammen mit dem Kerzenschein, meinen Blick, aber ich wußte, was ich sagte. »Und ich bin nicht vollkommen sicher, daß falsch ist, was er behauptet.«

Brennan gab einen angewiderten Laut von sich und schob mir den Krug zu. »Trink noch etwas *Usca,* Keely … er beflügelt deine Phantasie.«

»Ist es meiner Phantasie entsprungen, daß wir riskieren, die *Lirs* zu verlieren?« Ja, das erweckte ihre Aufmerksamkeit. »Teir hat mir erklärt, daß wir kaum noch gebraucht würden, wenn die Erstgeborenen wiederkämen. Und auch die Ihlini nicht. Beide werden überflüssig sein. Und da die Erstgeborenen alle Macht haben werden, warum sollen sie dann nicht auch alle *Lirs* bekommen?«

»Weil das keinen Sinn macht«, erwiderte Brennan. »Uns haben die *Lirs* immer gehört – warum sollten wir sie verlieren? Welchen Grund hätten die Götter, sie uns fortzunehmen?«

Ich beugte mich angespannt vor. »Weil die Erstgeborenen ihre Lieblinge sind. *Du* solltest das verstehen, da du selbst bevorzugt wirst...«, ich lächelte bitter, »... und meistens den Lohn erntest, du und Maeve...« Doch dann winkte ich ab. »Aber das alles ist gleichgültig. Ich frage mich jetzt nur wieder, ob Teirnan recht hat... Er sagte, die Ihlini bekämpften uns so, wie sie es tun, weil sie verstehen, was es bedeutet... Sie begreifen, daß sie vernichtet sein werden, wenn die Prophezeiung erfüllt wird.« Ich schluckte schwer und schmeckte scharfen Alkohol. »Vielleicht werden wir dasselbe Schicksal erleiden und werden wie schmutzige Lappen fortgeworfen...« Ich legte die Hände über die Augen. »Götter, es ist zu hell hier drinnen... Ich schwöre, ich werde *blind*...«

»Wir sollten sie nach Hause bringen«, sagte Hart mit Unbehagen. »Ihr wird hier am Tisch übel werden.«

Brennan seufzte. »Das sollte besser draußen passieren.« Ich hörte Stühle schaben. »Nun gut, Keely, wir werden dich nach Hause bringen. Wo dich jemand, wie ich zu behaupten wage, zu Bett bringen müssen wird, denn ich bezweifle, daß du selbst dazu in der Lage bist.«

Hände unter meinen Armen hoben mich hoch. Der Schankraum drehte sich. »Uuh... *Götter*...« Aber ich biß mir auf die Lippen und ließ sie mich aus dem Wirtshaus in die Dunkelheit begleiten. Also war es Abend? Schon?

»Wir können genauso gut gehen«, bemerkte Hart trocken. »Ich bezweifle, daß sie sich auf einem Pferd halten kann.«

»Ich bezweifle, daß sie ein Pferd auch nur *selbst* halten kann.« Brennans Stimme klang bitter. »Ich habe ihr mein schnellstes Hengstfüllen anvertraut, und sie hat es verloren – sie hat es *verloren*... Sie hat zugelassen, daß Diebe es ihr stahlen, und hatte dann zuviel Angst, mich zu der Stelle zu führen, wo es geschah. Ich hatte sie nicht gebeten, *mit* mir zu kommen, sondern nur, mir zu sagen, wo...«

Ich blieb jäh stehen und riß mich aus ihrem Griff los. »*Ich* weiß, wo«, entgegnete ich ihm. »Ich *weiß*, wo und wer und wie man herankommen kann... und ich habe *keine Angst!* Nicht vor ihm. Nicht vor Rory. Er würde mir niemals Schaden zufügen.« Ich schüttelte heftig den Kopf. »Nicht Rory Rotbart.«

»*Wer?*« erklang es einmütig.

Und dann sprach Brennan: »Du sagtest, die Geächteten wären Erinnier. Aber nicht, daß du sie *kennst*.«

Ich errötete. Schwitzte. »Götter...«, keuchte ich. »... o *Rujho*...«

Harts Stimme klang drängend. »In der Gasse... *dort*...«

»Laß sie los.« Brennans Stimme klang weniger freundlich. Und entschieden ohne Mitgefühl. »Sie hat das alles allein getrunken... laß sie es auch so loswerden.«

Eine Gasse... Ich erwischte eine Mauer, versuchte mich daran festzuhalten, spürte, wie sie unter mir wegsank. Auf den Knien huldigte ich der Dunkelheit und allem *Usca*.

Hart half mir schließlich aufzustehen und hielt mich aufrecht. Brennan war nur ein Schatten in der Dunkelheit, der vom Laternenlicht abgebildet wurde und leise etwas murmelte. Ich sah das Gold an seinen Armen und in seinen Augen. In Harts Augen sah ich Mitgefühl. Aber sie waren immerhin blau... nicht wild und cheysuligelb.

Ich atmete sehr tief ein. »Es tut mir leid, *Rujho*... Ich

habe dir Schande bereitet, mir selbst Schande bereitet …«

»Ruhig«, sagte Hart sanft. »Nicht, Keely … nicht jetzt. Jetzt mußt du still sein, ruhig sein … *Usca* ist nicht immer ein lustiger Zechbruder.«

Ich schaute an ihm vorbei. »*Er* auch nicht.«

Hart lächelte ein wenig. »Ja, nun, du und Brennan habt euch stets aneinander gerieben.« Er seufzte und strich sich das wirre Haar aus der Stirn. »Eines Tages wird das vielleicht aufhören.«

Ich betrachtete seine andere Hand, nein, den Stumpf. Ich streckte vorsichtig die Hand aus, ergriff seinen Unterarm und versicherte mich, daß ich das Handgelenk oder die Ledermanschette nicht berührte. Ich hob ihn ins Licht und betrachtete die Leere. Das Fehlen seiner Hand.

»Sie sind Narren«, sagte ich, »sie alle. Blinde, alte Narren, die an überflüssigen Bräuchen festhalten.« Ich betrachtete sein starres Gesicht, das Zurückweichen in seinen Augen. »*Narren,* Hart … jeder einzelne …« Ich hielt inne und unterdrückte mühsam die Tränen. »Und ich habe niemals gesagt, ich habe dir niemals gesagt … wie leid es mir tut.«

»Ich weiß«, sagte er. »Ich habe es gewußt.«

»Ich habe es dir niemals *gesagt.*«

Er hakte den Armstumpf um meinen Hals und zog mich an sich. »Ich weiß, *Rujha* … Ich habe es immer gewußt. Dir ist alles ins Gesicht geschrieben.«

Ein Schluchzen, dann ein Lachen. »Ja. Wie jetzt?« Ich berührte meine Wange. »Zweifellos steht mehr in meinem Gesicht geschrieben, als mir lieb ist.«

»Ja, nun …« Er grinste. »Wir sollten nach Hause gehen und es abwaschen.«

Ich atmete tief ein. »Götter … ich wünschte, Corin wäre hier.«

»Ich weiß«, sagte er. »Ich auch.«

»Aber du hast Ilsa – und jetzt auch das Kind.«

»Ja, und ich liebe sie beide. Aber in meinem Herzen ist noch immer Platz für andere ... für jeden, den ich hineinlassen möchte. Brennan, meinen *Lir*, dich ... Hast du gedacht, dein Platz wäre jetzt besetzt?«

»Corin«, sagte ich erneut, als Brennan auf die Gasse trat. »Corin – und eine *Jehana*.«

Brennan seufzte verärgert. »O Keely ...«

Aber Hart unterbrach ihn. »Keely ist krank«, sagte er. »Betrunken und krank und unglücklich. Kennst du das nicht?«

Etwas regte sich in Brennans Gesicht. »Alles«, antwortete er schließlich. »Alles und Schlimmeres.« Und dann kam er zu mir, trat neben mich und legte einen Arm um mich, während Hart genau dasselbe tat.

Ein Bruder auf jeder Seite. Aber keiner von ihnen war Corin.

Deirdre erzählte es mir. Ich setzte mich im Bett auf und wünschte sofort, ich hätte es nicht getan.

»O *Keely*«, sagte sie.

Ich sah sie zunehmend beunruhigt an und beugte mich dann hastig über die Bettkante. Deirdre schob das leere Nachtgeschirr in meine umhertastenden Hände, und ich entledigte mich prompt der weiteren *Uscas* – des Rests, wie ich hoffte.

Ich schwitzte, zitterte, fühlte mich gedemütigt, während ich mit dem Bauch nach unten auf dem Bett lag. Glattes, sich allmählich aus dem Zopf lösendes Haar baumelte über die Bettkante. Mein Geist war, wie ich feststellte, genauso kraftlos wie mein Körper.

»Götter«, murmelte ich. »Welch eine *Närrin*.«

Deirdre schüttelte den Kopf. »Sie haben mir nicht gesagt, daß es *so* schlimm ist.« Sie seufzte und half mir, mein Gesicht mit einem feuchten Tuch zu säubern. »Ich werde nach heißer Bouillon schicken, damit sich dein Magen wieder beruhigt.«

»Nein.« Ich setzte mich erneut auf, winkte ab und tat

mein Bestes, das Pochen in meinem Kopf und den Nachgeschmack im Mund zu vergessen. »Du sagtest, sie seien *wohin* gegangen?«

Sie wiederholte pflichtgemäß: »Brennans Hengstfüllen suchen.«

»Götter ... sie *können nicht* ...« Ich warf die Bettdecke zurück, hielt inne, drängte Galle zurück. »Ich glaube ... ich glaube, ich sollte besser gehen ...«

Deirdre schüttelte den Kopf. »Du wirst in diesem Zustand nirgendwo hingehen. Hast du mit deinem Mageninhalt auch deinen Verstand verloren?«

Ich war auf der Bettkante mühsam um mein Gleichgewicht bemüht und blinzelte gegen das Morgenlicht an. »Wann sind sie aufgebrochen?«

»Das ist noch nicht lange her.« Sie zuckte gleichmütig die Achseln. »Aber du wirst sie nicht mehr einholen – o Mädchen, nein. Du solltest besser im Bett bleiben.«

Dieses ›Mädchen‹ stärkte meine Entschlossenheit nur. »Ich muß gehen, Deirdre. Ich werde es dir ein anderes Mal erklären.« Ich stand auf, zog vorsichtig die Lederkleidung an, die ich in der Nacht zuvor getragen hatte, da sie bereitlag, aber mir fehlte die Kraft oder Neigung, nach frischer Kleidung zu sehen. »Sind sie in *Lir*gestalt gegangen?« Wenn dem so wäre, müßte ich mich beeilen.

»Nein.« Sie runzelte sichtlich beunruhigt die Stirn. »Nein, nicht mit Harts Armstumpf – er sagt, es wäre auf große Entfernungen zu schwierig. Sie sind geritten.«

»Das ist besser«, sagte ich nickend. »In der Luft kann ich sie einholen.«

Deirdre schüttelte den Kopf. »Es geht dir zu schlecht, um die *Lir*gestalt beibehalten zu können. Aber wenn du es versuchen *mußt*, dann halte dich wenigstens am Boden. Ich möchte nicht, daß du herabstürzt.«

Ich dachte an Taliesin – und an meine überraschende Landung – und antwortete ihr wahrheitsgemäß. »Ich habe es schon früher getan.«

Sie schwieg, während ich fluchend meine Stiefel anzog, den Gürtel mit dem in der Scheide steckenden Cheysulilangmesser schloß und mir mit Wasser aus dem Krug auf meinem Toilettentisch den Mund spülte. Sie schwieg, während ich lange genug vor der polierten Silberplatte innehielt, um murmelnde Bemerkungen zum Zustand meines Haars zu machen: und über mein Gesicht, das aussah wie ein Totenkopf. *Ich* schwieg ebenfalls. Ich eilte einfach zur Tür.

»Keely«, sagte sie, als ich die Tür erreichte, »warum hast du nichts von Rory Rotbart erzählt?«

Ich blieb jäh stehen und wandte mich um. »Du *weißt?*«

»Brennan sagte, du hättest den Namen erwähnt.« Deirdres Stimme klang angespannt. »Ist es wirklich Rory Rotbart oder ein Fremder, der seinen Namen benutzt?«

»Er ist Erinnier«, antwortete ich, »und behauptet, Liams unehelicher Sohn zu sein.«

Sie schüttelte verständnislos den Kopf. »Warum ist er hier?« fragte sie. »Ohne Sean? Heimlich? Und stiehlt Brennans *Pferd?*«

»Ich muß gehen«, murmelte ich und öffnete die Tür.

»Warum ist er *hier*, Keely?«

»Ich muß gehen«, wiederholte ich und verließ den Raum, so schnell mein schmerzender Kopf es zuließ.

Weder Brennan noch Hart wußten, wo sich Rory verbarg, weshalb sie nur langsam vorankommen würden. Hart würde Rael vorausschicken, den erinnischen Straßenräuber zu suchen, aber das würde Zeit brauchen. Auch die Tatsache, daß sie zu Pferde unterwegs waren, trug noch zu ihrer Langsamkeit bei. Ich wußte, daß ich eine Chance hatte.

Draußen auf den Marmorstufen blieb ich stehen und überließ mich der Magie, dem Gestaltwandel, der Macht, die mich unterschied, wie Hart erklärt hatte. Nur daß die Macht dieses Mal träge antwortete und mir das Gefühl vermittelte, ausgelaugt zu sein.

Ich atmete zweimal tief durch und begann erneut,

versuchte, die Kopfschmerzen, den rebellierenden Magen und das Zittern meiner Glieder zu vergessen. Und der Gestaltwandel mißlang erneut. Mir fehlte die Kraft.

»Lady ... geht es Euch gut?«

Ich öffnete blinzelnd die Augen. Lio. Der hellhaarige, helläugige Lio, der die zu grelle karmesinrote Livree meines Vaters trug und mich beunruhigt ansah.

»Nein«, antwortete ich ihm wahrheitsgemäß.

»Ist ... kann ich helfen?« Ein solch ernster Tonfall und ein solch ernstes Gesicht.

Ich sah ihn stirnrunzelnd an, und er mißfiel mir wegen seiner Gesundheit und guten Verfassung. »Nein, es sei denn, Ihr könntet die Erdmagie für mich anrühren und sie in meine Knochen leiten.« Ich rieb meine brennenden Augen. »Könnt Ihr das tun, Lio?«

»Nein. Ich könnte es nur versuchen, wenn Ihr wollt.«

Das brachte ihm ein bitteres Lächeln ein, was mehr war, als ich zu geben erwartet hatte. »Nein, nein – *leijhana tu'sai* für das Angebot ... nein, ich werde allein zurechtkommen müssen.« Ich seufzte. »Warum trinken Menschen soviel, wenn es ihnen am nächsten Tag so schlecht geht?«

»*Aha.*« Er verstand sofort. »Das braucht Übung, Lady – ich glaube, Ihr seid noch zu ungeübt darin.«

»Und das sollte ich auch bleiben.« Ich schaute blinzelnd an ihm vorbei zu den Toren. »Vielleicht sollte ich nicht fliegen, da es zuviel Anstrengung erfordert, und statt dessen auf vier Pfoten laufen.«

Lio, der sich offensichtlich nicht wohl fühlte, zuckte unbeholfen die Achseln. Er konnte den Vorgang, zu bestimmten Zwecken seine Gestalt zu verändern, nicht begreifen. »Ja, nun ... das könntet Ihr tun.«

Ich schloß erneut die Augen, versuchte mich zu entspannen, das Unbehagen vergehen zu lassen.

Ich brauche dich, rief ich die Macht. *Ich brauche dich jetzt, heute, in diesem Augenblick ... Ich kann für die Handlungen meines Rujholli nicht garantieren, und der Erinnier braucht meine Hilfe. Er hat mir auch einmal geholfen … es wiedergutzumachen ist das mindeste, was ich tun kann. Das ist einfach gutes Benehmen.*

Etwas hielt inne, hörte zu, antwortete.

Ich lächelte und fühlte mich wesentlich besser. Und sicherlich stärker. *Leijhana tu'sai …*

Mein Geist klärte sich. Ich dachte daran, mühelos den Weg entlang zu fliegen … mich dem Tag zu übergeben … mit den Sehnen meines Körpers einen endlos singenden Rhythmus anzustimmen … mein fließender, großartiger Körper …

»*Lady …*«, sagte Lio, und ich wußte, daß der Gestaltwandel vollzogen war.

Ich verließ den Hof wie eine Katze. Als Katze war ich die Herrin der Welt.

Rory, sagte ich, *hier bin ich …*

Kapitel Zehn

Rory wollte, als ich eintraf, gerade auf das fragliche Hengstfüllen steigen. Ein Fuß befand sich bereits im Steigbügel, der andere mitten im Schwung. Das Bild änderte sich jäh, als ich ankam, denn ich war noch immer in Katzengestalt, und das plötzliche Auftauchen eines durch den Wald springenden und laut heulenden Rotluchses genügt, um ein Pferd zu beunruhigen, sogar eines, das an Sleeta gewöhnt war.

Auf diese Weise beeinträchtigt, beförderte der Kastanienbraune einen gleichermaßen bestürzten Rory Rotbart schroff zu Boden.

Sein Brüllen brachte jedermann außer dem Hengstfüllen, das sich schleunigst zurückzog, in Bewegung. Ich fand mich von acht Männern umringt, die reichlich entsetzt darüber waren, daß ihre Beute kein Mensch, sondern eine Katze war – die aber dennoch vollkommen bereitwillig erinnischen Stahl aufblitzen ließen.

Über uns ertönte der Schrei eines jagenden Falken.

Ich legte meine angenommene Gestalt ab und trat Rory wieder als Keely gegenüber, wobei ich die boshaften Bemerkungen und Flüche von Rorys Männern überhörte, die sich die Augen rieben und aus Unsicherheit über meine Verwandlung stöhnten. Ich verschwendete keine Zeit mit ihnen, sondern spähte aufwärts durch den Schirm dichter Zweige. »Rael«, sagte ich kurz. »Das bedeutet, daß sie sehr nahe sind.«

Rorys Augenbrauen, die in einem düsteren Stirnrunzeln zusammengezogen worden waren, verschwanden hoch oben unter seinem Haar. »Wer, Mädchen?«

»Hart und Brennan…«

Und dann brachen auch sie durch das Gebüsch, wenn auch auf Pferderücken, und gesellten sich zu uns. Und Rorys Männer traten beiseite, um zwei weitere Cheysuli in ihrem durchlässiger werdenden Netz aus Stahl einzuschließen.

Acht Männer – neun, wenn man Rory dazuzählte – und zwei Krieger mit *Lirs*. Nicht genug, wie ich wußte, nicht *annähernd* genug.

Es machte mich stolz. Es ließ mich unbehaglich fühlen und enttäuschte mich.

»Nein«, belehrte ich meine Brüder.

Ich hatte sowohl sie als auch Rory und seine Männer, wie ich wußte, erfolgreich überrascht, was mich freute – oder gefreut hätte, hätte ich Zeit dazu gehabt –, aber es brachte mich nur dazu, die Umstände neu einzuschätzen.

Und dann sah Brennan mich starr an, genau wie Rory es getan hatte. »Was tust du hier?«

»Ich habe mehr Recht dazu als du«, erwiderte ich. »Ich kenne diesen Mann, und du?«

Brennans starrer Blick wurde grimmig. »Ja«, sagte er, »ich kenne ihn auch. Er ist ein Dieb. Er ist der Mann, der mein Pferd gestohlen hat. Das genügt, glaube ich. Die Lage rechtfertigt wohl kaum eine förmliche Vorstellung.«

Sleeta knurrte in den Schatten. Der Laut drang tief aus ihrer Kehle hervor und steigerte sich zu einem Versprechen. Es gibt auch für mich nichts Beunruhigenderes als einen Rotluchs, der feindliche Absichten äußert. Ich sah Rorys Männer jäh und bedauernd erkennen, daß dasjenige, dem sie gegenüberstanden, mehr erforderte, als sie angenommen hatten. Männer sind eine Sache – auch Cheysuli. Ein Rotluchs ist etwas anderes.

Rael schrie über uns und brach durch die Zweige herab, um sich auf Harts ausgestrecktem Arm niederzulassen. Kein Sturzflug, aber nahe daran und ausreichend, sie alle in Schrecken zu versetzen. Ausreichend, sie alle erneut erkennen zu lassen, welcher Art von Männern sie gegenüberstanden.

Der weiße Falke schlug mit den Flügeln, streckte die schwarz gesäumten Schwingen weit aus, erhob sich dann und flog über die Lichtung zu einem sehr nahe bei dem noch immer unbeweglichen Rory stehenden Baum.

Bist du jetzt fertig? fragte ich verärgert.

Rael bestätigte es.

Hart betrachtete mich belustigt, verdrängte das schiefe Lächeln aber dann. Er versuchte sehr wütend auszusehen, denn das Lachen würde nichts nützen.

»Nein«, sagte ich erneut.

»Nein *was?*« Brennan war verärgert. »Nein, dies ist nicht der Mann. Nein, dies ist nicht das Pferd. Nein, dies sind keine Räuber?« Er schüttelte den Kopf. »Entscheide dich für eines, Keely, oder wir werden den ganzen Tag hier verbringen müssen.«

Harts Stimme klang weniger ärgerlich, da er eher gespannt war als alles andere. »Wie bist du hierhergekommen?« fragte er. »Ich dachte, du würdest den größten Teil des Tages im Bett verbringen, nach all dem *Usca,* den du getrunken hast.« Er grinste. »Getrunken *und* verloren.«

Das hatte ich eigentlich nicht hören wollen – oder andere, besonders Rory, hören lassen wollen –, aber Hart mußte es natürlich sagen. Ich warf ihm einen angewiderten Blick zu. »Ich bin hier«, sagte ich einfach, »um sicherzustellen, daß ihr keinen Mann verletzt, der mir geholfen hat, als ich Hilfe brauchte.«

»Der Mann«, verkündete Rory, »kann für sich selbst sprechen, Mädchen.« Er stand auf, achtete nicht auf Sleetas Grollen und klopfte Blätter und Schmutz von seiner Lederkleidung, während er Brennan fest ansah. »Also ist das Euer Hengstfüllen? Der feine, helle Bursche?« Er schürzte die Lippen, als Brennan nickte. »Also spreche ich mit dem Prinzen von Homana?«

Brennan wollte es, wie immer, genau hören. »Sowie mit dem Prinzen von Solinde.«

»*Zwei* Prinzen!« Rory grinste durch seinen struppigen Bart respektlos. »Dann danke ich den Göttern für diesen Tag und werde meinen Kindern davon erzählen.«

Ich biß die Zähne zusammen. »Rory.«

»Was denn, Mädchen? Soll ich mich vor ihnen verbeugen? Soll ich mich hier in das Laub und den Schmutz knien? Soll ich Treue schwören?« Er lachte laut und offensichtlich unbeeindruckt von der erhabenen Anwesenheit meiner Brüder. »Mädchen, Mädchen ... sie sind nur Menschen. *Menschen!* Erwartest du von mir, ihnen eine Achtung zu zeigen, die sie nicht verdient haben?« Er schüttelte den Kopf. »Nein, das glaube ich nicht. Ich glaube, Mylord Brennan besitzt mehr Pferde, als ein einzelner Mann reiten kann, und ich besitze gar keines – außer natürlich dem hellen Burschen.«

Ich sah ihn finster an. »Ihr schuldet ihnen zumindest *Höflichkeit!* Habt Ihr überhaupt keine Manieren?«

Er grinste. »O doch, Mädchen, die habe ich ..., aber ich zeige sie nur denen, die sie verdienen. Dieser Mann hat mich einen Dieb genannt.«

»Ihr seid ein Dieb«, sagte Brennan kühl.

Rorys Brauen schossen in die Höhe. »Tatsächlich. Bin ich das also tatsächlich? Und ich dachte, ich hätte ihn als Preis für die Lebensrettung des Mädchens bekommen.«

Hart runzelte die Stirn. »Was meint Ihr damit?« Seine Aufmerksamkeit galt jetzt mir. »Was meint er damit, Keely?«

Ich war es gründlich leid. »Nichts«, sagte ich ungeduldig. »Er hat mir einen Dienst erwiesen, ja ... einige Diebe – *andere* Diebe ...« Ich sah Brennan stirnrunzelnd an. »Ich habe *dir* das bereits erzählt.«

»Ein wenig davon«, stimmte er mir zu. Und dann schaute er an Rory vorbei auf das Hengstfüllen, das sich weit genug erholt hatte, um wieder auf die Lichtung zurückzukommen. »Aber ... hast du ihn wirklich als Bezahlung übergeben?« Seine Stimme klang überraschend hilflos.

Hart schnaubte. »Wenn sie es getan hat, *Rujho,* so ist sie den Preis sicherlich wert.«

Brennan verzog den Mund. »Vielleicht. Irgendwann. Nicht heute.« Er sah mich durchdringend an. »Und auch nicht letzte Nacht.« Dann richtete er seine Aufmerksamkeit wieder auf Rory. »Ich danke Euch, daß Ihr Keely geholfen habt – *leijhana tu'sai* in der Alten Sprache –, aber ich werde in Geld bezahlen.«

Hart beobachtete seltsamerweise mich, nicht seinen Bruder. »Laß ihn in Ruhe, *Rujho.*«

Brennan warf ihm einen tadelnden Blick zu. »Wen – das Hengstfüllen oder den Dieb?«

Hart sah ihn fest an. »Beide, denke ich.«

Ich errötete plötzlich und fühlte mich eigenartig verwirrt. Der sorglose, gutherzige Hart war scharfsichtiger, als ich angenommen hatte.

Brennan sah mich kurz an, vermutete in Harts bemühter Leichtigkeit zwar wohl etwas, konnte meinem geröteten Gesicht aber offensichtlich nichts entnehmen. Er schüttelte den Kopf, schwang ein Bein über seinen Sattel und sprang herab. »Nein. Ich bin gekommen, um mein Hengstfüllen nach Hause zu holen, und das werde ich auch tun.«

Rory regte sich hinter mir.

Ich stellte mir Brennan an Seans Stelle vor – mit zerbrochenem Schädel. Und ich stellte mir auch Rory vor – an einer zerfetzten Kehle gestorben. Ich trat schnell zwischen sie.

Brennan befahl mir in der Alten Sprache, aus dem Weg zu gehen. Er nannte mich auch eine Närrin und verwirrt, was mich nicht besonders kümmerte, und stellte fest, ich sollte zwischen seinem und meinem Besitz besser Unterschiede machen, bevor ich mit ihrer Verteilung so großzügig umginge.

Ich nannte ihn ebenso schlagfertig einen großspurigen, humorlosen *Ku'reshtin* und schlug *ihm* wiederum vor, er solle einen großen Teil der Achtung und Zuneigung, die er für seine geliebten Pferde aufsparte, seiner *Cheysula* zukommen lassen..., was nicht gerecht war und seinen Zorn kaum besänftigte, aber bewirkte, daß ich mich besser fühlte, wenn auch nur kurzzeitig. Aber dann hatte ich sofort ein Gefühl von Schuld.

Brennan ist ein gerechter Mann, die meiste Zeit ausgeglichen, und er handelt nicht vorschnell auf die Herausforderungen anderer hin, doch ich gab ihm Grund dazu. Üblicherweise. Aber er ist ein Cheysuli, und wir sind alle nicht aus Stein. Er hatte bei verschiedenen Gelegenheiten die Geduld verloren, und darunter litten Menschen.

Wie es sicherlich auch Rory ergehen könnte.

Brennan legte mir die Hände auf die Schultern. Ich entzog mich seinem Griff, fuhr herum, riß mein Messer aus der Scheide und drückte Rory die Klinge in die Hand.

»Mädchen...«

»Nehmt es!« zischte ich, fuhr erneut herum und sah Brennan an.

Ich sah, daß Hart nickte und nichts von alledem ihn überraschte. Aber Brennan war zweifellos überrascht.

Er sah Rory an, der das Langmesser umklammerte. Er betrachtete das Messer selbst, als müsse er sich versichern, daß es das war, wofür er es hielt. Und dann sah er mit bleichem Gesicht mich an.

Ich schwieg, denn ich wußte, daß ich nichts sagen mußte. Nicht zu Brennan, der ein Cheysuli war und verstand.

Er schluckte schwer und kämpfte gegen den Schrekken, den dumpfen Zorn und die plötzliche Feindseligkeit an. Letzteres verwirrte mich, bis er redete. »Sprich nie wieder über Maeve.«

Mir wurde plötzlich heiß, so heiß, daß ich schweißgebadet war. Ich wollte ihm sagen, daß er sich irrte, sich *irrte*, aber das hätte bedeutet, die Geste zurücknehmen zu müssen und ihren Zweck vollständig zunichte zu machen. Es hätte die Bedeutung vollkommen zerstört und daher auch den Schutz, den sie bewirkte.

Maeve, die er von den Töchtern des Mujhar am meisten mochte. Der ich ins Gesicht lachte und die ich hinter ihrem Rücken lächerlich machte, selbst vor dem Bruder, der sie am meisten von uns allen liebte.

»Ja«, stimmte ich ihm heiser zu.

Brennan wandte sich wieder zu Bane um, seinem unruhigen schwarzen Hengst. Er schwang sich hinauf, nahm die Zügel auf und sah mich an seiner aristokratischen Nase entlang starr an. »Sean«, sagte er angespannt, »wird vielleicht ein wenig beeinträchtigt sein.«

Hart ließ Brennan gehen und hielt seinen kastanienbraunen Wallach zurück. Er betrachtete Rory und dann mich. »Oder auch nicht«, sagte er deutlich und folgte seinem Bruder.

Ich beobachtete Sleeta, die stumm wieder mit den Schatten verschmolz, ohne ein Geräusch zu machen. Ich beobachtete, wie sich der ebenfalls schweigende Rael von seinem Zweig aufschwang. Und Rorys ebenso schweigende Männer verschwanden zwischen den Bäumen.

Rory steckte das Messer wieder in seine Scheide. »Mädchen«, sagte er, »du riechst.«

Ich hielt mühsam den Mund.

»Und dein Haar könnte eine Bürste vertragen«, bemerkte er.

Ja, nun, das stimmte. Aber in mir brodelte es.

Rory grinste nur, wodurch sich die Haut um seine Augen kräuselte. »Komm zum Feuer«, sagte er. »Denn am nötigsten brauchst du einen Becher erinnischen Alkohol.«

Ich führte die Hand zum Mund. »Nicht das«, erwiderte ich ihm unsicher, indem ich durch dämpfende Finger sprach.

»Doch.« Er wandte mich um, führte mich, schob mich durch die Ranken und Zweige. »Doch, Mädchen, genau das brauchst du... Es ist das einzige, was dir helfen wird, das Dröhnen in deinem Kopf und das wogende Meer in deinem Magen zu besänftigen.«

Seine Worte machten es noch schlimmer. »Rory – ich muß zurück.«

»Ja. Danach.« Er drückte mich auf seinen Lieblingsbaumstumpf, nahm dann einen Weinschlauch auf und goß einen Zinnbecher voll. »Hier, Mädchen, trink das aus. Das ist besser als alles, was dir ein Arzt verabreichen könnte.«

Ich umklammerte den Becher, während ich wie blind über dessen Rand blickte. Der stechende Geruch beschwor den Wilden Löwen wieder herauf. Kerzenlicht, Rauch, der Wohlgeruch frisch aufgeschnittenen Fleisches. Schatten. Lachen und Flüche und Siegesrufe. Das Klappern der Runenstäbe und Würfel.

Brennan: der im Gesicht eines homanischen Schankmädchens Rhiannon suchte. *Hart*: der die Steine kreisen ließ und das Bezatspiel erklärte. Und ich selbst, natürlich, *ich*: die aus keinem anderen Grund als dem Bedürfnis nach Flucht Becher auf Becher *Usca* trank.

»Sean«, sagte ich, als ich mich erinnerte, und sah dann Rory an.

Er saß nahe bei mir und machte es sich bequem. Auf der anderen Seite der aschegefüllten Feuerstelle spielten seine Männer mit abgewandten Gesichtern leise ein erinnisches Wettspiel und gewährten uns so die einzig mögliche Ungestörtheit kurz vor Verlassen des winzigen Lagers.

Rory trank den Alkohol gleich aus dem Schlauch. Seine Augen blickten sehr ruhig unter fast völlig geschlossenen Lidern hervor. Ein starker, zäher, stolzer Mann, der für Besseres als das Leben eines Geächteten bestimmt war. Der für einen Thron bestimmt war, dachte ich, genauso wie Brennan oder Hart oder Corin.

Aber er ist unehelich geboren. Selbst wenn Sean tot wäre …

Der Alkohol beruhigte meinen Magen. Er klärte auch meinen Kopf und verlieh mir einen seltsam flammenden Mut. »Warum nicht Ihr?« fragte ich. »Ihr sagtet, Liam hätte Euch anerkannt – daß niemandem in Erinn unbekannt sei, wer Euer Vater ist …« Ich atmete tief durch. »Warum nicht *Ihr?*«

Rory hob die Lider, und ich sah harte helle Augen. »Ich, Mädchen … wofür?«

»Für den Thron«, sagte ich deutlich. »Ich bin die letzte, die Sean Böses wünscht – das versichere ich Euch, Rory –, aber ich bin hier, in diesem Augenblick, auch die erste, die in Thronfolgefragen vollkommen praktisch denkt … Ich bin vielleicht mehr die Tochter meines *Jehan,* als ich dachte.« Ich zuckte leicht die Achseln, ergriff den kühlen Zinn, preßte ihn fest gegen mein Brustbein. »Wenn Sean *tatsächlich* tot ist, wird Liam einen Erben brauchen.«

Seine Augen wurden erneut von gesenkten Lidern verdeckt. Er verbarg seine Gedanken hinter dichten Wimpern.

Ich befeuchtete meine Lippen. »Wenn Könige keine Söhne haben, keine Erben, behelfen sie sich, wo sie können.«

Seine Stimme klang seltsam tonlos. »Ich habe dir über Brennan und Aileen genau dasselbe gesagt.«

»Ja, und ich habe Euch gesagt, was Brennan tun würde – oder nicht tun würde.« Ich hielt inne und wünschte, ich könnte taktvoller vorgehen. Aber ich wußte, daß das keine meiner besonderen Begabungen war. »Glaubt Ihr, Liam würde sich von Ierne abwenden und eine andere Frau heiraten, in der Hoffnung, einen neuen Sohn zu bekommen – ein Kind –, anstatt einen erwachsenen, bewährten Mann zu befürworten?«

Rory trank Wein und preßte den Schlauch dabei stärker als nötig. Dadurch schoß ein breiter, starker Strahl in seinen Mund und spritzte gegen seine Zähne. Tropfen schmückten seinen Bart.

Ich bemerkte die Stille auf der anderen Seite der Feuerstelle. Acht Männer beobachteten ihn, beobachteten mich. Warteten ab. Stumm. Unbeweglich. Warteten.

Sie würden ihm dienen ... bei den Göttern, sie würden ihm als Prinz, als König, als unehelicher Sohn dienen ... Es ist für sie nicht wichtig. Sie ehren den Mann, nicht den Zufall seiner Geburt.

Ich sah erneut Rory an. Er hatte vielleicht weniger Recht auf einen Thron als Teirnan, da er abseits der Thronfolgelinie geboren war, und doch hielt ich ihn für weitaus würdiger. Und für weitaus gefährlicher, wenn er beschloß, ihn erobern zu wollen.

Liam hätte ihn töten lassen können ...

Könige haben das früher getan.

Rory sah mich offen an. »Glaubst du, ich wäre dafür geeignet?«

»Ja.« Ich zögerte nicht.

»Du kennst mich kaum, Mädchen.«

»Gut genug«, sagte ich. »Gut genug.«

Er preßte die Lippen zusammen. »Ich frage mich, ob das inzwischen tatsächlich stimmt... *und* ich frage mich, wie es dir gelungen ist.«

Ich zuckte stirnrunzelnd die Achseln und blickte finster in meinen Zinnkrug. »Ich weiß es«, sagte ich. »Ich kann es erkennen. Ich kann es *spüren* ...« Ich schüttelte den Kopf und mied seinen Blick, aus Angst vor dem, was ich sehen würde. »Ich bin mit Brüdern aufgewachsen, Rory... Jungen, die zu Königen herangezogen wurden. Ich glaube, sie sind alle bereit dafür ... und Ihr seid es nicht weniger als sie.«

Rorys Blick schwankte nicht. »Wenn ich für einen Thron bereit bin, Mädchen, bin ich dann auch für dich bereit?«

Ich ließ fast den Becher fallen. »Was?«

Er sagte freimütig: »Der Erbe des Hauses der Adler ist mit Keely von Homana verlobt.«

Etwas regte sich träge in mir. Kein Zorn. Keine Angst. Etwas wie – *Erwartung*.

Mir war seltsam leicht zumute. »Das stimmt«, sagte ich.

Rorys Blick veränderte sich. »Nein«, sagte er plötzlich, und ich spürte, wie ich mich anspannte.

»Was?« fragte ich. »Was?«

»Ich werde nichts nehmen, was mir nicht angeboten wird, Mädchen ... weder eine Frau noch einen Thron.«

Ein Ausbruch bittersüßen Lachens entstieg rauh meiner Kehle. »In Brennans Augen bin ich verlobt.«

»Was meinst du ...?« Und als er dann verstand: »O Mädchen, *nein*.«

»Ein Cheysulibrauch«, erklärte ich. »Wenn eine Frau einem Mann ein Messer gibt, entspricht das Eurem Brauch mit der Freundschaft des Herdfeuers, aber mit einem grundlegenden Unterschied. Bei den Stämmen teilt der Gast das Bett des Gastgebers *tatsächlich*.«

Rory sah mich fest an. »Nur wenn er dazu aufgefordert wird. Und Brennan weiß es, glaube ich, besser ... er sagte etwas Derartiges.«

Ich hob eine schwere Schulter. »*Brennan* denkt anders. Indem ich Euch mein Messer gegeben habe, stellte ich Euch unter Cheysulischutz.« Ich schluckte mühsam. »Ich habe Euch meine Stammesrechte angeboten.«

Ich konnte nicht beurteilen, ob er die Feinheiten dessen verstanden hatte, was ich ihm erzählte. Mir war die Sprache wohlvertraut, aber für einen Fremden hatten die Worte andere Bedeutungen, andere Inhalte. Und doch wußte ich nicht, wie ich es sonst hätte sagen sollen, ohne mich bloßzustellen, ohne meine wahren Gefühle zu offenbaren.

Rory lächelte schwach. »Du hast es getan, um uns am Kämpfen zu hindern.«

»Ja.«

»Damit er nicht verletzt würde.«

»*Und* Ihr«, erwiderte ich. »Glaubt Ihr, Brennan wäre so nachsichtig?«

Er kaute nachdenklich auf den Lippen. »Das kommt darauf an«, beschloß er, »ob er eine Katze oder ein Mensch ist.«

Ich runzelte düster die Stirn. »*Ihr* seid Euch Eurer selbst sicher.«

Rory lächelte milde. »Ich bin Erinnier, Mädchen ... dem Haus der Adler geboren.«

Und so kehrten wir zum Anfang zurück. Ich setzte ihn vor meinem geistigen Auge auf den Löwenthron, weil es der einzige mir bekannte Thron war. Und dann zuckte ich davor zurück und ließ mich auf den Boden nieder, der mir Trost bot.

»Ihr seid ein eingebildeter, aufgeblasener Narr«, belehrte ich ihn. Ich stellte den Becher ab und stand auf.

Rory ergriff mein Handgelenk, als ich mich umwandte, und hielt mich zurück. »Bleibst du zum Essen, Mädchen? Und willst du noch mehr von dem Alkohol?«

Götter, ich bin erschöpft ... Ich rieb meine brennenden Augen. »Was ich brauche, ist ein Bett.«

Das bärtige Grinsen weitete sich. »Auch das habe ich, mein Mädchen.«

»Ihr *Ku'reshtin*«, sagte ich halbherzig und fing den Weinschlauch auf, den er mir zuwarf.

Kapitel Elf

Am Morgen brachte Rory mir Brennans Hengstfüllen. »Nimm ihn, Mädchen«, sagte er. »Ich möchte nicht dafür verantwortlich sein, daß du und dein Bruder Streit bekommt.«

Ich verzog das Gesicht. »Oh, Brennan ist einfach – *Brennan*.«

Rory zuckte die Achseln und gab mir die Zügel in die Hand. »Nimm ihn mit. Ich habe ihn dir gestohlen, Mädchen. Es ist an der Zeit, daß er wieder nach Hause kommt.«

»Aber – was Ihr zu Brennan sagtet...« Ich runzelte die Stirn. »Ich dachte, Ihr wolltet ihn behalten.«

Er verzog die Mundwinkel, soweit ich sie sehen konnte, nach unten. »Ja, nun, es sind nicht immer nur die Frauen, die eines sagen und etwas anderes meinen...« Er grinste. »Nimm ihn, Mädchen. Er ist ein starker, schöner Bursche und verdient bessere Pflege und Stallungen, als ich sie ihm geben kann, denke ich.«

»Und Ihr selbst?« fragte ich.

Er war einen Augenblick verblüfft. Und dann glättete sich seine Stirn, und die Lider verhüllten kurz die Augen. Als er mich wieder ansah, trug er erneut die Maske, die ich schon zuvor gesehen hatte. Bei ihm und bei anderen.

»Kehrt zurück«, schlug ich ruhig vor. »Hier nützt Ihr Eurem Haus nichts.«

Rory machte sich über mich lustig. »Und du deinem nicht. Du solltest in Erinn sein, mit meinem königlichen Bruder verheiratet und ihm Sohn um Sohn gebären.« Er hielt still überlegend inne. »Und vielleicht einige Mädchen – eines oder zwei könnten genügen –, um sie mit anderen Häusern zu verheiraten.«

»Geschwätziger Narr«, sagte ich und schwang mich in den Sattel. »Danke für Speis und Trank *und* das leere Bett.« Ich grinste über seinen verärgerten Gesichtsausdruck. »*Leijhana tu'sai*, Erinnier … und möge das nächste Pferd, das Ihr stehlt, einem Ihlini gehören.«

Rory versetzte dem Kastanienbraunen einen Klaps. Ich hielt mich mühsam oben und war viel zu schnell fort, um mich auch nur zu verabschieden.

Dieses Mal spürte ich ihn. Ich spürte seine Gegenwart die Verbindung trüben, als ich mich Homana-Mujhar näherte. Es geschah kaum merklich, aber so nahe am Palast war ich auch *Lirs* wie Sleeta, Rael, Tasha und Serri nahe. Es war unwichtig, daß ich sie nicht zu erreichen versuchte. Sie waren stets gegenwärtig, und ich war mir ihrer stets bewußt. Es war meine Aufgabe, sie zu vergessen, damit ich nicht den Verstand verlor.

Aber jetzt war die Verbindung beeinflußt, und es wurde schlimmer. Die Verbindung wurde schwächer. Eine Warnung vor Ihlini. Dank den Göttern, es war Taliesin.

Er kam in den äußeren Hof, als ich durch das große Tor ritt und mich den Ställen zuwandte. Er lächelte, begrüßte mich herzlich und brachte mir Neuigkeiten von meinen Brüdern. »Hart hat seine Wette gewonnen.«

Ich zügelte den Kastanienbraunen und achtete nicht auf sein Drängen, voranzugehen. Er wußte, daß er fast zu Hause war. »Ich hätte es ahnen können«, seufzte ich. »Wißt Ihr, um was es ging?«

Der Harfenist lachte und nickte. »Er glaubte, Ihr würdet die ganze Nacht fortbleiben. Brennan sagte: Nein, Euer Stolz würde es nicht zulassen.«

Ich blickte stirnrunzelnd auf die helle Mähne des Hengstfüllens. »Mein Stolz hat nichts damit zu tun.« Und dann sah ich Taliesin scharf an. »Wissen die anderen davon?«

»Daß Ihr die Nacht mit erinnischen Geächteten verbracht habt?« Taliesin nickte. »Die Wette wurde vor Zeugen abgeschlossen, einschließlich meiner selbst. Und auch vor dem Mujhar.«

»Auch vor dem M…« Ich brach das ungläubige Echo ab. »Bei den Göttern, ich schwöre, sie haben keinen Verstand. Keiner von ihnen. Bei Hart ist das nicht überraschend, aber bei *Brennan* …« Ich schüttelte ungläubig den Kopf. »Er muß sehr zornig auf mich sein, wenn er so handelt.«

Die Stimme des Harfenisten klang trocken. »Brennan…?« Aber ich nickte fast sofort. »O ja, natürlich… seine Art, es *Jehan* zu sagen, ohne die Geschichte tatsächlich weiterzutragen.« Ich seufzte tief und zupfte an einem Knoten in der Mähne des Hengstfohlens. »Also weiß es jedermann außer Rory. Aber andererseits wußte Deirdre es schon seit dem Wilden Löwen. Es ist keine Überraschung mehr.« Ich warf ihm einen Blick zu. »War *Jehan* sehr wütend?«

Taliesin dachte darüber nach. »Er sagte, es sei in gewisser Weise ein für Euch höchst ungewöhnliches Verhalten, aber andererseits auch wieder sehr gewöhnlich.«

Ich strahlte. »Aber Ihr seid sicher, daß er nicht wütend war?«

Er steckte die Hände in seine Ärmel. »Ich glaube, er wollte wütend sein. Aber Hart sagte, es bestünde kein Grund und er kenne Euch besser als Brennan, der nur sieht, was Ihr ihm zeigt.«

Ich nahm geistesabwesend einen Fuß aus dem Steigbügel, schwang das Bein herüber und glitt die angespannte Seite des Hengstfüllens auf die Pflastersteine hinab. »Ich habe ihm mein Messer gegeben«, sagte ich zögernd. »Es bedeutete mehr, als nur die Nacht über zu bleiben – sie sind schließlich daran gewöhnt, daß ich häufiger von Mujhara fort bin, wenn ich den Stammeskeep besuche.« Ich mied den Blick des Harfenisten und betrachtete statt dessen die Hufe des Kastanienbraunen. »Ich habe dem Mann mein Messer gegeben.«

Er wußte, was das bedeutete. »Ihr müßt Euch Eure eigene Ganzheit verschaffen«, sagte er sanft. »Und dann könnt Ihr sie behalten oder ablegen, je nach Euren Wünschen.«

Ich wandte mich um, umklammerte die Zügel und achtete nicht auf die gegen mein Rückgrat gepreßte Nase des Hengstfüllens. »Ihr wollt damit sagen, daß niemand es für mich tun könnte oder *sollte*.«

Taliesins Blick war sehr ernst. »Ihr dürft es ihnen nicht erlauben, wenn Ihr wahre Freiheit kennenlernen wollt.«

Hinter uns erklang Hufklappern. Ich blickte hinüber, sah einen Reiter von der Stadt in den Hof einreiten und schaute erneut zu Taliesin. »Gleichgültig, wer man ist?«

»Vielleicht gerade deswegen.« Er streckte eine verkrümmte Hand aus, und ich sah, was er meinte. Er meinte nicht mich, sondern den Pferdeknecht, der seinen gefleckten Wallach und Reiseproviant brachte.

Ich war bestürzt. »Ihr geht fort?«

Taliesin nahm das Pferd, dankte dem Jungen und zog die Zügel durch seine verkrümmten Hände. »Ja. Ich habe Niall meine Nachrichten mitgeteilt. Ich hatte nicht vor zu bleiben.«

Der Reiter sprengte an uns vorbei zum inneren Hof. Er war mir fremd, da er eine Livree trug, die ich nicht kannte.

Ich schaute zu Taliesin zurück. »Ich wünschte, Ihr würdet bleiben«, sagte ich zu ihm. »Ich bin gerade erst gekommen, und Ihr habt selbst gesagt, daß Strahan Eure Hütte zerstört hat.«

Taliesin lächelte. »Dann ist es an der Zeit, daß ich eine neue baue.«

Hinter dem weißhaarigen Harfenisten wurde der Reiter am Tor zum inneren Hof angehalten. Lio hatte Dienst und fragte nach seinem Begehren. Als er eine Antwort erhalten hatte, bedeutete er dem Mann zu passieren. Und dann, als er mich sah, hielt er den Reiter plötzlich doch auf, indem er die Zügel seines Pferdes ergriff.

Ich runzelte die Stirn. Lio deutete auf mich oder vielleicht auch auf Taliesin. Ich sah, wie sich der Reiter hinabbeugte, um besser hören zu können, uns dann ansah, nickte und wieder zurückgeritten kam.

Als er uns erreicht hatte, zügelte er sein Pferd. Er hatte braune Haare, braune Augen und war vom Ritt verschmutzt, mit grünem Stoff und dunklem Leder bekleidet. Das geflochtene Gehenk des Boten hing quer über seiner Brust. Die Schulterspange war aus massivem Silber und wie ein springender Jagdhund geformt.

Er besaß die Höflichkeit eines geübten Boten, sprach aber mit verwirrtem Unterton. »Die Königliche Prinzessin von Homana?«

Taliesin und ich wechselten einen belustigten Blick. »Ja«, bestätigte ich und wußte genau, was er sah.

Er sprang sofort von seinem Pferd herab und reichte mir ein flaches, versiegeltes Päckchen, das er aus seinem Wams genommen hatte. »Lady«, sagte er, »von meinem Herrn. Er wünscht Euch gute Gesundheit und hofft, Euch bald besuchen zu können.«

Der Akzent war unverkennbar. »Erinn«, sagte ich wie betäubt.

Der junge Mann grinste. »Ja, ich komme aus Kilore. Ich bin ein Gefolgsmann des Prinzen, Lady, der gekommen ist, um Euch genauso gut zu dienen wie meinem Herrn.«

Er lebt, er lebt … er lebt doch … Rory, Ihr habt ihn nicht getötet, Ihr habt ihm nicht den Kopf zerschmettert.

O Götter. Rory.

Das Päckchen lag schwer in meinen kraftlosen Fingern. »Mir dienen …?« wiederholte ich benommen.

Braune Augen prüften mich genau, aber ich konnte nicht erkennen, was er dachte. »Ich nehme Eure Nachricht mit zurück nach Hondarth, wo mein Herr im Red

Stag wartet.« Er hielt taktvoll inne. »Wenn Ihr eine Nachricht schicken wollt, Lady.«

Ich blickte starr auf den silbernen Jagdhund an seinem Gehenk. Dann auf den gleichen Abdruck in grünem Wachs auf dem Siegel des Päckchens. »Wie geht es ihm?« fragte ich.

Der Bote war deutlich verblüfft. »Es geht ihm gut, Lady ... und er ist wohlgelaunt, jetzt, da er heiraten soll.« Er lächelte vertraulich. Er war, für meinen Geschmack, insgesamt zu scharfsichtig. »Werdet Ihr eine Nachricht schicken?«

Ich bedeutete ihm zu warten, brach dann das Siegel und entfaltete das Pergament. Eine plumpe, formlose Nachricht in einer plumpen, formlosen Handschrift. Hatte er keinen Schreiber, der dies für ihn tun konnte?

Der Nachricht fehlte Grußformel oder Titel, und sie begann einfach:

> *Keely ...*
> *Es ist schon über der Zeit, die Hochzeit zu begehen, damit wir die für Erinn benötigten Erben bekommen. Ich bin der einzige Sohn meines Vaters, und Erinn muß abgesichert werden. Ich denke, es ist genügend Zeit verstrichen – warum noch mehr verschwenden? Wir sind beide mehr als alt genug, und die Verlobung ist schon lange vollzogen worden. Laß uns so bald wie möglich heiraten – für meine Kinder.*

Ich dachte, daß sogar Rory mehr Redegewandtheit besaß. Ich las die Nachricht erneut und sah die kühne, finstere Unterschrift. Und ich las sie noch ein drittes Mal, wobei ich mir jetzt eines aufsteigenden Zorns und einer kalten Feindseligkeit bewußt wurde.

Ich faltete das Pergament sehr sorgsam zusammen. Der Bote wußte sicherlich, was sein Herr geschrieben hatte. Ich konnte es in seinen Augen erkennen. »Eine

Nachricht?« sagte ich. »Ja, ich habe tatsächlich eine Nachricht ..., aber ich werde sie ihm selbst überbringen.«

Das verblüffte ihn. »Lady?«

»Seid Ihr taub?« fragte ich kühl, mir meiner Grobheit sehr wohl bewußt und seltsam frei und losgelöst. Es kümmerte mich nicht im geringsten. »Ich sagte, ich werde sie ihm selbst überbringen.« Ich machte eine kurze Geste. »Ihr könnt Euch zu den Küchen begeben, wo ihr Speis und Trank erhalten werdet. Bleibt über Nacht, wenn Ihr wollt. Ich fordere nicht mehr von Euch, als daß Ihr Euch sofort entfernt.«

Sein Gesicht wurde bleich, aber er schwieg. Er verbeugte sich nur steif, wandte sein Pferd um und ging schnell auf das Tor zum inneren Hof zu.

Taliesin mißfiel mein Verhalten offensichtlich, obwohl sein Gesichtsausdruck nicht viel davon zeigte. Ich schwieg, reichte ihm das Pergament und bat ihn, es zu lesen.

Als er fertig war, sah ich in seinen Augen, daß er begriff. »Sean«, sagte er vorsichtig, »ist ein Prinz, kein Diplomat.«

»Sogar Prinzen lernen es besser«, sagte ich knapp. »Gibt es in Erinn keine Hauslehrer? Weiß er niemanden mit einer besseren Handschrift *und* besseren Worten?«

Der Harfenist faltete das Pergament wieder zusammen, obwohl die Aufgabe für ihn schwer zu bewältigen war. »Seid Ihr verärgert über das, was er geschrieben hat und wie er es geschrieben hat – oder weil Eure Freiheit damit ein Ende bekommt?«

»Alles zusammen«, sagte ich tonlos. »Bei den Göttern, wer glaubt er zu sein? Mir solche Dinge zu schreiben, obwohl er mir noch niemals zuvor geschrieben hat!«

»Vielleicht gerade darum.« Taliesin sprach freundlich. »Anstatt sich bei seiner Grobheit aufzuhalten, solltet Ihr bedenken, daß er selbst geschrieben hat. Er hat die Aufgabe nicht an einen Schreiber abgegeben, der tatsächlich sanftere Worte gewählt hätte, sondern hat die Nachricht selbst verfaßt und der Frau gegenüber, die er heiraten muß, persönliche Dinge angesprochen. Einige Männer empfinden das als schwer, viel schwerer als Frauen. Vielleicht fühlte er sich insgeheim unbeholfen und hat sich tatsächlich Zeit dafür gelassen.« Er lächelte einfühlsam. »Er hat immerhin auf Homanisch geschrieben, was kaum seine Muttersprache sein dürfte. Denkt an den Mann, nicht an die Nachricht. Beurteilt Sean erst, wenn Ihr ihm begegnet seid.«

Die Nachricht war *tatsächlich* auf Homanisch geschrieben, nicht auf Erinnisch, obwohl ich letzteres nach den mit Deirdre verbrachten Jahren leidlich gut lesen konnte. Das zeigte, daß er sich Zeit genommen hatte, die Nachricht in meiner Sprache zu verfassen. Das war vermutlich schon etwas ..., aber ich könnte mir wünschen – und wünschte mir *wirklich* –, daß er seine Sorgfalt auf den Inhalt anstatt auf die Sprache gerichtet hätte.

Ich betrachtete Taliesin und sah Rorys Gesicht vor mir. Der offene, aufrechte Rory, ein Mann, der meinem Herzen näherstand als der um das Erbe besorgte Prinz.

Der einzige Sohn seines Vaters? Nein, ich glaube nicht. Ich glaube, mein junger erinnischer Adler, daß du besser noch einmal zählen solltest.

Eigensinnigerweise tauchten Taliesins letzte Worte wieder in meinem Geist auf: *Beurteilt Sean erst, wenn Ihr ihm begegnet seid.* »Ja«, stimmte ich ihm zu, »das werde ich. Ich werde es sofort tun.«

»Ihr wollt nach Hondarth gehen?« Taliesin zeigte seine Überraschung genauso offen wie der Bote. »Warum schickt Ihr nicht statt dessen eine Nachricht, daß er hier willkommen sei? Laßt ihn zu Euch kommen.« Er machte eine einfache, beschwichtigende Geste. Das ist es immerhin, was er beabsichtigt haben muß ... Er würde nicht erwarten, daß Ihr zu ihm kommt.«

Ich lächelte gemächlich, genoß den Augenblick und freute mich auf das, was kommen würde. »Dann wird er lernen, und zwar bald, daß ich niemals das tue, was von mir erwartet wird, weder bei ihm noch bei sonst jemandem.« Ich nahm das Pergament von Taliesin zurück und zerknüllte es mit zitternden Fingern. »Ich muß dies tun. Sean muß wissen, wer ich bin.«

»Wißt *Ihr* es denn?«

Ich starrte blind auf das zerknüllte Pergament. »Nicht mehr.«

Kurz darauf nickte er. »Dann werde ich mit Euch kommen.«

Ich sah ihn entsetzt an. »Nach Hondarth? Aber – Ihr sagtet, Ihr wolltet nach Norden reiten ... um Eure Hütte wiederaufzubauen.«

Er zuckte die Achseln. »Das kann warten. Wenn Ihr wirklich gehen wollt, werde ich Euch begleiten.«

Üblicherweise hätte ich es begrüßt, aber seine Anwesenheit wäre jetzt störend. »Ich wollte in *Lir*gestalt gehen. Ein Pferd wird mich zu sehr behindern, und mit Euch kann ich nicht fliegen.«

»Fliegen und Sean denken lassen, Ihr wärt zu eifrig?« Taliesin lächelte. »Wenn Ihr gehen müßt, Keely, dann tut es mit einem gewissen Maß an Anstand. Sonst wird er sicherlich glauben, Ihr wärt versessen darauf, sein Bett mit ihm zu teilen.«

Ich lächelte grimmig. »Ich versichere Euch, daß dies das letzte ist, was ich will – und ich werde dafür sorgen, daß er es weiß.«

Taliesin beobachtete zunehmend beunruhigt, wie ich mich bereitmachte, auf Brennans Hengstfüllen zu steigen. »Wollt Ihr jetzt aufbrechen? So wie Ihr seid? Ohne Niall oder den anderen etwas davon zu sagen?«

Ich schwang mich auf das Pferd. »Ich habe Geld«, entgegnete ich ihm, »und Ihr einige Vorräte. Wir können unterwegs noch mehr kaufen, und in Hondarth können wir baden. Ich bin mir sehr wohl meiner Erscheinung bewußt. Ich werde mich sorgfältig darum kümmern, wenn auch vielleicht nicht so sorgfältig, wie Deirdre es gerne hätte.« Ich grinste, als ich mir ihren und auch Seans Gesichtsausdruck vorstellte. »Und was die Tatsache betrifft, daß ich es den anderen nicht erzähle – laßt den königlichen Boten des Prinzen von Erinn die Nachricht verbreiten. Dann werden sie wissen, was ich getan habe.« Ich nahm die Zügel auf. »Und wahrscheinlich auch, warum.«

Kapitel Zwölf

Sehr langsam, mit unendlicher Sorgfalt – weitaus mehr als bei mir ungeduldigem Menschen üblich – flocht ich das schwere, taillenlange Haar zu einem einzelnen lohfarbenen, lockeren Zopf. Nicht weil ich den besonderen Wunsch verspürte, mich für Sean schön zu machen, sondern weil es mir Zeit verschaffte.

Ich verspottete mich leise fluchend selbst. Wunderschön. O *ja*.

Ich hielt jäh inne, fluchte und löste den Zopf halbwegs wieder. Begann erneut, zwang dreifache Abschnitte zu einem gedrehten Strang, flocht ihn gerade und glatt, zähmte die eigensinnige Krause meines Haars.

Und wird Sean mit mir dasselbe versuchen? Ich hielt erneut inne und umklammerte mein Haar. *Götter, was tue ich?*

Ich würde zu Sean gehen.

Es klopfte leise an der Tür. Taliesin, wie ich wußte. Er war gekommen, um mich zum Red Stag zu begleiten. Es war nur eine Straße weit entfernt, dicht am Meer. Wir hatten bei einem anderen Wirtshaus haltgemacht, um hier zu übernachten und ein Bad zu nehmen, damit ich die prinzliche Nase nicht mit dem Gestank von einer zweiwöchigen Reise beleidigte.

»Kommt.« Ich flocht schnell mein Haar zu Ende und band es mit einem Lederband zusammen.

Er trat ein, schloß die Tür und blieb dann mit dem Rücken dazu stehen. Sein blaues Gewand war frisch ausgebürstet, sein weißes Haar gekämmt, das silberne Harfenistendiadem an seinem Platz. Er wirkte vornehm wie immer, mit stiller Anmut. Die einzigen Bewegungen, die er nicht beherrschte, waren die seiner unbeholfenen Hände.

Taliesin lächelte. »Ich dachte mir schon, daß Ihr Euch vielleicht weigern würdet, den Rock anzuziehen, obwohl Ihr ihn gekauft habt.«

Ich sah ihn finster stirnrunzelnd an. »Ja, nun, ich habe mich geirrt, als ich dachte, ich könnte ihn anziehen. Es war eine reine Geldverschwendung.« Ich erhob mich von der Bettkante und beugte mich herab, um die Stiefel anzuziehen. »Ich weigere mich zu sein, was ich nicht bin. Sean muß mich nehmen, wie ich bin.«

»In Hosen, Wams und mit dem Langmesser.« Seine Stimme klang still belustigt. »Es wird genügen, Keely ... Ich verspreche Euch, es wird genügen.«

Ich zog den zweiten Stiefel an und stellte den Fuß auf, während ich mich aufrichtete. »Ich bin nicht Ilsa«, fauchte ich. »Ich bin keine schöne Frau.«

»Nein«, stimmte er mir zu.

Ich stemmte die Hände in die Hüften. Die Ellenbogen ragten seitlich hervor. »Ihr hättet vielleicht *widersprechen* können, wenn auch nur aus Höflichkeit.«

»Warum? Ihr schätzt Ehrlichkeit über alles, nicht wahr? Und da Ihr keine eitle Frau seid, habt Ihr keine Geduld für leere Schmeicheleien.« Seine Stimme klang genauso höflich und zurückhaltend wie immer, während er die Wahrheit beredter als eine Klinge bloßlegte. »Schöne Frauen verlassen sich auf ihre Schönheit. Ihr verlaßt Euch auf *Euch.*«

Ich setzte mich wieder hin, denn mir fehlte die Anmut des Ihlini. Aber ich habe sie auch nie besessen, weder Anmut noch Schönheit. »Götter, ich habe *Angst* ...«

»Natürlich habt Ihr Angst«, sagte er. »Aber für Eure Erscheinung braucht Ihr Euch jedenfalls nicht zu schämen. Ihr seid nicht schön, nein, nicht so wie andere Frauen, Frauen wie Ilsa, aber es ist eine wunderbare Kraft und Mut in Eurem Gesicht, Eurem Auftreten, der Haltung Eures Kopfes, der Art, wie Ihr unbeirrt die

Wahrheit in der Seele eines Menschen aufspürt.« Er lächelte herzlich. »Euer Geist wohnt Euch inne.«

»Mit anderen Worten: ich bin einfach.« Ich seufzte und legte die Hände ans Gesicht. »Warum sage ich solche Dinge? Ich habe mich niemals zuvor darum gekümmert. Ich klinge jetzt wie *Maeve,* die in ihr poliertes Silber starrt!«

Taliesin durchschritt den kleinen Raum, trat zu mir und zog meine Hände herab. Seine Offenheit kam wie immer in Höflichkeit gekleidet einher, war aber dennoch nicht weniger deutlich. »Eure Nase ist zu gerade«, sagte er. »Eure Wangenknochen liegen hoch und sind zu scharfgeschnitten, so daß Eure Augen schräg wirken. Euer Kinn ist eher männlich als weiblich, und Euer Mund ist zu breit und kühn für die gewöhnliche Art, weibliche Listen einzusetzen.« Er sah meinen Gesichtsausdruck und lachte. »Ihr gebraucht Eure Augen zum Sehen, nicht, um Männer anzulocken, und Ihr gebraucht Eure Zunge als Schwert, nicht für Versprechungen.« Er umfaßte mein Kinn sanft mit seinen verkrümmten Fingern. »Ihr seid keine großartige Schönheit, nein, aber entschieden eine Cheysuli … mit unversehrtem Stolz und Kraft.«

»Aber nicht mit der Färbung«, sagte ich hohl. »Blonde Haare statt schwarzer, blaue Augen statt gelber. Und meine Haut ist viel zu hell.«

»Ist das so wichtig?«

»Ja.« Ich betrachtete meine Stiefel, während er seine Hand fortnahm. »Ja, das ist es tatsächlich. Ihr müßt Euch nur Brennan ansehen, um zu erkennen, was ich sein sollte … um zu erkennen, was ich nicht bin.«

»Ich sehe nur«, sagte er einfach, »eine verängstigte, unglückliche Frau. Ich dachte, ich wäre mit Keely hierhergekommen.«

Etwas zwickte mich innerlich. Ich sah ihn trostlos schweigend an und atmete dann so tief durch, daß mir ganz leicht zumute wurde. »Ja, das seid Ihr auch.« Ich erhob mich, zog mein Wams zurecht und rückte den Gürtel und die Gürtelschnalle gerade. »Wollen wir dann gehen? Wollen wir den Prinzen von Erinn erstaunen?«

Taliesin lächelte. »Ich denke, das sollten wir tatsächlich tun.«

Ich bin es gewohnt, daß man mich anstarrt, wenn ich ein Wirtshaus oder den Schankraum eines Gasthauses betrete, weil Frauen selten dort hineingehen, da sie es zufrieden sind, zum Essen und Trinken und zur Gesellschaft friedlichere Orte aufzusuchen. Aber ich habe noch niemals einen gastlichen Ort gemieden, ungeachtet des Verhaltens seiner Gäste und der Gedanken, die sie sich vielleicht machten.

Was die Männer im Red Stag dachten, wußte ich nicht. Sie sagten nichts zu mir, keiner von ihnen, sondern beobachteten mich nur mit stiller Höflichkeit, gegen die ich nichts einwenden konnte. Der Schankraum war fast leer, bis auf eine Handvoll Fremder, und sie hielten sich in einer abgeschiedenen Ecke für sich. Sie aßen, tranken, wetteten, taten dies aber fast schweigend, da sie einander offenbar so gut kannten, daß sie keine Worte brauchten.

Ähnlich wie Rorys Männer …

Ich ließ den Gedanken sofort wieder fallen. Ich war wegen Sean hier, nicht wegen Rory. Es würde niemandem von uns nützen, wenn ich einen Bruder gegen den anderen aufbrachte, wenn auch nur im Geiste. Anders war es gefährlicher. Sie hatten sich bereits als überaus bereitwillig erwiesen, um ein Schankmädchen zu kämpfen. Was wäre dann mit der Tochter des Mujhar?

»Hier.« Taliesin deutete auf einen Tisch nahe der hölzernen Treppe. »Wir werden ihn durch den Schankkellner benachrichtigen lassen und uns die Zeit mit etwas Wein vertreiben.«

Ich angelte mir einen Stuhl hervor und setzte mich

hin. »Eine weitere Verzögerung aus Gründen des Anstands?«

»Wir brauchen nichts zu *übereilen*.« Er setzte sich, winkte dem Schankkellner und lächelte mich freundlich an. »Ich weiß, es ist Eure Art, auf Dinge zuzustürzen, denen Ihr Euch stellen wollt, aber in diesem Fall könnte es vielleicht klüger sein abzuwarten. Ihr sollt *heiraten*, Keely – und Euer Leben gemeinsam mit Sean verbringen ... laßt Euch Zeit zu erfahren, wie der andere denkt, bevor Ihr einander beschuldigt, den Bedürfnissen und Wünschen des anderen gegenüber blind zu sein.«

»*Meine* Bedürfnisse ...« Aber ich brach freiwillig ab, als der Schankkellner herbeieilte.

Taliesin bestellte Wein und Käse und wies den Schankkellner dann leise, so sehr leise, an, seinem königlichen Gast die Nachricht zu überbringen, daß hier jemand sei, der ihn sehen wolle. Er nannte keine Namen, wohl wissend, daß es nicht nötig war. Der Schankkellner würde uns beide ausgiebig beschreiben, und Sean würde sofort Bescheid wissen.

Ich spürte eine Aufmerksamkeit auf der anderen Seite des Schankraumes, während der Schankkellner davoneilte. Ich hielt es für mehr als wahrscheinlich, daß es sich dabei um Seans königliche Eskorte handelte, da sie in erinnisches Grün gekleidet waren und jagdhundförmige Schulterspangen an den Lederwappenröcken trugen, genau wie der Bote. Ich warf ihnen einen Seitenblick zu und sah, daß sie miteinander sprachen. Und dann erhob sich einer von ihnen.

Nicht Sean. Das wußte ich. Aileen hatte ihn mir beschrieben – blond, braunäugig, groß –, und dieser Mann paßte nicht auf die Beschreibung.

Er blieb an unserem Tisch stehen. Sein Lächeln war zaghaft, aber nicht seine Höflichkeit. »Verzeiht«, sagte er, »aber seid Ihr die königliche Prinzessin von Homana?«

»Warum?« fragte ich geradezu.

Sein Grinsen wurde breiter. Er hatte ein ansprechendes Gesicht, und seine grünen Augen glitzerten. »Weil mein Herr eine recht undiplomatische Nachricht gesandt hat und wir gewettet haben, ob Ihr wohl kämt, und sei es auch nur, um ihn zurechtzuweisen.« Sandfarbene Brauen wölbten sich. »Ihr *seid* es doch, nicht wahr? Gekommen, um ihn zurechtzuweisen?«

Ich wechselte einen Blick mit Taliesin. »Wenn ich es nicht wäre«, sagte ich, »würdet Ihr die Angelegenheiten Eures Herrn dann immer noch so bereitwillig einem Fremden erzählen?«

»O ja. Er gibt nicht viel auf Äußerlichkeiten, da er sich anderen Dingen mehr widmet.« Er legte zwei Finger auf die Jagdhundspange. »Lady, seid Ihr gekommen? Werde ich meine Wette gewinnen?«

Ich seufzte, denn es mißfiel mir zutiefst, daß ich so durchschaubar war, besonders für einen Mann – *und* Männer –, dem ich niemals zuvor begegnet war. »Ihr habt gewettet, daß ich kommen würde?«

Seine Augen strahlten bei meinem Eingeständnis. »Ja, Lady, das habe ich... Nur wenige von uns haben es nicht getan. Euer Ruf...« Aber er hielt sofort inne und wurde rot, wohl wissend, daß er zu weit gegangen war. »Lady ... o *Lady*...«

Ich schüttelte den Kopf. »Das macht keinen Unterschied. Ich weiß, was ich bin. Und Ihr anscheinend auch. Nun, das wird mir die Zeit ersparen, mich Eurem Herrn zu erklären.« Ich schaute an ihm vorbei zum Schankkellner. »Zweifellos weiß er inzwischen Bescheid.«

Der Schankkellner verstand dies als Erlaubnis vorzutreten und tat dies auch. »Lady, der Prinz von Erinn weiß Bescheid. Aber er läßt Euch sagen, daß er sich im Bad befindet. Werdet Ihr warten?«

Ich antwortete trocken: »Ich soll lieber warten, als ihn nackt anzutreffen? Ja, ich werde warten. Dafür wird später noch Zeit sein.«

Das belustigte den jungen Erinnier, der mir sagte, sein Name sei Galen – und für die Lady seines Herrn den besten Wein des Red Stag bestellte. Taliesin übersah er völlig, obwohl sein Verhalten sonst untadelig war. Er war einfach mehr von mir eingenommen, die ich seine Herrin werden würde, wenn die Schwüre geleistet waren, und die daher mehr Aufmerksamkeit wert war.

Taliesin blieb gelassen, wenn er auch gleichermaßen belustigt war. Er schwieg, als die Erinnier einer nach dem anderen langsam herüberkamen, um mir in fast unhörbarem Homanisch ihren Respekt zu zollen. Homanisch, nicht Erinnisch. Ihr Akzent war ziemlich schlecht. Ich stellte ihnen in ihrer eigenen Sprache Fragen und sah sie heimlich Blicke wechseln, schweigend Geheimnisse weitergeben, genau wie Rorys Männer es getan hatten. Waren alle Erinnier so?

Als der Wein kam, goß Galen ihn ein, sprach einen Toast auf die königliche Prinzessin von Homana aus und wünschte ihr vollkommene Gesundheit. Wieder in schlechtem Homanisch und dem Bemühen, mich zu erfreuen. Ich antwortete erneut auf Erinnisch und sah zu, wie sie einer nach dem anderen den restlichen Wein in ihren Bechern tranken, während ich es ihnen gleichtat.

Und dann wurde mir ein zweiter Becher eingegossen, und wir tranken dieses Mal auf Sean. Ich hielt es nur für höflich, dies zu tun, da ich bereits geehrt worden war. Sie schienen liebenswürdige, höfliche Männer zu sein, ohne die Verschlagenheit, die ich in den Augen des Boten erkannt hatte, der wohl wußte, was er überbrachte. Es schien, daß sie es alle wußten, aber von ihnen machte sich keiner auf meine Kosten lustig. Sie hatten Seans Worte offensichtlich selbst auf Homanisch sehr taktlos gefunden, was der Grund dafür war, daß die meisten auf mich gewettet hatten.

Sie sind alle genauso schlimm wie Hart …

»Lady.« Der Schankkellner war neben mich getreten.

»Lady, wollt Ihr hinaufkommen? Der Prinz läßt Euch das fragen.«

O Götter. Ich trank noch etwas Wein und versuchte, ihn nicht hinabzustürzen. Ich blickte über den Becher hinweg zu Taliesin und flehte ihn mit meinem Blick an.

Er gewährte mir nur ernste Höflichkeit. Er würde nicht mitkommen, das wußte ich. Es war meine Aufgabe. Er war bis hierher mit mir gekommen, aber Sean war mein *Tahlmorra.* Taliesin hatte sein eigenes.

Ich setzte den Becher sorgfältig ab. Die anderen verschwanden und ließen nur Galen mit seinen grünen erinnischen Augen zurück, der schweigend darauf wartete, mich zu seinem Herrn begleiten zu können.

Eine Litanei schwirrte in meinem Kopf umher. *Sage Sean die Wahrheit. Sage ihm, wie du empfindest. Du hast Rory alles erzählt – nun, beinahe alles –, jetzt mußt du es Sean erzählen. Er ist Aileens Burder – er kann nicht so schlimm sein.*

Galen geleitete mich zu einem Gemach, öffnete die Tür und trat dann beiseite, um mich hindurchzulassen. Ich wandte mich überrascht wieder um. »Hier ist niemand.«

Er schüttelte den Kopf. »Nein, Lady ... dies ist Sheehans Zimmer, nicht das des Prinzen. Er wird jetzt bei ihm sein und ihm beim Anziehen helfen ... Soll ich Sheehan zu Euch schicken, oder wäre es Euch lieber, wenn ich bliebe?«

Eine dritte Stimme mischte sich ein. »Nicht nötig«, sagte sie. »Ich bin jetzt hier. Du kannst gehen, Galen.«

Galen verschwand sofort wieder die Treppe hinab, während der andere den Raum betrat. Ich dachte nur einen Augenblick, es könnte Sean sein, aber ich wußte sofort, daß er es nicht war. Also Sheehan. In dessen Raum ich mich befand.

Er lächelte, schloß die Tür und spreizte die Hände, während er sich dagegenlehnte. Sein Gesichtsausdruck wirkte kleinlaut. »Lady, ich muß mich entschuldigen.

Wir waren Euch gegenüber bezüglich der Befindlichkeit meines Herrn nicht ganz ehrlich.«

»Befindlichkeit?« wiederholte ich. »Ich dachte, er nimmt ein Bad.«

»So ist es«, stimmte Sheehan mir zu, »aber nur, weil wir ihn hineingesetzt haben, um seinen weingetränkten Kopf zu klären. Und seinen Verstand, wie ich fürchte. Er hat letzte Nacht zuviel getrunken.«

»*Tatsächlich?*«

»Ja.« Er versuchte, seine Belustigung zu verbergen, aber das kleinlaute Lächeln veränderte sich dennoch. »Ich fürchte, es war Euer Fehler.«

»*Mein* Fehler!«

»Ja. Es geschah zu Euren Ehren, Lady ... Er trank auf das Glück, gute Gesundheit, kräftige Söhne und Töchter ...« Er spreizte erneut die Hände. »Er hat Euer Lob gesungen, Lady.«

Ich warf Sheehan einen angewiderten Blick zu. »O ja ... hat er auch auf ein Schankmädchen getrunken? Hat er auf seinen verbannten Bruder getrunken?«

Sheehan löste sich von der Tür und durchschritt langsam den Raum, wobei er mir den Rücken zuwandte. Er war groß, natürlich anmutig, und obwohl ihm zwar Rorys mächtiger Körper fehlte, fehlte ihm aber nicht seine Geistesgegenwärtigkeit.

Er wandte sich um. »Mein Herr spricht nicht über seinen Bruder.«

»Vielleicht sollte er es endlich tun.« Sheehan, dachte ich, wäre eine nähere Bekanntschaft wert. Er wirkte wie ein Mann, der es gewohnt war, die Wahrheit zu erfahren, selbst wenn er nichts davon preisgab, bis es seinen Zwecken – oder den Zwecken seines Herrn – diente. »Ist er häufig betrunken?«

Sheehan biß die Zähne zusammen. »Seit sein Bruder gegangen ist.«

Also bedeutete es ihm etwas. Das konnte ich verstehen. »Er könnte ihn bitten, zurückzukommen.«

Er runzelte kurz die Stirn. »Ihr kennt seinen Bruder?«

»Rory?« Ich grinste. »Ja, ich kenne den Rotbart. Er kam ins Exil zu uns. Ich hatte Gelegenheit, ihm zu begegnen.«

Sheehan deutete auf den kleinen Tisch am Fenster. »Wein? Sean sollte nicht mehr lange auf sich warten lassen ... Wir haben vier Männer mit der Aufgabe betraut, ihn annehmbar zu machen. Darum waren so wenige Männer unten, um Euch ihre Ehre zu erweisen. Ihr werdet ihnen doch hoffentlich vergeben?«

Ich lächelte und dachte an meine eigene Erfahrung mit zuviel Alkohol. »Ihr solltet besser fragen, ob ich *ihm* vergebe.«

Er wandte sich um. »Aber warum? Sean ist ein Mann, Lady ... Er tut, was er will. Wenn das einschließt, zuviel trinken zu wollen, dann ist das seine Entscheidung. Und es geschah *tatsächlich* Euch zu Ehren.«

»Ja, natürlich, das entschuldigt es.« Ich nahm den Becher entgegen, den er mir anbot, nippte aus Höflichkeit daran und stellte fest, daß mir der Wein schmeckte. »Ich werde keinen Trunkenbold heiraten, Sheehan. Ganz gleich, wer er ist.«

»Ihr könntet ihn vielleicht bessern, Lady.« Er lächelte, trank einen Schluck und deutete auf einen Sessel. »Möchtet Ihr Euch setzen? Es ist nur ein armseliger Raum, aber mein Herr war nicht in der Stimmung, weiterzuziehen. Wir haben genommen, was wir als Unterkunft finden konnten.«

Ich setzte mich hin, nippte an dem Wein und betrachtete Seans Mann über den Rand des Zinnbechers hinweg. »Was seid Ihr für den Prinzen? Ihr seid kein Soldat, glaube ich ... Ihr benehmt Euch nicht entsprechend.« Ich betrachtete ihn genauer. »Und Ihr sprecht auch nur mit wenig Akzent für einen in Erinn geborenen Mann.«

Sheehan lächelte. »Es hängt von den jeweiligen Umständen ab, mit welchem Akzent ich spreche. Ich bin vielleicht in Erinn geboren, aber ich bin in Falia aufgewachsen.«

»Falia!« Das erstaunte mich. »Wie seid Ihr *dorthin* gekommen? Wir haben Handel mit Falia betrieben, haben aber sonst kaum Verbindungen gehabt. Ich habe niemals jemanden getroffen, der dort lebt.«

Er hatte sich nicht hingesetzt, sondern durchschritt den Raum müßig und träge wie eine Katze. Er nippte an seinem Wein, hing persönlichen Gedanken nach und wandte sich mir schließlich wieder zu. »Mein Vater ist Falier. Ein Kaufmann. Er kam zu Handelszwecken nach Erinn und traf dort meine Mutter, mit der er schlief. Er ging noch vor meiner Geburt zurück nach Falia.« Er zuckte leicht die Achseln, als wolle er den Schmerz abtun, den er einst empfunden haben mußte. »Als ich acht Jahre alt war, schickte mich meine Mutter zu ihm, nach Bortall, der Stadt des Hochkönigs, wo er seine Geschäfte führte. Als er mich sah, wußte er, daß ich sein Sohn war. Er erkannte mich sofort an. Ich wuchs dort auf und kam erst zwölf Jahre später nach Erinn zurück. Und seitdem war ich hier – *dort.*« Er lächelte. »Eine armselige Geschichte, fürchte ich – mein Leben war ereignislos.«

»Aber Ihr dient jetzt einem Prinzen.«

»Sean ist ein guter Herr. Ich könnte mir keinen besseren wünschen.« Er blieb erneut am Tisch stehen und setzte sich noch immer nicht hin. Seine Stimme klang sehr sanft. »Ihr sagt nichts zu meinem Auge.«

»Meinem Vater fehlt ein Auge. Ich bin an eine Augenklappe gewöhnt.«

Er hob die dunklen Brauen, deren eine von dem Band, das die Augenklappe an ihrem Platz über der linken Augenhöhle hielt, weitgehend verborgen war. »Das erklärt es natürlich. Ihr besitzt Taktgefühl, Lady … einen erstaunlichen Sinn für Verschwiegenheit.«

Ich lachte ihn an. »Ich? O nein, Sheehan, das besitze ich beides nicht. Das kann Euch jeder sagen. Das *wird* Euch jeder sagen.«

Er lächelte herzlich. Sheehan war ein gutaussehender Mann, selbst mit dem fehlenden Auge. Er war schwarzhaarig, bärtig und hatte weiße Zähne. Das dichte Haar hing schulterlang und kräuselte sich auf dem weichen, blaugefärbten Lederwams. Die Farbe paßte zu seinen Augen.

»Was besitzt Ihr sonst?« fragte er. »Wenn Euch Taktgefühl und Verschwiegenheit fehlen – was *habt* Ihr dann?«

Er sollte die Wahrheit erfahren, wenn er sie von mir forderte. »Macht«, entgegnete ich ihm knapp. »Ich habe Macht in meinem Blut.«

»Ja, natürlich: der Gestaltwandel.« Sein Bart war kurz und ordentlich geschnitten, anders als Rorys Gestrüpp. Ich konnte seinen Mund deutlich sehen, während er ihn zu einem Lächeln verzog. Ein höfliches, aber skeptisches Lächeln, das mir seine Gedanken verriet. »Ich habe die Geschichten gehört.«

»Mehr«, sagte ich, »viel mehr. Gibt es in Falia keine Magie? Ich weiß, daß es in Erinn viel Magie gibt. Wie könnt Ihr so ungläubig sein?«

»Zeigt es mir«, sagte er leichthin.

Ich sah ihn über den Becher hinweg an. Und dann stellte ich den Becher ab. »Ich glaube, es ist an der Zeit, daß Ihr Euch um Euren Herrn kümmert, Sheehan. Ich warte gern allein.«

»Zeigt es mir.« Drängender.

Langsam stieg Zorn in mir auf. »Ich bin kein dressierter Hund, der nach Euren Launen Kunststücke vorführt. Ich bin ...«

»*Zeigt* es mir«, zischte er. »Oder ist alles nur Lüge?«

Ich erhob mich. »Glaubt Ihr ...« Ich stützte mich am Tisch ab und versuchte, die plötzliche Schwäche fortzublinzeln. »Sheehan ...«

»Nein«, sagte er einfach. »*Stra*han.« Und nahm die Augenklappe von seinem vollkommen gesunden braunen Auge.

Der Wein … natürlich, *der Wein* …

Ich wandte mich um und wollte davonlaufen, fiel aber hin. Nichts war mehr richtig. Der Boden war zur Decke geworden … die Decke befand sich unter meinen Füßen … die Wände kamen immer näher …

»Keely«, sagte er sanft, »davonzulaufen wird nichts nützen. Ihr könnt jetzt kaum noch kriechen.«

Sein erinnischer Akzent war fort. Er sprach nun fließend Homanisch mit einem schwach solindischen Unterton, genau wie Strahan sprechen würde. Wie meine Brüder es mir erzählt hatten.

Ich riß den Tisch um und vergoß Wein, als der Krug zerschmetterte. Scherben bedeckten den Boden. Wein befleckte meine Hände, mein Gesicht, meine Lederkleidung. Ich hob den Becher auf und warf ihn.

Er kam ihm nicht einmal nahe. Er lenkte ihn mit einer einfachen Geste, mit einem einzigen Finger lässig ab.

… benommen …

Strahan kam zu mir, kniete sich hin, ergriff mich mit beiden Händen. Ich versuchte, ihm ins Gesicht zu spukken, konnte aber den Speichel nicht aufbringen.

»Viel zu spät«, sagte er. »Glaubt Ihr, ich sei ein Narr? Ich habe mich gut hierauf vorbereitet … Es hat mich ganze zwei Jahre gekostet.« Seine Hände schlossen sich fester um meine bloßen Arme. »Seit ich Eure Brüder verlor.«

Taliesin. Wenn ich irgendwie die Tür erreichen oder seinen Namen rufen oder die Magie zu mir heraufbeschwören könnte …

»Versucht es«, schlug er vor. »*Versucht es.* Ich werde mich freuen, Euer Versagen zu beobachten. Ich werde mich freuen, Euch weinen zu sehen.«

… Götter … so benommen … zu *benommen* …

»Steht mit mir auf«, flüsterte er. »Steht mit mir vom Boden auf … Wir verdienen beide Besseres. Es schickt sich für Euch nicht, Keely. Cheysuli knien niemals. Cheysuli *kriechen* niemals *am Boden* …«

Er zog mich hoch, stellte mich auf die Füße und lachte, als ich fast wieder hingefallen wäre. Nur seine Hände hielten mich aufrecht.

»Wo ist die Magie?« fragte er. »Wo ist die Macht jetzt? Wo ist Euer Altes Blut, Keely… Euer Erbe von Alix?« Sein Gesicht war so nahe, *zu* nahe. »Was ist aus Eurem Verstand geworden? Aus Eurer berühmten scharfen Zunge? Aus Eurer berühmten Tapferkeit?«

Ich legte den Kopf zurück und schrie, aber nichts entrang sich meiner Kehle.

»Zu spät«, sagte er traurig. »Viel zu spät, Keely. Ich habe auch Taliesin gefangen, und dieses Mal werde ich ihn behalten. Dieses Mal werde ich ihn töten.«

Strahan wandte sich mir tatsächlich zu. Drängte mich an die Wand zurück. Ich hing in seinen Armen. Meine Knochen hatten sich in Wasser verwandelt.

»Ihr *braucht* mich«, sagte er und trat von mir fort.

Ich fiel hin. Sank an der Wand herab zu Boden, während sich meine Arme und Beine verdrehten. Mein Kopf schlug auf dem Holz auf.

Er ließ mich dort hilflos liegen. »Ich brauche *Euch*«, belehrte er mich, »um den Erstgeborenen Kinder zu gebären. Ich habe mit Rhiannon, mit Sidra, bereits begonnen, aber ich brauche das richtige Blut, den richtigen Körper. Eurer wird reichen, denke ich.«

Ich zuckte zusammen. Rollte den Kopf hin und her. Das war die einzig mögliche Art, mich zu wehren.

Strahan kniete sich erneut zu mir. Seine Hände lagen sanft um meine Handgelenke, als er mich vom Boden hochzog. Er lehnte mich mit in zwei Richtungen gespreizten Beinen gegen die Wand und versuchte, sie richtig auszurichten, als wollte er mir ein wenig Anstand zurückgeben.

Anstand, obwohl er mir meine Würde gestohlen hatte.

Krämpfe ließen meine Arme und Beine zucken. Ich erschauderte in seinen Händen.

»Ich weiß«, sagte Strahan freundlich. »Die ersten Wirkungen sind unerfreulich, aber ich verspreche Euch, daß es besser werden wird. Dies wird nicht lange dauern.«

Ich schwitzte.

Ich fror.

Krämpfe drehten meinen Magen um.

Strahan ergriff meine Handgelenke. »Laßt es Euch übernehmen«, sagte er. »Ihr könnt nichts dagegen tun. Laßt es das Blut in Euren Adern verwandeln, dann werdet Ihr keinen Schmerz verspüren.«

... mein Blut ...?

Ich versuchte, mich ihm zu entwinden.

»Hier«, sagte er, »ich werde es Euch zeigen.«

Strahan nahm mein Messer. Wandte einen meiner Arme um und legte das Handgelenk frei. Und schnitt dann tief in die Haut ein.

Da war nichts. Überhaupt nichts. Kein Hervorspritzen roten Blutes. Kein Blutstrom über meine Haut. Nur ein tiefer, sauberer Schnitt, der genügen würde, mich zu töten, wenn er unbehandelt bliebe.

Aber ich *blutete* nicht.

Finger waren um meine Handgelenke verschränkt. »Da«, sagte er. »Da.«

Und da war es. Da. Träge, aber *vorhanden*. Es drang langsam aus der Wunde und kroch über meine Haut.

Schließlich stieß ich einen Laut aus. Nicht viel mehr als ein Wimmern.

Schwarz. Mein Blut war *schwarz*.

Strahan beobachtete mich genau. »Nicht für immer«, versprach er mir. »Nur solange, wie ich Euch brauche. Aber ich brauche Euch ohne Eure *Lir*gaben, und dies ist der einzige Weg, das zu erreichen.«

Der Raum war zu hell. Ich schloß die Augen vor dem Licht, vor den ungleichen Augen. Eines blau. Eines braun. In einem unglaublich schönen Gesicht, wenn die Schönheit auch durch den Bart beeinträchtigt wurde.

Er hatte sich das Haar geschnitten. Sich einen Bart wachsen lassen. Eine Augenklappe über einem verräterischen Auge getragen. Er hatte eine Falle errichtet und mit einem Köder ausgestattet, so daß ich hineingetappt war.

Ich spürte, wie er das Messer in die Scheide zurückgleiten ließ. Ja, und warum nicht? Ich konnte nichts gegen ihn ausrichten. Ich konnte meine Augen nicht öffnen.

Er strich mir sanft eine Haarsträhne aus dem Gesicht. »Ich werde mit Euch ein Kind zeugen, und ich werde es gegen Eure Verwandten benutzen. Gegen Euren Vater, Euren Onkel, Eure Schwester, Eure Brüder ... Ich werde das Haus Homana vernichten, und all das mit der Hilfe unseres Kindes.

Nicht meines Kindes. Nicht seines Kindes. *Unseres* Kindes.«

Seine Stimme klang sehr sanft. »Fürchtet Euch nicht, ich bitte Euch. Es wird Euch nicht weh tun. Ich bin kein grausamer Mann, Keely, der aus Vergnügen Qualen bereitet. Ich bin ein einfacher und aufrichtiger Mann, nicht weniger als jeder andere, nur daß ich dem Dienst an meinem Gott verschworen bin, genauso wie die Cheysuli ihren Göttern verschworen sind. Ich tue nur, was *notwendig* ist, lebe keine wunderlichen Launen aus. Also werde ich es Euch leichtmachen.«

Ich zwang meine Augen auf und schaute.

Strahan lächelte süß. »Es wird nichts Unehrenhaftes daran sein, Eure Rasse nicht beschmutzen. Morgen früh, Keely, das verspreche ich Euch, werdet Ihr vergessen haben, daß Ihr jemals eine Cheysuli wart.«

Teil III

Kapitel Eins

Ihre Erinnerungen begannen allmählich Stück für Stück zurückzukehren. Sie hortete jede davon wie den seltensten Edelstein, versammelte sie nacheinander an ihrer Brust, bis sie jeden Stein nach Fehlern beurteilen konnte. Fand sie keinen, so bezeichnete sie ihn als gut und bewahrte ihn auf.

Ihr Gehortetes wuchs langsam an, bis sie zwei Handvoll glänzender Steine besaß. Wenn sie sie alle betrachtete, sah sie die Farben des Regenbogens. Die Farben der Welt, die ihr so lange, zu *lange, verwehrt worden war.*

Wenn sie sie alle betrachtete, sah sie ihr Spiegelbild. Und sie erkannte sich wieder, nach zeitlosem, unendlichem Raum und einer Zeit, in der sie nichts gekannt hatte. Nichts, überhaupt nichts außer dem Mann, der ihren Körper benutzt hatte.

Das geöffnete Fenster in ihrem Zimmer lag hoch und war schmal, aber indem sie eine Bank hinüberzog, konnte sie sehen, was dahinterlag. Heidekrautbewachsene Hügel und dichte Wälder, vom Mondlicht silbern gefärbte Strände, im Tageslicht blendend weiß, schiefergrauen Ozean und unendlichen Himmel. Meeresgischt und Nebel hingen wie ein Schleier über der Insel: der Atem der Götter selbst, am Morgen dicht, am Abend noch dichter und nachmittags bronzefarben leuchtend.

Eine schwache, vom Meer hereinwehende Brise ergriff ihr lohfarbenes Haar. Sie trug es jetzt ungebunden, ungeflochten, und es fiel offen bis auf ihre Taille. Weil Strahan es so verlangte.

Sie stand auf der Bank und umklammerte noch immer das Gestein, preßte die kalte Wange gegen noch kältere Mauern. Starrte an den Stränden vorbei, am Nebel vorbei, und versuchte, Homana zu sehen.

»Ein gefangener Vogel«, sagte seine ruhige, vibrierende Stimme. »Ein Hänfling, denke ich, oder ein Spatz ... sicherlich nicht der flinke Jagdfalke, der niemals vergeben würde, noch der wilde homanische Falke, der weiß, wie er dem Jäger entgeht.«

Sie wandte sich nicht um. Sie blieb auf der Bank stehen, am Fenster, grub die Finger mit solcher Macht in das Gestein, daß ihre Fingernägel brachen.

Und seine Hände lagen auf ihr, hoben sie herab, wandten sie zu sich um, und sie betrachtete sein bemerkenswertes Gesicht. Es war jetzt bärtig, aber wunderschön wie eine vollkommene Skulptur. »Du darfst nicht trauern.« Zartes, trügerisches Mitgefühl. »Frauen, die trauern, passen nicht zu den Männern, die sie begehren.« Seine Stimme wurde noch weicher. »Und ich will dich, Keely.«

Sie schloß die Augen, als seine Hand zwischen die Falten ihres losen Gewandes glitt und ihre Brüste liebkoste. Seine Berührung ließ ihre Haut, wie immer, erbeben.

Er lächelte unendlich zärtlich, unendlich zufrieden, teilte seine Freude und seine Zufriedenheit über ihre Antwort mit ihr. Er war darüber erfreut, als genüge die Tatsache, daß er überhaupt eine Regung bei ihr hervorrufen konnte, selbst Abscheu, um ihn zu erregen.

Er zog seine Hand zurück und fuhr mit gespreizten Fingern durch ihr gelöstes Haar, zog es über ihre Schultern nach vorn, um es zusammenzunehmen und zu liebkosen, preßte es gierig an seinen Mund. »Ich werde dich behalten, solange es dauert«, flüsterte er in ihr Haar. »Wenn du vor mir zu altern beginnst, werde ich dich jung erhalten, bis das Kind empfangen ist. Bis das Kind geboren ist. Und vielleicht auch noch länger, wenn du mich erfreust.«

Sie weigerte sich, in die unheimlichen Augen zu blicken, von denen eine eigene Macht ausging. Es zu tun bedeutete die Niederlage. Sie hatte gelernt, ihn nicht zu bekämpfen, wenn er mit ihr schlief, denn gegen ihn zu kämpfen gab ihm einen Grund, Magie bei ihr anzuwenden, und das haßte sie noch mehr als seine Nähe.

Schließlich war ihr Haar wieder frei. »Keely«, sagte er ruhig, »ich habe dir jemanden gebracht.«

Sie antwortete nicht. Als sie schließlich die Augen öffnete, erkannte sie den weißhaarigen Harfenisten, den sie so lange nicht gesehen hatte …

… wie lange?

Jetzt konnte sie endlich weinen.

* * *

Er hielt mich in seinen Armen, als wäre ich ein Kind. Er sang mir ein Schlaflied, als wäre ich ein Kind. Und ich fürchtete, daß ich vielleicht viel zu weit gegangen war, um den ganzen Weg zu mir selbst zurückzufinden.

»So *lange*«, flüsterte ich. »Wie lange war es?«

Er antwortete nicht sofort. Und so fragte ich ihn erneut.

Taliesin seufzte. »Drei Monate, Keely. Wir sind auf der Kristallinsel.«

Ich entzog mich ihm mit Unbehagen, wandte mich erneut dem Fenster zu. Die Nebel lagen schwer jenseits des Fensters, aber zumindest waren sie aus meinem Kopf gewichen.

»Wie geht es Euch?« fragte er.

Ich starrte blind hinaus. Zitterte. Als es mir möglich war, erzählte ich es ihm. »Ich habe zu essen und zu trinken und erfreue mich ausgezeichneter Gesundheit. Er stellt das sicher.«

Taliesin trat neben mich. Einen Augenblick, nur einen Augenblick, schrak ich aus Gewohnheit zurück. Und biß mir dann beschämt auf die Lippen.

Er nahm meine Hand in seine verkrümmten Hände und zog mich auf die Bank hinab und setzte sich auch selbst. Er sagte überhaupt nichts zu mir, denn er spürte vielleicht, daß ich Zeit brauchte, um mich zu fassen. *Drei Monate,* hatte er gesagt, drei Monate nur mit Strahan. Mit seinem Mund, seinen Händen, seiner Männlichkeit.

Gallenflüssigkeit stieg in meiner Kehle auf. Ich drängte sie mühsam zurück und biß mir erneut auf die Lippen.

»Was ist mit Euch?« fragte ich. »Was hat er Euch angetan?«

»Er hat mir zu essen gegeben, genau wie Euch. Er hat mir Wein zu trinken gegeben. Er hat mich überwiegend in Ruhe gelassen. Aber er hat mir auch meinen Lebensstein genommen.« Der Harfenist lächelte müde. »Ich habe schon so viele Male zuvor geglaubt, er würde es tun. Er hat es angedroht, sicher, aber nur um mich zu beunruhigen, zu *quälen*. Jetzt hat er es endlich getan, und ich stelle zu meiner Überraschung fest, daß ich große Angst habe zu sterben.«

»Lebensstein«, wiederholte ich, ohne zu begreifen.

Er steckte die Hände in seine Ärmel. »Jene von uns, die sich entschließen, Asar-Suti zu dienen, werden durch ein Ritual eingeführt. Corin selbst hat es begonnen, aber er entkam, bevor der Gott ihn binden konnte. Was mich betrifft, so gab es eine Zeit, in der ich Tynstar diente, und eine Zeit, in der ich dem Sucher diente.« Seine Stimme klang seltsam brüchig. »Tynstar forderte das Ritual von mir, damit ich ewig leben und bezeugen würde, was er geschaffen hat. Ich tat, wozu ich gezwungen wurde, und daher ist mir der Tod, wie Ihr ihn kennt, verwehrt.«

Meine Stimme klang nicht natürlich, obwohl ich mich darum bemühte. »Strahan hat mir gesagt, daß er Euch töten will.«

»Oh, das kann er. Ich bin nicht unsterblich. Ich kann natürlich *getötet* werden, aber ich kann nicht durch Krankheit oder Alter sterben. Genau wie ein *Lir*, der weit über eine übliche Lebensspanne hinaus lebt, bis der Krieger stirbt oder bis der *Lir* getötet wird.« Er seufzte. »Der Lebensstein ist die Verkörperung eines Ihlinischwurs gegenüber dem Sucher und dem vor ihm vollbrachten Ritual, genau wie die *Lirs* die Verkörperungen der Dienste eines Cheysuli für seine Götter sind. Der Stein ist Herz, Seele und *Macht*. Ohne ihn sterben wir. Auch die, die sich dem Sucher verschworen haben.«

Ich bekam eine Gänsehaut. »Er kann Euch durch den Lebensstein töten?«

Taliesin sah mich offen an, mied nichts, nicht einmal die Wahrheit. »Strahan braucht ihn nur zu zerstören. Und dieses Mal wird er es, glaube ich, tun.«

Der Schmerz kam plötzlich und vollkommen. »O Götter – *Götter* –, er wollte mich, nicht Euch ... Ihr solltet nicht einmal *hier* sein.«

Er ergriff meine Hände. »Keely, ich schwöre Euch – ich bin lieber hier bei Euch, als Euch das allein ertragen zu lassen. Das verspreche ich. Ich bedaure meine Anwesenheit nicht – nur meine Unfähigkeit, ihn aufzuhalten.« Die verkrümmten Hände griffen fester zu. »Ihn von Euch fernzuhalten. Uns von ihm zu *befreien*.«

»Frei«, wiederholte ich verächtlich und versuchte die Qual zurückzudrängen. Und dann bat ich ihn um seine Gürtelschnalle.

Kurz darauf kam er meiner Bitte nach und zog sie von dem Leder ab. Eine einfache runde Bronzeschnalle, die von einem Dorn gehalten und durch eine Lederschlinge gezogen wurde. Ich wollte den Dorn.

Ich schloß meine rechte Hand um die Schnalle. Ergriff sie fest und spürte, wie sich die Haut dagegen wehrte. Drehte meinen linken Arm um, zeigte ihm das Handgelenk und das zarte Netzwerk von Narben in der hellen, durchscheinenden Haut. Taliesin war schlicht verblüfft und starrte auf mein Handgelenk, bis ich mir den Dorn tief in die Haut stieß.

Er schrie auf und ergriff meine Hand, um mir die Schnalle zu entreißen. Ich überließ sie ihm, schwieg und beobachtete, wie das Blut – so langsam – schließlich zu fließen begann.

Es quoll gemächlich aus der Wunde und kroch meinen Arm hinab, wobei es eine Spur glitzernder Schwärze hinterließ, wie die Schleimspur einer Schnecke. Der Auswuchs des Gottes.

Ich fragte ruhig: »Habt Ihr so etwas schon einmal gesehen?«

Taliesin zitterte. Er schloß beide Hände um mein Handgelenk und verdeckte das Blut.

»Habt Ihr so etwas schon einmal gesehen?«

»Ja«, antwortete er barsch. »In meinen eigenen Adern.«

Ich nickte zögerlich. »Er nennt es das Blut des Gottes. Er sagt, es ersetze mein eigenes, bis es wieder kräftig genug sei, und erst dann werde ich frei sein.«

Sein Gesicht war sehr blaß. Er wußte mehr, als er sagte, kannte Strahan besser als ich.

Ich lächelte kaum merklich und nicht sehr standfest. »Ich habe dies, wie Ihr seht, schon zuvor getan, aber als er davon erfuhr, nahm er mir alles, was ich zum Schneiden benutzen konnte.« Ich betrachtete angestrengt das geschwärzte Blut. Nur eine Spur Rot war zu sehen.

»Keely ...«

»Ich bin beschmutzt«, sagte ich. *»Unrein.«*

»O Keely, *nein* ...«

Ich unterbrach seinen Widerspruch, seinen Versuch, mich zu beruhigen. Sowohl zu meinem als auch zu seinem Nutzen. Er wollte, daß ich vergaß, damit ich mit mir selbst leben konnte. »Er schläft jede Nacht mit mir. Ergießt seinen Samen in mich. Und verspricht mir, daß das Kind, das ich gebäre, das Haus Homana vernichten wird.«

Er starrte blind auf meinen Arm und nahm dann seine Hände fort. Ja, er wußte Bescheid. Da er einst dem Sucher verschworen gewesen war, wußte er. Die Wunde schloß sich bereits wieder, von geschwärztem Blut versiegelt. Der Gott sorgt für die Seinen.

»Wenn er weiß, daß *ich* weiß«, sagte ich zu ihm, »wird er mich wieder vergessen machen. Sagt nichts, Taliesin, wenn ich meine Rolle zu gut spiele.«

Seine Stimme war kaum hörbar. »Ihr solltet keine Rolle spielen... Ihr solltet keine Rolle spielen müssen...« Er schüttelte zitternd den Kopf. »Nicht *Ihr*, so geweiht, dem alten Blut geboren...«

»Ich glaube, das ist der Grund«, sagte ich. »Strahan erwartet das offensichtlich nicht. Er glaubt, ich sei noch immer behext.«

»*Warum* dann...«

»Weil ich empfangen habe.«

Ich sah ihn vor meinen Augen altern, obwohl es unmöglich war.

»Er wird es mir nehmen«, belehrte ich ihn. »Er wird es verhexen. Er wird es zu einem Spiegelbild seiner selbst machen. Er wird es benutzen, um den Löwenthron zu stürzen.« Ich schüttelte fest den Kopf. »Wenn ich es ihm sage, wird er schon gesiegt haben. Ich werde ihn nicht siegen lassen.«

»Keely.« Er faßte sich. »Keely, wenn Ihr es ihm sagt, wenn Ihr zugebt, daß Ihr empfangen habt, werdet Ihr Euch vor seinem Bett schützen. Er wird Euch dann nicht mehr belästigen, nicht wenn Ihr ein Kind erwartet. Er wünscht es zu sehr.«

Ich versprach wild: *»Ich werde ihn nicht siegen lassen.«*

Taliesin schüttelte den Kopf. »Ihr könnt es nicht ewig verbergen. Er wird es sehr bald wissen.«

Strahans Stimme mischte sich ein. »Eher als du dir wünschst.«

Ich zuckte heftig zusammen. Üblicherweise benutzte er die Tür. Dieses Mal hatte er das nicht getan. Er erschien aus fliederfarbenem Rauch und lächelte uns beiden huldvoll zu.

»*Leijhana tu'sai,* Harfenist, wie die Cheysuli sagen würden. Ihr habt Euren Zweck erfüllt. Ich habe die Wahrheit von ihr erfahren.«

Ich preßte mich an die Wand, wohl wissend, daß alle meine Geheimnisse offenlagen. Das Kind, die Erinnerung... Götter, er würde mir beides nehmen!

Strahan lächelte mich an. »Hast du geglaubt, du könntest es vor mir geheimhalten?«

»Warum dann …« Ich brach ab und biß mir auf die Lippen. *Sage nichts, überhaupt nichts, nicht zu ihm … zeige ihm keine Angst, keine Schwäche … laß ihn glauben, du wärst stark …*

»Weil ich es dich sagen hören wollte. Taliesin würdest du es erzählen. Mir nicht … und du siehst jetzt das Ergebnis. Weniger als sechs Monate, glaube ich … Und dann werde ich das Kind haben.«

»Nehmt es jetzt!« schrie ich. »Glaubt Ihr, ich werde es leben lassen? Glaubt Ihr, ich werde ein Scheusal gebären? Einen Ihlini-Cheysulimischling?«

»Rhiannon hat es getan«, sagte er. »Und auch Sidra, obwohl ihm das Cheysuliblut fehlt. Und ich glaube, du wirst es auch tun. Du hast in dieser Angelegenheit keine Wahl.« Strahan lächelte heiter. »Nicht mehr als eine Hündin oder eine Stute.«

Ich hielt noch immer Taliesins Gürtelschnalle umfaßt. Solch ein armseliges kleines Ding, das nur einen Gürtel halten sollte. Aber ich hielt sie in Händen, und ich gebrauchte sie und warf sie in Richtung seines Gesichts.

… ein Auge … nimm ein Auge … sein Falke hat eines von Jehans genommen …

Aber sie wurde aufgehalten. Einfach. Überzeugend. Er streckte eine Hand aus und hielt mich fest.

Die Hand war nicht aus Haut.

Strahan stand ganz still an dem Platz, an dem er sich aus der Luft heraus verkörpert hatte. Er lächelte. Die Haut um seine Augen kräuselte sich. Zähne blitzten aus seinem Bart hervor, und er lachte. Er *lachte,* während die Hand mein Handgelenk umfaßt hielt.

Nicht seine Hand. Etwas aus dem Nichts Gemachtes, aus Eis Heraufbeschworenes.

Hände. Eine nahm mir die Schnalle ab und warf sie klingend auf den Steinboden. Eine weitere Hand berührte meine Brüste und stieß mich immer weiter zurück, bis ich an die Wand gedrückt wurde.

»Strahan!« schrie der Harfenist. »Bei den Göttern, laßt sie in Ruhe!«

»Warum?« fragte er kühl. »Weil sie eine Frau ist? Nein, Nein, wirklich ... Dafür achte ich sie zu sehr. Keely würde niemals eine Sonderbehandlung wegen ihres Geschlechts zulassen. Das hat sie sehr deutlich gemacht.« Der Ihlini lächelte weiterhin heiter. »Ich gebe ihr, was sie will. Ich schenke ihr Gleichheit.«

Strahan berührte mich nicht. Er hatte Magie zur Verfügung.

Die Hände lagen in meinem Haar und strichen es mir aus dem Gesicht zurück. Wanden sich durch Strähnen, Locken, Verfilzungen und lösten alle Knoten. Kämmten es seidenglatt.

»So viel«, sagte Strahan, »und doch so sehr wenig. Hättest du gerne mehr? Ich kann mehr als nur Hände zu deinem Vergnügen heraufbeschwören, Keely. Einen Mund. Eine Zunge. *Mehr*.«

Ich preßte meine Hand auf den Mund, um mich nicht zu übergeben. Dieses Vergnügen würde ich ihm nicht gönnen.

Eine der Hände schob meine fort.

Strahan sah Taliesin an. »Soll ich Euch zwingen, zuzusehen?«

Er konnte mit seinen verkrümmten, zerstörten Händen nichts tun. Und Strahan besaß seinen Lebensstein.

»*Geht* ...«, schrie ich. »Oh, *geht* ... Er wird tun, was er will ... Er tut immer, was er will, aber es wird schlimmer sein, wenn Ihr hier seid.« Und ich verfluchte mich selbst, während ich dies sagte, weil ich Strahan damit eine Waffe in die Hand gegeben hatte. Ein Mittel, mich zum Bitten zu bewegen.

»Dann seht zu«, sagte Strahan und ersetzte die heraufbeschworenen Hände durch seine eigenen.

Taliesin hielt seine Flucht für die einzige Möglichkeit,

schloß die Augen, entspannte sich und gab mir so das bißchen Ungestörtheit, das er bieten konnte. Wenig genug und doch viel. Auch er hatte seinen Anteil an der Magie.

Während Strahan mich dort auf den Steinen nahm, begann der Harfenist zu singen.

Kapitel Zwei

Ich saß nahe am Fenster – an der Wand. Auf dem Boden. Licht strömte in den Raum, aber ich sah es nicht. Blind, taub und stumm, einzig auf das Kind gerichtet. Auf das Scheusal, das Strahan in meinen Leib gepflanzt hatte.

Ich spreizte die Hände über dem Bauch, an dem noch nichts zu sehen war. Er war noch immer flach. Noch immer fest. Er gehörte noch immer mir. Er verbarg das verräterische Geheimnis noch immer. Aber er beherbergte den Samen des Ihlini, den Untergang meines Volkes.

Ich grub die Finger in meine Haut. »Du wirst kein Wohlwollen von mir bekommen.«

Es war das erste Mal, daß ich zu ihm sprach, laut. Das erste Mal, daß ich es als Lebewesen anerkannt hatte. Junge, Mädchen, das war kaum wichtig. Wichtig war, daß ich sein Erbe vernichten würde, wenn ich ihm zu leben erlaubte.

»*Kein* Wohlwollen«, wiederholte ich.

Cheysuli und soviel mehr. Solinder, Atvianer, Homaner. Auch Ihlini. Den Erstgeborenen so nahe, aber dafür geschaffen, einem anderen zu dienen. Von einem Ihlini gezeugt, um Asar-Suti zu dienen.

»Du wirst zuerst sterben«, sagte ich ihm. »Ich werde alles tun, dich zu töten.«

Ich dachte an Ian, der ein Scheusal mit einer Ihlinifrau gezeugt hatte. An Brennan, der dasselbe getan hatte. Aber sie waren beide Männer. Dies war etwas anderes. Dies war nicht dasselbe. Sie hatten ihren Samen in einen Schoß ergossen, nicht mehr. *Ich* mußte das Kind gebären. Strahans Frucht ernten.

Dies ist etwas sehr anderes.

Ich dachte an Aileen, die während der Wehen fast gestorben war und dennoch bedauerte, daß sie es nicht erneut versuchen konnte. An Ilsa, die großartige Ilsa, die Schönheit und Leben riskiert hatte und es wieder tun würde, um meinem Bruder einen Sohn für den Thron von Solinde zu schenken.

An die Frauen in all den Jahrhunderten, die Kinder geboren und begraben hatten. Die angenommen hatten, was die Götter ihnen gaben, während ich sie genau dafür verfluchte.

»Du mußt sterben«, sprach ich. »Es ist kein Platz für dich auf dieser Welt. Kein Platz für dich in meinem Herzen.«

Ich zog die Beine an und umfaßte sie, während ich blind in meine Zelle starrte. Ein schöner Raum, groß und luftig, von hell bronzefarbenem Licht erfüllt. Ein großes, verhangenes Bett. Tische. Sessel. Ein Kamin. Meinem Stand angemessen. Meinem Namen angemessen. Sicherlich meinem Blut angemessen: Der Raum war von Cheysuli erbaut worden. Dies war die Kristallinsel, der Geburtsort meines Volkes.

Aber jetzt war sie Strahans Lager.

Ich umfaßte meine Beine fester und legte den Kopf auf die Knie. »Ich muß dich töten«, flüsterte ich. »Hier ist kein Platz für dich.«

Die Fensterläden wurden von den Fenstern gerissen und gegen die Wand geschleudert, wo sie zerbrachen und herabfielen. Der Sturm rauschte in meinem Zimmer.

Ich setzte mich ruckartig im Bett auf und starrte blind in die Schwärze. Es war dunkel, so *dunkel* – hatten die Götter den Mond gestohlen? Hatte Strahan das Licht verkehrt?

Wind brüllte in den Raum und blies mir das Haar aus dem Gesicht. Damit einher kamen Regen und Blätter, die sich über mein Bett verstreuten. Sie durchfeuchteten den Stoff meines Nachtgewandes und verwandelten es in eine zweite Haut, die wie Leichentücher an mir klebte und nach Grab roch.

Ich war naß, kalt und naß und erstaunt über den Sturm. Er erfüllte meinen Raum mit Zorn, hämmerte gegen den Palast, hämmerte gegen meine Ohren. Blitzlicht erhellte die Fenster und ließ den Donner herein. Ich zuckte bei dem Geräusch zusammen und wußte dann, daß es mehr als nur Donner war. Es war das Krachen von Holz auf Stein, das dumpfe Klingen entfesselten Eisens.

Taliesin stand in meinem Raum. »Keely«, sagte er, »*kommt*.«

Ich ging sofort zu ihm und zog das Gewicht des an mir klebenden Stoffes über meine Knie hoch. »Wo ist er?« fragte ich, als wir die Tür hinter uns schlossen. »Wo ist er hingegangen? Er kann nicht *hier* sein – er würde es wissen.«

Taliesin verriegelte die Tür, so daß sie genauso aussah wie zuvor. »Die Gewalt des Sturms hat ihre Aufmerksamkeit gefordert. Ein Gehorsamkeitsritus für den Sucher wurde notwendig. Strahan hat alle Wächter ausgesandt, nach Schäden zu sehen. Mein eigener Wächter, der so plötzlich abberufen wurde, vergaß, einen Wachzauber heraufzubeschwören. So war es leicht für mich, meine Tür mit ein wenig der alten Magie zu öffnen.« Er lächelte bitter. »Ich hatte jene Gaben schon aufgegeben, weil sie von Strahan und anderen so mißbraucht worden waren. Ich war nicht sicher, daß ich sie heraufbeschwören könnte, aber ein wenig davon kam. Genug, um mich zu befreien.«

»*Und* mich.«

»Und Euch. Euer Türschloß war mit einem Wachzauber versehen, aber er war nur zu leicht zu durchbrechen. Strahan hat keine Schwierigkeiten mit einem Ihlini erwartet. Der Zauber war gegen Cheysuli gedacht.« Er streckte stirnrunzelnd eine verkrümmte Hand aus. »Ich werde selbst einen Zauber heraufbeschwören müssen, damit niemand merkt, daß Ihr fort seid. Tretet zurück, Keely… Eure Nähe könnte die Macht beeinflussen.«

Ja, das könnte sein. Wir waren einander zu nahe, unsere Magie könnte sich aufheben. Ich hatte keinen Zugriff zur *Lir*gestalt oder einer der anderen Gaben. Und er konnte schon kaum das *Gottesfeuer* heraufbeschwören, um diese schlichte kleine Rune zu bilden.

Ich trat fort, tastete mich an der Wand entlang. Der Wind hatte alle Fensterläden fortgerissen, war ungebeten hereingelangt und hatte Kerzen, Lampen und Fakkeln ausgeblasen. Er erfüllte den Palast mit Dunkelheit. Er erfüllte mich mit Angst: Strahan konnte nahe sein.

»Beeilt Euch«, flüsterte ich drängend, als er seinen Anteil am *Gottesfeuer* heraufbeschwor.

Ich sah Licht, ein winziges Licht, auf seinen Fingernägeln tanzen. Solch verletzliche, verkrümmte Hände, die ein ebenso verletzliches wie verkrümmtes Licht heraufbeschworen. Es glühte in der Dunkelheit purpurfarben und ließ seine Augen glänzen.

Er verwob die einzelnen Flammen zu einer einzigen, formte eine verschlungene Rune. Ihre Helligkeit veranlaßte mich zu blinzeln – und dann begann sie zu spucken.

Die Anstrengung stand ihm ins Gesicht geschrieben. Seine Haut war davon feucht geworden. »Weiter fort«, drängte er. »Nur ein wenig, Keely… Ihr seid mir noch zu nahe. Es ist ein Wachzauber gegen Cheysuli – wenn er Euch spürt, kann er Euch töten oder zumindest Strahan zu uns führen.«

Ich wäre vielleicht auch noch außerhalb der Mauern zu nahe gewesen. Und selbst dann wäre es wahrscheinlich unwichtig gewesen. Wir befanden uns auf der Kristallinsel. Den Cheysuli so geweiht – wie Valgaard den Ihlini.

»Weiter fort«, flüsterte er drängend, als sich die Rune verdeutlichte.

Sie neigte sich mir zu, wie ein Jagdhund, der einen Geruch aufnimmt. Und sie *erkannte* mich, genau wie Taliesin es versprochen hatte. Sie schmeckte den Cheysulianteil in meinem Blut.

Taliesin flüsterte ihr etwas zu, sprach beruhigend wie ein Vater zu seinem Kind auf sie ein. Ich verstand die Worte nicht, da ich kein Ihlini gelernt hatte. Aber die Rune verstand sie offensichtlich. Sie badete sein Gesicht in Licht und verneigte sich dann in seiner Handfläche.

Der Harfenist wandte sich um. Er legte einen Zeigefinger an das Türschloß, schloß die Augen und sandte das Feuer von der Haut zum Eisen. Ich sah, wie es zu glühen begann.

»Schwach«, murmelte er, »zu schwach ... aber es wird genügen müssen.«

Er wandte sich ab, sah mich warten und kam den Gang herab. Er nahm meine Hand, drückte sie und führte mich die gewundene Treppe hinunter zu einer niedrigen, gewölbten Tür. Jenseits heulte der Sturm.

»Dort ist ein Hof«, sagte er, »und Tore. Er wird auch dort Wachzauber errichtet haben, um uns gefangenzuhalten. Ich werde sie nach Möglichkeit durchbrechen. Wenn es mir nicht gelingt, werden wir einen anderen Weg finden müssen.«

Taliesin stieß die Tür auf und ließ den Sturm in den Palast ein. Er durchwehte uns beide sofort, klebte den Stoff noch fester an meine Haut und ließ das Haar flach am Kopf und an den Schultern anliegen.

Taliesin wartete auf den Blitz und kauerte solange im Eingang. Und als er dann kam, deutete er mit einer verkrümmten Hand in eine bestimmte Richtung. »Dort«, sagte er, »das Tor.« Es war durch den Regen gerade eben sichtbar, durch eine Kette von am Himmel hängenden Blitzen – die silbern mattierte Schwärze.

Ich lief, blinzelte und stieß Flüche aus, umklammerte

das jetzt schwer durchtränkte Gewand. Ich war barfuß und fror und wurde von der Macht des Sturms fast umgeweht. Jetzt konnte ich laut fluchen. Strahan würde mich niemals hören. Nur das Brüllen des Sturms.

Die nassen Pflastersteine schienen unter meinen Füßen glatt und trügerisch. Moos und Schlamm dämpften die Glätte und verwandelten den Hof in einen Morast. Es hatte sich zu lange niemand um den Palast gekümmert, und die mangelnde Sorgfalt zeigte sich jetzt. Es machte den Ort gefährlich.

»Hier ...« Taliesin ergriff meinen Arm und zog mich zu sich. Wir hatten das wuchtige Tor erreicht und kauerten uns daran.

»Wachzauber.« Eine Spur von Ihlini*gottesfeuer* hing an den Eisenstreben. »Könnt Ihr sie durchbrechen?«

»Wenn nicht, sitzen wir in der Falle. Dies ist der einzige Weg nach draußen.« Er stand in Sturm und Regen und zitterte unter der Anstrengung, dem Wind zu trotzen. »Bleibt unten«, sagte er. »Bleibt unten. Dies wird einige Zeit dauern, und ich fürchte, wir haben nur wenig übrig. Strahan ist nicht dumm.«

Ich kauerte mich an das Tor und reckte den Hals, um zuzusehen. Regen lief mir immer wieder in die Augen, obwohl ich sie mit der Hand abzuschirmen versuchte.

Wie Taliesin sich bemühte, die schon verlorene Macht heraufbeschwor, einfach durch eine große Willenskraft. Ich beobachtete wie gebannt sein Gesicht und sah die Anspannung, die ungeheure Mühe, die er aufwenden mußte – und das alles für mich. Ein Ihlini, der einer Cheysuli dient und sein Leben für sie riskiert.

Sein fremdartiges Ihlinigesicht, das meinem so ähnlich war. Die Hautfarbe unterscheidet uns. Sie sind sehr häufig schwarzhaarig, genau wie wir, aber dort endet auch die Gleichheit der Färbung. Ihlini sind hellhäutiger. Wir sind zumeist dunkelhäutig. Und sie haben nicht die gelben Augen. Aber der Stolz, der Hochmut und die zielstrebige Entschlossenheit sind dieselbe.

Man muß sich nur die Gesichter ansehen, die charakteristische Bildung der Knochen und die fest darüberliegende Haut.

Wir waren zu lange blind. Wir haben zu lange nicht hingesehen – aus Angst, die Wahrheit zuzugeben.

Strahan war mein Verwandter, das wußte ich, sowohl im Geiste als auch im Blut. Er war Teirnan in einer anderen Haut. Sie strebten auf verschiedene Ziele zu, dienten aber demselben düsteren Ende. Dem Ende der Prophezeiung.

Ich starrte blind über den Hof, die Wimpern vom Regen niedergedrückt. *Warum müssen wir eins sein? Warum läßt man uns nicht getrennt? Mit der gleichen Macht und ohne um die vollkommene Macht zu kämpfen … ohne Lirs und Lebenssteine aufs Spiel zu setzen. Beide Kinder der Götter …*

»Keely«, keuchte Taliesin. »Ich schaffe es nicht. Ich bin zu lange aus der Übung … Die Wachzauber sind zu stark für mich …« Er beugte sich vornüber, hustete, und ich sah, wie er die Hände verkrampfte. Seine Fingerspitzen waren verbrannt. »Strahan hält meinen Lebensstein in diesem Augenblick in Händen … Ich kann es fühlen, ich kann es *spüren*. Keely … Strahan *weiß* …«

Ich wich vom Tor zurück und schaute nach oben. »Wenn ich nur *Lir*gestalt annehmen könnte …« Aber ich brach sofort ab. Es hat keinen Sinn, sich laut etwas zu wünschen, was man nicht bekommen kann. »Wir werden klettern«, sagte ich fest. »Wir haben keine andere Wahl.«

Er verschränkte die verkrümmten Finger zu einer Stufe. »Dann laßt mich Euer Diener sein. Er will Euch, nicht mich … Ihr müßt zuerst gehen, Keely. Versprecht mir, daß Ihr es tun werdet.«

Ich legte eine Hand auf seine Schulter. »Taliesin …«

Er unterbrach mich für seine Verhältnisse ungewohnt barsch. »Sagt später *leijhana tu'sai*.«

Ich schürzte mein Gewand so hoch wie möglich,

denn ich trug keinen Gürtel, und hob einen nassen, bloßen Fuß. Taliesin hielt seine Hände darunter, stützte sich ab und hob mich am Tor hoch. Höher und höher streckte er sich, um mich so hoch wie möglich zu heben, schob mich auf den oberen Rand des Tores zu.

Ich streckte die Hände aus, reckte mich, ergriff das obere Scharnier des wuchtigen rechten Torflügels. Ich hing dort, biß die Zähne zusammen und haßte den Wind und den Regen. Meine Zehen schabten über das nasse Holz, das kältere Eisen, und dann fand mein linker Fuß am Querträger Halt. Ich verhakte meine Zehen so gut es ging und benutzte die Halterungen, um mein Gleichgewicht wiederherzustellen.

Etwas berührte meinen Fuß. Kaltes, tödliches Feuer, das ausströmte, um meine Haut zu umschließen.

... Götter, es ist der Wachzauber ...

»Keely«, schrie Taliesin, »haltet Euch fest.«

Taliesin hielt mich nicht mehr. Mein Gewicht hing an meinen Armen. Ich verhakte meinen rechten Fuß in dem Spalt zwischen Tor und Mauer, preßte meinen Knöchel hinein, um mich abzustützen, und hing ausgestreckt über dem Torflügel.

Ich versuchte, meinen linken Fuß vom Querträger abzuziehen, aber das *Gottesfeuer* hielt mich zu fest. Es kroch von den Zehen zur Ferse und dann zum Knöchel und drang durch die Haut in Muskeln und Blut ein.

»Klettert!« schrie Taliesin.

Regen prasselte auf meinen Kopf und lief mir beständig in die Augen. Der dünne Stoff meines Nachtgewandes verfing sich an dem splitterigen Holz, zerriß und klaffte auf. Das Tor schabte über meine Brüste und scheuerte die empfindlichen Brustwarzen wund.

»Taliesin ... der Wachzauber ...«

Ich sah, wie er hinblickte. Dann bemerkte er, daß das *Gottesfeuer* vom Eisen auf die Haut übergegriffen hatte und mich schwach gefangenhielt. Es lief das Schienbein hinauf zum Knie und kräuselte den zerrissenen Saum meines regendurchtränkten, schmutzigen Nachtgewandes.

Taliesin streckte die Hand aus und berührte das Eisen. Ich sah das *Gottesfeuer* schwanken, sich behaupten, dann wieder von meiner Haut ins Eisen zurückfließen und dann zu Taliesin. Er loderte in der Dunkelheit auf und brannte trotz Regen und Wind.

»Klettert!«

»Hoch«, flüsterte ich. *»... hoch ...«*

Das Holz war mit Beschlagnägeln versehen. Ich hielt mich sorgfältig fest, löste meine Zehen vom Querträger und tastete nach den Eisennägeln. Ja, hier und dort, in regelmäßigen Reihen. Wenn ich einen nicht so abgeflachten, aus dem Holz herausragenden Nagel finden könnte ... einen nur so weit herausragenden Nagel, daß er mir Halt geben könnte ...

Da. Meine Zehen fanden einen solchen Nagel, legten sich darum, hielten fest. Ich zog meinen rechten Fuß vorsichtig aus dem Spalt, befreite meinen schmerzenden Knöchel und stieß mich dann zum oberen Rand des Tores hoch. Ich ließ das Scharnier hinter mir und hatte nur noch den Rand des Tores über mir.

... und ergriff ihn. Nutzte den Schwung, um mich hochzuziehen, *hoch ...*

... keuchend, schnaufend, fluchend – und trieb mich mit Worten an ...

... o Götter ... aufwärts ... Ist das so viel verlangt?

Das Holz war vom Regen naß. Die Haut konnte keinen Halt finden.

»... Götter ...«, grollte ich, *»... hoch ...«*

Ich klemmte meinen rechten Fuß erneut in den Spalt und stützte mich unbeholfen ab. Dann benutzte ich ihn wieder, schob mich hoch und stützte das Kinn auf den Rand.

... fast ... fast ...

Ich stieß mich vorwärts, zog mich hoch und hakte einen Ellenbogen über den Rand des Tores. Ich schwang mein linkes Bein so hoch ich konnte, spürte, daß die Ferse kurz auf dem eisenbeschlagenen Rand verharrte. Schwang es erneut, stöhnte, spürte, wie es jetzt endgültig verharrte, und hielt fest.

... hoch ...

Mein rechter Knöchel glitt aus dem Spalt und ließ Stücke von Haut an Scharnier und Mauer zurück.

... halte *fest* ...

Ich war oben, oben ... kämpfte um mein Gleichgewicht, ein Bein über den Rand gelegt. Ich klammerte mich mit regenglatten Händen fest und betete mit regenglattem Mund.

Ich blickte zu Taliesin hinab, dessen Gesicht mir zugewandt war. Er lächelte gegen den Regen an, verbarg seine Qual vor mir. Die Dunkelheit leuchtete, loderte wie ein Scheiterhaufen. Aber lebendig, den Mann so *lebendig* abweisend, der wiederum die göttergegebene Gabe des Harfengesangs so nachlässig abgewiesen hatte.

O Götter, ich danke euch für Taliesin ... leijhana tu'sai für diesen Harfenisten ...

Ich lächelte zurück und rief seinen Namen ...

... und sah, wie er sich in Staub verwandelte.

Taliesin?

Ich klammerte mich an das Tor und starrte hinunter.

Taliesin?

Wasser wusch den Staub fort. Es war nichts mehr von Taliesin übrig.

O Götter, nicht Taliesin ...

Der Regen peitschte mich gegen das Holz.

Ich sang dem Harfenisten unter gequältem und gedämpftem Wimmern einen bewegten Grabgesang und konnte nicht glauben, was ich gesehen hatte. Konnte nicht glauben, daß ich statt eines lebenden Menschen nichts mehr sah.

Niemals *Taliesin*.

»Strahan«, sagte ich laut, obwohl es in einem Donnerkrachen unterging.

Taliesin war für die Flucht gestorben. Ihr Scheitern würde seinen Tod entehren.

Ich zog mich über den Rand des Tores und ließ mich fallen.

Kapitel Drei

Ich schürfte mir die Ellenbogen, das Kinn, die Brüste und die Knie auf. Ich quetschte mir bei der Landung die Füße – und noch mehr, als ich das Gleichgewicht verlor und unbeholfen mit dem Gesäß fest auf den harten, kalten Pflastersteinen aufkam.

Ich spreizte unwillkürlich eine Hand über den Bauch. *Bist du schon tot, Scheusal? Hat dich das schon getötet?*

Wie als Antwort kroch *Gottesfeuer* durch die Spalte in dem wuchtigen Tor und entflammte die Dunkelheit.

Ich sprang sofort auf und lief los, wobei ich den nassen Stoff von Knöcheln und Knien fortriß und die Tatsache verfluchte, daß ich keine Stiefel trug. Die Pflastersteine waren glatt, gespalten, uneben und rutschten unter meinen Füßen fort. Und dann wurde der Untergrund zu Erde, war nicht mehr Stein. Matsch und Schlamm und Wasser. Eine durchtränkte Weinranke fiel aus den Bäumen herab und wollte mich einfangen.

Ich riß sie von mir fort, fluchte und schlug sie beiseite. Sie war von Göttern gemacht, nicht von Menschenhand, diente Strahan aber unwissentlich. Ich verließ den Weg und drang in den Wald vor, floh tiefer hinein, wo nichts meinen Weg abschnitt.

Ich stolperte, fiel hin, sprang wieder auf, stolperte erneut und fiel nochmals hin. Es war nicht sehr hell, aber schon besser. Jedes Mal, wenn ein Blitz den Himmel überzog, konnte ich einschätzen, wohin ich mich wenden sollte, auch obwohl kein gekennzeichneter Weg mehr vorhanden war. Ich konnte nicht umhin, an Brennan mit seiner überragenden Nachtsicht zu denken. Das war das Tier in ihm. Mir fehlten die gelben Augen.

Laub bedeckte meinen Weg. Ich stob hindurch und lief weiter.

... weit genug, nicht weiter ... weit genug von Strahan fort, und die Lirgestalt wird ihn besiegen ...

Eine hervorstehende Wurzel brachte mich zum Stolpern. Ich fiel hart zu Boden, keuchte, spürte Blut aus meiner Lippe fließen. Es schmeckte nach Salz und Kupfer.

Hinter mir lachte Strahan.

Ich eilte auf Händen und Knien vorwärts, stieß mich wieder hoch, lehnte mich mit dem Rücken an einen Baum. Lehnte dort, keuchte geräuschvoll, war mir des Schmerzes in meiner Brust, in den Knochen, in der Haut bewußt. Ich wollte ihn so gerne anspucken, aber ich hatte nicht mehr die Kraft, es zu tun.

Er trug ein mit Runen versehenes Diadem auf der Stirn, das silbern schimmerte und von fremdartigen Formen belebt wurde. Und er trug ein blutrotes, ein *wahrhaftig* rotes Gewand, von einem Silbergürtel gehalten. Die Falten des Gewandes schimmerten schwach purpurfarben.

Strahan lächelte in den Schatten seines Bartes sein verlockendes Lächeln. *Gottesfeuer* flackerte in seinen Augen, in seinem Mund, an den Nasenflügeln, und ließ seine Fingerspitzen glühen. »Du«, sagte er heiter, »brauchst dringendst ein Bad.«

Jetzt spuckte ich tatsächlich.

Strahan lächelte noch breiter. Die Zähne teilten den gestutzten Bart. »Ein durchnäßtes, ausgesetztes Kätzchen, das zum Ertränken in den Brunnen geworfen und dann plötzlich von einem sehr durstigen Menschen wieder herausgezogen wurde.« Er hielt wirkungsvoll inne und wölbte die geschwungenen Brauen. Das bearbeitete Silber schimmerte auf seiner Stirn. Ein Maler, von der Schönheit gebannt, würde Strahan als einen König darstellen. Der Sucher würde ihn zu einem Gott machen. »Soll ich dich also trinken?«

Ich sagte ihm in der Alten Sprache knapp und deutlich, was er tun sollte.

Er verstand es offensichtlich. »*Reshta-ni*«, antwortete er, in der Alten Sprache genauso zu Hause wie im Homanischen. Er blieb eigenwillig stehen, genau wie ich, und machte keinerlei Anstalten, sich auf mich zuzubewegen. Zehn lange Schritte lagen zwischen uns. »Du könntest davonlaufen«, sagte Strahan ruhig und verschränkte die Hände hinter dem Rücken. »So lange und so weit du willst. Ich werde dich nicht aufzuhalten versuchen, sondern dich nur zurückholen, wenn es dir mißlingt. Dies ist eine *Insel*, Keely … du kannst nirgendwo hingehen. Die *Lir*gestalt ist dir verwehrt, selbst mit deinem Alten Blut … und ich bin jetzt stärker als jemals zuvor und weniger abhängig von den Verbindlichkeiten, die andere Götter uns auferlegt haben.«

Regen lief mein Gesicht herab und wusch das Blut von meinem Kinn. »Dies ist die Kristallinsel, der Geburtsort der Erstgeborenen. Hier haben wir die Vorherrschaft, genau wie die Ihlini in Valgaard.«

»Einst, ja, mit mir, und auch noch über andere. Aber die Dinge haben sich geändert, Keely … Genauso, wie *ich* mich geändert habe.«

Ich entblößte die Zähne. »Seid Ihr jetzt eine örtliche Gottheit? Hat der Sucher Euch Eure Männlichkeit genommen und Euch Göttlichkeit zurückgegeben?«

Strahan hob eine Augenbraue an. »Über den Zustand meiner Männlichkeit kannst du mir sicher etwas sagen. Du müßtest wissen, wenn ich von einer größeren Macht entmannt worden wäre und eines für das andere aufgegeben hätte.«

Mein Magen verkrampfte sich. »Ist das der einzige Grund?« schrie ich. »Für die Göttlichkeit, für die Belohnung versucht Ihr Homana zu vernichten?« Ich preßte mich an den Baum und atmete keuchend ein. »Ihr habt früher immer behauptet, daß Ihr es für Euer Volk tut. Rettung, habt Ihr gesagt – Rettung vor der Zerstörung.«

»Genau das ist es«, stimmte er mir zu. »Und ich tue es tatsächlich für mein Volk.«

»Strahan…«

Er unterbrach mich. »Es stimmt, was ich früher gesagt habe: Die Erfüllung der Prophezeiung wird die Ihlini *und* die Cheysuli vernichten. Diese Erfüllung aufzuhalten wird die Ausrottung meines Volkes, der wir alle entgegensehen, verhindern. Du. Ich. Wir alle.« Er zuckte die Achseln, runzelte leicht die Stirn und verbannte diesen Ausdruck dann durch ein bitteres Lächeln wieder. »Ich weiß, du nennst mich einen Dämon und den Diener von noch Schlimmerem… nun, ich werde dich nicht daran hindern. Du kannst mich nennen, wie immer du willst. Zweifellos ist etwas Wahres daran, wenn man es durch Cheysuliaugen betrachtet.« Strahan lächelte nicht mehr. »Aber die Klinge hat zwei Schneiden, Keely. Du und der Rest deines Hauses tut alles in eurer Macht Stehende, meinem Volk zu schaden. Um dem Einhalt zu gebieten, muß ich deinem Hause schaden.« Er grinste gemächlich, entwaffnend, mich mit Menschlichkeit überraschend. Ein Mensch statt eines Dämons. »Darum wurde ich als Kind von Tynstar und Electra gezeugt. Ich wurde in Valgaard aufgezogen, nicht in Homana-Mujhar. Der Sucher ist mein Herr, nicht der Pantheon, dem du dienst.« Die ungleichen Augen wirkten unheimlich, als sie das selbsterschaffene *Gottesfeuer* spiegelten. »Ich habe meinen *Jehan* und meine *Jehana* genauso geehrt, wie du Niall ehrst. Sind wir so verschieden?«

Täuschung war ein Teil seiner Magie. Ich schüttelte fest den Kopf. »Aber Ihr wollt mehr. Sogar noch viel mehr als Tynstar.«

Strahan dachte darüber nach und nickte dann. »Ich will mehr.«

»*Warum?*« schrie ich. »Warum wollt Ihr Euch zu einem Gott erheben? Ist dies nicht genug?« Ich hob verständnislos die Hände. »Ihr seid ein Ihlini und habt

Macht … Ihr habt mehr Macht als jeder andere mir bekannte Mensch. Warum wollt Ihr sie für etwas anderes eintauschen?«

Die geschwungenen Augenbrauen wurden bis zum Silberdiadem angehoben, als hielte er die Frage für lächerlich. »Weil ich es will«, antwortete er. »Ich bekomme, was ich will. Ich nehme mir, was ich will. Und gelegentlich, wenn ich es tun muß, *erschaffe* ich mir, was ich will.«

Ich verkrampfte die Hände über meinem Bauch. »Ihr habt dieses Kind geschaffen. Ihr habt es gegen meinen Willen geschaffen … Ihr habt ein Scheusal erschaffen.«

Er schüttelte den Kopf. »Nicht gegen deinen Willen … Du *hattest* keinen Willen. Jetzt hast du ihn natürlich wieder – ich werde etwas dagegen unternehmen müssen. Wenn ich dich mit gesundem Geist einsperre, wirst du mit deinen Flügeln gegen die Gitterstäbe schlagen, bis dir das Herz bricht. Und das kann ich nicht zulassen. Eine tote Frau gebärt keine Kinder.«

Ich wandte mich der Dunkelheit zu und lief davon.

Ich lief erneut vor ihm davon. So lange und so weit ich konnte.

Du wirst von mir keine Kinder bekommen, Ihlini … weder dieses noch ein anderes.

In der Tiefe des Waldes war ich vor dem schlimmsten Sturm geschützt. Dicht beieinanderstehende Bäume und verwobene Zweige bildeten über meinem Kopf ein Dach und leiteten Wasser und Wind ab. Noch immer erhellten Blitze den Himmel, aber der Sturm erstarb allmählich.

Ich soll so weit und so lange laufen wie ich kann, sagte er – nun, das werde ich tun, Gottheit … *Ich werde den ganzen Weg nach Homana laufen, ungeachtet des Meeres …*

Ich lief. Ich lief. Aber ich erreichte Homana nicht. Ich erreichte einen älteren Ort. Einen Platz uralter und bindender Macht, wenn er auch lange nicht genutzt worden war.

Er ragte vor mir auf, aus aufeinandergestapelten Steinen, ein kleiner, verschwiegener Ort, der im Blitzlicht naß schimmerte, vom Regen schwarz und silbern abgewaschen. Alte, uralte Steine, die in einem zerfallenden Kreis angeordnet waren. Die Zeit hatte sie umgestürzt, ausgebreitet, ihre Köpfe zusammengeschoben wie die betrunkener Soldaten in einem Wirtshaus, während ihre Körper langsam auseinanderglitten.

Die Helligkeit des Gewitters schwand. An ihre Stelle trat Dunkelheit, die tiefe, schwere Dunkelheit eines vergangenen Sturms, die die Welt nur langsam dem Mond und den Sternen zurückgab, denen sie sie gestohlen hatte.

Hinter mir schien Licht auf. Ein kaltes, geisterhaftes, purpurähnliches Licht, das wie nächtlicher Nebel dicht am Boden heranrollte. Ich hatte so etwas schon früher gesehen. Ich kannte es nur zu gut.

Nur fünf Schritte, und ich befand mich in der zerfallenen Kapelle. Sie roch nach Schimmel, nach Alter, nassem Stein und Schlamm. Aber noch mehr: Sie roch nach *Macht*.

Ich fuhr herum und stellte mich dem Nebel. »Nun denn, kommst du?«

Er kam. Er schwebte heran wie Sleeta auf der Jagd, wie der mit ihr laufende Brennan, wie ich in der schlanken, kräftigen Katzengestalt, die weich unter der Sonne dahinschwebt. Jetzt jagte er *mich*, warf sich vorwärts, um in die Kapelle einzudringen, stellte aber fest, daß er es nicht konnte. Ich stand im Hintergrund und lachte, als er es versuchte und auf eine alte und beharrliche Magie stieß, die zu brechen er nicht die Macht hatte.

Er prallte darauf und fiel zurück, wie Wellen an einem Strand. Er schwebte genau vor dem eingestürzten Eingang und rüttelte träge an der Schwelle. Dann schwebte er zu beiden Seiten und umschloß die Kapelle mit einer knöchelhohen Schicht *Gottesfeuer*.

Das Dach der Kapelle fehlte. Ich konnte Spuren des

alten Balkenwerks sehen, obwohl das meiste davon innerhalb der Kapellenwände zu Boden gestürzt war. Balken lehnten wie zufällig an zerbrochenem Stein. Ein Teil des Inneren war noch immer durch ein uraltes Gebälk geschützt, aber der größte Teil war den Elementen preisgegeben.

Die nassen Mauern schimmerten. Ich schaute auf, an den zerbrochenen Balken vorbei, und sah den Mond hinter den Wolken hervorleuchten. Und Sterne, die ihn ankündigten. Der Sturm war endlich vorüber, so daß ich genug Licht hatte, um sehen zu können.

Ein Strahl neuen Mondlichts lag auf den Überresten eines Altars. Er war gefährlich zur Seite geneigt, der Sockel war zerbrochen und wurde nur noch von einem anderen Stein gehalten. Er war von Weinranken und Flechten überwuchert, aber darunter sah ich Runen.

Ich kroch langsam vorwärts und kniete mich vor den Altar auf die blätterbestreute Erde. Ich streckte eine zerkratzte, schmutzige Hand aus und zog die Efeuspitze und den weichen Umhang aus bronzegrünem Moos fort. Unter meinen Fingern spürte ich Runen, die sich über die Jahre geglättet hatten, aber trotzdem noch erhaben waren. Ich ließ meine Fingerspitzen verweilen, folgte dann den Umrissen. Die Alte Sprache und ungewöhnlich streng. Sie wurde bei den Stämmen nur selten benutzt, und dann überwiegend von den *Shar Tahls*. Wir haben uns zu weit von der Alten Sprache entfernt, und die Zeit hat unsere Sprache zu einer Mischung aus Cheysuli und Homanisch verändert. Diese Sprache machte mich demütig. Sie bewirkte, daß ich mich unwürdig fühlte.

Diese Sprache erweckte *Ehrfurcht* in mir.

Ich fuhr die Runen nach, die ich erreichen konnte, und schob dann noch weiteres Blattwerk aus dem Weg. Die Schatten verlagerten sich, glitten beiseite, offenbarten mir tieferliegende Geheimnisse. Jemand war schon vor mir hiergewesen. Jemand, der die rituellen Formen für das Erbitten der *Lir*gnade der Götter und die geweihten, bindenden Segnungen für einen auf seinem Weg in die Nachwelt in Ehren vom Leben zum Tod übergegangenen Krieger kannte.

Laute Schritte erklangen hinter mir. »Betest du um Rettung?«

Das ließ mich hochschrecken und zu ihm herumfahren. Der Altar befand sich hinter mir. Er stand am Eingang.

Am Eingang, nicht darin. Genau wie das glühende *Gottesfeuer*, das an seinen Stiefeln und so nahe am runenbewachten Eingang klebte.

Er trug kein Messer, kein Schwert. Er brauchte keines von beidem. Strahan war die verkörperte Macht.

Aber hier, dachte ich, könnte vielleicht auch meine Macht genügen.

»Noch immer durchnäßt«, seufzte er. »Noch immer eines Bades bedürfend.«

Ich hob mein Kinn und lächelte. »Kommt herein und gebt es mir *hier*.«

Er lachte. Aber er blieb, wo er war. Es genügte, mir die Wahrheit mitzuteilen. »Wenn du das Kind durch die Narrheit dieser Nacht verlierst, sei versichert, daß es ein weiteres geben wird. Du bist jung, stark und gesund. Jedes Jahr ein Kind, wäre, glaube ich, ein guter Anfang.«

Ich berührte meinen noch immer flachen Bauch. »Dann erschafft *jetzt* ein weiteres. Dieses hat sicher nichts dagegen. Und ich bin als Zwilling geboren, Strahan – vielleicht werden dies auch zwei.«

Er antwortete nicht sofort, sondern versuchte mich nur erneut zu prüfen. Ich war zu lange benommen gewesen, und er hatte mich niemals wirklich gekannt. Nur meinen Vater, meine Brüder. Er hatte niemals *mich* gekannt.

Strahan schätzte mich neu ein. Licht glitzerte in seinen Augen und funkelte auf dem mit Runen versehenen Silber.

»Was, wenn ich sterbe?« fragte ich. »Das geschieht Frauen bei der Geburt. Oder was, wenn ich unfruchtbar werde, wenn ich das Kind verliere? Auch das geschieht Frauen, Strahan. Und unser Haus ist voller solcher Ereignisse... Wie war das in Eurem, frage ich mich? Es gibt Euch und Lillith... und Rhiannon? Wie viele von Euch sind übrig? Wie viele Ihlini wie Ihr bewohnen das Haus der Dunkelheit?« Ich hielt inne. »Es gibt andere, Strahan... andere wie Taliesin. Euer Haus stellt eine Minderheit dar – wie viele von Euch sind dort?« Ich wartete erneut mit erstauntem Nachdruck. »Wie *wenige* von Euch sind dort, Strahan, von Asar-Suti geliebt?«

Seine Stimme klang sehr ruhig. »Wenn du bleiben willst, um meine Pläne zu durchkreuzen, dann denk daran, daß du essen mußt.«

Das war die Bestätigung: Er konnte die Kapelle nicht betreten. Aber ich konnte auch nicht hinausgelangen. Es war ein bittersüßer Sieg, dachte ich verärgert.

Bis Strahan einen fünfzackigen Stern malte und durch ihn hindurch die Kapelle betrat.

Ich prallte mit dem Rücken hart gegen das Gestein, als ich von ihm forttaumelte. Der Altar verschob sich, rutschte, stürzte ein und nahm mir mein Gleichgewicht. Ich fiel unbeholfen und schmerzhaft hin und lag dann ausgebreitet über den Überresten des Sockels.

Ich drückte die Hände in die feuchte Erde, um mich abzustützen, um Halt zu finden, um fortzukriechen, und spürte, wie Metall in meine Finger schnitt. Etwas Scharfes. Gefährliches. Etwas, das ich aber verwenden konnte.

Ich umklammerte es und richtete mich auf. Eine Litanei ging mir durch den Kopf: *Wenn du in Gefahr bist, benutze jede verfügbare Waffe, selbst das, was sonst keine Waffe ist.*

Aber dies war eine Waffe. Dies war ein *Messer*.

Ich warf es ihm bis zum goldenen Heft ins Herz.

Kapitel Vier

Ich saß mit Strahans Blut an meinen Händen in der zerstörten Kapelle. Schwarzes, zähflüssiges Blut, das nach dem Sucher stank.

Ich saß inmitten der Sturmschäden und betrachtete mein Werk.

Das Messer ragte aus Strahans Brust heraus. Mondlicht verschönte das Heft, ließ das Gold glühen, die Rubine leuchten, als könnten sie das *Gottesfeuer* verbannen. Auf diese Art gezähmt, schwebte es tatsächlich davon und zerriß wie uralter Stoff.

Ich betrachtete gebannt das Messer. Es war nicht meines, aber dem meinen sehr ähnlich, das Heft mit Gold und Rubinen besetzt, mit dem Gesicht eines fauchenden Löwen, der aus dem glänzenden Griff hervorschwoll. Der Löwe von Homana. Ich hatte seinesgleichen schon zuvor gesehen, in den Marmor der königlichen Sarkophage – tief in den Gewölben Homana-Mujhars – geritzt.

Und jetzt entweihte Strahans Körper ihn.

Schließlich konnte ich mich bewegen. Und ich bewegte mich, taumelte vorwärts, kniete mich dicht neben die Leiche, legte beide Hände um das Messerheft und riß die Klinge aus dem Käfig, den Strahans Rippen bildeten. Es stak darin, hielt fest, löste sich dann. Blut beschmutzte die Klinge.

»Nein«, sagte ich laut und ergriff eine Ecke des karmesinroten Gewandes, an dem jetzt kein *Gottesfeuer* mehr hing, um das Blut von der Klinge zu wischen.

Sauberer, guter Stahl, der im Mondlicht hell schimmerte. Ich barg ihn an meiner Brust. *»Tu'sai, leijhana tu'sai ...«* Und dann brach ich jäh ab, als ich mich der neueren, in den uralten Altar eingeritzten Runen erinnerte.

Ich wandte mich um, kroch hin und kniete mich erneut davor. Er war angeschlagen, zerbrochen, beschädigt. Viele der Runen waren zerstört. Aber ich sah die neueren, diejenigen, die ich vorhin hatte lesen wollen, was mir durch Strahans Eintreffen verwehrt worden war. Jetzt hatte ich Zeit. Jetzt hatte ich die Gelegenheit dazu.

Ich zog sie sorgfältig nach und las sie laut. Es war eine Geburtslinie der Cheysuli, die die Generationen benannte, der Stammbaum der Krieger, die in die Nachwelt vorausgegangen waren. Die Namen waren mir alle vertraut, da die Krieger meinem Stamm angehört hatten. Der Bruder meines Urgroßvaters hatte auch meinem Haus angehört.

Ich saß eine lange Zeit sehr still. Und dann griff ich unter den zerbrochenen Altar, schob den Schutt der Jahrzehnte beiseite und brachte die Armbänder und den Ohrring zutage.

Das Metall klang. Ich erkannte in den vom Schmutz mattierten Bändern die Gestalt eines laufenden Wolfes. In dem Metall – in Bewegung. Die Nase am Schweif, umlief er die Rundung.

Ein homanisches Messer. Cheysuli*lir*gold. Nur ein Mann hatte beides besessen.

»Götter ...«, sagte ich verwundert und begann dann zu lachen. *»Götter ...«*, sagte ich erneut, jetzt durch Tränen hindurch, und drückte das Gold an meine Brust: das Messer, die Armbänder, den Ohrring. Nur ein Mann hatte das alles besessen. *»Leijhana tu'sai,* Finn. Dein Mörder ist tot!«

Ich wollte dort nicht bleiben. Strahan war tot, aber es waren noch immer Ihlini auf der Insel. Wenn ich jetzt nicht ginge, würden sie mich gefangennehmen und hierbehalten, damit ich das Kind eines Toten gebäre.

Ich legte das Messer und das *Lir*gold vorsichtig ab, legte alles beiseite, bis ich mich wieder darum kümmern könnte. Dann trat ich mit großer Entschlossenheit und noch größerem Abscheu zu Strahans Leiche und ergriff eine Handvoll des schweren, nassen Stoffs, wobei ich es vermied, seine Haut zu berühren. Langsam – und Zauberformeln gegen Verderbnis murmelnd – zog ich ihn aus der Kapelle hinaus.

Es wäre leichter gewesen, ihn drinnen liegen zu lassen. Aber die Kapelle war ein Ort der Cheysuli, zu Ehren der Götter und nicht von Scharlatanen errichtet. Ich wollte keine Entweihung. Und ich wollte auch Finns Geist nicht verletzen, der sicherlich von irgendwo zusah.

Der Körper war schlaff und schwer und im Tode äußerst scheußlich. Ich empfand es als widerliche Entstellung dessen, was er im Leben gewesen war. Ich hielt inne, hockte mich neben ihn, betrachtete sein Gesicht. Ich verschwendete einen Augenblick Zeit, um ihn mir anzusehen, da es sich anbot. Sogar im Tode war noch Schönheit erkennbar.

Er war entsetzt und ungläubig gestorben. Das zeigte sich an seinem Mund und im Ausdruck seiner Augen. Eines blau. Eines braun. Sehr ähnlich den Augen eines Cheysuli: schräg über den Wangenknochen, wenn auch in hellerer Haut.

Gallenflüssigkeit stieg in meiner Kehle auf. Ich drängte sie mühsam zurück. »Also«, sagte ich laut, »habt Ihr trotz allem gesiegt. Kein Prinz eines königlichen Hauses wird eine geschändete Frau zur Ehefrau nehmen. Selbst *ohne* das Kind... Jungfräulichkeit ist notwendig, und dieser Voraussetzung entspreche ich nicht mehr.«

Strahan antwortete nicht. Er hätte gelacht, wenn es ihm möglich gewesen wäre.

Ich sah an mir herab, betrachtete die zerkratzten, schmutzigen Arme und das zerrissene, beschmutzte

Nachtgewand. Ich konnte kaum in solch unehrenhaftem Zustand nach Hondarth gehen, oder ich würde grob empfangen und als Bettlerin vertrieben werden – oder Schlimmeres. Ich hatte kein Geld und auch keine Börse, in der ich es hätte bei mir tragen können. Ich hatte nur das *Lir*gold, und das würde ich nicht fortgeben.

Ich betrachtete erneut Strahans Körper, der außerhalb der Kapelle ausgebreitet dalag. Und letztlich war es eigentümlicherweise Strahan, der mir dienlich war. Er trug keine Geldbörse bei sich und konnte mir so nicht zu Geld verhelfen, aber er trug Silber auf seiner Stirn und an den Hüften, sowie ein weiches Stoffgewand, auch wenn es naß und schmutzig war. Es war besser als das, was ich besaß.

Ich betrachtete den Körper grimmig. *»Leijhana tu'sai«*, murmelte ich und beugte mich herab, um ihm sein Gewand abzunehmen.

Es erforderte all meine Kraft, all meine Kontrolle, mich dazu zu zwingen, ihn zu berühren, den Körper zu berühren, der mir – in lebendem Zustand – meinen Geist, meinen Willen und mein *Selbst* geraubt hatte. Ich handelte eilig, löste den Gürtel, beugte die noch beweglichen Arme. Und dann berührte ich eine Hand und spürte den letzten Rest von Wärme in seiner Haut.

Angst durchzog meine empfindlichen Brüste. *Lebt er doch noch?* Ich biß mir auf die Lippen, um mich nicht übergeben zu müssen, um meinen Plan nicht aufzugeben. Wenn ich diese Aufgabe nicht beendete, würde er einen letzten Sieg davontragen, sogar noch nach seinem Tode.

Es verging langsam wie ein Alptraum: *Nein, natürlich lebt er nicht mehr*. Schließlich zog ich den Gürtel heraus.

Ich kürzte mit Finns Messer den Saum und auch den Gürtel und befestigte die übrigen Silberglieder an einer Ecke des Gewandes. Die Berührung seiner Kleidung hüllte meinen Körper ein und ließ mich kurzzeitig vor Abscheu zittern, aber ich schob dies alles beiseite und dachte statt dessen an meine Flucht. Jetzt war ich ausreichend gekleidet, um in die Stadt zu gehen. Jetzt hatte ich genug Silber, um mir etwas zu essen und zu trinken und ein Nachtlager sowie Kräuter zur Ablösung des Kindes zu erkaufen.

Aber das mit Runen versehene Diadem konnte ich trotz seines Wertes nicht berühren. Es ruhte auf seiner Stirn, ins herabgefallene Haar verstrickt, eine Krone für den Erben des Suchers. Ich wollte nichts damit zu tun haben. Seine Günstlinge konnten es zurückbekommen – oder das Gerippe selbst.

Als ich wieder in der Kapelle war, kniete ich mich kurz vor den Altar. Nicht im Namen der Götter, sondern im Namen meines schon lange verstorbenen Verwandten. Ich hielt das Messer und das *Lir*gold an meine Brust und dankte ihm in der Alten Sprache und auf homanisch für die Fürbitte.

»Verwandter, ich ehre dich für deine Sorge. Aber Carillon hat dir dieses Messer gegeben, als du dich dem Dienst für ihn verschworst, und ich werde es dir nicht nehmen. Nicht nach all diesen Jahren.«

Als nächstes nahm ich das *Lir*gold, das im schwachen Mondlicht dumpf schimmerte.

Ich ließ meinen Daumen über das Abbild eines Wolfes gleiten und lächelte leicht. »Ich bin eine Frau und besitze daher keinen *Lir*. Aber ich ehre deinen, wohl wissend, wer er war, und gebe ihn dir zurück. Storrs Name wird in Erinnerung bleiben.«

Ich verbarg den Ohrring und die Armbänder neben dem Messer und drückte alles in den Schlamm. Schob den Schutt über das Schimmern und trat ihn fest, so daß er wie ein Siegel wirkte. Es war nicht meine Aufgabe zu entscheiden, ob die Waffe und das *Lir*gold jemals wiedergefunden oder benutzt werden sollten. Meine Aufgabe war nur, sie zurückzugeben, um Finn die Entscheidung für einen anderen Cheysuli in Not treffen zu lassen.

Ich wollte gerade gehen, hielt aber dann noch einmal inne. Kniete noch immer auf den Blättern, dem Schmutz und dem Schlamm und betrachtete meine Hände. Die Kratzer und die Schnitte und den Schmutz.

Strahans Blut war fort. Ich hatte es von meinem Körper gewischt. Aber mein eigenes war geblieben, ein wenig, in einem Schnitt, einem Kratzer, einer Strieme. Rotes, wäßriges Blut, nicht mehr das zähflüssige, schwarze. Rot wie das Gewand, das ich trug, und ohne den Makel des Magiers.

Eine ganze Weile konnte ich nur blind meine Arme betrachten. Und dann erinnerte ich mich meiner Lippen, meiner geschwollenen, zerbissenen Lippen – und biß erneut hinein.

Blut rann hervor. Es schmeckte salzig und kupferartig. Ich ließ meine Zunge darübergleiten und hob dann den Handrücken zum Mund. Preßte ihn dagegen und betrachtete das Ergebnis.

»Rot«, sagte ich angespannt und lachte dann vor Freude darüber laut auf, weil ich wußte, daß ich mich befreit hatte.

Ich versuchte sofort den Zugriff auf die *Lir*gestalt, berief die Magie herauf. Sie kam sofort, mächtig, überströmte meine Schwäche und machte mich wieder stark. Sie streifte die Erschöpfung, den Kummer, die Mattigkeit der langen Gefangenschaft von mir ab und gab mir mein Leben zurück, versorgte mich wieder mit meiner Magie.

Strahans Macht war gebannt. An ihre Stelle trat meine eigene. »Ein Falke«, sagte ich angespannt, »kein Hänfling oder Sperling. Ein wilder homanischer Jagdfalke, dessen Freiheit im Himmel liegt.«

Sie kam blitzartig, wie ein Fluß bei Hochwasser. Sie überschwemmte mich, ergriff mich, ließ mich gegen Felsen taumeln. Sie war nicht sanft, bot kein freundliches Willkommen oder besänftigenden Trost. Macht weiß nichts von der Zerbrechlichkeit des Körpers, nur von dem Blut, das sie heraufbeschwört.

... ich ertrank ...

Ich keuchte, sog Luft ein, versuchte, wieder zu atmen. Spürte die Verwandlung in Muskeln und Eingeweiden, das Schrumpfen meiner Haut, dann die Veränderung der Knochen. Die Macht ergriff mich, eroberte mich, entriß mir meine Gestalt. Ich hatte sie angeboten, und sie hatte sie genommen. Ich war nicht mehr vollständig Keely, aber ich war auch noch kein Falke.

... solcher *Schmerz* ...

Die Macht ordnete mich neu. Nahm mir das *›Ich‹* und machte mich zu etwas anderem.

... *zu* stark ...

Die Gestalt der Welt und alle Farben darin hatten sich verändert.

»... Götter ...«, krächzte ich, »ihr werdet mich mit eurer Freundlichkeit töten ...«

Etwas hörte mich und lauschte mir. Die Macht wich ein wenig. Ausreichend weit, um mir einen Aufschub zu verschaffen.

Ich hob die verdrehten Glieder. Sah, wie sie pulsierten, zuckten und dann verschwammen. Aus Haut wurden Federn.

Die Gestalt der Welt und alle Farben darin hatten sich verändert – so sehr verändert, wie ich mich selbst verändert hatte, und wurde auch aus veränderten Augen betrachtet.

Ich schrie vor Freude triumphierend und schwang mich zum Himmel auf.

... dies ist sicherlich die geeignetste Gestalt von allen, jeder anderen überlegen ... Sicherlich muß sich jeder Krieger danach sehnen, fliegen zu können, all jene Männer mit erdgebundenen Seelen, erdgebundenen Lirs ... die Frauen ohne dies alles ... O Götter, ich danke euch – leijhana tu'sai für diese Gabe! Götter, es gibt nichts Vergleichbares, nichts, was

die Heiterkeit und die Freude des Fliegens erreicht … Sicherlich kann nichts anderes Körper und Geist mit solcher Zufriedenheit erfüllen … O Götter, Rory, ich wünschte, du könntest fliegen …

Und dann fiel ich plötzlich hinab.

… hinab …

… *hinab* …

…HINAB …

Und ich dachte während des Falls: *… aber ein Falke kann nicht schwimmen …*

Kapitel Fünf

Strahans Gewand. Nasser Stoff ist schwer. Er wird im Wasser noch schwerer. Strahans Gewand würde mich ertränken.

Ich kämpfte gegen das Gewicht und das Wasser an, versuchte, die Oberfläche zu erreichen. Aber ich hatte keine Luft, überhaupt keine Luft, war zu spät zu mir gekommen. Sank sogar jetzt noch.

Götter, soll ich ertrinken? Wird das Kind so sterben?

Ich hatte es töten wollen, aber nicht auch mich selbst.

Ich trat um mich, trat um mich und sank... Ich versuchte, den Silbergürtel zu lösen, um mich von dem Gewand zu befreien, aber meine Finger waren zu angeschwollen und wund, zu unbeholfen, um die Haken zu lösen.

Innerlich lachte ich. *Nimmt er so Rache?*

Etwas berührte meinen Kopf. War ich dem Grund bereits so nahe?

Behinderte mich, ergriff mich, hielt mich fest. Zog mich auf die Oberfläche zu. Ich ließ es gewähren, betete um Luft, bat um Rettung...

...und brach zur Luft durch, würgend, mit einem Arm um meinen Hals.

Der Unterarm lag unter meinem Kinn und zwang mein Gesicht aus dem Wasser. »Ein Seil!« rief mein Retter, und ich segnete ihn für sein Homanisch.

Etwas fiel herab, traf mein Gesicht, kratzte über Mund und Wange. Es schlug auf dem Wasser auf, wurde herabgezogen, um meine Rippen geschlungen und dann unter meinen Brüsten verknotet.

»Hoch!« rief die Stimme, und ich spürte, wie sich das Seil anspannte.

Der rauhe Hanf schnitt durch den Stoff hindurch und rieb die bereits empfindliche Haut wund. Der Knoten bewegte sich unter meinen Brüsten und drückte dagegen. Ich umklammerte ihn mit beiden Händen, während ich in die Dunkelheit hinauffiel.

Ein Boot. Mehr als das: ein Schiff. Nun, Hondarth war ein Seehafen. Ich war eine Närrin, überrascht zu sein. Ich klammerte mich mit aller Kraft an das Seil und gebrauchte meine Füße für den Aufstieg.

Ich wurde über die Heckreling gezogen und von vielen Händen hochgehoben: große Hände, feste Hände, die Hände von Seeleuten und Soldaten. Keine war sanft oder freundlich, aber unendlich willkommen. Sie legten mich auf das Deck, lösten das Seil von mir und warfen es erneut über die Reling, um auch meinen Retter heraufzuziehen.

Männer unterhielten sich, riefen, lachten, bedachten den Auftauchenden mit Bemerkungen. Alle anderen knieten um mich herum. Dann ergriff einer den Gürtel, als wollte er ihn mir abnehmen.

Die Macht hatte mich zuvor verlassen. Jetzt kam sie schlagartig zurück.

... Katze ...

Ich schlug mit ungeschützten Krallen zu und erwischte jemandes Hand. Blut brach hervor und tropfte hinab. Angstgeruch erfüllte meine Nase. Ich schrie und schlug erneut zu, ließ der Magie in mir die Zügel schießen.

Sie wichen sofort vor mir zurück, bedrohten mich aber nicht. Es waren Männer, sie alle waren Männer, und einer hatte Hand an mich gelegt.

Auf dem Deck kauernd, hielt ich stand und fauchte, zeigte ihnen die Zähne. Ich roch Blut, Angst und Entsetzen, alles das vermischt mit dem Geruch von Männern, dem Moschusgeruch eines Tieres, das genauso todbringend war wie ich selbst. Hände lagen an Messern und Schwertern, aber niemand zog den Stahl blank. Statt dessen starrten sie mich nur an.

Ich sah den Mann, meinen Retter, über die Reling klettern und dann aufs Deck sinken. Nasser Stoff klebte an seinem Körper und das Haar an seinem Gesicht. Wasser bildete auf den Holzplanken Pfützen und floß herab, um meine Pranken zu beflecken. Er warf Kopf und Haar zurück und zeigte mir seine vertrauten Augen. Augen, so blau wie meine eigenen, in einem Gesicht, das mir, bis auf den Bart, fast zu vertraut erschien.

Ich legte die *Lir*gestalt erschreckt ab, kauerte aber noch immer auf dem Deck. *»Rujho«*, brach es heiser aus mir hervor, »wann hast du schwimmen gelernt?«

Und dann setzte ich mich jäh hin, die Beine ausgestreckt, eine Hand über dem Mund. Mein Magen gab das Meerwasser plötzlich heraus.

Er kam sofort heran, äußerte entsetzt etwas, aber ich hörte es nicht. Ich würgte und brachte immer wieder Meerwasser hervor. Ich fragte mich, ob auch das Kind herauszusteigen versuchen würde.

Er berührte mich. Ich zuckte zurück und verfluchte mich dann für meine Narrheit. Es war Corin, *Corin*, nicht Strahan. Aber der Körper war zunächst blind, regte sich nur auf das hin, woran er sich erinnerte, was er vergessen mußte.

Die Krämpfe hörten auf. Das Würgen verging. Ich sah Corin durch verklebtes Haar an und erkannte die Tränen in seinen Augen.

»Keely«, sagte er sanft. Dieses Mal duldete ich seine Berührung.

»Nimm sie mir ab«, sagte ich mit belegter Stimme. »Nimm sie mir *ab* ...« Ich zerrte an dem Gürtel, am Gewand, versuchte, sie von meinem Körper zu reißen. »Corin ... nimm sie mir *ab* ... wirf sie ins Meer ... oder noch besser, *verbrenne* sie, damit der Makel aus der Welt entfernt wird ... Götter, o *Götter*, nimm sie ... nimm sie mir *ab*, Corin ...«

»Keely. Keely, hör auf.«

»Corin ... Corin, *tu* es, tu es *jetzt* ...« Ich sah die Männer starren, die Augen im Mondlicht schimmernd. »Glaubst du, es kümmert mich?« schrie ich. »Glaubst du, es kümmert mich, daß sie mich anstarren? Laß sie zusehen, laß sie *zusehen* ... glaubst du, das sei nach Strahan noch wichtig? Glaubst du, es kümmerte mich noch? Glaubst du, daß ich mich noch um Anstand bemühen müßte, da ich doch in Strahans Bett lag ...?«

»Keely, *hör auf* ...«

Seine Hände lagen um meine Handgelenke, hielten sie fest wie Handschellen, hielten die menschlichen Klauen gefangen. Das Gewand hing von meinen Schultern herab und zeigte so die Reste des fast gänzlich zerfetzten Nachtgewandes. Blut war durch die Risse zu sehen: Ich hatte mich in meiner Aufregung zerkratzt und andere Kratzer, die ich mir bei meiner Flucht zugezogen hatte, wieder geöffnet. Das Meersalz und der Wind brannten.

Ich sah die anderen hinter ihm an der Reling zusammengedrängt stehen. Sie waren mir alle fremd und sahen mich wachsam an. Die Götter wußten, daß ich ihnen Grund dazu gegeben hatte.

Ich erinnerte mich, was ich allen hörbar gesagt hatte. Erinnerte mich, was geschehen war und wessen Kind in meinem Körper lebte.

Ich schaute von ihnen zu Corin. »Du hättest mich ertrinken lassen sollen.«

Sein Blick war voller Fragen, aber er stellte keine davon, was für den alten Corin, denjenigen, den ich so gut gekannt hatte, neu war. Dieser Corin überhörte meine gemurmelten Bemerkungen einfach, denen einen Sinn zu geben ich zu erschöpft war, und zog mich in seine Arme, um mich unter Deck zu tragen.

Der neue Corin brachte mich in eine eigene Kabine, nahm mir den verhaßten Gürtel und das Gewand ab, riß auch das Nachtgewand fort und setzte mich dann auf den Rand einer Koje, während er mich wusch und die Salzreste aus Schnitten und Kratzern entfernte, was alles in tröstlichem Schweigen geschah.

Zuerst wehrte ich mich dagegen, denn ich wollte nicht, daß er mich ansah. Aber wir waren zusammen aufgewachsen, und obwohl wir während der schwierigen Jahre des Erwachsenwerdens stets sittsam gewesen waren, war dies mit dem Erwachsensein vergangen. Ich hatte ihn nackt gesehen, und er hatte mich unzählige Male nackt gesehen. Ich hätte mir auch jetzt nichts dabei gedacht, wären nicht Strahans Vertraulichkeiten und ihre Folgen in meinen Brüsten und meinem Bauch spürbar gewesen.

Dann steckte er mich in ein frisches Nachtgewand, wickelte eine weiche Decke um mich und hielt einen Becher Wein an meine Lippen. »Nur ein wenig«, sagte er, »und paß beim Trinken auf deine Lippe auf.«

Ich nippte vorsichtig und nahm das Stechen an meiner verletzten Lippe nur schwach wahr. Meine Hände zitterten, aber er half mir. Ich trank den Becher halb aus, schüttelte dann den Kopf, und er stellte ihn wieder zur Seite.

Er forderte nichts von mir, was ich nicht zu geben bereit war. Wir saßen schweigend auf der Koje, Seite an Seite, und teilten weder unsere Gedanken noch unsere Gefühle, denn es war nicht nötig. Mit derselben Geburt zur Welt gekommen, brauchten wir häufig keine Worte.

Ich erschauderte unter einem jähen Frösteln, und er legte einen Arm um mich und zog mich eng an sich. Und dann, als sich das Erschaudern zu einem krampfartigen Beben steigerte, legte er beide Arme um mich, drückte meinen Kopf an seine Schulter und wiegte mich hin und her.

»*Shansu*«, sagte er. »*Shansu*. Tränen sind nichts Unehrenhaftes. Überschwemme mich damit, wenn du willst. Ich glaube, ich werde es überleben. Ich habe schwimmen gelernt.«

Es kümmerte mich nicht, daß er naß war oder daß

sein Haar auf meines tropfte. Es kümmerte mich nicht, daß sein Bart mein Gesicht befeuchtete oder daß die Kraft seiner Umarmung meine geprellte Haut schmerzen ließ. Es zählte nur, wer er war: Corin, mein Zwillings*rujho*, der mich besser kannte als jeder andere.

Aber es gab etwas, was ich ihm nicht sagen konnte, gleichgültig, wer er war.

»*Shansu*«, sagte er noch einmal mit einer äußersten Zärtlichkeit, die ich bei Corin noch niemals erlebt hatte, der sich so häufig seiner aus gewaltiger Ungeduld rührenden Unduldsamkeit überließ. Atvia hatte ihn verändert. Es hatte mir meinen Bruder genommen und einen anderen Mann zurückgegeben.

Nach einer Weile hörte er auf, mich zu wiegen. Ich schloß die Augen und schlief ein.

* * *

Wärme. Unglaubliche Wärme. Sie kroch durch meinen Körper, löste die Knoten in allen meinen Muskeln und heilte das schlimmste Wundsein meiner Haut. Ich versteckte mich in der Wärme, wollte mehr davon und spürte, wie eine feuchte Nase an meinen Hals gepreßt wurde.

Ich öffnete erschreckt die Augen. Kiri sah mich an, so nah bei mir, daß ich schielen mußte.

Ich zog meinen Kopf ein wenig zurück, blinzelte, lächelte und streckte die Hand aus, um das warme weiche Fell zu berühren. Corins rostbraune Füchsin lag an meinen Körper geschmiegt. Es war ihre Wärme, die ich spürte, ihr beharrliches Einfühlungsvermögen.

Also bist du endlich wach, sagte sie. *Sie dachten, du würdest vielleicht für immer schlafen, aber niemand wagte dich zu stören. Mein Lir war höchst besorgt. Er wird erleichtert sein zu erfahren, daß es dir besser geht.*

Geht es mir besser? fragte ich. *Ist das Kind also fort? Oder trage ich es noch immer in mir?*

Kiri zögerte. *Du trägst es noch immer in dir*, sagte sie

schließlich. *Du warst krank, aber nicht aus diesem Grund. Das Kind hat sich bereits eingenistet und wird nicht leicht zu lösen sein – und sicherlich nicht ohne Gefahr.*

Ihre Stimme klang sehr beredt. Ich biß die Zähne zusammen. *Du denkst, ich sollte dieses Wagnis nicht eingehen.*

Du wirst tun, was du tun willst. Das ist deine beständige Gewohnheit. Aber du solltest sorgfältig darüber nachdenken, was der Versuch dir antun könnte.

Mich töten, meinst du? Oder mich, wie Aileen, unfruchtbar machen? Ich seufzte. Die Wärme wich, je mehr ich aus dem Schlaf erwachte. *Was macht das schon, Kiri? Kein Mann wird mich jetzt noch haben wollen, also macht Unfruchtbarkeit keinen Unterschied. Sie könnte sich, angesichts meiner Vorlieben, sogar als Segen erweisen. Und obwohl ich nicht sterben will, will ich noch weniger dieses Scheusal gebären. Ich glaube, es ist das Risiko wert.*

So denkt jedermann über alles, bis er dem Risiko gegenübersteht. Kiri preßte ihre Nase an meine. *Du bist kein Dummkopf, Liren, aber nur zu oft eine eigensinnige Närrin. Menschliche Wünsche, selbst Cheysuliwünsche, entstehen häufig aus Unwissenheit, aus oft zu geringen Bedürfnissen. Tu, was du tun mußt, aber denke zuerst sorgfältig darüber nach.*

»Ja«, stimmte ich ihr müde zu und spürte, wie sie sich in der Verbindung von mir zurückzog. Das bedeutete, daß sie ungestört sein wollte. Alle *Lirs* können sich vor mir verschließen, genauso wie ich mich vor ihnen verschließen kann. Ich wußte, daß sie jetzt mit Corin sprach.

Er kam, wie erwartet, fast augenblicklich und betrat geduckt die winzige Kabine. Er lächelte, als er sah, daß ich ihm entgegenblickte, wandte sich kurz um, um jemandem vor der Tür etwas zu sagen, schloß sie dann und kam zur Koje.

Wie es dich verändert hat, mein Rujho … die anderen werden erstaunt sein.

Es war mehr als nur der Bart, den ich vergessen hatte. Er war größer, breiter, härter, deutlicher ein Mann. Es war nichts von einem Jungen an ihm geblieben, und ich stellte fest, daß ich *meinen* Corin vermißte.

Er grinste mich an, da er meinen Gesichtsausdruck verstand. Die Zähne teilten den Bart, was mich an Rory erinnerte. Er war genauso groß, genauso breit, hatte genauso dichtes Haar, obwohl Corins dunkler war als Rorys und der Bart blond statt rot.

Corin kauerte sich auf den Rand der Koje, als ich mich aufgesetzt und ihm Platz gemacht hatte. Kiri sprang zum Fußende und rollte sich an einem meiner Beine zusammen. »Bist du hungrig?« fragte er. »Ich habe etwas zu essen und zu trinken in Auftrag gegeben.«

Ich nickte und berührte seine Hand. Wir verschränkten unsere Finger kurz, drückten sie und lösten sie wieder voneinander. Wir würden nicht wieder darüber sprechen, und das, was gesagt worden war, war schweigend mitgeteilt worden.

Er strich mir eine Locke meines wirren Haars zurück und gab mir dann einen Kamm in die Hand. »Hier. Und da ist auch Kleidung für dich. Wir haben unmittelbar vor Hondarth geankert, und ich habe beides für dich gekauft.«

»Kleidung?« Ich wartete, während er sich erhob, sie holte und zu mir herüberbrachte. »Eine Kniehose«, sagte ich trocken, »und eine Tunika und ein *Hemd?*«

Corin grinste. »Ich konnte dir kaum Cheysulihose und -wams kaufen. Damit wirst du warten müssen, bis wir wieder zu Hause sind.«

Ich betrachtete die Tunika und das Hemd und hielt beides hoch. Sie bestanden aus einem rauhen, sommerleichten, rostbraunen und cremefarbenen Stoff. Auch ein Gürtel und dünne Lederschuhe waren dabei. »Also keine Stiefel?«

Seine Stimme klang fest. »Diese werden genügen.«

»Ja, vermutlich.« Ich ließ alles in meinen Schoß fallen. »Ich sollte besser mit meinem Haar beginnen. Die Kleidung kann, glaube ich, noch warten.«

Corin zog einen kleinen Hocker unter der Koje hervor und kauerte sich darauf, während er müßig beobachtete, wie ich die schlimmsten Verfilzungen aus meinem Haar herauszukämmen versuchte. Aber seine Stimme war weit von Muße entfernt, als er jäh und unerschrocken begann. »Wie hat Strahan dich erwischt?«

»Mit List, Täuschung und Geduld.« Ich zupfte an einer eigensinnigen Strähne und betrachtete sie anstatt ihn. »Er war gerissen, *Rujho*, und er wußte viel zuviel von mir ... Er wußte, welche Anreize er mir geben mußte. Er wußte, was mich dazu bringen würde, den ganzen Weg nach Hondarth zurückzulegen.«

»Strahan ist schon immer gerissen gewesen ...« Seine Stimme klang, als erinnere er sich. Ich wußte, daß er an seine eigene Gefangenschaft in Atvia und an die Anreize dachte, die Strahan ihm gegeben hatte, um ihn von seinem lebenslangen Glauben wegzulocken. Es war um ein Haar gelungen.

»Er kam aus Valgaard«, erklärte ich. »Zunächst. Und dann begann er, anscheinend absichtlich, jene zu töten, die ihm nicht dienten. Ihlini, nur Ihlini, aber immer näher an Homana herankommend.« Ich atmete tief ein und wandte mich der nächsten Haarsträhne zu. »Er hat Caro getötet, aber nicht Taliesin, weil er wußte, was der Harfenist tun würde: sofort zum Mujhar gehen.« Ich preßte die wunden Lippen zusammen und wünschte dann, ich hätte es nicht getan. »Weil das natürlich die Aufmerksamkeit *Jehans* ganz nach Norden richten würde, so daß Strahan der Süden bliebe.« Ich riß die Verfilzungen heftiger aus meinem Haar als nötig. »Und es ging auf. *Jehan* sandte Patrouillen über den Blauzahn. Hart sandte solindische Truppen aus. Wir alle kümmerten uns um die nördlichen Grenzen, aber nicht um Hondarth oder die Kristallinsel, obwohl er sie schon zuvor benutzte.«

»Köder«, murmelte er.

»Er kannte mich zu gut, *Rujho* ... Er wußte, mit welchem Köder er die Falle auslegen mußte. Das traf mich vor allem.« Ich riß weitere Verfilzungen aus meinem Haar und stapelte es auf meinem Schoß. »Er hat mich nach Hondarth gelockt, mich gefangengenommen und zur Kristallinsel gebracht. Nach *Süden*, nicht nach Norden. Wenn jemand nach mir suchte, geschah es in der falschen Richtung.« Ich dachte verbittert an den Boten zurück: Er war Solinder gewesen, nicht Erinnier. Strahan hatte gut geplant. Der ›Erinnier‹ hatte zweifellos niemandem meine Richtung genannt. Oder er hatte die falsche Richtung angegeben. »Taliesin hat mich begleitet. Strahan nahm uns beide gefangen.«

Meine Stimme klang hoffentlich kühl. Aber Corin hörte dennoch etwas heraus. »Wo ist er?« fragte er angespannt, aber ich glaube, er kannte die Antwort.

... wieder am Tor, Regen peitscht mein Gesicht ... in Wind und Regen und Verzweiflung, starre ich auf den kristallisierten Staub hinab ...

Ich umklammerte den Kamm in meiner Hand. »Strahan besaß Taliesins Lebensstein. Er hat ihn zerstört, als wir flüchteten.«

Corin blickte angespannt zu Boden. Die Stirn unter seinem lohfarbenen Haar war stark gefurcht, so daß der Kummer erkennbar wurde, den er so sehr in sich verschließen wollte. »Wieder«, murmelte er, *»wieder!* Wie viele Leben nimmt er noch? Wie viele werden noch ...«

»Keine mehr«, sagte ich tonlos. »Ich habe immer gesagt, daß ich einen Menschen töten könnte, wenn ich keine andere Wahl hätte.«

Corin öffnete den Mund. »*Strahan* ist tot?«

»In der Kapelle«, erzählte ich ihm, »obwohl ich ihn schließlich herauszog.«

Seine Augen wirkten durch die Erkenntnis der Befreiung und vor Unglauben, daß es geschehen konnte, blind und wie glasig. *»Strahan«*, sagte er.

Ich hatte gedacht, ich würde mich freuen. Sicherlich empfand ich Erleichterung, tief in mir, aber keine Spur von Befriedigung. Strahan war tot, aber sein Kind lebte in mir weiter. Und irgendwo auf der Welt gab es auch noch Sidra.

»Tot«, bestätigte ich.

»Weißt du, was du *getan* hast?« Er erhob sich von seinem Hocker und stand dann starr vor mir. »*Weißt* du, was du getan hast?«

Seine Anspannung belustigte mich. »Ich ahne es.«

Er schritt hin und her und rieb sich die Oberarme, als friere er. »Keely ... o Götter, Keely ... weißt du es? Hast du auch nur eine *Vorstellung* ...« Er brach ab und sah mich an. »Kein Strahan mehr ... kein Stellvertreter des Suchers mehr ... Götter, ich glaube, wir sind *frei!*«

Die Freude schwand. »Das Haus der Dunkelheit besteht noch.«

Das ließ ihn jäh stehenbleiben. »Was?«

»Das Haus der Dunkelheit«, wiederholte ich. »Lillith und Rhiannon und Brennans uneheliches Kind leben noch.« Ich atmete tief durch. »Und auch ein Kind von Sidra, das Strahans Blut in sich trägt.« Ich schüttelte den Kopf. »Tynstar hat uns Strahan als seinen Erben zurückgelassen. Und Strahan hat auch einen Erben zurückgelassen.«

»Es sei denn, er wäre tot.« Corin zuckte die Achseln, als ich ihn scharf ansah. »Es kann geschehen sein. Kinder sterben. Frauen sterben im Kindbett. Es ist möglich, daß Strahan überhaupt keinen Erben hat, und dann sind wir frei.«

Ich dachte an das Kind in meinem Bauch. *Tatsächlich?*

Corin runzelte noch immer nachdenklich die Stirn. »Lillith lebt, ja ... und Rhiannon ..., aber sie waren Gefolgsleute, nicht Anführer. Jetzt, da Strahan tot ist, sind wir vielleicht von ihnen beiden befreit.«

»Vielleicht.« *Vielleicht aber auch nicht*. Es würde Stunden dauern, mein Haar zu entwirren, und ich zog ein anderes Thema vor. »Wie lange wirst du bleiben? Bist du zum Vergnügen hier oder in Staatsgeschäften?« Ich schaute plötzlich auf. »War es *Jehana?* Hat die wahnsinnige Gisella ihren Sohn aus Atvia vertrieben?«

»Nein«, sagte er kurz und setzte sich dann seufzend wieder auf den Hocker. »Nein, nicht *Jehana* ... Ich fehlt der Verstand, es zu versuchen.«

Ich hätte noch mehr fragen können, aber etwas anderes drängte sich dazwischen. »Ist Lillith noch immer dort?«

»Ich habe sie fortgeschickt. Ich nehme an, sie ist nach Solinde zurückgegangen. In Atvia hat man nicht wieder von ihr gehört.« Er schüttelte den Kopf. »Nein, Keely, ich bin nicht aus eigenen Gründen hier. Ich kam wegen dir.«

»Wegen mir?« Ich sah ihn sprachlos an. »Es war keine Zeit, dich von meinem Verschwinden zu benachrichtigen, und du könntest auch nicht hiersein ...«

Er schüttelte erneut den Kopf. »Nein, nein, natürlich nicht ... Es hatte nichts damit zu tun.« Er kaute einen Augenblick auf den Lippen, um Zeit zu gewinnen. Er mied meinen Blick. »Es hat mit Sean zu tun.«

»Sean«, wiederholte ich verständnislos. *Also, Rory, hier ist nun die Wahrheit.* Ich verkrampfte die Hände ineinander. »Ist er also tot? Bringst du Nachricht von Liam?«

Corin hob die Augenbrauen. »Tot? Sean? Nein.« Er runzelte die Stirn. »Warum solltest du glauben, daß er tot wäre?«

Ich öffnete den Mund, um es ihm zu erzählen, schloß ihn aber dann fast augenblicklich wieder. Nicht jetzt. Ich begann schweigend erneut, mein Haar zu kämmen, einfach um etwas zu tun. »Dann lebt er.«

»Ja, natürlich. Und wie. Wir befinden uns hier auf seinem Schiff.«

Der Kamm blieb an einer Verfilzung hängen. »*Seans* Schiff? Dieses Schiff? Sean befindet sich auf seinem Schiff?«

Corin nickte.

O Götter. O *Götter.* »Sean befindet sich auf seinem Schiff?«

»Er ist gekommen, um seine Braut zu umwerben.«

Ich umklammerte den Kamm mit einer Hand. Die andere blieb im Haar verschränkt. »War er an Deck? Als du mich gerettet hast – war er da an Deck?«

»Sean hat dich hochgezogen.«

Ich erinnerte mich kaum daran, nur an Hände und Gesichter, die alle durcheinander geraten waren und nicht nur zu einem Mann gehörten. Ich erinnerte mich lediglich an Lärm und Schmerz und Hände.

»Dann weiß er«, sagte ich benommen. »Er *weiß* und alle seine Männer auch. Wie könnte er es auch nicht wissen? Ich habe es ja jedermann zugeschrien.« Ich sah Corin ins Gesicht. »Sage ihm, er soll wieder nach Hause fahren.«

»Keely ...«

... und die auf dem Deck kauernde Katze, die ihnen die Zähne und die Krallen zeigte und ihren Zorn und ihre Furcht herausschrie ...

Die Erniedrigung ließ mich zutiefst erröten. »Sage ihm, er soll *nach Hause* fahren.«

Kapitel Sechs

Rory blickte grinsend auf mich herab. »Du bist ein verrücktes Mädchen«, sagte er, »daß du das Schwert so sehr liebst. Aber ich werde dich dafür nicht schelten. Ich mag die Klinge selbst.«

Ich grinste zufrieden zurück. Ich hatte einen neuen Trick gelernt. »Zeigt es mir erneut, Rory. Ich werde es gegen Brennan brauchen.«

Schwere Brauen wölbten sich bis unter die helle Stirnlocke. »Ist das also der einzige Grund? Du willst deinen Bruder besiegen?«

Ich zuckte, noch immer grinsend, die Achseln. »Das und mehr. Ich muß mich beweisen. Ich muß mein Geschlecht beweisen.«

Der erinnische Straßenräuber lachte. »Dafür braucht es keinen Beweis, mein Mädchen ... Ich denke, ich habe Augen im Kopf.«

»Jetzt«, sagte ich kurz und betrat vor ihm die Lichtung.

»Jetzt«, sagte ich laut und erkannte dann, daß ich wach war.

O Götter: wach. Das bedeutete, daß ich ihn nur geträumt hatte.

Ich lag in Decken eingehüllt da und war endlich allein. Nicht einmal Kiri schien in der Nähe. Es war das erste Mal seit meiner Rettung, und ich hatte darum gebeten.

Das Schiff schwankte sanft und bäumte sich gegen seine Ankerkette auf. Ich hörte Krachen und Ächzen und Poltern, aber nichts davon war von Menschen verursacht. Das Schiff sang sein Lied.

»Nicht mehr«, sagte ich laut und stand aus der Koje auf, um mich anzuziehen.

Ich brauchte nicht lange. Die Kniebundhose, das Hemd, die Tunika, der Gürtel und zuletzt die verhaßten Schuhe. Ich kämmte und flocht mein Haar und ging dann aufs Deck.

Ich hielt das Schiff für verlassen, zurückgelassen, während sich die Besatzung an Land befand. Sogar Kiri war fort, begleitete Corin. Ich hatte nichts gegen das Alleinsein. Es war besser, als ihren Augen, ihren Blicken, ihren gemurmelten Bemerkungen, den Wachzeichen gegen den Gestaltwandel zu begegnen.

Wir lagen unmittelbar vor Hondarth vor Anker. Das Schiff war zu groß, um direkt an der Pier zu ankern. Der Wind blies vom Meer herein, peitschte kleine Wellen zum Strand und ließ das Schiff tanzen. Die Stadt schimmerte im Sonnenschein, getüncht und mit gebleichten, grauen Strohdächern und Heidekraut überall auf den Hügeln. Aber die Bäume verfärbten sich bereits, und ich konnte den Herbst in der Luft riechen. Strahan hatte mich den Sommer über gefangen gehalten. Ich hatte eine ganze Jahreszeit verpaßt.

Ich hörte ein Geräusch, wandte mich ruckartig um und wünschte, mein Messer bei mir zu haben. Die Schritte eines einzelnen Menschen in einiger Entfernung hinter mir, nicht nahe genug, um mich zu bedrohen. Ein großer, ruhiger Mann, den meine unbeholfene Starrheit nicht erschreckte. Er lehnte sich mit einer Hüfte gegen die Reling und wartete schweigend ab.

Es ärgerte mich zutiefst, daß ich so eingeschüchtert war und daß man es so offen sehen konnte. Zunächst schwieg ich, umklammerte die Reling und zwang die Furcht fort.

Und als sie schließlich wich, konnte ich frei sprechen. »Ja«, sagte ich, »natürlich. Wer sonst würde zurückbleiben?«

Der Wind zauste sein Haar. Blond, wie ich es erwartet hatte, obwohl es ein helleres Blond war als Deirdres oder Rorys. Aileen hatte gesagt, sein Haar zeige einen schwachen Rotton, aber die Reise hatte es hell gebleicht. Es lockte sich genau so, wie sie es gesagt hatte, reichte bis auf die breiten Schultern herab und fiel ihm in die Augen – braune Augen. Auch diese Augen mit den langen Wimpern erinnerten an Rory.

Er trug keinen Bart, wodurch sein starkes, festes Kinn zu sehen war, das zu weit vorstand, um als schön zu gelten. Er war grobknochig und fest gebaut, und in seiner Haltung lag Kraft. Das Haus der Adler ist sehr stark. Seine Männer sind oft Riesen.

Ich wandte entsetzt den Blick ab und dachte: *Du bist ihm ähnlicher, als ich dachte.*

Er schwieg weiterhin. Ich zwang mich, ihn erneut anzusehen. »Gefällt Euch, was Ihr seht, Mylord? Bin ich hübscher oder häßlicher als erwartet?«

Er lehnte noch immer müßig an der Reling und hielt sich auf dem tanzenden Schiff mühelos im Gleichgewicht. Die Brise strich ihm das Haar aus dem Gesicht. »Mädchen«, sagte er schließlich, »es ist kein Geheimnis, was mit Euch geschehen ist, so daß ich Euch Eure Feindseligkeit nicht vorwerfe ..., aber was habe *ich* getan, außer daß ich heraufgekommen bin, um den Tag zu begrüßen?«

Sogar die Stimmen schienen annähernd gleich, obwohl seine ein wenig tiefer klang. Er hatte nicht dieselbe Art beiläufiger Nachlässigkeit wie Rory und auch nicht dessen jederzeit bereites Lachen, obwohl ich ihm, wie er erklärt hatte, wenig Grund zum Lachen gab.

Ich atmete so tief ein, daß mir schwindelig wurde, und wandte mich dann wieder zu ihm um, wobei ich die Füße fest auf den Boden stemmte. »Ich glaube, unsere Angelegenheit ist erledigt. Je eher ich gehe, desto besser, damit Ihr nach Erinn zurückkehren könnt.«

»Um ein anderes Mädchen zu umwerben?« Er kreuzte die wuchtigen Unterarme, die die kaum bis zu den Ellenbogen reichenden, dunkelgrünen Tunikaärmel freigelassen hatten. Er trug breite, wie Schlangen geformte

Kupferarmbänder um die Handgelenke und einen dazu passenden Halsreif, der in der Sonne schimmerte. Sean war eher ein Bär als ein Mensch, dachte ich, obwohl nicht so behaart – aber er war grobknochiger als die Männer meines Volkes. Wir haben die Größe, aber nicht das Gewicht. Aileen hatte mich vorgewarnt, daß er groß sei, aber das hatte ich nicht erwartet. »Ihr seid schnell dabei, meine Zukunft zu regeln, Mädchen, obwohl Ihr doch ein Teil davon werden sollt.«

»Aber Ihr *wißt* …«

Er nickte. »Und besser, als Ihr glaubt.« Er zeigte mir seinen Handrücken. Ich sah den Kratzer darauf.

»Ihr«, sagte ich tonlos. »O Götter, das tut mir leid. Ich wollte niemanden verletzen, aber … aber …« Ich brach ab. Es blieb mir nicht mehr zu sagen, weder zu ihm noch zu sonst jemandem.

»Ich weiß«, sagte er ruhig. »Mädchen, Ihr braucht nichts zu erklären. Ich habe Augen. Ich habe gesehen, was geschehen ist. Ich habe Ohren. Ich habe gehört, was Ihr gesagt habt. Und ich habe auch Verständnis: Strahan hat Euch gefangengenommen. Sollte ich Euch das vorwerfen, da Ihr dabei doch keine Wahl hattet?«

»Manche Menschen würden es tun«, sagte ich verbittert. »Warum nicht Ihr?«

Er spie über die Reling. »Ich bin nicht so wie andere Männer, da ich dem Horst von Erinn geboren wurde.«

Und sich dessen auch bewußt war. »Soviel zur Bescheidenheit.«

Er verengte die langwimprigen Augen. »Wollt Ihr das also? Bescheidenheit, von mir? Mädchen, ich glaube, Ihr seid verrückt oder blind … Ihr seid kaum selbst bescheiden, könnt ein Tier sein, wenn Ihr wollt. Wie könntet Ihr mit solcher Macht bescheiden sein?«

»Habt Ihr Angst davor?«

Er spie erneut über die Reling. »Ihr wart ein verängstigtes, halbertrunkenes kleines Mädchen, geschunden, zerkratzt und blutig. Was gab es da zu fürchten?«

Seine Überheblichkeit war erstaunlich. »Ich war ein *Rotluchs*«, sagte ich mit Nachdruck. »War das für Euch ohne Bedeutung?«

Er grinste und zupfte an einem Ohr. Auch dort trug er Kupfer, und Kupfer schimmerte auch an seinem Gürtel. »Es war für mich von Bedeutung, doch: Es hat mir eine neue Art Kampfnarbe eingebracht *und* eine Kampfnarbe der Art, wie sie wohl nur wenige andere Männer vorweisen können.«

Ich stand sehr starr und hielt mich an der Reling fest. »Und ist es ohne Bedeutung, daß ich zu einem Wolf werden kann? Einem Falken? Einem Bären? Oder was immer sonst ich auswähle?«

Er setzte einen gespielt erstaunten Gesichtsausdruck auf. »*Könnt* Ihr das? Alles?«

Ich versprach durch zusammengebissene Zähne: »Alles.«

Er dachte darüber nach. Legte einen Finger an die Lippen. Und nickte dann ernst. »Dann werde ich auf meinen Platz bei Euch achten, sonst bin ich nachher nichts als ein Kratzbaum.«

»Ihr *Ku'reshtin*«, sagte ich verächtlich. »Ihr seid genauso schlimm wie *er*.«

Blonde Brauen wölbten sich. »Er? Wer er? Habe ich bereits einen Rivalen?«

Etwas regte sich tief in mir. Ich dachte, es sei das Kind, erkannte es aber dann als neu aufgebrochene und zunehmende Verzweiflung. Wir hatten so oft von Sean gesprochen, vom Tod und vom Leben und der Vergangenheit, daß wir an die Zukunft nicht gedacht hatten, und jetzt stand sie vor mir.

Sean, Prinz von Erinn, den ich heiraten sollte. Und ich wollte es nicht.

»Rory«, sagte ich offen.

Er stieß sich sofort von der Reling ab und stemmte sich gegen Wind und Meer. Seine Oberschenkel waren unter dem Stoff seiner Hose und die Waden in hohen

Stiefeln verborgen, aber weder Stoff noch Leder konnten ihren Umfang verbergen. »Rory«, wiederholte er. »Rory Rotbart ist *hier?*«

»Er befürchtete, er hätte Euch getötet.«

Sean sah an mir vorbei zum Ufer, die braunen Augen seltsam entrückt. Er hob eine Hand zum Kopf, strich sich das Haar aus dem Gesicht, betastete den Haaransatz. »Nein«, sagte er wie abwesend, »es hat nur geblutet. Und nicht genug, um zu sterben. Er hat mir nicht den Schädel zerschmettert.«

»Das dachte er aber. Er befürchtete es. Und er fürchtete Liams Strafe.«

Er wandte sich langsam und schwerfällig wieder der Reling zu und umklammerte sie mit beiden Händen. Sie ächzte unter seinem Gewicht. »Liam liebt uns beide. Es wäre keine Strafe erfolgt.«

Ich zuckte die Achseln. »Er glaubte offensichtlich etwas anderes, sonst wäre er niemals hierhergekommen.«

»Es scheint mir eher wahrscheinlich, daß er befürchtete, er würde an meiner Stelle ernannt, wenn ich gestorben wäre.« Er lächelte ein wenig bitter. »Rory Rotbart ist kein Mann, der dem Thron zugetan ist, da er zufrieden ist mit dem, was er hat.«

»Einen Hauptmannsrang in der königlichen Garde des Prinzen?«

Er hörte den Spott in meiner Stimme und wandte sich mir plötzlich zu. »Ja. Uneheliche Kinder haben schon Schlimmeres erfahren. Es genügt Rory. Das hat er *gesagt*, Mädchen.«

Ich nickte. »Also *hat* eine Möglichkeit bestanden, daß er im Falle Eures Todes geerbt hätte … Er sagte, sie bestünde nicht.«

Er zuckte die Achseln, kreuzte die Arme und lehnte sein Gewicht wieder gegen die Reling. Ich wartete darauf, daß sie brechen würde. »Liam hat zweifellos erwartet, mehr Jungen zu bekommen. Er hat mich und

Aileen bekommen – mehr nicht. Rory ist, soweit wir wissen, sein einziger unehelicher Sohn, was es, glaube ich, wahrscheinlich macht, daß er meinen Platz einnehmen würde. Wenn es nötig wäre.« Sein Gesichtsausdruck war seltsam undurchdringlich. »Warum, Mädchen? Hast du das gehofft? Rory an meiner Stelle zu sehen?«

Ich öffnete den Mund, um zu sagen: Nein, natürlich nicht. Wie konnte er eine solche Frage stellen? Aber ich brachte gar nichts hervor.

Sean verengte die Augen. »Hat er deine Zuneigung errungen? *Deine* Zuneigung, Mädchen? Ich habe das für annähernd unmöglich gehalten. Es heißt, du könntest nicht lieben.«

»*Wer* sagt das?«

»Geschichten. Darstellungen. Gerüchte.« Er zuckte die Achseln. »Genug, damit ein Mann sich wundert.«

»Lügen«, sagte ich verbittert. »Aber was auch sonst? Ich bin eine Cheysuli.«

»Hat nichts damit zu tun, mein Mädchen. Hat mit dem zu tun, was hier drinnen ist.« Er berührte kurz seine Brust.

Früher hätte ich darüber vielleicht gelacht. Oder ich hätte ihn angeschrien oder die Geschichten kühl zurückgewiesen. Aber jetzt tat ich nichts davon, da ich nur das Gesicht ansehen konnte, das dem des anderen Mannes so ähnlich war.

»Also«, sagte er schließlich, »waren das alles Lügen.«

Ich zuckte die Achseln. »Einige davon, ja. Vielleicht nicht alle.«

»Also«, sagte er wieder, »glaubst du, es wäre vorbei zwischen uns, es kann keine Hochzeit stattfinden. Wegen Strahan … oder ist es wegen Rory?«

»Nach dem, was geschehen ist, würde mich nicht einmal Rory mehr nehmen.«

»Willst du denn genommen werden, Mädchen? Ich habe gehört, du wolltest keinen Mann.«

»Ich will keinen Mann«, bestätigte ich. »Ich brauche keinen Mann. Es ist nicht nötig.«

Er seufzte tief und strich sich mit großen, plumpen Fingern erneut das Haar aus den Augen. »Mädchen, ich bin keine Frau, und ich kann nicht wissen, was du empfindest, aber ich glaube, nicht viele von uns sind wie der Ihlini.«

»Corin hat Euch erzählt, wer – und was – Strahan war.«

»Ein wenig, ja ... Ich hatte den Namen schon früher gehört – und daß er der Bruder Lilliths sei, der Geliebten Alarics von Atvia. Aber Corin hat sie jetzt davongejagt, so daß wir wohl nichts mehr von ihr hören werden.« Er sah mich mit stiller Zuneigung an. »Ja, ich weiß ein wenig darüber, und mehr als ein wenig ist nicht nötig. Ein Mann wie er sollte abgeschlachtet werden.«

»Oh, ich habe ihn getötet. Aber mit einem sauberen, schnellen Stoß. Wie jeder Mann es tun würde.« Ich wandte mich zu ihm um. »*Das* ist der Grund, Mylord. Nicht weil ich entführt oder zu seiner *Meijha* gemacht wurde. Sondern weil ich ich selbst bin und gar keinen Mann brauche, der mir etwas anderes erzählt.«

Sean versuchte, nicht zu lächeln, aber die Haut um seine Augen kräuselte sich dennoch, und dann setzte sich das Grinsen vollständig durch. »Jeder Mann, der das versucht, ist mehr als nur ein halber Narr.«

»Ihr?« Ich lächelte ungewollt zurück. »Ein wie großer Narr seid Ihr?«

»Ein halber, denke ich«, antwortete er. »Aber nicht mehr als ein halber, glaube ich ... weil ich zu klug bin, es zu versuchen.«

»Ihr unverschämter, eingebildeter *Ku'reshtin*.«

Er grinste. »Nicht anders als Rory, Mädchen.«

Das war nur zu wahr. »Er sagte, Ihr wärt Zechbrüder gewesen, mit einem ähnlichen Geschmack in vielen Dingen, einschließlich Frauen.«

»Einschließlich Mädchen, ja.« Er seufzte. »Hat uns beiden nur Ärger eingebracht. Und immer die eigenwilligen Mädchen, niemals die stillen.« Er hielt seine Stimme absichtlich beiläufig. »Deirdre war auch eigenwillig, als sie mit dem Prinzen von Homana geschlafen hat... und dann nach Homana-Mujhar gegangen ist, um nicht mehr als eine Geliebte für ihn zu sein, eine Frau ohne Rang.« Er schürzte nachdenklich die Lippen und lehnte sich gegen die Reling. »Und dann war da Aileen, die den falschen Prinzen liebte und es auch besser wußte. O ja, eigensinnige Frauen sind mir durchaus bekannt... im Haus der Adler, und wie auch nicht?« Er hielt vielsagend inne. »Weißt du, was ich damit sagen will, Mädchen?«

Mein Mund war trocken. »Ja.«

»Ich würde nicht von dir verlangen, dich zu ändern. Ich würde nicht von dir verlangen, willfährig zu werden. Ich würde nicht von dir verlangen zu sein, was du nicht bist.«

»Nein?«

»Warum sollte ich das auch tun? Auf *der* Grundlage wird keine Ehe geschlossen.«

Aber so viele waren auf dieser Grundlage geschlossen worden.

Ich atmete tief durch und ließ es zwischen uns platzen. »Strahan hat mit mir geschlafen. Wieder und wieder und wieder, drei sehr lange Monate lang.« Ich hielt inne. »Muß ich noch deutlicher werden?«

Aller Humor schwand aus seinen Augen. Er schüttelte zögerlich den Kopf. »Nein, Mädchen, du mußt nicht deutlicher werden. Ich glaube, du hast genug gesagt.«

Kapitel Sieben

Corin gefiel der Gedanke nicht, mich mit an Land zu nehmen, selbst nachdem ich ihm geschworen hatte, daß ich mich gut genug fühlte. Selbst nachdem ich ausgesprochen deutlich erklärt hatte, daß ich, obwohl ich wirklich von meiner Flucht noch voller Prellungen und steif war, viel Schlimmeres erlebt hatte, als von verschiedenen Pferden zu fallen.

Er saß zusammengesunken auf seiner Koje, Kiri an seiner Seite, und nagte an einem Daumen. »Du behauptest immer, es ginge dir gut, auch wenn es dir schlechtgeht.«

»Aber es geht mir gut«, beharrte ich. »Glaubst du, ich *will* mitten auf der Straße in Ohnmacht fallen? Glaubst du, ich würde das auch nur riskieren?«

»Ein guter Grund, an Bord zu bleiben.«

»Corin.« Ich sah ihn an, die Hände auf den Hüften. »Bist du taub und stumm geworden? Bist du blind? Wirke ich auf dich, als würde ich gleich in Ohnmacht fallen?«

Er betrachtete mich einen Augenblick. »Du wirkst erschöpft«, sagte er schließlich und ließ von seinem Daumen ab. »Du bist zu blaß.«

Ich sprach sehr deutlich. »Weil ich drei Monate lang eingesperrt war, du Narr. Was erwartest du?«

Er seufzte und warf Kiri einen müden und enttäuschten Blick zu. »Wenn du etwas brauchst, kann ich es dir besorgen.«

»Ich gehe lieber selbst. Ich muß einen Apotheker aufsuchen.«

Corin richtete sich jäh auf. »Ich dachte, du sagtest ...«

»... daß es mir gutgeht. Es *geht* mir gut.« Ich zuckte gekonnt nachlässig die Schultern. »Ich schlafe schlecht.«

Er blinzelte. »Das ist alles?«

»Das ist alles. Ich will nach einem Heiltee fragen.«

»Sean hat Wein und starken erinnischen Alkohol an Bord …«

»Ich will mich nicht betrinken, nur um schlafen zu können«, sagte ich trocken. »Ich würde mich danach am nächsten Tag schlechter fühlen, als es bereits durch den mangelnden Schlaf der Fall ist.« Ich brachte dies überzeugend hervor, da ich mich gut erinnerte, wie schlecht ich mich nach dem *Usca* mit Hart und Brennan gefühlt hatte.

Corin grinste und sank wieder zurück. »Sage mir, was du haben willst, und ich kann jemanden schicken, es für dich zu holen.«

»O Götter … Ich schwöre, du wirst mich zu *Tode* verzärteln. Hast du vergessen, daß wir nicht nach Mujhara segeln können, sondern zwei Wochen auf der Straße verbringen müssen? Wenn ich dafür kräftig genug bin, dann bin ich es auch hierfür!«

Er zuckte die Achseln und mied meinen Blick. »Ich hatte an eine Sänfte für dich gedacht …«

»Eine *Sänfte!*« Ich starrte ihn an. »Ich werde reiten, oder ich werde fliegen. Ich will keine Sänfte.«

»Keely …«

»Nein.« Ich öffnete die Tür. »Ich gehe mit dir oder ohne dich. Das ist für mich ein und dasselbe.«

Corin wußte es besser. Er erhob sich stirnrunzelnd von der Koje und trat vor mir durch die Tür.

Es war zwei Jahre her, daß ich zuletzt mit Corin in Hondarth gewesen war. Er erinnerte sich offensichtlich genauso gut daran wie ich. Gerade zur Strafe für ein Jahr aus seiner Heimat verbannt, war er voller Furcht und Zorn gewesen und hatte Brennan wie immer verübelt, daß er das bekam, was er selbst nicht haben konnte. Ich hatte ihn auf halbem Weg eingeholt und mit ihm gehen wollen, aber er reiste zunächst nach Erinn, und der Gedanke daran, Sean soviel früher zu sehen als nötig, hatte mich bewogen, wieder umzukehren. Und so hatte ich Corin davonsegeln sehen und mich selbst für meine Feigheit gehaßt, für das Versagen an meinem Zwillingsbruder, der an mir niemals versagt hatte.

Er runzelte, genau wie ich, die Stirn, während wir durch die Straßen Hondarths gingen. Vieles war uns beiden seither widerfahren und hatte uns für immer verändert. Er war jetzt sowohl tatsächlich als auch dem Titel nach Prinz von Atvia, und Sean war gekommen, um mich zu holen, weil ich nicht zu ihm gehen würde.

Corin fragte einen Vorbeigehenden nach dem Weg zum nächstgelegenen Apotheker. Die Straßen waren eng und gewunden, führten voneinander fort und wanden sich vom Meer aus die Hügel hinauf. Ich fühlte mich in meinen Röcken unwohl und sehnte mich nach der vertrauten Lederkleidung.

Das Schweigen wog schwer zwischen uns. Und schließlich fragte ich, was ich schon die ganze Zeit über hatte fragen wollen. »Vermißt du sie?«

Corin lächelte traurig. »Das war für deine Verhältnisse taktvoll. Warum fragst du nicht, was du wirklich fragen willst?«

Aber das war jetzt nicht mehr nötig. Er hatte mir unbeabsichtigt geantwortet. »Bist du deshalb niemals zurückgekommen?«

»Ja.«

»Und doch kommst du jetzt.«

Er blickte zu Boden, während wir weitergingen, und hatte sich gedanklich von mir entfernt. Und dann kehrte er leise und mit einer unterschwelligen Leidenschaft zurück, die die Beiläufigkeit seines Tonfalls Lügen strafte. »Ich kann mich nicht ewig davor – oder vor ihr – verstecken. Obwohl wir uns niemals begegnet waren, fragte Sean in der Nachricht, derzufolge er dich holen wollte, ob *ich* gehen wollte. Ich dachte, es wäre an der Zeit, es zu tun.«

Losgesegelt, um mich zu *holen*, wie eine verirrte Kuh. Aber ich tat den Gedanken nur zu schnell ab und dachte statt dessen an Corin. »Sie haben einen Sohn.«

»Ich weiß.«

Es hatte zwischen uns niemals eine große Notwendigkeit bestanden, in Worten zu sprechen. Es war auch jetzt nicht nötig. Ich spürte seine Qual, seine Hilflosigkeit, sein Verlangen, die Wahrheit über Aileen zu erfahren, die er doch auch fürchtete. Es würde ihn über die Maßen verletzen, wenn ich ihm erzählte, daß Aileen Brennan liebte, aber es wäre auch eine Lüge. Ich mußte es nicht tun.

»Und sie hat Zwillinge verloren«, sagte ich. »Jetzt wird es keine weiteren Kinder mehr geben. Aidan ist der einzige Erbe und wird wahrscheinlich auch für immer der einzige bleiben.«

Corin ergriff meinen Arm und half mir über herabgestürzte Steine hinweg, was sowohl unnötig als für ihn auch ungewöhnlich war. Ich dachte, es läge an den Röcken. »Ja, das erwähnte *Jehan* in seinem letzten Brief. Und da Aidan krank ist ...« Er schüttelte den Kopf. »Das bedeutet so lange Unsicherheit, bis seine Gesundheit wiederhergestellt ist.« Und dann lachte er in bestürzter Erkenntnis leise und festigte seinen Griff um meinen Arm. »Aber Strahan ist *tot* ... was bedeutet, daß selbst ein kranker Erbe des Löwenthrons nicht mehr so beunruhigend ist. Die Götter gewähren dem Jungen Genesung, und wenn nicht, macht das die Last nur leichter.« Er lachte triumphierend. »Götter, Keely ... was du bewirkt hast, indem du uns von dem Ihlini befreitest!«

»Nur von einem«, murmelte ich.

»Dem einzigen, der zählte.« Er hielt inne. »Hier ist der Laden. Soll ich mit dir hineingehen?«

Ich bemühte mich, meiner Stimme einen unbekümmerten Klang zu geben, wohl wissend, daß ich bei ihm auf der Hut sein mußte. Sonst würde er mit mir hineingehen, und mir bliebe keine Chance. »Nein, das ist nicht nötig. Es sollte nicht lange dauern.«

Ich wollte hineingehen, aber Corin ergriff erneut meinen Arm und hielt mich zurück. Sein Blick war sehr fest. »Ich wollte kommen«, sagte er. »Ich schwöre, ich habe es für dich getan. Götter, Keely, ich habe dich vermißt …, aber ich hatte auch Angst zu kommen, Angst, sie wiederzusehen, wohl wissend, daß noch immer so viel zwischen uns bestand, ohne Hoffnung für uns beide …« Er seufzte, schüttelte den Kopf und ließ meinen Arm wieder los. »Brennan ist besser für sie. Er kann ihr mehr geben.«

»Das kommt darauf an, was sie will.« Ich berührte kurz seine Schulter. »*Leijhana tu'sai*, daß du gekommen bist. Besonders jetzt, wegen Sean.«

Corin zuckte die Achseln und lehnte sich gegen die Mauer des kleinen Ladens. »Ich erinnere mich an das, was du mir hier vor zwei Jahren sagtest, als ich die Überfahrt nach Erinn gebucht hatte.« Er hielt inne. »Erinnerst du dich auch? Im Wirtshaus, in dem gemieteten Zimmer … Du hast mir gesagt, du hättest Angst, und du brauchtest mehr Zeit.« Er lächelte ein wenig, als er meinen Gesichtsausdruck bemerkte. »Aber ich kenne dich, Keely … zwei Jahre genügen nicht. Und so bin ich in der Hoffnung mit Sean gekommen, daß du mich noch immer brauchst, damit ich mich um jemanden kümmern kann, solange Aileen und Brennan in der Nähe sind.«

»Nun«, sagte ich, »dann tu es. Kümmere dich soviel um mich, wie du willst, wenn du dich dadurch besser fühlst.« Ich grinste. »Und ich werde mich besser fühlen, wenn ich schlafen kann.« Ich betrat an ihm vorbei den Laden.

Es war ein winziger, moderiger Raum voller Kräuterdüfte. Die vermischten Gerüche waren so stark, daß ich fast wieder hinausgegangen wäre. Aber ich dachte an den so zuverlässigen Corin. Ich dachte an Strahans Kind.

Es befand sich nur ein Mann in dem Laden, der auf

einer Bank saß und mit Mörser und Stößel hantierte. Ich trat zu ihm.

Er war nicht alt und nicht jung, sondern irgendwo dazwischen. Er hatte dünnes, flachsfarbenes Haar und blaßblaue Augen. Seine Haut war von der Art, die sich beim Trinken, bei Aufregung oder in der Sonne leicht rötet. Er schürzte bei der Arbeit die Lippen, während er seine Pulver zusammenkratzte.

»Ja?« fragte er. »Verzeiht, aber der Auftrag muß sofort ausgeführt werden. Sagt mir, was Ihr braucht, und ich werde es gleich holen, wenn ich hier fertig bin.«

Ich öffnete den Mund – und log. »Meine Herrin hat mich geschickt.«

Er nickte geduldig. »Ja?«

O Götter, wie sage ich es? Ich atmete erneut ein. »Sie hat ungewollt ein Kind empfangen und wünscht ein Kraut, um es loszuwerden.«

Er nickte, während er weiter seiner Arbeit zugewandt blieb. »Hat ihren Ehemann betrogen, nicht wahr? Und trägt jetzt ein uneheliches Kind in sich? Ja, nun, das kommt vor, bei Höhergestellten genauso wie bei Niedriggestellten.« Er sah mich nicht an. »Überbringt Eurer Herrin meine Ablehnung.«

Ich war bereit, seine anmaßende Vermutung bezüglich der Gewohnheiten meiner erlogenen Herrin zu übergehen, aber seine strikte Ablehnung überraschte mich. »Ablehnung?«

»Ja. Überbringt ihr meine Ablehnung.«

»Aber …« Ich brach ab und begann dann erneut. »Aber dies ist ein Laden … Ihr *verkauft* solche Dinge …«

»Das stimmt«, bestätigte er. »Aber zur Heilung, nicht zum Töten. Sagt Eurer Herrin, wenn sie nicht so leichtfertig mit ihrer Gunst umgegangen wäre, befände sie sich nicht in diesem Dilemma. Sie ist vielleicht keineswegs eine Hure, aber das Kind verdient es zu leben. Sagt ihr das jetzt … Ich werde mich nicht an einem Mord beteiligen.«

Ich schüttelte stirnrunzelnd den Kopf. »Aber wenn das Kind unerwünscht ist...«

»Das ist unwichtig«, unterbrach er mich. »Ungewollt oder nicht, es sollte leben.«

Ich dachte an das Kind, mein Kind, das höchst ungewollt war. Ich dachte darüber nach, was es sein könnte, wenn es am Leben gelassen würde. Wenn es die Macht seines Vaters übernähme. »Und wenn eine Gefahr darin liegt?«

»Kein Kind wird gefahrlos geboren.«

Seine ernsthafte Sturheit erstaunte mich. »Und wenn es mißgebildet ist?«

»Der Wille der Götter, Mädchen... Sagt Eurer Lady, sie solle beten.«

Jetzt wurde es zu einer Herausforderung. »Und wenn es ungeliebt ist? Was dann? Soll das Kind ein unglückliches Leben erleiden?«

»Der Wille der Götter, wie ich schon sagte... Es gibt Pfleger. Wenn die Lady oder ihr Ehemann es nicht ertragen können, das Kind zu behalten, gibt es andere Männer und Frauen, die dies tun werden.«

Ich spürte, wie mein Zorn das Erstaunen verdrängte. »Ihr Narr«, sagte ich kurz, »habt Ihr auf alles Antworten? Ihr, der Ihr ein Mann seid und die Wahlmöglichkeiten nicht kennen könnt?«

»Es gibt Frauen, die genauso empfinden wie ich. Gute Frauen alle...« Er hielt jäh in seiner Arbeit inne. Er errötete. »Ihr seid es«, sagte er mit belegter Stimme. »*Ihr* seid es also...« Und er stand auf, vergaß seinen Auftrag und umfaßte meine Arme. »Mädchen, Mädchen... denkt nach. *Denkt* über das *nach*, was Ihr tut. In Euch ist Leben...«

»In mir ist *Tod.*« Ich zitterte vor Wut und kämpfte darum, nicht laut zu werden, damit Corin nicht alarmiert würde und hereinkäme. »Welches Recht habt Ihr, mein Leben zu bestimmen? Welches Recht habt Ihr, mir zu sagen, wie ich mich verhalten soll? Welches Recht habt Ihr, mir meine Wahlfreiheit zu nehmen, wenn es Euch überhaupt nicht betrifft?« Ich streifte seine Hände von mir. »Werdet *Ihr* dieses Kind austragen? Werdet *Ihr* dieses Kind gebären? Werdet Ihr es füttern und aufziehen? Werdet Ihr es beerdigen, wenn es stirbt? Mich beerdigen, wenn *ich* sterbe? Es davon abhalten, andere zu töten?« Ich atmete vor Zorn geräuschvoll ein. »Werdet Ihr überhaupt *irgend etwas* tun, außer mir zu sagen, was ich tun soll?«

Er war fast genauso zornig. »Eine Frau ist dafür *bestimmt*, Kinder zu gebären … Das hatten die Götter im Sinn, als sie ihr die Fähigkeit zu empfangen gegeben haben!«

»Was ist mit einem bei einer Vergewaltigung empfangenen Kind?«

Er wurde blaß. Er wandte den Blick ab.

»Das geschieht«, sagte ich. »Oh, das geschieht.«

Er befeuchtete seine Lippen. »Das Kind kann nichts dafür.«

Ich schüttelte den Kopf. »Nicht jede Frau hat die Geduld, die Bereitschaft oder die Kraft.«

»Ein Kind wird sie veranlassen, es zu lernen.«

Götter, er machte mich wahnsinnig! »Und was ist mit einem Kind, dessen Mund so mißgebildet ist, daß es nicht einmal essen kann? Werdet Ihr *für* es essen?«

»Die Götter …«

Ich ließ ihn den Satz nicht beenden. »Was ist mit einem Kind«, fragte ich mit seidenweicher Stimme, »das von einem Dämon gezeugt wurde? Sollten wir *ihm* zumuten zu leben?«

Und ich erinnerte mich, noch während ich dies fragte, wie ich meinen eigenen Onkel herausgefordert hatte, mir einen guten Grund für den Wunsch zu liefern, Rhiannon zu töten. Jetzt forderte mich dieser Homaner auf die gleiche Weise heraus, und ich verstand endlich die Scham, die Qual, die Erniedrigung, die Ian empfand, weil er Rhiannon gezeugt hatte.

Ich betrachtete den Homaner angestrengt, verstand ihn jetzt besser, war aber auch verärgerter denn je. Er hatte keine Antwort für mich, sah mich aus wässerig blauen Augen bestürzt schweigend an.

Ich konnte meine Verachtung nicht verbergen. »So viele Antworten«, spottete ich, »und aus solch eingebildetem Unwissen geboren. Wenn Ihr die Götter das nächste Mal anruft, bittet sie um bessere Unterweisung. Sie haben mehr Mitgefühl als Ihr.«

Von Zorn und Tränen blind, lief ich aus dem Laden und prallte gegen Corin.

Nur daß es nicht Corin war.

»Ihr«, sagte ich überrascht.

Sean nickte ernst. Er lehnte sich an die Mauer, genau wie Corin es getan hatte, die starken Arme beiläufig gekreuzt und all sein Kupfer preisgebend.

Ich runzelte die Stirn. »Was tut Ihr hier?«

»Ich habe Corin gesucht, und man hat mir gesagt, in welche Richtung er gegangen sei. Ich wollte ihn in ein Wirtshaus einladen ... Er sagte, Ihr wärt hier, und *ich* sagte, ich würde auf Euch warten, während er zu dem Wirtshaus unten an der Straße vorausging.« Seine Hand lag auf meinem Arm, und er führte mich von dem Geschäft fort. »Es ist fast Zeit fürs Essen, und ich könnte eine Kleinigkeit gebrauchen. Was ist mit Euch, Mädchen?«

Ich überhörte seine Frage und stellte selbst eine. »Wieviel habt Ihr gehört?«

»Geschwätz«, sagte er deutlich, »aber Ihr klangt verärgert, Mädchen.«

»Er war ein Narr.« Ich entließ den rotgesichtigen Mann und seine sehr wohl beabsichtigte Einfältigkeit. »Ich werde bei jemand anderem kaufen.« *Aber bei wem?* fragte ich mich mit Unbehagen. *Und ich habe so wenig Zeit.*

»Wenn Ihr Schwierigkeiten habt, zu schlafen, könnte ich Euch eines oder zwei Lieder singen.« Er zuckte die Achseln. »Eines Nachts.«

Das ließ mich sofort stehenbleiben. »Singen?«

Sean sah grinsend auf mich herab und führte mich gezielt um eine Urinpfütze herum, die ein vorüberlaufendes Pferd hinterlassen hatte. »Ihr habt überhaupt noch nichts gehört, wenn Ihr den Prinzen von Erinn nicht ein Mädchen in den Schlaf singen gehört habt.«

Ich hob die Augenbrauen. »Und tut Ihr das oft?«

»Ich habe nicht enthaltsam gelebt, Mädchen. Und ich werde diesbezüglich auch nicht lügen.« Und dann lachte er reumütig und zupfte sich an einem Ohr. »Aber das wißt Ihr bereits, da Rory Euch die Geschichte erzählt hat, wie er mir beinahe den Schädel gebrochen hat.«

»Und wie viele uneheliche Kinder habt *Ihr?*«

Er wäre fast gestolpert. »Habt Ihr etwas gegen uneheliche Kinder, Mädchen? Haltet Ihr sie für minderwertiger als andere Menschen?«

»Oder als Frauen?« Ich lachte über seinen Gesichtsausdruck. »Nein, natürlich nicht... Unehelichkeit bedeutet bei den Stämmen keinen Makel. Mein Volk hat zu lange vor der Ausrottung gestanden. Kinder waren, unabhängig von ihrer Herkunft, stets willkommen.«

»Ah. Dann werdet Ihr nichts dagegen haben...«

»Oh, vielleicht doch... wenn sie *nach* der Hochzeit entstehen.«

Sean warf den Kopf zurück und lachte laut. »Zurechtgewiesen«, sagte er reumütig. Aber seine langwimprigen Augen strahlten. »Dennoch, es war es, glaube ich, wert... Ihr habt immerhin gesagt, es *gebe* eine Hochzeit. Das ist mehr, als Ihr mir zuvor zugestanden habt.«

Das war richtig. Viel mehr. Und es verursachte mir eine Gänsehaut. *O Götter, wie kann ich nur? Nach dem, was Strahan getan hat?*

»Mädchen«, sagte er, »wir sind da. Erlaubt Ihr mir, Euch ein Getränk auszugeben?«

Ein freundlicher Mann, dachte ich. Ein herzlicher,

netter Mann und mitfühlender, als ich angesichts meiner Eigensinnigkeit erwartet hatte.

»Uneheliche Kinder«, murmelte ich und hing meinen Gedanken nach.

Seans Gesicht nahm einen verschlossenen Ausdruck an. »Also ist es doch Rory.«

Ich sah ihn erschreckt an.

»Also ist es Rory«, wiederholte er.

»Sean ...«

»Ich liebe ihn«, sagte er. »Er ist mein Bruder. Aber es gibt Dinge, die ich nicht teilen kann.«

Sein Gesicht blieb mir verschlossen, aber ich sah etwas in seinen Augen. Etwas, das von Selbstverleugnung und Beschränkung sprach, von einer so strengen Selbstkontrolle, daß seine Stimme für die sie beherbergende Kehle zu rauh wurde.

Er war zweifellos unglücklich, obwohl sein Verhalten fast gleichgültig wirkte. Ich hatte Zorn erwartet, Unwillen, den für Männer, die sich von einem anderen Mann bedroht fühlen, üblichen Besitzanspruch. Sie benehmen sich so oft wie Rüden, die um ihr Revier kämpfen. Aber Sean zeigte nichts von alledem, obwohl ich ihm Grund genug gegeben hatte. Sean liebte seinen Bruder, ganz gleich, ob er unehelich geboren war oder nicht.

Ich schuldete Sean etwas. Und so gewährte ich ihm die Wahrheit, wenn auch nur unter Mühen. »Glaubt Ihr, Mylord von Erinn, daß ich nach dem, was Strahan getan hat, jemals wieder mit einem Mann schlafen könnte?«

Eine Erkenntnis verwandelte seinen Blick.

»Ob unehelich oder ehelich geboren – haltet Ihr das wirklich für wichtig?«

Sean schwieg.

Ich stieß die Wirtshaustür auf. »Welcher Prinz wollte eine solche Frau?«

Er zog die Tür wieder zu. »Vielleicht ich, Mädchen.«

Das machte mich seltsamerweise zornig. »Wie könnt Ihr das sagen? Ihr seid der Prinz von Erinn, Liams Erbe

– jeder Mann in Eurer Stellung muß eine untadelige Frau zur Ehefrau nehmen. Eine Frau, deren Unschuld unangetastet blieb.«

»Ihr hattet bei dem Verlust keine Wahl, nicht wahr, Mädchen?«

Mein Gesicht brannte. »Natürlich nicht.«

»Wie könnte ich es Euch dann vorwerfen?«

Ich starrte ihn mit offenem Mund an. »Wollt Ihr damit sagen, daß Ihr mich dennoch wollt?«

Sean seufzte tief. »Das ist nicht meine Entscheidung.«

»Nein? Wessen Entscheidung denn? Meine? Nun, *ich* sage …«

»Auch nicht Eure, Mädchen. Es ist die Entscheidung unserer Väter. Sie müssen ja oder nein sagen.«

Ich sah zu ihm auf. Solch ein großer, starker Mann mit einem mächtigen Geist. Ich konnte nicht glauben, daß er der Unabhängigkeit so sanftmütig den Rücken kehren wollte. »Wollt Ihr damit sagen, Ihr werdet tun, was immer Liam Euch befiehlt, auch wenn Ihr nicht mit ihm übereinstimmt?«

Sean rieb sich den Nasenrücken. »Liam und ich stimmen bei vielen Dingen nicht überein. Manchmal siege ich bei einem Streit, und manchmal verliere ich …, aber in diesem Fall, Mädchen, in *diesem* …« Er seufzte und schüttelte den Kopf. »Dies wurde zwischen Liam und Niall zum Besten unserer beider Länder vereinbart.«

»Und darum macht es keinen Unterschied, was einer von *uns* vielleicht wünscht?«

Er zuckte die Achseln. »Es macht nur einen Unterschied, wenn ich der Verbindung abgeneigt bin.«

Ich brachte es dumpf, entsetzt hervor: »Und … das seid Ihr nicht.«

Sean lächelte. »So sicher, wie ich hier stehe, wäre ich ein Narr, Euch die Wahrheit zu sagen – zumindest behauptet man das von Frauen. Sage ihr niemals die Wahrheit, wird geraten, oder sie wird sie als Waffe benutzen.«

Ich knirschte mit den Zähnen. »Dann frage ich erneut, was ich schon zuvor gefragt habe: Glaubt Ihr, daß ich nach dem, was Strahan getan hat, jemals wieder mit einem Mann schlafen könnte?«

Sean zögerte nicht einmal. »Ja«, sagte er, »das werdet Ihr. Ich entschuldige nicht, was diese Bestie getan hat, und ich sage nicht, daß eine Frau es vergessen kann, da Ihr viel zu sehr eine Frau seid, die dies nicht tut.«

Das verblüffte mich. »Zu *sehr* …?«

Sean zog mich seitlich von der Tür fort, als sich jemand zwischen uns drängte, um das Wirtshaus zu betreten. Die Tür fiel wieder zu. »Zu sehr«, wiederholte Sean. »Oh, ich weiß, die Männer haben Euch zweifellos gesagt, Ihr wärt zu *männlich*, weil Ihr Männerdinge bevorzugt. Und sie sagen zweifellos, was Ihr besser sein solltet: ein Mann anstelle einer Frau.« Er verzog den Mund. »Aber ich bin kein Narr, Keely … Ich bin kein Mann, der den Charakter einer Frau nach ihrer Vorliebe für Schwerter oder ihrer Bevorzugung von Hosen statt Röcken beurteilt. Ihr seid ein starkes, kräftiges Mädchen, mit Verstand, Stolz und Temperament – und einem Bedürfnis, von Dingen wie durch den Rang bedingten Verpflichtungen frei zu sein.« Seine Hände lagen jetzt auf meinen Schultern. »Ein kluges und strahlendes Mädchen, von den Göttern für einen Mann wie mich gemacht …« Sein Griff festigte sich schmerzhaft. »*Und* für einen Mann wie ihn.«

Kurz darauf schüttelte ich den Kopf. »Was, wenn ich keinen von beiden will?«

Er zögerte nicht einmal. »Dann würden wir, glaube ich, beide verlieren.«

Götter, welch ein Narr. Ich stieß die Tür auf und betrat das Wirtshaus.

Kapitel Acht

Das Kind war ein Junge, in einer mondlosen Nacht geboren. Ein gesundes, vollkommenes Kind mit starken Gliedern und Lungen. Er schrie die Frau zornig an, die ihn aus seinem sicheren, dunklen Platz verjagt hatte, und wand sich in den Händen der Hebamme.

Sie säuberte ihn, wickelte ihn und legte ihn in meine Arme. »Strahans Kind«, sagte sie. »Ihr müßt Euch nur seine Augen ansehen.«

In den Bettdecken verfangen, schrie ich auf und kämpfte darum, mich zu befreien. Ich setzte mich auf, riß an den Decken, und dann lagen Hände auf mir, freundliche Hände, die mich festhielten.

»Keely. Keely, nein.« Der Griff wurde fester. »Es war ein Traum, Keely – nicht mehr. Ein *Traum*.«

Ich blinzelte in die Dunkelheit, erkannte die Hände, die Stimme, die Freundlichkeit. Corin. Ja, natürlich: *Corin*. Nicht Strahan. Und keine Hebammen, die das Kind des Ihlini hervorholten. Ich hatte das alles geträumt.

Ich sackte zusammen, ließ ihn mich wieder hinlegen, von meiner Heftigkeit ganz verwirrt. Und dann setzte ich mich erneut auf, schob seine Hände fort, murmelte etwas davon, daß ich wieder in Ordnung sei, daß es mir gutgehe, daß es mir gut genug gehe, *leijhana tu'sai*. Ob er mich bitte allein lassen würde?

Und das tat er schweigend. Ging in sein Schlafzimmer zurück, wo Kiri wartete, und ließ mich mit – wie Leichentücher um mich herumgezogene – Decken und blind in die Kohlen der nahen Feuerstelle starrend zurück.

Wir hatten Hondarth an dem Morgen nach meinen

fehlgeschlagenen Bemühungen, Kräuter für die Befreiung von dem Kind zu finden, verlassen, so daß mir keine Zeit blieb, einen anderen Apotheker aufzusuchen. Ich kannte Frauen, die bei unehelichen oder ungewollten Kindern absichtlich eine Fehlgeburt herbeigeführt hatten, und jene, die zu lange warteten, starben oder starben beinahe. Ich wollte nicht sterben oder mich fast soweit bringen. Ich wollte das Kind loswerden, aber nicht um den Preis meines Lebens.

Hörst du mich? fragte ich es. *Hörst du mich, Scheusal? Ich will dich loswerden. Ich will, daß du stirbst. Ich will, daß du nicht geboren wirst, damit die Welt durch die Macht, die – die Götter wissen es – dir innewohnen wird, kein Wagnis eingeht. Ich weigere mich, die Frau zu sein, die die Vernichtung hervorbrachte.*

Wie erwartet, erfolgte keine Antwort. Es war zu früh, das Kind zu klein. Aber auch fast zu spät, das Kind zu groß, um es ohne Risiko loszuwerden.

Ungebeten kam der Gedanke: *Aber was ist, wenn es, falls es geboren wird, der dunklen Seite seines Erbes den Rücken kehrt? Was ist, wenn es, falls es von Cheysuli aufgezogen wird, Asar-Suti oder der Erinnerung an seinen Vater keinen Tribut zollt?*

Aber was, wenn es das *doch* täte?

Ich saß da, die Ellenbogen auf die bloßen Knie gestützt, das Gesicht in die Hände gelegt. Was wenn, was wenn, was wenn.

Was, wenn ich Sean heiratete und nach Erinn zöge?

Was, wenn ich mich aufgrund der verlorenen Unschuld weigerte, diese Weigerung in höfliche Hinweise auf meine Unehre kleidete, die ich nicht mit Sean teilen wollte?

Was, wenn Aidan starb und es keine Erben für Homana gab?

Was, wenn Aidan starb und es keinen erinnischen Nachwuchs von mir gab?

Keine Verbindung, kein Blut, keine Prophezeiung.

Strahan würde siegen. Teirnan würde siegen.

Und die *Lirs* würden bei uns bleiben.

Mit einem unterdrückten Stöhnen legte ich mich wieder zurück, zog die Decken bis an die Ohren hoch und drehte mich auf die linke Seite. Rund um die Feuerstelle lagen in Decken eingerollte Männer, zusätzlich zu der Wache, die Sean aufgestellt hatte. Seine Erinnier waren Rorys Männern sehr ähnlich, was mich nicht überraschte. Sie bildeten die Überreste von Seans Leibgarde, diejenigen, die zurückgeblieben waren, als Rory und die anderen davonsegelten. Sie hatten sich besser an mich gewöhnt, als wir erst unterwegs waren, hatten offensichtlich beschlossen, daß ich nur bei Bedrohung *Lir*gestalt annehmen würde. Corin behandelten sie vertrauter, da sie sich während der Reise sehr an ihn gewöhnt hatten, aber mir erwiesen sie Ehre und zeigten ein untadeliges Benehmen. Ich war die Verlobte ihres Herrn.

Spuren des Traums blieben zurück. Das würde stets so sein, dachte ich, bis das Kind fort war. Ich steckte eine Hand unter meine Decken und berührte meinen Bauch, folgte der Wölbung der Haut unter Hemd und Tunika. Drei Monate und mehr, fast vier Monate: Für mich war es offensichtlich geworden.

Hörst du mich? fragte ich. *Ich habe keine Wahl. Ich kann nicht soviel riskieren.*

Ich schloß die Augen und drückte fest. Biß mir stark auf die Lippen. Wünschte mir, wieder ein Kind zu sein, sicher in Homana-Mujhar, sicher in meinem riesigen, stoffverhangenen Bett, warm unter den Decken, mit allen *Lirs* in Reichweite und meinem Vater bei mir. Mein großer, starker *Jehan,* der die Dämonen verjagen konnte, die die Träume seiner Tochter heimsuchten.

Verjage auch diesen Dämon, bat ich. *Jehan, bitte ... verjage diesen Dämon.*

Aber ich war nicht in Homana-Mujhar. Und selbst wenn ich dort gewesen und *Jehan* bei mir gewesen wäre, war dies ein Dämon, den ich selbst würde bezwingen müssen.

Ich wischte die verhaßten Tränen fort. In der Dunkelheit erklang von den Wachen her eine mir bekannte Stimme. Tief, herzlich, sanft sang sie etwas auf erinnisch. Ein Lied des Friedens und des Trostes.

Der Prinz von Erinn sang mich, wie versprochen, in den Schlaf.

* * *

Wir gelangten zwei Wochen nach Verlassen Hondarths, kurz vor Sonnenuntergang, durch die wuchtigen Tore Homana-Mujhars. Die mujharische Wache salutierte grinsend vor Corin, hieß mich gemäßigter, aber mit offensichtlicher Erleichterung willkommen und gewährte Sean und seinem Gefolge, nachdem sie sie erst erkannt hatten, die angemessene Ehre. Aber niemand von uns verweilte, da wir gleich zum Palast wollten. Und doch fürchteten auch zumindest zwei von uns diesen Schritt: Corin, der wußte, daß er Aileen sehen würde, und ich, die wußte, daß ich laut über den Bastard in meinem Körper sprechen müßte.

Ich ritt neben Sean in den inneren Hof ein. Dichte blonde Brauen trafen sich bei einem Stirnrunzeln über seiner kühnen Nase, während er sich umschaute. Ich sah ihn die Befestigungen, die Dicke der schweren Mauern und die Wache, die die Wachgänge und Türme bemannte, abschätzen. Die Mauern glühten in der untergehenden Sonne rötlich-gold. Fackellicht schimmerte auf Glas und lief wie Wasser über Marmorstufen und gewölbte Eingänge.

»Es ist großartiger«, murmelte er. »Kilore ist eine Festung, ein Horst auf Felsenklippen… dies ist mehr. Dies ist… anders.«

Dies war mein Zuhause. Ich konnte es nicht anders beurteilen.

»Götter«, murmelte Corin.

Ich sah sein vollkommen verhärtetes Gesicht, seine Augen, die im ersterbenden Licht schwarz wirkten, spürte die kurz vor dem Zerreißen stehende Anspannung. Und ich wußte, daß ich etwas sagen mußte, etwas *tun* mußte, damit er sich der Heftigkeit seiner Empfindungen nicht zu schämen brauchte.

»Als ich fortging, war sie nicht hier«, sagte ich zu ihm. »Brennan nahm sie mit nach Joyenne. Sie könnte noch immer dort sein.«

Sean sah mich scharf an. »Meint Ihr Aileen? Wollt Ihr damit sagen, sie sei nicht hier?«

Ich war froh, daß ich Corin im Augenblick nicht ansehen mußte, obwohl meine Worte für ihn bestimmt gewesen waren. »Brennan dachte, daß es ihr nach dem Verlust der Zwillinge guttun würde, den Sommer fern der Stadt zu verbringen.« Ich zuckte die Achseln. »Sie *könnte* zurücksein, aber sie könnte auch noch in Joyenne geblieben sein. Woher soll ich das wissen?«

»Nicht nötig«, sagte Corin rauh. »Es ist zwei Jahre her, und sie haben ein Kind zusammen … Ich wäre ein Narr, würde ich erwarten, daß sie noch immer das gleiche empfindet.«

Ich konnte nicht anders. »*Du* tust es.«

»Ich bin nicht mit jemand anderem verheiratet.« Er zügelte sein Pferd im inneren Hof, während Pferdeknechte aus den Ställen herbeiliefen und eilig grüßten. »Ich hätte schon früher kommen sollen. Es hat keinen Sinn, sich vor alten Dämonen zu verstecken.«

Sean schwang sich von seinem Pferd, trat einen Schritt auf meines zu und streckte die Hand aus, um mir zu helfen, obwohl ich mit Nachdruck erklärte, daß ich es allein schaffen könnte. Aber ich bedauerte meine schnelle Zunge und mein aufbrausendes Temperament sofort. Es bestand kein Grund, sich als Revanche für seine Höflichkeit ihm gegenüber schlecht zu benehmen.

»Mädchen«, sagte er ruhig und gelassen, »ich bezweifle nicht, daß Ihr mit Hosen gut damit zurechtkommt. Aber Röcke sind hinderlich – sollte ich Euch auf den Kopf fallen lassen?«

»Gelegentlich«, schlug Corin vor und grinste, als ich ihn stirnrunzelnd ansah. Aber das Grinsen verging nur zu schnell wieder. Er blickte zum Eingang Homana-Mujhars. Jemand war auf unsere Ankunft und die laute Begrüßung hin herausgekommen.

Ich schaute schnell hinüber und erwartete das Schlimmste. »Deirdre!« Und ich lief über die Pflastersteine – mit bis über die Knie hochgerafften Röcken.

Sie lachte und weinte und sprach unverständliches, mit Homanisch vermischtes Erinnisch, während ich die Stufen erklomm, fast über meine Röcke fiel und dann auf eine Weise umarmt wurde, die mir mit einer durch Worte unerreichbaren Deutlichkeit vermittelte, wie sehr Deirdre mich vermißt hatte. Wie sehr sie sich gesorgt hatte.

Ich umarme Frauen – und auch Männer – nicht gern, sondern ziehe es vor, tiefere Gefühle für mich zu behalten. Aber Deirdre war Deirdre, in allem – außer namentlich – *Jehana*, und ich liebte sie. Tiefer, als ich jemanden bis auf *Jehan* und Corin lieben zu können geglaubt hatte.

»O Keely – o Götter – Keely ... Oh, wir fürchteten, du wärst tot ... Wir dachten, er würde dich töten ...«

»Nein. Nein. Es geht mir gut, wirklich, ich *schwöre* ...«

Sie weinte unaufhörlich. »Der Bote sagte, du seist mit Taliesin fortgeritten, um ihn nach Hause zurückzubegleiten ... O *Götter*, Keely – Niall war fast wahnsinnig vor Kummer und Zorn, als er erkannte, daß es eine Falle war.«

»Wie *hat* er es erkannt?«

»Keiner der *Lirs* konnte dich finden. Nicht einmal, als Hart Rael über weite Strecken fortschickte. Und da wußten wir, daß es Strahan war, es *mußte* so sein. Und dann konnte nicht einmal jemand eine Spur von dir finden, als sie in den Norden zogen ...«

»Ich war im Süden«, belehrte ich sie. »Auf der Kristallinsel.« Ich zog mich zurück, als sie mich losließ. »Ist *Jehan* hier?«

Deirdre schüttelte den Kopf. »Nein. Er und die anderen suchen noch immer. Jede Nachricht über deinen Aufenthalt ließ sie in einer anderen Richtung weitersuchen ... zuletzt sind sie nach Süden gegangen, haben dich aber offensichtlich verfehlt.« Sie schluckte schwer und kämpfte gegen weitere Tränen an. »O Keely, sie haben halb Homana abgesucht, von hier ganz bis zur solindischen Grenze, so nahe an Valgaard ...« Und dann brach sie plötzlich ab und sah an mir vorbei. »Bei den Göttern – Corin? Und ... nein, nicht *Liam* ...«

»Sean«, sagte ich trocken. »Gekommen, um seine widerspenstige Braut zu holen.«

Deirdre sah erschreckt den Mann an, den sie vor über zwanzig Jahren zuletzt gesehen hatte. Damals war er vier Jahre alt gewesen. Jetzt war er sechsundzwanzig und kein kleiner Junge mehr. Nicht einmal ein kleiner Mann.

»Liam«, sagte sie erneut und noch immer wie benommen. »Die Größe, die Statur, das Haar – Götter, er hat sogar Liams Mund!«

»Und gebraucht ihn recht gekonnt.« Ich seufzte und schob mir das offene Haar aus dem Gesicht. »Ich werde euch eurer Begrüßung überlassen. Ich habe etwas zu erledigen.«

Sie hätte vielleicht Einwände erheben können. Ich hatte es erwartet. Ich hatte erwartet, daß sie darauf bestehen würde, mich ins Bett oder in die Küche zu schicken – oder mich in ein Bad zu verbannen. Aber sie tat nichts von alledem, da sie durch die Gegenwart ihres Neffen zu verwirrt war, und so verließ ich sie stillschweigend. Corin, der neben Sean stand, stieg die Stufen hinauf in Deirdres Umarmung, während ich den Palast betrat.

Ich verschwendete keine Zeit, stieg sofort zu meinen

Räumen hinauf, grüßte wie abwesend die verwunderten Diener und befreite mich schließlich von Tunika, Röcken und Schuhen. Von allem. Und ersetzte alles durch weiches Cheysulileder: Hose, Wams, Stiefel. Und als letztes meinen Lieblingsgürtel. Nur daß ich beim Versuch, die Gürtelschnalle zu schließen, feststellen mußte, daß mir der Gürtel zu eng geworden war.

O Götter.

Ich betrachtete blind die Schnalle, die ihre Aufgabe jetzt nicht mehr erfüllen konnte. Ich habe eine hohe Taille und schmale Hüften. Bei einer anderen Frau, einer breiter gebauten Frau, würde ein so kleines Kind noch nicht zu sehen sein, würde ihre Kleidung nicht so bald beeinträchtigen. Aber ich bin zu sehr Cheysuli: mit entsprechenden Knochen und Muskeln und ohne zusätzliches Fleisch.

Aber jetzt mit dem zusätzlichen Kind.

O Götter ...

Ich brach verärgert ab. Fand ein Messer, wenn auch nicht das, welches Strahan genommen hatte. Das war für immer verloren. Ich setzte mich grimmig hin, um ein neues Loch zu schneiden.

»Keely?« Jemand klopfte an meine Tür: Maeve. *Maeve?* »Keely?« rief sie erneut. »Deirdre sagte, du wärst zu Hause ... Keely, bist du da?« Ich sagte ihr, ich sei da, und sie solle hereinkommen. Sie folgte meiner Aufforderung, während ich die Messerspitze durchs Leder stieß und über die Stumpfheit des Stahls die Stirn runzelte. Es mußte geschliffen werden. Es mußte gepflegt werden. Es würde den Platz eines anderen einnehmen müssen, und der Gedanke gefiel mir überhaupt nicht.

Maeve schloß die Tür. »Was tust du?« Ihre Frage klang ein wenig bestürzt und besorgt.

Ich machte mir nicht die Mühe, sie anzusehen. »Ich schneide ein Loch in meinen Gürtel.«

»Nach fast vier Monaten Gefangenschaft ist das das

erste, was du tust?« Sie trat vor. »Hast du es für wichtiger gehalten, Lederkleidung anzulegen, als Ilsa oder mich zu begrüßen, die wir uns solche Sorgen um dich gemacht haben?«

Ich schaute seufzend hoch, um Maeve zu sagen, daß ich überhaupt nicht daran gedacht hatte, daß sie hier sein könnte – sie hatte Homana-Mujhar gleichzeitig mit mir verlassen –, aber ich hielt mitten im Satz inne. Hielt jäh inne, mit offenem Mund, und starrte.

Götter. Ich hatte vergessen. Hatte, mir meines Kindes bewußt, vollkommen ihr Kind vergessen.

Sie strich mit einer Hand über ihren Bauch, der soviel größer war als meiner. »Noch zwei Monate«, sagte sie, als sie die Frage in meinen Augen las.

Ich konnte sie nur wie gelähmt anstarren. Die weite Tunika, die Röcke, ihre angeschwollenen Brüste. Die Art, wie sich ihre Haltung verändert hatte. Ihre Haut.

Ich hielt meinen Gürtel in einer Hand. Die andere Hand umklammerte das Messer. Das Loch war kaum geschnitten. »Du hast dich entschieden, das Kind zu bekommen.«

»Ja. Aber Teirnan weiß nichts davon. Das Kind wird *mir* gehören, nicht ihm.« Sie lächelte. »Ich werde sicherstellen, daß es ein treuer, unerschütterlicher Cheysuli wird, unberührt von den Narrheiten seines Vaters.«

Ich fühlte mich so seltsam, so entrückt. »Du hast einmal gesagt, die Saat sei gelegt, aber die Ernte noch nicht begonnen … und hast gefragt, ob du das Kind für Teirnans Sünden verantwortlich machen sollst.«

»Habe ich das?« Maeve zuckte die Achseln. »Ich erinnere mich nicht daran … Wir haben einander bei unserer letzten Begegnung viele Dinge gesagt, und die meisten sind wert, vergessen zu werden.« Sie kam noch näher heran, eine Hand auf ihrem angeschwollenen Bauch. »Du hättest vielleicht zuerst zu uns kommen können, Keely, bevor du damit anfingst. Ilsa und ich haben uns gesorgt.«

Ich hörte den schwach tadelnden Unterton in ihrer Stimme. Maeve bedachte mich zu häufig damit, spielte die klügere, ältere Schwester, aber das war dieses Mal nicht wichtig. Dieses Mal war nichts so wichtig.

Ich betrachtete den Gürtel. »Ich mußte ein neues Loch hineinschneiden.«

Maeve lachte ungläubig auf. »Keely, bist du verrückt? Glaubst du, die Paßform deiner Kleidung...« Und sie brach ab. Sofort. Es herrschte vollkommene Stille.

Ich legte den Gürtel und das Messer hin – und die Hände über meinen Bauch. Als ich zu ihr hochsah, bemerkte ich an ihren Augen, daß sie verstand, und – seltsamerweise – Tränen. »Ich habe weniger Mut als du«, sagte ich zu ihr. »Ich kann dieses Kind nicht gebären.«

Maeve schluckte schwer. Kurz darauf kam sie zum Bett und setzte sich sehr dicht neben mich, versuchte mich aber nicht zu berühren, zu beruhigen, sinnlosen Trost zu bieten. Ich wußte es besser, als daß ich das erwartet hätte. Sie wußte es besser, als daß sie es versucht hätte.

»Wie lange weißt du es schon?«

Ich zuckte die Achseln. »Ich wußte es sofort. Nach einer Woche meiner Gefangenschaft. Zuerst hoffte ich, es sei nur der Schock und das Betäubungsmittel, das er mir gegeben hatte..., aber als ich auch im zweiten Monat nicht blutete, erkannte ich die Wahrheit.« Ich seufzte und zerknitterte mit den Händen mein Lederwams. »Ich glaube, ich bin im vierten Monat. Vielleicht eine Woche weniger.«

Maeve spannte sich neben mir an, wollte sofort etwas erwidern, zwang sich aber, sich zu entspannen. Ruhig zu sprechen, um meine Stimmung nicht noch aufzuheizen. »Du weißt, daß es zu spät ist. Es wäre zuviel Risiko damit verbunden.«

Ich belehrte sie geduldig: »Ich werde dieses Kind nicht gebären.«

»*Keely* …« Aber sie zwang ihre Empfindungen erneut zurück. »Es ist zu spät. Die Ärzte werden es dir sagen, die Hebammen … Keely, versprich mir …«

»Nein.«

Ihre Hände zitterten, als sie sie ineinander verschränkte. »Willst du so gern sterben?«

Ich lachte, auch wenn es ein wenig unsicher klang. »Ich würde weitaus lieber leben. Nein, Maeve, ich versichere dir, daß es kein Selbstmordversuch ist …, aber ich kann dieses Kind nicht gebären. Strahan ist tot – er kann keine weiteren Kinder zeugen –, und ich werde ihm nicht die Befriedigung geben, auch im Tode nicht, daß dieses den Platz seines Vaters einnehmen wird.«

Sie biß fest die Zähne zusammen. »Wenn du glaubst, daß ich dich dies allein tun lasse …«

Ich stand jäh auf und wandte mich ihr zu. »Das solltest du besser tun! Dies geht dich nichts an, Maeve … dies ist *meine* Aufgabe. *Mein* Kind, das ich verlieren muß. Behalte deines, wenn du willst, aber ich werde es nicht mit diesem tun. Ich kann das Wagnis nicht eingehen, daß es Strahans Spuren folgen wird.«

Maeve umklammerte in sinnlosem Zorn die Bettdecken, wollte offensichtlich aufstehen, mich herausfordern, entschied sich aber anders. Ihr Zustand würde den Versuch zunichte machen. »Glaubst du, ein Kind von dir könnte auch nur dazu versucht sein? Keely, in dir ist soviel blinde Treue, daß du nicht einmal dich selbst sehen kannst! *Dein* Kind – ein Verräter? *Dein* Kind – ein Diener des Suchers?« Sie schüttelte heftig den Kopf. Das blonde Haar schimmerte. »Ein aus dir geborenes, durch dich erzogenes Kind könnte *niemals* wie Strahan werden. Nicht einmal, wenn es das versuchte.«

Ich schätzte ihre unerwartet schwesterliche Treue und Zuversicht, selbst wenn ich sie nicht teilte. »Ich kann es nicht riskieren, Maeve. Sein Kind könnte uns vernichten.«

»Dein Tod ebenfalls«, fauchte sie. »Hast du Aidan vergessen?«

Angst regte sich tief in mir. »Ist er tot? Ist er gestorben? O Götter …«

»Nein. Nein, er lebt. Er ist bei Aileen in Joyenne.« Maeve hielt ihre Stimme mühsam in der Gewalt. »Aber wenn er stirbt, bleibst nur du. Und wenn du aus diesen selbstsüchtigen Gründen stirbst, was geschieht dann mit uns?«

»Woher willst du wissen, daß Sean mich überhaupt noch heiraten will?« fragte ich. »Woher willst du wissen, daß es jemals ein Kind aus dieser Verbindung geben wird, da es vielleicht niemals eine Verbindung *sein* wird?« Ich klopfte auf meine Brust und beugte mich vor. »Ich war Strahans Hure, Maeve, die jede Nacht sein Bett geteilt hat. Ich trage einen Ihlinibastard in mir. Bin ich es wert, Seans Frau zu sein? Ihm die Erben zu schenken, die er braucht?«

Sie stand langsam auf, hielt sich an meinem Bett fest. »Wenn du dieses Kind loszuwerden versuchst und bei dem Versuch stirbst, wie willst du es dann jemals wissen?«

»Maeve, ich *habe* …«

»Nein«, sagte sie verbittert. »Nein. Du wirst es tun, weil du es tun *willst*. Das ist deine Lebensart, Keely. So hast du immer gelebt, dir deines Weges so sicher.« Sie atmete zitternd ein. »Ich habe dich gehaßt, und ich habe dich geliebt … und es hat mir beides nichts eingebracht. Aber ich habe dich auch immer, *immer* beneidet: um deine Freiheit, deine Kraft, deinen Mut.« Ihre grünen Augen schimmerten vor Tränen des Zorns. »Aber jetzt, da ich das sehe und weiß, was du tun wirst, empfinde ich nur noch Mitleid. Und später werde ich vielleicht trauern, wenn wir dich in die Erde versenken.«

Ich wandte mich jäh von ihr ab und ging durch den Raum zu einem Fenster. Es war mit einem Fensterladen versehen. Ich öffnete es weit in die Dunkelheit. Und dann fuhr ich wieder herum, sah sie an und sagte ihr überaus deutlich, was ich noch so sehr fürchtete.

»Sie ist wahnsinnig«, sagte ich tonlos. »Sie war seit ihrer Geburt verrückt, erzählen sie uns, sogar *Jehan*, der sie geheiratet hat. Die wahnsinnige Gisella nennen sie sie, sprechen flüsternd von ihrem Verhalten, von den bizarren Dingen, die sie gesagt hat. Von dem Verrat, den sie *begangen* hat.« Ich atmete schmerzerfüllt ein und versuchte, meine Stimme ruhig zu halten. »Sie wollte ihre Kinder – ihre Söhne – Strahan übergeben. Um Asar-Suti zu dienen. Sie ist nicht gesund ... Sollte ich es riskieren, ein ebenfalls wahnsinniges Kind zu bekommen?«

Maeve schwieg erschreckt.

Ich wischte die schweißnassen Hände an meinem Lederwams ab und versuchte, ihr Zittern zu beruhigen. »Dieses Kind hat bereits Strahan zum Vater – sollte ich es riskieren, das Blut des Ihlini mit dem Blut einer Wahnsinnigen zu mischen? Ein Scheusal, Maeve – wie kann dieses Kind gesund sein?«

»Aber Keely, du kannst nicht *wissen* ...«

»Ich weiß nur, daß eine Chance besteht. Es hat immer eine Chance bestanden.«

»O *Götter*«, sagte sie leise, »*das* ist es, nicht wahr? Der Grund, warum du niemals ein Kind haben wolltest ... die Antwort auf all die Fragen ...« Sie preßte die Hände gegen die Wangen. »*All diese Jahre, Keely* ... dies? Dies? *Dies* ist der Grund!«

»Sie ist wahnsinnig«, wiederholte ich.

»Keely ...«

»Wie kannst du es wissen?« fragte ich. »Wie kannst du auch nur vorgeben zu verstehen? Deine Mutter ist gesund. Du hast nichts zu befürchten.« Ich konnte das Zittern nicht beruhigen. »Du weißt, was Wahnsinn für Cheysuli bedeutet ... für einen *lir*losen Krieger ... Er muß *gehen*, Maeve! Er opfert Stamm, Verwandte, *Leben* ... Glaubst du, ich könnte damit leben? Zu wissen, daß mein Kind, zusätzlich dazu, daß es ein Ihlinimisch-

ling ist, vielleicht auch noch *wahnsinnig* sein könnte ...«
Ich schlug beide Hände vor den Mund und sprach dann weiter. »Wahnsinn ist für jedermann bei den Stämmen ein Fluch. Du weißt das. Du *weißt* das ...«

Maeves Gesicht war weiß. »Die ganze Zeit ...«

»Ich muß dieses Kind loswerden!«

Das Erschrecken schwand schnell. Maeve war wieder zornig. »Du bist eine Närrin!« schrie sie. »Eine eigensinnige, sture Närrin. Ich sollte sofort zu Deirdre gehen – *sie* würde dich zur Vernunft bringen.«

Ich trat nur einen Schritt auf sie zu. »Erzähle nichts«, sagte ich angespannt. »Erzähle *nichts.* Es ist meine Sache!«

Maeve wandte sich von mir ab und trat schweren Schrittes zur Tür. Dort hielt sie inne und wandte sich wieder um. Sie war sichtlich zornig, sehr zornig. Aber jetzt, wie ich dachte, hauptsächlich auf sich selbst. »Als ich vom Stammeskeep nach Hause zurückkam, dachte ich, daß *Jehan* sicherlich von Teirnans Kind wissen würde. Daß du es ihm erzählt hättest.« Sie lachte leise und selbstverspottend. »Aber du hattest es nicht getan. Du hast geschwiegen und mir meine Entscheidung überlassen.«

Ich zuckte leicht die Achseln. »Es stand mir nicht anders zu.«

Sie wischte ungeduldig die Tränen fort. »Und dafür gewähre ich dir mein Schweigen, sosehr ich mich auch dafür hasse. Aber dies ist die letzte Schuld, die ich dir gegenüber haben werde. Wir sind außer den Blutsbanden von allem anderen befreit.«

Ich stand stumm inmitten meines Zimmers, während Maeve den Raum verließ. Dann, als die Tür zuschlug, ging ich zu meinem Bett zurück und nahm Messer und Gürtel auf, um das neue Loch zu Ende zu schneiden.

Aber ich tat es nicht. Es würde nicht nötig sein. Wenn das Kind erst fort war, würde der Gürtel wieder passen.

Kapitel Neun

Der Sonnenraum war voller Frauen: Deirdre, Ilsa, Maeve und verschiedene erinnische und solindische Damen, die der *Meijha* des Mujhar alle bei ihrem großen Wandteppich halfen. Gelangweilt, wie ich war, beachtete ich ihn kaum, sondern war vollkommen auf Deirdres Verhalten gespannt.

Es erfolgte wie erwartet. »Wie kannst du?« rief sie. »Du bist gerade erst nach Hause gekommen – wie kannst du daran denken, schon wieder zu gehen?«

»Nur für eine Woche, nicht länger«, versprach ich.

Das Erstaunen wich nur zu schnell und wurde von Standfestigkeit ersetzt. Deirdre ist daran gewöhnt, mit meinen Launen umzugehen. »Corin hat Kiri erst heute morgen hinausgesandt, damit er sich mit Serri und den anderen *Lirs* in Verbindung setzt. Sie werden sehr bald zurücksein. Du solltest besser hierbleiben, bis sie zurück sind.«

Ich bewahrte Geduld und sprach sehr ruhig. »Ich muß gehen, Deirdre. Nur für eine Woche, zum Stammeskeep. Dieses Mal nicht so weit und nicht so lange. Ich verspreche es.«

Maeve mied meinen Blick und starrte statt dessen grimmig das lohfarbene Garn an, das sie in Händen hielt. Ihr Gesicht war angespannt und ihre Wangen gerötet, wodurch sie ihre Gedanken preisgab, aber niemand – den Göttern sei Dank – beachtete sie. Alle starrten mich an.

Die Morgensonne fiel durch die geöffneten Fenster und erhellte den Raum. Die helläugige Ilsa, ganz in Weiß, das helle Haar geflochten und mit einem Netz aus ihrem makellosen Gesicht zurückgenommen, war eine bis zu den Ellbogen in Blut gebadete Eishexe: Rotes Garn stapelte sich in ihrem Schoß. »Keely«, sagte sie in ihrem akzentuierten Homanisch ruhig, »ich glaube, du solltest dir bewußt machen, wie besorgt jedermann war und was eine solche Sorge den Menschen antut: Sie drückt auf den Magen, raubt den Schlaf und sucht die Träume heim.« Sie lächelte, obwohl ihre Augen einen sehr ernsten Ausdruck zeigten. »Gib ihnen Zeit. Du willst deine Freiheit wiederhaben, ich weiß, aber laß sie sich im Augenblick erst einmal sicher fühlen, solange du hier bist, wo sie dich sehen können.«

Ich betrachtete Deirdres Damen angespannt, dann Ilsas Damen und schließlich meine Schwester, Harts Frau, meine Pflegemutter, und wußte, daß ich ihnen mit meiner Grausamkeit weh tun würde. Und wußte auch, daß es nötig war, weil sie mich sonst niemals gehen lassen würden.

»Ihr seid alle keine Cheysuli«, sagte ich rauh. »Keine von euch außer Maeve, aber sogar sie wird euch sagen, daß sie keine Magie im Blut hat.« Ich atmete tief durch und versuchte, nicht zu schreien. Nicht zu weinen. »Keine von euch«, wiederholte ich, »und darum könnt ihr nicht wissen, wie es ist, der Ehre, des Wertes, des *Selbst* beraubt zu sein …« Ich brach mit einer heftigen Cheysuligeste ab, die mehr für mich als für die anderen gedacht war. »Ich werde gehen, weil ich gehen muß. Ich muß mich um *I'toshaa-ni* und andere persönliche Dinge kümmern. Wenn ihr euch sorgt, was mein *Jehan* und meine *Rujholli* und mein *Su'fali* und alle *Lirs* dazu sagen werden, dann teilt ihnen mit, daß ich gegangen bin, um mich zu reinigen. Sie werden verstehen. Das werden sie. Ich verspreche euch, daß sie das werden. Sie sind alle Cheysuli.«

Aber Deirdre war nicht überzeugt. »Was ist mit Sean?« fragte sie ruhig. »Wird er verstehen? Oder wird er nur denken, daß du wieder vor ihm davongelaufen bist, wie du es schon so viele Jahre lang getan hast?«

Zorn flackerte dumpf auf und verrauchte wieder. »Ich kenne ihn besser als du. Sean wird allein zurechtkommen, ungeachtet dessen, was ich tue.«

»Keely!« Maeve war zornig. »Wenn du glaubst, daß ich zulasse, daß du hierherkommst und so mit unserer Mutter sprichst…«

»Nein«, sagte Deirdre ruhig. »Nein, das wird als nächstes kommen, nicht wahr?« Sie sah mich an, nicht ihre Tochter. »Du gebrauchst alle deine Waffen, wie ich sehe… Nun, worauf wartest du? Maeve hat die Worte ausgesprochen – jetzt ist es an *dir* zu sagen, nein, Deirdre ist nicht meine Mutter, sondern die Gespielin meines Vaters. In eurer Sprache *Meijha.*« Sie hob die Augenbrauen. »Nun, worauf wartest du? Warum sagst du die Worte nicht, Keely, damit du dich von uns allen befreien kannst?«

Tränen stiegen auf, bevor ich sie aufhalten konnte. *Götter, ich bin durch dieses Ding in meinem Bauch so schwach geworden und weine immerzu…* »Nein«, sagte ich fest, »ich werde nichts dergleichen sagen. Ich werde nichts dergleichen *tun*… Ich will nur eine Woche im Stammeskeep für mich allein haben, für *I'toshaa-ni*…« Ich blickte mit verschwommenem Blick angestrengt zu Deirdre und schluckte mühsam. »Wie kannst du glauben, daß ich so etwas sagen würde? Zu dir? Wie könnte ich? Das würde ich nicht einmal im Zorn tun… O *Götter*, Deirdre, hältst du mich für so grausam? Glaubst du, ich bin Strahan, der Schwächen ausnutzt…«

Sie stand auf, ließ das vergessene Garn fallen, kam sofort zu mir. Legte ihre Arme genauso fest um mich wie am Abend zuvor, wenn auch aus einem anderen Grund.

»Shansu«, sagte sie in Cheysuli, denn sie hatte in den zweiundzwanzig Jahren mit meinem Vater einen guten Anteil an der Sprache gelernt. »O Keely, verzeih uns… Wir waren alle so besorgt – und jetzt, da du zurück bist, wollen wir dich nicht wieder verlieren, auch nicht für eine so kurze Zeit wie eine Woche.« Sie legte ihre Hand

auf meinen Kopf und flüsterte zuerst in Erinnisch, dann in Homanisch leise Worte. »Es war für uns alle so schwierig, die ganzen langen Jahre lang ... Gisella in Atvia, Nialls Gespielin an ihrer Stelle hier ... Du hattest niemals eine Mutter, nicht wie ich, nicht wie Maeve sie hat und andere. Nur mich an ihrer Stelle, und niemand, der in der Lage wäre, es zuzugeben, aus Angst, den Anstand zu verletzen, närrischen homanischen Anstand, aus dem heraus man einen Platz für eine verbannte Königin freihält und es dich und deine Brüder niemals vergessen läßt ...«

Ich klammerte mich ganz fest an sie. »Sie war niemals meine Mutter. Niemals. Das warst immer du.«

Deirdre klammerte sich auch an mich. *»Leijhana tu'sai«*, flüsterte sie und trat dann von mir zurück. »Geh. Geh. Nimm dir die nötige Zeit.«

Für Deirdre wäre ich geblieben. Aber Deirdre hatte mich freigelassen.

Ich verließ stumm den Sonnenraum, unfähig, meine Gefühle auszudrücken. Ich hoffte, daß sie es ohnehin wüßte. Deirdre weiß so viel.

* * *

Ich ging zum Stammeskeep, sprach mit dem *Shar Tahl* und begann das Ritual. Ich fastete, baute aus jungen Bäumen, Zweigen und Ranken inmitten einer freigefegten, aber noch sandigen Lichtung einen kleinen, schiefen Unterstand und schwitzte mir die Unreinheiten aus der Haut. Ich verlor mich in Erinnerungen, in Vorstellungen, in zu persönlichen Dingen, um darüber zu sprechen. Ich badete in Rauch, Wasser und Sand, reinigte die Seele, das Selbst, den Geist, innerlich und äußerlich, entsprechend dem Ritual, das auch mein Onkel noch immer ausführte.

Drei Tage. Am vierten Tag würde ich essen, am fünften Tag zum Stammeskeep zurückkehren und Hilfe zur Beseitigung des Kindes erbitten.

Aber am fünften Tag kam Teirnan.

Ich kroch aus dem winzigen Unterstand hervor, einen brennenden Stock in der Hand, und sah ihn wie betäubt an. Erstaunt über seine Überschreitung, über die Dreistigkeit seines Erscheinens.

Er war allein, bis auf seinen *Lir*, den kleinäugigen Keiler namens Vaii. Früher wurde behauptet, daß der *Lir* oft die Persönlichkeit des Kriegers widerspiegelt. In Teirs Fall konnte ich diese Behauptung nur bestätigen. Ein engstirniger, selbstsüchtiger Mann und ebenso undurchschaubar und gefährlich, wenn er in der Falle saß.

Teirnan lächelte. »Beende es.«

Der Stock in meiner Hand qualmte. »Du solltest nicht hier sein. Dies ist meine eigene Angelegenheit. Es ist persönlich. Du solltest sofort gehen.«

»Bevor ich deine Sühne entweihe?« Teir zuckte die Achseln und tat es mit einer bestimmten Handbewegung ab. »Zu spät, Keely ... Strahan hat dich bereits stärker entweiht, als das *I'toshaa-ni* wiedergutmachen kann.«

Ich hätte ihm am liebsten den brennenden Stock ins Gesicht geworfen. Aber er würde ihn beiseite schlagen, und ich hätte meine Unsicherheit verraten, was ihn erfreuen würde. Statt dessen wandte ich mich ruhig um und steckte meinen Unterstand in Brand. Er fing Feuer, rauchte und knisterte. Ich warf den Stock hinein.

»Also.« Ich wandte mich wieder meinem Cousin zu. »Was willst du von mir?«

»Die Antwort auf meine Frage. Oder, besser gesagt, die Antwort auf meinen Vorschlag.«

Die Hitze hinter mir nahm zu, während frisches Holz langsam angesteckt wurde. »Welcher Vorschlag, Teir? Was gibt es zwischen uns?«

Er blickte an mir vorbei, beobachtete das Feuer, streckte dann eine Hand aus, ergriff mein Handgelenk und zog mich vorwärts. »Wenn du bleibst, wo du bist, wirst du verbrennen. Keely ...« Dann brach er ab, zog mich noch weiter vom Feuer fort, ließ mich los und hockte sich hin. Er machte eine Geste, und kurz darauf setzte ich mich ebenfalls. »Wir empfinden auf die gleiche Weise«, sagte er. »Ich weiß, daß es so ist, wir *müssen* es tun... Du weißt, daß ich dir die Wahrheit gesagt habe, daß wir die *Lirs* verlieren werden...«

»Nicht jeder glaubt das. Tatsächlich nur sehr wenige.«

Er sah mich fest an. »Wirst du den Prinzen von Erinn heiraten?«

Monate rieselten davon. Ich stand Teir erneut gegenüber, aber zu einer anderen Zeit an einem anderen Ort, mit *A'saii* um uns herum versammelt und von allen ihren *Lirs* flankiert. Er hatte mir gesagt, ich solle Sean zurückweisen, ich solle Sean keine Kinder gebären, um die Prophezeiung zu vernichten, indem ich das für ihre Erfüllung so dringend benötigte Blut verweigerte.

Damals hatte es keinen Grund dafür gegeben, außer meiner eigenen Unnachgiebigkeit, und doch wußte ich es besser. Es genügte nicht. Es würde mehr nötig sein. Und so wurde es mir gegeben, von Strahan. Jetzt hatte ich einen triftigen Grund: ein uneheliches Kind in meinem Bauch. Erbe von Strahans Macht. Mehr als genug ein Grund, die Heirat zu verweigern, und niemand konnte behaupten, daß ich falsch handelte.

Aber Teir wußte nichts davon.

Ich stieß mich vom Boden hoch. Blickte aus dem Stand auf ihn hinab, mir des zunehmenden Verständnisses bewußt, des Verständnisses für seine Absichten und seine Hingabe daran. »Wie weit?« fragte ich. »Wie weit wirst du gehen?«

Teirnan spreizte die Hände, als wolle er seine Unschuld zeigen. »Etwas, was es wert ist, getan zu werden, ist es auch wert, gut getan zu werden. So wird es bei den Stämmen gelehrt.«

»Wie weit?« wiederholte ich. »Wenn ich mich weigere, Sean zu heiraten, garantiert das nichts. Da ist noch immer Aidan. Der Löwenthron hat einen Erben.«

Seine Augen waren von den Lidern verdeckt. Dann sah er wieder hoch. »Er ist ein kränkliches Kind.«

»Aber er *lebt* … es sei denn, du machtest dir die Mühe, ihn zu töten.«

Er ist gut, sehr gut. Aber ich habe von Strahan gelernt, einen Menschen nach anderen Dingen als seinen Worten oder seinem Schweigen zu beurteilen.

»Also«, sagte ich ruhig, »zuerst kommst du zu mir. Um mich mit List und Können zu überzeugen, Sean nicht zu heiraten. Und so tue ich es auch nicht. Ein Teil der Prophezeiung stirbt.« Ich lächelte anerkennend. »Und dann ist da Aidan – der kleine, kränkliche Aidan. Er könnte jeden Tag sterben … man könnte ihm *helfen* zu sterben, und dann ist nur Brennan übrig. Brennan, der Erbe des Löwenthrons … der einzige, der dir im Weg steht.«

Teirnan ist so gelassen. Beinahe glaubte ich ihm. »Ich will den Löwenthron nicht. Dies ist ein weitaus wichtigerer Dienst.«

»Die Prophezeiung zu vernichten?« Ich schüttelte den Kopf. »Zuerst ich, dann Aidan, dann Brennan. Und, vielleicht, der Mujhar? Hart ist Prinz von Solinde. Er erbt nach *Jehans* Tod die Königschaft und wird für Homana keine Zeit haben. Corin erbt Atvia. Für ihn gilt dasselbe.« Ich neigte spöttisch den Kopf. »So bleibt der Löwenthron ohne Erben zurück, und nur ein Mann steht ihm nahe genug, um in seinem eigenen Namen Ansprüche darauf zu erheben. Der Sohn der toten Schwester des Mujhar – dein Anspruch wird schnell erfüllt werden.«

Teirnans Stimme klang sehr ruhig. Er sah mich nicht an, sondern blickte auf seine lose ineinander verschränkten Hände. »Wenn Aidan lange genug lebt, um heiraten und einen Sohn zeugen zu können, so ist die Prophezeiung fast erfüllt. Wenn er stirbt und Brennan lange genug lebt, um ein anderes erinnisches Mädchen heiraten und mit *ihr* ein Kind zeugen zu können, so ist die Prophezeiung fast erfüllt. Und wenn du Sean heiratest und einen Sohn gebärst, der den Platz des toten Aidan einnehmen kann, so ist die Prophezeiung auch fast erfüllt.« Jetzt schaute er von seinen Händen auf. Sein Blick wirkte ausgesprochen wild, voller Hingabe. Sie ist die Bettgefährtin der Besessenheit und häufig vergnüglich, aber in diesem Fall war sie es nicht, wie ich wußte. »Um die Prophezeiung zu vernichten, muß ich euch alle aufhalten.«

Ich betrachtete sein angespanntes Gesicht, die Entschlossenheit, die von jemandem, der sie benötigt, so sehr geschätzt, und von jemandem, der wußte, was sie bedeuten konnte, so sehr gefürchtet wird. Teirnan war über seine eigene Vernunft hinausgelangt. Es war lobenswert, wie treu er zu seiner Verschriebenheit stand, aber die Ergebnisse würden meine Familie vernichten.

Und doch wagte ich ihm meine scharfe Zunge nicht zu zeigen. Er hatte mich früher gebraucht. Jetzt brauchte er mich nicht mehr, und ich war genauso entbehrlich wie jeder andere, der seinen Zwecken nicht dienen wollte.

Das Holz, das meinen Unterstand gebildet hatte, knackte und loderte hinter mir. Ich sagte ruhig: »Brennan wird Aileen niemals fortschicken.«

Teirnan schürzte die Lippen. »Das sagt er. Aber Menschen haben schon früher Dinge gesagt und ihre Absichten geändert. Warum sollte es bei ihm anders sein? Wenn überhaupt, dann ist er wegen seiner Treue nur um so gefährlicher – er wird tun, was er tun muß, um die Dynastie zu erhalten.«

»Vergißt du Corin?« fragte ich. »Er ist unverheiratet … Er könnte sehr wohl ein erinnisches Mädchen zur Frau nehmen, und alle deine Pläne wären zunichte gemacht.«

Teirnan lächelte. »Corin liebt Aileen. Er wird keine

andere Frau heiraten. Und wenn Brennan sich entschließen sollte, sie fortzuschicken, was möglich ist, so wird Corin sie heiraten. Da sie unfruchtbar ist, bedeutet sie keine Bedrohung. Nein, Keely ... Corin ist keine Gefahr. Und er ist auch nicht *in* Gefahr.«

»Aber wir anderen sind in Gefahr.« Ich hielt meine Stimme mühsam ruhig. »Wenn ich deinen Vorschlag ablehne – wenn ich sage, ich werde Sean heiraten –, was wirst du dann tun? Mich töten?«

Teirnan erhob sich schweigend. »Das ist nicht nötig«, antwortete er ruhig. »Ich habe andere Mittel zur Verfügung.«

Einst hätte ich vielleicht – *bestimmt* – gelacht, gespottet, widersprochen, aber jetzt wußte ich es besser. Strahan hatte mir sehr gut gezeigt, wie gefährlich Hochmut und wie tödlich falscher Stolz ist.

»Teir«, sagte ich ruhig, versuchte, Geduld aufzubringen, und stellte, zu meiner Überraschung, fest, daß ich sie im Übermaß besaß, »wir sind hierbei keine Feinde. Was du bezüglich des Verlusts der *Lirs* gesagt hast, ängstigt mich. Es ängstigt mich sehr, weil ich zu glauben beginne, daß du vielleicht recht haben könntest. Und daher hast du ein Recht auf deine Forderung, den Fall vor das Stammeskonzil und alle *Shar Tahls* zu bringen ...«

»Keely, es ist zu spät.«

Ich versuchte es erneut. »Du weißt sehr gut, daß, wenn du versuchst, jene, die dem Löwenthron nahestehen, mit Gewalt zu vernichten ...«

»Es muß keine Gewalt geben.«

Ich haßte ihn für seine Gelassenheit. »Teirnan, denk an Maeve ...«

»Das habe ich getan. Und ich habe auch an dich und an Niall und sogar an Brennan gedacht, den zu lieben keiner von uns viel Grund hat – obwohl ich, denke ich, noch weniger Grund dazu habe als irgendein anderer von uns.« Er lächelte. »Keely, du weißt genauso gut wie ich, daß du dein *Tahlmorra* angenommen hast ... Du weißt genauso gut wie ich, daß du tun wirst, was du für nötig hältst, um die Prophezeiung zu erhalten. Jetzt zu lügen ändert nichts. Warum läßt du mich also nicht einfach tun, was getan werden muß ...«

Ich streckte mich nach der Magie aus, wollte fliehen, aber nichts antwortete mir.

Teirnan lächelte. »Ich habe einen Verbündeten, Keely. Jemanden, der die Prophezeiung genauso unbedingt vernichten will wie die *A'saii.*«

Der Unterstand hinter mir brach zusammen. Rhiannon trat aus den Überresten hervor.

Keine Zeit zu verschwenden ...

Ich fuhr herum. Nach zwei Schritten umklammerte ich Teirnan und hob mein Knie, um es dorthin zu stoßen, wo es den meisten Schaden anrichten würde. Aber Vaii erkannte meine Absicht fast genauso schnell, wie ich sie ersonnen hatte, eilte herbei und schlug seine Hauer durch das Stiefelleder in meinen Knöchel.

Teirnan ergriff meine beiden Handgelenke und hielt sie fest, unbeeindruckt von meinem Widerstand und den Flüchen, mit denen ich ihn bedachte. Mein Knöchel blutete und brannte.

»Laß sie mich ansehen«, sagte Rhiannon.

Teirnan zog mich gewaltsam herum und drehte mir die Arme auf den Rücken. Ich war vom Fasten geschwächt, und mein Knöchel brannte. Ich konnte nicht glauben, daß Vaii mich angegriffen hatte. Ein *Lir*, der einen Cheysuli angreift?

Aber Vaii war Teirnans *Lir* und dem Verrat genauso verhaftet wie er.

Ich hatte Rhianon seit über zwei Jahren nicht mehr gesehen. Damals war sie Brennans *Meijha* gewesen, als liebliches homanisches, sehr in den Prinzen von Homana verliebtes Mädchen verkleidet. Ich wußte jetzt besser Bescheid. Sie hatte sich an dem Tag verraten, als sie Brennan für Strahan raubte. Ians Ihlinitochter, Strahans Schwester Lillith geboren.

Schwarzhaarig und schwarzäugig, wie so viele der Ihlini es sind, aber mit einer genauso hellen Haut wie Ilsa. Eine wunderschöne, auffallende Frau, jetzt mehr denn je, die meinem Bruder ein Kind geboren hatte, das mit Strahans Kind, von seiner *Meijha*, Sidra, geboren, verbunden werden sollte. Solch eine verdrehte, verwirrte Geburtslinie, die jetzt fest mit meiner verflochten war.

Sie trug Lederkleidung, was mich entsetzte. Und Gold am Hals und von den Ohren herabbaumelnd. Die schlanke, gefährliche Rhiannon, halb Cheysuli, halb Ihlini, ohne *Lir*, aber dennoch mit aller Macht ausgestattet.

Sie hielt eine Silberkette hoch, zeigte sie mir. Daran hing ein Ring: ein in Silber gefaßter Saphir. Sie hatte ihn, wie ich wußte, von Brennan bekommen. Sie hatte ihn seitdem gut bewahrt und ihn zur Verstärkung ihres Zaubers benutzt. Weil er Brennan gehört hatte, konnte sie ihn als Schild benutzen. Das war der Grund, warum ich ihre Anwesenheit nicht bemerkt hatte. Das war der Grund, warum meine Magie unwirksam war.

Sie steckte Ring und Kette ein. »Nennt mich *A'saii*«, sagte sie, »denn dieser Name ist genauso gut wie jeder andere.«

»Strahan ist tot«, belehrte ich sie und hoffte, es würde sie verletzen.

Rhiannon nickte nur. »Einige von uns sterben früher als andere. Sein Tod bedeutet einen großen Verlust, ja, und wir trauern, weil er nicht mehr da ist, aber es gibt einiges zu tun. Das Leben muß weitergehen und auch die Pflicht, bis unsere Aufgabe erfüllt ist.«

Sie hatte es gewußt. Soviel war klar. Und da sie hier war und Teirnan half, wußte ich sehr genau, daß sich Corins Hoffnungen, der Ihlinieinfluß werde schwächer werden, nicht erfüllen würden.

»Ihr und Lillith«, sagte ich.

»Lillith, ich, die Kinder.« Rhiannon lächelte. »Und

Euer Kind ebenfalls, Keely. Dachtet Ihr, wir wüßten nicht?«

Teirnans Griff wurde fester. Ich spürte seinen Atem auf meinem Haar. »Willst du damit sagen, daß er sie geschwängert hat?«

»Mein Onkel ist ein begehrlicher Mann ... Sein Name lebt in seinen Kindern weiter.« Der Unterstand hinter ihr brannte herab, und es war kaum noch mehr als Rauch und Asche übrig. »Laß sie hinknien, Teirnan ... ah, so ist es besser, ja. Halte sie fest. *Halte* sie. Sie ist vom Fasten geschwächt und zornig, und das Kind beeinträchtigt ihre Kraft. Halte sie so, Teirnan – ja, so ist es besser ... Es wird nach allem nicht so unangenehm sein.« Meine Schultern brannten. Teirnan stand hinter mir, die Knie in meinen Rücken gedrückt. Meine Knie befanden sich am Boden, so gern ich mich auch erhoben hätte.

»Teir ... sie ist eine *Ihlini.*«

»Ich weiß, was sie ist«, sagte er, »und ich weiß auch, daß wir dasselbe wollen: die Vernichtung der Prophezeiung.«

»Sie wird mehr vernichten als das ...« Ich brach ab, als er mir den Arm verdrehte.

»Schweig«, sagte er. »*Höre* einmal in deinem Leben *zu.*«

Rhiannon stand vor mir. »Hört zu«, wiederholte sie sanft, »und ich werde Euch eine Geschichte erzählen. Von einer stolzen Cheysulifrau mit dem Alten Blut in ihren Adern – und was sie tun mußte.«

Ich zischte, als Teirnan mir die Arme weiter verdrehte und mir so jegliche Fluchtmöglichkeit versagte.

»... was sie tun mußte ...«

O Götter, haltet sie auf ... Sie dringt in meinen Kopf ein.

»... was sie tun mußte ...«

Etwas zerbrach tief in mir. Wich ihrer Macht.

Zuerst Strahan und jetzt Rhiannon. Zuerst wurde in den Körper eingedrungen und jetzt in den Geist.

Götter. Was ist schlimmer?

»Nur eine kleine Sache«, sagte sie, »und es steht sehr wohl in Eurer Macht.«

Das Kind regte sich tief in mir. Als erkannte es sie.

Rhiannons Hände waren in meinem Haar, hielten meinen Kopf fest. Ihr Gesicht war meinem nahe. »Zuerst werdet Ihr dies tun, und dann werdet Ihr das Kind gebären. Ein kräftiges, gesundes Kind, das Strahans Namen wert ist. Das den Segen des Suchers wert ist.«

Nein, das werde ich *nicht* tun …

Aber die mir bekannte Welt schwand. An ihre Stelle war Rhiannon getreten.

Und das, was ich tun mußte.

Kapitel Zehn

Sie waren alle zurück. Ich konnte das tiefe Poltern männlicher Stimmen und die helleren weiblichen Stimmen, das Gelächter und die gegenseitig in trockenem Tonfall gemachten Scherze, die jetzt zur Unterhaltung anderer wiederholt wurden, hören. Und ein solches Gefühl von Wohlbefinden und Freude durchflutete mich, daß ich die letzten wenigen Stufen hinaufrannte und dankbar war, daß ich eine Hose statt hinderlicher Röcke trug. Die Tür zu Deirdres Sonnenraum war nur angelehnt. Ich stieß sie mit beiden Händen auf und grinste, als sie gegen die Wand schlug, wodurch sie alle zum Schweigen gebracht wurden.

Ich lehnte mich mit einer Schulter an die Tür und kreuzte die Arme. »Ja«, bemerkte ich trocken, »ich kann sehen, daß ihr besorgt seid. So lange Gesichter, gefurchte Brauen, Kummertränen und diese Qual.« Ich grinste in die mich anstarrenden, in Myriaden von Ausdrücken des Erstaunens gefangenen Gesichter. »Ja, nun, ich bin zurück, und ihr braucht euch nicht mehr um mich zu sorgen. Ihr könnt feiern. Das habe ich selbst auch vor.«

Ich betrat gelassen den Raum, nahm den Weinbecher aus Corins Hand entgegen und leerte ihn. Dann gab ich ihn ihm lachend zurück, während sein überraschter Gesichtsausdruck in ein Stirnrunzeln überging.

Sie saßen über den Sonnenraum verteilt wie eine Handvoll Wahrsageknochen: hier und dort ein *Lir*, auf Teppichen ausgebreitet, und Rael kauerte auf einem Stuhl. Hart saß, mit Ilsa neben sich, die winzige Blythe an seine Brust gedrückt. Deirdre hockte auf *Jehans* Sessellehne. Corin befand sich der Tür am nächsten, die Füße auf einen Stuhl gestellt. Brennan stand an einem Fenster, den Blick aber auf mich gerichtet. Ian saß vornübergebeugt auf dem Sims eines anderen Fensters. Maeve saß mit Garn in den Händen da, und Sean hielt einen Becher Wein fest.

Sean.

O Götter. *Sean.*

»Wann seid ihr zurückgekommen?« fragte ich in die Stille.

»Heute morgen«, antwortete mein Vater. »Sehr früh, schon in der Dämmerung ... Wir haben die Nacht in *Lir*gestalt durcheilt, als Kiri die Nachricht übermittelt hatte.« Er erhob sich ruhig und bedächtig. »Keely ...«

Ich streckte die Arme seitlich aus, so als würde mir eine Näherin ein Gewand anpassen, und zeigte mich. »Es geht mir gut. *Jehan* ... ich versichere es dir. Siehst du?« Ich wandte mich um. »Kein Grund zur Besorgnis. Er hat mir beide Augen und beide Hände gelassen. Es gibt keine Narben, durch die ich an ihn erinnert würde. Er wollte mich nicht verletzen.« Ich ließ meine Arme herabsinken. »Statt dessen habe ich ihn verletzt.« Ich lächelte. »Er ist tot, *Jehan* ... oder hat Corin es euch bereits erzählt?«

Das Gesicht meines Vaters war starr. »Er hat es mir erzählt.«

»Gut. Dann brauche ich es nicht zu wiederholen ... Alte Geschichten langweilen mich.« Ich trat an den niedrigen Tisch neben meinem Vater, fand in dem Garngewirr einen Becher und goß mir den restlichen Wein aus dem Krug ein. »Also, was hältst du von Sean, Liams Sohn? Ist er seinem Vater ähnlich? Wird er ein guter Prinz sein? Ein guter Ehemann für deine Tochter?«

»Keely«, sagte mein Vater.

Ich sah sein Gesicht. Stand einen Augenblick ganz still, setzte dann unbeholfen und hastig den Becher ab und lief in seine Arme. »Halte mich«, flüsterte ich. »*Halte* mich.«

Er schwieg und hielt mich nur fest. Mehr brauchte ich nicht von ihm. Und mehr brauchte *er*, glaube ich, auch nicht von mir, solange er mich halten konnte.

»Es geht mir gut«, sagte ich, »ich versichere es dir.«

»Ich werde es niemals lernen«, murmelte er. »So viele Male hat Strahan meine Kinder in die Gefangenschaft gelockt ...«

»Nein«, sagte ich fest. »Genug. Er ist tot. Wir brauchen uns niemals wieder um ihn zu sorgen.« Ich trat aus seiner Umarmung zurück, nahm meinen Becher wieder auf und trank. Dann lächelte ich sie alle an, aber mein Gesicht fühlte sich spröde an. »Solche Stille! Es wäre mir lieber, ihr würdet Scherze machen – sogar auf meine Kosten –, als mich wie einen Clown auf einem Jahrmarkt anzustarren!« Ich hob meinen Becher. »Trinkt, feiert meine und Corins Heimkehr und heißt Sean, den Prinzen von Erinn, herzlich willkommen, der kam, um seine eigensinnige Braut zu holen.«

»So?« Seans dichte Brauen hoben sich. »Und ist das eigensinnige Mädchen nach den vielen Jahren denn endlich auch bereit, eine Braut zu sein?«

Ich zuckte die Achseln. »Im Augenblick ist weniger wichtig, wozu sie bereit ist ... Wichtiger ist, ob Ihr sie nach dem, was geschehen ist, noch wollt. Und noch wichtiger ist, was der Mujhar sagt. Das habt *Ihr* an Bord Eures Schiffes behauptet.«

Sean runzelte verblüfft die Stirn. »Mädchen ...«

Ich wandte mich jäh meinem Vater zu, wobei ich meinen Blick durch den Sonnenraum schweifen ließ. »Ihr seid alle meine Verwandten, durch das Blut oder durch Heirat ... Es hat keinen Sinn, die Wahrheit zu verbergen. Wir wissen alle, warum Strahan mich wollte, warum er mich entführt hat und was er tat, während er mich gefangenhielt: Keely, die königliche Prinzessin von Homana, ist nicht mehr die Jungfrau, die sie einmal war.« Ich umklammerte den Becher mit beiden Händen, als ich das Zurückweichen in ihren Augen sah, die Qual, den Kummer, aber auch das Einfühlungsvermögen. »Nun, ich kann damit leben, und ich werde damit leben. Welche Wahl habe ich? Aber was ist mit Sean? Sollte man es von ihm auch erwarten können? Sollte er meine Unehre teilen?« Ich sah kurz ihn und dann den Mujhar an. »Sollte man von dem Prinzen von Erinn erwarten, eine vergewaltigte Frau zur Ehefrau zu nehmen? Den Spott, die Scherze, die Bemerkungen zu hören, daß die neu geschaffene Prinzessin von Erinn kein Mädchen mehr ist, sondern eine Hure, die mit einem Ihlini geschlafen hat? Denn das *werden* sie sagen. Genau wie sie Deirdre hier in Homana eine Hure und Maeve einen Bastard nennen, werden sie mich und das erste Kind, das ich in Erinn gebäre, ebenso bezeichnen, wenn es irgendwann innerhalb eines Jahres nach meinem letzten Tag mit Strahan geboren wird.« Ich atmete erschöpft ein. »Sag es mir, *Jehan*. Werde ich eine Braut? Oder geben wir Sean beide seine Freiheit zurück, damit er eine Frau heiraten kann, die seiner wert ist? Die es wert ist, ihm Söhne zu schenken?«

»Mädchen, Ihr seid jedes Mannes wert.« Sean trank von dem Wein, senkte dann seinen Becher und sah den Mujhar an. »Mylord, sie und ich haben bereits an Bord meines Schiffes darüber gesprochen. Ihre Besorgnis ist berechtigt – es wird Fragen geben, und es werden Bemerkungen gemacht werden –, aber ich bin kein Mensch, der sich durch das Geschwätz anderer beunruhigen läßt. Sie ist ein tapferes Mädchen, und ich wäre ein Narr, wenn ich mich nach einer anderen Frau umsehen würde.« Er lächelte mich unbeholfen an, und seine braunen Augen strahlten. »Aber ich glaube, es sollte noch jemand anderer dazu befragt werden. Jemand anders als Euer Vater.«

»Jemand *anders?* Wer?«

»Rory«, sagte er ruhig. »Eilt zum Rotbart, Mädchen, und hört, was er dazu sagt.«

Das nahm mir den Atem und erstaunte auch die anderen. Ich spürte ihre Blicke, aber es gelang mir dennoch, geschwächt zu fragen: »Warum sollte ich das tun? Was hat er damit zu tun?«

Sean seufzte und rieb sich kläglich den Nasenrücken. »Mehr als mir lieb ist. Kein Mann mag zugeben, daß das Mädchen, das ihm gefällt, einen anderen liebt.«

»Götter«, sagte Brennan. »Ich glaube, er meint den Pferdedieb!«

Hart lächelte. »Ich habe dich eigentlich nicht für blind gehalten, *Rujho*.« Das Lächeln weitete sich zu einem Grinsen, als ich mich zu ihm umwandte. »O ja, ich habe es bemerkt, Keely.«

»Er ist ein *Pferdedieb*«, wiederholte Brennan.

»Nun«, sagte Sean leichthin, »einst war er mehr. Ein wenig mehr – der uneheliche Bruder eines Prinzen.« Er lachte, als er Brennan ansah. »Habt Ihr selbst keinen?«

Das war eine höchst wirkungsvolle Frage. Brennan öffnete den Mund, schloß ihn aber dann wieder und sah statt dessen mich an. »Er also«, sagte er. »Und wo bleibt dann Sean?«

»Hier«, erwiderte Sean, bevor ich auch nur an eine Antwort denken konnte. »Geht zu Rory, Mädchen. Hört Euch an, was er sagen wird. Er hat Verstand, wenn er nicht getrunken hat, und er wird sagen, was er empfindet.«

»Und wenn er es tut?« fragte ich. »Was dann?«

»Das kommt darauf an, was er sagt, Mädchen ... Aber ich glaube, ich ahne es.«

Die Streitsucht überwog das Taktgefühl. »Wieso?«

»Wir haben bei Frauen denselben Geschmack, mein Mädchen ... darum hat er mir fast den Schädel gespalten.«

Brennan schüttelte den Kopf. »Sean, Ihr seid verrückt. Ihr müßt verrückt sein. Meine eigensinnige *Rujholla* hat gegen diese Heirat angekämpft, solange sie sprechen – und boxen – kann, und jetzt gebt Ihr ihr eine neue Waffe in die Hand. Ihr legt sie ihr in die Hände und zeigt ihr, wie sie sie gebrauchen kann.« Er lachte vollkommen ungläubig. »Sie braucht nur zurückzukommen und zu sagen, daß Rory sie an Eurer Stelle will, und wenn Ihr dann fort seid, wird sie ruhig ihre Meinung ändern. Und sie wird bekommen, was *sie* will, wie sie es schon so viele Male bekommen hat, wobei wir anderen die Überreste der Prophezeiung zusammensammeln durften.«

Seans Gesicht zeigte einen seltsam ernsten Ausdruck. »Ich nehme kein Mädchen, das einen anderen Mann liebt. Das liegt mehr auf *Eurer* Linie, glaube ich. Wie geht es Aileen?«

Deirdre war davon entsetzt. »Sean! Das genügt!«

Er blieb von dem Tadel unbeeindruckt. »Deirdre, mein Mädchen, du bist meine Tante, nicht meine Mutter. Ich werde sagen, was es zu sagen gibt. Das hat mich mein Vater gelehrt.«

»Manchmal«, sagte sie grimmig, »ist Liam ein Narr.«

»Und ich bin sein Sohn, Lady.« Sean lächelte noch immer.

Corin regte sich, ließ seine Hand über die Sessellehne sinken, um Kiris Kopf zu berühren. »Sean«, sagte er müde, »es geht nicht um Aileen.«

»Nein. Nein, das ist wahr. Es geht, glaube ich, um Keely… und auch um meinen Bruder, den ich liebe, dem ich vertraue und den ich genauso wertschätze, wie Ihr Eure Verwandten, Ihr alle, sogar Mylord Mujhar.« Jetzt sah er meinen Vater an. »Ihr habt Gisella von Atvia geheiratet, aber Ihr schlaft mit Deirdre von Erinn. Ihr versteht sicher, Mylord, wie es ist, jemand anderen als Euren Gefährten zu lieben.«

»In der Tat«, antwortete mein Vater und setzte sich erneut in seinen Sessel. Wie Corin, berührte auch er seinen *Lir*. Serri lag zu seinen Füßen. »Nun, ich sehe, daß dies weit über die einfache Vereinbarung hinausgeht, die Liam und ich vor so langer Zeit getroffen haben und die unsere Häuser durch Heirat verbinden sollte. Brennan für Aileen, Keely für Sean.« Er seufzte und rieb sich seine Narben. »Wir haben uns offensichtlich geirrt. Wir hätten es anders handhaben sollen.«

»Aber es *wurde* so gehandhabt, und das aus gutem Grund«, sagte Brennan verärgert. »Aidan könnte sterben. Aileen ist unfruchtbar. Die Heirat zwischen Keely und Sean ist vielleicht unsere einzige Möglichkeit, das für die Prophezeiung erforderliche Blut zu mischen.«

Sean zuckte nur die Achseln. »Rory ist Erinnier. Rory ist Liams Sohn. Ich denke, es wäre das richtige Blut, wenn auch von einem anderen Mann.«

Brennan verengte die Augen. »Warum seid Ihr so erpicht, meine *Rujholla* loszuwerden? Schämt Ihr Euch *doch* wegen dem, was Strahan getan hat, und denkt daran, sie zu einem unehelichen Kind Liams abzuschieben, damit Ihr nach Hause gehen und Euch eine andere Frau suchen könnt?«

Daran hatte ich nicht gedacht. Jetzt tat ich es, wie auch alle anderen, und ich sah Sean, ebenso wie alle anderen, unverwandt an. Er besaß zumindest die Anmut zu erröten.

»Das ist es überhaupt nicht, Ihr *Skilfin!* Ich denke an das Mädchen. Ich denke an meinen Bruder. *Und* ich denke an mich.« Er trat einen Schritt vor. »Wenn Ihr wollt, werde ich sie morgen heiraten.« Eine Hand war zur Tür gerichtet, und Kupfer schimmerte an seinem Handgelenk. »Laßt den Priester rufen. Ich werde mich nicht davor drücken. Aber wenn Ihr auch nur ein wenig Anstand besitzt, dann laßt sie Rory sehen. Man kann ihr nicht vorschreiben, was sie tun soll, oder sie in einer Richtung beeinflussen. Sie wird sich ihre eigene Meinung bilden, oder sie wird unglücklich sterben. Glaubt Ihr, ich will eine unwillige Frau besitzen? Glaubt Ihr, ich will in einem kalten Bett liegen, in dem sie von einem anderen träumt?«

Brennans Gesicht wurde aschfarben. Ich hatte diesen Ausdruck schon früher an ihm gesehen, wenn er furchtbar zornig oder furchtbar erschüttert war. Wenn Sean es noch weiter getrieben hätte, hätte er keiner tödlicheren Waffe gegenüberstehen können. »Ich denke«, sagte er ruhig, »wir sollten diesen Streit woanders bereinigen.«

Hart nahm Blythe auf, reichte sie Ilsa und erhob sich so plötzlich, daß er Rael aufschreckte, der auf der Rückenlehne seines Sessels kauerte. »Brennan.«

Brennan übersah ihn einfach und betrachtete nur Sean. »Könnt Ihr überhaupt mit einem Schwert umgehen?«

Sean grinste breit. »Ich glaube, besser als Ihr.«

Deirdre schaute zu meinem Vater. »Halte sie auf.«

Er schüttelte den Kopf. »Sie sind Männer, keine Jungen mehr, *Meijha*. Dies wird zwischen ihnen geregelt werden.«

Jetzt stand Maeve unbeholfen auf, beide Hände über dem Bauch gespreizt. »Brennan, nein! Was kümmert es dich, was Keely tut oder wen sie heiratet? Sie tut es nicht. Sie kümmert es nicht, ob sie lebt oder ...«

»Genug«, sagte ich scharf.

Sean grinste Brennan an. »Ein wenig Übung also, um zu sehen, wer von uns der Bessere ist? Wollen wir die Einsätze benennen?«

Brennan sah mich an. »Wenn ich siege, bleibt sie hier. Wenn Ihr siegt, geht sie zu dem Pferdedieb.«

»Wartet ...«, begann ich, aber Seans Zustimmung verdrängte meinen Einwand.

Ian glitt von dem Fenstersims herab und trat zu Tasha, die jetzt ohne ihre Jungen dalag. »Ein schöner Tag«, sagte er leichthin. »Wollen wir hinausgehen?«

Draußen war es sehr hell. Der Mujhar und ausgewählte Verwandte betraten den Hof, wo Brennan und ich früher geübt hatten. Er trug ein Schwert, genau wie Sean, der seines von Griffon bekommen hatte, der als Schiedsrichter gekommen war. Es war nur ein Wettbewerb, aber die Form mußte gewahrt werden.

Es dauerte nicht lange, bis sich die Nachricht verbreitet hatte. Innerhalb weniger Augenblicke versammelten sich weitere Menschen. Sean grinste, als er ihre Anzahl bemerkte. Brennans Gesicht wurde zu einer Maske, verbarg, was er empfand, obwohl ich es mir gut vorstellen konnte.

Sean legte sein grünes Samtwams ab und warf es beiseite. Nun war er hemdsärmelig, mit an Hals und Handgelenken gelösten Bändern, wodurch ein Kupferhalsreif und seine breite, behaarte Brust bis zum Gürtel sichtbar wurden. Er rollte die Ärmel bis zu den Ellenbogen herauf, spannte die muskulösen Unterarme an und erwog, die Armbänder abzustreifen. Aber er tat es nicht, sondern betrachtete nur lächelnd Brennan und sein Gold.

Ich grinste ihn an und trat dann auf ihn zu, als wollte ich ihm viel Glück wünschen. Statt dessen nahm ich sein Schwert an mich. »Es bleibt zunächst noch etwas anderes zu tun.« Ich wandte mich um, mißachtete seinen überraschten Blick und ging über die Pflastersteine zu Brennan. »Du hast mir vor Monaten etwas versprochen. Jetzt erinnere ich dich daran. *Su'fali* war Zeuge. Du hast mir einen Kampf versprochen. Ich sage, wir fechten ihn jetzt aus.«

»Nicht *jetzt*«, widersprach er. »Dies ist Seans und mein Kampf.«

»Du hast es versprochen.« Ich sah Ian an. »Nicht wahr, *Su'fali?*«

Ians Gesichtsausdruck wirkte kläglich. »Ja. Das hat er. Aber …«

Ich wandte mich wieder zu Brennan um. »Nun? Du wirst mich natürlich besiegen … Es sollte nicht lange dauern und dir auch nicht viel Kraft rauben, und du kannst dich Sean zuwenden, wenn du mit mir fertig bist.«

Brennan schaute an mir vorbei zu unserem Vater. »*Jehan* …«

»Hast du es versprochen?«

»Ja, aber …« Brennan zuckte hilflos die Achseln.

Unser Vater war nicht glücklich über diese Lage, würde seinem Erben aber nicht erlauben, ein Versprechen zu brechen, auch nicht seiner Schwester gegenüber, obwohl er von ihr nicht allzu begeistert war. »Dann erfülle dein Versprechen.«

Ich lachte meinen Bruder an. »Deine Chance, *Rujho*, mich vor den anderen vorzuführen. Es wird dir sicher gefallen.«

Er machte eine Geste. »Dann los. Tritt zurück. Laß es uns richtig tun.«

»Oh. Ja, natürlich.« Ich wandte mich um, trat einen Schritt fort, wandte mich erneut um, noch immer in Reichweite seiner Klinge – und er in Reichweite der meinen. »Weit genug, *Rujho?*«

Brennan runzelte die Stirn. »Götter, Keely, mußt du es übertreiben? Es ist ein Hohn, nicht mehr … Warum willst du das tun?«

Ich grinste. »Weil du es versprochen hast. Weil ich es will. Weil ich einen oder zwei Tricks gelernt habe, seit wir uns das letztemal begegnet sind.«

»Von wem? Nicht von Griffon.«

»Nicht von Griffon, nein. Aber von dem Pferdedieb, der gut mit Stahl umgehen kann.«

Brennan preßte die Lippen zusammen. Er warf Sean einen Blick zu, der nur offen lachte.

Ich grinste und fuchtelte mit dem Schwert unter der aristokratischen Nase meines Bruders herum. Die Klinge gehörte nicht Griffon und auch nicht mir und war daher zu schwer für mich, aber ich wußte, daß sie genügen würde. Ich würde sie nicht lange brauchen.

»Keely!« Brennan duckte sich zur Seite. »Götter,

Keely, paß auf – willst du mir die Nase abschneiden?«

»Das würde dein Aussehen vielleicht verbessern.« Ich lächelte süß. »Warum wartest du, *Rujho?* Hast du Angst zu beginnen?«

»Wir sind einander noch immer zu nahe«, sagte er kurz und wandte sich, um den Abstand zu vergrößern.

Ich ließ ihn einen Schritt gehen und stieß ihm dann die Klinge in den Rücken.

Kapitel Elf

Corin stieß mich zu Boden, drückte mich mit dem Gesicht nach unten auf die Pflastersteine. Das Schwert lag neben mir, in meinen Händen gefangen. Ich spürte, wie der Stahl einschnitt. Ich spürte, wie das Blut floß. Ich hörte die Menschen schreien.

Es schmerzte. Ich war verletzt. Ich *blutete* …

Alle schrien.

Ich wand mich, schlug um mich, versuchte, mich ihm zu entziehen, mich unter ihm zu befreien. Sein Gewicht zerquetschte mich, drückte allen Atem aus mir heraus, preßte meine Hände gegen den scharfen Stahl.

Warum tut er mir weh?

Warum schreien die Menschen?

Ich trat um mich und erwischte einen Stiefel. »Laß mich los …«, keuchte ich. »Laß mich *los* …«

Er zog mich von den Pflastersteinen hoch auf die Knie. Das Schwert entfiel klirrend meinen Händen. Ich sah Blut an der Klinge. Blut auf den Steinen. Blut an *mir* …

»Überlaßt sie mir!« rief er, während sich die Menschen um uns scharten. »Götter – überlaßt sie *mir* …«

»… ich blute«, sagte ich rauh. »Corin … all das *Blut* …«

Maeve geriet in mein Blickfeld, sie weinte laut und schrie. Sie stand über die Wölbung ihres Bauches gebeugt und schlug mich dann auf Wange und Mund. Meine Lippe platzte auf.

Jemand zog sie fort. Ian. Ian zog Maeve fort und führte sie unbeholfen zum Palast.

Sleetas Wehklagen wurde über den ganzen Hof hinweggetragen.

Ich spie Blut. Betrachtete meine Hände. *Überall* Blut.

Jemand lag auf den Pflastersteinen. Nicht ich. Corin hielt mich fest. Jemand anders lag auf den Pflastersteinen, auf den Steinen ausgebreitet. Ein Arm lag verdreht unter ihm, die Beine waren unnatürlich gespreizt… mehr konnte ich nicht sehen. Zu viele andere Menschen hatten sich um uns versammelt. So viele *Menschen*.

Deirdre weinte.

»Was ist los?« fragte ich. »Was ist denn?«

So viel Lärm und Verwirrung.

Corin stützte mich. Er hielt mich so fest, daß nur meine Hände noch frei waren.

Sie bewegten den Mann am Boden. Wandten ihn auf den Rücken, und dann sah ich sein Gesicht.

»Brennan!« schrie ich. »Nicht *Brennan*…«

Corins Stimme klang erstickt. »Keely, ruhig. Sage nichts. Du machst es nur noch schlimmer.«

»Aber… *Brennan*…«

»Keely, ich bitte dich…«

»Laß mich *los*, Corin! Bei den Göttern, bist du blind? Warum hältst du mich fest? Warum läßt du mich nicht zu ihm gehen?«

Überall um mich herum waren Fremde, obwohl mir ihre Gesichter vertraut vorkamen. »Bringt sie hinein!« sagte jemand. »Schließt sie ein, wenn es sein muß… wir werden für die Heilung jede Hilfe brauchen.«

»Mich einschließen? Mich einschließen? Warum schließt du mich ein?«

»Keely, *ruhig*«, bat Corin.

»Bringt sie hinein!« schrie jemand.

Corin zog mich hoch. »Komm. Nein, nein… Keely, ich bitte dich, hör auf zu kämpfen…«

»Brennan ist verletzt«, sagte ich. »Laß mich los… laß mich nachsehen… Corin, *laß mich los*…«

Er zog mich auf den Palast zu.

»Corin, *bitte*…«

Die Treppe hinauf, durch die geöffneten Türen, an starrenden Dienern mit bleichen Gesichtern vorbei.

»Corin, wo bringst du mich hin? Warum schließt du mich ein? Warum verletzt du mich?«

Treppen hinab, immer rundherum, in einen schattigen Gang.

»Corin … Brennan ist *verletzt* …«

Er hielt mich fest, als ich stolperte. Blieb dann mit mir vor einer Tür stehen, stieß sie auf, schob mich in den Raum.

»Corin … Corin, *nein* …«

Er schlug mir die Tür vor der Nase zu. Ich hörte, wie der Riegel vorgeschoben wurde.

Eingeschlossen.

»Corin!«

Keine Antwort.

»Ist es Brennan? Ist es Brennan? Hat jemand Brennan getötet?«

Er war fort.

Ich sackte an der Tür zusammen, hinterließ blutige Handabdrücke. »Habe ich etwas falsch gemacht?«

Ein kühler, dunkler Raum, der vor Leere stank. Kein Fenster. Nur eine Tür, die verschlossen war.

Ich starrte die Wände an. Schmeckte Blut in meinem Mund. Spie es aus und betrachtete die Schnitte in meinen Händen. Spreizte die Finger und sah, wie die Schnitte aufklafften. Blut quoll erneut.

Verwirrung.

Wer hat mich verletzt? Wer hat mich geschnitten?

O Götter, ist Brennan tot?

Ich saß unbeholfen auf dem Boden. Kreuzte die Arme an den Handgelenken, die Handflächen nach oben gerichtet, die Hände schützend gegen weiteren Schmerz erhoben.

Und wartete in Schweigen gehüllt, sah Brennans zerschlagenes, blutiges Gesicht vor mir, als sie ihn auf den Rücken gedreht hatten.

Götter, was habe ich *getan?*

* * *

Drei von ihnen kamen, und ich kannte sie: Ian, Hart, Corin. Sie beugten sich herab, knieten sich hin, hockten da. Strichen mir das Haar aus dem Gesicht, wischten mir das Blut von den Lippen, boten mir Wasser an. Ich wollte nichts davon.

»Keely, trink«, sagte Corin.

Ich trank. Hart berührte eine Hand. Ich zischte.

»Sie ist verletzt«, sagte er. »Beide Hände – seht ihr?«

Corin schloß die Augen. »Sie hielt noch immer das Schwert in Händen, als ich sie zu Boden warf. Es lag unter ihr ... Ich hätte es forttreten sollen.«

Ian schüttelte den Kopf. »Du hattest mehr als genug zu tun.« Er berührte erneut meinen Kopf, ließ seine sanften Finger über meine Stirn gleiten. »Keine Beulen. Ich dachte, sie hätte sich vielleicht den Kopf geschlagen ... Aber ich glaube, es steckt mehr dahinter. Viel mehr ... Nun, wir werden alles in unserer Macht Stehende tun, sie wieder zu sich zu bringen. Keely ...«

»Ist er tot?« fragte ich angespannt. »Habe ich Brennan getötet?«

Das brachte sie alle zum Schweigen.

Ians Stimme klang ruhig. »Erinnerst du dich an alles?«

»Ist Brennan tot?«

Er schüttelte den Kopf. »Versprochen.«

»Aber beinahe.«

»Beinahe. Es wäre geschehen, wenn nicht so viele von uns dagewesen wären, die die Erdmagie anrühren konnten.«

Ich starrte auf meine Hände. »Dann bin ich wahnsinnig. Wie meine *Jehana*. Wie die wahnsinnige Gisella. Das böse Blut setzt sich durch.«

Corins Stimme klang angespannt. »Keely, *Jehanas* Wahnsinn hat nichts mit dem Blut zu tun ...«

Hart schüttelte den Kopf. »Laß es gut sein. Erkläre es ihr später. Jetzt sollten wir sie in ihr eigenes Zimmer bringen ...«

»Nein«, sagte ich zu ihm. »Laßt mich hier. Schließt mich ein.«

»... Götter«, keuchte Corin.

Ians Stimme klang ruhig und tröstlich. »Corin, sie ist verwirrt ... Und sicher unglücklich darüber. Komm, laß mich heran.« Ich schaute in gelbe Augen. »Keely«, sagte er sanft, »du bist wegen des *I'toshaa-ni* zum Stammeskeep gegangen. Was ist geschehen?«

»Ich habe das Ritual ausgeführt.«

»Was hast du dann getan?«

»Ich habe das Ritual ausgeführt. Aber Teir kam ... Teir war dort ... Teir hat die Reinigung entweiht ...« Ich stand taumelnd auf und wurde festgehalten. »Teir ... Teir ... Teir ... es waren Teir und *Rhiannon* ...«

»Eine Falle in der Verbindung«, brach es aus Corin hervor. »O Götter, Rhiannon ...«

Hart fluchte leise. »Strahan ist vielleicht tot, aber es gibt andere auf der Welt, die seinen Platz einnehmen werden. Lillith. Und jetzt Rhiannon?«

Ian gab mir noch mehr Wasser. »Keely, kannst du dich erinnern? Kannst du dich daran erinnern, was sie dir gesagt hat?«

Ich wischte mir mit dem Handrücken das Kinn und achtete sorgfältig auf die nach Maeves Schlag aufgeplatzte Lippe. »Das ... ich sollte etwas tun. Eine Aufgabe. Etwas, was ich tun sollte.« Ich erschauderte, schloß die Hände und zischte dann durch den durch Salz und Schmutz in den Schnitten verursachten Schmerz. »Ich sollte ... ich sollte ihn *töten* ... Ich sollte *Brennan* töten ... und dann sollte Aidan sterben – und es wäre niemand für den Löwenthron übrig.« Ich runzelte bei der Erinnerung die Stirn. »Hart in Solinde. Corin in Atvia. Niemand für den Löwenthron übrig ...«

Harts Gesicht war angespannt. »Außer Teir. Natürlich.«

»Ich sollte Brennan töten, und dann ...« Aber ich brach ab. Das konnte ich ihnen nicht erzählen, nicht das von dem Kind. »Ich sollte Brennan töten.«

Ian nickte. »Es ist gut. Es ist gut, Keely ... Wir sollten diesen Ort verlassen. Wir helfen dir hoch – ja, *Harana*, bleib stehen –, und wir werden dich aus dem Verlies hochbringen – ja, *Harana*, ich weiß, daß du wackelig bist, lehne dich an mich – und in dein Zimmer bringen, in dein Bett, und dich die ganze Nacht durchschlafen lassen. Morgen früh wirst du ausgeruht sein und wir anderen alle auch. Dann können wir uns um die Falle in der Verbindung kümmern. Ja, Keely ... komm. Durch die Tür und die Treppen hoch ... ja, *ja* ... siehst du? Es ist nicht so schwer.«

»Es tut weh«, sagte ich angespannt.

»Ja, Keely, ich weiß.«

»Es *tut weh*«, sagte ich erneut.

»Shansu«, flüsterte Ian. »Es ist nicht mehr weit ... noch ein paar Stufen ...«

Ich begann zu lachen. »... ich blute«, keuchte ich abgehackt. »Oh, *leijhana tu'sai* ...«

»Keely ...«, begann Corin.

Wärme überflutete meine Schenkel. »*Su'fali*, warte ... oh, warte ... Götter – das Kind *kommt* ... kein Scheusal mehr ...« Ich sackte zusammen, konnte nicht mehr stehen oder die Treppen hinaufsteigen oder irgend etwas anderes tun, als die Zähne zusammenzubeißen und ein Stöhnen zu unterdrücken.

Ian hob mich hoch. Meine Beine waren naß vor Blut.

»Corin«, sagte ich durch den Schmerz hindurch, »lebt Brennan wirklich?«

»Ja, Keely – versprochen.« Und dann, mit zunehmender Angst: »Was ist mit ihr?«

»Sie hat eine Fehlgeburt«, sagte Ian grimmig. »Strahan hat sie geschwängert.«

Krampfartige Schmerzen erschütterten meinen Bauch. »... Götter ... legt mich *hin* ...«

Ian sprang die Stufen hinauf.

Kein Scheusal mehr ... aber – o Götter – es *tut weh* ...

Es macht mich seltsam zufrieden, Strahans Kind zu verlieren. Das Kind der Vergewaltigung, der Magie, gezeugt, um unseren Niedergang zu bewirken, die Zerstörung Homanas.

Und jetzt stirbt es so leicht, in die Laken ergossen. Das Geschlecht unbekannt, oder mir nicht mitgeteilt. Sie werden mir ersparen, was immer sie können. Sie wissen, während sie es mir ersparen, daß mit dem Sterben des Kindes mein eigener unsicherer Zugriff auf das Leben zunimmt.

... so leicht zu sterben ...

»Keely ... Keely, kämpfe dagegen an ...«

Und ich lache, da ich mich letztlich gefangen weiß. Gefangen vom Tahlmorra, vom Geschlecht, von meinem Selbst. Ich erkenne die Launenhaftigkeit der Götter an, die Verletzlichkeit der Prophezeiung, die nur so stark ist wie jene, die ihr dienen. Bis jetzt, bis zu diesem Augenblick, hier, *unglaublich stark, da ihr die Söhne und Töchter des Löwenthrons dienten, die im Namen uralter Schwüre und noch älterer Götter lebten und starben, ihre eigenen Sklaven.*

»Kämpfe gegen den Schmerz an, Keely ... du bist viel zu stark für ihn.«

Teir hat recht. Wir sind taub und stumm und blind. Von den umhüllenden Gewändern der Ehre und der feierlichen Erde der Überlieferung gebunden. Wir sind ein lebendes totes Volk, umkleiden unseren mangelnden Selbstzweck mit dem Putz der Prophezeiung, sind von Göttern abhängig, die uns die Richtung weisen, um uns den richtigen Weg aufzuzeigen. Und immer nur einen einzigen Weg, auch wenn viele vor uns liegen. Die Welt ist voller *Wege – aber wir wählen nur einen. Immer. Ewig. Bis das Ende erreicht ist, uns unser Zweck und unser Ehrgeiz genommen sind. Und sogar unsere Lirs.*

Werden sich die Götter jemals die Mühe machen, uns zu danken?

Oder werden sie unseren Kopf tätscheln und uns ins Bett schicken?

Und sich dann umwenden und väterlich lächelnd in die uralte Wiege namens Homana blicken, in der das erstgebo-

rene Kind liegt. Das Kind wahrer und beständiger Macht, das Kind der Ihlini und der Cheysuli und aller anderen Blutlinien.

Werden sie es Mujhar nennen?

Oder werden sie es Gott nennen?

»Versprich mir, Keely, daß du dem Schmerz nicht nachgeben wirst.«

Jehan? Bist du da?

»Du bist die Tochter des Löwenthrons, die den Kampf liebt. Ein tapferes, strahlendes Mädchen, wie Sean selbst gesagt hat ... O Götter, Keely, gib jetzt nicht auf.«

... es ist so leicht zu sterben ... zu viele Dinge blieben ungetan ... zu viele Schicksale unbekannt ...

Und ich weiß, daß Strahan doch noch siegen wird, wenn ich sterbe.

Kapitel Zwölf

Jemand saß neben meinem Bett. Ich hörte flaches Atmen, eine leichte Verlagerung der Haltung, das Schaben von Leder auf Holz. Jemand saß in einem Sessel neben mir, roch nach Leder und Gold, dem Geruch eines Rotluchses.

Ich sprach es aus. *Su'fali.* Dann öffnete ich die Augen, um ihn zu sehen, und sah statt dessen Brennan.

O Götter.

Nicht Brennan.

Ich schloß die Augen wieder.

»Keely.«

Scham überkam mich. »Geh fort«, sagte ich zu ihm.

»Keely, das ist Unsinn. Ich lebe. Es geht mir gut. Ich bin schwach, ja, und angegriffen, aber das wird alles vergehen. Keely – ich *lebe.*«

»Und bist, da du Brennan bist, voller Vergebung für mich.«

Seine Stimme klang seltsam. »Sagen wir, voller Verständnis. Ich verstehe, was geschehen ist.«

Ich öffnete die Augen. »Dann wirst du mir *nicht* vergeben?«

Brennan lächelte ein wenig. »Du würdest mich hassen, wenn ich es täte. Du willst Beschuldigungen und Mißbilligung von mir hören, damit du zornig werden kannst. Zorn ist stets deine beste Verteidigung. Er verschafft dir die Möglichkeit, auf dein höchstes Roß zu steigen. Aber wenn ich dir vergebe, daß du vier Fuß Stahl durch meinen Körper gestoßen hast – und man sagte mir, daß ein Fuß auf der anderen Seite wieder hervorkam –, nehme ich dir den Zorn, die Schuld und deine Scham und lasse dir nur noch Groll. Die Götter wissen, daß dies und mehr zwischen uns bestanden hat, aus einer Vielzahl von Gründen – guten *und* schlechten Gründen –, und ich habe es satt. Also, nein, ich vergebe dir nicht... Du hast mich fast getötet, Keely.«

»*Ku'reshtin*«, sagte ich schwach. »Du hast immer auf alles Antworten.«

»Ist das ein ausreichender Grund, einen Menschen zu töten?«

Ich war mir meiner Schwäche und Mattigkeit sowie einer seltsamen Abneigung bewußt. Kein Schmerz mehr, sondern Unbehagen. Mein Magen fühlte sich merkwürdig leer an. »Sie haben dir von dem Kind erzählt.«

»Ja. Von Teirnan, von Rhiannon, von der Falle in der Verbindung... und auch von dem Kind, Keely. Aber warum...« Er brach jedoch ab. »Nein. Hier ist nicht die Zeit, noch steht es mir zu...«

Ich antwortete ihm dennoch. »Weil ich es niemandem sagen konnte. Nur Maeve, und sie hatte es schon vermutet. Ich wollte es überhaupt niemandem sagen. Ich wollte es nur loswerden.« Ich verzog das Gesicht. »Es ist mich losgeworden.«

Er regte sich erneut im Sessel, setzte sich vorsichtig zurück. Er wirkte für einen Mann, dem man vier Fuß Stahl durch den Körper gestoßen hatte, wie er sagte, überraschend munter, wenn er auch blaß war und Prellungen aufwies. Aber er war durch Erdmagie und nicht auf dem üblichen Wege geheilt worden, und solche Macht fordert ihren Preis. Sowohl von den Geheilten als auch von den Heilern. »Keely...«

»Geh zu Bett«, sagte ich zu ihm. »Ich sehe, daß du tatsächlich überlebt hast, aber du brauchst nicht mehr hier neben mir zu sitzen und mich mit deinem edelmütigen Einfühlungsvermögen zu verspotten. Das ist es, was ich von dir erwarte, weil du Brennan bist. Geh zu Bett, ruh dich aus... und sage mir, daß du mir dann vergibst, wenn ich am ehesten in der Lage bin, auf mein höchstes Roß zu steigen.« Ich lächelte schwach. »*Leijhana tu'sai, Rujho* ... Wie du bereits sagtest: Nur weil es mir nicht gefällt, daß du immer auf alles Antworten hast, ist das noch lange kein ausreichender Grund, dich zu töten. Ich werde einen besseren Grund finden müssen.«

Er lächelte. Er war inzwischen noch blasser geworden, wodurch die Prellungen auf seiner linken Gesichtshälfte um so deutlicher hervorstachen. Er erhob sich, versuchte ein Zusammenzucken zu verbergen, aber es mißlang. »Ich habe nach Aileen geschickt. Sie wird später kommen – Aidan hat Fieber –, aber sie sollte innerhalb von fünf Tagen zurück sein. Ich denke, ihr beide habt vielleicht gemeinsame Erfahrungen, die niemand sonst verstehen kann.«

»Und ich brauche ganz sicher mehr als die meisten anderen ein wirkliches Verständnis.« Ich grinste kurz, als er antworten wollte, und winkte ihn dann mit schlaffer Hand fort. »Geh. Geh. Bevor Deirdre dich holen kommt und dich ins Bett steckt, oder Maeve – wahrscheinlicher Maeve! –, und dich aller Würde beraubt.«

Er rieb sich vorsichtig die Rippengegend. »Die Götter wissen, daß sie mir für die Heilung bereits alles andere geraubt haben ...« Er grinste. »Erhol dich gut, *Rujholla*. Wenn du wieder bei Kräften bist – wenn wir beide wieder bei Kräften sind –, werden wir uns ein letztes Mal gegenübertreten müssen, um entscheiden zu können, wer von uns besser mit dem Schwert umgehen kann.«

Ich wartete, bis er an der geöffneten Tür angelangt war. »Das würdest du riskieren?«

Brennan zuckte die Achseln – und daraufhin zusammen. »Warum nicht? Die Falle in der Verbindung ist fort, schon vor Tagen von *Su'fali* beseitigt, der einiges davon versteht ... Ich glaube, es besteht keine Gefahr mehr.«

»Nein ... ich meinte, würdest du es riskieren, vor so vielen Leuten zu *verlieren?*«

Brennan lachte wahrhaft belustigt, was mir nicht besonders gefiel, und verließ den Raum, bevor ich etwas erwidern konnte.

Sie kamen zu zweit, zu dritt, allein, wünschten mir alles Gute, fragten nach meiner Gesundheit, entschuldigten sich für harte Worte und die Grobheit, mit der sie mich behandelt hatten. Maeve bedauerte, mich ins Gesicht geschlagen zu haben, aber ich wußte, daß sie nicht zögern würde, es erneut zu tun – oder Schlimmeres –, wenn ich ihren geliebten Brennan jemals wieder bedrohte. Nun, ich hatte nichts anderes von ihr erwartet. Bei Corin und mir verhielt es sich genauso.

Und doch war Corins Antwort die schlimmste, als er sich dafür entschuldigte, daß er mich auf die Pflastersteine geworfen und mich eingeschlossen hatte. Er war überzeugt davon, daß seine Grobheit den Verlust des Kindes bewirkt hatte. Vielleicht hatte er recht, oder vielleicht waren die schlechten Wünsche der Grund, oder vielleicht hatten die Götter selbst eingegriffen. Es war mir gleichgültig, und das sagte ich ihm auch. Und ich sagte ihm, daß ich ohnehin die Absicht gehabt hatte, es auf die eine oder andere Weise loszuwerden, und daß er mir so einige Schwierigkeiten erspart hatte.

Er war nicht überzeugt, so daß ich grob mit ihm schimpfte und ihn fortschickte, ihm sagte, er solle mich allein lassen, bis er ertragen könnte, mich zu sehen, ohne sich ständig zu entschuldigen.

Corin ging. Und statt dessen kam Ian.

Er fühlte sich unbehaglich. Ich bemerkte es sofort und war erstaunt. Ich hatte ihn sich niemals so unwohl fühlen sehen.

Und dann glaubte ich zu verstehen.

»Nein«, sagte ich tonlos, bevor er etwas sagen konnte. »Das will ich nicht. Glaubst du auch nur einen Augenblick, ich würde dich dafür verantwortlich machen?«

»Sie ist meine Tochter. Wenn ich nicht in Atvia mit

Lillith geschlafen hätte, ungeachtet der Magie, würde Rhiannon nicht leben.« Sein Gesicht war sehr starr. »Sie wäre nicht nach Homana gekommen, um Brennan zu verführen und sein Kind zu gebären, das gerade jetzt unter der Obhut der Ihlini aufwächst ... Und sie hätte niemals eine Falle in der Verbindung errichten können, um ihn zu töten und dich dabei als Waffe benutzen zu können.«

»Ich war genauso Teirnans Waffe wie ihre.« Ich schüttelte den Kopf. »Wie oft hast du mir gesagt, wir dürften nicht in der Vergangenheit leben, sondern müßten in die Zukunft blicken? Rhiannon lebt. Wir können es nicht ändern, es sei denn, wir würden sie töten. Das Kind lebt. Wir können auch *es* nicht töten, da wir nicht wissen, wo – oder wer – es ist. Aber meines lebt nicht mehr, wofür ich den Göttern dankbar bin ... Strahan wird von *mir* keinen Erben haben.«

Er machte eine leicht abwehrende Geste, und ich wußte, daß das Thema beendet war. »Ich bin auch gekommen, um die Wahrheit von dir zu erfahren. Wirst du sie mir gewähren?«

Es war ihm offensichtlich ernst. Ich nickte.

»Strahan hat dich gezwungen«, sagte er, »genauso wie Lillith mich gezwungen hat. Ich weiß, was das einer Seele antut.«

»Und du möchtest wissen, wie ich mich fühle.«

»Ich weiß, wie du dich fühlst, Keely. Schmutzig. Befleckt. Als Persönlichkeit vollkommen wertlos, als Cheysuli ... als Teil des Hauses Homana.«

Ich schluckte mühsam. »Ich habe das *I'toshaa-ni* durchgeführt.«

Er sah mich angespannt an. »Und hat es dir genügt?«

Ich öffnete den Mund, um ja zu sagen, daß es natürlich genügt hatte. Es war ein Reinigungsritual, und ich war jetzt geläutert ..., aber ich schwieg. Ich biß mir auf die Lippen, um nicht zu weinen, und schüttelte zögernd den Kopf.

Ian lächelte, obwohl es ein eigenartiges, bittersüßes Lächeln war. Und dann legte er eine Hand auf meinen Kopf und umschloß ihn mit seinen Fingern. »Du und ich«, sagte er. »Du und ich, *Harana* ... Wir werden es zusammen überwinden.«

Und dann ging er schweigend davon und ließ mich über seine Abwesenheit staunend zurück.

Ich schlief. Und wachte dann auf, mir einer Gegenwart bewußt, und sah einen anderen Mann in meinem Zimmer, dessen Gesicht alt geworden war.

»*Jehan?*« Ich richtete mich auf.

Er machte eine Einhalt gebietende Geste. »Keely, nein. Bleib wie du bist.« Und er setzte sich in den leeren Sessel und nahm meine Hand. »Hör mir zu. Schweig, Keely, und *hör zu*.«

Kurz darauf nickte ich.

Er umschloß meine Hand mit seinen beiden Händen, ergriff sie sehr fest. »Sie ist nicht aufgrund ihres Blutes wahnsinnig, Keely, sondern weil *ihre* Mutter im Flug herabfiel, als sie schwanger war. Der Fall schädigte Gisella, die unmittelbar danach geboren wurde. Sie ist deshalb wahnsinnig – und *nur* deshalb. Du kannst den Wahnsinn nicht geerbt haben. Du kannst ihn nicht weitergeben. Du bist geistig gesund und wirst stets geistig gesund sein ... und auch alle deine Kinder.«

Meine Hand spannte sich krampfartig an.

»Ich versichere es dir, Keely. Ich schwöre beim Leben meines *Lir*.«

Ich lächelte durch Tränen hindurch. »Es dauerte zu lange, bis du ihn bekommen hast.«

Er nickte ernst, obwohl sein einzelnes Auge strahlte. »Was, glaube ich, dazu dient, den Schwur nur um so eindrucksvoller werden zu lassen.«

Ich hielt mich an seinen Händen fest. »Ich habe mein ganzes Leben lang Angst gehabt.«

»*Umsonst*.«

»Ich habe mein ganzes Leben lang, nachdem ich erst alt genug war zu verstehen, gefürchtet, wahnsinnig zu werden, oder daß meine Kinder wahnsinnig geboren werden könnten.«

»Keely, wir haben die Wahrheit niemals vor dir verborgen. Du kennst die Geschichte, wie Bronwyn in Rabengestalt vom Himmel herabgeschossen wurde. Sie starb an ihren Verletzungen, unmittelbar nachdem Gisella geboren war.«

Ich starrte blind auf die Bettdecke. »Sie hat versucht, ihre Söhne Strahan zu übergeben.«

»Sie wurde dazu gezwungen. Was erwartest du von einer Frau, die von einem Ihlini aufgezogen wurde? Lillith war ihre Pflegemutter, und Alaric – ihr wirklicher Vater – hat es absichtlich übersehen. Gisella war bereits wahnsinnig. Sie hätte alles getan und geglaubt, daß man es von ihr erwartete.« Er setzte sich im Sessel zurück und ließ meine Hand los. Die Erinnerungen waren noch immer schmerzlich für ihn. »Sie hat mir vier Kinder geschenkt. Dafür bin ich sehr dankbar.«

Ich hob den Blick und schaute in sein Gesicht. »Aber du willst sie nicht hierherholen.«

Er schüttelte den Kopf. »Hier ist kein Platz für sie. Sie ist in Atvia besser aufgehoben.«

»Wo Corin mit ihr umgehen muß, während Deirdre dein Bett wärmt.« Ich hielt den Atem an. »Ach, *Jehan,* es tut mir leid. Ich habe kein Recht, solche Dinge zu sagen.«

Seine Stimme klang merkwürdig ruhig. »An dem Tag, an dem Gisella stirbt, wird Deirdre meine *Cheysula* werden.«

Da mußte er noch lange warten. Ich seufzte. »Ich wünschte, es könnte schon morgen geschehen. Dann würde Maeve ehelich *und* die älteste Tochter des Mujhar. Laß sie den Heiratsköder werden. Ich habe es satt.«

Der Mujhar von Homana lachte. »Das gilt für uns alle, Keely. Du bist kaum die erste.« Er erhob sich und beugte sich herab, um mir einen Kuß aufs Haar zu drücken. »Und du wirst auch nicht die letzte sein.«

»*Jehan* – was machst du mit Teir?«

Sein Gesicht alterte vor meinen Augen. »Ich werde ihn finden. Und wenn wir ihn gefunden haben, wird er vor das Stammeskonzil gebracht werden, um für das geradezustehen, was er getan hat.«

»Was wird das Konzil tun?«

Kurz darauf schüttelte er den Kopf. »Kein Krieger hat jemals so gehandelt wie er. Nicht einmal Ceinn, sein Vater, der seinen Sohn zum Widerstand erzogen hat. Wir sind kein verräterisches Volk und brauchen auch keine Bestrafung ..., aber Teirnan hat sträflich gehandelt.«

»Weil er anders denkt? Bist du sicher, daß er im Unrecht ist?«

»Keely ...«

»Er könnte recht haben, *Jehan* ... Wir können die *Lirs* vielleicht verlieren.«

Er rieb erneut seine Narben. »Wenn es dazu kommt, müssen wir uns darum kümmern, sobald es soweit ist. Aber was Teir betrifft ...« Er seufzte – Teir war der Sohn seiner toten Schwester. »Er wird bestraft werden müssen.«

Ich nickte stumm.

Er hielt an der Tür noch einmal inne. »*Leijhana tu'sai,* Keely.«

Ich sah ihn verblüfft blinzelnd an. »Warum? Was habe ich getan, außer daß ich versuchte, Brennan zu töten?«

Sein Gesicht spannte sich einen Augenblick an, als die Erinnerung zurückkam. Aber er verbannte diesen Ausdruck und lächelte bitter. »Ja, das hast du getan ... genauso wie ich einst Deirdre, ihren Bruder und ihren Vater zu töten versuchte – wenn auch verdeckter. Du hast ein Schwert benutzt. Ich habe ein Feuer entzündet ... ein Wachfeuer auf dem Drachenkopf, das Mördern ein Zeichen gab.« Er seufzte und rückte seine Augenklappe zurecht. »Aber das ist vorbei. Ich danke dir, daß du Strahan getötet hast.«

Ich beobachtete bestürzt, wie er den Raum verließ, und fragte mich mit Unbehagen, warum er Sean nicht erwähnt hatte, warum er Rory nicht erwähnt hatte. Und auch nicht, daß ich einen von beiden heiraten müßte, obwohl er es sicherlich hätte tun können. Er hatte es sicherlich auch tun *wollen,* da er Vater war, Mujhar, Cheysuli. Und ein treuer Diener der Prophezeiung.

Oder hatte er es getan?

Ich dachte sorgfältig darüber nach und blickte dann finster stirnrunzelnd zur Tür. »Aber wir *brauchen* das erinnische Blut.«

Und ich wußte, daß Teirnan verloren hatte.

Aber andererseits hatte auch ich nicht gesiegt. Sean hatte es selbst gesagt: *»Rory ist Erinnier. Rory ist Liams Sohn.«*

Das erschwerte alles noch.

Ich stand fluchend auf. Langsam, vorsichtig, unendlich behutsam. Ich zog frische Lederkleidung aus einer großen Truhe – jetzt paßte der Gürtel wieder – und legte sie an. Dann zog ich weiche Hausstiefel an die Füße, wobei ich unter der Anstrengung stöhnte und die Zähne gegen Schmerz und Erschöpfung zusammenbiß.

Ich flocht schnell mein Haar, achtete nicht darauf, daß ein Kamm vonnöten gewesen wäre. »Du bist verweichlicht, mein Mädchen… *verweichlicht.* Was würde Rory wohl dazu sagen?«

Qual keimte auf. Ich verließ mein Zimmer – verfluchte die Notwendigkeit, mich langsam bewegen zu müssen – und begab mich auf die Suche nach Sean.

Kapitel Dreizehn

Der Prinz von Erinn hob lediglich die Augenbrauen, als er mich sah. Und dann lächelte er mit strahlenden Augen und sagte, er habe noch niemals ein solch wackeliges neugeborenes Fohlen gesehen wie die königliche Prinzessin von Homana.

Das war äußerst unschmeichelhaft, wie ich fand, aber zumindest besser als die Überängstlichkeit, mit der die anderen mich plagten. Ich lehnte an der Wand, lächelte süßlich zurück, ernannte ihn zu etwas, was weniger galt als der uneheliche Sohn einer Frau, die ihre Gunst an jeden Mann mit Geld verschwendet – oder auch ohne Geld, je nachdem, wie sie empfand.

Er dachte darüber nach, sagte, es genüge, ergriff mich dann unter beiden Armen und ließ mich nicht allzu sanft in einen Sessel sinken. »Wein?« fragte er höflich.

Zu viele Stufen … Ich sank seitwärts, legte einen Ellenbogen über die Armlehne und ließ ein geräuschvolles Seufzen ausströmen. *Götter … Ich bin schwächer, als ich dachte.*

»Mädchen … werdet Ihr es tun?«

Würde ich es tun? Das kam darauf an. Was sollte ich, seiner Meinung nach, tun?

»Am Leben bleiben«, antwortete er knapp und drohte, meine Brüder, meinen Onkel und meinen Vater zu rufen, um mich wieder ins Bett zu befördern.

»Nein, nein.« Ich winkte schwach ab. »Ich werde es ›tun‹, Sean. Gebt mir Zeit. Ich war fünf Tage lang im Bett?«

»Sechs.«

»Dann *sollte* ich erschöpft sein – Bettruhe entkräftet

den Körper.« Ich seufzte erneut und stieß mich dann hoch. »Ja, ich möchte Wein. Es sei denn, Ihr habt *Usca*. Das wird mich wieder auf die Beine bringen.«

»Dies ist *mein* Zimmer, Mädchen ... Ich habe nur erinnische Getränke.«

Ich winkte erneut ab. Er verstand es als Zustimmung und goß mir einen Becher Wein ein. Ich trank, hustete, nickte. Das war vertrautes Feuer. Rory hatte es mir schon gegeben.

Rory.

Ich nahm den Becher vom Mund. »Wißt Ihr, warum ich hier bin?«

»Nicht um mein Bett zu teilen. Dafür seid Ihr noch ein wenig zu geschwächt.« Er grinste und setzte sich in einen Sessel, der unter seinem Gewicht ächzte. »Wird es Euch zur Gewohnheit, allein ins Schlafzimmer eines Mannes zu gehen?«

»Dies ist Euer *Vor*zimmer, nicht Euer Schlafzimmer ... Und warum sollte es wichtig sein? Wir sind verlobt, und ich bin entehrt worden. Welchen Schaden kann mein Name noch nehmen?«

Das Strahlen schwand aus seinen Augen. »Verbitterung steht Euch nicht.«

Ich trank erneut etwas und versuchte, meine Schwäche zu verbergen. Ich hatte fünf – nein, *sechs* – Tage lang kaum mehr als Bouillon gegessen und nur Wasser getrunken. Der Alkohol wärmte meinen Bauch und machte mich schwindelig. »Ich bin gekommen, um Euch um eine Gefälligkeit zu bitten.«

In seinen Augen flackerte kurz etwas auf. Er schirmte es unter gesenkten Lidern ab, verbarg es hinter langen Wimpern und sah mich dann erneut an. »Also geht es um Rory.«

»Werdet Ihr ihn herbringen? Ich kann wohl kaum selbst gehen, und diese Angelegenheit muß geregelt werden.«

Sean preßte die Hände auf die Armlehnen und erhob

sich dann jäh mit einer kraftvollen Bewegung. Er schritt von mir fort, wandte mir den Rücken zu und blickte aus dem nächstgelegenen Fenster. Es war Mittag. Die Sonne überflutete den Raum mit Licht.

Ein breiter, fester Rücken. Ein starres Rückgrat. Und dann fuhr er herum und sah mich an. »Wißt Ihr, um was Ihr da bittet?«

»Ich bitte Euch, Rory herzubringen.«

»Hierher, Mädchen. *Hierher*. In den Haushalt deines Vaters. Einen unehelich geborenen Räuber, der fast seinen Herrn getötet hätte.«

»Seinen Bruder«, sagte ich ruhig. »Das habe ich auch getan, Mylord.«

Das ließ ihn nur einen Augenblick innehalten. »Habt Ihr Euch also entschieden?«

»Nein. Aber Ihr wart derjenige, der sagte, ich sollte ihn sehen.«

Er fluchte. »Ja, das habe ich getan. Und ja, das solltet Ihr. Aber Ihr seid ein hübsches, kräftiges Mädchen, und ich würde Euch ungern verlieren.«

Ich wölbte die Augenbrauen. »Ich wußte nicht, daß Ihr mich schon *besitzt*.«

Er runzelte die Stirn. »Ihr wißt, was ich meine, Mädchen.«

»Und Ihr wißt, wer von Euch beiden eine bessere Chance hat. Ihr seid der Prinz von Erinn. Er ist ein unehelich geborener Räuber.«

Er neigte den Kopf zur Seite. »Ich würde ihn mit mir zurücknehmen, Mädchen. Mein Schädel ist nicht gespalten, also braucht er nicht zu bleiben.«

Daran hatte ich nicht gedacht. Ich hatte nur an Rory in Homana und an mich – mit Sean – in Erinn gedacht.

Ich werde Homana auf die eine oder andere Art verlassen müssen.

Ich hielt den Becher zu fest. »Werdet Ihr mir die Gefälligkeit erweisen?«

»Wenn Ihr *mir* einen Gefallen erweist.«

»Ja«, stimmte ich zu, »natürlich.«

»Geht zu Bett, Mädchen... Ich glaube, das braucht Ihr.«

Ich war zu erschöpft, um zu nicken. »Ihr könnt einen der Diener oder einen meiner Brüder rufen...« Ich ließ den Becher plötzlich fallen.

Sean hob mich vom Sessel hoch. »Ich glaube, ich werde es selbst tun.«

Sein Kettenhemd glitzerte, als er kam. Ich sah ihn überrascht an. »Zieht Ihr in den Krieg?«

Er runzelte die Stirn ebenso wie Sean: Augenbraue stieß an Augenbraue, das Haar hing tief herab, die braunen Augen wirkten fast schwarz. »Nach dem, was mein Bruder gesagt hat, glaube ich, daß ich das vielleicht tun muß.«

»Warum tragt Ihr ein *Kettenhemd?*«

Der verletzte Stolz wurde offensichtlich. »Mehr habe ich nicht, was deiner würdig wäre.«

»Meiner *würdig!*« Ich lachte ungläubig. »Bei den Göttern, Rory, ein Mann entspricht nicht dem, was er trägt!«

»Nein?« Sein Stirnrunzeln wich nicht, sondern vertiefte sich eher noch. »Er sagte, du seist ein Mädchen, das mächtig beeindruckt wäre von dem, was ein Mann trägt und welchen Titel er vor seinem Namen aufweist.«

Ich dämpfte mein Lachen, als ich den Ausdruck in seinen Augen sah. »Er hat gelogen«, belehrte ich ihn sanft. »Ich war in Eurem Lager, Erinnier... Ich habe einige Nächte bei Euch verbracht, wenn auch nicht in Eurem Bett. Ihr solltet sehr wohl wissen, wonach ich Menschen beurteile.«

Er murmelte hinter seinem Bart: »Ich werde dem *Skilfin* den Schädel brechen.«

»Das habt Ihr bereits einmal versucht, Rory... Das nächste Mal könntet Ihr Erfolg haben, und was würde dann aus Euch? Ihr müßtet irgendwo anders ins Exil gehen und trauern, weil der geliebte Bruder tot ist.«

Er lächelte. Dann lachte er und nickte. Schließlich sah er sich im Zimmer um. »Was ist das hier, Mädchen?«

»Deirdres Sonnenraum. Ich mag ihn wegen des Sonnenscheins und seiner bequemen Sessel.« Ich hielt inne. »Würde es Euch etwas ausmachen, in einem dieser Sessel Platz zu nehmen, oder wollt Ihr den Raum weiterhin wie ein Bär durchschreiten?«

»Schreiten«, antwortete er kurz und ließ seinen Worten die Tat folgen.

Ich setzte mich in einem der weichen Sessel behaglicher zurecht. Sean war, wie erbeten, gegangen und hatte seinen Bruder zum Palast gebracht. Es hatte sogar mit Hilfe meiner genauen Beschreibung drei Tage gedauert. Jetzt, da ich Rory sah, dachte ich, daß ihm die Verzögerung genützt hatte. Er trug eine winterfest gesteppte Stofftunika unter einem Kettenhemd – erinnisch grün natürlich, oder dem zumindest so ähnlich, wie es im rabenschwarz-roten Mujhara möglich war – mit einer silbergoldenen Borte. Auch die Hose war neu, nur an die Stiefel konnte ich mich erinnern: ausgeleiert, schmutzig, an den Zehen fast durchgescheuert. Stiefel müssen angefertigt, nicht gekauft werden, wenn sie überhaupt passen sollen.

Das gewellte Haar war gekämmt, aber zu lang. Der Bart mußte gestutzt werden, damit das Gesicht darunter zur Geltung kommen konnte. Aber er war sauber und roch nach einem Bad, was mehr war, als er zuvor je geboten hatte.

Er blieb jäh stehen und fuhr zu mir herum. »Geht es dir gut, Mädchen? Er sagte, du wärst fast gestorben.«

»Sehe ich so aus, als wäre ich dem Tode nahe?«

»Halbwegs«, sagte er ernst. »Du hast keineswegs mehr die Hautfarbe, an die ich mich erinnere, und da sind Schatten unter deinen Augen.«

Ich führte eine Hand zu meinem Gesicht und zog sie

sofort wieder zurück. »Ja, nun … hat er Euch gesagt, warum?« Es hatte keinen Sinn mehr auszuweichen.

Er wandte sich wieder ab, stand still, fuhr dann wieder herum und trat zu meinem Sessel. »Es war ein Kind, sagte er. Strahans Ihlinibastard.«

Ich achtete auf Untertöne in seiner Stimme. Er klang ernsthaft besorgt. Er empfand meine Qual. Er empfand Enttäuschung und Hilflosigkeit, weil er nichts getan hatte, um mir zu helfen. Aber es war darin auch ein seltsamer, fast unterdrückter Unterton von etwas, das ich nicht benennen konnte.

»Ich habe es verloren«, sagte ich zu ihm. »Macht das für Euch einen Unterschied? Haltet Ihr mich jetzt für beschmutzt?«

Er öffnete den Mund und schloß ihn dann wieder fest. Etwas schimmerte in seinen Augen. Tränen, dachte ich überrascht, aber nicht Tränen des Zorns, sondern der Scham und der Hilflosigkeit. Er nahm an meiner Qual teil und bewies ein fast greifbares Einfühlungsvermögen. »Mädchen«, sagte er, »o *Mädchen* …«

»Setzt Euch«, sagte ich einfach.

Er sah mich angespannt an, ragte vor mir auf wie ein Baum. Und dann setzte er sich hin, wie ich es ihm vorgeschlagen hatte, aber auf das Fell zu meinen Füßen statt in einen Sessel. Er spreizte beide Hände über meinen Knien, als hielte er auch mich fest, wenn er sie ergriff. »Ich bin fast wahnsinnig geworden«, fluchte er. »Deine Brüder kamen zu mir und erzählten mir alles mögliche, was mir nicht gefiel. Sie fragten mich, ob ich dich entführt hätte – als würde ich das tun! – und ob ich ihren Zorn spüren wollte? Den Zorn eines Cheysuli?« Rory hätte beinahe ausgespien, nahm aber aus Achtung vor Deirdres Sonnenraum Abstand davon. »Nachdem unsere Unterhaltung beendet war, wurde klar, daß ich dich nicht gesehen, sondern daß Strahan dich entführt hatte.«

»Das hatte er.«

»Ich bot ihnen an, mit ihnen zu reiten. Ohne Forderungen, sagte ich, und ohne unterwegs zu stehlen. Aber sie lehnten ab, sagten, die Suche würde in *Lir*gestalt durchgeführt, und ich könne die Magie nicht anrühren.« Seine Augen glitzerten verärgert. »Ich sagte ihnen, nein, das sei wahr, aber ich wüßte durch dich ein wenig darüber ... Und sie lachten, als würde mein Unwissen mich herabsetzen ... als würde meine mangelnde Magie mich als Mensch minderwertig machen! Ungeweiht, nannten sie mich ... *Götter*, ich wollte ihnen die Schädel spalten und ihnen Manieren beibringen, ihren Hochmut austreiben ... Wie konnten sie es *wagen*, ihn mir gegenüber an den Tag zu legen! Ich bin ihnen in jeder Beziehung ebenbürtig!«

»Ihr habt gerade zugegeben, daß Ihr nicht gestaltwandeln könnt.«

Das brachte ihn einen Augenblick zum Schweigen. Dann lächelte er durch seinen dichten Bart hindurch. »Ja, nun, nein ... aber ihr *Hochmut*, Mädchen!«

Ich seufzte leicht. »Ich habe auch meinen Anteil daran. Das ist in diesem Haus ein geläufiger Charakterzug ... Die *Lir*gestalt ist überwiegend ein Segen, aber andere könnten das vielleicht anders sehen.«

»Du besitzt Verstand, Mädchen, und Stolz. Das ist etwas anderes als Hochmut.«

Ich lachte. »Nur manchmal ... Rory, Ihr zerquetscht meine Knie.«

Er drückte nur noch fester zu. »Wie kannst du das fragen, Mädchen? Wie kannst du mich danach fragen?«

Ich löste seine Finger. »Euch was fragen? Rory, laßt los.«

»Ob ich dich für beschmutzt halten könnte.«

Ich ließ seine Finger los. »Bin ich das denn nicht?«

»Ich werde demjenigen den Schädel spalten, der das behauptet, und auch *der*jenigen, Mädchen!«

So *wild*. Ich lachte. »Laßt die Schädel heil.«

Er nahm seine Hände von mir fort. »Willst du also meinen Bruder?«

Ich atmete tief durch. »Rory ...«

»*Willst* du ihn, Mädchen? Statt mir?«

O Götter. »Rory ...«

»Weil er einen Titel hat? Weil er kein unehelich Geborener ist? Weil sein lieblicher, lügender Mund weit mehr getan hat, als er hätte tun sollen?«

»Rory!« Schließlich hielt er den Mund. »Glaubt Ihr, eine Frau gewinnen zu können, indem Ihr sie beschimpft?«

»Nein«, antwortete er ruhig.

»Warum tut Ihr es dann?«

»Damit du mir zuhörst, Mädchen ... damit du hörst, was ich sage.«

»Was habt Ihr gesagt?«

»Dies.« Er erhob sich, ragte wieder in schimmerndem Kettenhemd vor mir auf. »Daß mich das Kind nicht kümmert. Daß mich nicht kümmert, was der Ihlini getan hat, nur daß ich ihm gern mehr als nur den Schädel spalten würde – obwohl ich gehört habe, daß du ihn selbst erledigt hast, ohne die Hilfe eines Mannes zu benötigen.« Er lächelte ganz kurz, aber es verging augenblicklich wieder, und er schien angespannter. »Das einzige, was mich kümmert, bist *du,* Mädchen. Nur du. Nicht was du bist, sondern *wer* du bist. Nicht, welches Blut du hast, sondern einfach, daß du es hast, üppiges, warmes, rotes Blut.« Er lächelte ein schiefes, vom Bart umwölktes Lächeln. »Und wenn du keine Kinder willst, werde ich nicht darauf bestehen.«

»Kinder sind häufig das Ergebnis des Beischlafs«, antwortete ich unbestimmt und dachte an Aileen. »Eure Schwester kommt nach Hause.«

Rory erstarrte. *»Wer?«*

»Aileen. Eure Schwester. Ihr seid vielleicht unehelich geboren, aber Liams Tochter ist immer noch Eure Schwester.«

Er sah mich einen Augenblick angespannt an, seufzte dann, rieb sich mit beiden Händen übers Gesicht und zauste den Bart und die herabhängende Stirnlocke. »Ach, Götter … Schwester und Bruder … wo wäre ein Mann ohne sie? Die eine wird Königin von Homana, der andere … ach, *Götter!*« Er nahm seine Hände wieder herunter. »Mädchen, ich möchte soviel sagen. Ich *muß* soviel sagen …«

»Nein.« Ich unterbrach ihn grob und erhob mich. »Nein, sagt nichts mehr. Ihr braucht nichts mehr zu sagen.« Ich lachte einmal schmerzlich auf. »Ihr und Sean, Ihr beide, hättet niemals nach Homana kommen sollen. Weil Ihr und Euer königlicher Bruder mich in ein derartiges Durcheinander gestürzt habt, daß ich mich, glaube ich, niemals wieder daraus befreien werde.«

»Mädchen …«

»Aidan ist kränklich«, belehrte ich ihn. »Das Blut muß erhalten bleiben. Aileen ist unfruchtbar, so daß nur ich bleibe … und der Erinnier, den ich heirate. Das Blut *ist* wichtig … mehr als Ihr wissen könnt.«

Rory riß sein Messer aus der Scheide und legte die Klinge an die Unterseite seines Handgelenks. »Soll ich dir also die Farbe meines Blutes zeigen? Üppig, rot und *erinnisch?* Was brauchst du noch, Mädchen? Ich bin ein Adler des Adlerhorsts! Nicht mehr, nicht weniger: *Erinnier!*«

Ja, das war er. Genauso wie Sean selbst.

O … Götter … Sean.

Ich wandte Rory den Rücken zu. Schloß die Augen. Preßte beide Hände auf den Mund.

Und fuhr jäh wieder herum, um ihn anzusehen. Es gelang mir lediglich, nicht zu zittern. »Kennt Ihr den Mujhar?«

Rory sah mich an. »Nein.«

»Er sieht Corin sehr ähnlich – nein, Corin sieht ihm sehr ähnlich. Ich muß die richtige Reihenfolge einhalten.«

»Mädchen …«

»Geht zum Mujhar.«

»Was?«

»Geht zum Mujhar und sagt ihm, er soll einen Priester in die Große Halle bringen.«

»Mädchen …«

»Sagt ihm, er soll das Haus des Löwen versammeln – sowie *beide* Adler des Adlerhorsts – und in der Großen Halle auf mich warten.« Ich atmete tief ein. »Bitte mit dem Priester.«

»Keely …«

»Und bittet Deirdre, mir etwas zum Anziehen zu bringen.«

»Mädchen! Ich kann nicht einfach zum Mujhar und seiner Dame gehen und ihnen sagen …«

»Warum nicht?« unterbrach ich ihn. »Öffnet den Mund, Erinnier … Die Worte werden von selbst kommen.«

»Aber …«

»*Geht,* Rory! Hat man Euch nicht beigebracht, eine Lady niemals warten zu lassen?«

Auf erinnisch fluchend – was ich nur zu gut verstand –, verließ er den Sonnenraum. Ich barg mein Gesicht in den Händen.

O Götter, ich bin wahnsinnig … Genauso wahnsinnig wie meine Mutter, weil ich mich zugunsten von Liams Sohn so leichtfertig aufgebe. Was, wenn Teir recht hat? Was, wenn wir die Lirs verlieren?

Aber ich bin nun einmal fügsam. Der Löwenthron braucht einen Erben.

Deirdre traf fast unmittelbar nach mir in meinen Räumen ein. Ihr Gesicht war vom Laufen gerötet. »Keely …«

»Hast du ein Gewand mitgebracht?«

Sie hielt nichts in Händen. »Nein …«

»Gut. Ich habe beschlossen, Lederkleidung zu tragen.« Ich tauchte tief in eine meiner Kleidertruhen. »Ist der Priester schon in der Großen Halle eingetroffen?«

»Nein. Niall ... er ... *Keely* ...«

»Läßt er denn einen Priester holen?«

»Und alle anderen.« Ihr Entsetzen schwand schnell, und sie verstand. »Willst du dies wirklich?«

»Nein. Ich habe es niemals gewollt. Aber ich habe keine Wahl, nicht wahr, wenn ich ein genauso guter Cheysuli wie meine drei *Rujholli* und mein *Jehan* und mein *Su'fali* sein will – es ist eine Familientradition.« Ich richtete mich auf, schüttelte ein weiches, ärmelloses, tiefschwarz gefärbtes Lederwams aus. »Ich habe auch eine hierzu passende Hose ... Deirdre, siehst du einmal in meinem Schmuckkästchen nach, ob die Rubine dort sind?«

»Rubine?«

Ich nickte entschlossen. »Rote.«

Deirdre unterdrückte ein kleines Lächeln, folgte meiner Bitte und schüttete Schmuckstücke auf dem Tisch aus.

Ich fand meine Hose und entledigte mich schnell der, die ich jetzt trug, ersetzte Braun durch Schwarz. Und ich zog fast neue, aber an den richtigen Stellen gefaltete, schwarze Stiefel mit roten Quasten an.

Deirdre kam mit den Armbändern heran: gehämmertes Gold mit darin eingelassenen Rubinen. »Und diesen«, sagte sie.

Mein Löwenkopfgürtel. Ich hatte ihn vergessen, da ich mich so selten sorgfältig kleide. Ich lächelte und nahm den Gürtel von ihr entgegen, wobei das schwere Gold klang. Dutzende von Löwenkopfverzierungen von der Größe einer Frauenfaust hoben sich von dem Gold ab, miteinander zu einem um meine Hüften reichenden Strang verbunden. Aber das Bemerkenswerteste war die Schnalle. Deren Augen bestanden aus blutroten Rubinen.

»Die homanischen Farben: Schwarz und Rot.« Ich legte den Gürtel und die Armbänder an. »Das genügt«, sagte ich lachend. »Mehr würde sie alle blenden.«

»Dreh dich um«, befahl Deirdre.

Ich wandte ihr schwungvoll den Rücken zu. Sie zog das Lederband aus meinen Haaren und löste den Zopf. »Laß es offen«, sagte sie fest, während sie einen Kamm aufnahm. »Das verlange ich von dir, wenn du schon keinen Rock trägst.«

»Es wird mir ins Gesicht fallen. Das tut es immer.«

»Ich werde dafür sorgen, daß er dein Gesicht sieht.«

Ich stand vollkommen still, während sie mein Haar kämmte, und bekam plötzlich Angst. »Weißt du, welchen ich nehmen werde?«

»Nein. Aber du auch nicht.«

Das schmerzte mehr als erwartet. »Ich sollte Hart würfeln lassen!«

»Das wäre genauso gut wie alles andere.« Sie ordnete weiter meine Haare. »Welche Auswahl hast du, Keely? Zwei Männer. Beide groß, beide stark, beides Kämpfer. Beide jung, aber nicht zu jung. Beide Erinnier und beide Liams Söhne. Adler des Adlerhorsts, aus den *Cileann* geboren und bei der Geburt auf dem geheiligten Berg gesegnet... Welche Auswahl hast du, Keely? Reichtum? Gesundheit? Liebe? Oder wird der Titel den Unterschied bedeuten?«

»Das Blut«, sagte ich dumpf.

Deirdre trat vor mich. Sie ergriff meine beiden Hände und drehte sie mit der Handfläche nach oben. »Als du dich an dem Schwert geschnitten hast – hat da eine Hand rot geblutet? Und die andere grün?« Sie schüttelte ruhig den Kopf. »Nein. Beide Hände bluteten genau in der gleichen Farbe. *Es hat keinen Unterschied gemacht, Keely.*«

»Keinen Unterschied?«

»Nein.«

Ich wünschte, ich hätte ihre Unschuld... Ich schloß meine Hände über ihren. »Frage Maeve, ob es stimmt. Frage deine unehelich geborene Tochter, ob das Blut *nicht* wichtig ist.«

Deirdres Gesicht wurde bleich. Ich wandte mich zum Gehen, aber sie ergriff meinen Arm. »Keely! Keely ... warte.« Sie nahm etwas vom Tisch auf und gab es mir in die Hände. Es war ein schmales Golddiadem, zu einer einfachen, gewundenen Spirale in sich gedreht und dann fast flach gehämmert. »Damit dir die Haare nicht ins Gesicht fallen.«

Ich legte es zögernd an. Es lag kühl auf meiner Stirn, erwärmte sich aber an meiner Haut schnell.

Dann wandte ich mich jäh von ihr ab. »Sie haben lange genug gewartet.«

Die gehämmerten Silbertüren zur Großen Halle waren schwerer, als ich in Erinnerung hatte – oder ich war schwächer. Ich entschied mich mißmutig für letzteres und schob eine der Türen auf, als Deirdre mir gerade zu helfen versuchte.

Brennan, Hart, Corin. Maeve und Ilsa, die winzige Blythe. Ian. Und *Jehan*. Und beide großen Söhne Liams, dem Adlerhorst von Erinn geboren.

Ebenso ein Priester, der genauso bestürzt war wie alle anderen.

»O Götter«, murmelte ich und schritt die Länge der Halle zum Marmorpodest hinab, wo der Löwe von Homana in stummer, boshafter Pracht kauerte.

»Keely ...«, begann mein Vater.

Ich blickte ihm ins Auge. »Du wolltest mich verheiratet sehen, *Jehan*. Also. Ich werde heiraten. Laß den Priester seinen Platz einnehmen.«

Rory sah mich stirnrunzelnd an. »Welcher von uns ist es, Mädchen?«

Ich stand vor dem Podest, vor der Feuergrube, vor dem Löwen, vor ihnen allen, die in Gruppen standen, aber keiner von ihnen beim Thron. Ich deutete auf Rory, dann auf den Platz neben mir, zu meiner Linken. »Ihr«, sagte ich fest. Und dann, bevor er etwas sagen konnte, bedeutete ich Sean, den Platz zu meiner Rechten einzunehmen. »Ihr.« Dann wandte ich mich höflich an den Priester, der eine Stufe über uns, aber nicht auf gleicher Höhe mit dem Löwenthron stand, was nur dem Mujhar vorbehalten war. »Wollt Ihr die Schwüre vortragen? Und wenn Ihr nach dem Namen des Mannes fragt, den ich heiraten werde, sage ich Euch, wer es sein wird.«

»Keely!« Mein Vater war verblüfft. »Wenn du dies als Scherz gemeint hast ...«

»Nein«, entgegnete ich kühl. »Ich versichere dir, wenn der Priester fertig ist, wird deine Tochter verheiratet sein.«

Sean klang beunruhigt. »Welcher von uns *ist* es, Mädchen? Findet Ihr das gerecht?«

Ich sah ihn an. »Ist es gerecht, mich zur Wahl herauszufordern?«

Sein Gesicht wurde sehr bleich. Er schaute an mir vorbei zu Rory. »*Ich* denke ...«

Eine der Türen wurde geräuschvoll geöffnet. Wir alle wandten uns um und schauten hin, denn wir waren bereits alle anwesend. Alle außer Aileen, die mit Aidan in den Armen die Halle hinabschritt.

Ich schaute sofort zu Corin. Sein Gesicht war starr und bleich, aber er wandte sich nicht ab.

Sie sah ihn. Röte stieg ihr in die Wangen und wich wieder. Und kroch langsam erneut herauf und ließ ihre Augen leuchten, während sie lächelte. Ein kleines, bittersüßes Lächeln, das für niemanden derjenigen gedacht war, die sie liebten, sondern nur für sie selbst.

Aileen sah Brennan an. Dann blickte sie stirnrunzelnd zu Rory, bis sich ihr Gesichtsausdruck klärte. »*Sean*«, sagte sie lachend, »wann hast du deinen Bart rot gefärbt?«

Kapitel Vierzehn

Meine Verwandten ließen mich im Stich, sie und der Mann, den ich als Rory gekannt hatte. Sie ließen mich nur mit dem Löwen als Gesellschaft in der Halle allein.

Mit dem Löwen und Liams jungem Adler.

Das Kettenhemd schimmerte bei jeder Bewegung. Der rote Bart – *gefärbt* – glänzte im Sonnenlicht. Ein großer, starker Mann, fast so groß wie der andere. Ähnlich und auch wieder nicht, beide im Adlerhorst aufgezogen.

Er stand sehr nahe, zu nahe, und schaute auf mich herab. Und dann zog er mit unbewegtem Gesicht sein Messer und schnitt sich in die Hand, wodurch in seiner Handfläche Blut aufsprang.

»Rory ...«, sagte ich zögernd. *»Sean.«*

Er hielt mir seine Hand vors Gesicht, ließ das Blut frei herabfließen. Es lief zu seinem Handgelenk, befleckte den Aufschlag seiner Tunika und verschwand unter dem Kettenhemd. »Rot«, sagte er. »Erinnisch. Wird das für Euch genügen?«

Ich streckte einen Arm aus, an dem nur die mujharischen Rubine und das gehämmerte, von den Stämmen gefertigte Gold zu sehen waren, und deutete auf den nur drei Schritte von uns entfernt stehenden Thron. »Fragt ihn.«

Blut tropfte von seiner Hand. »Ich habe Euch vorhin etwas gesagt. Und ich sage es erneut: *›Es kümmert mich nicht, was Ihr seid, sondern wer Ihr seid.‹*« Blut tropfte auf die Steine. »Ich will nicht das Tier, Mädchen. Ich will dich.«

Ich schüttelte zögernd den Kopf. »Mit mir bekommt Ihr auch das Tier. Was bekomme ich mit Euch?«

Daraufhin wandte er sich von mir ab, steckte das Messer wieder in die Scheide und stieg die Stufen des Podests hinauf: eine, zwei, drei. Blieb neben dem Löwen stehen und legte dann seine Hand darauf. Blut schimmerte dumpf, wurde vom Holz aufgesogen.

Sean setzte sich auf den Thron. Ich öffnete den Mund zum Widerspruch und schloß ihn fast augenblicklich wieder. Sein Haus war genauso alt wie meines. Ich dachte, daß der Löwe von Homana dem Adler von Erinn diesen Augenblick nicht neiden würde.

»Es war kein Scherz«, sagte er. »Ich wollte niemals jemanden verletzen.«

Außer den letzten Geschehnissen hatte mich auch nichts verletzt. Sie hatten mich vollkommen zum Narren gehalten.

»Es war wohlbekannt, Mädchen, welche Art Frau Ihr wart. Ein aufbrausendes, scharfzüngiges Mädchen, das nicht die Absicht hatte, mit Männern zu schlafen ... nicht einmal mit dem Prinzen von Erinn.« Er hielt inne. »*Vor allem* nicht mit dem Prinzen von Erinn.«

Ich nahm das Diadem von meiner Stirn. Das Haar fiel mir über die Schultern.

Er regte sich auf dem Löwenthron. »Niemals in meinem Leben habe ich ein Mädchen bitten müssen. Rory und ich sind beide daran gewöhnt, unsere Betten nur mit einem Wimpernschlag zu füllen.« Er sagte das nicht, um anzugeben. Er sprach offen und gleichmütig und erreichte mit seiner ruhigen Offenheit mehr, als er es mit irgend etwas anderem vermocht hätte. »Ich war vier Jahre alt«, sagte er sanft, »und Ihr noch nicht geboren. Unsere Familien haben uns verbunden, Mädchen, ohne über unsere möglichen Empfindungen nachzudenken ... ohne darüber nachzudenken, was wir vielleicht *tun* könnten.«

Ich umklammerte das Diadem mit beiden Händen, sah aber ihn an.

»Ich wußte, was ich empfand, Mädchen, als es soweit

war, an eine Heirat zu denken. Und da ich Frauen gegenüber nicht blind war – nein, Mädchen, das bin ich nicht –, wußte ich, was *Ihr* denken würdet. Ihr mit Eurer glorreichen Freiheit, die keiner verstand ... ich glaube, nicht einmal Eure Brüder.«

Ich erinnerte mich an den Tag, an dem er mich gebeten hatte: *»Laß es mich spüren, Mädchen.«* Und ich erinnerte mich an meine Antwort – und wie ich ihm das Fliegen gezeigt hatte.

Die ruhige Stimme fuhr fort. »Ich dachte daran, nach Euch zu schicken. Ich dachte daran, selbst zu kommen: ich, der Prinz von Erinn. Aber ich wußte, daß beides nicht genügte ... So würde ich Euch eher verlieren als gewinnen.« Er seufzte und kaute auf seiner Unterlippe. »Und so ging ich zu Rory, der so sehr viele meiner Gefühle teilt ... Mit dem Gedanken an Euch beschworen wir die Geschichte herauf, die eine Cheysuliprinzessin, wie wir hofften, vielleicht einnehmen würde.«

»Ein Dieb.«

»Ich habe niemanden beraubt. Das Geld, das ich verwendet habe, war mein eigenes, von Erinn mitgebrachtes Geld.«

»Ihr habt Brennans Hengst gestohlen.«

»Und Ihr habt ihn ihm zurückgegeben, Mädchen.«

So konnte ich ihn in Hondarth verlieren. »Jene Männer waren Eure Leibwache.«

Er lächelte. »Um mich in einem fremden Land, in dem Gestaltwandler mehr als nur eine Sage sind, am Leben zu erhalten.«

»Ihr habt mir erzählt, Ihr hättet Euren Bruder getötet.«

Sean verzog den Mund. »Ich habe erzählt, daß ich *dachte*, ich hätte es getan oder hätte es *vielleicht* getan, was noch wahrscheinlicher war. Ich habe ihm fast den Schädel gespalten, ja, das stimmte ..., aber ich ließ es schlimmer klingen, als es in Wirklichkeit war, um die Geschichte glaubwürdiger zu machen. Und es war kaum eine Lüge, Mädchen ... Der Rotbart hat die Schmerzen erlitten, nicht ich – nicht der Prinz von Erinn. Wir haben es in allen unseren Geschichten nur ein wenig verdreht, beziehungsweise die Plätze getauscht.«

Ich blieb nur mühsam ruhig. »Wie lange sollte es dauern?«

Sein Mund nahm einen grimmigen Ausdruck an. »Nicht so lange, Mädchen. Rory sollte früher kommen, aber Liam hielt ihn zurück. Ich wollte es nur so lange fortführen, bis Ihr sicher wart ... bis Ihr die Hochzeit *wolltet* – oder, wie ich hoffte, *mich* wolltet –, und dann wollte ich Euch die Wahrheit erzählen.«

»Welche Rolle sollte Rory dabei spielen?«

Er lächelte. »Nichts von dem, was ich Euch erzählt habe, ist gelogen. Er ist tatsächlich mein Bruder, wenn auch unehelich geboren, und er ist tatsächlich Liams Sohn, der offen anerkannt wurde, ein Befehlshaber meiner Leibwache. Die Worte, die ich an seiner Stelle gesagt habe, waren Worte, die er zu mir gesprochen hat ... Ich habe soviel Wahrheit verwendet wie möglich, Mädchen.«

»Und Ihr beide habt wegen eines ›hübschen Mädchens‹ gegeneinander gekämpft.«

»Ja, das haben wir getan.« Er regte sich im Löwenthron. »Rory und ich sind uns sehr ähnlich ... und jeder von uns würde denjenigen töten, der einem von uns schaden wollte.«

»Also. Rory sollte als Sean herkommen und mir – oh, so behutsam – aufzeigen, daß ich noch eine andere Möglichkeit hatte, als den Mann zu heiraten, den ich heiraten zu müssen *glaubte*.«

»Es *geschah* behutsam, Mädchen. Wenn Ihr zustimmtet, den Prinzen von Erinn zu heiraten, war ich da. Wenn Ihr zustimmtet, statt dessen Rory Rotbart zu heiraten, die Pflicht gegen Eure Wünsche einzutauschen, war ich da.« Er zuckte die Achseln. »Ich versichere Euch, es sollte eine Wahl ohne jeden Zweifel sein, die bald nach Rorys Ankunft getroffen werden sollte.«

»Aber dann griff Strahan ein.« Ich atmete sehr tief durch. »Ihr wißt, was er getan hat. Ihr kennt das Ergebnis.«

»Mädchen …«

»Ich passe nicht zum Prinzen von Erinn und auch nicht zu einem königlichen, unehelichen Sohn, der jedes Recht auf das Erbe hat, wenn sein Bruder keine Söhne bekommt.«

Seine Augen waren fast schwarz. »Ich werde das Mädchen nehmen, das hier vor mir steht, ungeachtet des Ihlini. Sie ist ein kluges, strahlendes Mädchen, und ich wäre ein Narr, wenn ich eine andere Frau wollte.«

Ich lachte schmerzlich. »Das hat Rory Euch gesagt.«

Sean betastete seinen Schnurrbart. »Wir sind uns sehr ähnlich, Mädchen … Darum war dies gefährlich. Mein Bruder ist bei Frauen beliebt. Er hätte Euch für sich gewinnen können.«

»Und er hätte es beinahe getan. Das war ein *Priester*, Sean! Was hättet Ihr getan?«

»Oh, ich hätte die Zeremonie aufgehalten. Darum wollte Rory bitten, unmittelbar bevor Aileen erschien. Da wußte er, was wir getan hatten und wie ungerecht es war.« Er lächelte unter dem Bart. »Aber andererseits waren wir nicht sicher, wen von uns beiden Ihr benennen würdet.«

Und er war immer noch nicht sicher, wie ich wußte, was mir sehr gut zupaß kam. Ich schob mir das Haar aus dem Gesicht. »Ihr habt diese Maskerade durchgeführt, um sicherzugehen, daß ich den Mann nehmen würde, den ich wollte. Nicht aufgrund dessen, was er war, sondern wer er war … Und jetzt frage ich *Euch* – woher wollt Ihr wissen, daß ich nicht ihn heiraten werde? Unehelich geboren oder nicht – Ihr habt bewiesen, daß das unwichtig ist.«

Sean hob eine Hand. »Daher.« Blut befleckte seine Handfläche.

Ich lachte ihn laut aus. »Ihr seid beide Liams Söhne.«

Alle Farbe wich aus seinem Gesicht, soweit ich es über dem Bart sehen konnte. »Also *welcher*, Mädchen? Wen von uns nehmt Ihr?«

Ich legte das Diadem wieder an. »Den Prinzen von Erinn, Mylord.«

Sean lächelte, grinste, lachte dann triumphierend und erhob sich. Und dann hielt er jäh inne und sah mich an. »Für Euch ist das *Rory!*«

»So ist es«, bestätigte ich. »Ich glaube, Ihr solltet besser gehen.«

Er zitterte. Das Kettenhemd schimmerte. Er war an den Rand getreten, und ich hatte ihn hinabgestoßen.

Ich wartete. Er schritt steif zum Ende der Halle, den ganzen Weg bis zu den Silbertüren, fuhr dann zu mir herum und schrie, um mich am Löwenthron zu erreichen. Ein mächtiger, zorniger Schrei voll unerwartetem Schmerz. »Soll ich ihn also herbringen? Soll ich meinen Bruder so herbringen, wie er mich zuvor herbrachte?«

Die Befriedigung verging. Ich wollte ihn nicht verletzen. »Ich möchte, daß Ihr uns *Schwerter* bringt, Mylord… Schwerter – und einen Priester! Wenn ich die Prinzessin von Erinn werden soll, wird es auf die erinnische Weise geschehen, nach Art der *Cileann*.«

Seine Stimme klang bestürzt. »Wie könnt Ihr davon wissen?«

»Aileen hat es mir gesagt, Ihr *Skilfin*… Wie sonst sollte ich es wissen?«

Sean grinste. Ich konnte es bis zum Löwenthron durch seinen Bart hindurch deutlich erkennen. Blond, dachte ich. Er war leicht zu färben.

Ich seufzte. »Hat man Euch nicht beigebracht, eine Lady niemals warten zu lassen?«

Er verließ die Halle sofort, und nur Stille blieb zurück.

Ich beobachtete, wie die Türen zufielen und in der Ferne silbern glänzten. Dann wandte ich mich langsam dem Löwen zu.

In Holz gebannt, sah er mich an. Ich schaute zurück. »Du hast gesiegt«, sagte ich zu ihm, »aber das tust du ja stets.«

Er blieb stumm. Aber ich brauchte auch keine Antwort mehr. Die Frage war beantwortet worden.

Ich setzte mich auf das Podest, zog Knie und Arme an, kauerte auf dem harten glatten Marmor. Nachdenklich sagte ich: »Er ist ein kluger, strahlender Bursche, der Adler aus Liams Horst... Ich denke, mit ihm könnte es vielleicht gelingen.« Ich kaute müßig auf einem Daumennagel. »Wenn er mich ein Schwert tragen läßt.«

Schwarzes Loch
Zukunft
Science Fiction Tage
im ORF Dornbirn
Was? Schlaglichter auf eine
schlecht verstandene Literatur:
Lesungen, Vorträge,
Diskussionen, Hörspiele ...
Wo? ORF Radio Vorarlberg,
Dornbirn, Österreich
Wann? 9. bis 11. Mai 1997